Kira Licht

SUNSET BEACH

Liebe einen Sommer lang

AF178033

DIE AUTORIN

Kira Licht wurde 1980 in Bochum geboren. Sie wuchs in Deutschland und Japan auf, wo sie eine internationale Schule besuchte. Kira Licht studierte Biologie und Humanmedizin, wandte sich dann aber dem Schreiben zu. Wenn sie nicht gerade liest, geht sie in ihrer Freizeit gern bummeln, ins Kino oder Theater. »Sunset Beach« ist ihr erstes Jugendbuch bei cbt.

Mehr über cbt/cbj auf Instagram unter @hey_reader

Kira Licht

SUNSET BEACH

Liebe einen Sommer lang

Bei diesem Buch wurden die durch das verwendete Material und die Produktion entstandenen CO$_2$-Emissionen ausgeglichen, indem der cbj-Verlag ein Projekt zur Aufforstung in Brasilien unterstützt. Weitere Informationen zu dem Projekt unter: www.ClimatePartner.com/14044-1912-1001

Verlagsgruppe Random House
FSC® N001967

 Dieses Buch ist auch als E-Book erhältlich.

Verlagsgruppe Random House FSC® N001967

2. Auflage 2020
Originalausgabe Juni 2019
© 2019 cbj Kinder- und Jugendbuchverlag
in der Verlagsgruppe Random House GmbH,
Neumarkter Str. 28, 81673 München
Alle Rechte vorbehalten
Außenlektorat: Catherine Beck
Umschlaggestaltung: Kathrin Schüler, Berlin
Umschlagmotive © Getty Images / Blend Images / Colin Anderson
MI · Herstellung: RW
Satz & Druck: GGP Media GmbH, Pößneck
ISBN 978-3-570-31282-7
Printed in Germany

www.cbj-verlag.de

Prolog

»Ich komme ja schon!«

Der Pazifik, warm, wild und türkisfarben, peitscht um meine Waden. Heute ist das Meer besonders unruhig, fast so, als würde es meine Aufregung spüren. Die Wellen sind hoch und jagen in rascher Folge den weißen Sand hinauf. Obwohl der Himmel wolkenverhangen ist, ist die Luft so warm, dass ich in meinem Bikini nicht friere. Ich schnappe mir mein Surfboard, bahne mir meinen Weg durch Wellen und weichen Sand. Kleine Muscheln piken in meine nackten Fußsohlen. Heute ist der letzte Tag vor Beginn des neuen Schuljahrs. Meines letzten Schuljahrs. Einem Jahr, das meine Zukunft bestimmen wird. Wie immer, wenn ich daran denke, beginnt es in meinem Bauch zu kribbeln. Noch teilen sich Angst und Vorfreude dieses Gefühl.

»Halleluja«, sagt Tucker zur Begrüßung. »Konntet ihr euch doch noch trennen?« Er deutet zwischen mir und dem Pazifik hin und her.

Tucker sieht aus wie ein typischer Surfer. Blonde Haare mit vom Salzwasser silbrig ausgebleichten Spitzen. Durchtrainierter, gebräunter Körper. Ein Ego, groß wie sein Surfbrett. In den roten Badeshorts sieht er aus wie einer der Life Guards. Sein Grinsen reicht von einem Ohr zum anderen. Es ist ein offenes Geheimnis, dass ich das Meer liebe.

»Wieso?« Ich bohre mein Board neben seines in den Sand.

»Brauchst du jemanden, der dir dein Milchfläschchen auf-wärmt?«

Tucker verdreht die Augen, lässt sich mit seinen 1,90 und knapp 95 kg Kampfgewicht in den Sand plumpsen und öffnet unsere Kühltasche. Er wühlt konzentriert darin herum und fischt dann eine Dose heraus.

»Wie soll das bloß werden, wenn er nächstes Jahr aufs College geht?« Silver, halb verborgen von ihrem Sonnen-schirm, lässt sich elegant die Lesebrille bis auf die Nasen-spitze herunterrutschen und sieht uns über den Rand ihres Buchs hinweg an. Silver heißt eigentlich Maria da Locas-Cruz. Weil ihre Augen jedoch nicht wie erwartet braun, sondern von einem wunderschönen Perlgrau sind, besitzt sie diesen Spitznamen schon seit der Junior Highschool. Es ist ein Be-weis der jahrelangen Freundschaft unseres Trios, dass sie die Brille in unserer Gegenwart trägt. Eigentlich hasst sie ihre Brille. Und natürlich nimmt Tucker das zum Anlass, sie so-fort damit aufzuziehen. »Du siehst besser aus, wenn du keine Brille trägst.«

Silver schenkt ihm das knappste Lächeln der Weltge-schichte. »Du siehst auch besser aus, wenn ich keine Brille trage.« Den Moment, den Tucker braucht, bis es Klick macht, nutze ich, um neben der Kühlbox in die Hocke zu gehen. Ich wühle mich durch die Dosen und schnaube dann empört. Da Tucker keine passende Erwiderung einfällt, die er Silver an den Kopf klatschen kann, wendet er sich mir zu. Er stellt den Kaffee vor sich in den Sand und sieht wieder auf sein Handy. »Heute Abend geht noch was. Wer kommt mit?«

Silver winkt ab, und auch ich habe keine Lust, mir die Nacht vor Schulbeginn um die Ohren zu schlagen. »Sorry, aber ich werde gleich schon müde. Irgendein Blödmann hat den letzten Kaffee genommen.«

Tucker, der genau weiß, was er getan hat, sieht nicht mal von seinem Handy auf. Mit der freien Hand greift er in die Kühlbox und hält mir eine Dose unter die Nase. »Wie wäre es mit einem grünen Tee?«

Dieser Schuft. Er weiß genau, dass das der letzte Kaffee war und dass wir ansonsten nur noch Tee haben, der mich so gar nicht hinter dem Ofen hervorlockt. Das ist eher etwas für Silver, die total auf gesunde Ernährung steht. Na, warte. Ich spiele sein Spielchen mit. »Tee … Igitt. Verbranntes Wasser mit getrockneten Pflanzen drin.«

Tucker lässt die Dose zurück in die Kühlbox fallen und zwickt mich in den Oberschenkel. Wieder, ohne den Blick vom Handy zu nehmen. »Ist aber viel gesünder. Glaub einem Fitnessfachmann wie mir. Wenn Silver auf mich hören würde, müsste sie auch nicht immer diese albernen Ratgeber lesen.« Er deutet mit dem Kopf auf das Buch mit dem bunten Hochglanzeinband, in das Silver schon wieder ganz vertieft zu sein scheint. Es ist ihr neues Lieblings-»Koch-/Lifestylebuch« mit dem mystischen Titel »Buddha Bowl«. Mir hat sich das Konzept des Ganzen noch nicht erschlossen, aber vermutlich werde ich es mir in irgendeiner Mittagspause in der Mensa erklären lassen. Tucker nimmt einen genießerischen Schluck von seinem Kaffee.

»Schon gut. Ich gelobe Besserung«, gebe ich mich scheinbar geschlagen.

»So gehört sich das, Baby.«

Ich halte ihm meine Hand zum High Five hin. Genau wie geplant stellt Tucker seine Dose Kaffee im Sand ab, weil er natürlich nicht sein heiliges Handy aus der Hand legen will. Er schlägt ein und besitzt tatsächlich die Nerven, mir auch noch zuzuzwinkern. Das ist mein Moment. Mit der freien Hand schnappe ich mir seine Dose.

Tuckers Lider sinken auf Halbmast. »Fräulein«, knurrt er. »Das war ein ganz mieser Trick.«

»Möge der Bessere gewinnen.« Ich nehme einen Schluck von dem Kaffee und zwinkere genauso von oben herab wie er eben. Natürlich ist Tucker Gentleman genug, mir den Kaffee nicht wieder zu entreißen. Er hebt die Hand, um ein paar Leuten zuzuwinken, die wir aus der Schule kennen. Was mich zu meinen etwas melancholischen Gedanken zurückbringt. Ich lasse mich auf mein Handtuch zwischen Tucker und Silver sinken und starre aufs Meer. Ob ich es wirklich schaffen werde, meine Träume zu verwirklichen? Nicht mal Silver weiß davon und sie ist meine beste Freundin. Wir erzählen uns eigentlich alles, aber das hier habe ich bisher für mich behalten. Vielleicht auch, weil ich mir immer noch nicht sicher bin, ob der Mut mich nicht doch noch verlässt. Schnell wende ich den Blick ab, denn eigentlich will ich es nicht zulassen, dass ich an diesem letzten freien Tag traurig bin. Um mich abzulenken, drehe ich den Kopf nach links. Tucker hypnotisiert immer noch sein Handydisplay.

»Warum setzt du dich nicht zu Silver unter den Sonnenschirm? Kannst du bei dieser Helligkeit überhaupt irgendetwas erkennen?« Ich lehne mich noch etwas weiter zu ihm. »Sag nicht, dass du schon wieder Game of Thrones guckst.«

Tucker schnaubt nur trotzig und starrt immer noch auf den Bildschirm. »Die Serie ist wie Chips fürs Hirn, man kann einfach nicht aufhören.«

»Für welches Gehirn denn?«, murmelt Silver zu meiner Rechten.

Ich muss ein Lachen unterdrücken. Tucker hat Silver offensichtlich nicht gehört. Ohne hinzusehen, wühlt er ein Paar Kopfhörer aus seinem Rucksack hervor.

»Du hast bis jetzt ohne Ton zugesehen?«, frage ich ungläubig.

Tucker macht eine Geste, die mir wohl signalisieren soll, den Mund zu halten. Was mich natürlich nur noch mehr anstachelt, ihn damit zu nerven.

»Du starrst schon, seit ich surfen war, auf dieses Telefon. Wie bist du bis jetzt mitgekommen? Und warum ausgerechnet jetzt Kopfhörer?«

Silver klappt ihr Buch mit einem Knall zu und dreht sich zu uns. »Vermutlich damit er das Gekreische der barbusigen Jungfrauen in Nöten besser hören kann. Solche Szenen sind doch einfach besser mit Ton, oder?«

Erwischt. Tuckers Gesichtszüge verrutschen für den Bruchteil einer Sekunde, dann nimmt er sein nasses Handtuch und wirft es halbherzig nach Silver.

»Ärgere ihn bloß nicht weiter«, sage ich und deute mit dem Kopf in seine Richtung. »Sonst schmeißt er noch die hier.« Ich zupfe am Bund von Tuckers Surfshorts, die immer noch feucht sind. Der rückt ein Stück von mir ab. »Finger weg. Alter, bin ich froh, wenn gleich die Jungs kommen …«

Silver lächelt zuckersüß. »Du armer Junge. Was stört dich bloß an uns?«

Tucker deutet mit dem Finger auf sie. »Du klebst bewegungslos auf deinem Handtuch, als würdest du ein Drachenei ausbrüten, und sie«, er deutet mit dem Kopf auf mich, »beklaut mich.«

»Tut mir echt leid, dass dein Fanclub sonntags freihat.« Sie formt ein Herzchen mit Daumen und Zeigefingern. »Tröstet dich das?«

Tucker stöhnt, als bete er um Geduld. Wie auf Kommando ertönt plötzlich Gejohle unweit von uns. Das halbe Football-team rückt an. Tucker schnappt sich seinen Rucksack, springt auf und kreischende Jungfrauen in Mittelalterkleidchen sind plötzlich Nebensache. »Endlich.«

»Wo hast du gesteckt, du Lauch!«, brüllt Alec, unser Quarterback. Tucker macht eine ziemlich deftige Handbewegung, bevor er sich ein letztes Mal zu uns dreht.

»Schön artig bleiben.«

Ich lache. »Verschwinde.«

Tucker trollt sich. Silver faltet sein Handtuch ordentlich zusammen und packt es mit einem Seufzer in ihre militärisch aufgeräumte Strandtasche. Gemeinsam sehen wir den Jungs hinterher. Sie schubsen sich und ihr dunkles Lachen hallt bis zu uns herüber.

Wortlos reiche ich Silver eine Dose mit eiskaltem grünen Tee. Sie lächelte dankbar.

»Auf das neue Schuljahr, Süße.« Wir stoßen mit den Dosen an. »Möge der Wahnsinn ein letztes Mal beginnen.«

Abby

»Was sagen Sie dazu, Dr. Banks?«

Meine Gummistiefel versinken in dem matschigen Untergrund. Hinter der Absperrung höre ich die Angestellten der Mülldeponie eifrig tuscheln. Routiniert betrachte ich die Frau. Oder besser gesagt: die Knochen, die noch von ihr übrig sind.

»Die Rippenserienfraktur ist meiner Meinung nach eine postmortale Verletzung. Da wir davon ausgehen, dass es sich hier um einen sekundären Tatort handelt, sind es vermutlich Spuren des Transports oder der Lagerung. Vielleicht wurde sie in einen kleinen Kofferraum gequetscht oder ein paar Monate lang in einer Gefriertruhe aufbewahrt.«

Der Gerichtsmediziner wirft mir einen skeptischen Blick zu. Seiner ersten Einschätzung zufolge ist ein stumpfes Thoraxtrauma die Todesursache.

»Es fehlen die dünnen Ausrisse im Bereich der Bruchlinien«, erkläre ich. »Und sehen Sie, wie gezackt die Kanten sind? Als diese Knochen brachen, waren sie schon nicht mehr elastisch.«

Zwei Detectives wenden sich mit deutlichem Unbehagen ab. Ich kann sie gut verstehen. Wenn die Gerichtsmedizin einen forensischen Anthropologen anfordert, wird es meistens hässlich. Ich gehe erneut in die Hocke. »Die proximal liegenden Crush-Frakturen an den Unterarmknochen sind Verteidigungsverletzungen und vermutlich agonal, also während des Angriffs, entstanden. Der Täter muss ihr frontal gegenübergestanden haben.« Vorsichtig berühre ich die gebrochene Elle und Speiche. »Sie hat sich heftig gewehrt.« Ich beuge mich weiter vor und zücke meinen Pinsel. An dem linken Becken-kamm ist mir etwas aufgefallen. »Sehen Sie sich die Spina iliaca ventralis an.« Ich säubere den Beckenknochen mit dem Pinsel. »Sieht aus wie die Verletzung durch einen scharfen Gegen-stand. Vielleicht ein Messer oder ein Dolch. Wenn die Klinge über den Beckenkamm geschrammt und von dort aus schräg in den Unterleib eingedrungen wäre, hätte sie die großen Ge-fäße im Lendenbereich verletzt. Das Opfer wäre innerhalb weniger Minuten verblutet.«

Der Gerichtsmediziner kommt unwillig um das Skelett her-um zu mir und beugt sich von hinten über mich. Seine Haare streifen meine Wange.

»Das kitzelt. Könnten Sie bitte –«

Etwas maunzt. Borstige Schnurrhaare streichen mein Kinn entlang.

»Was?« Ich blinzele, und im nächsten Moment bin ich nicht mehr am Tatort, sondern sitze kerzengerade in meinem Bett. Mein erster Blick gilt der schlichten weißen Uhr, die an der Wand direkt gegenüber hängt. Mist, Mist, Mist! So schnell bin ich keine coole forensische Anthropologin mehr, sondern eine sechzehnjährige Schülerin, die verschlafen hat.

Von der Bettdecke her maunzt es empört.

»Entschuldige, Dr. Bob.« Ich strecke die Hand aus und kraule das dunkelgraue Fell meines Katers. Er hat mich ge-weckt, wie süß ist das denn? Wieso habe ich meinen Han-dywecker nicht gehört? Ich reibe mir über die Augen, schiebe Dr. Bob sanft von meinem Schoß und schwinge die Beine über die Bettkante. Dann werfe ich einen Blick auf mein

Smartphone. Eindeutig. Ich habe den Wecker im Schlaf ausgestellt. Mist! Da kann der Traum über meine aufregende berufliche Zukunft noch so fesselnd sein, jetzt ist es Zeit für den Alltag. WhatsApp zeigt vier neue Nachrichten an, Facebook drei, doch dafür habe ich jetzt keine Zeit. Es gehört eindeutig nicht zu meinem Plan, direkt am ersten Schultag nach den Sommerferien zu spät zu kommen.

Zum Glück ist der Weg ins Badezimmer nur kurz, denn ich besitze ein eigenes, das direkt an mein Zimmer grenzt. Ich kicke die Schlafshorts in eine Ecke und werfe das Top hinterher. Nach einer Dusche in Rekordtempo plus Zähne putzen, Haare föhnen und ein wenig Make-up auftragen springe ich in die Jeansshorts, die noch auf dem Höckerchen vor meinem Schminktisch liegen. Sie sind ein wenig ausgefranst und ziemlich kurz, was Dad immer wieder veranlasst, kritische Kommentare dazu abzugeben. Doch das ist mir im Moment egal. Ich kombiniere ein dunkelgraues Spaghettiträgertop und Flip-Flops mit weißen Stoffblüten dazu. Das muss reichen. Ich greife nach meiner großen Umhängetasche, die ich zum Glück schon gestern Abend gepackt habe, und stürme aus dem Zimmer. Dr. Bob hinter mir maunzt beleidigt.

Meine Eltern besitzen eine Filmproduktionsfirma, und da ein Drehtag für gewöhnlich bei Sonnenaufgang beginnt, sind sie schon längst aus dem Haus. Hin und wieder bin ich schon dankbar für ihre seltsamen Arbeitszeiten, denn so muss ich mir nie irgendwelche morgendlichen Sprüche zu meinem Chaos anhören.

Ich schnappe mir ein wenig gewürfeltes Obst aus dem Kühlschrank und gieße mir einen halben Liter Kaffee in meinen Thermobecher, dann galoppiere ich aus dem Haus.

Zum Glück hat mein Auto beschlossen, an diesem Morgen einfach anzuspringen und zu schnurren wie Dr. Bob in seinen besten Zeiten. Manchmal treibt der alte Buick mich in den Wahnsinn. Dad hat ihn mal als Stuntauto für einen Dreh gekauft. Einen Tag vorher platzte der Dreh und wir besaßen plötzlich ein Auto mehr. Obwohl der Buick ein riesiges Schlachtschiff ist, das hauptsächlich von seinen vielen rostigen Stellen zusammengehalten wird, liebe ich ihn. Inmitten der glänzenden neuen Cabrios auf dem Schulparkplatz wirkt er wie ein alter, störrischer Dinosaurier, der einfach nicht totzukriegen ist. Ein klein wenig rebellisch.

Leider ist der Verkehr auf der Bundesstraße 111 eine einzige Katastrophe. Es scheint, als wollten alle gerade heute Richtung Montecito fahren. Zehn Minuten vor Unterrichtsbeginn, und ich stecke im dichtesten Verkehr fest. Ich werde direkt am ersten Tag zu spät kommen und vermutlich nachsitzen dürfen. Wunderbar. Wie erkläre ich das meinen Eltern, die mich um 16:00 Uhr am Filmset in Downtown Santa Barbara erwarteten? Ärgerlich tippe ich mit den Fingerspitzen auf dem riesigen Lenkrad herum. Plötzlich vibriert mein Handy.

»Wo bleibst du, Chica?«

Ich seufze laut auf. Nun fängt auch noch meine beste Freundin an, mich zu hetzen. Schnell tippe ich ein »Gleich da. Halt mir 'nen P-Platz frei, please.«

Der Fahrer auf der Nebenspur sieht interessiert zu mir herüber. Dank meiner heruntergelassenen Scheiben ist mein Seufzen wohl bis zum ihm gedrungen. Ich werfe einen kurzen Blick auf sein schickes Kurzarmoberhemd, die sorgfältig frisierten Haare und das teure Interieur des Autos. Der offene

Porsche ist schwarz lackiert und hat sicherlich so viel gekostet wie ein Vorstadt-Einfamilienhäuschen.

»Nichts passiert«, sagte ich lahm. »Nur der ›Erster-Schultag‹-Blues.«

»Fährst du zur Montecito High?«

Ich nicke.

»Da war ich auch. Ist eine gute Schule. Besser als diese Gettobuden in Downtown.«

»Ja, schon.« Das hätte ich mir denken können. Die Montecito ist das Mekka der reichen Kids. Noch mal lasse ich meinen Blick über seinen teuren Wagen gleiten. Obwohl die Montecito Highschool eine staatliche Schule ist, wird sie zusätzlich durch einen Ehemaligen-Fond großzügig gesponsert. Zu dem Motto der Schule gehört es, Arm und Reich nebeneinander zu unterrichten. Obwohl die meisten Schüler aus den wohlhabenden Vororten und dem superreichen Montecito kommen, werden jedes Jahr auch Schüler aus Downtown Santa Barbara zugelassen.

Vor mir wird gehupt und plötzlich beginnen die Fahrzeuge wieder zu rollen. Der Typ hebt noch mal die Hand, bevor er Gas gibt. Ich erwidere seinen Gruß.

Dann endlich sehe ich das Schild der Abfahrt Richtung Montecito High.

Minuten später biege ich auf das Schulgelände ein. Ich brause an den begrünten Flächen entlang und scanne mit Adleraugen den Parkstreifen, der direkt an den Gehweg mündet.

Wie aus dem Nichts biegt plötzlich vor mir ein dunkelblauer Wagen ab. Kein Cabrio, sondern ein nagelneuer Pick-up mit Reifen so groß wie Traktorräder. Auf seiner Ladefläche könnte der Fahrer bestimmt drei ausgewachsene Elche transportieren. Wenn es in Santa Barbara Elche geben würde.

Ich gehe in die Eisen und hupe. Das Auto vor mir wird noch langsamer, als suche der Fahrer ebenfalls einen der letzten heiß begehrten Parkplätze direkt vor dem Schultor.

»Jetzt fahr schon«, knurre ich. Mein Buick ist zwar groß, aber dieses Monstrum von Auto wird er nicht anschieben können.

Ein paar winkende Arme erregen meine Aufmerksamkeit.

Endlich habe ich Silver gefunden! Mit dem neonorangefarbenen Tube Top ist sie schwer zu übersehen, obwohl sie gerade mal knapp über 1,50 Meter ist. Silvers Eltern sind so ziemlich die reichsten Weinbauern in der Gegend, und obwohl Silver sich jedes Auto der Welt leisten könnte, kommt sie konsequent mit dem Fahrrad zur Schule. Sie engagiert sich für ökologischen Gemüseanbau, kämpft gegen Pestizide in Fruchtsäften und ist Mitglied in so ziemlich jeder Naturschutzorganisation dieser Welt. Dass sie über meinen Buick die Nase rümpft, ist klar. Deshalb rechne ich es ihr hoch an, dass sie es riskiert, zu spät zum Unterricht zu kommen, nur um mir einen Parkplatz frei zu halten.

Ich winke über zwei tiefergelegte MX5 Cabrios zu ihr herüber und will schon einschlagen, als der Wagen vor mir bremst und dann direkt in meine Parklücke abbiegt. Silver reißt empört die Augen auf und gestikuliert wild. Doch der Pick-up rollt unbeirrt vorwärts. Irgendwann gibt Silver auf und springt trotz ihrer hohen Plateausandaletten wie eine aufgeschreckte Katze zur Seite.

Das darf doch nicht wahr sein! Ich ziehe die Handbremse an und schalte die Warnblinkanlage ein. Wer auch immer diesen Panzer fährt, ich werde ihn mir vorknöpfen!

Leo

Sollte es einen Himmel speziell für Männer geben, dann liegt er definitiv in Kalifornien. In meinen sieben Minuten Fahrzeit zur Schule habe ich so viele halb nackte Frauen gesehen, dass das vermutlich für den nächsten Monat reichen wird. In Kalifornien gehört Haut zeigen anscheinend zum guten Ton. Die Frauen kleben sich zwei Heftpflaster über den Busen und behaupten, es sei ein Oberteil. Und das Beste ist, dass sie so in der Öffentlichkeit spazieren gehen, ihre Hunde ausführen, shoppen… Ein Himmel für Männer eben.

Im Moment hängt dieser Himmel voller Wolken. Allerdings nicht für mich, sondern für die kleine Latina, die doch tatsächlich meinen Parkplatz blockieren will. Da ich die Klimaanlage an und die Fenster geschlossen habe, kann ich nicht hören, was sie so lautstark schimpft. Aber ehrlich gesagt interessiert es mich auch nicht.

Heute ist mein erster Schultag. Mein erster Schultag an einer Schule, die mich einen Scheißdreck interessiert. In einer Stadt, die ich, mal abgesehen von den vielen halb nackten Frauen, nicht ausstehen kann. Und das alles bei Temperaturen, die jede Sauna toppen. Hinzu kommt ein nerviger Stau auf der Bundesstraße, zu wenig Schlaf und eine depressive Zwillingsschwester, die sich heute Morgen hartnäckig geweigert hat, aufzustehen und zur Schule zu gehen. Bliebe noch zu erwähnen, dass ich den Kerl, den meine Mutter am Wochenende geheiratet hat, nicht leiden kann und wir in seiner riesigen, sterilen Villa wohnen müssen, wo dieser Vollpenner seitdem auf Familie macht.

Hatte ich erwähnt, dass ich viel zu spät dran bin?

Die kleine Latina knallt ihre Schultasche gegen meinen Kotflügel. Wenn sie glaubt, mich dadurch zu provozieren, ist sie leider falsch gewickelt. Die Karre ist mir so egal wie mein gesamtes neues Leben. Wenn das Ding einen Kratzer hat, stellt mein superreicher Stiefdaddy mir ein neues Spielzeug vor die Haustür.

Ich würge den Motor ab und schaue umsichtig aus dem Fenster, bevor ich die schwere Autotür aufdrücke. Direkt negativ aufzufallen, weil ich eine Schülerin erschlage, ist vermutlich kein guter Plan. Ich greife meinen Rucksack und springe vom Fahrersitz. Ich habe noch nicht mal die Tür wieder zugemacht, da zetert sie schon los. Mein Kopf dröhnt von den Nachwirkungen der Schlaftabletten. Weiße Blitze tanzen vor meinen Augen. Könnte bitte jemand diesem wild gewordenen Handfeger befehlen, die Klappe zu halten?

»Warte, Silver. Lass mich das regeln.«

Endlich. Jemand hat Erbarmen mit mir. Ich drücke den Knopf der automatischen Türverriegelung am Schlüsselbund und schiebe ihn in die Tasche meiner Bermudas.

»Hey! Bist du auf Drogen? Wolltest du Silver überfahren? Brauchst du 'ne Brille? Oder ein bisschen Gehirn?«

Die Stimme klingt anders. Nicht so hoch und aufgebracht wie das Gekeife der Latina. Ich hebe den Kopf und sehe in ein großes Paar goldbraune Augen, die Funken sprühen. Wow.

»Hallo? Jemand zu Hause?«

Mein Blick wanderte weiter. Ein Mund mit einer trotzig

aufgeworfenen Oberlippe. Sexy. Lange dunkelblonde Haare mit hellblonden Strähnen umrahmen ein schmales Gesicht. Ihr Hals ist lang und elegant wie der einer Tänzerin. Die Knochen des Schlüsselbeins treten gerade so stark hervor, dass sie verführerisch und irgendwie lockend wirken. Sie hat schmale Schultern und an ihren Oberarmen sieht man dezent schlanke Muskeln. Noch mal sexy. Sie ist fast einen Kopf größer als die Dunkelhaarige. Deren Blick soll mich vermutlich töten, aber ich beachte sie nicht.

»Huhu?« Das blonde Bambi beugt sich zu mir. »Wolltest du Silver umbringen? Bist du noch ganz dicht?«

Ich versuche es mit einem trägen Grinsen, weil ich viel zu sehr damit beschäftigt bin, Bambis fabelhaften Körper zu scannen, als mich auf eine Diskussion mit den beiden einzulassen. Mein Leben kotzt mich im Moment an, deshalb ist mein einziger Lichtblick, dass in Kalifornien alle Mädels halb nackt sein müssen. Auch Bambi sieht aus, als wollte sie zum Strand und nicht zur Schule. Das graue Top verrät, dass ihr Busen die perfekte Größe hat und ihr Bauch flach und durchtrainiert ist. Die Shorts, die irgendwann mal eine ganz normale Jeans waren, hat sie so kurz abgeschnitten, dass sie ihre fabelhaften Beine in voller Länge zur Geltung bringen. i-Tüpfelchen sind die Flip-Flops mit weißen Blüten, die dem Ganzen einen unschuldigen Touch geben. Fast so, als würde sie jeden Morgen genauso aus dem Bett fallen. Was für eine herrliche Vorstellung. Tief in mir regt sich etwas. Es kämpft sich durch das dumpfe Dröhnen in meinem Kopf, doch ich kann nicht sagen, ob es Interesse oder einfach nur Neugier ist. Scharf ist sie jedenfalls für drei.

Bambi wirft sich die langen blonden Haare über die Schulter und funkelt mich immer noch an. »Das ist mein Parkplatz.«

»Jetzt nicht mehr.« Meine Stimme klingt dunkler als beabsichtigt. Muss wohl an meiner miesen Laune liegen.

Silver, die Dunkelhaarige, schnappte empört nach Luft.

»Und du bist die Parkwächterin?«, frage ich in ihre Richtung. »Nimmst du für dieses Schuljahr noch Aufträge an?«

Im nächsten Moment fährt Bambi die Krallen aus. Sie lässt ihre Tasche auf den Boden plumpsen und macht einen Schritt auf mich zu. Wir stehen uns so nah gegenüber, dass ich die goldenen Sprenkel in ihren braunen Augen sehe. Sie muss den Kopf nur ein klein wenig heben, um mir direkt in die Augen zu sehen. Verdammt, ich stehe auf große Frauen. Ganz besonders, wenn sie mich ansehen, als würden sie meine 1,90 Meter Körpergröße nicht sonderlich beeindrucken. Bambis Stimme klingt wie splitterndes Glas.

»Beleidige meine Freundin nicht. Und jetzt verschwinde aus meiner Parklücke. Du hast drei Sekunden.« Kampfeslustig hält sie meinen Blick fest und ich hätte fast aufgestöhnt. Sie ist schon sexy, wenn sie nichts sagt. Wenn sie mir droht, ist sie einfach umwerfend.

Leider bin ich nicht der Typ, der Befehle annimmt.

»Hör zu, Bambi –«, setze ich an, da unterbricht sie mich schon scharf.

»Bambi?«

»Ja.« Ich nicke betont geduldig und beginne von vorn. »Bambi, ich werde –«

»Der hat ja einen Knall«, erklingt die Stimme von dieser Silver irgendwo aus dem Off. »Lass uns abhauen, Abby. Womöglich ist es ansteckend. Wir parken deinen Wagen einfach woanders. Zu spät sind wir jetzt sowieso.«

»Mein Name ist Abby, merk dir das«, wirft Bambi noch hinterher. »Und wenn du glaubst, deine pathologische Schwäche für Disneyfilme mache dich interessant, dann hast du dich getäuscht.« Sie dreht mir den Rücken zu und bückt sich nach ihrer überdimensional großen Umhängetasche. Mir brennt die Frage auf der Zunge, ob sie darin ihren gesamten Haushalt spazieren trägt. Doch ich bin viel zu sehr damit beschäftigt, auf ihren Hintern zu glotzen.

Silver, die meinen Blick wohl mitbekommen hat, sieht mich an, als wäre ich ein perverser Stalker. Sie greift Bambi am Arm, um sie möglichst schnell aus meiner Reichweite zu bekommen. Ich kann mir ein weiteres Grinsen nicht verkneifen.

Doch so schnell gibt Bambi nicht auf. Noch mal schwenkt sie zu mir herum. Sie deutet mit ausgestrecktem Zeigefinger auf meine Nasenspitze. »Zwei Sekunden. Überlege es dir.«

Ich mache ein paar schnelle Schritte auf sie zu. »Und dann?«

Silver geht hinter Bambi in Deckung. Gut, wenn ich so groß wie eine Handtasche wäre, hätte ich auch Angst vor Typen wie mir. Bambi hingegen steht aufrecht und weicht keinen Zentimeter zurück.

»Armselig«, flüstert sie. »Einfach nur armselig.«

Ich betrachte ihre trotzige Oberlippe und höre überhaupt nicht zu. Irgendwann reiße ich mich energisch los und hebe beide Hände in großer Geste, als wollte ich ein Friedensangebot machen.

»Tut mir leid, Ladys, aber ich muss zum Unterricht. Keine Ahnung, was ihr so vorhabt.« Ich schiebe mich an den beiden vorbei. Bambis rechter Arm streift meinen Oberkörper und ich halte unwillkürlich die Luft an.

Hinter uns erklingt Gehupe. Ein uralter Buick mit blinkender Warnblinkanlage und halb geöffneter Tür versperrt die Straße. Hätte nie gedacht, dass so viel Rost am Stück noch fährt.

»Ach übrigens.« Ich drehe mich im Gehen noch mal zu ihnen um. »Ihr haltet den Verkehr auf.«

Schlüssel klimpern, und ich höre noch ein hastig hervorgestoßenes »Silver, parke du den Wagen«, da hängt Bambi mir schon an den Fersen.

»Das Wort *charmant* kennst du wohl nur aus dem Wörterbuch, hm?«

Ich zucke die Schultern. Zum Streiten gehören zwei und ich bin definitiv zu müde dazu.

»Höflichkeit?«, redet sie weiter. »Sagt dir das vielleicht was?«

Ich mache absichtlich längere Schritte, damit sie nicht so leicht mithalten kann. Leider scheint sie ziemlich gut trainiert zu sein. Nur Sekunden später schließt sie auf. Ihre große Tasche klatscht rhythmisch gegen ihre nackten Oberschenkel. Hat sie Steine da drin?

»Allgemeine Umgangsformen?«

Sie ist kein bisschen aus der Puste.

»Klingelt es da vielleicht bei dir?«

Ich lasse den Blick über die verlassenen Wiesen des Schulgeländes schweifen. Es muss schon Minuten her sein, dass es zum letzten Mal geklingelt hat. Nirgendwo ist mehr ein Schüler zu sehen. Super. Jetzt habe ich zwar die schärfste Blondine diesseits des Äquators auf den Fersen, aber zu spät komme ich trotzdem.

»Hey!« Sie stupst mich auffordernd in die Seite. »Ich weiß, dass du nicht taubstumm bist.«

»Dafür weiß ich jetzt, dass du ganz schön anhänglich bist, Bambi.« Ich drehe ihr den Kopf zu, um ihren empörten Gesichtsausdruck zu genießen.

Über ihrer Nase bildet sich eine steile Falte. Bevor sie etwas Passendes erwidern kann, sprinte ich leichtfüßig die Stufen zum Eingang hinauf und renne direkt in die Arme einer grauhaarigen Lady, deren strenger Gesichtsausdruck vermuten lässt, dass sie schon mal Aufseherin im Knast war. Sie trägt trotz der Hitze eine bis zum Hals zugeknöpft Bluse und darüber eine Kostümjacke. Das nenne ich hart im Nehmen.

»Kann ich Ihnen helfen?« Ihre Stimme klingt, als wollte sie mich in der nächsten Sekunde exekutieren lassen. Ihre Bluse ist so bretthart gestärkt, dass der Stoff raschelt, als sie sich bewegt.

Ich will gerade antworten, da taucht Bambi neben mir auf. »Du bist so ein –« Ihre Stimme bricht ab. »Direktorin Hellendale.« Plötzlich klingt sie nicht mehr so selbstbewusst.

Mir wird in der nächsten Sekunde klar, dass ich beim Thema »Super-GAU am ersten Schultag« eine absolute Punktlandung hingelegt habe. So wie es aussieht, steht die Rektorin der Montecito Highschool vor mir. Laut der Gerüchte, die auf Facebook über sie kursieren, ist sie der härteste Hund in Orange County und die unangefochtene Autorität an der Montecito High. Herzlichen Glückwunsch. Und ich hatte gedacht, mein Tag würde irgendwann besser werden.

»Miss Banks?« Direktorin Hellendale sieht Bambi gespielt überrascht an. »Sie auch?« Ihre wässrig blauen Augen wandern zwischen uns hin und her. Auf mich wirkt sie wie ein Raubfisch auf Beutezug. »Kennen Sie beide sich?« Immer noch gibt sie ihrer Stimme diesen übertrieben zuckersüßen, überraschten Ton. »Ja.«

»Nein«, sagen Bambi und ich gleichzeitig.

Direktorin Hellendales fadendünn gezupfte Augenbrauen wandern in die Höhe.

»Nein.« Bambi wiederholt sich energisch. »Ich kenne ihn nicht.«

Direktorin Hellendales Röntgenblick wandert einmal langsam an mir hinab und dann wieder hinauf. »Sie folgen mir jetzt beide in mein Büro.« Sie macht sich nicht die Mühe, nachzusehen, ob wir hinterherkommen. Es ist eine Demonstration ihrer Macht, eine Lektion, die sie mir gleich am ersten Tag in den Kopf hämmert.

Bambi flucht leise neben mir. Ich schwanke zwischen Grauen und der Neugier auf das, was mich erwarten wird.

»Das ist alles deine Schuld.« Sie traut sich nur noch zu flüstern.

»Ich mache es wieder gut.«

Bambi hat die Ironie bemerkt, denn sie sieht wütend zu mir herüber. »Du kannst mich mal.«

Schweigend durchqueren wir die Gänge. Hier in Kalifornien ist alles bunter. Sogar das Innere der staatlichen Schulen. Jeder verfügbare Quadratzentimeter der Wände ist mit irgendeinem Poster beklebt. Töpferkurse, Cheerleading, Plakate, die für soziales Engagement werben, Ergebnislisten der Sportteams. Ich wende den Blick ab, weil mir das grelle Farbchaos in den Augen wehtut. Irgendwann hält Rektorin Hellendale vor einer unauffällig grau lackierten Tür ohne ein einziges Poster. Sie hantiert mit einem dicken Schlüsselbund, der mich wieder mal an ein Gefängnis denken lässt. Wir betreten ein arktisch heruntergekühltes Büro, das in seiner braungrauen Schlichtheit fast noch beängstigender wirkt als das Farbchaos in den Gängen.

Ich will gerade auf einem der beiden Stühle vor ihrem Schreibtisch Platz nehmen, als sich Bambis Hand energisch vor meinen Bauch drückt.

»Nicht.«

In jeder anderen Situation hätte ich ihre Berührung und das erstickt vorgestoßene Wort als extrem sexy empfunden. Doch nun halte ich einfach still und mein Kopf ist ganz leer. Viel zu schnell lässt Bambi die Hand wieder sinken.

Direktorin Hellendale, die bis gerade scheinbar sinnierend aus dem Fenster hinter ihrem Schreibtisch gesehen hat, dreht sich zu uns um. Provozierend langsam zieht sie den großen ledernen Schreibtischstuhl zurück. Ihre wässrigen Augen streifen mich wie die Tentakel einer Qualle. In diesem Moment wird mir klar, dass sie nur auf einen Fauxpas meinerseits wartet. Und dass Bambi mir den Arsch gerettet hat.

»Setzen Sie sich.«

Sie nimmt Platz und deutet dann auf die beiden billigen Bürostühle. Auch hier sind die Fronten eindeutig geklärt. Ihr Stuhl ist aus Leder und gepolstert. Unsere Stühle sind aus Plastik und steinhart.

Flink wie ein Eichhörnchen nimmt Bambi Platz. Sie drückt den Rücken durch und schlägt die Beine grazil übereinander. Ihre ohnehin schon sehr kurzen Jeansshorts rutschen noch höher. Ich schlucke hart.

Als ich mich auch endlich setze, glaube ich, dass der poröse Plastikstuhl im nächsten Moment unter meinem Gewicht zusammenbrechen wird.

Direktorin Hellendale schlägt eine Mappe auf.

»Und Sie sind?« Sie tippt mit einem emailleverzierten Füllfederhalter auf der hölzernen Schreibtischplatte herum. Da sie nur mich meinen kann, räuspere ich mich. »Leo. Leo Vaydencamp. Ich bin neu hier.«

»Ach, einer der neuen Schüler …« Die Direktorin klappt ihren Laptop auf. »Leova und Allegra Vaydencamp. Zwillinge. Erstes Senior-Trimester. Zuletzt wohnhaft in New Haven, Connecticut.« Sie sieht zu mir auf. »Wann dürfen wir mit Miss Vaydencamps Anwesenheit rechnen? Laut meiner Liste hat sie sich ebenso wenig im Sekretariat angemeldet und ihren Stundenplan abgeholt wie Sie.«

Als Allegras Name fällt, verkrampft sich mein Magen. »Sie fühlte sich heute Morgen nicht gut«, sage ich durch geschlossene Zähne. Von der Seite spüre ich Bambis neugierigen Blick. Die Direktorin nickt und tippt dann etwas in ihren Laptop. »Verstehe.« Wieder sieht sie mit diesen fast farblosen Augen zu mir hoch. Ich glaube, sie hat keine einzige Wimper an den Augenlidern.

»Und Ihnen war acht Uhr zu früh? Möchten Sie vielleicht immer erst um 08:15 Uhr kommen?«

Bambi neben mir atmet scharf ein.

Direktorin Hellendale und ich duellieren uns mit Blicken. Soll ich jetzt anfangen zu heulen, damit sie von mir ablässt?

»Ich hatte die Tücken des Stadtverkehrs unterschätzt«, gebe ich kühl zurück.

Direktorin Hellendales linkes Auge zuckt. »Dann empfehle ich Ihnen, morgen statt des Autos den Bus zu nehmen.«

Ich kann nicht gewinnen. Egal, was ich mache, sie sitzt am längeren Hebel. Eigentlich wollte ich mich auch unauffällig verhalten. Mich durch mein letztes Schuljahr pauken und dann wieder zurück nach New Haven verschwinden. Ich will keine Probleme, genauso wenig, wie ich hier neue Freunde finden will. Santa Barbara, die Montecito Highschool … all das wird nur eine flüchtige Station in meinem Leben werden. Mein Herz, meine Seele und all meine Erinnerung sind in New Haven. Mein Dad ist in New Haven. Bei dem Gedanken an ihn schnürt sich mein Hals zu und eine eisige Kralle aus Trauer und Wut schließt sich um mein Herz. Ich würge den aufkeimenden Hass, meine Verzweiflung und das Heimweh hinunter und stelle mich Direktorin Hellendales starrendem Blick. »Verstanden, Ma'am.«

Sie scheint zufrieden, denn augenblicklich konzentriert sie ihren Laserblick auf Bambi. »Miss Banks, bei Ihnen bin ich ehrlicherweise überrascht. Was hat Sie aufgehalten?«

Das wäre jetzt Bambis ultimative Chance, mich so richtig reinzureißen. Ich würde von der Schule fliegen, noch bevor ich meinen Stundenplan abgeholt hätte. Mom würde wieder heulen und ich hätte zwei Wochen lang ein schlechtes Gewissen.

Bambi macht den Mund auf, klappt ihn aber dann sofort wieder zu.

Direktorin Hellendale zieht genervt die Augenbrauen zusammen. »Ja, Miss Banks? Ich höre?«

»Ich habe verschlafen.«

»Verschlafen.«

»Ja.«

»An Ihrem ersten Schultag?«

»Ja.«

»Besitzen Sie ein Handy?«

»Natürlich.«

»Benutzen Sie es?«

Bambi rutscht unwohl auf ihrem Stuhl herum. »Ja?«

»Ich nehme an, es hat eine Weckfunktion?«

»Ja. Aber ich –«

Direktorin Hellendale winkt ab und tippt dann wieder etwas in ihren Laptop. »Miss Banks, in Anbetracht der Lage, dass Sie eine ausgezeichnete Schülerin und bisher nur positiv aufgefallen sind, werden Sie nicht nachsitzen müssen. Doch beachten Sie bitte, dass jeder Verweis in Ihre Akte eingetragen wird. Auch das Nachsitzen. Sie sind ab diesem Trimester ein Senior. Das ist ihr letztes Schuljahr. Alle Einträge, egal, ob Empfehlungsschreiben oder Verweise, werden zusammen mit den Zeugnissen an die Colleges und Universitäten übermittelt.«

Bambi nickt wie ein altmodischer Wackeldackel auf der Hutablage eines Autos.

»Und Sie, Mr. Vaydencamp.« Sie dreht sich zu mir. »Sie kommen noch mal mit einem blauen Auge davon, weil Sie neu sind. Sie gehen jetzt auf direktem Wege zum Sekretariat und holen sich Ihren Stundenplan ab. Sollte Ihre Schwester morgen immer noch unpässlich sein, dann sorgen Sie dafür, dass sie ein Attest einreicht. Ansonsten hat sie morgen früh die Möglichkeit, ihren Stundenplan ebenfalls im Sekretariat abzuholen. Persönlich. Haben wir uns verstanden?«

Ich nicke. »Ja, Ma'am.«

Direktorin Hellendale wedelt mit der Hand, um uns zu bedeuten, dass wir entlassen sind. Bambi hat mich nicht reingerissen. Als ich vor der Bürotür etwas sagen will, lässt sie mich einfach stehen. Ich sehe ihren wehenden langen Haaren hinterher und frage mich, ob mir das Glück so hold ist, dass wir wenigstens einen einzigen Kurs zusammen haben.

Abby

Mein Herz rast. Ich werde mich nicht umdrehen. Ich werde den Gang hinuntergehen, auf direktem Wege ins Sekretariat abbiegen und mir einen Hall-Pass besorgen. Sich während der Unterrichtszeiten in den Gängen aufzuhalten, ist nämlich nur mit so einem Stückchen Papier erlaubt. Meinen Stundenplan habe ich glücklicherweise schon vor einer Woche per Mail zugeschickt bekommen. Meine Bücher habe ich auch schon alle besorgt. Es ist also unwahrscheinlich, dass ich diesen Leo noch im Sekretariat antreffen werde. Zumal es nicht so aussieht, als hätte er sich von der Tür der Rektorin schon wegbewegt. Seine Schritte auf dem Gang hätte ich hören müssen. Doch vielleicht werden sie auch von dem dumpfen Klopfen meines Herzens übertönt. Ich balle beide Hände zu Fäusten und zwinge mich, ruhiger zu atmen.

Er ist ein arroganter, unsympathischer Kerl und du magst ihn nicht.

Er hatte deinen Parkplatz weggenommen.

Er ist auch nicht weggefahren, als du ihm erklärt hast, dass das dein Parkplatz ist, auf dem deine beste Freundin extra auf dich gewartet hat.

Er hat sich sogar über dich lustig gemacht.

Die Sätze hämmern in meinem Kopf wie ein Mantra.

Im nächsten Augenblick habe ich wieder sein Gesicht vor Augen. Die hohen Wangenknochen, die gerade arrogante Nase, die Augen, die so unglaublich tiefblau sind. Die Muskeln seines Oberkörpers, die trotz des Oberhemds deutlich erkennbar waren. Seine große, sportliche Figur. Dieser provozierende Funke in seinem Blick.

In meinem Bauch macht irgendetwas eine Rolle rückwärts und explodiert dann in einem Funkenregen.

Nein. Ich radiere sein Bild aus meinen Gedanken. Ich werde nicht zulassen, dass er mich nervös macht. Er ist ein selbstgefälliger, unhöflicher Arsch, der meine beste Freundin fast überfahren hätte. Bei so jemandem bekommt man keine Schmetterlinge im Bauch. Punkt.

Ich greife nach der Klinke der Sekretariatstür wie nach einem rettenden Anker.

Mrs. Andrews, die Sekretärin, sieht etwas überrumpelt von ihrem Frauenmagazin auf.

»Ich will gar nicht stören«, sage ich entschuldigend. »Ich brauche nur bitte einen Hall-Pass. Ich war bei Direktorin Hellendale zum Gespräch.«

Mrs. Andrews wischt sich verstohlen die Krümel ihres Buttercroissants vom Mundwinkel. Ihr spitzbübisches Lächeln macht sie jünger. »Hast du etwas ausgefressen, Abby?«

Ich winke ab. »Nein, da war nichts. Nur ein kleines Missverständnis.«

Mrs. Andrews füllt das kleine Papier aus und reicht es mir über die Theke. »Schönen ersten Schultag.« Sie zwinkert mir zu. Dann hält sie kurz inne. »Sag mal, sind dir zwei neue Schüler über den Weg gelaufen? Sie gehen in deine Stufe. Angeblich sind es Zwillinge. Sie sollten auffallen, denn es sind die einzigen an dieser Schule.« Sie sieht mich fragend an. »Sie hätten vor Unterrichtsbeginn ihre Stundenpläne abholen und sich offiziell anmelden sollen. Bis jetzt fehlt aber jede Spur von ihnen. Ob sie sich verlaufen haben?«

»Keine Ahnung.« Hastig greife ich nach dem Zettel. »Ich werde dann mal losgehen. Geschichte wartet.«

»Na klar, Abby. Lass dich nicht aufhalten.«

»Wiedersehen.« Ich hebe grüßend die Hand, dann verschwinde ich aus dem Sekretariat. Ganz bestimmt werde ich nicht den Babysitter für einen gewissen neuen Schüler spielen. Und noch weniger werde ich mich an dem allgemeinen Tratsch über ihn beteiligen. Ich kann mir schon denken, dass ein Raunen durch den weiblichen Teil der Schülerschaft gehen wird. Spätestens ab heute Mittag ist die Jagd auf ihn offiziell eröffnet. Ich schnaube ungehalten, während ich mich in Richtung Geschichtsraum bewege. Sollen sie ihn haben. Mir ist er egal. Total.

Mr. Grindworth steht kurz vor seiner Pensionierung und ist so taub wie eine zweihundertjährige Schildkröte. Die ganze Klasse könnte im Chor das Ave Maria singen und er würde es nicht mitbekommen. Er lebt in seiner eigenen Welt aus Hunderten kleiner Notizzettel, seinen Overheadprojektor-Folien und drei Geschichtsbüchern, die vermutlich schon zu Napoleons Zeiten überholt waren. Wenn er die Klasse betritt, beäugt er uns einmal kurz durch die Gläser seiner Brille, die so schmierig sind wie Milchglas. Er kniept ein paar Mal wie ein Maulwurf, der plötzlich das Sonnenlicht sieht, dann dreht er sich um und spult sein Programm ab. Komme, was wolle. Dementsprechend diszipliniert ist das Lernverhalten seiner Schüler. Ich weiß, dass Direktorin Hellendale dem Tag entgegenfleht, an dem sie ihn endlich in den Ruhestand verbannen kann.

Als ich die Tür des Klassenzimmers öffne, redet er seelenruhig weiter, den Blick fest auf den Overheadprojektor gerichtet. Er ist der einzige Lehrer, der noch mit diesem altmodischen Gerät arbeitet. Hätten wir nicht einen technisch begabten Hausmeister, der diesen Schrotthaufen regelmäßig warten könnte, wäre Mr. Grindworth vermutlich schon vor Verzweiflung aus dem Fenster gesprungen. Ich glaube, er hält Computer für die Vorboten der Apokalypse.

Silver gestikuliert wild und deutet auf den freien Platz neben ihr. Ich wedele mit meinem Hall-Pass und gehe der Ordnung halber zuerst zu Mr. Grindworth. Der zuckt zusammen, als ich ihn vorsichtig am Arm berühre. Er blinzelte hinter seiner Brille, dann nimmt er das Stückchen Papier, das ich ihm entgegenstrecke.

»In Ordnung, Miss Banks«, murmelt er. »Danke. Sie können sich dann setzen. Haben Sie ein Buch dabei, sonst leihe ich Ihnen eins.«

»Danke, Mr Grindworth«, erwidere ich höflich. »Ein Buch habe ich mir schon besorgt.«

Obwohl unser Geschichtslehrer mit Mann und Maus vor einem Haufen hormonverwirrter Teenager untergehen müsste, verhalten wir uns in seiner Klasse ruhig und diszipliniert. Mr. Grindworth ist in all seiner Verpeiltheit so liebenswürdig und harmlos, dass wir ihm mehr Respekt entgegenbringen als manch anderem jüngeren Lehrer, der jedes Fehlverhalten sofort mitbekommt.

Mr. Grindworth macht nahtlos in seinem Vortrag über die Anfänge der Unabhängigkeitskriege weiter, während ich mir meinen Weg durch die Reihen zu Silver bahne. Ich werfe ein paar leise »Hi's« in die Runde, doch die meisten habe ich auch in den Ferien gesehen. Silver rückt ihren Tisch nah an meinen und sieht immer noch sauer aus.

»Hast du diesem Mistkerl seine blasse Visage poliert?«

Ich lasse mich auf meinen Stuhl fallen. Ich weiß, dass Silver das nur bildlich meint. »Nicht doch. Ich habe mir heute Morgen die Nägel frisch lackiert.« Was ich theoretisch auch getan hätte, hätte ich nicht verschlafen.

Hinter uns ertönt ein unterdrücktes tiefes Lachen. »Ladys, was ist das für eine Ausdrucksweise? Wart ihr im Sommer-Bootcamp für kriminelle Straßenkids?«

Ich drehe mich um. »Sehr witzig, Tucker.«

»Genau«, pflichtet Silver mir bei. »Du hast den bleichen Irren ja nicht erlebt.«

Tucker lehnt sich in seinem Stuhl zurück, verschränkt die Arme vor der Brust und lässt die Muskeln spielen. »Was geht denn bei euch ab? Habt ihr den Yeti gesehen oder was?«

In diesem Moment schwingt die Tür des Klassenzimmers auf. Silvers Kopf fliegt herum, dann bläht sie die Nasenflügel wie ein wütender Drache. »Nein, nicht den Yeti. Aber den da!«

Aus dem Augenwinkel sehe ich ein dunkelblaues Hemd und sandfarbene Bermudas. Ein dunkler Haarschopf und auffallend helle Haut. Leo. Ich seufze innerlich. Auch das noch!

Tucker folgt ihrem Blick. Dann schnalzt er mitleidig mit der Zunge. »Alles klar.«

Silver dreht sich zu ihm. »Er ist so arrogant, wie er weiß ist.«

Tucker wackelt belustigt mit den Augenbrauen. »Ob seine Mama ihn immer zu Hause eingeschlossen hat?«

»Hoffentlich. Nur ihn plötzlich rauszulassen, war ein großer Fehler.«

»Hat er euch geärgert?« Tucker dreht sich zu mir und die Muskeln an seinen Unterarmen treten noch deutlicher hervor. »Soll ich ihn auch ein bisschen ärgern?«

»Lass ihn.« Meine Stimme klingt schärfer als beabsichtigt. Da ist es wieder, dieses Kribbeln in meinem Bauch. Ein Kribbeln, von dem ich nicht sagen kann, ob es Angriffslust oder Faszination ist. Für seine Aktion von vorhin würde ich ihn gern mal vom nächsten Pier schubsen. Andererseits kann ich einfach nicht wegsehen, wenn er auch nur ansatzweise in meine Richtung blickt. Und genau das macht er just in diesem Moment. Er sieht zu mir herüber, und plötzlich habe ich das Gefühl, dass ich allein in diesem Klassenzimmer bin. Dass er seine Aufmerksamkeit ganz auf mich konzentriert und die anderen zu Statisten aus verpuffendem Nebel verschwimmen.

»Das wagt er nicht.«

Siver lässt Leo nicht aus den Augen. Der hat gerade Mr. Grindworth seinen Hall-Pass überreicht und sich kurz vorgestellt. Mit einem Geschichtsbuch unter dem Arm kommt er direkt auf uns zu. Ich setze mich unwillkürlich etwas gerader hin und blicke demonstrativ fünf Zentimeter an ihm vorbei.

»Was glotzt der Abby so an?«, murmelt Tucker. In seiner Stimme hallt ein gefährliches Grollen mit.

Silver wirft ihre Tasche auf den leeren Platz vor mir. Gerade als Leo davor stehen bleibt, kommt auch die strassbesetzte Canvastasche quietschend zum Halt.

»Guter Wurf, Silver!« Tucker klopft ihr anerkennend auf die Schulter. »Sorry, Dude, der Platz ist schon besetzt.« Silver nickt bekräftigend.

Leo würdigt sie beide keines Blickes. Es scheint ihn nicht zu interessieren, dass alle anderen ihn anstarren. Stattdessen sieht er auf mich hinunter, als wolle er meine Reaktion abschätzen. Ich bemühe mich verkrampft um einen möglichst nichtssagenden Gesichtsausdruck.

Leo starrt mich weiter an, als wollte er mich um eine Reaktion erpressen. Mittlerweile haben wir die ungeteilte Aufmerksamkeit der gesamten Klasse.

»Du stehst im Weg, Dude.« Tucker tut so, als wollte er unbedingt lesen, was Mr. Grindworth auf seine jahrzehntealte Overheadfolie geschrieben hat.

Endlich wendet Leo den Blick von mir ab. Zwischen ihm und Tucker heizt sich die Stimmung gefährlich knisternd auf. Sie starren sich an. Keiner von beiden sagt etwas. Bevor das alles in einer Prügelei endet, reagiere ich lieber. Ich ziehe Silvers Tasche von dem Tisch. »Setz dich endlich«, zische ich in Leos Richtung. »Du liebst wohl große Auftritte.«

Der Hauch eines arroganten Lächelns kräuselt seine Lippen. In Zeitlupe lässt er sich auf den Stuhl fallen.

Silver formt ein stummes »Hallo?« mit den Lippen. Ich reiche ihr ihre Tasche zurück. Sie sieht mich immer noch perplex an, dann zückt sie ihr Smartphone. »Ist er ein Außerirdischer, der dein Gehirn gegrillt hat?«, erscheint Sekunden später auf dem Display meines Handys.

»Ich bin eben tierlieb«, texte ich zurück.

»Seit wann hast du eine Schwäche für Irre?«

Ich will gerade antworten, als mir Leos gequälter Gesichtsausdruck im Büro der Direktorin wieder einfällt. Zuerst, als er über seine Schwester geredet, und dann noch mal, als sie ihn ins Kreuzfeuer genommen hat. Ich lasse das Handy sinken und betrachte seinen breiten Rücken vor mir. All seine Arroganz scheint in diesen Momenten wie verflogen. Fast so, als habe er seine Schutzwälle unbeabsichtigt sinken lassen. Die Trauer, die ich in seinen Augen gesehen habe, war nicht gespielt. So etwas kann man nicht spielen.

Silver stupst mich mit ihrem Smartphone auffordernd an den Oberarmen. Dann zeigt sie auf das leere Display. »Bekomme ich heute noch eine Antwort?«

»Hm?« Etwas abwesend sehe ich sie an.

»Oh, nein.« Silver reißt die Augen auf. »Nein. Den Blick kenne ich.«

»Silver!« Mit dem Kopf deute ich auf Leos Rücken. »Unterstehe dich.« Wenn sie noch lauter flüstert, kann er jedes Wort mithören. Wieder tippt Silver auf ihr Handy ein. Sekunden später leuchtet mein Display auf. »Schüttele mit dem Kopf, wenn du nicht auf ihn stehst.«

Mechanisch schüttle ich den Kopf.

Silver zeigt mir einen Vogel. Tucker, der wohl auch gern wissen würde, was gerade passiert, beugt sich zu uns vor. »Soll ich ihn verhauen?«

»Ich glaube, er ist größer als du«, erwidere ich.

Leo dreht sich zu uns um. »Und er kann euch hören.« Seine Stimme schwankt zwischen Langeweile und Belustigung. »Habt ihr keine Hobbys?«

»Hast du kein Zuhause?«, schießt Silver zurück.

Leos Unterkiefer verkrampft sich. »Nein, leider nicht mehr. Aber auch das ist nichts, das ihr ausgiebig diskutieren müsst.« Dann dreht sie sich wieder um und fixiert die Tafel, als stünde dort die chemische Formel, die Steine in Gold verwandelt.

Silver sieht von mir zu Tucker und dann wieder zurück zu mir. Dann hämmert sie erneut auf ihr Smartphone ein.

Das Piepsen von Tuckers Handy verrät mir, dass es dieses Mal der WhatsApp-Gruppenchat ist. »Hat er das ernst gemeint?«

»Könnte sein«, schreibe ich zurück, als in der nächsten Sekunde Tuckers »Mir doch scheißegal« aufleuchtet.

Silver starrt auf seinen Rücken, als würde dort irgendwann eine Antwort erscheinen. Tucker scheint das Interesse schon verloren zu haben. Ganz im Gegenteil zum weiblichen Teil der Klasse, die den Neuankömmling mehr oder weniger interessiert beäugt. Holly, zwei Reihen vor ihm, kichert übertrieben laut und zieht sich dann den Schmollmund mit einem korallenfarbenen Lippenstift nach. Amber schräg gegenüber wickelt neckisch ihre Haare um den Finger und beobachtet ihn unter halb geschlossenen Augen. Jennifer und Megan haben die Köpfe zusammengesteckt und kichern und ihre rosa Wangen sprechen Bände.

Leo hingegen rührt sich nicht. Sein Rücken ist so nah, dass ich die Hand ausstrecken und ihn berühren könnte. Vermutlich werde ich bereits jetzt glühend um meinen Platz beneidet. Und als ich zufällig erneut zu Holly herübersehe, formt sie ein »Heiß!« mit den Lippen und klimpert mit den Augendeckeln. Ich ringe mir ein Grinsen ab. Als Nächstes gestikuliert Holly, ob wir in der nächsten Stunde vielleicht die Plätze tauschen können. Ich deute auf Tucker und Silver und hebe entschuldigend die Hände. Holly zieht einen Schmollmund, macht dann aber eine »Da kann man nichts machen«-Geste. Ich lächle gerade noch zurück, als sich Leo plötzlich zu mir umdreht. Wieder ist sein Gesicht so nah. Er dreht sich so sehr auf seinem Stuhl, dass er seine rechte Hand auf mein Pult legen kann. Was er natürlich auch macht. Eine forsche, besitzanzeigende Geste, von der ich noch nicht weiß, ob sie mir gefallen sollte oder nicht.

»Gerade im Büro«, beginnt er, und seine dunkelblauen Augen scheinen direkt in mich hineinzublicken, »warum hast du mich nicht reingerissen?«

Ich bin vielleicht einfach nicht so ein egoistischer Blödmann wie er? Doch das kann ich ihm nicht sagen, denn mein Mund weigert sich.

Wütend beiße ich mir auf die Zunge. Mein Mund möchte viel lieber testen, ob die Haut an seinem Hals tatsächlich so verführerisch weich ist, wie sie aussieht. Es scheint, als habe sich mein ganzer Körper gegen mich verschworen. Mein Bauch kribbelt, meine Fingerspitzen spielen nervös mit meinem Block, mein Herz rast.

Leo beugt sich noch ein Stückchen weiter vor. Ich sehe den Ansatz dunkler Bartstoppeln in seinem Gesicht. Selbst von Nahem ist seine helle Haut makellos und steht in einem krassen Kontrast zu seinen fast schwarzen Haaren.

»Kann Bambi nicht mehr sprechen?«

»Nenn mich nicht so.«

»Warum nicht?« In seinen dunkelblauen Augen blitzt etwas auf.

»Weil ich Abby heiße.« Neben mir tippt Silver scheinbar schwer beschäftigt auf ihr Handy ein, doch ich weiß, dass sie vermutlich jedem Wort unseres Gesprächs lauscht.

»Ich nenne dich aber Bambi.«

»So wie du dir auch einfach meinen Parkplatz nimmst?«

Er lächelt liebenswürdig. »Genau.«

»Das heißt, du möchtest so sein wie ich? Möchtest du vielleicht ein Mädchen sein?«

An Leo prallt diese Provokation spurlos ab. »Ich habe schon öfter überlegt, dass es nett wäre, ein Mädchen zu sein.«

Hinter mir gibt Tucker ein glucksendes Geräusch von sich, das verdächtig nach einem unterdrückten Lachen klingt.

Ich bemühe mich, cool zu bleiben. »Soso.«

»Ja, das wäre doch nett. Dann bräuchte ich mir nicht extra eine Freundin suchen, um alle Vorzüge der weiblichen Anatomie zu genießen.«

Tucker bekommt einen Hustenanfall. Silver legt ihr Handy zur Seite.

»Vielleicht hat die Krankenschwester noch ein paar Östrogenpillen auf Lager.« Ich imitierte sein liebenswürdiges Lächeln. »Soll ich dich in der Pause zu ihrem Zimmer bringen?«

Leo hebt den Kopf und reckte arrogant das Kinn vor. Sein Lächeln wird immer breiter. »Es ist mir völlig egal, wohin wir gehen. Solange du nicht von meiner Seite weichst.«

Okay. Das könnte jetzt sonst wo hinführen. Ich beschließe, sicherheitshalber nicht mehr zu antworten. Doch Leo lässt nicht locker.

»Dann sehen wir uns in der Pause?«

Ich schüttelte den Kopf. »Nein.«

Leo hustet gespielt. »Ich glaube, ich fühle mich krank. Kannst du mich nachher zum Zimmer der Krankenschwester bringen?«

Er macht sich schon wieder lustig über mich. »Vergiss es. Wir gehen nirgendwohin.«

»Du könntest mir zeigen, wo du deinen Wagen geparkt hast.«

Das reicht mir nun endgültig. »Total lustig«, gebe ich lahm zurück. »Und jetzt dreh dich um. Der Unterricht findet vorne statt.«

Leo reckt immer noch so amüsiert das Kinn vor. »Du gibst gern Befehle, habe ich recht? Hast du eine Horde jüngerer Geschwister, die du herumkommandieren kannst? Oder bist du Anführerin eines Pfadfinderlagers?«

»Ich bin ein Einzelkind und Pfadfinder kenne ich nur aus Filmen.« Eigentlich wollte ich ja nicht mehr mit ihm reden.

»Also niemand, dem du Befehle geben kannst?« Leo grinst. »Wie schade.«

Ich verdrehe die Augen. In Wirklichkeit rast mein Herz. Ich glaube, er versucht mit mir zu flirten. Auf eine seltsame, wenig nette Art. Aber komischerweise trifft sie genau meinen Nerv.

Er wirft mir noch einen letzten tiefblauen Blick zu, dann drehte er sich zurück Richtung Tafel.

»Spinner…«, höre ich Silver neben mir murmeln.

Doch ich reagiere nicht. Er ist frech. Er provoziert mich. Und flirtet mit mir. Eindeutig. Ich seufze leise, während mein Herz immer noch flattert wie ein aufgeschreckter Vogel. Ich glaube, das hier könnte kompliziert werden.

Leo

Kaum dass das Läuten der Glocke das Ende einer etwas monotonen Geschichtsstunde verkündet, schnappt sich Bambi ihre Tasche und rauscht aus dem Klassenraum. Silver und dieser Surferboy folgen ihr wie der Schweif eines Kometen. Man könnte fast annehmen, dass sie vor mir Reißaus nimmt. Mein linker Mundwinkel verzieht sich zu einem Lächeln. Warum bloß?

Ich lasse mir Zeit und packe in Ruhe meinen Rucksack. Als ich durch die Reihen gehe, fange ich einen Blick auf, der prompt noch strahlender wird.

»Hi!« Kastanienfarbene Haare, die ihr in schweren Locken über die nackten Schultern fallen. Ein messerscharf geschnittener Pony. Korallenfarbener, hochglänzender Schmollmund. Sie ist zwar nicht mein Typ, aber hübsch ist sie auf jeden Fall. Ich bleibe stehen. »Hi.«

»Du bist neu.«

Oh. Sie ist eine von den ganz Schlauen. Ich nicke. »Könnte sein.«

Sie kichert. Dann wirft sie gekonnt einen Schwung rötlich schimmernder Locken über die Schulter. Sie hebt die Hand und deutet zu ihrer Rechten. »Hier ist auch noch ein Platz frei.« Sie blitzt mich an. »Und hier vorne sieht man besser.«

Mir liegt schon eine ironische Erwiderung auf der Zunge, doch im letzten Moment bremse ich mich. Sie will einfach nur nett sein. Wann bin ich so ein Arsch geworden? Ich strecke ihr meine Hand hin. »Ich bin Leo. Wie heißt du?«

Sie greift nach ihrer Tasche und erhebt sich dann anmutig von ihrem Platz. Ihre Finger umschließen meine Hand.

»Ich bin Holly.« Sie lässt meine Hand nicht los. »Leo …« Sie leckt sich über die hochglänzenden Lippen. »Das ist ein schöner Name. Sehr selten.«

Da mir gerade sowieso nach Small Talk ist, setze ich ein charmantes Lächeln auf. »Leo ist eigentlich nur eine Abkürzung. Mein richtiger Name ist Leova. Das ist Russisch.«

Holly, die immer noch nicht daran denkt, meine Finger wieder loszulassen, legt die freie Hand grazil knapp über ihrem Busen ab.

»Oh, wie aufregend!« Sie klimpert mit den Augendeckeln. »Dann kommst du also aus Russland? Wie kommt es, dass du so gut Englisch sprichst? Lernt ihr das in der Schule?«

Nur mit eiserner Selbstbeherrschung schaffe ich es, dass mein Lächeln nicht verrutscht. »Ich bin in Connecticut zur Welt gekommen. Meine Urgroßeltern mütterlicherseits sind während des Ersten Weltkriegs aus Russland in die USA ausgewandert. Deshalb der russische Vorname, aber der amerikanische Nachname.«

Ein plötzlicher Schatten neben mir lässt mich den Kopf drehen. Neben mir steht eine dralle Dunkelhaarige, die von Kopf bis Fuß in »Weiß und Rüschen« gekleidet ist. Wenn die Klunker an ihren Fingern echt sind, sollte sie mal über einen Bodyguard nachdenken.

»Ja, Amber?« Holly scheint sich gar nicht zu freuen, dass wir Besuch bekommen haben.

»Du bist ein Freund von Abby?« Amber ignoriert Holly

und schenkt mir ein gebleachtes Lächeln, das mich fast erblinden lässt. Ein Wunder, dass ihre Zähne das überlebt haben.

Ein Freund? Ich glaube kaum, dass Bambi mich so bezeichnen würde. Und genau deshalb nicke ich. »Ja, genau.«

»Aber ihr seid nicht …?« Amber macht eine Geste mit zwei ineinander verschlungenen Fingern.

»BFFs?«, gebe ich betont arglos zurück.

»Nein. Du weißt schon. Dieses Mädchen-Junge-Ding.«

Dazu werde ich mich definitiv nicht äußern. Ich tue so, als hätte mein Smartphone in meiner Hosentasche vibriert, und ziehe es hervor. Nach einem wichtigen Blick aufs Display und ohne eine Antwort hebe ich kurz die Hand. »Amber, Holly, es war mir eine Freude. Aber ich muss los. Wir sehen uns.«

»Bye, bye!«, flötet Holly. »Sehen wir uns in Mathe?«

»Bist du auf Facebook oder Instagram?«, fragt Amber zur gleichen Zeit.

Doch ich tue so, als hätte ich sie nicht mehr gehört. Stattdessen begebe ich mich auf die Suche nach meinem Spind. Draußen auf dem Gang werde ich von allen neugierig beäugt. Die Schule ist nicht gerade klein, aber trotzdem scheint jeder Neue sofort ins Auge zu stechen. Ich hingegen genieße weiter das zur Schau gestellte Buffet weiblicher Vorzüge. Vor mir geht eine Dreiergruppe Mädels. Unter ihren grob gestrickten bauchfreien Pullovern blitzen bunte Bikinioberteile hervor. Die Haargummis um ihre Pferdeschwänze sind mit Seidenblumen in leuchtenden Farben geschmückt und auch sie tragen die obligatorischen Jeans-Shorts. Ob das Teil einer Schuluniform ist und ich es noch immer nicht durchschaut habe?

Suchend gehe ich den langen Gang entlang, bis ich die Nummer 237 entdecke. Ich fische den Zettel hervor, auf dem die Kombination für das schwere Vorhängeschloss aufgedruckt ist. Schon beim zweiten Anlauf klappte es. Die Tür knirscht, als ich sie öffne. Von innen riecht das Ding nach getragenen Turnschuhen. Super. Ich werfe das Geschichtsbuch in eines der Fächer und halte die Luft an. Als ich die Tür zuklappe, steht ein Typ neben mir und zieht gerade einen Collegeblock aus seinem Rucksack. Mit einem Rascheln landet der in dem Spind zu meiner Rechten. Ich sehe kurz zu ihm rüber, weil nicht viele Leute so groß sind wie ich. Er ist kräftig und seine gut trainierten Oberarme verraten einen aktiven Sportler. Seine Haut ist so schwarz wie mein morgendlicher Kaffee.

»Was geht«, sagt er kurz.

Ich nicke ihm zu. Sein Blick fällt auf einen Aufnäher, den ich dezent an der Seite meines Rucksacks angebracht habe.

Seine Augen werden groß. »Du schwimmst?«

Ich grinse schief. »Gelegentlich.«

Er wackelt mit den buschigen Augenbrauen. Dann tippt er auf meinen »New Haven High – Swimteam«-Aufnäher. »Kenne ich. Die haben letztes Jahr die Highschool-Meisterschaften gewonnen.«

»Richtig.«

Sein Blick ist plötzlich neugierig. »Und du, Mann?«

»Ich bin mitgeschwommen.«

»Nice.« Er ballt die Faust und streckt sie mir auffordernd hin. Ich erwidere die Geste und meine Knöchel berühren kurz die seinen.

»Ich bin Memphis. Aber du kannst mich Elvis nennen.«

»Elvis wie Elvis Presley aus Memphis?«

»Nicht ganz.« Er grinst breit und seine schneeweißen

Zähne bilden einen krassen Kontrast zu seiner schwarzen Haut. »Eigentlich ist der King gar nicht in Memphis geboren worden. Da ist er gestorben. Aber scheißegal. Das wissen die meisten nicht. Von daher: Memphis gleich Elvis. Ist mir sowieso lieber. Mein Großvater hieß auch Memphis und er war ein richtiger Mistkerl.« Er knallt seinen Spind zu. »Hast du auch einen Namen?«

»Leova. Aber du kannst mich Leo nennen.«

Elvis lacht dröhnend. »Alles klar, Mann.«

»Bist du ein Senior?«

Elvis nickt und seine kurzen Locken wippen. »Jap. Du auch?«

Ich nicke.

»Wie kommt's, dass du so kurz vor dem Abschluss den Laden wechselst?«

Mit »Laden« meint er wohl Schule.

»Meine Ma hat wieder geheiratet.« Elvis sieht abwartend zu mir, doch als ich diesen einen Satz unkommentiert stehen lasse, nickt er.

»Hast du gleich Bio?«

Ich ziehe meinen leicht verknitterten Stundenplan hervor. »Mathe.«

»Schade.« Elvis sieht auf seine teure Armbanduhr. »Okay, Leo. Wir sehen uns. Und wenn du vor Langeweile stirbst, dann schau doch mal in der Schwimmhalle vorbei. Unser Team könnte noch Verstärkung gebrauchen.«

»Ich überlege es mir.« In Wirklichkeit weiß ich schon jetzt, dass ich die Halle niemals betreten werde. Meine Pläne sind unumstößlich. Ich werde nur die nötigste Zeit an dieser Schule verbringen. Ich werde hoffen, dass die Zeit so schnell wie möglich vergeht und ich nach meinem Senior-Jahr zurück nach Connecticut gehen kann. Ich will keine neuen Freunde, keine Partys und auch keine Freundin. Unwillkürlich denke ich an Bambi. Okay, sie wäre definitiv eine Kandidatin, die mir diese Entscheidung schwer machen könnte.

Abby

Da wir grundsätzlich nur Doppelstunden haben, ist es nach Bio schon 12 Uhr und somit Zeit für die einstündige Mittagspause. Ich bin froh darüber, denn so richtig konzentrieren kann ich mich seit heute Morgen nicht mehr. Obwohl ich versuche, es zu vermeiden, denke ich öfter an diesen Leo, als mir lieb ist. Silver, Tucker und Holly gehen voraus in die Schulmensa und unterhalten sich lachend. Ich trotte irgendwie hinterher. In Gedanken habe ich schon wieder Leos Gesicht vor Augen. Verflixt. So kann das nicht weitergehen. Ich hole auf und schiebe mich zwischen die drei. »Habt ihr genauso viel Hunger wie ich?« Ich ernte zustimmendes Gemurmel.

Silver stürzt auf unseren Lieblingstisch zu, um ihn vor ein paar vorlauten Neuntklässlern zu sichern.

Kaum dass wir sitzen, rümpft Holly die Nase. »Der erste Tag, und schon riecht es wieder, als würden sie mit Abfall kochen.«

»Das tun sie auch«, erwidere ich, während ich meinen Stuhl zurückziehe. »Nur dass sie den Abfall vorher noch panieren, um ihn dann in eine Fritteuse zu werfen.«

»Ich bin mir nicht sicher, ob ich das geträumt habe oder nicht, aber ich glaube, ich habe kürzlich eine Reportage gesehen, in der man herausgefunden hat, dass in Hotdogs teilweise sogar Rattenfleisch verarbeitet wird.«

»Du nimmst doch nicht wieder die Diätpillen deiner Mutter?«, fragt Tucker streng. »Die, von denen du das letzte Mal Halluzinationen bekommen hast?«

»Nein.« Holly setzt ihren Unschuldsblick auf. »Außerdem waren die harmlos. Bloß ein paar Kräuter.«

Ich muss grinsen. »Holly, da war ein Wirkstoff drin, mit dem normalerweise Rinder ruhiggestellt werden.«

»Ist ja schon gut, Madame Curie.« Holly streckt mir die Zunge raus.

»Marie Curie war Physikerin.«

»Ja, aber genauso verstrahlt wie du.«

Tuckers wieherndes Gelächter macht eine weitere Unterhaltung unmöglich.

In diesem Moment betritt Leo die Mensa. An ihm klebt Amber, die redet wie ein Wasserfall. Gerade sieht es so aus, als erkläre sie ihm, was Hot Dogs sind. Silver, die offenbar einen Leo-Radar eingebaut hat, folgt meinem Blick.

»Der schon wieder.« Ihr Zischen klingt wie ein wütender Geysir.

»Oh, da ist ja dein Freund.« Holly will ihm zuwinken, doch ich stürze mich auf ihren Arm wie ein Guerillakämpfer. »Unterstehe dich.«

»Aber du bist doch mit ihm befreundet!«

»Das bin ich nicht.«

»Holly …«, brummt Tucker. »Ich sage nur ein Wort: Diätpillen!«

Sie reißt sich von mir los. »Nach Geschichte hat er zu mir gesagt, dass ihr Freunde seid. Frag ihn doch selbst.«

»Dieser bleichgesichtige Blödmann.« Silver versucht ihn mittels Laserblick zu töten.

»Was haben wir denn gegen ihn? Kann mich mal jemand einweihen?« Holly reibt immer noch ihren Arm.

Ich erzähle ihr die Geschichte von heute Morgen.

»Das war aber gar nicht nett.« Sie kichert und ihre Augen glänzen verdächtig.

»Ich sollte ihn doch ein bisschen verhauen.« Tucker kaut gedankenverloren auf dem letzten Rest eines Proteinriegels. »Silver zur Briefmarke verarbeiten zu wollen, ist echt uncharmant.«

»Tu dir keinen Zwang an«, brummt Silver und tippt schon wieder auf ihrem Smartphone herum.

Tucker springt auf. »Aber erst nach dem Essen. Wer kommt mit?«

Ich werfe einen schnellen Blick zu Amber und Leo hinüber, die sich gerade in die lange Schlange vor der Theke eingereiht haben. »Bringst du mir eine Portion Käse-Makkaroni mit? Bitte?« Im Moment ist es am klügsten, so weit Abstand zu ihm zu halten wie möglich. Vielleicht vergisst er dann auch die Idee mit dem Besuch bei der Krankenschwester wieder.

Tucker zuckt die Schultern. »Von mir aus«.

Holly erhebt sich jedenfalls. »Ich opfere mich für die Feldforschung und probiere die Hot Dogs.«

»Wie schmeckt Ratte denn?« Silver tippt weiter, ohne auf das Display ihres Handys zu sehen.

»Keine Ahnung. Vielleicht ist ja keine drin.«

Hollys unbekümmerte Naivität hätte ich auch gern.

»Ich bleibe bei dir.« Silver legt ihr Handy zur Seite. »Ich habe mir etwas von zu Hause mitgebracht.«

Das ist keine Überraschung, denn Silver rührt in dieser Schule praktisch nichts an, was in der schuleigenen Küche gekocht wurde. Stattdessen bringt sie in zierlichen Butterbrot-dosen Biobrot mit, dessen Gewicht man problemlos in Gold aufwiegen könnte. Eine klitzekleine, schwer angesagte Bio-bäckerei in der Nähe von Beverly Hills backt diese gesunden Köstlichkeiten. Im Biomarkt nebenan ersteht Silver ihre Brot-aufstriche, den fair gehandelten Käse aus Mexiko und die Sa-lami von glücklichen Kühen aus Kansas.

Silver packt ihre Schätze aus und bietet mir wie immer großzügig etwas an. Ich, die mit Fertiggerichten und fettigem chinesischen Essen aus Boxen groß geworden ist, probiere dann immer höflich, obwohl mir nichts davon so richtig schmeckt.

»Ein Walnussbrot aus Sauerteig mit Champignon-Auf-strich.« Silver reicht mir eine Dose mit fein geschnittenen Häppchen an.

»Danke!« Ich probiere. Eigentlich schmeckt es gar nicht schlecht, doch ich kann mir nicht vorstellen, dass man davon irgendwann mal satt wird. Nicht so zufrieden und pappsatt wie nach einem Berg Nudeln mit fetttriefendem, salzigem Käse. »Lecker!«

Silver lächelt erfreut. Mission erfüllt.

Unauffällig schiele ich zu Amber und Leo. Natürlich ist das völliger Zufall. Und das »unauffällig« ist auch Zufall.

Amber redet immer noch auf Leo ein. Er überragt sie um fast einen halben Kopf, und obwohl er hin und wieder nickt, scheint er nicht recht bei der Sache zu sein. Als Amber von einer Freundin angesprochen wird und abgelenkt ist, lässt Leo den Blick über die proppenvolle Mensa schweifen. Ich halte noch die Luft an und denke »Verdammt, er sieht echt gut aus«, da haben seine Adleraugen mich entdeckt. Unsere Blicke treffen sich in der Sekunde, in der ich noch schnell zur Seite sehen will. Doch jetzt ist es dafür zu spät. Leo dreht sich von Amber weg in meine Richtung und verschränkt die Arme vor der Brust. So aus der Distanz sieht er noch sportlicher aus, als ich ihn in Erinnerung hatte. Schmale Hüften, breite Schultern, Muskeln an den Unterarmen, die deutlich hervortreten. Weil ich ihm garantiert nicht den Gefallen tun werde, mich wie ein erschrecktes Mäuschen zu ducken, halte ich seinem Blick stand. Er hebt die Hand, deutet auf mich, dann auf sich und dann auf einen roten Kasten, der am linken Eingang der Mensa an der Wand angebracht ist. Darauf prangt ein großes rotes Kreuz. Da ich mir nicht vorstellen kann, dass Leo die Lösch-decke im Inneren der Kiste meint, vermute ich, dass er mit diesem Symbol auf unseren Besuch bei der Krankenschwester anspielt. Ich schüttele den Kopf und forme ein lautloses »Niemals« mit den Lippen. Leo grinst. Amber, die die Freundin abgeschüttelt hat, ohne dass sie sie Leo vorstellen musste, zupft an seinem Arm. Sie scheint nicht durchschaut zu haben, was gerade abgeht. Vermutlich ist es ihr auch egal, solange Leo ihr ab jetzt wieder seine volle Aufmerksamkeit schenkt.

Ich lächle zuckersüß und zucke die linke Schulter. Fast laut-los flüstere ich: »So ein Pech …«

Leo hat es genau verstanden. Sein Gesichtsausdruck sagt deutlich »Das werden wir ja sehen«, bevor er und Amber so weit in der Schlange vorrücken, dass sie bestellen können.

»Hast du was gesagt?« Silver sieht prüfend zu mir.

»Nein«, gebe ich hastig zurück. »Wem schreibst du eigent-lich?«

Silver kichert. »Erinnerst du dich an Sam? Der Typ, der im Biomarkt jobbt und schon aufs College geht?«

Natürlich erinnere ich mich an Sam. Silver ist schon seit drei Wochen verschossen in ihn. Genauer gesagt, seit er angefangen hat, in dem Laden zu arbeiten. Leider ist Sam in Liebesdingen genauso schüchtern wie Silver, aber wie es aussieht, haben sie nun den entscheidenden Schritt nach vorn gemacht.

»Am Samstag hat er mich nach meiner Nummer gefragt. Seitdem texten wir die ganze Zeit.«

»Und? Ist er so süß, wie er aussieht?«

»Ja!« Silvers helle Augen scheinen von innen heraus zu strahlen. »Morgen nach der Schule treffen wir uns. Wir besuchen einen Vortrag über die Wirkung von Pestiziden im Weinanbau.«

»Super, dann kannst du deine Eltern auch mitnehmen.«

»Abby!« Silver schubst mich zärtlich. »Du bist so blöd!« Ihre Wangen schimmern rosa.

»Wieso?« Ich tue arglos, weil sie sich so herrlich niedlich verhält. »Sind deine Eltern Weinbauern, ja oder nein?«

»Hör auf.« Sie zwickt mich.

»Autsch.«

»Nicht streiten, Kinder, ich habe Jetlag.«

Silver und ich fahren auseinander.

»Charly!« Silver springt auf. »Lass dich drücken!«

Charly, die mit vollem Namen Charlette Henson heißt, ist das einzige Profi-Model an der Montecito High und besitzt so etwas wie einen Ausnahmebonus. Weil sie auf Modenschauen auf der ganzen Welt läuft, drückt Direktorin Hellendale gleich zwei Augen auf einmal zu, wenn Charly öfter fehlt als erlaubt. Sie war schon mal auf dem Cover der skandinavischen Vogue und das Bild hängt sogar in der Hall of Fame der Schule. Charly, die immer ein formloses Maxikleid aus T-Shirt-Stoff trägt, würde man niemals für ein Profimodel halten. Ungeschminkt sieht sie aus wie das unauffällige Mädchen von nebenan. Und Charly schminkt sich aus Prinzip nicht, weil sie Angst hat, dass sie davon Pickel bekommen könnte. Das sollte ein Model tunlichst vermeiden. Dazu immer diese weit fallenden Maxikleider in wechselnden Erdtönen und eine No-Name-Umhängetasche aus beigefarbenem Leder. Ihre flachsblonden Haare sind zu einem scharfkantigen Bob geschnitten, der ihr exakt bis zum Kinn geht. Der Haarschnitt sieht teuer aus, aber hier im Nobelort Montecito gibt es viele Mädchen mit teuren Haarschnitten. Einzig Charlys Größe könnte sie verraten, denn sie misst stolze 1,81 Meter. Zusammen mit ihrer knabenhaften Figur ohne jegliche Kurven könnte man sie von hinten glatt für einen hoch aufgeschossenen Jungen halten. Vermutlich trägt sie deshalb konsequent Kleider.

Ich erhebe mich, um sie auch zu umarmen. »Wie war es in Mailand?« Charly ist dort auf den Schauen für die neuen Winterkollektionen gelaufen.

»Das Essen ist der Hammer.« Charly schaut gierig auf meine Käse-Makkaroni, die Tucker gerade auf einem Tablett an unseren Tisch balanciert.

»Charlyboy!« Tucker grinst von einem Ohr zum anderen. Obwohl wir alle wissen, dass so ein erfolgsorientierter Typ wie Tucker Charly für ihre weltweiten Erfolge gnadenlos bewundert, kann er es nicht lassen, sie aufzuziehen.

Leider ist Charly nicht besonders gut im Kontern, weshalb sie meistens nichts mehr tut, als lächelnd den Kopf zu schütteln.

»Models müssen so dünn sein, Tucker«, erklärt Holly liebenswürdig und stellt dann ihr Tablett ab, um Charly zu begrüßen. »Wie sonst sollen sie in die Kleider passen, die homosexuelle Männer schneidern, die mit Frauenkörpern nix anfangen können?«

Tucker verdreht die Augen. »Holly, wenn sie in der Sesamstraße mal eine Stellenanzeige ausschreiben, werde ich dich höchstpersönlich betäuben und zum Vorstellungsgespräch tragen.«

»Frieden, bitte.« Charly lässt sich auf den freien Stuhl zwischen Holly und Tucker fallen. »Wenn Tucker gern mit Jungs flirtet, soll er das doch machen.«

»Ich … was?« Tucker plustert sich auf.

Das ist wieder Hollys Einsatz. »Du nennst sie doch immer Charly-Boy, und gleichzeitig schäkerst du mit ihr herum. Wenn du sie also als Junge bezeichnest und mit ihr aber …«

»Holly!« Tuckers Bass vibriert bis zu mir herüber. »Ich will davon nichts mehr hören, klar? Charly ist ein Mädchen, ich weiß es, Ende.«

Holly zieht eine beleidigte Schnute. Sofort lenkt Tucker ein. »Hey, ich weiß, du meinst es nicht böse.«

»Dann sei nicht so gemein.«

Tucker will schon etwas erwidern, als Silver ein »Themawechsel!« in die Runde wirft. Ich schiebe Tucker die drei Dollar für mein Mittagessen über den Tisch, während Charly sich schon fleißig an meinen Nudeln bedient. Sie kann essen, was sie will, und bleibt immer eine Bohnenstange, was ich sehr beneidenswert finde. Leo ist nicht mehr zu sehen. Vermutlich hat Amber ihn nach draußen auf die Tribünen am Sportplatz entführt, um ihn ganz für sich zu haben.

»Erzähl doch noch ein bisschen«, fordere ich Charly auf, in der Hoffnung, dass sie mir dann vielleicht etwas von meinen Nudeln übrig lässt.

Sie wischt sich die fettigen Fingerspitzen an ihrem Kleid ab und zückt ihr Smartphone. »Wollt ihr Bilder von dem Gucci Shooting sehen?«

»Bist du da nackt?«

Für diese Frechheit wirft Holly Tucker zwei ihrer Pommes an den Kopf. Charly grinst nur und wühlt sich durch ihren Fotoordner.

»Hier.« Sie hält mir das Display hin.

»Wahnsinn.« Charlys Gesicht ist wie eine unberührte Leinwand. Der Künstler, in diesem Falle der Make-up-Artist, kann sie nach seinen Vorstellungen gestalten, und sie sieht immer fantastisch aus. Auf diesen Bildern ist ihr Make-up zurückgenommen und elegant. Die Augenbrauen sind dunkel gemalt worden, sodass sie wie zwei dunkle Akzente aus dem Gesicht hervorstechen. Ihr Mund glänzt ganz leicht, die hohen Wangenknochen sind perfekt akzentuiert. Sie wirkt geheimnisvoll und sehr erwachsen.

»Wahnsinn«, flüstere ich noch mal. Ich scrolle durch die Fotos, in denen Charly bodenlange Abendroben trägt. Die Ausschnitte gehen manchmal bis runter zum Bauchnabel, aber gerade, weil Charly so gut wie keinen Busen hat, wirken die Kleider nicht vulgär oder provozierend. Charly sieht aus wie ein ätherisches Wesen, das von innen heraus zu strahlen scheint. Geheimnisvoll und unnahbar wie eine Gestalt aus dem Feenreich, die sich nur hin und wieder auf die Erde verirrt.

Auch Holly und Silver bewundern die Fotos mit aufrichtigem Beifall. Charly wirkt wie immer etwas verlegen.

Tuckers Geschmack treffen die Bilder nicht so, denn er steht auf kurvige Frauen, bei denen man deutlich erkennt, »wo vorne und hinten ist«, wie er es ausdrückt.

Als Charly erzählt, wie viel sie pro Tag mittlerweile verdient, ist auch Tucker wieder beeindruckt. Tuckers Vater sitzt im Vorstand der Bank of California, und auch wir anderen haben das Glück, dass unsere Eltern finanziell so gut gestellt sind, dass sie uns ein angenehmes Leben ermöglichen können. Nur bei Charly ist das mittlerweile andersrum. Nicht ihre Eltern finanzieren sie, sondern sie ihre Eltern. Charly ist in unserer Clique die Einzige, die tatsächlich aus Downtown kommt. In ihrem Fall bezahlen der Staat Kalifornien und der Ehemaligen-Fond einen Teil ihrer Schulgebühren. Ihre Eltern, eine Krankenschwester und ein Postbote, könnten das Geld niemals aufbringen. Dank Charly wohnen sie in einem größeren Apartment und sie hat beiden Autos gekauft.

Silver, die trotz ihres Flirts mit dem süßen Sam den Überblick nicht verliert, sieht auf ihr Smartphone. »Leute, wir sollten zusehen, dass wir jetzt alle etwas essen, denn wir wollten noch in die Bibliothek, um uns Bücher auszuleihen. Gemessen an der Wahrscheinlichkeit, wie voll es dort sein wird, brauchen wir bestimmt eine halbe Stunde, bis wir alle Bücher haben. Wer hat gleich was?«

Ich hebe die Hand. »Physik.«

Charly nickt. »Ich auch.«

»Gut, dann sind wir schon mal zu dritt.«

»Und ihr?«

Tucker zieht ein Gesicht. »Kunst.«

Holly seufzt. »Dito.«

»Okay. Sport beginnt erst übermorgen. Das heißt, wir

haben danach frei. Wer kommt mit zum Stand? Heute Abend steigt eine kleine *Back-to-School*-Party am Sickermore Beach.«

Tucker und Holly zeigen auf.

»Du nicht?«, fragt mich Silver.

»Wir drehen in Downtown und wollten danach noch zur Feier des ersten Schultags meines letzten Schuljahres essen gehen. Das kann ich nicht absagen.«

»Okay. Und du, Charly?«

Sie gähnt. »Sorry, ich hole 'ne Runde Schlaf nach. Aber vielleicht komme ich später noch.«

»Alles klar.« Silver packt die Butterbrotdosen ein. »Wer noch nicht aufgegessen hat, ihr habt fünf Minuten.«

Die anderen lachen, während ich mich erneut höchst unauffällig umsehe. Von Leo weiterhin keine Spur. Nein, ich bin nicht enttäuscht.

Um 15:45 Uhr erreiche ich den Drehort in Downtown Santa Barbara. In Physik saß ich mit Silver und Charly an einem Tisch und wir bildeten eine Laborgruppe. Leo war nicht da. Dafür Amber, die allen unaufgefordert von dem coolen neuen Typen erzählt hat. Und damit ungesagt ihr Recht auf ihn angezeigt hat. Ich bin ehrlich gespannt, ob dieser Leo das mitmachen wird. Eigentlich wirkt er nicht wie ein Typ, der sich so einfach »schnappen« lässt. Vermutlich wird Amber noch so einige Überraschungen mit ihm erleben.

Ich parke meinen Wagen in einem nahe gelegenen Parkhaus, weil es kaum kostenlose Parkplätze in der Innenstadt gibt. Die Crew hat eine komplette Seitenstraße abgesperrt. Die Genehmigungen dafür werden zum Glück recht zügig von der Stadtverwaltung abgearbeitet, da im Gebiet Kalifornien sehr viele Filme gedreht werden.

Heute drehen wir einen Werbespot für Hämorrhoiden-Creme. Solche Aufträge sind typisch für Mom und Dad. Jeder, dem ich erzähle, dass meine Eltern Inhaber einer Filmproduktionsfirma sind, bekommt glänzende Augen. Alle denken dann sofort an Hollywood, Glamour und die ganz großen Stars. Die Realität sieht anders aus. Zwar rechtfertigt Dad das Drehen von Werbespots damit, dass es auch für solcherlei Kurzfilme Produktionsfirmen geben muss, aber das ist nur eine Ausrede. Denn es gibt auch Produktionsfirmen, die die richtig coolen Spots drehen. Für Coca Cola, Mercedes oder Nike. Mom und Dads Kunden wollen dagegen Toupets, Cremes gegen Krampfadern und Pillen gegen Mundgeruch auf den Markt bringen. Von Glamour keine Spur. Und es hat sich bisher auch noch kein einziger prominenter Schauspieler an unser Set verirrt.

Womit wir allerdings immer wieder zu kämpfen haben, sind die Allüren der Möchtegern-Promis. Ein Paradebeispiel dafür sitzt gerade auf zwei übereinandergestapelten Obstkisten und heult. Janey, unsere Make-up-Artistin, springt um sie herum wie ein aufgeschrecktes Hühnchen.

Mom hat einen hochroten Kopf und die DIN-A4-Blätter des Drehbuchs zu einer straffen Rolle gedreht. Die Arme hat sie vor der Brust verschränkt wie einen Schutzschild.

»Herrgott, Cilia, das ist doch nicht so schwer.«

Cilia, die aussieht wie eine drittklassige Kopie von Marilyn Monroe, hört auf zu schluchzen und hebt den Kopf.

»Isch bin eine Actrice und keine Rindvieh, das man 'erumscheuschen kann, wie man mag!«

Kaum dass Cilia die Hände vom Gesicht genommen hat, beginnt Janey hastig mit der Schadensbegrenzung.

»Niemand hat dich herumgescheucht, Darling.« Moms Blick fällt auf mich, und sie verdreht die Augen, ohne dass Cilia es sehen kann. »Du sollst einfach nur möglichst beschwingt diese Gasse hinuntergehen. So als ob dir deine Hämorrhoiden keine Schmerzen mehr machen.«

»Isch abe keine Ämmorhiden!« Cilia bricht erneut in Tränen aus.

Ich kann es förmlich zirpen hören, als Mom der Geduldsfaden reißt. »Cilia! Hör sofort auf, mit diesem dämlichen Akzent zu sprechen. Du kommst aus Wisconsin und nicht aus Frankreich. Das weiß ich zufällig ganz genau!«

Cilias Schluchzen wird noch lauter.

Mom seufzt, geht zu ihr herüber und legt dann einen Arm um ihre Schultern. »Du schaffst das schon.« Sie sieht erneut zu mir. »Wir haben es doch auch erst 15 Mal probiert.«

»Isch bin eine …«

»Cilia.« Moms Stimme klingt scharf.

»Ich bin eine Künstlerin! Ich … ich brauche Zeit. So einfach ist das nicht. Dann könnte jeder Schauspieler werden. Meine Muse mag mich gerade nicht.« Sie schnieft, während Janey ihr die verwischte Wimperntusche unter den Augen entfernt. »Und ich will einen Trailer, während wir drehen.«

»Schätzchen, der Dreh dauert zwei Tage. Da bekommt niemand einen Trailer. Nicht mal George Clooney. Und wo übrigens hast du dir vorgestellt, dass wir in den engen Gassen von Santa Barbara einen Trailer parken?«

»Ich weiß nicht …«

In diesem Moment taucht Dad auf. »Na? Ist die Nase

wieder gepudert?« Er sieht aufmunternd zu Cilia herüber. »Wir sollten uns beeilen, Cilia. Musst du nicht um 18 Uhr wieder kellnern?«

Cilias Unterlippe beginnt zu zittern, bevor sie sich erneut in einen Weinkrampf stürzt.

»Na super.« Mom lässt Cilias Schulter los und stellt sich neben mich. »Ihre Tagesgage kostet zwar nur so viel wie eine Stunde mit Blake Lively, aber so langsam wird mir der Aufwand doch etwas zu viel.«

»Wie war der erste Schultag, Mäuschen?« Dad küsst mich auf die Wange.

»Super.«

»Wie ist dein Stundenplan?«

»Ganz okay.«

Cilia scheint sich wieder gefangen zu haben. Sie schnieft zwar immer noch, aber ihre Tränen sind versiegt.

Mom drückt mir das Drehbuch in die Hand. »Hier, übernimm du die Continuity. Ich habe keine Geduld mehr.«

»Okay.«

»Ich habe den Tisch für 19 Uhr reserviert, nur zur Erinnerung.«

»Prima. Die anderen wollen gleich noch zum Strand …«, beginne ich zaghaft.

»Das Abendessen ist schon seit Wochen ausgemacht. Und du weißt, wie wichtig die Arbeit am Set für deine Zukunft ist. Du kannst hier nicht weg. Wir wollen dir keine Vorschriften machen, aber das deine Beteiligung hier Priorität hat, müsste auch dir klar sein.«

Das sagt Mom immer. Nur leider stimmt das nicht ganz. Denn wenn sie und Dad mir keine Vorschriften machen wollen würden, hätten sie nicht meine Zukunft bis ins kleinste Detail durchgeplant. Da ich im Moment jedoch keine Lust auf eine Diskussion habe, nutze ich die Zeit, die Janey braucht, um Cilia wieder drehfertig zu schminken, um den anderen vertrauten Gesichtern am Set »Hallo« zu sagen.

Leo

Die Villa, die ich seit letztem Wochenende mein Zuhause nennen muss, wirkt wie ein Ausstellungsobjekt in einem Museum. Hier ist alles neu, hochglänzend und ohne Seele. Unsichtbare Dienstboten huschen auf Zehenspitzen durch die Gänge. Gärtner in grasgrünen Uniformen verschmelzen mit den großen Rasenflächen. Ein diskreter »Liefereingang« seitlich am Haus verhindert, dass die vielen unsichtbaren Helferlein jemals die prunkvolle Eingangstreppe betreten müssen.

Ich parke meinen Pick-up direkt vor dem Haus und mache mich ohne Umwege auf zu Allegras Räumen. Sie hat auf meine Whatsapp-Nachrichten nicht geantwortet und ich mache mir ernsthaft Sorgen. Genau wie ich hat sie einen eigenen Flur mit mehreren Räumen, die sie ihre Gemächer nennen darf. John, unser Gönner und Mom‹s neuer Ehemann, hat ihren Bereich in Weiß, Rosa und hellem Flieder gestalten lassen. Farben, die zu Allegra passen wie kräftiges Pink zu einer Beerdigung. Allegra hasst Rosa und in Flieder sieht sie aus wie tot. In ihrem Flur stehen geschmacklose kleine Beistelltische, auf denen Vasen thronen, die mit pinkfarbenen Blumen vollgestopft sind. Kitschige Stuckverzierungen an den Wänden und nachgemachte Orientteppiche in Pastellfarben sorgen für den absoluten Stil-Exitus. Ken und Barbie würden es lieben. Allegra fühlt sich vermutlich wie eine Gefangene in einem Gruselkabinett.

Vorsichtig drücke ich die Klinke zu ihrem Schlafzimmer herunter. Die rosafarbenen Jalousien sind heruntergelassen und davor hat sie noch die Gardinen aus dichtem weißen Leinen vorgezogen. Trotzdem ist das Zimmer nicht richtig dunkel, denn die kalifornische Sonne ist gnadenlos. Als sie die Tür hört, dreht sie sich im Bett in meine Richtung.

»Hey …« Ich gehe zu ihrem weiß gestrichenen Himmelbett und lasse mich am Rand der Matratze nieder. »Alles okay? Warum hast du nicht geantwortet? Ich habe mir Sorgen gemacht.«

Sie sieht zu mir hoch und in dem Dämmerlicht kann ich die Konturen ihres Gesichts nur schemenhaft erkennen. Allegra war schon immer zierlich und schmal, doch nun wirkt ihr Gesicht regelrecht ausgemergelt. Ihre Wangenknochen treten scharf hervor und ihre Augenringe scheinen täglich größer zu werden. Vorsichtig lege ich ihr eine Hand auf den Oberarm. »Rede mit mir. Bitte.«

»Ich will nach Hause.« Ihre Stimme ist ein mühsames Flüstern. »Ich will mein altes Zimmer zurück. Ich will meine Freunde zurück. Ich will Dad zurück.«

»Allegra.« Ich lasse meine Hand sinken. Eigentlich denke ich dasselbe, doch das kann ich ihr in ihrer Situation unmöglich verraten. Sie würde ihr Bett gar nicht mehr verlassen. »Ich war heute in der neuen Schule. Und es ist gar nicht so übel dort.«

Allegra lacht leise auf, doch es klingt nur bitter und verzweifelt. »Du warst schon immer ein schlechter Lügner, Leo.«

»Ich habe sogar die Direktorin kennengelernt. Eine reizende Dame.«

Sie erkennt die Ironie in meiner Stimme. »Leo!«

»Nein, wirklich.« Ich beschließe, das Ganze etwas weiter auszubauen, um sie aufzuheitern. »Sie mochte mich von Anfang an, das habe ich gemerkt. Weißt du, ich habe auf dem Weg zur Schule ein wenig getrödelt und dafür hat sie mich direkt in ihr schickes Büro eingeladen.«

Allegra kichert in ihr Kopfkissen.

»Wir haben uns ein wenig unterhalten, uns ein wenig kennengelernt, und sie hat mir ein bisschen was über die Schule erzählt.«

»Jetzt sag nicht, dass du schon am ersten Tag nachsitzen musstest.«

»Nicht doch. Wir verstehen uns super, sie und ich. Wenn du magst, stelle ich sie dir morgen direkt mal vor.«

Sofort verstummt Allegras Kichern. »Ich will da nicht hin. Ich will einfach im Bett bleiben und schlafen.«

Mein Blick fällt auf die Medikamentenblister auf ihrem Nachttisch. Seit der Sache mit Dad bekommt sie Psychopharmaka. Auch Mom nimmt Pillen. Beruhigungsmittel, Aufputschmittel, Tranquilizer. Ich bin der Einzige, der ohne Chemie ausgekommen ist, wenn man die gelegentlichen Schlaftabletten nicht dazurechnet. Ich hatte das Schwimmen. Ich habe einfach trainiert wie ein Wahnsinniger. Bis ich meine Arme vor Muskelkater kaum mehr bewegen und den Chlorgeruch aus meinen Haaren nicht mehr herauswaschen konnte. Das war meine Medizin.

Allegra raschelt mit den Decken, während sie sich auf den Rücken dreht und gegen den Betthimmel starrt. »Wie weit ist es bis zum Meer?«

»Ich weiß nicht genau. 20 Minuten mit dem Auto, höchstens.«

»Ich vermisse das Meer.« Sie wirkt abwesend. Ich weiß, dass das teilweise auf den Einfluss der Medikamente zurückzuführen ist. Ich hasse diese bunten kleinen Dinger. Je länger sie sie nimmt, desto länger wird sie brauchen, um von ihnen wieder loszukommen. Früher war sie ganz anders. Sie war fröhlich, übersprudelnd vor Optimismus und guter Laune. Sie war talentiert, besaß einen guten Umgang mit Worten und liebte es zu lesen. In ihrem Debattierclub war sie eine der Besten. Sie interessierte sich für das Geschehen in der Welt, für Politik und Kultur. Sie war es, die unsere Eltern darauf brachte, eine der größten Sonntagszeitungen Amerikas zu abonnieren. Sie war es, die jedes halbe Jahr ein neues Bücherregal brauchte. Sie war es, die als eine der wenigen Highschool-Schülerinnen ein von der Yale-Universität gefördertes Literatur-Stipendium bekam. Ich erinnere mich noch genau, wie stolz ihr Blick war, als sie mir mit dem Bibliotheksausweis der Yale vor der Nase herumgewedelt hat.

Und was war von ihr geblieben? Ich sehe auf sie hinab. Ihr Blick ist unverändert. Ihre Augen wirken stumpf, irgendwie leer. Das Glitzern, das Aufblitzen von Ehrgeiz, von Lebenslust ist wie ausradiert. Ihre Lippen wirken schmaler als sonst. Ihr langes schwarzes Haar hat seinen Glanz verloren. Es sieht aus, als ob sie es seit Tagen nicht gekämmt hat. Erst jetzt fällt mir auf, dass ihr rechter Mundwinkel eingerissen ist.

»Wann hast du das letzte Mal etwas getrunken, Al?«

Sie schüttelt stumm den Kopf.

»Hast du heute schon etwas gegessen?«

»Da war jemand, aber ich habe sie weggeschickt.« Sie dreht den Kopf zu mir. »Weißt du eigentlich, wie viele Leute hier in diesem Haus arbeiten?«

»Lenk nicht ab. Willst du mir sagen, dass du heute noch nichts gegessen und getrunken hast?«

»Ich brauche nichts.«

»War Mom hier?«

»Kurz.« Allegra zieht die Decke bis zur Nasenspitze hoch. »John hat draußen gewartet. Vermutlich wollte er das hier nicht sehen. Sie sind zu irgendeinem Country Club, den er Mom zeigen wollte. Er hat uns alle dort als neue Mitglieder angemeldet. Mom war ganz aufgeregt.«

Nun bin ich es, der bitter auflacht. Ich hätte niemals gedacht, dass meine Mutter sich von einem Haufen Geld so verführen lassen würde. Sie ist wie ausgewechselt. Plötzlich verbringt sie ihre Zeit in irgendwelchen überteuerten Spas, Luxusboutiquen und beim Friseur. Sie scheucht die Dienstboten herum, als wäre sie als Prinzessin geboren worden. Früher hat sie selbst gekocht. Heute ist sie schon genervt, wenn ihr französischer Sternekoch sie untertänigst darum bittet, sich die Menüvorschläge für die nächste Woche anzusehen. Was Dad wohl dazu sagen würde?

»Al, so geht das nicht weiter.« Ich stehe von ihrem Bett auf und gehe zu den Fenstern.

»Lass das!« Ihre Stimme klingt schrill. Mit der Hand an dem Zugband eines Rollos halte ich inne. »Du wirst morgen zur Schule gehen müssen. John ist zwar unermesslich reich, aber von der Schulpflicht kann er dich nicht freikaufen.«

»Ich lasse mich krankschreiben!« Ihre vorher noch so trüben Augen haben einen fiebrigen Glanz bekommen. Sie zittert, als ob sie kurz vor einer Panikattacke stünde. Was hat diese kaputte Puppe in dem kitschigen Himmelbett mit meiner echten Schwester gemacht? Ich muss mich zwingen, nicht vor ihrem Anblick zurückzuweichen. »Al. Wie lange soll das noch gehen? Du warst schon zu Hause alle zwei Wochen krank. Der Umzug hat dir den Hintern gerettet, denn zu Hause hättest du das letzte Schuljahr wiederholen müssen.«

Sie murmelt etwas Unverständliches.

»Ich meine es ernst, Al. Ich vermisse Dad auch. Aber irgendwann ...« Ich hasse mich dafür, dass ich ihr mit solchen Floskeln kommen muss. »Irgendwann geht das Leben weiter.«

Sie antwortet nicht mehr. Ich höre sie leise seufzen.

Langsam ziehe ich das erste Rollo hoch. Obwohl ich den Leinenvorhang vor dem Fester lasse, ist das Zimmer schon fast taghell. Al dreht mir und dem Fenster den Rücken zu. Ihre Wirbelsäule und die Rippen sind unter der Haut ihres Rückens überdeutlich sichtbar. Das Spaghettiträger-Top wirkt viel zu groß. Sie ist nur noch Haut und Knochen. Ein Stich jagt mir durchs Herz, als mir klar wird, dass meine Schwester kurz davor ist, sich selbst zugrunde zu richten. Mit den Tabletten, die süchtig machen. Mit ihrer Nahrungsverweigerung. Mit ihrer Flucht in ständiges Schlafen. Ich muss mich zwingen, weiterzumachen. Auch die anderen beiden Rollos wandern nach oben. Nun ist das Zimmer gleißend hell. Die eine Wand ist noch komplett mit Umzugskartons vollgestellt. Es sieht so aus, als habe Al noch keinen einzigen angerührt.

»Ich hole dir etwas zu essen und zu trinken.«

»Nein.«

»Doch.« Ich gehe um das Bett herum, damit sie mich ansehen kann. »Und ich bleibe hier, bis du es wenigstens probiert hast. Irgendwelche Wünsche?«

Al schüttelt den Kopf.

»Gut, dann ein Stück fettigen Schmorbraten, Pommes und dazu ein Glas Bier.«

»Iiih!« Al wirft mir einen finsteren Blick zu. »Du bist eklig!«

»Was dann?«

Al seufzt lange und tief. »Vielleicht ein paar Nudeln?«

»Okay. Ein bisschen Gemüse dazu?«

Al nickt, sieht aber nicht wirklich begeistert aus.

»Ich sehe mal nach, was die Küche so hergibt. Was magst du trinken?«

»Ist mir egal.«

»Na gut. Bin gleich wieder da.«

Allegra will gar nicht wissen, was ich ihr zu essen bestellt habe. Und genau deshalb erzähle ich auch nichts davon. Als zwei Zimmermädchen die Tabletts hineintragen, weiten sich ihre Augen. Auch ich muss zugeben, dass das Essen so appetitlich angerichtet ist, dass man vermutlich noch Hunger bekommt, wenn man satt ist. Die Nudeln mit den Möhren duften hervorragend. Auf meinem Teller prangt zusätzlich noch ein großes, scharf angebratenes Stück Rinderfilet. Wir beschließen, im Bett zu essen, weil Allegra nicht aufstehen will. Sie stochert eine Weile in ihren Möhren herum, bis ich bemerke, dass sie immer wieder neugierig in Richtung meines Filets schnüffelt.

»Willst du etwas haben?«

Sie lacht etwas verschämt.

»Es ist total lecker.« Ich schneide es zur Hälfte durch, und obwohl sie protestiert, lege ich es ihr mitten auf den Teller. »Jetzt stell dich nicht so an. Früher bist du von ein bisschen Fleisch doch auch nicht gestorben.«

Sie kichert und boxt mir gegen den Oberarm. Ich sehe, wie sie zögert, doch dann probiert sie. Sie schließt die Augen und kaut. Ein leises »Hmmm« kommt über ihre Lippen.

»Gut, oder?«, frage ich leise.

Sie nickt mit geschlossenen Augen.

Früher hat Al immer behauptet, dass gutes Essen auch Teil einer gewissen Lebensqualität ist. Keine Ahnung, ob sie das nun alles vergessen hat, aber wenn ich mir sie so ansehe, muss ich ihr recht geben. Schon nach wenigen Bissen ist ihre Haut nicht mehr so fahl und ihre Wangen sind leicht gerötet. Sie kaut mit einer Inbrunst, die mich schmunzeln lässt.

»Vergiss deine Nudeln nicht.«

Al schluckt den Bissen hinunter und zieht ein Gesicht. »Haha.«

Ich schneide ihr noch ein Stück Fleisch ab und schiebe es auf ihren Teller. Dieses Mal protestiert sie nicht mal.

Eine gute Viertelstunde später hat Al ihren Teller fast komplett leer geputzt. Als erneut geklopft wird, reißt Al überrascht den Kopf hoch und sieht fragend zu mir.

»Nachtisch«, sagte ich und stapele unsere Teller übereinander. Al sieht mich an, als ob ich ihr eben gestanden hätte, dass ich Drillinge erwarte.

»Ich esse niemals Nachtisch.«

Ich setze mein bestes Pokerface auf. »Von mir aus. Dann bleibt mehr für mich übrig.«

Leider nur kennt Al mich so gut wie ich sie, denn sofort wird ihr Blick neugierig. Ich bedanke mich bei den beiden Zimmermädchen, während die in fliegender Routine unsere Tabletts austauschen. Nun haben wir beide einen Teller vor der Nase, auf dem ein großes Stück Kuchen liegt. Der Tellerrand ist mit Sternfruchtscheiben und einer Zuckerzimtmischung dekoriert. Der Kuchen selbst duftet so verführerisch, dass sogar ich sofort probieren will. Daneben steht eine große Tasse mit einem cremig gelben Getränk.

»Was ist das?« Al, die ja eigentlich niemals Nachtisch isst, hat ihre Kuchengabel schon in der Hand.

»Original französische Apfeltarte und hausgemachte Vanillemilch.«

Als Augen werden glasig. »Jemand muss ganz dringend die Köche entlassen, sonst wiege ich auf meinem Abschlussball nächstes Jahr 120 Kilo.« Nach nur zwei Bissen jedoch legt sie die Gabel zur Seite. »Wenn ich noch mehr esse, wird mir schlecht.«

Ich habe meinen Kuchen fast vollständig verdrückt und sehe mit ernstem Gesicht zu ihr rüber. »Warum machst du auch so was? Den ganzen Tag nichts essen? Du weißt doch, dass du nur dich selbst damit bestrafst.«

Al schaut ausweichend zur Seite. Damit die Stimmung nicht wieder kippt, spreche ich sie nicht noch mal darauf an. Die Portion, die sie gerade gegessen hat, war ganz ordentlich. »Warst du schon am Meer?«

Ich schüttele den Kopf. »Aber wie gesagt, mehr als zwanzig Minuten Fahrt ist es nicht entfernt.«

Ihr sehnsüchtiger Blick versetzt mir einen Stich ins Herz. »Sollen wir nachher mal kurz hinfahren?«

Al schiebt ihr Tablett von sich und verkrampft die Finger ineinander, sodass ihre Knöchel weiß hervortreten. »Ich weiß nicht.«

»Warum denn nicht? Ich war auch noch nicht da. Vielleicht so gegen sieben? Dann ist es schon nicht mehr ganz so heiß.«

Allegra zuckt die Schultern. »Das ist nur noch eine knappe Stunde.«

»Genau. Du kannst dich noch ein bisschen ausruhen und um sieben hole ich dich ab.«

Wieder zuckt Al die Schultern. »Okay.«

Auf dem Weg zu meinen Räumen mache ich einen Umweg über den Eingang, denn ich muss noch meinen Rucksack aus dem Pick-up holen. Hausaufgaben gab es für morgen zum Glück keine. Bei Johns nett gemeinter individueller Gestaltung meiner Räume habe ich Glück gehabt. Viel dunkles Holz, klare Linien und wenig Schnickschnack. Seltsamerweise erinnert mich alles hier ein wenig an unser Haus in New Haven. In meinem Wohn- bzw. Arbeitszimmer steht eine dunkle Ledercouch mit einem niedrigen Opiumtisch davor. An der Wand gegenüber ist ein großer Flachbildfernseher eingelassen. Der Schreibtisch ist aus dunklem Holz. Dunkelblaue bodenlange Vorhänge rahmen die großen Fenster ein. Alles an allerneuester Technik ist hier präsent. Eine per iPad steuerbare Musikanlage, eine moderne Spielekonsole, die ich garantiert niemals benutzen werde. Es gibt sogar so eine Art kleine Hausbar, in der allerdings nur Wasser und Softdrinks stehen.

Mein Schlafzimmer dominiert ein breites, schlichtes Bett aus dunklem Holz. Auch die Bettwäsche ist zum Glück einfach nur weiß. Davor liegt ein dunkelblauer Teppich und seitlich neben der Tür stehen zwei breite braune Kleiderschränke. Obwohl mir das Zimmer so fremd ist wie ein Hotelzimmer, strahlt es Ruhe aus. Die Erinnerung an mein altes Zuhause trägt außerdem dazu bei, dass ich mich hier nicht so sehr auf Besuch fühle, wie ich mich fühlen müsste. Schließlich wohne ich erst seit dem Wochenende hier. Das angrenzende Bad besteht aus dunkelgrauem Marmor. Eine riesige Duschkabine mit einem überdimensionalen Duschkopf ist das auffälligste Inventar. Schlichte graue Handtücher geben dem Ganzen eine männliche Note. Egal, wie skeptisch ich bin, in meinem Fall hat der Innenarchitekt wirklich Großes geleistet.

Ich beschließe, noch schnell zu duschen, bevor wir unseren Ausflug zum Strand machen. Ich bezweifle es zwar immer noch, dass ich es schaffen werde, Al aus dem Haus zu schleifen, doch da ich auf die Hilfe meiner Mutter nicht zählen kann, muss ich mich eben um Al kümmern.

Abby

»Sie haben WAS getan?« Dad springt auf. Der zierliche Korbstuhl, auf dem er eben noch gesessen hat, wird mit Wucht nach hinten geschleudert. Ein Ober mit drei riesigen Pizzatellern auf dem Arm weicht ihm elegant aus. Hier in Kalifornien ist man exaltiertes Benehmen gewöhnt. Als Gast wird man nicht direkt des Lokals verwiesen. Nein, weit gefehlt. Benimmt sich hier jemand daneben, wird hinter der Theke heimlich gegoogelt, ob derjenige vielleicht ein VIP und sein katastrophales Benehmen Teil seines Images ist. Badet zum Beispiel Kanye West ein gesamtes Lokal in Champagner, gibt der Besitzer dies am nächsten Morgen stolz auf Twitter bekannt. Bringt Justin Bieber seinen halben Streichelzoo mit zum Essen, gibt es davon Fotos auf der Facebookseite des Restaurants. Vorschriften des Gesundheitsamts? Eventuelle Tierhaarallergien der anderen Gäste? Nebensache. Wenn ein von Kopf bis Fuß tätowierter Kinderstar im Kreise seiner Hausäffchen eine Schinkenpizza essen will, dann verblasst der Rest der Welt zu Nebensache. Willkommen in Hollywood!

»Was ist passiert, Darling?« Mom, die neben mir auf der Bank sitzt, legt ihr Besteck zur Seite.

Dad hat mit der Linken mittlerweile seinen Korbstuhl wieder eingefangen, während er sich mit der Rechten sein Telefon ans Ohr presst, als wollte er es sich durch den Gehörgang in den Kopf implantieren.

»Sag das noch mal! Dieser verdammte Übersee-Empfang.«

»Darling, was ist los?« Mom, die wohl der Meinung ist, Dad könne mehr als zwei Dinge gleichzeitig – telefonieren und Korbstuhl festhalten –, lässt nicht locker. »Ist etwas passiert?«

Dad ignoriert sie. Stattdessen lässt er sich zurück in seinen Stuhl fallen. Die zierlichen Streben ächzen gequält auf. »Und was wollen sie jetzt von euch?« Pause. »Die sind doch nicht ganz richtig im Kopf!«

Mom und ich sehen uns an. Da Dad nicht bereit scheint, uns mit neuen brandheißen Informationen zu versorgen, bleibt uns wohl nichts anderes übrig, als abzuwarten.

»Ausgeraubt?« Wieder scheint er kurz davor, aufzuspringen. »Aber dann ist es doch nicht eure Schuld! Da muss man doch kulant sein.«

Mom neben mir holt deutlich hörbar Luft. Auch ich starre Dad an, als würde der Inhalt seines Gesprächs sich hoffentlich irgendwann auf seiner Stirn abzeichnen. Vielleicht als eine Art fortlaufende Leuchtschrift, das wäre doch nett.

»Ich kümmere mich darum. Ja, noch heute Nacht. Ich melde mich, sobald ich eine Lösung gefunden habe.« Er beendet das Gespräch und knallt das Handy auf den Tisch. »Ich glaube es einfach nicht.«

»Jetzt sag schon«, quengele ich. Die Spaghetti mit Meeresfrüchten, eigentlich mein Lieblingsgericht, lasse ich links liegen.

Dad tupft sich mit einer adrett gebügelten Leinenserviette die Stirn ab. »Sie haben die ganze verdammte Filmcrew im Hotel eingeschlossen. Man lässt sie nicht abreisen, weil sie die Rechnung nicht bezahlen können.«

»Aber warum können sie –«, beginnt Mom, doch Dad bringt sie mit einem Blick zum Schweigen.

»Sie sind auf dem Rückweg vom Set ins Hotel überfallen worden. Alles ist weg. Die Kreditkarten, ihre Uhren, Bargeld und alle Handys. Eigentlich sollten sie morgen früh wieder abreisen. Roger hat sich sofort an den Hotelmanager gewandt, um ihm die Situation zu erklären. Aber anstatt mit ihm an einer Lösung zu arbeiten oder Roger zur Polizei zu fahren, hat er angeordnet, dass die gesamte Crew das Hotel nicht mehr verlassen darf, bis die Rechnungen bezahlt sind. Man hat wohl Angst, dass sie flüchten und das Hotel auf der Rechnung sitzen bleibt. Was sind das bitte für Hinterwäldlermethoden? Das ist doch bloß Osteuropa und nicht der Kongo.«

»Ich glaube, das ist fast das Gleiche, Dad.«

Dad schnaubt ungehalten.

»Geht es ihnen gut? Ist jemand verletzt worden?« Mom ist blass geworden.

»Nein, alles okay. Es handelte sich wohl um eine Bande. Sie haben mit Messern herumgefuchtelt und einer hatte auch eine Pistole. Aber als sie die Beute hatten, haben sie sich sofort verdrückt. Roger glaubt nicht, dass sie ernsthaft vorhatten, den Opfern zu schaden. Er sagte, sie hätten alle gleichzeitig auf Rumänisch irgendwas gebrüllt und er und die anderen hätten sofort gewusst, dass dies ein Überfall war. Sie haben dann sofort reagiert und alles abgegeben.«

»Ich habe ja gleich gesagt, dass es keine gute Idee ist, in Rumänien zu drehen.« Mom rümpft die zierliche Nase. »Nur weil es billiger ist. Ich erinnere mich noch gut an unsere Diskussionen und das haben wir nun davon. Amerikanische Staatsbürger, die gegen ihren Willen in einem rumänischen Hotel irgendwo im Hinterland gefangen gehalten werden.« Sie beugt sich zu Dad über den Tisch. »Und wenn du nun glaubst, in

Indiana-Jones-Manier im Alleingang nach Rumänien zu fliegen, um deine Leute zu befreien, dann lasse ich mich scheiden.«

Ich muss grinsen. Dad mit Scheidung zu drohen, ist Moms liebstes Druckmittel. Leider nur hatte sie es schon ein klein wenig zu oft benutzt. Außerdem weiß ich genau, dass sie ihn niemals verlassen würde. Dad scheint das genauso zu sehen. Er beugt sich ebenfalls zu ihr über den Tisch und scheint wenig beeindruckt.

»Sobald wir aufgegessen haben, werde ich mir diesen Scharlatan von Hotelbesitzer mal vorknöpfen.«

»Dad, es ist 21:15 Uhr. In Europa ist es jetzt mitten in der Nacht. Glaubst du im Ernst, dass in so einem kleinen Hotel in der Provinz die Rezeption die ganze Nacht besetzt ist? Geschweige denn, dass du irgendeinen Manager an die Strippe bekommst?«

»Ist mir völlig egal. Sollen sie diesen Verbrecher eben aus dem Bett holen. Roger sagte, sie wollten die Crew zum Tellerspülen zwingen, damit sie ein Abendessen bekommen.«

»Nein!« Mom, die alles, was mit Küchenarbeit zu tun hat, als absolute Höchststrafe empfindet, wird noch blasser. »Das können sie nicht von ihnen verlangen.«

Dad lehnt sich in seinem quietschenden Korbstuhl zurück. »Genau deshalb muss ich handeln.« Er nickt Mom jovial zu, als habe er dieses verbale Match eindeutig gewonnen. Doch so schnell gibt sie nicht auf.

»Verwirfst du jetzt endlich den Plan, dass Osteuropa ein besserer Drehort als die USA ist?«

Dad knirscht mit den Zähnen, sagt aber nichts. Mom, die die Situation voll auskostet, pikt mir ihrer Gabel in ihren

Gnocchi herum. »Ich gebe ja zu, dass die Produktionskosten aufgrund der niedrigeren Arbeitslöhne geringer ausfallen, aber das sind ja Bedingungen wie im Dschungel. Und die Flüge von Roger und Ariel waren auch nicht gerade billig. Plus diese ganzen Versicherungen, bei denen aufgrund der Sprachbarriere niemand durchblickt. Ich weiß bis heute nicht, gegen was unsere Darsteller versichert sind.« Sie pikt eine Gnocchi mit der Gabel auf und wedelt damit herum. »Ich habe kürzlich irgendwo gelesen, dass es in diesen Ländern sogar noch die Pest geben soll.« Sie macht eine dramatische Pause. »Ich habe nur darauf gewartet, dass etwas passiert.«

Dad massiert sich die Nasenwurzel. »Jetzt mach mal einen Punkt, Gina. Niemand ist erschossen worden. Erinnerst du dich an den katastrophalen Dreh von Henry in den Achtzigern? Da hatte er gerade seine Produktionsfirma gegründet. Eine angesagte Jeansmarke wollte einen Spot, der in den Gettos gedreht werden sollte. Am ersten Drehtag hat eine Gang zwei Kabelträger und den Komparsenbetreuer erschossen, weil sich die Crew ungefragt in ihrem Revier breitgemacht hatte. Das war in Miami.« Er lässt von seiner Nase ab und sieht Mom eindringlich an. »Am helllichten Tag.«

»Ich bleibe dabei. Irgendwo im Hinterland von Transsylvanien zu drehen, nur um ein paar Dollars zu sparen, war eine dumme Idee. Ich hätte mich niemals von dir überreden lassen sollen.«

»Gina, das machen im Moment alle. Wir müssen den Trend der Zeit folgen. Und für aufwendigere Produktionen lohnt sich das definitiv. Mal abgesehen von so kleinen Zwischenfällen.«

»Kleine Zwischenfälle?«

»Das war unser erster Dreh dort. Vielleicht wäre es ganz anders gelaufen, wenn ich mitgereist wäre. Wer weiß, wo die Crew sich dort herumgetrieben hat.«

»Du gibst der Crew die Schuld? Roger ist nur geflogen, weil du ihn quasi gezwungen hast. Er hat panische Flugangst und du musstest ihn praktisch bis zum Check-in tragen. Ariel hat erzählt, dass Roger dank einer Mischung aus Schlaf- und Beruhigungsmitteln plus Alkohol den gesamten Flug nicht ansprechbar war. Sie hat hin und wieder seinen Puls gefühlt, um sicherzugehen, dass er noch lebt.«

Dad grunzt genervt. »Ich leite eine Firma, die einen riesigen Haufen kreativer Selbstständiger koordiniert. Da muss man manchmal hart durchgreifen. Künstler brauchen eine starke Hand. Und Roger ist ein verdammter Hypochonder.«

»Trotzdem. Das war unser letzter Ausflug in die Karpaten. Sollen sie doch alle in Afrika, Rumänien oder sonst wo drehen. An Orte, die weder über gepflasterte Straßen noch über ein anständig ausgebautes Nahverkehrsnetz verfügen, schicke ich unsere Leute nicht mehr. Sei der Trend auch noch so trendy.«

»Hoffen wir mal, dass sie nicht als Vampire wiederkommen.« Mom und Dad sehen mich entsetzt an. »Das war ein Witz.«

»Was auch immer. Sobald wir mit dem Essen fertig sind, werde ich mir diesen Hotelmanager vorknöpfen.« Dad hebt sein leeres Weinglas. »Garcon, noch mal den kalifornischen Rotwein.«

Der Ober, der eben noch der Attacke mit dem Korbstuhl ausgewichen war, schwebt heran und nickt huldvoll. »Prego, Senor.«

»Grazias, Amigo.« Dad ist es egal, dass er sämtliche Fremdsprachen der Welt durcheinandermischt, solange er bekommt, was er bestellt.

Mom lehnt sich zu mir und legt einen Arm um meine Schultern. »Jetzt konzentrieren wir uns wieder auf den Grund, warum wir heute hier sind.« Sie seufzt. »Das ist dein letztes Schuljahr.« Mit der freien Hand streicht sie zärtlich über meine Wange. »Mein Gott, wie bist du nur so schnell groß geworden?«

»Mom, bitte.« Ich nehme ihre Hand von meiner Wange und tätschele sie. »Jetzt sei nicht so dramatisch. Es ist nur ein Abendessen.«

»Ja, aber ab heute bist du ein Senior. Nicht mehr lange und du kannst endlich Vollzeit in die Firma einsteigen.« Sie lächelt mich voller Liebe an. »Du glaubst nicht, wie sehr ich mich darauf freue.« Sie dreht sich zu Dad. »Nicht wahr, Ernest? Darauf freuen wir uns schon so sehr.«

Dad, der gerade seinen Wein bekommt, nickt. »Ja, darauf freuen wir uns. Und nun esst eure Nudeln auf, Mädels, bevor alles kalt wird.«

Als wir zwei Stunden später wieder zu Hause sind, ist es natürlich schon viel zu spät für den Strand. Da es in der Zwischenzeit geregnet hat, vermute ich, dass auch die anderen nicht allzu lange da waren. Mom hat mal wieder meine Zukunft in allen schillernden Farben beschrieben, während ich neben ihr immer kleiner geworden bin. Ich zücke mein Handy und seufze. Mir bleiben nur noch etwas mehr als vier Monate Zeit, denn etwa ein halbes Jahr vor dem Highschool-Abschluss werden die Bewerbungen für die Colleges eingereicht. Vier

Monate, in denen ich meinen Eltern klarmachen muss, dass die Zukunft, die sie mein ganzes Leben lang für mich geplant haben, nicht mein Traum vom Glück ist.

Für sie scheint mein weiteres Leben wie in Stein gemeißelt: Ich werde Filmproduktion an der Universität von Kalifornien studieren. Danach werde ich in die Produktionsfirma meiner Eltern einsteigen. Ich soll die Firma aus ihrer Mittelmäßigkeit ziehen und »Boulevard Films« zu einer *der* Produktionsfirmen in Hollywood machen. Das ist der Plan meiner Eltern. Seit ich mit zehn Jahren das erste Mal an einem Set ausgeholfen hatte, reden sie mit einer liebenswürdigen Selbstverständlichkeit von nichts anderem. Ich bin gut in einer bestimmten Sportart? Dann ist das ein schönes Hobby. Ich interessierte mich für ein Themengebiet, das zufälligerweise nicht mit der Produktion von Werbefilmen zu tun hatte? Schön, dann ist das sicherlich nur eine Phase. Wäre ich einfach orientierungslos, so wie viele Teenager in meinem Alter, würde es mir sicherlich nicht so erdrückend vorkommen. Vielleicht wäre mir dann doch irgendwann aufgefallen, dass das Produzieren von Werbefilmen genau mein Ding ist. Dass ich es nur noch nicht erkannt habe. Dass meine Eltern recht haben. Doch fatalerweise weiß ich schon sehr genau, was ich mit meiner Zukunft anfangen will. Nur leider hat das überhaupt nichts mit Werbefilmen zu tun.

Am nächsten Morgen habe ich schlechte Laune. Da hilft auch kein schnurrender Dr. Bob in meinem Bett. Was soll ich bloß machen? Das Thema »Zukunftsplanung« scheint mich auch die ganze Nacht nicht losgelassen zu haben. Ich habe wirres Zeug geträumt und unruhig geschlafen. Brummelnd ziehe ich

Dr. Bob noch enger an mich, um noch eine Runde mit ihm zu kuscheln, da plärrt der Wecker meines Handys los.

Schon so spät? Seufzend stehe ich auf und schleiche unter die Dusche. Unten im Haus ist es still. Mom und Dad sind also schon wieder unterwegs. Der Stau auf der Bundesstraße 111 lässt mich heute kalt. Ich bin so früh dran, dass Silver mir keinen Platz frei halten muss. Sollte mir allerdings wieder dieser Leo in die Quere kommen, bin ich gerade in der richtigen Stimmung, um ihm den Kopf abzureißen. Beziehungsweise dafür zu sorgen, dass er und sein protziger Pick-up nicht so einfach davonkommen.

Natürlich ist das Wetter jetzt wieder ausgezeichnet. Vom Regen von gestern Abend keine Spur mehr. Es ist ja auch Schule. Ich parke direkt vor dem Gebäude und bin eine ganze Viertelstunde zu früh im Kunstraum. Während die anderen langsam eintrudeln, halte ich nach Leo Ausschau. Bis auf Charly, die genauso fertig zu sein scheint wie ich, erscheint keiner meiner Freunde. Silver textet mir einen schlafenden Smiley aus dem Englischraum ein paar Zimmer weiter. Ich traue mich nicht, sie zu fragen, ob Leo dort ist.

Nach einer Doppelstunde Kunstunterricht, die Mr. Peabody komplett damit verbracht hat, über seine anstehende Ausstellung zu reden, mache ich mich auf zu einer Doppelstunde Spanisch. Dieses Mal sind Tucker und Holly mit von der Partie, was die Stunde ganz unterhaltsam macht. Leo ist wieder nicht da. Anscheinend ist die einzige Stunde, die wir auf unserem Stundenplan zusammen haben, Geschichte.

Trotzdem werde ich ihn heute noch Mal zu Gesicht bekommen, denn heute werden die Gemeinschaftsprojekte der einzelnen Jahrgänge vorgestellt. Mein Jahrgang, also die zwölfte Klasse, ist direkt nach der Mittagspause dran. Bei dem Gedanken an Leo kribbelt es in meinem Bauch. Irgendetwas dreht zarte Pirouetten, wirbelt in mir umher mit kitzelnden Schwingen. Es ist ein süßes, berauschendes Gefühl. Es lässt mich versonnen lächeln. Mich federleicht werden. Mir wird schwindelig, als ich das Gefühl erkenne: Es ist die Vorfreude, ihn wiederzusehen. Hilfe!

Während der Mittagspause sitzen wir an unserem gewohnten Tisch. Ich sehe Tucker dabei zu, wie er eine riesige Portion Spaghetti Bolognese verdrückt. Charly hat eine ebenso große Portion vor sich, isst aber deutlich langsamer. Silver kaut auf ihrem Biobrot, Holly isst ein paniertes Schnitzel mit Gemüsereis, und ich starre ins Leere. Ich habe überhaupt gar keinen Hunger, was bei mir eher selten vorkommt.

Aiden, einer von Tuckers Surfkumpels, steht hinter Tuckers Stuhl und umklammert einen Eimer voll Chicken Wings wie einen Rettungsanker.

»Ach du heilige Scheiße«, sagt er plötzlich und lässt einen abgenagten Knochen zurück in den Pappeimer fallen. »Drehen die hier heute ein Sequel von Twilight?«

Neugierig drehen wir die Köpfe. Im Eingang der Schulmensa stehen Leo und ein Mädchen, das ihm auf unheimliche Art ähnelt. Obwohl er ein ziemlich männlicher Typ ist und das Mädchen so zart und zerbrechlich wie eine Fee wirkt, kann selbst ein Blinder erkennen, dass die beiden verwandt sein müssen. Sie besitzen beide die gleiche helle Haut, die fast schwarzen Haare und den Gesichtsausdruck leicht überheblicher Langeweile. Das Mädchen ist sehr schlank, vermutlich noch dünner als Charly. Die Ringe unter ihren Augen kann selbst ein guter Concealer nicht mehr verstecken. Sie trägt eine dunkelblaue Röhrenjeans, die an den Waden schlackert. Ihr schwarzes Langarmshirt scheint von innen fast leer. Sie ist komplett ungeschminkt, ihre langen Haare hat sie in einem losen Knödel auf dem Kopf gebändigt. Trotzdem hat sie etwas an sich, das einen nicht mehr wegsehen lässt. Sie besitzt die gleichen ausgeprägten Wangenknochen wie Leo, nur ihre Augen sind noch größer als seine. Ihr Kinn kleiner und weicher und ihre Lippen etwas voller und herzförmiger. Um uns herum legen die Schüler das Besteck zur Seite. Alle starren sie an.

Leo beugt sich zu ihr und flüsterte ihr etwas zu. Das Mädchen wirkt, als wolle sie unter gar keinen Umständen hier sein. Die neugierigen Blicke der anderen scheinen sie zu verunsichern. Leo hingegen wirkt so selbstbewusst wie gestern. Er badet in den Blicken der Menge und scheint sich der Aufmerksamkeit aller voll bewusst.

»Du liebe Zeit«, brummt Tucker. »Da gibt es zwei von? Ist das rechte ein Mädchen oder ein dürrer Kerl mit langen Haaren?«

»Sie hat keine Brüste, also ist sie ein Kerl.« Aiden lässt einen weiteren Hühnerknochen in den Eimer fallen.

»Halt die Klappe, Aiden.« Holly sieht genervt zu ihm hoch. »Vielleicht war sie krank. Sieh mal, wie krankhaft dünn sie ist. Dagegen ist unsere Charly ein Moppelchen mit Babyspeck. Außerdem will nicht jede Frau aussehen wie die silikonverstärkten Männerfantasien aus deinen Schmuddelheften.«

Aiden lacht dröhnend. »Schmuddelhefte? Sagt man das seit den Fünfzigern noch? Herzchen, gelobt sei das Internet!« Er wackelt anzüglich mit den Augenbrauen.

»Hör bloß auf. Mehr will ich gar nicht wissen.«

Ich hingegen sehe die beiden immer noch an. Das kann nur Leos Zwillingsschwester sein. Die Ähnlichkeit ist frappierend.

Ohne sich weiter umzusehen, stellt Leo sich in der Schlange vor der Theke an und schiebt das Mädchen vor sich her. Zwei Typen, Elvis und Alec, die auch in unserer Stufe sind, gesellen sich zu den beiden, als würden sie sich kennen. Ich beobachte, wie Leo Alec das Mädchen vorstellt. Dann reden sie alle so ungezwungen miteinander, als würden sie sich schon ewig kennen. Offenbar ist das schüchterne Auftreten des Mädchens doch nur der erste Eindruck. Sie lacht sogar über etwas, das Alec sagt. Sie schieben sich durch die Schlange und suchen sich dann zusammen einen Tisch. Der liegt leider so ungünstig, dass ich von Leo nur seinen dunklen Hinterkopf sehe.

»Die sind also neu?«, fragt Aiden, der die ganze Aufregung um die beiden wohl noch nicht mitbekommen hat.

Holly nickt und kaut wortlos weiter.

»Wie kann man denn um diese Jahreszeit so bleich sein?«

»Ostküste?«, schlägt Charly vor. »Oben Richtung Connecticut und so wird es nie richtig heiß.«

»Wohl eher ›Frostküste‹«, murmelt Silver. »So unsympathisch, wie der Kerl ist.«

»Mr. und Mrs. Frostküste.« Aiden grinst. »Und schon haben sie einen Spitznamen.«

Da die beiden aus unserem Blickfeld verschwunden sind, verebbt das Gespräch rund um die Zwillinge. Silver simst wieder mit Sam, während ein leicht entrücktes Lächeln ihre Lippen umspielt. Chalry scheint immer noch unter ihrem Jetlag zu leiden.

»Ich glaube, ich habe eine Wimper im Auge. Ich gehe

mal eben an den großen Spiegel der Mädchentoilette nachsehen.« Ich blinzele mit dem linken Auge, in dem es plötzlich pikst und das schmerzhaft tränt.

»Viel Erfolg.« Charly scheint als Einzige zugehört zu haben, denn die anderen diskutieren über die anstehenden Schulprojekte.

»Ich habe da so was von keine Lust drauf«, tönte Tucker gerade. »Das ist einer der Gründe, warum ich es nicht erwarten kann, endlich den Abschluss zu haben.«

Ich verlasse die illustre Runde, während mein Auge immer mehr tränt. Ich hoffe inständig, dass meine Mascara nicht allzu dramatisch verlaufen ist, und nehme extra den anderen Ausgang, um auf gar keinen Fall an dem Tisch von Leo vorbeikommen zu müssen.

Gerade als ich die Mädchentoilette betreten will, wird die Tür geöffnet, und Cassandra stürzt mir entgegen. Dicht gefolgt von ihrer Horde Lemminge, wie wir sie nennen. Cassandra ist so alt wie ich, geht aber in die elfte Klasse, weil sie aufgrund von mangelnder Anwesenheit und einem Päckchen Koks in ihrem Spind von der Schule suspendiert worden ist und nun das Jahr nachholen muss. Cassandra kichert boshaft, während sie sich achtlos an mir vorbeidrängt. Eine Wolke ihres aufdringlichen Parfüms hüllt mich ein, während sie auf ihren hohen Absätzen davonstakst. Aus dem Inneren der Toilettenräume höre ich jemanden rufen.

»Hallo? Bitte, kann mich jemand rausholen?«

Ich drücke die Tür auf. »Hallo?«

»Sie haben mich eingesperrt.« Die Stimme kenne ich nicht. Vielleicht eine der Neuntklässler?

»Cassandra und ihre Lemminge?«

»Ich weiß nicht, wie sie heißt. Sie hat rote lange Haare und trägt Schuhe mit ziemlich hohen Absätzen. Sie riecht wie ein Fliederbusch.« In der Stimme der Unbekannten schwingt ein Schluchzen mit. »Sie haben die Tür von außen so verriegelt, dass ich sie von innen nicht mehr öffnen kann. Und mir wird in engen Räumen doch immer so leicht schlecht.« Sie holt scharf Luft. »Ich komme von allein nicht mehr raus. Und ich glaube, ich kriege keine Luft mehr.«

Ich stürze zur Tür der lädierten Toilettenkabine. Jemand hat das Drehschloss von außen so manipuliert, dass es überdreht worden ist. Offenbar hat Cassandra sich zum Spaß so ein Werkzeug anfertigen lassen, um ahnungslose Schülerinnen in der Toilette einzuschließen. Was für kranke Ideen muss man im Kopf herumspuken haben? Mein Auge tränt immer noch, doch ich gebe mein Bestes. Leider nur ist das Schloss absolut hinüber.

»Hallo? Klappt es?« Nun weint die Unbekannte. »Bitte, bitte hol mich hier raus. So schnell wie möglich. Ich kriege kaum Luft.«

»Ich werde jemanden holen, der uns hilft.« Ich gebe auf und drehe mich zu dem Spiegel, der über dem Waschbecken hängt. Diese verflixte Wimper! »In einer Sekunde bin ich so weit.« Ich greife nach einem Papierhandtuch. »Sag mir, wie du heißt.«

»In bin Allegra. Bitte, beeil dich.«

Ich schaffe es, die Wimper mit der Spitze des Papiertaschentuchs aus meinem Auge zu entfernen. Dann wische ich die verschmierte Mascara so gut es geht unter dem Auge weg. »Allegra, ich heiße Abby und werde jetzt sofort jemanden holen, der dich befreien kann. Bitte versuche, ruhig zu atmen.«

»Ich habe schon meinem Bruder getextet«, sagt sie. »Er ist auf dem Weg.«

»Sehr gut. Dann lasse ich dich einen Moment allein. Dein Bruder wird bestimmt gleich hier sein.«

»Okay.« Ihre Stimme klingt kläglich.

Ich stürze aus dem Mädchenklo und direkt in ein Paar muskulöse Arme. Meinem Gegenüber entweicht zischend die Luft aus der Lunge. »Du?« ist das Erste, was ich höre.

Ich sehe hoch. Direkt in die blausten Augen, die ich jemals gesehen habe.

»Du?«, stoße ich ebenso hervor. Allegra ist Leos Schwester! Das dünne Mädchen mit den langen schwarzen Haaren, das so verschüchtert neben ihm gestanden hat. Kein Wunder, dass Cassandra sie sich als das perfekte Opfer ausgesucht hat.

Leo schiebt mich von sich und die Wut in seinem Blick lässt mich unwillkürlich einen halben Schritt zurückweichen.

»Sag mir nicht, dass du etwas damit zu tun hast. Wenn das eine Retourkutsche für die Sache auf dem Parkplatz gestern sein soll, will ich dir mal sagen, dass –«

»Entschuldige mal!«, motze ich ihn an, weil er mich so unwirsch anmacht. »Ich habe damit gar nichts zu tun.«

»Ach ja? Und warum kommst du direkt aus der Toilette, in der meine Schwester eingesperrt wurde?«

»Weil ich zufällig da war?«

»Ja klar«, schnappt er. »Zufällig. Warum bist du dann die Einzige, die aus diesem Raum herauskommt?«

»Weil diejenige, die deine Schwester eingesperrt hat, mich fast umgerannt hat auf ihrer Flucht?«

»Ich glaube dir kein Wort. Das nächste Mal legst du dich direkt mit mir an und lässt meine Schwester da raus.«

»Du bist so ein ignoranter –«

»Sie beide schon wieder.« Die wohlbekannte Stimme lässt mir das Blut in den Adern gefrieren. Direktorin Hellendale.

Leo schwingt wutschnaubend herum. »Sie hat meine Schwester in einer der Toilettenkabinen eingesperrt. Zum Glück hatte meine Schwester ihr Handy dabei und konnte mir eine Whatsapp schicken. Ich würde sie gern befreien. In der Zwischenzeit können Sie sich«, er deutet auf mich, »sie hier mal vornehmen. Keine Ahnung, was sie sich bei solchen kindischen Dummheiten denkt.«

»Und Sie«, Direktorin Hellendales Stimme klingt eisig, »geben mir keine Anweisungen. Sie halten jetzt beide den Mund, während ich den Waschraum inspiziere.« Mit spitzen Fingern drückt sie die Tür auf, während Leo und ich uns immer noch mit Blicken duellieren.

»Hallo?«, ruft sie. »Hier spricht Direktorin Hellendale. Wo sind Sie, Miss Vaydencamp?«

»Ich bin hier, Madam!« Von innen wird gegen eine der Kabinentüren gehämmert.

»Wissen Sie, wer Sie dort eingesperrt hat?«

»Ja. Ein rothaariges Mädchen. Sie hatte vier Freundinnen dabei. Sie haben mich in die Kabine gedrängt und dann hinter mir abgeschlossen. Jetzt ist das Schloss kaputt.«

Die Direktorin wirft einen kritischen Blick auf meine Haare, die so wenig rot sind wie grün.

Leo reißt überrascht die Augen auf.

»Und kennen Sie Miss Banks?«

»Wen?« Allegras Stimme klingt dumpf durch die Tür.

»Mich«, rufe ich an der Direktorin vorbei. »Allegra, wir haben gerade miteinander gesprochen, und ich habe versucht, dich zu befreien.«

»Ja, natürlich kenne ich Abby. Sie hat keine Schuld, sie wollte Hilfe holen. Sie kam gleichzeitig rein, als die anderen die Toilettenräume verlassen haben.«

Leo wirft mir einen zerknirschten Blick zu. »Tut mir leid.«

Ich erwidere absichtlich nichts, weil ich immer noch sauer bin, dass er mich so angeblafft hat. Er sieht mich fragend an, doch ich schweige.

Direktorin Hellendale hat mittlerweile einen vorbeilaufenden Schüler damit beauftragt, den Hausmeister zu holen.

»Und Sie beide«, ihr Lächeln ist mal wieder so falsch wie Kunsthaar, »arbeiten in Zukunft an ihren sozialen Qualitäten. Und soweit ich weiß, sind Sie schon wieder fast zu spät dran.« Sie sieht auf ihre zierliche Armbanduhr. »In drei Minuten müssen Sie in der Aula sein. Was stehen Sie noch hier herum?«

»Aber meine Schwester …«, protestiert Leo. »Ich gehe nicht ohne sie.«

»Nun gut.« Selbst Mrs. Hellendale scheint nicht komplett aus Stein zu sein. »Sie können hier warten. Aber Sie, Miss Banks, sehen jetzt zu, dass Sie in null Komma nichts in der Aula sind.«

Leo schaut, als wolle er noch etwas zu mir sagen. Doch Direktorin Hellendale dreht mich an der Schulter herum und schiebt mich Richtung Gang. Hier ist Widerstand zwecklos. In der Mensa ist unser Tisch schon leer. Meine Schultasche haben die anderen zum Glück mitgenommen. Im Laufschritt mache ich mich auf zur Aula und versuche, meine Freunde zu finden. Silver hat mir einen Platz zwischen sich und Holly frei gehalten. Hastig bahne ich mir meinen Weg durch die Reihe, um sie zu erreichen.

»Wo warst du?« Silver sieht mich vorwurfsvoll an. »Ich habe schon gedacht, du wärst in der Kloschüssel ertrunken.«

»Herzlichen Dank, dass du nachgesehen hast.«

»Hey, warum so miese Laune?«

»Ich bin mit Leo aneinandergeraten.«

»Schon wieder?«

Ich erzähle ihr, was vorgefallen ist.

»Er hat echt geglaubt, dass du es warst? Jeder, der dich ansieht, erkennt doch, dass du keiner Fliege etwas zuleide tun kannst.«

»Er war richtig sauer.«

»Sei froh, dass du nicht noch mehr Ärger bekommen hast. Die Hellendale ist dieses Trimester noch schlimmer drauf als vorher.«

»Wo hast du gesteckt?«, will nun auch Tucker wissen.

Im Flüsterton erzähle ich auch ihm die Geschichte.

Holly, die alles mithört, schüttelt den Kopf. »Was für ein mieser erster Schultag. Direkt in den Schultoiletten eingeschlossen zu werden. Ich glaube, ich würde den Laden danach nie wieder betreten.«

»Cassandra ist echt ein bisschen gefährlich«, murmelt Charly. »Die Verurteilung wegen der Drogen in ihrem Spind konnte ihr Vater damals nur abwenden, weil er ziemlich viel Geld an eine Jugendschutzorganisation gespendet hat.«

Wir unterhalten uns leise weiter, als plötzlich die Direktoren die Bühne betritt. Sofort wird es still. Obwohl die Abschlussjahrgangsstufe nicht so groß ist, war es vor dem Auftritt der Direktoren noch deutlich lauter im Saal. Sie hat unseren Vertrauenslehrer Mr. Williamson und einen Vertreter des Ehemaligenfonds im Schlepptau. Ihre Stimme ist so klar und deutlich, dass sie kein Mikrofon braucht.

»Ich begrüße Sie zu ihrem letzten Schuljahr. Und somit auch

zu Ihrem letzten Schulprojekt. Wir haben wieder eine sorgfältige Auswahl getroffen, die Sie sicherlich begeistern wird.«

Durch die Menge geht ein vages Brummen. Die Schülerschaft ist noch nicht ganz überzeugt davon, dass die Projekte wirklich so toll sein sollen.

»Wie bereits in den letzten drei Jahren werden die einzelnen Projekte von zwei bis insgesamt fünf Schülern bearbeitet. Es gibt fünf Projekte für vier Teilnehmer, vier Projekte für drei Teilnehmer, vier Projekte für zwei Teilnehmer und sechs Projekte für eine Gruppe von je fünf Teilnehmern. Wie jedes Jahr werde ich die Projekte zuteilen. Sie sollen sich auf etwas komplett Neues einlassen und auf unbekanntes Terrain wagen. Sie kennen die Prozedur ja schon. Da wir zu Beginn dieses neuen Schuljahrs noch überraschend zwei neue Schüler bekommen haben, habe ich einzelne Projektpartner noch umgestellt.« Wieder geht ein Brummen durch die Menge. Den meisten scheint die Aussicht, mit jemand komplett Fremdem etwas so Wichtiges wie das Jahresprojekt zu bearbeiten, nicht recht zu sein.

Direktorin Hellendale hebt die Hand, als wollte sie die Wellen der Empörung glätten. »Ich möchte hiermit die Gelegenheit ergreifen, die Zwillinge Leova und Allegra Vaydencamp an dieser Schule herzlich willkommen zu heißen.«

Alle recken die Köpfe nach den beiden Neuen. Ich entdecke Leo drei Reihen hinter mir, und auch Allegra, die direkt neben ihm sitzt und noch blasser ist als vorher.

Direktorin Hellendale hebt die Stimme, um die Aufmerksamkeit wieder auf sich zu ziehen. »Sie wissen, dass das Prozedere ein wenig dauert. Deshalb würde ich gern so zügig wie möglich anfangen. Projekt Nummer eins, fünf Teilnehmer,

Thema ›Möglichkeiten zur Verbesserung der Wasserqualität an Santa Barbaras Küsten‹. Teilnehmer: Emily Michaels, Jacob Hennigs, Sophie Allistaire, Aiden Norworth und Jeremy Taylor.«

Aiden, der neben Tucker sitzt, wirft den Kopf in den Nacken und deutet ein Schnarchen an.

»Merken Sie sich bitte den Namen Ihrer Projekte, damit Sie später auch die richtigen Projektunterlagen bekommen. Das nächste Projekt: ›Playground Scouts: Finden Sie geeignete Plätze für neue Spielplätze in Santa Barbara und stellen Sie sie der Kommission für Städtebau vor.‹« Sie lässt den Blick über die Sitzreihen der Aula gleiten, bis sie mich direkt ansehen kann. Irgendwie habe ich plötzlich ein ziemlich ungutes Gefühl.

»Zwei Teilnehmer.«

Mein Gefühl wird noch schlechter.

»Abigail Banks.«

Ich schließe die Augen in einer plötzlichen Vorahnung. Nein, das wird sie mir nicht antun. Ich bin bisher noch niemals negativ aufgefallen. Erst seit Leo hier ist, habe ich mehr als zwei Mal in dem gleichen Schuljahr mit der Direktorin gesprochen. Ich bin eine Einser-Schülerin. Ich hatte noch nie einen Eintrag im Klassenbuch. Ich habe die ganze zehnte Klasse als Teil einer Charity-Aktion kostenlos Nachhilfe gegeben. Das wird sie mir nicht antun. Ich krampfe meine Hände zu Fäusten. Niemals.

»Und Leova Vaydencamp.«

Ich reiße die Augen auf und sehe zu ihr hoch. Ein feines Lächeln umspielt ihre Mundwinkel. Silver legt ihre Hand auf meine. Es soll wohl eine Trost spendende Geste sein.

»Sie hasst dich«, murmelt Holly durch geschlossene Zähne. »Wie hast du das denn geschafft?«

»Ich will nicht darüber reden.« Meine Stimme klingt monoton. Den Rest der Veranstaltung verbringe ich wie in einer Art Trance. Ich habe mich nicht mal zu ihm umgedreht, seit ich weiß, dass wir zusammenarbeiten müssen. Wie aus weiter Ferne höre ich den Jubel der anderen, als sie in Gruppen zusammenkommen, in denen sich alle gut kennen.

Sogar Silver, Tucker und Holly bilden ein Team. Nur ich muss mit diesem Kerl zusammenarbeiten, dessen einzige Aufgabe offenbar darin besteht, mich auf die Palme zu bringen. Womit zur Hölle habe ich das verdient?

Als wir am Ende der Veranstaltung alle nach vorne gehen, um unsere Projektunterlagen abzuholen, vermeide ich es, ihn anzusehen. Ich ziehe den gehefteten Stapel DIN-A4-Blätter an mich und gehe dann auf direktem Wege zurück zu meinen Freunden. Leo steht da wie ein begossener Pudel, doch es ist mir egal. Wir werden noch genug Zeit miteinander verbringen müssen. Zeit, in der er mich ärgern, nerven oder sonst was kann. Was habe ich ein Glück.

Silver umarmt und drückt mich, als sie mein geknicktes Gesicht sieht. »Das ist echt ein böser Streich von der Hellendale.«

»Kannst du vielleicht noch tauschen?«, will Holly wissen.

»Ich schätze nicht. Die denken sich da ja etwas bei. Ich glaube kaum, dass Direktorin Hellendale sich erweichen lässt, wo sie sich doch schon solche Mühe gegeben hat, mich extra mit demjenigen in eine Gruppe zu stecken, mit dem ich am wenigsten klarkomme.«

»Achtung, er kommt«, flüstert Charly.

»Lasst uns abhauen.« Ich stürze voraus und die anderen folgen mir. Erst mal muss ich mich etwas beruhigen und danach versuchen, zu verdrängen, wie wütend er mich vor der Mädchentoilette angeblafft hat. Und danach darauf klarkommen, dass er mein Projektpartner ist. Und danach … Argh!

Da der Sportunterricht heute aufgrund dieser Veranstaltung ausfällt, können wir direkt danach nach Hause fahren. Silver hat am Abend ein Date mit Sam und ist dementsprechend nervös. Ich verspreche, um 18 Uhr noch mal bei ihr anzurufen, um mit ihr die genaue Klamottenauswahl zu besprechen. Tucker will mit Aiden und Jacob direkt zum Surfen zum Strand. Holly ist mit ihrer Cousine beim Friseur verabredet, und Charly hat sich vorgenommen, ihrer Modelagentur einen Besuch abzustatten.

Also fahre ich auf direktem Wege nach Hause und beschließe, das Projekt »Playground Scouts« erst mal so weit wie möglich nach hinten zu verdrängen. Die Probleme mit meinen Eltern sind mir eigentlich schon genug. Frühere Schulprojekte habe ich mit Leichtigkeit erledigt. Aber da war ich auch mit Holly oder Tucker in einer Gruppe. Mit Schülern, von denen ich wusste, dass ihnen gute Noten genauso wichtig sind wie mir. Aber nun? Was, wenn Leo egal ist, ob er einen Abschluss mit Hochschulzugang schafft? Was, wenn ihn nicht mal sein Zeugnis interessiert? Ich beschließe, das Projekt zur Not ganz allein zu bearbeiten. Was bleibt mir auch anderes übrig? Ich brauche einen überdurchschnittlichen Notendurchschnitt, um meinen Traumstudienplatz zu ergattern!

Leo

Diese Direktorin hat echt einen eigenartigen Humor. Nimmt man an, dass sie aufgrund der zwei Auseinandersetzungen zwischen Bambi und mir denken sollte, dass wir uns nicht leiden können, hat sie uns trotzdem absichtlich zusammengesteckt. Ich lache leise auf, während ich meinen Pick-up durch den Nachmittagsverkehr von Montecito chauffiere. Allegra, die auf dem Beifahrersitz sitzt, hat die Kopfhörer ihres iPods in den Ohren und mich zum Glück nicht gehört. Obwohl John ihr ein eigenes Cabrio geschenkt hat, habe ich sie heute Morgen mitgenommen, um sicherzugehen, dass sie sich auf jeden Fall in der Schule anmeldet. Leider nur verlief der erste Tag so dramatisch, wie ich es mir für sie nicht gewünscht hätte. Wenn ich die kleine rothaarige Schlampe erwische, die Allegra auf der Toilette eingeschlossen hat, kann die ihr blaues Wunder erleben. Ich schlage natürlich keine Frauen, aber ich werde ihr verbal ganz schön einheizen. Leider ist sie nach dem kleinen Intermezzo abgetaucht. Al hat mir erzählt, dass sie Cassandra heißt. Ein Mädchen mit Namen Cassandra und langen roten Haaren dürfte wohl nicht so leicht zu übersehen sein. Vermutlich kann auch Bambi mir sagen, wo ich sie finde. Sollte sie jemals wieder mit mir sprechen.

Im Nachhinein tut es mir leid, dass ich sie so angeblafft habe. Im ersten Moment sah es wirklich so aus, als wäre sie es gewesen. Al hat nachher erzählt, wie Bambi mit ihr gesprochen hat und dass sie sofort helfen wollte. Ich habe ihr also mehr als unrecht getan. Wenn ich wütend bin, kann ich manchmal nicht klar denken. Das habe ich von meinem Vater geerbt. Ich hätte mich hinterher gern bei Bambi entschuldigt und mit ihr über das Projekt gesprochen, doch sie hat mal wieder die Flucht ergriffen. Und weil ich auch noch Al habe, um die ich mich kümmern muss, konnte ich ihr nicht einfach hinterherrennen.

Al neben mir dreht gedankenverloren eine Strähne ihres langen Haars um den Finger. Wäre diese Sache auf der Toilette nicht gewesen, hätte dieser Tag richtig gut sein können. Bis Allegra eigene Freundinnen gefunden hat, muss sie halt mit mir, Elvis und Alec zusammen Mittag essen. Aber ich glaube, sie mag die beiden, und das erleichtert es ungemein.

Als wir die Auffahrt hochfahren, parkt direkt vor der Haustür ein rotes Oldtimer Cabrio. Sieh an … Meine Mutter samt neuem Ehemann scheint zu Hause zu sein. Auch Al zieht ein Gesicht, als sie den Wagen sieht. Wortlos klettert sie vom Beifahrersitz und starrt Richtung Eingangstür. Ich stelle den Motor ab und komme um den Wagen herum auf sie zu.

»Komm, wir müssen uns so langsam an ihn gewöhnen. Mom wird unseretwegen nicht die Scheidung einreichen.«

Al seufzt und strafft die Schultern. »Du hast recht.«

Noch bevor wir die Eingangstreppe erreicht haben, reißt Mom die Haustür auf. Sie wirkt überdreht, so wie neuerdings immer.

»Kinder!« Sie streckt die Arme aus, um uns an sich zu ziehen. Seit sie John kennt, ist sie immer so übertrieben stark geschminkt. Nun sieht es aus, als habe sie ihr dunkles Haar etwas aufhellen lassen.

»Wie war es in der Schule?«

Al zuckt die Schultern. Mom zieht uns über die Schwelle und sieht dann erwartungsvoll zu mir. »Nun sagt schon!«

»Ganz okay.«

»Sind die anderen Jugendlichen nett zu euch?«

Allegra und ich wechseln einen Blick. »Ehrlich gesagt –«, beginnt Al, doch da unterbricht Mom sie schon.

»Toll! Dann haben wir es ja wirklich gut getroffen hier.«

Das ist wohl Johns Stichwort, nun erscheint auch er in der Eingangshalle. John stammt von einer Rinderfarm irgendwo im Hinterland von Texas und hat sich aus eigener Kraft ganz nach oben gearbeitet. Seine Softwarefirma setzt Millionen um. John gibt sich sehr viel Mühe, so auszusehen, als habe seine Familie schon immer Geld besessen. Doch egal, was er anzieht, die Cowboys, von denen er abstammt, schimmern irgendwie durch. Wie ein schwarzes Unterhemd, das man unter einem weißen Oberhemd trägt. Da helfen auch die 300 Dollar teure Jeans und die Rolex nicht. Wenigstens hat er den fiesen texanischen Schnäuzer abrasiert, seit er Mom datet.

»Na, Partner?« Er klopft mir jovial auf die Schulter. »Wie war's?«

»Ganz okay«, sage ich ein zweites Mal.

Bei Allegra weiß er nicht so recht, wie er sie begrüßen soll. Eigentlich sind wir alle noch Fremde. John und Mom haben sich erst vor einem Vierteljahr in einem Dating-Portal kennengelernt. Er hat sie ein paar Mal groß eingeladen. Vermutlich, um sie mit all seinem Reichtum zu beeindrucken. Deswegen war er ein paar Mal in New Haven. Aber weder Al noch ich hatte Lust, ihn kennenzulernen. Zwei Monate später hat er Mom einen Antrag gemacht, den sie prompt angenommen hat. Wir sind am letzten Wochenende alle zu der Hochzeit nach Las Vegas geflogen. Al hat im Flieger die ganze Zeit geheult. Mom saß mit steinernem Blick daneben. Als wir John, der uns am Flughafen abholte, das erste Mal trafen, war ich mir nur allzu bewusst, dass er morgen meine Mutter heiraten würde. Surreal ist für diese Art von Treffen gar kein Ausdruck.

Das ist vier Tage her. Da Mom jetzt im Geld schwimmt, braucht sie sich um den Verkauf meines Elternhauses keine Sorgen zu machen. Sie hat einfach ein paar Koffer gepackt und entschieden, dass wir zu John ziehen. An das andere Ende der USA. An die Westküste. Ans Ende der Welt.

Als John rausrutschte, dass er uns bereits vor einem Monat an der Montecito Highschool angemeldet hat, wurde Allegra und mir klar, dass er diesen Coup sehr vorausschauend geplant hatte.

»Habt ihr Hunger, Kinder?«

»Es ist 16 Uhr«, erwidert Al, als würde das alles aussagen.

»Etwas Kuchen?«

John und ich stehen so steif voreinander wie Fremde. »Nein, danke.«

»Okay.« John kratzt sich an der Stelle, an der früher sein Schnurrbart geprangt hat. »Wie auch immer.« Erneut knipst er sein texanisches Cowboystrahlen an. »Eure Mutter und ich sind heute Abend eingeladen. Vorher werden wir noch ganz kurz nach Beverly Hills fahren, um ein Kleid abzuholen, das für sie bei Dior geändert wurde. Ihr habt also sturmfreie

Bude.« Er lacht etwas gekünstelt. »Aber nicht die Möbel in den Pool werfen, ja?«

Allegra ist so höflich und lacht.

Ich hingegen hole tief Luft, um mir eine bissige Bemerkung zu verkneifen. Ich sollte mal etwas herunterkommen. Der Typ ist harmlos. Er ist einfach nur ein Cowboy und Computer-Nerd, der zu Geld gekommen ist. Sein Herz ist vermutlich so rein wie das eines Hundewelpen. Er ist großzügig und hofft, mit dem Geld das auszugleichen, was er auf menschlicher Ebene nicht hinbekommt.

Mom strahlt wie eine Weihnachtskerze, seit sie an seinem Arm hängt. Vermutlich hätten wir es schlimmer treffen können. Und trotzdem … Der Gedanke an Dad vergiftet meine wacklige Meinung von John. Dad war all das, was John nicht ist: kosmopolitisch, diplomatisch, intellektuell. Ein Mann aus einer Familie, die ihren Stammbaum bis zur Boston Tea Party zurückverfolgen kann. Seine Vorfahren haben Abraham Lincoln beraten, während Johns Vorfahren halb nackt auf ihren Pferden über die Prärie galoppiert sind und Indianer erschossen haben.

Mom hakt sich bei John ein. »Wir müssen dann los. Wenn ihr etwas braucht, fragt die Hausmädchen.«

Sie kichern wie Teenager und lassen uns dann einfach stehen. Ich frage mich ernsthaft, ob das alles hier ein Traum ist, aus dem ich einfach gleich aufwache. Irgendwie wünsche ich es mir. Auch wenn das bedeutet, dass ich drüben in New Haven aufwache, mit einer ewig heulenden Mom in einem Haus, das wir verkaufen werden müssen. Wir würden es schaffen, denn wir hätten uns drei. Ich würde das hinkriegen. Ich bin stark, und ich würde für sie beide stark sein, denn nun wäre ich der Mann in der Familie. Dass John nun den Chef des Clans spielt und ich einfach noch zu jung bin, um ihm dem Rang abzulaufen, kotzt mich gewaltig an.

»Danke fürs Mitnehmen.« Al reißt mich aus meinen Gedanken. Sie schultert ihre große Tasche und geht die Treppe hinauf. Da das Wetter dieses Mal nicht nach Regen aussieht, beschließe ich, mich an den großen Pool zu begeben. Ich dusche kurz, ziehe Schwimmshorts über und spaziere dann quer durchs Haus und über die große Terrasse in Richtung Pool. Meinen Laptop habe ich unter den Arm geklemmt, in einer Tasche meiner Schwimmshorts ruht mein Handy, mehr brauche ich nicht.

Die Liegen sind selbstverständlich gepolstert und auf jeder liegt ein großes Badetuch bereit. Ich breite es auf dem weichen Untergrund aus und mit einem Seufzen lasse ich mich darauf nieder. Höchste Zeit für ein wenig Kommunikation mit der alten Heimat. Ich klappe den Läppi auf und sofort erscheint die Facebook-Startseite. Da der Rechner mir allein gehört, sehe ich keine Veranlassung dazu, mich auf der Seite abzumelden, wenn ich das Ding zumache. Sofort blinken zwei neue Nachrichten in der Anzeige. Ich öffne beide im Chat. Die eine ist von meiner Exfreundin Emily Claire-Waldon, die einfach nur wissen will, wie es mir am Ende der Welt ergeht. Emi und ich waren ein halbes Jahr zusammen, aber es hat nicht funktioniert. Wir waren und sind schon immer nur Freunde. Also haben wir den Resetbutton gedrückt und zum Glück ist nun alles wieder wie früher. Sie scheint zurzeit nicht online zu sein, deshalb verschiebe ich das Antworten etwas nach hinten. Die zweite Nachricht ist von meinem besten Freund Chester Hartington. Ches und ich sind schon in denselben Kindergarten gegangen. Genau wie ich hat er vor, sich an der juristischen Fakultät von Yale um einen Studienplatz zu bewerben. Ches will ebenso wie Emily wissen, wie es mir geht. Zum Glück ist er online.

»Frag nicht«, tippe ich in das Chat-Fenster.

Nur eine Sekunde später habe ich eine Antwort. »So schlimm?«

»Schlimmer.«

»Gibt es wenigstens heiße Frauen da drüben?«

Ein breites Lächeln lässt meine Mundwinkel nach oben wandern. Sofort denke ich an Bambi. »Sich auszuziehen, gehört hier zum guten Ton«, tippe in das Chat-Fenster.

Chester schickt mir drei Smileys mit weit aufgerissenen Augen. Und dann: »Warte, ich buche mal eben meinen Flug.«

Ich schicke ihm ein grinsendes Smiley mit Sonnenbrille zurück.

»Schon eine ausgeguckt, die dir das Bett warm halten darf, bis du in unsere Arme zurückkehrst?«

»Womöglich.«

»Hat sie schon Ja gesagt?«

»Keinen Kommentar.«

Wieder schickt Ches mir ein paar grinsende Smileys. »Hast du ein Foto von ihr?«

Das bringt mich auf eine Idee. Warum bin ich nicht gleich darauf gekommen? Ich tippe Bambis Namen in die Google-Suchmaske. Und zack, schon habe ich ihr Instagram-Profil gefunden. Ich klicke es an. Ihr letztes Bild ist ein Schnappschuss vom Strand. Sie trägt einen breitkrempigen Hut, ein Top mit Spaghettiträgern und lacht ungezwungen in die Kamera. Wie automatisch speichere ich das Foto auf meiner

Festplatte ab. 156 Likes hat sie für das Foto bekommen. Nicht schlecht. Dann finde ich auch noch ihr Facebook-Profil. Ihr Hintergrundbanner zeigt in erster Linie nur Meer. Ich sehe genauer hin und mache eine Surferin auf einem roten Board aus. Auch dieses Bild speichere ich ab, dann zoome ich heran. Die Surferin ist Bambi, da besteht kein Zweifel. Sie steht aufrecht auf diesem winzigen Stückchen Kunststoff inmitten all dieser hohen Wellen. Mannomann, mir ist gerade ein paar Grad heißer geworden.

»Foto?«, fragt Ches erneut.

Irgendwie habe ich keine Lust, ihm das geklaute Bild zu schicken. Sie sieht klasse aus! Aber bei dem Gedanken, ihr Bild quer durch die Weltgeschichte zu schicken, fühle ich mich irgendwie schäbig. Außerdem gefällt mir der Gedanke, sie auf welche Art auch immer teilen zu müssen, nicht. Ches werde ich wohl vertrösten müssen. »Foto folgt«, schreibe ich kurz ab.

»Mach es nicht so spannend. Ist sie nicht bei Facebook? Twitter? Instagram? Pinterest?« Leider ist Ches nicht dumm. Aber ich bin es genauso wenig. »Ich weiß ihren Nachnamen noch nicht.«

Damit gibt Ches sich zufrieden. Er wechselt das Thema. »Schon in der Schwimmhalle gewesen?«

»Ich werde hier nicht schwimmen.«

»Das nenne ich mal Vergeudung von Talent. Würde sich doch ideal in deiner Yale-Bewerbung machen.«

»Ches, wir haben beide schon die Zusage zur bevorzugten Zulassung zum Studium. Wenn wir jetzt nicht mehr ganz übel unseren Notendurchschnitt vor die Wand fahren, haben wir die Plätze in der Tasche. Und in die Mannschaft zu gehen, bedeutet auch, dass ich mit den Leuten aus der Mannschaft rumhängen muss.« Sie werden mich zu irgendwelchen Partys einladen, zu irgendwelchen anderen Veranstaltungen, und ehe ich mich versehen habe, habe ich jede Menge neue Kumpels. Da habe ich keine Lust drauf.

»Wirst du jetzt soziophob?«

»Bist du meine Psychiaterin?«

»Komm schon, Leo. In spätestens zwei Wochen fehlt ihr das Schwimmen so sehr, dass du kaum noch geradeaus gucken kannst.«

»Nein.«

»Von mir aus.« Ches gibt auf, denn er kennt meinen Dickkopf. »Wie ist das neue Haus so?«

»Warte.« Ich schicke ihm per WhatsApp ein Foto von meinem neuen Wagen. »Heißes Teil, oder?«

»Du Proll. Wer fährt denn bitte Pick-up? Hat der Sunshine State schon so abgefärbt?«

Ich kann sein überhebliches Grinsen förmlich zwischen den Zeilen sehen. Ches ist noch mehr ein arrogantes Ostküstenkind, als ich es bin. »Wenn du so ein Ding vor die Haustür gestellt bekommst, dann fährst du auch damit.« Ich denke wieder an Bambi. »Und bei den Damen kommt es sehr gut an hier.« Okay, Bambi hätte mich gern getötet, aber immerhin, sie hat mich bemerkt.

»Ich muss los«, schreibt Ches in diesem Moment. »Um 18:00 Uhr geht der Debattierclub los. Was machst du heute noch?«

»Am Pool liegen.«

»Proll. Ich wusste es doch. Hast du auch ein Bier und einen Hamburger im Anschlag?«

»Nur keinen Neid, mein Freund, nur keinen Neid.«

»Bis dahin.«

»Dito.«

Ches geht offline. Schnell beantworte ich noch Emilys Nachricht, bevor ich mich wieder ausgiebig Bambis Profil widme. Zwar sind ihre einzigen öffentlichen Bilder ihr Profilbild und das Banner, doch die reichen mir schon. Ein paar Postings an ihrer Pinnwand sind auch öffentlich und sie alle verraten das eine: Bambi ist ein Sweetheart und alle lieben sie. Eine bedankt sich für die Nachhilfe, ein anderer für die Hilfe bei einem außerschulischen Projekt. Danach nur noch zig Glückwünsche zu ihrem Geburtstag im März. Unter »Filme & Serien« findet sich nur ein Eintrag: »Bones – Die Knochenjägerin«. Ich stutze. Klingt ziemlich martialisch. Kein »Vampire Diaries«, kein »Pretty little Liars«, nicht mal »Sex and the City«? Sehr seltsam.

Ich klicke ihre »Interessen« an und wundere mich ein zweites Mal. Biologie, Anthropologie, Forensik? Moment mal. Das sind ein paar ziemlich krasse Ausreißer im Gegensatz zu den Klassikern wie Surfen, Shopping, Lesen, Beach Life, Schuhe, Katzen und Volleyball, die sich ebenfalls auf ihrem Profil finden. Ich checke zur Sicherheit, ob ich immer noch in dem richtigen Profil bin. Abigail Banks. Ich bin richtig. Forensik? Wtf? Weiß sie überhaupt, was das ist? Ich mache die Seite zu und vergrößere Bambis Profilbild, sodass es bis oben und unten an die Bildschirmkanten reicht. Nun kann ich jeden Zentimeter ihres Gesichts betrachten. Am besten gefällt mir nach wie vor ihre trotzige Oberlippe. Sie sieht immer so aus, als würde sie sich ein klein wenig über ihr Gegenüber lustig machen. Das reizt mich ganz gewaltig. Ich stelle mir vor, wie es sich wohl anfühlt, sie genau dorthin zu küssen. Als sich in meiner Lendengegend prompt etwas zu regen beginnt, schiebe ich schnell den Laptop etwas höher. Ich habe hier nie das Gefühl, wirklich allein zu sein. Gleich springt ein Gärtner aus den Büschen neben dem Pool und ab dann geht das Getratsche im Haus los.

Ich will an etwas anderes denken, doch sofort wandert mein Blick wieder wie von selbst zu ihrem Foto. Ich betrachte ihre Augen. Diese großen braunen Augen, die so hellwach und voller Leben in die Kamera blicken. Ganz plötzlich halte ich es doch für möglich, dass sie sich für Anthropologie und Forensik noch viel mehr interessiert als für Shoppen und Volleyballspielen. Entschlossen schiebe ich den Laptop zur Seite neben mein Handy, haste zum Pool und springe ins Wasser. Wenn jemand dringend eine Abkühlung braucht, dann ich. Ich sollte ihr Foto löschen. Versuchen, zu ignorieren, dass ich sie interessant finde. Dass sie mich, je mehr ich von ihr erfahre, noch neugieriger macht. Dass ich sie kennenlernen will. Nicht nur daten und flachlegen. Meine Neugier ist geweckt. Und das ist gar nicht gut. Denn das Letzte, was ich will, wenn ich nach Yale gehe, ist eine Frau am anderen Ende der Welt, die mir mehr bedeutet, als mir lieb ist.

9

Abby

Der Mittwoch beginnt mit Geschichte bei Mr. Grindworth. Ich bin absichtlich etwas zu früh da, um dafür zu sorgen, dass Silver und Tucker wieder rechts und links von mir sitzen. Nun warte ich mit klopfendem Herzen auf Leo. Ich werde mit ihm reden müssen. Wir erarbeiten ein Projekt zusammen, das für unsere Abschlussnote und für die Bewerbungen extrem wichtig ist. So wie es in der Projektbeschreibung aussieht, werden wir eine Menge Zeit zusammen verbringen müssen. Egal, wie schwierig unser Verhältnis ist, wir müssen das durchziehen.

Mr. Grindworth sortiert mal wieder seine Overhead-Folien. Eine Minute nach dem ersten Klingeln steht Leo im Türrahmen. Er ist der einzige Typ, der konsequent in einem Halbarmhemd zur Schule kommt. Und es steht ihm wirklich gut. Zielstrebig kommt er auf unsere Dreiergruppe zu. Silver will erneut ihre Handtasche auf dem Platz vor mir werfen, doch ich kann sie zum Glück mit einem Blick davon abhalten.

»Ich muss mit ihm klarkommen, okay?«, zische ich. »Wenn ich mir seinetwegen die Projektnote versaue, verzeihe ich mir das nie.«

Silver nickt und lässt die Tasche wieder auf den Boden sinken. In der nächsten Sekunde ist Leo da. Er lässt sich vor mir auf den Stuhl fallen. Wenn er aufrecht sitzt wie jetzt, sehe ich hinter ihm rein gar nichts. Gut, dass Mr. Grindworth so stur nach Lehrbuch vorgeht.

Es klingelt zum zweiten Mal und jemand schließt die Tür des Klassenraums. Dann beginnt Mr. Grindworth mit seinem monotonen Vortrag, und alle machen sich eigentlich dafür bereit, jetzt gute zwei Stunden zu dösen. Leos erste Amtshandlung jedoch ist es, sich zu mir umzudrehen. Er legt seine rechte Hand auf meinem Pult ab und tippt mit der Spitze eines Bleistifts darauf herum. »Wie geht es uns heute Morgen?«

Ich verkneife mir die passende Antwort und sehe ihn einfach fragend an. Es ist nicht gut, dass er mich so nervös macht. Gar nicht gut.

»Hat Bambi das Sprechen verlernt?« Er beugt sich noch ein Stückchen weiter vor. Nur noch einen Zentimeter mehr und mein Verstand geht auf Stand-by.

»Was willst du?« Es kostet mich Mühe, meine Stimme so unbeteiligt klingen zu lassen. Leo lacht ganz leise, bewegt sich aber keinen Zentimeter. Seine Stimme ist wieder eine Nuance tiefer.

»Was ich will?« Das klare Blau in seinen Augen wird schummrig. Ich kenne keinen Kerl, der auf Kommando so einen Schlafzimmerblick anknipsen kann. Die Spitze seines Stifts auf meinem Pult klingt wie das Ticken einer Zeitbombe. Er lächelt und dieses Mal sehe ich keinerlei Ironie darin.

»Bambi.« Er flüstert diesen Spitznamen, von dem ich mir vorgenommen habe, dass ich ihn nicht leiden kann, mit einer verführerischen Zartheit.

»Leo?« Es ist das erste Mal, dass ich seinen Namen sage.

Mein Gegenüber baut sein unwiderstehliches Lächeln aus. »Sie kennt meinen Namen. Das ist doch ein guter Anfang.«

»Ich heiße übrigens Abby.«

Er überwindet den einen gefährlichen Zentimeter.

»Nein.« Ich spüre seinen warmen Atem an meinen Lippen.

»Du heißt Bambi.«

Ich schüttele ganz leicht den Kopf.

»Was willst du?«, frage ich ein zweites Mal.

»So etwas solltest du mich nicht fragen.«

Sein Blick wandert über mein Gesicht. »Oder willst du eine ehrliche Antwort?«

Ich presse beide Hände gegen die Tischkante und schiebe meinen Körper ein Stück nach hinten. Ich brauche etwas Abstand von ihm, sonst wird das nichts mit unserem Gespräch. »Geht es um das Projekt?«

Wieder lacht er leise auf. »Wenn du willst.«

Seine Zweideutigkeit macht es nicht unbedingt einfacher, einen klaren Kopf zu bewahren. »Hör schon auf damit.« Mein Groll überwiegt ganz plötzlich. »Du findest dich unwiderstehlich, schön für dich. Ich hingegen sorge mich um meine Noten.«

Sein Blick wird ernst. »Glaubst du, ich nicht? Denkst du, du bist die Einzige, die auf die Uni gehen will?«

»Dann hör auf damit.«

Nun lächelt er provokant. »Womit?«

»Mit diesem Schlafzimmerblick.«

»Entschuldige, dass ich so höflich bin und meinem Gegenüber beim Sprechen in die Augen sehe.«

»Du hast echt für alles eine Ausrede, oder?«

»Und du machst nichts lieber, als mich anzublaffen. Wärst du nicht so niedlich dabei, würde ich schon kein Wort mehr mit dir reden.«

Ich kann förmlich spüren, wie Silvers und Tuckers Ohren an meinem Tisch kleben. Herrje, was werde ich mir nach dieser Stunde anhören müssen. Zeit, Nägel mit Köpfen zu machen. »Wann sollen wir uns treffen?«

»Treffen für was?« Wieder so ein unverschämtes Grinsen.

»Für was wohl? Für das Projekt.«

Leo seufzte dramatisch. »Wann immer es dir recht ist.«

»Gut. Dann nach dem Unterricht in der Bibliothek.«

»Also 17:00 Uhr?«

Ich nicke. »Abgemacht.«

»Schön.« Leo denkt nicht daran, sich wieder umzudrehen. Stattdessen sieht er an mir hinauf und hinunter, als wollte er sich jeden Zentimeter von mir genau einprägen.

»Kann ich dir noch irgendwie helfen?« Die Ironie in meiner Stimme scheint ihn nur noch mehr zu reizen.

»Gibst du Nachhilfe?« Er streicht sich mit der freien Hand eine Haarsträhne aus der Stirn.

»Könnte sein.«

»In was denn?«

Sein zweideutiges Lächeln macht mich rasend. Doch nicht nur er kann austeilen. »Ich bin mir sicher, dass du in sehr vielen … Dingen«, ich betone das Wort extra, »Nachhilfe brauchst.« Ich lächle zuckersüß. »Aber sorry, ich unterrichte nur Fortgeschrittene.«

Tucker rechts von mir verschluckt sich ziemlich geräuschvoll an seinem Kaugummi. Und Leo? Der grinst nur.

Ein Punkt für mich. Wollen wir doch mal sehen, wer hier wen verbal in die Knie zwingt.

Den Rest des Schultages stehe ich etwas neben mir. Um es mal ganz harmlos auszudrücken. Silver will zum hundertsten Mal wissen, »was da läuft«, aber ich dementiere vehement. Zum Glück ist sie mit ihrem eigenen Liebesleben beschäftigt, und als der süße Sam ihr simst, bin ich abgemeldet.

Zum Mittagessen erscheint Allegra allein. Ich habe Bio und Physik mit ihr, aber sie wirkt so schüchtern, dass niemand mit ihr spricht. Als ich mich einmal zu ihr umgedreht habe, hat sie schnell auf ihre Fingernägel gestarrt. Von Nahem ist sie noch dünner als aus einiger Entfernung. Ihre Handgelenke wirken so zart wie die Knochen eines kleinen Vogels. Sie ist wahnsinnig hübsch mit den riesengroßen blauen Augen und den schwarzen Haaren, aber etwas an ihr wirkt seltsam aus dem Lot geraten. Von ihr geht eine Unruhe aus, die ich bis zu mir spüre. Würde ich an so etwas glauben, könnte man glatt denken, mit ihrer Aura stimme etwas nicht. Es wirkt, als umgebe sie eine düstere Wolke, die den freien Blick auf ihre Persönlichkeit trübt. Ich drehe mich um und ein Frösteln jagt meine Arme hinauf. Etwas stimmt mit ihr ganz und gar nicht. Ob ich Leo mal unauffällig nach ihr fragen sollte? Ich beschließe, es dem Zufall zu überlassen. Schließlich will ich nicht aufdringlich sein, und wenn er sich wieder so unmöglich gibt, werde ich ihn gar nichts fragen, was nicht mit dem Thema »Playground Scouts« zu tun hat.

Als die letzte Doppelstunde endlich vorbei ist, kann ich nicht verhindern, dass mein Puls sich beschleunigt. Tucker hat noch Football-Training, Silver trifft sich mit ihrer Mom in der Mall, und ich mache mich auf, um es erneut mit »Leo, dem Unmöglichen« aufzunehmen.

Im Arbeitsbereich der Schulbibliothek sichere ich mir

einen etwas abgelegenen Tisch. Da die Zwillinge sowieso schon so viel Aufmerksamkeit erregen, habe ich keine Lust, allen anderen hier eine »Leo-Show« zu präsentieren. Und dass es mit ihm mal wieder eine Show wird, da bin ich mir ziemlich sicher.

Ich breite die Unterlagen auf dem Tisch aus, zücke Bleistift und Notizblock ... und warte. Es ist zwanzig nach fünf und der Herr ist immer noch nicht da. Zum Glück habe ich mich strategisch so günstig gesetzt, dass ich den Gang mit den Zeitschriften im Blick habe. Der Eingang zur Bibliothek liegt direkt dahinter. Ich kann Leo also nicht verpassen.

Unweit von mir schnappe ich Gesprächsfetzen auf. Eine Dreiergruppe Zehntklässlerinnen schwärmt unüberhörbar von »dem coolen Neuen«, der »so scharf aussieht« und »tolle Augen hat«. Na wunderbar. Ich bin gespannt, was passiert, wenn das »ach so scharfe, neue und coole Paar Augen« diese heiligen Hallen leibhaftig betritt. Und genau in diesem Moment erscheint er. Die Lässigkeit, mit der er mitten im Raum stehen bleibt und den Blick über die Tische schweifen lässt, ist bemerkenswert. Seine muskulöse Figur allerdings auch. Mein Herz macht einen kleinen Salto, während ich meinen Bleistift umklammere, als wolle ich ihn zerbrechen. Ruhig bleiben. Er ist bloß der Neue, den alle aufregend finden. Er ist nicht nett. Er ist nervig. Er macht dich nicht nervös.

Die Dreiergruppe Mädels hat atemlos innegehalten.

Als er mich entdeckt, wandert sein linker Mundwinkel nach oben. Mehr nicht. Er hebt nicht die Hand, er grüßt nicht, er nickt nicht mal mit dem Kopf. Obwohl es verboten ist, hat Leo seinen Rucksack dabei. Mich hat die Aufsicht, Miss Zymansky, schon mal nicht reingelassen, weil ich Kaugummi gekaut habe. Ihm hat sie vermutlich bloß mit einem entrückten Lächeln nachgesehen.

Die Zehntklässler beginnen zu kichern und zu tuscheln, als sich Leo seinen Weg durch die Tische bahnt.

»Bambi.« Er klatscht seine graublaue Messenger-Bag auf meine sorgsam auf dem Tisch ausgebreiteten Unterlagen.

Um uns herum wird es mucksmäuschenstill. Ich fühle unzählige Augenpaare, die uns neugierig betrachten. Bei so viel Aufmerksamkeit ist es mir zu blöd, ihm mal wieder meinen richtigen Namen vorzubeten. Ich nicke ihm neutral zu, so als habe er mich mit »Miss Banks« angesprochen. Irre ich mich oder ist Leos Blick jetzt gerade etwas enttäuscht? Doch schon hat er sich gefangen.

»Hier? Ernsthaft?« Er deutet in die Runde. Alle, die uns bis eben noch so neugierig beobachtet haben, senken schnell die Köpfe und tun möglichst unbeteiligt.

»Was hast du gegen diesen Arbeitsplatz?«

Leo rümpft deutlich hörbar die Nase. »Ist ja wie im Kindergarten.«

Ich drehe entnervt den Bleistift zwischen meinen Fingern. Das fängt ja gut an. Wie soll daraus ein druckreifes Projekt werden? »Tut mir leid, die Bibliothek mit den Liegen und dem Pool ist letzten Herbst abgerissen worden.«

Leo lässt sich mir gegenüber auf den Sitz fallen und stützt beide Unterarme auf der Tischplatte ab. Dann beugt er sich nah zu mir. »Wie schade. Würdest du die ganze Zeit einen Bikini tragen, würde mir dieses Projekt doch glatt Spaß machen.«

»Wird dir bei so vielen Konjunktiven nicht schwindelig?«, schieße ich zurück. »Ein wenig sehr weit weg von der Realität, oder?«

»Nicht, wenn wir hiernach zum Strand fahren.« Er nagelt mich mit seinem meerblauen Blick fest und im nächsten Moment hat er mir meinen Bleistift aus der Hand geschnappt. Diese Mal ist sein Lächeln nicht nur halb. Es ist auch nicht ironisch oder provozierend. Für einen Moment blitzt da etwas durch, das der echte Leo sein könnte. Der Leo, von dem ich bis jetzt nur ahne, dass es ihn gibt. Er schaut auf meinen Mund und dann wieder hoch. Seine Augen haben winzige silbrig glänzende Sprenkel. Sie sind umrahmt von pechschwarzen Wimpern und überdacht von markanten, dunklen Brauen. Leo schiebt seine Tasche zur Seite, um den Abstand zwischen uns noch weiter zu verringern. Hilfe.

»Hast du Lust?«

Mein Körper fühlt sich an wie ein Magnet, der von ihm angezogen wird. Mein Verstand protestiert, doch meine Hormone jubilieren. Mein Körper scheint mir nicht mehr zu gehören. Alles in mir schreit »Anfassen!«. Das kann doch nicht sein! Ich kenne ihn kaum. Normalerweise reagiere ich nicht so stark auf Äußerlichkeiten. Doch bei ihm … Erst als er mir mit dem Radiergummi oben auf dem Bleistift ganz zart vors Kinn stupst, schaffe ich es, zu blinzeln.

»Lust?«

Leo nickt, sein Blick ist ungewöhnlich ernst. »Ja.« Seine Stimme klingt rau. Und irgendwie sexy.

Ich wühle mich durch die rudimentären Reste meines Verstands. Durch den Teil, der noch nicht durch meine Hormone lahmgelegt wurde.

»Das Projekt.« Toll. Ich klinge wie eine Neandertalerin.

Leo fährt mit dem Bleistift die Linie meines Kinns nach. »Das kann doch warten.«

Mit letzter Kraft weiche ich vor ihm zurück. »Nein.«

»Nein?«

»Genau.« Ich lehne mich noch weiter zurück und funkele ihn an. »Hör auf, mir solche Sachen vorzuschlagen. Wir sind hier, um zu arbeiten. Auch wenn du dir nicht vorstellen kannst, dass man in Kalifornien nicht nur am Strand abhängt. Das hier ist mir wichtig.«

»Warum?« Sein Blick ist provozierend.

»Das ist ja wohl klar.« Ganz sicher werde ich ihm nicht erzählen, was ich studieren will. Er würde vermutlich so reagieren wie alle anderen: überrascht und ungläubig. Das erspare ich mir. Soll er doch denken, ich will »Modedesign und Schmuckherstellung« studieren.

Leo ignoriert meine letzte Antwort. »Hier ist es so stickig. Lass uns ein wenig rausgehen.«

Ich stöhne ironisch auf. »Ist das auch der Spruch, mit denen du Mädels in Clubs abschleppst? Hallo, hier ist es so stickig. Gehen wir doch raus ins Dunkle.« Ich rolle mit den Augen. »Lass es dir gesagt sein, der Spruch war schon in den Fünfzigern alt.«

»Lass mich raten.« Seine Mundwinkel verziehen sich zu einem breiten Grinsen. »Du bist Sternzeichen Kratzbürste.«

Heißes Blut schießt mir in die Wangen. »Nein. Ganz gewiss nicht.«

»Vielleicht Kaktus mit Aszendent Kühlschrank?«

»Total lustig.«

Er baut sein Grinsen noch weiter aus. »Dann sag du es mir.«

Ich schüttele den Kopf, kann aber leider nicht mehr ernst bleiben.

»Bitte.« Er streckt seine Hand über den Tisch und pikt mir zart in den Unterarm.

Okay, ich tue ihm den Gefallen. Aber nur, damit er endlich aufhört, mich anzufassen. »Widder. Den Aszendenten weiß ich nicht.«

»Ich hätte es wissen müssen.« Leo versucht einen resignierten Blick. »So viel Temperament und Starrsinn.«

»Und du?« Als ich zusehen kann, wie sich sein Blick verändert, ahne ich, dass ich ihn das nicht hätte fragen sollen.

»Jungfrau.« Seine Stimme wird mal wieder eine Nuance tiefer.

Ich werde nicht darauf eingehen. Nein, das werde ich nicht. »Wie schön.« Ich schiebe Papiere von rechts nach links und sehe konsequent auf die Tischplatte. »Sollen wir jetzt anfangen? Ich nehme an, du kennst dich noch nicht aus in Santa Barbara? New Haven ist ja wirklich eine Ecke entfernt.«

Leo wirkt überrascht. »Woher weißt du, wo ich herkomme?«

»Direktorin Hellendale erwähnte es in ihrem Büro.«

»Ach so.« Er lehnt sich im Stuhl zurück und streicht sich durch die dunklen Haare. Der Ärmel seines Oberhemds rutscht nach oben und sein Bizeps wölbt sich auf eine wirklich ansehnliche Art. Schnell sehe ich weg.

»Wollen wir anfangen?« Ich wiederhole mich, doch das ist mir egal.

Leo zuckt die Schultern. Er sieht nicht so aus, als wollte er Stift und Papier zücken. Dabei hat er doch seinen Rucksack dabei und alle anderen Normalsterblichen müssen ihre Unterlagen lose durch die Bibliothek schleppen.

»Kennst du dich ein wenig aus in der Gegend?«

Leo grinst. »Ich kenne den Weg zur Schule.«

»Okay. Das heißt, wir müssen komplett von vorne anfangen.«

»Wie würdest du denn vorgehen, wenn du nicht mit einem Ortsfremden wie mir gestraft wärst?«

»Na ja …« Ich sortiere ein paar Blätter, um ihn nicht wieder ansehen zu müssen. »Wir würden zu zweit ein paar Ideen zusammentragen und dann überlegen, welche Plätze dafür infrage kämen. Als Nächstes würden wir dort mal vorbeifahren und uns die Grundstücke ansehen.«

»Soll das heißen, ihr würdet auf gut Glück quer durch die Stadt fahren?«

»Zuerst könnte man sich die Locations mal auf Google Maps ansehen. Ich fahre ja auch nicht jeden Tag quer durch Santa Barbara. Manchmal ziehen sie innerhalb von wenigen Wochen einen Supermarkt hoch, und beim nächsten Mal wundert man sich, wo das Geschäft plötzlich herkommt.«

»Hast du denn schon ein paar Vorschläge?«

»So spontan fallen mir zwei Plätze ein.«

»Und was machen wir dann?«

Ich sehe zu ihm hoch. »Du hast das Informationsmaterial nicht gelesen, oder?«

Leo sieht kein bisschen schuldbewusst aus. »Ich dachte, wenn du es mir erzählst, ist es schöner.«

»Ist das dein Ernst?«

Er lächelt unwiderstehlich. Eine Antwort bekomme ich allerdings nicht.

Da ich keine Lust habe, mehr Zeit als nötig zu verschwenden, suche ich ein paar der interessanten Textstellen raus und lege ihm die Papiere vor die Nase.

»Hier ist es genau erklärt. Als Kurzfassung kann ich dir nur so viel sagen, als dass wir nach brachliegenden Grundstücken Ausschau halten sollen. Als Nächstes fragen wir beim Bauamt an, ob dort Anträge für ein Bauvorhaben vorliegen. Ist das nicht der Fall, geht unser Projekt in die zweite Runde. Wir checken die Gegend, ob sich ein Spielplatz dort überhaupt lohnen würde. Soll heißen, gibt es bereits Spielplätze in unmittelbarer Nähe? Liegt das Grundstück ungünstig, vielleicht nahe eines Highways? Oder gibt es in der Nähe vielleicht einen Kindergarten, was bedeuten würde, dass der Spielplatz gut angenommen werden könnte, weil in der Gegend viele Kinder wohnen. Sind all diese Voraussetzungen erfüllt, geht das Projekt in Phase drei. Wir versuchen, Sponsoren zu finden, die die Spielgeräte finanzieren würden. Außerdem sollen wir versuchen, einen Entwurf des Spielplatzes anzufertigen. Wir brauchen schließlich etwas, das wir den potenziellen Sponsoren, zum Beispiel Banken, Förderverein oder Bürgerinitiativen, vorlegen können. Am Ende des Projekts sollen wir nach Möglichkeit einen komplett finanzierten und vollständig durchgeplanten Spielplatz oder am besten gleich mehrere präsentieren können. In dem Infomaterial steht, dass es vermutlich nicht möglich sein wird, den Spielplatz vor Zusage aller Sponsoren durchzuplanen, weil wir nicht wissen, wie teuer die Geräte sein werden und ob man sie auch tatsächlich so auf den Spielplatz stellen kann. Der wichtigste Punkt ist, glaube ich, die Stadt auf der Suche nach neuem sicheren Spielraum für Kinder zu unterstützen. Und natürlich die Suche nach Sponsoren.«

Leo hat mir schweigend zugehört. Er scheint nachdenklich. »Sie wollen also, dass wir Klinken putzen gehen, um ein bisschen Geld ranzuschaffen?«

Ich nicke. »Hast du ein Problem damit?«

Er scheint zu zögern. »Warum sucht man nicht erst Sponsoren und schaut dann nach einem passenden Platz? Was, wenn es in der Stadt ohne Ende potenzielle Spielflächen gibt, aber niemand Geld rausrückt, um dort ein paar Spielgeräte aufzustellen?«

»Hättest du die Infobroschüre gelesen, wüsstest du Bescheid. Die Stadt selbst wird die fehlenden Mittel dazugeben. Natürlich wünschen sie sich, dass so viel wie möglich von externen Sponsoren übernommen wird. Aber sollten wir in der Tat Plätze finden, die so toll sind, dass man sie nicht ungenutzt lassen sollte, dann bezahlt die Stadt den Rest.«

»Das klingt doch schon viel besser.«

»Hättest du sonst nicht mitgemacht?«

Leo quittiert diese Provokation meinerseits mit seinem unwiderstehlichen Lächeln. »Ich mache doch sowieso nur wegen dir mit.« Er schiebt die Papiere vor sich zur Seite. »Und weil wir nachher zusammen zum Strand fahren.«

»Was ist mit Allegra? Ihr seid doch bestimmt zusammen in deinem Monstertruck gekommen.«

»Netter Versuch.« Er lächelt schief. »Al hat ein eigenes Auto. Sie fährt das obligatorische Pflichtmodell.«

»Bitte was?«

»Ein Cabrio. Schaut man sich die Autos auf dem Parkplatz vor der Schule an, könnte man glatt meinen, etwas anderes als Cabrios wäre auf dem Schulgelände verboten.«

Obwohl ich kein Cabrio fahre, möchte ich schon etwas Patziges erwidern. Einfach nur, weil sein Ton so abfällig klingt und weil es um meine Schule geht. Aber seine scharfe Beobachtungsgabe beeindruckt mich ungewollt. Er hat nämlich recht. Fast alle, die ich kenne, fahren Cabrio. Fast so, als wäre es tatsächlich Pflicht.

»Da du nun weißt, dass ich meine Schwester nicht nach Hause chauffieren muss, was sagtest du doch gleich zu meinem Vorschlag?«

Er lässt nicht locker. Er scheint sich an dem Thema »Strandausflug« festgebissen zu haben wie ein Hund an einem saftigen Knochen.

Ich beschließe, das Pferd von hinten aufzuzäumen. »Besitzt du ein Surfboard?«

Er schüttelt den Kopf.

»Kannst du surfen?«

»Nein.«

»Besitzt du vielleicht ein Boot?«

»Auch nicht.«

»Einen Bootsführerschein?«

Wieder schüttelt er den Kopf.

»Gehst du gern spazieren? Vorzugsweise im Sand?«

»Nein.«

»Siehst du dir gern den Sonnenuntergang an?«

»Auch nicht.«

»Hast du zufällig eine Badehose dabei?«

Er grinst, und zuerst sieht es aus, als wolle er etwas antworten. Doch dann schüttelt er wieder nur stumm den Kopf.

Ich lehne mich mit vielsagendem Blick zu ihm hinüber. »Dann verrate mir: Was willst du am Strand?«

Ich bin mir hundertprozentig sicher, ihm damit seine Strandidee wieder ausgeredet zu haben. Leider sieht es nicht so aus. Nun beugt auch er sich vor, und unsere Gesichter sind so nah, dass sich unsere Nasen fast berühren können.

»Was ich am Strand will?« In seinen Wangen bilden sich winzige Grübchen. »Ich würde mir den schlimmsten Sonnenbrand meines Lebens holen, nur um dir beim Surfen zuzusehen.«

Ich schlucke. Das war jetzt ziemlich deutlich. Doch dann fällt mir etwas auf. »Woher weißt du, dass ich surfe?«

Leo wirkt einen Moment lang ertappt. Dann hat er sich wieder gefangen. »Hier surft doch jeder.«

Das scheint ihm Erklärung genug. Ich aber sehe ihn weiter skeptisch an. »Du hast geraten?

»Allerdings. Und? Habe ich recht?

Ich nicke. »Glaube allerdings bitte nicht, dass wir zum Strand fahren und ich dir dort etwas vorsurfe.«

»Gut. Dann gehen wir einfach nur etwas spazieren.«

»Ich dachte, du gehst nicht gern spazieren.«

»Ja, aber Mädchen gefällt doch so etwas.« Dann scheint ihm etwas einfallen. »Außerdem könntest du mir ein wenig die Gegend zeigen. Vielleicht finden wir ja sogar einen potenziellen Spielplatz.« Er lehnt sich in seinem Stuhl zurück und guckt so selbstzufrieden, als habe er das Rad neu erfunden. »Sind wir hier fertig?«

»Eigentlich wollte ich jetzt mal einen groben Zeitplan entwerfen. Wann hast du immer Zeit?«

»Generell oder für dich? Unser Ausflug zur Schulkrankenschwester steht übrigens auch noch an.«

Ich verdrehe die Augen. »Könntest du nur einmal versuchen, ernst zu bleiben?« Ich schlage einen Collegeblock auf. »An welchen Tagen passt es dir? Wann hast du nachmittags Training?«

Er zieht fragend die Augenbrauen hoch.

»Falls du es noch nicht mitbekommen hast«, erkläre ich, »hier ist es normal, dass die Schüler nach der Schule in die verschiedenen Schulsportteams gehen. Basketball, Schwimmen, Bogenschießen, Tennis, Fußball oder Baseball. Interessierst du dich für irgendetwas?«

»Nein.« Die Antwort kommt viel zu schnell und der Tonfall seiner Stimme ist plötzlich hart und abweisend.

»Hast du an deiner alten Schule keinen Sport gemacht?

»Ich habe jeden Nachmittag Zeit, okay?« Fast hätte er mich unterbrochen. »Sprechen wir uns doch einfach kurzfristig ab. Das sollte doch kein Problem sein. Gib mal dein Handy.« Er streckt auffordernd die Hand aus.

»Bitte?«

»Dein Handy. Ich gebe dir meine Nummer. Wenn du magst, kannst du mich auch bei WhatsApp adden. So können wir uns kurzfristig absprechen.«

Ich ziehe mein Telefon aus meinem Federmäppchen. »Du kannst mir die Nummer auch einfach sagen.«

»Sehe ich aus wie jemand, der einem Mädchen sein Telefon klaut?«

Ich erwidere nichts und sehe ihn einfach nur fragend an. Schließlich gibt er auf und diktiert mir seine Nummer.

»Wir brauchen immer noch einen Plan.«

Leo seufzt. »Dass Frauen immer alles so verkomplizieren müssen. Lass uns doch nächste Woche einfach jeden Nachmittag durch einen Stadtteil fahren und sehen, ob wir fündig werden.«

»Sollen wir vorher nicht bei Google Maps schauen?«

»Klar, das können wir auch machen. Zusätzlich. Aber eigentlich ist es unnötig, denn wer weiß, wie alt die Bilder sind.«

»Hast du eine Idee, wen wir als Sponsoren ansprechen können?«

»Meinen Stiefvater.«

Meint er das ernst? »Aha. Du kannst es ja versuchen. Ansonsten sollten wir mal überprüfen, ob es Firmen gibt, die Geräte für Kinderspielplätze herstellen. Vielleicht mögen die ja etwas beisteuern, wenn ihr Logo auf den Geräten steht. Außerdem können wir bei den Country Clubs fragen. Viele von den Mitgliedern engagieren sich in sozialen Projekten. Und dort liegt das Geld quasi nur so herum. Und bei Bürgerinitiativen. Was übernimmst du?«

»Meinen Vater und die Firmen, die die Spielgeräte herstellen.«

»Okay. Dann tragen wir bis zum Ende der Woche die ersten Ergebnisse zusammen. Sollen wir uns Freitag wieder hier treffen?«

Leo zieht ein Gesicht. »Das ist mit Abstand der hässlichste Ort an dieser Schule. Die Luft ist miserabel, der Teppichboden stinkt, und außerdem habe ich das Gefühl, dass alle mich anstarren.«

Da gebe ich ihm recht. Und zwar in allen drei Punkten. »Hast du einen besseren Vorschlag?«

»Vielleicht bei dir zu Hause?«

Ich muss ein Lachen unterdrücken. »Ja klar. Vielleicht direkt in meinem Bett? Und wir könnten dabei nackt sein?« O nein. Das ist mir jetzt einfach so herausgerutscht. Erschrocken sehe ich zu Leo hinüber. Der scheint auch überrascht, was ganz entzückend aussieht.

»Entschuldige, das ist mir so herausgerutscht.« Ich laufe feuerrot an und schiebe hastig die ausgedruckten Papiere zu einem ordentlichen Stapel zusammen. Obwohl ich fest mit einem dummen Spruch rechne, geht Leo nicht weiter darauf ein.

»Gibt es vielleicht ein nettes Café hier in der Nähe? Dort könnten wir doch auch zusammen daran arbeiten.«

Nun bin ich es, die ihn überrascht ansieht. »Ja, das *Seaside*. Es liegt nur ein paar Straßen weiter. Es ist ruhig und sehr gemütlich am Nachmittag. Erst abends, wenn die Studenten dort einfallen, wird es laut.

»Gut, dann fahren wir Freitag ins »Seaside«. Ich nehme dich mit. Du kannst deinen Wagen hier an der Schule stehen lassen.«

»Okay. Gern.« Das klingt alles sehr vernünftig.

»Prima«. Leo greift sich seinen Rucksack und springt auf. »Dann lass uns von hier verschwinden.«

Ich nicke wortlos und stehe ebenfalls auf. Wieder starren uns alle an. Ich ignoriere die Blicke und sehe zu Leo, der höflich auf mich wartet. Er lächelt. O weh. Sein Lächeln gefällt mir viel zu gut. Bei dem Gedanken, gleich so nah neben ihm im Auto zu sitzen, wird mir warm.

»Auf gehts, Bambi.«

Ich laufe ihm hinterher und starre auf seinen muskulösen Rücken. Niemals macht er keinen Sport. Warum lügt er mich bloß an? Ich nehme mir vor, ihn während unseres kleinen »Ausflugs« ganz unauffällig ein wenig auszufragen.

10

Leo

Endlich verlassen wir diesen muffigen Laden. Vorhin um 17 Uhr, als ich eigentlich schon mit Bambi verabredet war, bin ich zufällig dieser Cassandra über den Weg gelaufen. Ich habe ihr mal ein paar Takte zum Thema Allegra gesagt. Wofür sie mich ziemlich wüst beschimpft hat. Das Mädchen hat das Niveau einer Straßengöre, was wieder mal beweist, dass Geld nicht die Persönlichkeit verbessert. Sie wollte mir ihre Gucci Pumps sonst wo hinrammen, doch ich habe sie mit einem schnellen Griff gebändigt. Jetzt weiß sie allerdings, dass wenn sie Al noch mal zu nahe kommen sollte, in echten Problemen steckt.

Bambi hinter mir holt gerade ihre Tasche aus einem der Fächer und packt ihre Unterlagen ein. Ich will vorausgehen, doch leider biege ich am Ausgang in die falsche Richtung ab. Bambi macht sich nicht die Mühe, mir Bescheid zu sagen. Stattdessen biegt sie eiskalt in die andere Richtung ab. Ich schwenke geschmeidig herum und nehme die Verfolgung auf. Von hinten ist sie ein genauso hübscher Anblick wie von vorn.

Sie hat gemerkt, dass ich aufgeholt habe, denn sie dreht den Kopf zu mir, so als wäre ich die ganze Zeit neben ihr gewesen. »Ich fahre.«

Leider kann ich mir ein Lachen nicht verkneifen. Sie funkelt mich an. »Hast du ein Problem mit Frauen, die Auto fahren? Hier in Kalifornien ist das schon länger erlaubt. Wir dürfen sogar wählen gehen.«

Am liebsten hätte ich sie an mich gezogen. Ich finde sie unglaublich scharf, wenn sie die Krallen ausfährt. Die meisten Mädchen, die ich treffe, sind wahnsinnig nett zu mir. Sie machen mir sogar Komplimente. Ganz ehrlich? Es gibt nichts Langweiligeres, als wenn die Beute freiwillig auf deinen Schoß hüpft. Ich bin ein klassischer Jäger. Sie müssen weglaufen, mich anfauchen und immer wieder einen Schritt zurück machen, wenn ich ihnen zu nahe kommen. Wenn ich dabei in ihren Augen sehe, dass sie mich trotz all des unnahbaren Gehabes doch ziemlich gut finden, dann ist das Spiel perfekt. Genau das ist bei Bambi der Fall. Ich weiß, wie sie mich ansieht, immer dann, wenn sie glaubt, ich bemerke es nicht. Vorhin, als ich mich extra nach hinten gelehnt und die Oberarmmuskeln angespannt habe, hat sie wie auf Knopfdruck genau dorthin gesehen. Okay, ich habe ihr auch in den Ausschnitt gestarrt, als sie sich nach vorne gebeugt hat, aber so funktioniert es nun mal. Jeder zeigt, was er hat, und der andere checkt es ab.

»Hat deine fahrende Rostsammlung Airbags?«

Sie gibt ein kleines Schnauben von sich. »Bist du so ein Angsthase?«

Ich sehe bedeutungsvoll zu ihr. »Weiß ich, wie du Auto fährst?«

Wieder schnaubt sie. »Wie du Auto fährst, haben wir ja alle schon gesehen.«

Sie spielt auf das Intermezzo in der Parklücke an. War klar, dass sie mir das für immer und ewig aufs Brot schmieren würde. »Ich hätte die Kleine schon nicht überfahren. Ich war spät dran, es war mein erster Tag, und ich hatte keine Ahnung, wo ich noch parken konnte.« Ich reibe mir die Augen. »Und außerdem hatte ich echt mies geschlafen.«

»Total interessant.« Sie zückt ihr Handy und schaut auf das Display. »Aber so sind wir wenigstens beide zu spät gekommen.«

Unauffällig schiele ich auf das Display. Die Nachricht ist von Surfer-Boy. Wie kann man nur Tucker heißen? Allein sein Name ist ein Witz. Von seinem steroidaufgepumpten Oberkörper mal ganz zu schweigen. Ob er ihr Freund ist? Bis jetzt hat er nicht den Eindruck gemacht. Ich jedenfalls hätte jemanden wie mich nicht so nah an sie herangelassen, wenn ich Tucker wäre.

Bambi beantwortet die SMS nicht, schaltet das Display aus und schiebt es zurück in ihre klitzekleine Hosentasche.

Dann scheint sie sich an unser Gespräch zu erinnern. »Ich fahre. Und zwar, weil ich hier groß geworden bin. Ich kenne praktisch jede Straße. Santa Barbara ist voller Einbahnstraßen. Deshalb ist es besser, wenn ich fahre.« Sie sieht mich an.

Der Blick aus ihren goldbraunen Augen lässt mich nicht mehr los. Sie sieht toll aus, keine Frage. Aber da ist noch mehr. Ihr Blick ist wach, intelligent, lebendig. Es reizt mich wahnsinnig, all die Facetten, die dort so bruchstückhaft aufblitzen, zu entdecken.

»Können du und deine fragile Gesundheit das mit sich vereinbaren?«

Ich bin so fasziniert von ihr, dass mir kein blöder Spruch einfällt. Ich kann einfach nur wortlos nicken.

Bambi fährt den quietschenden, hustenden Buick so elegant, als würde sie ein Kreuzfahrtschiff durch den Suezkanal manövrieren. Von innen ist die Karre genauso abgewrackt wie von außen. Das Leder des Beifahrersitzes ist so steinhart, dass es schon fast bröckelt. Bambi hat sich einen mit Lotosblüten bedruckten Überzug über ihren Fahrersitz gezogen. Der fröhlich bunte Druck wirkt in der apokalyptisch zerstörten Inneneinrichtung des Buicks wie ein Strauß Frühlingsblumen auf einem abgebrannten Schlachtfeld. Von der Rückbank ist nicht mehr viel übrig. Dafür sehen die Sicherheitsgurte noch fast aus wie neu. Auf der Mittelkonsole scheint mal etwas sehr Schweres Platz genommen zu haben. Die Plastikfächer sind geborsten und ihre spitzen Enden ragen in den Innenraum wie Stacheln. Sämtliche Armaturen sind von der Sonne ausgebleicht. Von dem einstmals matt glänzenden Schwarz ist nur noch ein müdes Grau übrig. Die Gummidichtung an meinem Fenster wirkt nicht mehr besonders vertrauenswürdig. In der Schweißnaht des Außenspiegels wohnt eine Kolonie Grünspan.

Ich spüre, wie Bambi meinen kritischen Blicken folgt. Als sie nichts sagt, lehne ich mich in dem quietschenden Sitz zurück und strecke die Beine aus. Ich lehne den Kopf an die wackelnde Kopfstütze und sehe ihn dann in ihre Richtung.

»Besitzt du ein Fahrrad?«

Bambi lacht. Es ist ein glucksendes, spontanes Lachen, das sich da aus ihrer Kehle stiehlt. Eigentlich dachte ich, dass ich jetzt sofort wieder eine Retourkutsche bekomme, aber ihr Lachen gefällt mir noch viel besser.

»Er ist nicht so marode, wie er aussieht. Eigentlich ist er ganz zuverlässig. Meistens.«

»Er sieht aus, als würde er dir jeden Moment unter dem Hintern zusammenbrechen. Da ist es wahrscheinlich tatsächlich sicherer, mit dem Fahrrad zu kommen. Wissen deine Eltern, was du da fährst?«

Sie lacht noch mal. Leider kann ich ihre Augen hinter den Spiegelgläsern ihrer Sonnenbrille nicht erkennen, aber es hört sich sehr echt an. »Natürlich. Sie haben den Buick ja gekauft.«

Mir fällt die Kinnlade auf die Brust. Meine Mutter würde ausrasten, wenn sie wüsste, dass ich mit so einer Rostlaube durch die Gegend fahren würde. Selbst wenn ich mir das Ding selbst gekauft hätte, würde sie dafür sorgen, dass ich es schnellstens wieder loswerde.

»Ernsthaft?«

Sie nickt.

»Hast du noch Geschwister?«

»Wieso?«

»Na ja …« Ich muss ein Grinsen unterdrücken. »Ich dachte, vielleicht haben deine Eltern zu viele Kinder und wollen eins loswerden.«

Bambi reißt den Mund auf. »Hallooo?« Sie versucht, empört zu tun, doch leider muss sie schon wieder lachen. Ich sehe es ganz genau.

»Willst du damit sagen, meine Eltern haben das Ding absichtlich gekauft, um mich umzubringen?«

»Wenn sie es wirklich vorhätten, wäre das eine echt clevere Idee.«

Sie hält vor einer roten Ampel und sieht dann kopfschüttelnd zu mir rüber. »Du siehst zu viel fern. Verschwörungstheorien werden überbewertet, glaub mir.«

Ich überlege krampfhaft, was ich noch sagen kann, damit

sie noch mal lacht, doch leider ist mein Kopf wie leer gefegt. Bambi schiebt sich die Sonnenbrille über den Haaransatz und endlich sehe ich ihre Augen wieder. Auch darin erkenne ich noch ein schwindendes Lachen. Dann wird ihr Blick plötzlich ernst. Ich richte mich unwillkürlich ein wenig in meinem Sitz auf. Zu gern würde ich die Hand ausstrecken und ihr ganz vorsichtig eine verirrte Strähne hinters Ohr schieben. Mir fällt die winzige Narbe an ihrer Oberlippe auf. Eine fadendünne silbrige Linie, die das Lippenrot für einen halben Zentimeter unterbricht. So zart, dass man sie leicht übersieht. Vielleicht ein Unfall in der Kindheit? Allein der Umstand, dass ich darüber nachdenke, lässt alle Stoppschilder in meinem Kopf warnend aufblinken. Ich will kein Mädchen so nah an mich heranlassen. Nicht hier. Nicht vor meinem Highschool-Abschluss. Doch sie verkehrt meine Denkweisen ins Gegenteil. Ich will wissen, woher sie diese Narbe hat. Ob es genäht werden musste. Ob es wehgetan hat. Ich schlucke hart. Bambis Augen wandern über mein Gesicht. Neugier und Misstrauen halten sich in ihrem Blick die Waage. Ich will ihr tausend Fragen stellen. Alles über sie wissen. Ich bin versucht, all meine Vorsätze über Bord zu werfen. Für sie. Doch noch will es mein Verstand nicht einsehen. Ich werde ihr nur diese eine Frage zu ihrer Narbe stellen und es als Small Talk abstempeln. Irgendetwas muss man ja reden, wenn man nebeneinander im Auto sitzt.

»Woher ist die Narbe?« Meine Stimme klingt belegt. Ich räuspere mich und will die Frage wiederholen. Doch Bambi hat mich auch so verstanden.

»Warum erzählst du mir, dass du dich nicht für Sport interessierst?«

Jetzt hat sie mich. Sie passt echt gut auf, das muss man ihr lassen. Ich grinse ausweichend. Als die Autos hinter uns zu hupen beginnen, sieht Bambi hastig zur Ampel hoch.

»Mist.« Sie gibt Gas und entschuldigt sich bei dem Fahrer hinter ihr mit einer schnellen Geste.

Der Verkehr wird dichter, und die Kalifornier fahren, als ob die Führerscheine hier verlost würden. Bambi scheint das Chaos um sie herum nichts auszumachen. Irgendwann schaltet sie das Radio ein und summt zu der Melodie mit. Leicht schief, was ganz niedlich ist.

Downtown St. Barbara besteht aus Häusern unterschiedlicher Bauweise und Alters. Überall schmücken die Werke von Street-Art-Künstlern die Häuserwände. Die Promenade ist breit und mit hellen Steinen gepflastert. Die Straßenseite gegenüber besteht hauptsächlich aus Dinern, kleinen Boutiquen und Szene-Cafés. Von überall erklingt Musik. Direkt an die Promenade schließt der weiße Sandstrand an. Hier geht es zu wie in einem Bienenstock. An der Promenade gibt es Bereiche, an denen öffentliche Sportgeräte aufgebaut sind. Muskelbepackte Afroamerikaner mit nackten, sonnenölglänzenden Oberkörpern stehen dort in Gruppen zusammen. Eine Dreiergruppe junge Frauen in Hotpants und Bikinioberteilen jagen auf ihren Rollerblades vorbei. Eine Ecke weiter haben sich drei junge Musiker eingerichtet. Ein Traube Menschen klatscht im Takt zu ihren Reggae-Rhythmen. Künstler bieten ihre Werke an. Ein Mann mit einem Hot-Dog-Wagen im Schlepptau spaziert gemächlich durch die sengende Sonne. An jeder Ecke wird Eis verkauft. Überall ist es laut, bunt und fröhlich. Jede noch so kleine Ecke ist mit Blumenkübeln oder Dekoartikeln vollgestellt. Die Häuser stehen dicht gedrängt.

Wo zur Hölle soll man in diesem Chaos einen Spielplatz gestalten?

»Santa Barbara war schon immer ein Künstlerviertel«, erklärt Bambi. »Insbesondere der Bereich um die Promenade gilt als Vorzeigeviertel. Hier haben viele ortsansässige Künstler, Maler, Schmuckdesigner oder kleine Klamottenlabels ihre Läden. Und es gibt ein paar tolle Restaurants.«

»Wo soll denn hier noch Platz für einen Spielplatz sein?«

»Nicht hier.« Sie lächelt liebenswürdig. »Das wollte ich dir einfach nur mal zeigen.«

Überrascht drehe ich den Kopf zu ihr. Sie zuckt die Schultern.

»So als Ortsfremder weißt du doch gar nicht, wie schön deine neue Heimat ist.«

Ob ich diesen bunten Zirkus da draußen als »schön« bezeichnen würde lassen wir mal dahingestellt, aber die Tatsache, dass sie mir ihre Stadt zeigt, berührt mich dann doch.

»Wie ist es so? Da wo du herkommst?«

»In New Haven?« Neuengland ist ein krasser Kontrast zur lauten, bunten Westküste. Die Farben sind dezenter und alles scheint irgendwie wohlgeordneter. Das Meer ist graublau und nicht besonders einladend. Die kleinen Fischerdörfer stechen durch ihre weiß getünchten Häuserfronten hervor. Sie reihen sich an die rauen Küsten wie kleine uniformierte Soldaten. Bereit, dem Tosen des Meeres entgegenzutreten. Niemand würde dort am Strand Sportgeräte aufstellen. Auch Musiker sieht man selten. Die einzige Farbenpracht ist der Indian Summer. Dann, wenn die Blätter der Bäume sich in den schillerndsten Gold-, Orange- und Rottönen verfärben. Dann, wenn die Luft abends schon nach Winter riecht. Wenn der

Himmel dich morgens als ein lautloses Inferno wild auftürmender Wolken begrüßt. Wenn der Wind, der über das Meer peitscht, dich vor sich hertreibt wie eines der bunten Blätter. Und die Winter so kalt sind, dass die Schneeflocken auf deiner Zunge knuspern.

Bambi stupst mir ganz leicht vor den Arm. Sie reißt mich aus meinen Gedanken und ich zucke zusammen.

»Alles okay?«

Ich nicke mechanisch.

»Du kannst auch ein anderes Mal von New Haven erzählen.«

Ihre Stimme klingt sanft. Fast so, als ob sie das Wechselbad meiner Gefühle gespürt hätte.

Wieder kann ich nur nicken. Mein Hals ist wie zugeschnürt. Plötzlich erscheint mir alles da draußen unerträglich aufdringlich und schrill.

»Man muss sich erst an Santa Barbara gewöhnen. An die Hitze, den Trubel, den chaotischen Straßenverkehr.«

Bambis sanfte Stimme hüllt mich ein. Für einen Moment lehne ich meinen Kopf zurück und schließe die Augen. Sie soll weitererzählen. Der Klang ihrer Stimme hat etwas Beruhigendes, Tröstendes. Etwas, das meinen tief sitzenden Schmerz betäubt.

»Ich habe hier, genau an diesem Strand, schwimmen gelernt. Mein Dad hat es mir beigebracht. Als ich klein war, war ich oft hier. Meine Mom war Künstlerin, bevor sie meinen Dad kennenlernte. Sie ist eine tolle Malerin. Jetzt malt sie nur noch in ihrer Freizeit. Mein Dad sah sie zum ersten Mal, als sie am Strand vor ihrer Staffelei saß. Einen ganzen Monat ist er um sie herumgeschlichen, bevor er sich getraut hat, sie anzusprechen.« In ihrer Stimme klingt ein Lachen mit. Meine Mundwinkel verziehen sich zu einem Lächeln.

»Und dann hat sie ihn noch mal einen vollen Monat abblitzen lassen, bevor sie mit ihm ausgegangen ist. Er war schließlich nur ein mittelloser Student und sie bereits eine Malerin mit einem guten Ruf in der Szene.« Wieder lacht sie leise. »Ein halbes Jahr später haben sie geheiratet. Zwei Jahre danach kam ich. Dieser Strand ist so etwas wie mein Kinderzimmer. Ich kenne jedes Fleckchen. Früher haben wir hier gewohnt. Direkt gegenüber, neben einem Diner in einer winzigen, chaotischen Mietwohnung. Die Firma meines Vaters warf noch nicht so viel Geld ab, dass wir uns etwas Besseres leisten konnten. Ich bin inmitten von Musikern, Künstlern und anderen Kreativen aufgewachsen. Ohne feste Schlafenszeiten, Kindermädchen oder geregelte Mahlzeiten. Jeden Tag hat jemand anderes auf mich aufgepasst, wenn meine Mom Termine in einer Galerie hatte oder so. Es war ein chaotisches Leben, aber für ein Kind war es herrlich. Wenn wir hier rechts abbiegen, kommen wir an meinem Kindergarten vorbei. Ich habe diesen Laden geliebt, obwohl ich mit den Regeln am Anfang nichts anfangen konnte. Ich wusste gar nicht, was es heißt, jeden Tag zur selben Zeit ein Mittagessen vorgesetzt zu bekommen. Und danach mussten wir eine Stunde schlafen. Ich habe mich aufgeführt wie ein kleiner Teufel, weil ich solche festen Zeiten nicht akzeptieren wollte. Irgendwann werde ich dort mal vorbeischauen und fragen, ob sie sich noch an mich erinnern.« Bambi biegt sanft um eine Kurve und der Buick schnurrt wie ein zahnloser Palast-Löwe.

Ich könnte ihr ewig zuhören. Niemals hätte ich gedacht, dass sie nicht schon mit einem goldenen Löffel im Mund zur

Welt gekommen ist. Das Hippieleben, das sie mir beschreibt, scheint nicht recht zu der ehrgeizigen Schülerin zu passen, die ich bisher kennengelernt habe.

»Glaube nicht, dass meine Eltern sich großartig geändert haben, nun, da wir in einem schicken Haus in der Vorstadt wohnen.« Sie lacht glucksend. »Sie sind genauso chaotisch wie früher. Nur unsere Bleibe ist etwas schicker und größer. Chaos, großflächig verteilt, sieht nicht ganz so schlimm aus wie Chaos auf kleinem Raum. Mom kann bis heute nicht kochen. Hin und wieder versucht sie es. Dann sieht sie in der Werbung ein neues Kochbuch und will es unbedingt noch mal versuchen. Ich glaube, es reicht, wenn ich dir erzähle, dass wir schon zweimal eine neue Einbauküche bekommen haben. Sie hat einfach überhaupt gar kein Talent dazu. Dad hat extra drei Feuermelder in der Küche anbringen lassen, wenn Mom mal wieder einen lebensgefährlichen Kochversuch plant. Auch alles andere verläuft nicht ganz so in geregelten Bahnen. Wenn meine Eltern wenigstens feste Arbeitszeiten hätten. Aber nein, mal sind sie zu Hause, mal nicht. Mal bringen sie spontan jede Menge Leute zum Abendessen mit. Meistens sind wir nur über Handy in Kontakt, weil sie sehr viel arbeiten. Silvers Eltern, zum Beispiel, sind da sehr konservativ. Immer wenn ich bei ihr bin, fühle ich mich wie in einem Internat. Ihre Mutter ist den ganzen Tag zu Hause und kümmert sich nur um den Haushalt, obwohl sie jede Menge Angestellte haben. Sie kocht sogar selbst. Bei ihnen gibt es jeden Tag zur selben Zeit Abendbrot. Ihre Mutter steht immer mit Silver zusammen auf, um sich zu verabschieden. Manchmal besteht sie sogar darauf, Silver ein paar Brote zu machen. Obwohl Silver ja immer nur ihr Biobrot isst. Ich glaube, meine Mutter hat mich noch nie gefragt, was ich in der Schule eigentlich esse. Versteh mich nicht falsch, unser Kühlschrank ist immer brechend voll. Aber die Hälfte davon schmeißen wir am Ende der Woche weg. Ich kann mir immer etwas zu essen machen, wenn ich Lust darauf habe. In manchen Familien ist es ja so, dass die Eltern einfach nicht einkaufen. Das ist bei uns nicht der Fall. Meine Eltern kaufen total gern Lebensmittel ein. Am liebsten Sachen, die schon fertig oder zumindest vorgegart sind. Meine Mutter kauft zum Beispiel auch Obst, das schon fertig geschnitten ist. Abends bestellen wir meist etwas zu essen. Oder meine Eltern essen in der Stadt. Ich habe ja meist sowieso nicht so viel Hunger, weil ich schon in der Schule gegessen habe. Und wir haben natürlich keine Angestellten, so wie zum Beispiel Silver. So reich sind wir nicht. Und – oh, warte!«

Bambi geht in die Eisen und ich reiße überrascht die Augen auf. Es ist so herrlich, ihr zuzuhören. Zu gern würde ich sie fragen, ob sie mir jeden Abend vor dem Einschlafen etwas erzählt. Ich bräuchte keine Schlaftabletten mehr. Und mein Schlaf wäre garantiert glücklicher. Schon jetzt fühle ich mich, als würde ich schweben. Ihre Stimme, ihre Erzählungen, scheinen die schwarzen Wolken in mir auszuradieren.

Bambi zieht die Handbremse an, kurz nachdem sie ziemlich unsanft einen Bordstein hochgefahren ist.

»Schönen Gruß an die Stoßdämpfer«, murmele ich. »Bist du nebenberuflich Stunt-Fahrerin?«

»Es ist mein Auto. Ich fahre immer so«

Meine Frotzelei prallt an ihr ab wie ein Tropfen Wasser an einem Lotosblatt. Mit der Linken hält sie sich an dem riesigen Lenkrad fest und beugt sich dann rechts zu mir herüber. Alle meine Muskeln spannen sich wie auf Kommando an. Was tut sie da? Bambi streckt den Arm durch und deutet aus meinem Beifahrerfenster.

»Sieh mal da. Rechts neben dem braunen Haus. Man kann es nicht gut sehen, weil davor ein Zaun ist, aber es könnte sein, dass das Grundstück dahinter leer ist.«

Ich sehe auf ihren schlanken, gebräunten Arm, der direkt an meiner Nase vorbeizeigt. Ein silbernes Kettchen mit winzigen Anhängern baumelt um ihr Handgelenk. Ich kann selbst aus dieser Entfernung den Duft ihrer Haut wahrnehmen. Eine Mischung aus Seife, Sonnencreme und einem zarten Parfüm. Ihr Handgelenk ist höchstens halb so breit wie meins.

»Jetzt schau doch mal!« Sie beugt sich noch weiter nach vorne und ihre nackte Schulter rückt immer näher. Der Himmel stehe mir bei. Wird sie gleich auf meinen Schoß krabbeln?

Doch augenscheinlich bin ich das Letzte, an das sie gerade denkt. Ihre Augen haben ein begeistertes Funkeln, als sie in Richtung dieser verwahrlosten Brachlandschaft blickt.

Etwas unwillig drehe ich den Kopf weg von ihrer nackten Haut und sehe aus dem Fenster. »Das sieht aus wie ein Schrottplatz.« Durch den bestimmt zwei Meter hohen Zaun kann man nicht viel erkennen, nur an den Stellen, an denen bereits Bretter abgebrochen sind. Dahinter mache ich ein Brachland aus, das mit Schotter aufgefüllt ist. Grausam verbogene Metallteile und etwas, das aussieht wie ein untrennbar ineinander verkeilter Haufen Fahrräder, liegt zwischen hochwachsenden Trümmerpflanzen. Trotz der Hitze gibt es dort Pfützen, deren Oberflächen ölig schimmern.

»Das ist kein Schrottplatz.« Bambis Optimismus möchte ich haben.

»Nein«, korrigiere ich mich. »Es sieht eher aus, als würde man dort Atommüll lagern. Und hier willst du Kinder zum Spielen hinschicken?«

Bambi schnalzt missbilligend mit der Zunge. Dann löst sie ihren Sicherheitsgurt und lehnt sich in einer Wolke aus verführerischem Parfüm wieder zurück in ihren eigenen Sitz. »Lass uns mal aussteigen und die Lage peilen. Ich nehme mein Handy mit, dann können wir direkt ein paar Fotos machen.«

Ich folge ihr. Mit raschen Schritten kommt sie um den Wagen herum. Ihr Smartphone hat sie gezückt wie eine Waffe.

»Fass bloß nichts an«, warne ich sie. »Plutonium ist giftig.«

Sie verdreht die Augen und grinst. »Tut mir leid. Mein Schutzanzug ist in der Reinigung.«

Sie sprüht vor Pioniergeist und quetscht ihre Nase durch die morschen Bretter. »Das sieht doch gar nicht so schlimm aus.«

Ich stelle mich neben sie und spähe durch ein Astloch. Ihren eben gesagten Satz als Übertreibung zu bezeichnen, wäre noch ein Witz. Das Gelände sieht aus, als habe die NASA dort ihren verseuchten Raketenschrott abgeladen.

»Ich glaube, da ist eben ein Molch mit zwei Köpfen in einer der Pfützen verschwunden«, witzele ich.

Bambi schubst mich unsanft vor den Oberarm. »Du bist auch zwölf und danach einfach nur noch größer geworden, oder?« Sie klingt belustigt. Offenbar kann sie nichts von der Großartigkeit ihrer Entdeckung abbringen. »Lass uns mal im Geschäft nebenan fragen, ob die wissen, wem das Grundstück gehört.«

»Ernsthaft, Bambi?« Ich deute durch ein Loch im Zaun. »Da ist ja spielen auf dem Mond noch schöner.«

Doch sie hat sich schon umgedreht. »Nenn mich nicht immer so«, schallt es zu mir herüber. »Sonst denke ich mir auch einen grauenhaften Spitznamen für dich aus. So was wie *Pupsbärchi* oder *Schnuckiputz*.«

Ich hole auf. »Was bitte ist an *Bambi* so grauenhaft? Alle Welt liebt Tierbabys. Alle Welt liebt Tierbabys mit großen Augen. Alle Welt liebt kleine Tierbabys mit großen Augen.«

»Ich bin nicht klein.«

»Okay, wenn das dein einziges Gegenargument ist …«

Sie überholt mich, dreht sich zu mir um und bleibt dann abrupt vor mir stehen. Sie holt Luft, als müsse sie sich betont zur Ruhe zwingen.

»Für dich bin ich also ein kleines Tierbaby mit großen Augen?«

Mein breites Lächeln ist ihr Antwort genug.

»Okay …« Sie dreht sich um und stakst wieder voraus. »In deiner Kindheit ist definitiv was schiefgelaufen.«

»Soll ich dir lieber sagen, dass du ein hammerscharfes Gerät bist und ich mir ständig vorstelle, wie du wohl nackt aussiehst?«, rufe ich ihr hinterher. Ein paar Leute von der Straßenseite gegenüber recken neugierig die Köpfe.

»Waaahh!« Bambi rauft sich im Gehen die Haare. »Warum? Warum ich? Warum bekomme ich als Projektpartner einen Disney-gestörten Halbwilden, der seine wirren Fantasien auf mich projiziert?«

Schon bin ich wieder neben ihr. Sie versucht, böse zu gucken, aber es gelingt ihr nicht. »Du nennst mich einen Halbwilden?«

Sie macht eine wegwerfende Geste und sieht mich absichtlich nicht an. »Und du unterhältst gern die ganze Straße?«

»Wenn du immer wegrennst.«

»Stimmt ja. Du machst keinen Sport, wie sollst du da mithalten.«

Rumms. Das hat schon wieder gesessen. Ihre Provokation kitzelt mein Ego ganz gewaltig. Doch ich zwinge es zum Stillschweigen. »Genau. Und deshalb solltest du dich für dein Verhalten entschuldigen.«

Sie bleibt so abrupt stehen, dass ihre Sohlen fast quietschen. »Ich soll was?« Ihre Stimme überschlägt sich.

Wir haben den Eingang des Ladens erreicht, doch Bambi rührt sich keinen Zentimeter mehr.

»Dich entschuldigen.« Ich beuge mich ein klein wenig zu ihr. »So einen armen, untrainierten Kerl wie mich einfach abzuhängen. Womöglich verlaufe ich mich noch und finde nie wieder nach Hause.«

Bambi guckt, als würde sie gleich mit den Zähnen knirschen. In ihren Augen flammt das Feuerwerk aus goldglänzenden Funken wieder auf. Wenn ich mir vorstelle, wie viel Temperament sich dahinter verbirgt, wird mir ganz anders. Vermutlich muss man nach einer Nacht mit ihr gleich das ganze Schlafzimmer renovieren. Ich glaube, wenn sie richtig sauer ist, wirft sie mit Geschirr und knallt die Türen, dass sie aus ihren Scharnieren fliegen. Eine heiße Woge schwappt in meinen Lendenbereich. Ob sie schon mal so richtig emotionsgeladenen Versöhnungs-Sex hatte?

»Wenn du nicht aufpasst, setze ich dich tatsächlich aus. Also sei lieber vorsichtig.« Sie geht auf die Zehenspitzen und unsere Gesichter kommen einander verführerisch nahe. »Und bis du den weiten Weg nach Hause gefunden hast, stirbst du womöglich an Erschöpfung – so untrainiert, wie du bist.«

Unsere Lippen sind nur Zentimeter voneinander entfernt. Ich bin mir ihres Körpers nur allzu bewusst. Ich bräuchte ihr nur den Arm um die Taille legen und sie an mich ziehen. Zwischen uns baut sich ein prickelndes Kraftfeld auf. Bambis Blick verliert an Schärfe, ihre Augen wandern über mein Gesicht. Ich will sie küssen. Hier. Jetzt. Sofort. Vor diesem abgeranzten Laden an dieser schmutzigen Seitenstraße. In der staubigen Hitze und dem Dunst der Abgase. Kein Moment erscheint mir perfekter als der hier. Bambis Mund wird weich. Ich sehe, wie ihre Atmung sich beschleunigt. Die Anziehungskraft, die vorher schon wie ein Pingpongball zwischen uns hin- und hergeflogen ist, verwandelt sich in einen Leitstrahl, der uns verbindet und aufeinander zuzieht. Ich hebe die Hand, lasse sie aber wieder sinken. Sie so vertraut zu berühren, wäre zu früh. So gern ich es auch will. Sie wird denken, dass ich sie nur ins Bett bekommen will. Ich erinnere mich, dass sie immer wieder auf meine »Sport-Lüge« zu sprechen kommt. Es scheint sie wirklich zu interessieren. Wenn ich will, dass sie mich nicht nur als den Typen betrachtet, der zwar ganz nett aussieht, aber ansonsten ein nerviger Vollidiot ist, muss ich ihr etwas geben, das ihr mehr wert ist als meine dummen Sprüche. Vielleicht wäre mal etwas Wahrheit an der Tagesordnung. Bambi sieht mich immer noch an. Ich könnte sie küssen. Doch ich tue es nicht.

»Ich mag Basketball. Und ich bin ein ganz passabler Schwimmer. Auf der Junior Highschool hatte ich mal Tennisunterricht, fand es aber ziemlich langweilig. Ich gehe regelmäßig joggen. Für Baseball habe ich allerdings überhaupt nichts übrig.«

Bambis Gesichtsausdruck ändert sich von fragend über

überrascht zu leicht gerührt. Sie fängt eine Strähne meines Haares ein und lässt es durch ihre Fingerspitzen gleiten. »Und ich mag deinen Lieblingsfilm.«

Der dunkle, weiche Unterton in ihrer Stimme jagt mir feuerheiß bis sonst wohin. Ihre Berührung macht mich bewegungslos. Auch mein Gehirn. Deshalb muss ich nachfragen, was sie meint.

»Wen?«

Bambi lächelt, lässt sich zurück auf die Hacken sinken und dreht sich Richtung Ladentür. »Walt Disney's Bambi, deinen Lieblingsfilm. Ich mag ihn.«

Eine scheppernde Türglocke kündigt unser Kommen an. Ich laufe mechanisch hinter Bambi her, die die alte Dame hinter der Theke freundlich grüßt. Ich glaube, das eben war die Erlaubnis, sie weiterhin »Bambi« zu nennen. Jesus. Sie macht mich fertig. Und das mit einer Leichtigkeit, um die sie wirklich zu beneiden ist.

Die Frau hinter der Theke scheint knapp 80 und nicht besonders gut gelaunt zu sein. Ihr schneeweißes Haar bildet einen krassen Kontrast zu ihrer fast schwarzen Haut. Sie scheint von Kopf bis Fuß in bunte Tücher gewickelt und ist so rund wie eine kleine Litfaßsäule. Laut der Inschrift auf der Tür gehört das Geschäft einer »Mama Zola«, die hier alles für die »Traditionelle karibische Küche« verkauft. Allerlei exotisch aussehende Fische lagern in einer winzigen Eistheke direkt neben einem Korb mit Kochbananen und einem Stapel Kokosnüsse. Den Inhalt diverser absonderlicher Konserven kann ich nicht identifizieren. Der ganze Laden riecht wie ein Voodoo-Tempel. Die lieblos gerupften Hühner, die neben der Kasse auf Eis liegen, verstärken den Eindruck noch. Ich lese etwas von »frischen Innereien«, wende aber den Kopf ab, bevor mir schlecht wird. Mama Zolas stechender Blick lässt vermutlich Topfpflanzen auf Kommando welken. Bambis Gruß erwidert sie mit einem unbestimmten Grunzen. Mich sieht sie an wie etwas, das sie für gewöhnlich mit dem Staubsauger einsaugt.

»Wir sind Schüler der Montecito Highschool«, stellt Bambi uns mit unerschütterlicher Freundlichkeit vor. »Wir suchen freie Grundstücke hier in der Gegend, um sie mittels Sponsoren in Spielplätze umzubauen. Wissen Sie zufällig, wem das Grundstück hinter dem Zaun gehört?«

»Die Montecito High, so so.« Mama Zola rümpft missbilligend die Nase. »Seid ihr ein paar reiche Kinder, die auf Wohltäter machen, ja?«

Bambi weicht zurück. Ihr Gesichtsausdruck verrät, dass sie die abfällig hervorgestoßenen Wort der Frau getroffen haben. Sofort meldet sich mein Beschützerinstinkt.

»Hätten Sie was dagegen?«, frage ich scharf. »Wenn ich Sie wäre, würde ich mir lieber meinen Laden neben einem gepflegten Spielplatz als neben so einer Müllhalde wünschen. Von der vielen neuen Laufkundschaft mal ganz zu schweigen. Ich würde ein paar Stühle rausstellen, Smoothies und Säfte anbieten und darauf warten, dass der Umsatz steigt. Aber das ist bloß meine Meinung.« Ich lege meine Finger sanft um Bambis Arm. »Komm, wir gehen.«

Mama Zola atmet zischend aus. »Wartet.« Ich rechne schon damit, dass sie im nächsten Moment einen Voodoo-Schrein und ein paar handgemachte Stoffpuppen hervorzaubert, um uns zu verfluchen. Doch sie winkt uns nur mit einer herrischen Geste zurück vor ihre Theke. Bambi wirkt noch nicht überzeugt. Das Brummen der zwei Kühltheken schneidet durch die Stille wie Glas.

»Komm her, weißes Mädchen.« Mama Zola zeigt mit einem blutrot lackierten Fingernagel auf Bambi. Meine Hand liegt immer noch um ihren Oberarm, doch mein Griff verstärkt sich. Sollte diese Mama sie verfluchen, ich werde Bambi zu Boden reißen und dafür sorgen, dass ich alles abkriege. Im nächsten Moment hätte ich wegen meiner verrückten Gedanken laut aufgelacht. Zwei Minuten in dieser Voodoo-Bude und ich mutiere zum mondsüchtigen Spinner.

Mama Zola wedelt ungeduldig mit der Hand. Ein Windstoß, der durch ein geöffnetes Fenster weht, bringt ein paar Amulette, die auf einem Ständer im Schaufenster hängen, zum Klingen.

»Wir können auch einfach gehen«, raune ich Bambi zu. »Es gibt bestimmt noch mehr freie Flächen in dieser Gegend.«

»Du da.« Mama Zolas Todesblick schwenkt nun zu mir. »Du mit dem losen Mundwerk.«

Sie schüchtert mich nicht ein. Sie ist nicht viel höher als ihre Theke und geht stramm auf die hundert zu. Ich richte mich zu voller Größe auf und erwidere ihren Blick. »Ma'am?«

»Deine Idee ist nicht dumm.«

Ach, wirklich. »Danke, Ma'am.«

»Wartet hier.« Das war eindeutig keine Bitte. Mama Zolas befehlsgewohnte Stimme hallt durch den niedrigen Laden, während sie sich schon umgedreht hat und hinter einem Vorhang verschwunden ist. Ich spüre Bambis Blick, der auf meiner Hand ruht. Der, die immer noch um ihren Oberarm geschlungen ist.

»Warst du mal Bodyguard?«

Ich grinse. »Nein, mein einnehmendes Wesen ist Teil meiner Persönlichkeit. Den Stempel mit ›Persönliches Eigentum‹ habe ich leider zu Hause vergessen. Das hole ich dann morgen nach.«

»Wie nett.« Sie windet sich aus meinem Griff. »Dann werde ich bei Mama Zola direkt mal eine kleine Stoffpuppe mit den passenden Nadeln bestellen.« Sie zupft mir ein paar Haare vom Unterarm. »So, die nötige persönliche Note bekommt das Ganze dann auch. Kinderleicht, sage dir.« Sie lächelt süß. »Ich hoffe, du bist schmerzresistent?«

Ich will etwas erwidern, als Mama Zola schon wieder da ist. Sie reicht uns einen Notizzettel über die Theke. Das reine, helle Weiß des Zettels wirkt schrecklich fehl am Platz in diesem düsteren Laden.

»Das ist die Telefonnummer von Joe. Er hatte seine Werkstatt dort. Zu viele Leute haben ihre Rechnungen nicht bezahlt, da ist er pleitegegangen. Schon sein Urgroßvater hatte dort eine Werkstatt. Joe gehört das Land.«

»Danke für Ihr Mühe, das ist wirklich sehr nett von Ihnen.« Bambi scheint nicht nachtragend zu sein. Sie faltet den Zettel und schiebt ihn in die Tasche ihrer Shorts. »Wir halten Sie auf dem Laufenden.«

Mama Zola wirft mir einen skeptischen Blick zu. »Ihr seid ein Paar?«

»Nein.« Bambis Antwort erklingt wie aus der Pistole geschossen. »Wir sind kein Paar.«

Sie sieht wieder zu Bambi. »Warum nicht?«

Bambi kaschiert ein nervöses Lachen in einem Hustenanfall. So hört es sich jedenfalls an. Mama Zola tippt mit dem Zeigefinger auf ihrer Theke herum, als überlege sie.

»Ist er schwul? Hübsch genug dafür ist er.«

Nun bin ich es, der fast einen Hustenanfall bekommt.

»Ich glaube nicht.« Bambi scheint die Situation absichtlich auszukosten. »Aber sicher bin ich mir nicht.«

Hallo? Dieses kleine Miststück. »Ladys, ich versichere euch hiermit feierlich: Ich stehe auf Frauen. Und zwar nur auf Frauen.«

Mama Zola grinst wie die Katze aus »Alice im Wunderland«. »Dann viel Erfolg.«

Die Doppeldeutigkeit ihres Satzes scheint ihr voll bewusst. Bambi, das unschuldige Ding, sieht sie fragend an.

»Bei eurem Projekt«, fügt Mama Zola noch hinzu und schenkt mir einen Blick, der alles Gesagte ins Gegenteil verkehrt.

»Danke.« Bambi wendet sich zum Gehen. »Und einen schönen Tag noch.« Mama Zola schnaubt, als wäre dieser freundliche Abschiedsgruß eine Beleidigung. Ich vermeide einen allzu genauen Blick auf die toten Hühner, Fische und anderen Kleintiere um mich herum und folge Bambi aus dem Laden. Da ist mir die Hitze doch lieber als die verwunschene Knusperhütte von Mama Zola.

11

Abby

Ich cruise mit Leo durch die schmalen Straßen von Santa Barbara, bis die nachmittägliche Hitze von einer angenehm kühlen Abendbrise verdrängt wird. Wir haben uns unterwegs jeder einen Milchshake geholt, doch jetzt knurrt mein Magen. Als wir kurz an einem verfallenen Kiosk halten, simse ich meiner Mom, dass ich zum Abendessen nicht zu Hause sein werde. Ich schreibe ihr von dem Projekt und dass wir noch recherchieren.

Meine Eltern sind grundsätzlich nicht misstrauisch. Erstens widerspricht das ihrer Hippie-Mentalität und zweitens bin ich nicht für meine Jungs-Eskapaden bekannt. Ich habe mir das Vertrauen meiner Eltern erarbeitet und genieße dementsprechende Freiheiten.

Leo sagt niemandem, dass er später nach Hause kommt. Ob es seinen Eltern egal ist?

Die Stelle, an der er seine Hand um meinen Oberarm geschlungen hat, kribbelt immer noch. Jedes Mal, wenn ich daran denke, flammt dieses Gefühl auf wie ein Funke auf trockenem Stroh. Vorhin, am Eingang vor Mama Zolas Laden, habe ich gedacht, er würde mich küssen. Einfach so und obwohl wir uns gar nicht kennen. Das Verrückte ist, ich war danach irgendwie enttäuscht, dass er es nicht getan hat. Obwohl ich ihn ganz sicher zur Schnecke gemacht hätte, wenn er es tatsächlich getan hätte.

»Ich könnte etwas zu essen vertragen«, sagt Leo, gerade als mein Magen zum zweiten Mal ziemlich laut knurrt. »Du hast mir einen Strandausflug versprochen, falls du dich erinnerst. Wir sollten das kombinieren.«

Sein unerschütterliches Selbstvertrauen ist echt zu klein für den Innenraum dieses Wagens. Ich seufze tief und sehe kurz zu ihm herüber. Er sitzt entspannt auf dem Beifahrersitz, sein Unterarm hängt halb aus dem Fenster, und gerade starrt er einer Blondine auf einem Mountainbike ziemlich ungeniert ins Dekolleté.

Männer. Sie sind doch alle gleich.

»Ich habe auch Hunger. Vielleicht finden wir einen Parkplatz hinter Cassy's Diner. Das ist ein Insider-Tipp. Von da aus müssen wir noch über die Straße und schon sind wir an der Promenade.«

Ich biege nach der zweiten Kreuzung links ab und chauffiere uns zu Cassy. Wir haben Glück, denn gerade wird eine Parklücke frei.

Leo muss wirklich hungrig sein, denn er steht schon erwartungsvoll neben dem Wagen, kaum dass ich geparkt habe. »Essen wir hier etwas?«

»Magst du Fisch und Meerestiere?«

»Ich bin am Meer geboren«, erwidert er, als würde das alles erklären.

»Gut, dann gehen wir zu Pete's. Er macht die besten Krabben- und Fischburger der Westküste.«

Leo nickt. »Ist es noch weit?«

»So schnell verhungert man nicht, Cowboy.«

Sofort ist er nah neben mir. Das Gedränge, als wir den Parkplatz verlassen und die Hauptstraße betreten, macht es

schwierig, doch in manchen Dingen scheint Leo echt hartnäckig zu sein. Sein nackter Arm berührt meinen, während
wir auf den Straßenrand zulaufen.

»Stehst du auf Cowboys? Jungs in Lederhosen und Stie-
feln? Mit Ponys im Schlepptau und dem ewigen Geruch nach
Pferdestall?«

»Würde dich das beunruhigen?« Ich versuche, eine Lücke
im Verkehr auszumachen.

Leo klingt, als ob er ein Schnauben unterdrückt.

»Komm, es ist gerade frei.« Ich taste nach seinem Handgelenk und will ihn hinter mir herziehen. Er passt ja sowieso
nicht auf. Stattdessen kümmert er sich ausgiebig um Cowboys
und andere Nebensachen. Ich verfehle sein Handgelenk und
plötzlich berühren meine Finger die seinen. Im nächsten Moment gleitet meine Hand in seine. So als gehöre sie genau
dorthin. Leo scheint mindestens genauso überrumpelt wie
ich. Ich überspiele meine Nervosität und ziehe ihn hinter mir
her über die Straße, bevor uns der Feierabendverkehr wieder
einen Strich durch die Rechnung macht. Seine Berührung lässt
mein Herz in einen wilden Galopp ausbrechen. Als wir die
Promenade erreichen, will ich seine Hand loslassen, doch Leo
hält mich fest.

»Du weißt doch, ich bin ortsfremd. Ich könnte im Gedränge verloren gehen.«

Wie man einen Kerl von über 1,90 Meter Körpergröße und
Schultern wie Thor verlieren kann, ist mir nicht ganz klar. Er
überragt die meisten seiner Mitmenschen mühelos. Selbst im
Gedränge könnte ich ihn noch in 100 Meter Entfernung ausmachen. Sein verschmitztes Lächeln verrät, dass er sich dessen ebenfalls bewusst ist.

»Tu doch einmal so, als hättest du ein Herz, Bambi. Es würde mich umhauen, ehrlich.«

»Was, wenn einer meiner Freunde uns so sieht?«, platzt es aus mir heraus. Oder Freunde meiner Eltern, füge ich gedanklich noch hinzu.

»Sie würden dich am nächsten Tag fragen, wer der heiße Typ war, den du aufgerissen hast.«

»Ich sollte dich doch aussetzen.« Ich betrachte ihn und sein freches Grinsen und tue so, als überlegte ich. »Warst du schon mal in Las Vegas? In der Wüste drum herum wimmelt es nur so von Klapperschlangen. Wenn man dort verloren geht …« Ich lege die freie Hand auf meine Kehle und deute einen Schnitt an.

Leo lässt unsere ineinander verschlungenen Hände baumeln und macht dann einen schnellen Schritt auf mich zu. Sein Mund kommt meinem Ohr gefährlich nahe. »Ich stehe drauf, wenn du mir drohst.«

»Leo!« Ich weiche zurück. »Du bist so ein –«

»Ja?« Immer noch dieses freche Grinsen.

»Denk dir den Rest.«

»O ja.« Seine letzten Worte klingen wie ein Schnurren und lassen wenig Zweifel an dem, was er sich gerade vorstellt.

»Es reicht.« Ich reiße mich von ihm los. »Ich will einen Krabbenburger, eine Coke und dass du mal zehn Minuten lang kein Clown bist. Meinst du, das kriegen wir hin?«

Leos Blick wird unerwartet ernst. Er atmet tief aus, lässt den Blick über die belebte Uferpromenade gleiten und sieht dann zurück zu mir. »Das kriegen wir hin, Bambi. Wo ist dieses Pete's?«

Leo besteht darauf, mich einzuladen. Statt einem Krabben-burger bekomme ich zwei, zu der Coke noch ein Ben-&-Jerry's-Eis, und er hat mir tatsächlich ein winziges Spielzeug aus einer Kinderüberraschungstüte besorgt. Das alles finde ich in der großen braunen Papiertüte, die ich aufmache, als wir uns etwas abseits des Trubels nahe dem Wellensaum im Sand niedergelassen haben. Ich halte die kleine Figur hoch, die eine tanzende Fee darstellt. Sie ist über und über mit irisierendem Glitzer bestreut. »Wie niedlich. Danke.«

Leo zuckt bescheiden die Schultern. »Gern.«

Eine Weile essen wir schweigend, während die Sonne im-mer tiefer gen Ozean sinkt. Bis zum Sonnenuntergang sind es noch mindestens zwei Stunden, doch dieses langsame Spek-takel ist immer wieder ein Zuschauen wert.

»Es wird überhaupt nicht kälter.« Leo scheint überrascht.

»Warte, bis die Sonne weg ist.«

»Ihr habt im Haus keine Heizung, oder?«

Ich schüttele den Kopf. »Nur Klimaanlagen.«

»Verrückt.« Leo hat seinen dritten Burger vertilgt und packt den vierten aus. Er hält ihn gegen die orange glühende Sonne. »Echt ganz passabel, die Dinger. Die Remoulade ist gut.«

»Sie machen sie noch selbst. Angeblich ein altes Familien-rezept.«

»Nice.« Leo beißt in den Burger und der ist zur Hälfte weg. Ich bin schon länger fertig und nuckele an meinem zuckrigen Softdrink. Unauffällig betrachte ich ihn von der Seite. Sein Profil ist perfekt und komplett ausgewogen. Die gerade Nase nicht zu groß und nicht zu klein. Das Kinn sticht männlich hervor, passt aber immer noch harmonisch ins Gesamtbild. Sein Mund mit den sinnlichen Lippen entschärft die harten

Konturen seiner Kinnlinie und der Wangenknochen. Es sieht so aus, als habe er dank unseres Ausflugs schon einen leichten Tan bekommen. So blass wie am ersten Tag ist er längst nicht mehr. Obwohl wir nur ein Grundstück ausfindig machen konnten, bin ich zufrieden. Eins ist mehr als keins. Wenn ich morgen Nachmittag nicht bei meinen Eltern aushelfen muss, werden wir wieder losfahren. Den Norden der Stadt haben wir noch vor uns, ebenso wie die östlichen Gebiete mit ihren vielen Geschäften. Ich habe zwar wenig Hoffnung, dort etwas Geeignetes zu finden, doch so schnell gebe ich nicht auf.

Leo neben mir knüllt seine Papiertüte zu einem winzigen Ball zusammen. »Magst du 'nen Kaugummi?« Er hält mir ein buntes Päckchen hin.

»Gern, danke.« Dann macht Leo das Gleiche mit meiner Burgertüte. Nun haben sie beide problemlos in seiner linken Hand Platz.

»Wollen wir?«

Er springt auf die Füße und hält mir die freie Hand hin. Ich nehme sie lieber nicht. Okay, ich bin ein Feigling, und es ist unhöflich, aber was soll ich machen? Er kann doch nicht ständig meine Hand halten, so als wären wir zusammen. Leo wendet sich wortlos ab und sucht den nächsten Mülleimer. Als er wiederkommt, klopfe ich gerade den Sand von meinen Shorts. Noch bevor er etwas sagt, fühle ich, dass die Stimmung am Boden ist.

»Hör zu. Wenn du keine Lust hast, dann können wir das lassen. Du hast mir die Stadt gezeigt, ich habe uns ein Abendessen gekauft, wir haben für unser Projekt gearbeitet.« An Leos Kinn zuckt ein Muskel. »Bring mich zurück zum Schulparkplatz und jeder geht seiner Wege. Ich zwinge kein Mädchen, mit mir abends am Strand entlangzulaufen.«

Ich komme mir albern vor. Ich hätte doch einfach seine Hand nehmen und mir höflich auf die Beine helfen lassen können. Was wäre schon dabei gewesen.

Leo deutet hoch zur Promenade. »Wollen wir?«

Ich bohre meine rechten Zehen in den Sand. »Möchtest du denn noch am Strand entlanggehen?«

»Allein? Nein.«

»Mit mir?«

Leo blaue Augen schimmern im schwindenden Sonnenlicht fast schwarz. »Ja. Sehr gern.«

»Dann los.«

Er folgt mir bis hinunter zum Meer. Ich weiß nicht recht, wo ich den Anfang finden soll, also sage ich lieber nichts. Leo neben mir scheint auch in Gedanken versunken.

»Wie gefällt dir die Montecito High bis jetzt?«, breche ich die Stille.

»Ganz okay.« Das klingt nicht überzeugt.

»Direktorin Hellendale ist etwas speziell. Aber eigentlich ist sie okay, wenn man sich nicht danebenbenimmt.«

Ich fühle, wie er lächelt. »Vermutlich. Die Leute sind ganz nett. So offen.«

Wenn er damit auf seinen wachsenden weiblichen Fanclub anspielt, hat er vermutlich recht damit.

»Wie es scheint, lernst du schnell … äh … Leute kennen.«

Leo wirft mir einen kritischen Seitenblick zu. »Und das sollte jetzt was eigentlich heißen?«

»Ach, nichts.«

Er lacht leise. »Bambi. Wenn ich es nicht besser wüsste, würde ich vermuten, du bist eifersüchtig.«

»Das bin ich nicht.«

»Da gibt es auch keinen Grund für.«

Wie hat er das nun gemeint? Liebend gern würde ich ihn fragen, doch würde das nicht etwas seltsam klingen? »Es ist schön, dass du so schnell andere kennenlernst.«

»Du klingst wie eine Kindergärtnerin.«

»Du weißt, wie ich das meine.« Ich trete gespielt nach seinen nackten Waden und schleudere dabei eine Portion Meerwasser gegen seine Beine.

Leo packt mich und hebt mich hoch. Ich kreische und versuche, mich an ihm festzuhalten.

»Das Fräulein will zu später Zeit noch baden gehen, scheint mir.« Leo schwingt mich auf seinen Armen hin und her, als wollte er mich in die Wellen werfen.

»Leo! Nein!« Ich quietsche und lache gleichzeitig. Die Gischt des Meerwassers treibt mir die Tränen in die Augen. »Wehe, du lässt mich fallen!«

Meine Schläfe streift sein Kinn. Er neigt den Kopf etwas zur Seite und sieht mich an wie ein Ritter, der mich mit seinem Leben beschützt. »Niemals, Teuerste, niemals.«

»Du bist so ein Schauspieler. Bin ich nicht zu schwer?«

Leo wirft mich ein kleines bisschen in die Luft. »Nicht die Bohne.«

»Vorsicht!« Schon wieder muss ich lachen. »Das verstehst du also unter einem Spaziergang? Wenn du mit Gewichten trainieren wolltest, müsstest du einfach nur in den Sportraum der Schule gehen.«

Leos Nase streicht meinen Hals entlang. »Die Gewichte dort riechen aber nicht so gut.«

»Du bist unmöglich!«

»Ich weiß. Aber es macht einfach so verdammt viel Spaß.«

»Das Trainieren mit menschlichen Gewichten oder das Unmöglichsein?«

»Beides.«

Ein eng umschlungenes Paar kommt uns entgegen. Sie lächeln uns verschwörerisch an. Leo denkt gar nicht daran, mich wieder abzusetzen. Stattdessen trägt er mich mühelos auf seinen Armen und sieht ziemlich zufrieden aus. Das Pärchen passiert uns. Im Rauschen des Winds höre ich noch, wie sie »Süß, die beiden. So frisch verknallt« zu ihm sagt. Leos breites Lächeln verrät so ziemlich alles, was er gerade denkt.

»Lässt du mich wieder runter?«, frage ich, nachdem wir mindestens eine Viertelstunde lang so am Strand entlangspaziert sind.

»Nur wenn es sein muss.«

»Ist das Training so toll?«

»Perfekt. Aber wenn du runter möchtest …« Er beginnt sich mit mir zu drehen. »… dann sag es, wenn du dich traust.«

»Mir wird schlecht!« Ich kichere und kralle mich an ihm fest.

»Okay, dann geht es jetzt gen Erdboden.« Er dreht den Kopf zu mir, just in dem Moment, in dem ich auch zu ihm sehe.

Für den Bruchteil einer Sekunde streifen unsere Lippen einander. Ich rutsche tiefer, während in mir drin ein wildes Inferno aus Gefühlen tobt. Als meine Füße den Boden berühren, schwanke ich leicht. Leo schlingt seine Arme um mich.

Ich fühle den hämmernden Takt seines Herzens in seiner Brust. Leos Finger gleiten hinauf zu meinem Haar, wühlen sich zärtlich hinein und drücken meine Wange noch näher an seinen Oberkörper. Ich hole tief Luft, atme seinen Duft ein und schließe die Augen. Leo streichelt immer noch meine Haare, seine Linke liegt um meinen Rücken. Er neigt den Kopf und seine Wange streicht über meine Schläfe. Ich müsste nur den Kopf heben, und wir würden uns küssen, ganz automatisch.

Das geht alles viel zu schnell und doch kann ich nicht aufhören. Es scheint, als ob es für uns nur diesen einen Weg gibt. Als wären wir dazu bestimmt, zusammen zu sein. Dazu verdammt, nicht die Finger voneinander lassen zu können. Wie von selbst schlinge ich meine Arme um seine Mitte. Das ist unser erstes Date, wenn man diesen Tag überhaupt als solches bezeichnen kann. Okay, vielleicht nicht den Nachmittag. Aber den frühen Abend. Ein Essen und dann Sterne gucken. Es könnte ein erstes Date sein. Silver sagt, man knutscht nicht beim ersten Date. Ich habe selbst nach dem dritten Date noch nicht geknutscht. Und nun stehe ich hier bei einem »So-was-wie-ein-erstes-Date« und kann an nichts anderes denken als daran, wie es sich anfühlen würde, den Jungen zu küssen. Was ist bloß mit mir passiert?

»Ist das hier ein Date?«

Leos leises Lachen verliert sich in meinem Haaransatz. »Auf jeden Fall, Bambi.« Er krault zärtlich meine Haare. »Warum fragst du?«

»Nur so.«

»Du machst gar nichts *nur so*.«

Erwischt. Mist. »Hattest du das geplant?«

»Yes, Ma'am.«

»Oh.«

»Du hättest Nein sagen können. Vorhin, nach dem Essen.«

Ich habe es geahnt. Und nun? Ich will ihn nicht loslassen, dafür fühlt er sich viel zu gut an. Hart, glatt, muskulös bis ins kleinste Detail.

»Sollen wir zurück zum Auto gehen?«

Ich lehne meinen Kopf zurück an seinen Oberkörper. »Es geht so schnell. Wieso geht es so schnell?«

»Ich weiß es nicht.« Leos Stimme klingt rau und dunkel. »Glaub mir, das Letzte, was ich will, ist eine Beziehung.« Leo bemerkt seinen Fauxpas, eine Sekunde nachdem ich mich abrupt von ihm losreiße.

»Was?«

»Bambi, nein.« Er hebt entschuldigend die Hände. »Das ist mir so rausgerutscht. Ich weiß doch selbst nicht, was los ist. Ich wollte das —«

»Fass mich nicht an.«

»Lass mich doch erklären. Ich wollte keine —«

»Nein! Ich will nichts mehr hören. Ich fahre jetzt.« Meine Knie zittern, und ich muss mich echt beherrschen, damit ich nicht anfange zu weinen. Was für ein mieser Kerl! Soll er doch zusehen, wie er nach Hause kommt.

»Jetzt hör mir doch mal zu.«

»Nein.« Er will aufholen, doch ich werde noch schneller. Die Beleuchtung der Promenade habe ich fast erreicht. »Such dir doch eine, die auf belanglosen Sex steht. Dafür bin ich mir zu schade. Tut mir leid, dass ich dich enttäusche.«

»Du … was? Nein. Abby!«

Es ist das erste Mal, dass Leo mich bei meinem echten Vornamen ruft. Doch das ist mir nun auch egal. Was bin ich nur für eine Idiotin. Werfe mich ihm an den Hals, weil ich nicht mehr klar denken kann. Womöglich wird er mir das nachher noch vorwerfen. Wie dumm muss man sein?

»Abby! Du bleibst jetzt sofort stehen.«

Ich drehe mich im Laufen zu ihm um. »Du kannst mich mal! Wer ist morgen dran fürs Strand-Date? Amber? Holly? Oder eine namenlose Unbekannte?«

»Abby …« Leos Stimme klingt wie ein bedrohliches Grollen. Zum Glück habe ich die Promenade erreicht. In meinen Augen stehen Tränen der Wut. Schon ist er wieder neben mir.

»Lass mich in Ruhe oder ich schreie um Hilfe.«

»Was denkst du, was ich mache? Dich vergewaltigen?« Leo klingt fassungslos. »Ich werde so lange neben dir bleiben, bis ich weiß, dass du sicher in deinem Auto sitzt.«

»Ich kann auf mich allein aufpassen.«

»Der Parkplatz hinter Cassy's Diner ist nicht beleuchtet, jede Wette.«

Wo er recht hat, hat er recht. Ich überquere die Hauptstraße und reibe mir über die Augen. »Verschwinde, okay?«

»Nein.«

Gemeinsam laufen wir die Straße entlang, bis wir den Parkplatz erreicht haben. Einen unaufmerksamen Moment vor meinem Wagen nutzt Leo, um mir die Hände auf die Schultern zu legen. »Nur zwei Minuten. Bitte. Lass mich zwei Minuten etwas sagen, ohne dass du mich unterbrichst.«

»Nein. Ich will es nicht hören.«

Ich sehe, wie verletzt er ist. Aber vielleicht ist er auch nur gut im Schauspielern. »Bin ich dir so scheißegal?«

»Ja.«

Leo löst seine Hände von mir und dreht den Kopf zur Seite. »Verstanden.« Das Wort klingt wie ein Flüstern.

Ich steige in meinen Wagen, werfe den Motor an und lasse ihn auf dem Parkplatz zurück. Soll er sich doch ein Taxi zur Schule nehmen, wo sein Wagen immer noch steht. Ich jedenfalls rede kein überflüssiges Wort mehr mit ihm.

Ich biege kaum auf den Highway ab, da vibriert schon mein Handy. Die Nummer kenne ich nicht.

»Abby, ich bin ein Volltrottel. Das habe ich nicht so gemeint. Kein bisschen. Ich habe nicht nachgedacht beim Sprechen.«

Leo. Ich drücke seine Sprachnachricht weg. Mein Handy piept noch fünf Mal, bis ich endlich zu Hause bin. Im Haus ist es ruhig und dunkel. Ein Glück, meine Eltern sind nicht da. Ich schaffe es noch hoch bis in mein Zimmer, erst dort lasse ich den Tränen der Wut und Enttäuschung freien Lauf. Er hatte mich nur abschleppen wollen. Die ganze Zeit! Und ich Trottel habe mich von ihm einwickeln lassen! Ich denke an unser gemeinsames Projekt. Himmel, wie unsagbar peinlich das nun alles wird. Ich war von Anfang an misstrauisch. Schon seit seiner unverschämten Aktion in der Parklücke. Wann genau habe ich meine Schutzschilde sinken lassen? Am Strand war ich kurz davor, mich richtig in ihn zu verknallen. Komplett mit Haut und Haaren! So richtig doll. Mit Herzrasen, feuchten Fingerspitzen und zittrigen Knien.

Ich schiebe meine Tagesdecke zur Seite und krieche in Klamotten ins Bett. Und er hätte mich flachgelegt und danach weggeworfen wie ein gebrauchtes Handtuch. Deutlicher als »Das Letzte, was ich will, ist eine feste Beziehung« kann man es ja wohl nicht machen. Daran ist absolut nichts misszuverstehen. Nichts!

Ich schreibe Silver eine lange Nachricht über WhatsApp. Da sie nicht antwortet, ist sie wohl mal wieder mit Sam unterwegs. Trotzdem tut es gut, das ganze mal aufzuschreiben. Ich lege das Smartphone zur Seite und starre in die Dunkelheit.

Mein Handy vibriert erneut. Dieses Mal länger. Jetzt ruft er mich also an. Ich ziehe mein Handy aus meiner Tasche und schalte es aus. Keine Ahnung, wann ich mein Handy jemals ausgeschaltet hatte. Aber jetzt ist ein guter Zeitpunkt. Leo kann machen, was er will. Seine Worte waren mehr als deutlich. Das, was eventuell zwischen uns war, hat er vorhin am Strand verspielt.

12

Leo

Bambi ignoriert mich. Sie hat keine meiner Nachrichten beantwortet. Wenn ich sie anrufe, geht sie nicht ran. In der
Schule würdigt sie mich keines Blickes. Auch dass wir uns
Freitag noch mal wegen des Projekts treffen wollten, scheint
für sie kein Thema mehr. Meine erste Woche an der Montecito High geht zu Ende, das Wochenende quält sich in lang-
samen Stunden vorbei, und sie ignoriert mich immer noch.

Ich habe wieder angefangen zu joggen. Jeden Abend fahre
ich zur Promenade und laufe, bis die Sonne untergeht. Im
Sand zu joggen ist schwieriger als auf Asphalt, doch mir erscheint diese zusätzliche Anstrengung mehr als willkommen.
Danach brennt meine Lunge, und ich spüre meine Beine
kaum noch, doch der Schmerz erstickt meine kreisenden Gedanken. Es ist nicht nur Bambi, an die ich denke. An diesen
unbedacht hervorgestoßenen Satz in jenem Moment, als ich
vor Erregung und tobenden Glücksgefühlen wie benommen
war.

Meine Sorgen um Allegra werden nicht weniger. Sie ist einer Projektgruppe zugeteilt, die ihr die ganze Arbeit aufhalst.
Drei andere Mädchen, wohl schon seit ewigen Jahren beste
Freundinnen, die sich vorgenommen haben, meine Schwester
als ihren Laufburschen abzurichten. Allegra wehrt sich nicht,
weil es ihr egal ist. Sie betäubt sich mit Tabletten. Ich habe gesehen, wie sie nach einem Arzt hier in der Gegend gegoogelt

hat, um sich Nachschub zu besorgen. Trotz der kulinarischen Künste unseres Kochs kommt sie nie auf die Idee, sich etwas zu essen zu holen. Nur wenn ich vorschlage, zusammen zu essen, scheint sie sich daran zu erinnern, dass sie nicht nur von Luft leben kann. Früher haben wir immer zusammen Abend gegessen. Alle vier an einem Tisch. Diese Art von Familienleben gibt es nicht mehr, seit Mom mit John verheiratet ist. Sie gehen ständig aus, sind eingeladen oder haben andere Verpflichtungen. John versucht, nett zu sein. Ich habe eine Kreditkarte bekommen. Mit 17 Jahren. Mein neues Auto wird einmal die Woche automatisch von einem der vielen unsichtbaren Angestellten auf Vordermann gebracht. Es wird aufgetankt, gewaschen und gewienert. Ich besitze an Hightech alles, was man sich nur wünschen kann. Bei so viel digitaler Gesellschaft sollte ich mich nicht so fühlen, wie ich mich fühle. Doch wenn ich durch die scheinbar endlosen, sterilen Gänge meines neuen Zuhauses irre, fühle ich mich so einsam wie noch nie im Leben zuvor.

Dad fehlt mir jeden Tag. Ich glaube sogar, es wird von Woche zu Woche schlimmer. Je verlorener ich mich fühle, desto mehr sehne ich mich nach dem Halt, den er mir gegeben hat. Allegra entgleitet mir mehr und mehr. Wenn sie es nicht schafft, sich an der neuen Schule zu behaupten, wird es noch schlimmer werden. Sie braucht Freundinnen. Mädchen in ihrem Alter, die sie wieder an das erinnern, was sie eigentlich ist. Eine Schülerin, die sich um ihre Zukunft, ihre Hobbys und ihre Freundinnen kümmern sollte. Eine junge Frau, die Pläne hat. Und nicht jemand, der sich mit irgendwelchen Tabletten von Tag zu Tag hangelt. Wenn ich es nüchtern betrachte, sollte mir diese hässliche Situation mit Bambi wie ein Glücksfall erscheinen. Denn eigentlich habe ich überhaupt keine Zeit für sie. Ich habe nicht den Kopf frei. Bambi verdient nicht nur die Hälfte von irgendwas. Sie verdient das Ganze.

Ich wollte hier keine Freundin finden. Das hatte ich mir fest vorgenommen. Nun kommt zu meinem Wunsch auch noch die Tatsache, dass ich mir momentan keine Freundin leisten kann, denn ich brauche all meine Zeit und Kraft für meine Schwester. Und für mich selbst. Für mich und die Dämonen einer Vergangenheit, die noch nicht allzu lange her ist. Die immer noch schmerzt und blutende Wunden reißt. Die mich schwächt und zu einem Schatten von dem macht, der ich war.

Abends, wenn ich mir den Schmerz von der Seele jogge, fühle ich mich in dem kurzen Moment der Erschöpfung wie erlöst. Wie frei schwebend. Im hämmernden Takt meines Herzens schweigt mein Kopf. Meine Gedanken werden übertönt von dem energischen, stechenden Verlangen meines Körpers nach Sauerstoff und Erholung.

Am Freitagabend hat mich der Typ, der abends zur selben Zeit am gleichen Strandabschnitt joggt, angesprochen. Sein Name ist Jensen. Er ist Junior an der Montecito. Was für ein Zufall. Er ist okay, denn er ist ein lustiger Kerl, aber er kann auch mal für eine Weile die Klappe halten. Wir treffen uns auf dem Parkplatz vor Cassy's und starten von da. Jensen hatte immer irgendwelche lustigen Geschichten parat. In seinem Leben scheint sich ein Ereignis an das andere zu reihen. Er ist den ganzen Tag unterwegs. Ich glaube, er schläft nur, wenn er umfällt. Während wir joggen, reden wir nicht. Das finde ich mehr als angenehm. Jeder überlässt den anderen seinen Gedanken. In meinem Fall warte ich darauf, dass sie endlich still sind. Danach holen wir uns was zu trinken und unsere Wege trennen sich wieder. In der Schule habe ich ihn noch nie gesehen. Mittlerweile glaube ich, dass er nur jeden dritten Tag zur Schule geht. Aber es interessiert mich auch nicht wirklich. Er ist eben der Typ, mit dem ich jogge. Mehr nicht.

Am Dienstagabend überqueren Jensen und ich gerade die Hauptstraße zur Promenade, als er plötzlich sein Handy zückt und ein entzücktes Grunzen von sich gibt. Jensen ist fast einen Kopf kleiner als ich, aber trainiert wie ein Zehnkämpfer. Seine Muskeln sind nicht definiert, sie sind wie aus Stein gemeißelt. Die militärisch kurz geschorenen dunklen Haare und das kantige Gesicht lassen ihn aussehen wie einen Söldner. Okay, die dicke Rolex am Handgelenk stört etwas, aber dafür macht sein derber Gassenhumor diesen Snob-Eindruck ganz schnell wieder wett. Dieses entzückte Geräusch passt zu ihm wie Sardellen zu einer großen Portion Pudding. Irritierte sehe ich ihn von der Seite an.

»Ein Dutzend Brüste auf ein Uhr«, zischt er und hantiert mit seinem Smartphone herum. Suchend lasse ich den Blick schweifen. Eine Gruppe Mädels, nur bekleidet in winzigen Bikinis, scheint eine Art Cheerleader-Formation am Strand zu üben. Von irgendwoher ertönt Musik, die von ihrem Kichern fast übertönt wird. Wenn sie sich nicht gerade akrobatisch verrenken, tanzen sie zu den kubanischen Rhythmen.

»Oh, ja …« Jensen scheint das Spektakel mit seinem Handy zu filmen. »So gefällt mir das.«

Wir müssen an ihnen vorbei, um über den Sand Richtung Wellen zu laufen. Jensen scheint es sehr recht zu sein, aber ich habe keinen Blick für sie. Doch dann plötzlich halte ich inne. Ich sehe genauer hin und dann erkenne ich sie. Eines der Mädels aus Allegras Projektgruppe ist dabei. Ich nehme den Rest der Gruppe genauer unter die Lupe und dann finde ich auch die anderen beiden. Zwei von ihnen halten sich gerade im Arm und die eine küsst die andere kichernd auf die Wange. Schön, dass sie am Strand rumhängen und meine Schwester zu Hause über ihren Projektunterlagen grübelt.

Jensen schwenkt mit seinem Handy zu mir und filmt mich.

»Was sagen Sie zu diesem Spektakel, Leo?« Er lässt seine Stimme geschäftsmäßig klingen und tut, als wäre er ein Reporter. »Ist das nicht ein wunderbarer Anblick?«

Ich werfe noch mal einen Blick auf die drei, die sich so prächtig amüsieren. »Mag sein.« Ich sehe weg, bevor ich noch zu den dreien hingehe und ihnen mal ein paar Takte erzähle. »Aber ich stehe nicht so auf Strandflittchen.«

Jensen tut so, als wäre er von etwas Schwerem am Kopf getroffen worden. »Oh, das tut weh.«

Ich will gerade wegsehen, als eine große schlanke Gestalt etwas abseits meine Aufmerksamkeit erregt. Bambi? Was hat sie hier zu suchen? Soweit ich weiß, hat sie fürs Cheerleaden nicht viel übrig. Sie steht etwas verdeckt hinter zwei Cheerleadern der Gruppe und nuckelt an einem grünen Smoothie. Sie trägt Bikini und Shorts. In diesem Moment macht sie spielerisch einen Tanzschritt der Choreografie nach. Da sie eindeutig dazugehört, habe ich sie gerade als »Strandflittchen« bezeichnet, verdammt. Hätte ich doch bloß meinen Ärger über die drei Mädels aus Allegras Gruppe runtergeschluckt.

Jensen tut immer noch schwer betrübt. »Was für eine radikale Ausdrucksweise, Leo. Gibt es an der Ostküste keine hübschen Mädchen am Strand?«

Das reicht mir. Ich lasse ihn stehen, bevor ich noch mehr

Unbedachtes von mir gebe. »Kommst du? Oder soll ich allein joggen?«

»Spielverderber.« Jensen knipst sein Handy aus und folgt mir. Sein fragender Blick bohrt sich in meinen Rücken. »Du stehst aber auf Frauen, oder?«

Ich verdrehe die Augen. Wenn man keine Lust hat, alles zu bespringen, was zwei Brüste hast, scheint man in Kalifornien sofort als schwul zu gelten. Jensen ist jetzt schon der Zweite, der mich darauf anspricht. Ich sollte dringend an meinem Image arbeiten.

Jensen plappert hinter mir immer weiter. »Ich meine, das wäre kein Problem, Mann. Ist ja ganz normal. Ich sehe das ganz entspannt. Jeder, wie er mag.« Als er mich eingeholt hat, sieht er fragend zu mir hoch. »Aber du gehst nicht mit mir joggen, weil du auf mich stehst, oder? Weil, das ist so gar nicht meine Baustelle. Nimm das nicht persönlich.«

Ich bleibe abrupt stehen. »Alter, wenn du nicht sofort den Rand hältst, ertränke ich dich vor aller Augen im Meer.«

»Wenn du dich noch nicht outen willst, ist es okay. Ich kann schweigen wie ein Grab.«

»Noch mal zum Mitschreiben: Ich. Stehe. Nur. Auf. Frauen.«

Jensen lässt nicht locker. »Aber gerade, da –«

»Hör zu, ich bin hier, um zu joggen. Wenn ich hüpfende Brüste und wackelnde Hintern sehen will, dann mache ich mir einen Porno an.«

Jensen bricht in dröhnendes Gelächter aus. Seine Erleichterung ist nicht zu überhören. Er haut mir donnernd auf die Schulter. »Alles klar, Mann. Dann lass uns loslegen.«

Als ich zwei Stunden später wieder in meinem Pick-up sitze und auf mein Handy blicke, habe ich eine neue Nachricht von Bambi. Sofort klicke ich auf *Lesen*.

»Morgen Nachmittag 17 Uhr Treffen in der Bibliothek wegen Projektarbeit.«

Ich lasse das Handy sinken und starre eine Weile in die Dunkelheit auf dem Parkplatz. Als meine Innenraumbeleuchtung langsam ausgeht, ist es stockfinster. Ich lese die Nachricht noch mal. Es hat keinen Sinn, jetzt noch mal eine Entschuldigung zu schicken. Um mir diese Nachricht zu schicken, hat sie all die anderen sehen müssen. Schließlich tippe ich nur »Okay« und gehe auf Senden. Die gesamte Rückfahrt warte ich auf ein erneutes Piepen. Auf ein Zeichen, dass sie vielleicht doch noch über das, was am Strand passiert ist, mit mir reden will. Doch mein Handy bleibt still. Dass sie so eisenhart bleiben kann, lässt den Schluss zu, dass ihr das Ganze doch nicht so viel bedeutet hat. Ich rede mir ein, dass sie mir durch ihr Verhalten sogar einen Gefallen tut. Sie ist die Einzige hier in meinem neuen Leben, die mir wirklich wichtig hätte werden können. Die mich wirklich interessiert hat. Die mich an diesen Ort hätte binden können. Nun, da es ist, wie es ist, besteht nicht mehr die Gefahr, dass ich an meiner Entscheidung, nach meinem Schulabschluss nach New Haven zurückzugehen, zweifle. Ich sollte zufrieden sein. Nur warum fühle ich mich, als hätte ich etwas verloren, von dem ich gar nicht wusste, dass ich es besitze?

Der Dienstag kriecht scheinbar endlos lange dahin. Es scheint Bambi erschreckend leichtzufallen, mich komplett zu ignorieren. Würde sie mich wenigstens noch böse ansehen. Doch sie sieht durch mich hindurch, als sei ich unsichtbar. Silver und Surfer-Boy scheinen nicht wirklich eingeweiht, aber sie spielen mit, weil sie mich ja sowieso von Anfang an nicht leiden konnten.

In der Mittagspause starre ich durch das Meer von Köpfen zu ihrem Tisch hinüber. Surfer-Boy legt gerade in gespielter Geste seinen Arm um sie. Er verpackt das als Teil einer witzigen Einlage, doch wer selbst ein Kerl ist, der checkt, was da abgeht. Er steht auf sie, aber er traut sich nicht, es ihr in einer ernsten Minute klarzumachen. Deshalb spielt er den Kasper und hofft, dass sie es auch so rafft.

Elvis neben mir folgt meinem Blick. Dann bohrt er mir den Ellbogen vor den Unterarm und zieht fragend die Augenbrauen hoch. Allegra sitzt vor ihren vollen Tellern und tippt auf ihrem Smartphone herum. Sie hat Kopfhörer angeschlossen und scheint Musik zu hören. Alec steht immer noch in der Schlange fürs Essen. Ich hebe fragend die Arme.

»Hast was mit den Augen, Kumpel?« Elvis deutet mit dem Kopf quer durch den Saal. »Oder sah das gerade nur so aus, als würdest du Blondie mit Blicken ausziehen.«

Ich stelle mich absichtlich dumm. »Wen meinst du mit Blondie? 90 Prozent hier haben blonde Haare oder zumindest blonde Strähnen. Sogar die Kerle. Scheint hier Pflicht zu sein.«

»Bevor das Pflicht wird, wandere ich aus«, brummt Elvis.

Ich hoffe, dass das Thema damit vom Tisch ist. Doch leider habe ich mich getäuscht.

»Ich meinte die fabelhafte Miss Banks.«

Mist. War es so auffällig? Das Letzte, was ich tun werde, ist, mit Elvis über meine Gefühle zu reden.

»Sagt mir nichts, der Name.«

»Abby? Abby Banks?« Elvis gestikuliert mit seiner Gabel hin und her. »2 Meter lange Beine, blond, große Augen, heißer Body. Sie ist zu allem Überfluss deine Projektpartnerin. Falls ich dir auf die Sprünge helfen darf?«

»Was ist mit ihr?«

»Vergiss es.« Elvis klingt leicht genervt. In diesem Moment erscheint auch Alec am Tisch und das Thema Abby ist vergessen. Stattdessen reden die beiden nun ausgiebig über Baseballergebnisse und Basketballspiele. Ich schiebe Allegra ihr Tablett vor den Bauch, bis sie es bemerken muss. Verärgert sieht sie zu mir herüber. Ich mache eine auffordernde Geste. Sie deutet ein Würgen an. Wieder mache ich eine auffordernde Geste, diesmal eindringlicher. Sie schüttelte den Kopf. Also zücke ich mein Smartphone und tippe: »Iss etwas oder ich schleife dich direkt nach der Schule zu dem nächstbesten Arzt. Wenn der dein Untergewicht feststellt, werde ich dafür sorgen, dass du in eine Klinik für Essgestörte eingewiesen wirst.« Dazu packe ich noch drei grinsende Smileys mit Sonnenbrille und schicke das ganze per WhatsApp an sie. An der Art, wie sich ihr Gesichtsausdruck verändert, sehe ich, dass sie meine Nachricht liest. »Das wagst du nicht«, textet sie zurück.

»Wollen wir wetten?«

Allegra schluckt deutlich hörbar. Als sie zu mir herübersieht, nicke ich bekräftigend. Ich meine es tatsächlich ernst. Was auch immer sie mit diesem Hungerstreik bezweckt, ich werde es nicht zulassen.

Allegra pikst ein Stück gekochten Broccoli auf. Ich sehe den Ekel in ihrem Gesicht. Sie würgt, doch für Rücksicht ist es jetzt zu spät. Sie isst ein Stückchen Möhre, dann noch mal

Broccoli und zwei Röschen Blumenkohl. Dann sieht sie fragend zu mir. Ich deute mit dem Kopf auf ihren panierten Fisch. Allegras Nasenflügel blähen sich empört. Sie schluckt ein Stückchen Fisch unzerkaut hinunter. Und dann noch eins. Beim dritten Bissen scheint es schon nicht mehr ganz so schlimm zu sein. Vorsichtig kaut sie darauf herum.

Als das Läuten der Glocke das Ende der Mittagspause ankündigt, bin ich zufrieden. Allegra hat zwar keine Berge gegessen, aber immerhin etwas. Der salzige Fisch und das Gemüse scheinen ihr gutgetan zu haben. Ihre Wangen schimmern rosig und ihre Lippen wirken nicht mehr so blutleer. Nachdem wir unsere Tabletts weggebracht haben, ist sie spurlos verschwunden. Ich sehe mich suchend um, doch Elvis schiebt mich vor sich her, weil er nicht zu spät zu Sozialkunde kommen will.

Um Punkt 17 Uhr erscheine ich in der Bibliothek. Bambi sitzt an ihrem Lieblingsplatz. Als sie mich sieht, senkt sie nicht den Kopf. Sie macht es wie die Tage zuvor. Ihr Blick geht einfach komplett durch mich hindurch.

»Hi.« Ich nehme ihr gegenüber Platz.

»Hi.« Sie hält ihren Kuli umklammert wie einen Rettungsanker.

Meine Handinnenflächen sind so feucht, dass ich sie unauffällig unter dem Tisch an meinen Hosenbeinen abwische. Ihr so unmittelbar gegenüberzusitzen, ist nicht leicht. Innerlich fühle ich mich komplett zerrissen. Auf der einen Seite rede ich mir ein, dass es besser so ist. Für sie und für mich. Auf der anderen Seite muss ich sie nur ansehen, und alles, was dieses unglaubliche Sehnen nach ihr ausgelöst hat, kommt mit einem Schlag zurück. Als ich tief Luft hole, zittern meine Bauchmuskeln. Ich bin schwach, denn in diesem Moment wünsche ich mir, sie noch mal so zu halten wie am Strand. Mit ihr zu lachen und sich nur einfach frei und unbeschwert zu fühlen. Der Tag mit ihr ist wie im Flug vergangen. Ich habe versucht, ihn minutiös zu rekonstruieren, um ihn nicht so schnell zu vergessen. Doch nun sehe ich sie an und allein ihr Anblick toppt alle Erinnerungen. Wenn sie mir, so wie jetzt, direkt in die Augen sieht, mich wirklich ansieht, und nicht durch mich hindurch, dann lösen sich all meine Zweifel, meine Angst und die vielen selbst aufgestellten Regeln in Rauch auf.

»Ich habe vielleicht schon zwei Sponsoren gefunden.« Sie schiebt mir einen Zettel zu. »Ich habe ein bisschen herumtelefoniert. Ein Freund meines Vaters sitzt im Vorstand eines Unternehmens, das mit Diamanten handelt. Die Steinchen haben ja öfter mal mit schlechter Presse zu kämpfen, Thema Blutdiamanten und so weiter, und deshalb engagieren sie sich gern für soziale Projekte. Ich habe meinen Dad gebeten, dass er mal anruft und ein bisschen vortastet, ob das etwas für das Unternehmen wäre. Die scheinen interessiert zu sein. Morgen Nachmittag habe ich einen Telefontermin.« Sie deutet mit einem rosa lackierten Zeigefinger auf ein weiteres Blatt Papier. »Und das hier ist die größte Supermarktkette in Kalifornien. Ich habe einfach mal bei der Presseabteilung angefragt. Sie sind prinzipiell auch interessiert, wenn sie auf den Geräten irgendwo eine Plakette mit ihrem Namen anbringen können. Noch besser fänden sie es, wenn die Plätze in der Nähe einer ihrer Supermärkte liegen würden. Aber das konnte ich ihnen natürlich nicht garantieren. Doch sie wollen noch mehr weitere Infos, das ist immer ein gutes Zeichen. Ich habe versprochen, sie auf dem Laufenden zu halten. Außerdem habe ich diesen Joe erreicht, dem das Grundstück gehört. Er würde gern verkaufen, denn er braucht dringend Geld. Ich denke mal, wir können einen fairen Preis aushandeln. Bevor wir dieses Grundstück aber tatsächlich als Spielplatz anbieten, sollten wir mal sehen, ob wir irgendwo einen Gutachter auftreiben können, der ein paar Bodenproben nimmt. Joe hat bestätigt, dass dieses Grundstück immer als Werkstatt genutzt wurde. Es kann sein, dass Chemikalien in den Boden gelaufen sind. Das sollten wir überprüfen. Ich habe mal unverbindlich bei einem Labor angefragt, aber noch keine Antwort erhalten. Vielleicht tragen sie ja zu unserem sozialen Projekt bei, indem sie die Proben unentgeltlich auswerten. Außerdem habe ich mit der Lokalzeitung telefoniert. Sie wollen einen kleinen Bericht über uns bringen. Ihr Volontär ruft mich morgen an, er wird den Artikel schreiben. So könnten wir vielleicht noch mehr Leute, die eventuell ungenutzte Grundstücke besitzen, auf das Projekt aufmerksam machen.«

Die geschäftsmäßige Art, wie sie mir ihre Ergebnisse präsentiert, bestätigt mir, dass sie kein bisschen wie eines dieser Mädels vom Strand ist. Natürlich sieht sie umwerfend gut aus, aber sie ist so viel mehr. Wenn ich sie mir in einem eleganten Kostüm vorstelle, erscheint es mir nicht unwahrscheinlich, dass sie später mal eine Großbank leitet. Oder so ein Labor, von dem sie gerade gesprochen hat.

»Wie weit bist du?«

Ihre Stimme reißt mich aus meinen Gedanken. »Ich?«

Schon wirkt sie etwas genervt. »Ja, du. Wir sind Projektpartner, falls ich dich daran erinnern darf. Du wolltest mit deinem Vater wegen der Spielgeräte sprechen und die Hersteller von Spielplatzgeräten ansprechen, ob sie nicht etwas sponsern wollen. Wie ist da der Stand der Dinge? Hast du Unterlagen dabei? Mails? Telefonprotokolle? Notizen?«

»Ich …« Fakt ist, ich habe nicht mal mehr an das Projekt gedacht, seit wir uns gestritten haben. Die Gedanken an sie, die Sorge um Allegra und so manches andere haben mich dieses Projekt komplett vergessen lassen. Ich hätte nie gedacht, dass sie schon so weit ist. Ich dachte, wir quatschen heute mal, welche Ecke von Santa Barbara wir uns als Nächstes ansehen.

Aus Bambis Augen spricht Enttäuschung. Sie schüttelt den Kopf. »Das ist jetzt nicht wahr, oder?«

»Ich hatte andere Sachen –«

»Andere Sachen?«, unterbricht sie mich. »Andere Sachen als eine Note, die über deine Zukunft entscheidet? Diese Note wird Teil unserer Uni-Bewerbung. Es ist ein soziales Vorzeigeprojekt. Etwas, bei dem man glänzen kann. Und nebenbei noch etwas Gutes tut.«

»Ich habe überhaupt nicht mehr dran gedacht, sorry.« Wie erbärmlich das klingt, kann ich mir sehr gut vorstellen.

Eigentlich habe ich damit gerechnet, dass Bambi nun aufspringen, mich anschreien oder den Tisch umwerfen würde. Stattdessen wird sie einfach nur blass.

»So funktioniert das nicht.« Sie nimmt mir die Blätter vor der Nase weg und legt sie wieder ordentlich auf ihren Stapel. »Wir ziehen nicht an einem Strang. Wir müssen zusammenarbeiten, trotz unserer Differenzen. Ich habe geglaubt, dass das funktioniert. Weil wir beide erwachsen sind. Logisch denkende Menschen, die sich nicht von Gefühlen verwirren lassen.« Wieder sieht sie mich an. »Doch das scheint nicht zu funktionieren.« Ordentlich räumt sie ihre Seite des Tisches auf und schiebt dann den Stuhl zurück. »Ich werde mit Direktorin Hellendale reden. Meine Noten sind mir nämlich nicht egal. Zur Not mache ich das Projekt ganz allein.«

Und dann lässt sie mich einfach stehen. Beziehungsweise sitzen, denn ich sitze immer noch an diesem dämlichen Bibliothekstisch. Schnell springe ich auf und folge ihr aus der Bibliothek. »Ist das nicht ein bisschen übertrieben?«

»Wir wollten uns schon Freitag im Seaside Café treffen, falls du dich erinnerst«, sagt sie im Gehen. »Schon da hätte ich erwartet, dass du mit neuen Informationen aufwarten könntest. Das ist ja nun alles im Sande verlaufen. Aber heute ist Dienstag. Mehr als vier Tage liegen zwischen unserer eigentlichen Verabredung und dieser hier. Aber auch zu diesem Termin hattest du keine Veranlassung, dich in irgendeiner Art um unser Projekt zu kümmern. Deine Einstellung als »egal« zu bezeichnen, wäre noch untertrieben.«

»Jetzt mach mal einen Punkt, Bambi.«

Sie schnaubt und wird noch etwas schneller. »Sag du mir nicht, was ich tun soll.«

Ich hebe in flehender Geste die Arme zur Decke und passe mich ihrem schnellen Schritt an. »Was für ein Drama! Man merkt echt, dass du unter Filmleuten aufgewachsen bist.«

»Hör auf, mich zu verfolgen. Es nervt.«

»Sag du mir nicht, was ich tun soll«, imitiere ich sie.

Bambi hebt im Gehen nach rückwärts den Mittelfinger. Eine Geste, die so überhaupt nicht zu ihr passt. Im nächsten Moment prescht sie in das Sekretariat. Mir knallt sie die Tür vors Knie.

Die Sekretärin hebt überrascht den Kopf. »Huch, ist das ein Überfall?« Sie lächelt Bambi verschwörerisch an. Doch der ist nicht nach Scherzen zumute.

»Ich müsste die Rektorin sprechen. Es ist dringend.«

»Tut mir leid, Abby, sie ist gerade nicht da und –«

Schräg neben mir wird eine Tür aufgestoßen. Als mir eine Wolke aus Mottenpulver und Lavendelseife um die Nase wabert, weiß ich, wer dort steht. Bambis Kopf schwingt herum. Sie dreht sich von der Theke weg, ignoriert mich völlig. »Mrs. Hellendale, ich muss Sie ganz dringend sprechen. Bitte.«

»Was ist denn hier los?«

Direktorin Hellendales giftiger Blick streift mein Gesicht. »Auf dem Schild an der Tür steht eindeutig, dass Sie einzeln eintreten sollen. Sind Sie des Lesens mächtig, Mr. Vaydencamp?«

»Wir sind als Projektpartner hier«, sage ich schnell.

»Nein, sind wir nicht.« Bambi klingt angriffslustig. »Aber genau darüber möchte ich mit Ihnen reden. Es ist wirklich dringend.«

Die Sekretärin hebt als entschuldigende Geste die Hände. »Ich habe Miss Banks gesagt, dass Sie ...«

»Schon gut. In mein Büro, und zwar beide. Ich will wissen, was dieser Aufstand soll.«

Bambi schiebt mich unsanft zur Seite, um der Direktorin als Erste zu folgen. Die Verbindungstür schwingt auf, und wieder ist der Raum so heruntergekühlt, als handle es sich um einen Kühlschrank. Dieses Mal bin ich gewarnt. Ich warte, bis sie uns auffordert, Platz zu nehmen. Bambi wartet nicht, bis ihr das Wort erteilt wird. Sobald sie sitzt, redet sie los.

»Ich möchte das Projekt allein bearbeiten. Zwischen Leo und mir gibt es …« Sie sucht nach dem richtigen Ausdruck. »Unüberbrückbare Differenzen. Oder wenn Sie möchten, dass jemand anderes seinen Platz einnimmt, weil er mit einem anderen das Projekt tauschen kann, dann soll es mir auch recht sein. Nur mit Leo kann ich nicht zusammenarbeiten.«

Direktorin Hellendales zuckersüßes Lächeln ist so falsch wie ein Zirkonia. »Miss Banks.« Sie stützt das Kinn auf ihre knorrigen Hände. »Der tiefere Sinn dieser Projekte ist, neben dem sozialen Engagement, auch die Interaktion der Schüler. Das Zusammenarbeiten. Die Fähigkeit, sich auf jemand anderen einzulassen, zu trainieren. Glauben Sie mir, Ihre zukünftigen Arbeitskollegen werden es Ihnen danken.« Obwohl ihr Mund immer noch lächelt, ist ihr Blick so gnadenlos wie der eines Henkers. »Sie werden sicher verstehen, dass ich aus eben diesen Gründen ablehne, Ihren Wünschen zu entsprechen.«

»Aber …« Bambi scheint wie vor den Kopf gestoßen. Offensichtlich hatte sie nicht damit gerechnet, auf taube Ohren zu stoßen.

»Was, wenn er mir meine Note versaut?«

Direktorin Hellendale ist die Ruhe selbst. »Nun, da haben Sie zwei Möglichkeiten: Sie machen das Projekt tatsächlich im Alleingang und Ihr Partner kassiert Ihre gute Note mit. Oder Sie schaffen es, ihn so weit zu motivieren, dass Sie doch noch gemeinsam daran arbeiten.«

Bambi schluckt. Noch ist ihr Blick ungläubig. Doch da Direktorin Hellendale nicht aussieht, als habe sie einen Scherz gemacht, schimmert in ihren Augen irgendwann nur noch Fassungslosigkeit. »Sie meinen das ernst?«

»Mitgehangen, mitgefangen, Miss Banks. Auch das werden Sie in Ihrem zukünftigen Berufsleben noch lernen. Das Team ist immer nur so stark wie sein schwächstes Mitglied.«

»Gut, dann arbeite ich lieber allein. Ich eigne mich nicht zum Motivationstrainer.«

Direktorin Hellendale zuckt eine magere Schulter. »Das ist Ihre Entscheidung. Die Projektnote bekommen Sie beide. Egal, wer etwas für dieses Projekt getan hat.«

Eine kurze Geste mit der Hand zeigt uns, dass wir entlassen sind.

Ehrlich gesagt bin ich viel zu überrascht von Direktorin Hellendales krasser Einstellung, als dass ich etwas zu meiner Verteidigung hätte sagen können.

Bambi springt von ihrem Stuhl auf. »Danke für Ihre Zeit.«

Ich will ihr gerade folgen, doch die Direktorin scheint andere Pläne mit mir zu haben. »Auf ein Wort, Mr. Vaydencamp.«

Ich lasse mich zurück auf meinen harten Stuhl sinken. Die Direktorin bedeutet Bambi, dass sie die Tür hinter sich schließen soll. Dann lehnt sie sich in ihrem Ledersessel zurück und verschränkt die Arme vor der Brust. »Sie haben vielleicht keine Vorstellung davon, wie lange ich diesen Job schon mache. Aber ich versichere Ihnen, ich habe Dutzende Schüler kommen und gehen sehen.«

Ratlos höre ich dieser Eröffnung zu. Was kommt denn nun wohl?

»Es gibt Schüler, die zu viel trinken. Schüler, die Drogen nehmen. Schüler, die labil sind.« Ihr Blick wandert an mir hinauf und hinunter. »Glauben Sie mir, ich habe schon viel gesehen. Doch was Ihr Problem ist, habe ich bis jetzt nicht herausgefunden.«

»Entschuldigung?« Will sie jetzt von mir wissen, ob ich ein drogenabhängiger Irrer bin?

»Ich habe Ihre Schulakte aus New Haven übermittelt bekommen. Ihre gesamte bisherige Schullaufbahn inklusive aller Zeugnisse. Inklusive aller Empfehlungsschreiben. Aller sportlichen Auszeichnungen und sonstigen Ehrungen. Die gesamte Akte sieht aus wie das Abbild eines Vorzeigeschülers. Das Spiegelbild von jemandem, der ehrgeizig ist und vorankommen will.« Sie lehnt sich noch weiter zurück und die Federung ihres Sessels quietscht. »Ich lese Ihre Akte und dann sehe ich Sie. Und dann frage ich mich, wo Ihr Problem liegt. Sie waren ein Einser- Schüler. In ihrer Akte liegt die Empfehlung, Sie in den Nachwuchskader des olympischen Schwimmteams aufzunehmen. Man schreibt Ihnen hohe soziale Kompetenzen zu. Eine gefestigte Persönlichkeit. Sie waren Mannschaftskapitän. Sie haben die Qualität, andere zu führen. Verraten Sie mir, wo auf dem Weg hierher nach Kalifornien haben Sie all das verloren?«

Ich schlucke hart. Niemals hätte ich gedacht, dass man mich so direkt fragen würde. »Es sind persönliche Gründe.«

Direktorin Hellendale atmet lange aus und lehnt sich dann wieder nach vorn über den Schreibtisch. »Ich kenne Ihre persönlichen Verhältnisse nicht. Aber Sie werfen so viel weg, dass Sie sich irgendwann darüber ärgern werden. In diesem knappen Jahr, das Ihnen noch bleibt, stellen Sie die Weichen für Ihre Zukunft. Was auch immer Sie so aus der Bahn geworfen hat, lassen Sie nicht zu, dass es Ihr weiteres Leben bestimmt.«

»Ich werde darüber nachdenken.«

»Wir haben einen sehr guten Schulpsychologen.«

»Ich brauche keinen Irrenarzt.«

Direktorin Hellendale lächelt wie ein Haifisch. »Sie sind ein kluger Kopf. Sie werden einsehen, wann Sie an dem Punkt angelangt sind, dass Sie Hilfe brauchen. So viel traue ich Ihnen zu.«

Soll ich mich nun bedanken?

»Miss Banks ist Ihr Ebenbild was die schulischen Qualitäten angeht. Eigentlich, so dachte ich, müssten sie beide gut zusammenpassen, auch wenn Sie einen schwierigen Start zu haben scheinen. Ich habe mich bewusst für sie beide entschieden. Miss Banks geht Probleme analytisch an, sie denkt sehr strategisch und arbeitet absolut erfolgsorientiert. Bei Ihnen hatte ich den Eindruck, dass Sie vom Gemüt etwas ruhiger sind und Miss Banks in ihrem überbordenden Arbeitseifer etwas bremsen würden. Sie ausgleichen würden. Ich war der festen Überzeugung, dass sie gut harmonieren würden, weil sie beide nicht nur gleich, sondern in anderen Punkten auch sehr verschieden sind.« Direktorin Hellendale schiebt einen Stapel DIN-A4-Hefter von rechts nach links. »Sie könnten sich gegenseitig inspirieren. Und dadurch die Chance bekommen, noch besser zu werden.«

»Ich verstehe, was Sie mir damit sagen wollen.«

»Ich werde Sie nicht bitten, zugunsten von Miss Bank härter an diesem Projekt zu arbeiten. Sie schafft das auch ganz allein. Es soll nur ein Schubs in die richtige Richtung sein. Ich habe schon viele junge Männer in Ihrem Alter gesehen, und ich weiß, wie es aussieht, wenn jemand neben sich steht. Besinnen Sie sich auf das, was wichtig ist. Finden Sie zu sich selbst zurück. Erinnern Sie sich an den, der Sie waren. Bevor das passiert ist, was Sie so von sich selbst entfernt hat. Wenn Sie daran zu scheitern drohen, dann holen Sie sich Hilfe.«

Ich nicke, aber einfach nur, um aus diesem Gespräch rauszukommen. Ich will aufstehen. Mehr gibt es wohl nicht zu sagen.

»Ich bin noch nicht fertig, Mr. Vaydencamp.«

Ich zwinge mich zur Ruhe. Was kann sie denn noch von mir wollen?

»Ich möchte Ihre Eltern sprechen. Es geht um Ihre Schwester. Wen von beiden kann ich am besten erreichen?«

»Meine Mutter. Mein Vater ist tot.« Die Worte sprudeln aus meinem Mund und ich fühle gar nichts dabei.

»Das mit Ihrem Vater tut mir leid. Dieser Verlust muss schmerzlich für Sie sein.« Dieser Funken von Menschlichkeit in Direktorin Hellendales Stimme hätte mich fast auflachen lassen.

»Es geht schon.«

»Darf ich fragen, wie lange das her ist?«

Ich muss energisch einatmen, um genug Luft zu bekommen. »Noch nicht lange genug.«

»Ist Ihre Mutter in der Lage, diesen Verlust auszugleichen?«

Ich schüttele stumm den Kopf.

»Ist Sie Ihnen ein Halt? Eine Stütze?«

Wieder schüttele ich den Kopf. Eigentlich geht sie das gar nichts an. Doch ich reagiere wie ein Roboter, damit ich nicht zu zittern anfange. Er fehlt mir so. Dad hätte alles geregelt, so wie immer. Er hätte Mom zurück in die Spur gebracht und Allegra in irgendeine Klinik eingewiesen. Er hätte mir die Hand auf die Schulter gelegt, und ich hätte gewusst, dass alles gut werden würde. Doch er ist einfach weg und liegt begraben auf einem Friedhof über 3000 Meilen entfernt.

»Verstehe.« Direktorin Hellendale faltet die Hände, als

wollte sie beten. »Ich muss mit Ihrer Mutter sprechen. Der Zustand ihrer Schwester ist besorgniserregend. Wann ist sie das letzte Mal ärztlich untersucht worden? Schülerinnen haben mir berichtet, dass sie auf der Toilette weint. Außerdem ist sie unkonzentriert im Unterricht.«

Meine Zunge fühlt sich an wie Sandpapier. Hart und kratzig. »Haben Sie auch ihre Akte mal gelesen?«

»Ehrlich gesagt, noch nicht.«

Ich nicke bitter. »Sie war immer viel besser in der Schule als ich. Sie ist klüger als alle, die ich kenne.«

»Es ist also der Tod Ihres Vaters, der sie beide so aus der Bahn geworfen hat.« Das war keine Frage, sondern eine Feststellung.

»Vermutlich.«

»War es eine Krankheit?«

Ich muss mich zwingen, deutlich zu sprechen, und schlucke krampfhaft. »Nein. Ein Autounfall. Auf dem Rückweg von einem Kongress. Er war ein guter Autofahrer, aber gegen einen Geisterfahrer, der sterben will, hat man keine Chance.«

»Das tut mir leid. Wenn jemand so abrupt aus dem Leben gerissen wird, ist es doch schmerzlicher, als durch eine lange Krankheit auf dieses Ereignis vorbereitet zu sein.«

»Ja.«

Die Rektorin seufzt. »Mr. Vaydencamp. Ich weiß, ich habe einen gewissen Ruf. Aber ich bin kein Unmensch. Ich werde in den nächsten Tagen noch über einige Unregelmäßigkeiten hinwegsehen. Doch danach möchte ich, dass Sie wieder der werden, der in dieser Akte angekündigt wurde. Sie sind jetzt ein Zwölftklässler. Ich erwarte von Ihnen einen exzellenten Schulabschluss. Ist das eine Abmachung?«

»Gilt die Schonfrist auch für meine Schwester?«

Direktorin Hellendale scheint einen ewigen Moment lang zu überlegen. Dann nickt sie. »In Ordnung.« Sie zieht eine Schublade auf und greift nach einem Bogen Papier. »Sie müssen mir nur noch einmal helfen. In ihrem Aufnahmebogen steht Clarissa Wesley. Ist das der Name Ihrer Mutter? Hat sie ihren Mädchennamen wieder angenommen?«

»Nein.« Meine Stimme klingt tonlos. »Sie hat wieder geheiratet. Das ist auch der Grund, warum wir hergezogen sind.«

»Verstehe. Gut, dann weiß ich Bescheid. Ich werde diese Telefonnummer anrufen. Ich hoffe, Ihre Mutter und ich können uns zeitnah auf einen Termin einigen.«

»Da gehe ich von aus.« *Wenn Mom sich mal endlich für etwas anderes als Partys und neue Kleider interessiert.* Endlich bin ich entlassen. Ich verlasse das Büro wie ein Ertrinkender, der seine Nase über die rettende Wasseroberfläche halten kann. Draußen stürze ich zum nächstbesten Getränkeautomaten und ziehe mir ein kühles Wasser. Verdammt, dieser Seelenstriptease war nicht eingeplant. Wer hätte auch damit gerechnet, dass in Direktorin Hellendale eine verkappte Psychologin mit Herz stecken würde? Ich zücke mein Handy, um auf den neuesten Stand zu kommen. Allegra hat geschrieben, dass sie schon nach Hause gefahren ist. Sie besteht darauf, mit ihrem nagelneuen Cabrio zu fahren, auf das sie, glaube ich, ganz schrecklich stolz ist. Von Bambi ist keine weitere Nachricht eingetroffen. Das hätte ich mir auch denken können. Ich mache mich auf zu meinem Spind, um ein paar der Bücher loszuwerden und dann auch nach Hause zu fahren.

Draußen auf dem Parkplatz ist es noch voll. Kein Wunder, die meisten Schüler bleiben nach dem Unterricht, um sich in den diversen Sportteams auszutoben. Ich höre ein Lachen, das mir verdächtig vertraut vorkommt. Neben den Tribünen am Sportplatz mache ich Bambis helle Mähne aus. Sie unterhält sich mit ein paar anderen Mädels und scheint allerbester Laune. Ich schließe mich einer Gruppe von Baseballern an, die gerade von den Umkleiden zum Training laufen, und verstecke mich so gut es geht hinter der Gruppe. Als ich jedoch sehe, mit wem Bambi redet, bleibe ich abrupt stehen. Das sind zwei der Mädels aus Allegras Projektgruppe. Einer von den beiden hält Bambi ihr Handy unter die Nase und zeigt ihr etwas. Die andere lacht und erzählt irgendetwas Lustiges. Dann kichern sie alle drei, als wären sie die besten Freundinnen. Was vermutlich auch stimmt. So ein verfluchter Mist. Gibt es eigentlich irgendeine Schwierigkeit, die sich nicht zielgerichtet in meinen Weg wirft? Jetzt gehören auch noch die drei, denen ich mal kräftig in das Gewissen reden wollte, zu Bambis Freundeskreis. Wenn sie herausbekommt, dass ich ihre Freundinnen habe strammstehen lassen, wird es noch düsterer zwischen uns. Um zu sehen, wie sie reagiert, wenn ich hier texte, schreibe ich ihr eine kurze Nachricht.

»Muss dringend mit dir reden.«

Das klingt sehr sachlich, kann aber alles oder nichts bedeuten. Nur Sekunden später piepst es bei Bambi. Sie lässt die beiden anderen Mädels weiterreden und liest die Nachricht. Ich sehe wie sie auf das Display starrt und überlegt. Eine der beiden anderen will wohl wissen, von wem die Nachricht ist. Doch Bambi hält das Handy geschickt außer Reichweite. Was die beiden anderen noch weiter anzustacheln scheint. Bambi lacht und schüttelt abwehrend den Kopf. Zum guten Schluss lässt sie ihr Handy in der Umhängetasche verschwinden.

Ihrem Gesichtsausdruck nach zu urteilen hat sie soeben die unwichtigste Nachricht ihres Lebens bekommen. Die anderen beiden verlieren das Interesse. Ich jedoch koche innerlich.

Ich trete den Rückzug an und überlege den gesamten Heimweg, was ich ihr sage, wenn sie tatsächlich wissen will, worüber ich mit ihr reden will. Doch zu Hause habe ich erst mal andere Probleme. Meine Mutter und ihr frischgebackener Ehemann liegen am Pool. Ich platze zwischen ihre Turtelei wie ein Elefant in einen Porzellanladen. »Die Schule will dich sprechen.«

Mom schiebt sich die Sonnenbrille über den Haaransatz. Bevor sie mir antwortet, sieht sie fragend zu John. Kann sie nicht mehr allein sprechen?

»Sie werden anrufen«, sage ich ungeduldig. »Vermutlich noch diese Woche.«

»Aber warum?« Mom klingt so ratlos, dass ich mir den aufkeimenden Wutanfall nur schwer verkneifen kann.

»Hast du dir Allegra in letzter Zeit mal genauer angesehen?«

Mom zuckt die Schultern. »Sie ist ein bisschen dünner geworden. Aber sie hatte schon immer eine zierliche Figur. Vielleicht will sie nur so dünn wie diese Models aus dem Fernsehen sein. Soll ich sie deshalb zum Essen zwingen?«

»Sie ist dünner als die Models aus dem Fernsehen, Mom.« Ich kann die Verachtung in meiner Stimme nicht mehr verbergen. »Sie hungert sich zu Tode und wir schauen dabei zu.«

»Das ist doch Unsinn«. Mom hat sich von ihrer Liege aufgerichtet und sieht mich empört an. »Meine Nichte ist auch so dünn.«

»Wenn du damit deine Nichte Holly meinst: Sie ist gerade elf geworden. In dem Alter ist man noch nicht mal in der Pubertät! Allegra ist keine elf mehr, sie ist 17 Jahre alt. Allerdings wiegt sie nur noch so viel wie eine Elfjährige. Sie braucht Hilfe.«

»Jetzt spiel dich mal nicht so auf, Leo.« Mom hat sich die Sonnenbrille vom Kopf gerissen und wedelt damit herum. »Das hört sich an, als wäre sie eins dieser magersüchtigen Mädchen, von denen man überall hört. Jemand mit psychischen Problemen.«

Ich verdrehe die Augen. »Ja, genau das will ich andeuten. Und genau das, vermutlich, will auch die Schule andeuten.«

»Ach Leo«, Mom macht eine Geste, die mir zeigen soll, dass ich ein bisschen überreagiere. »Du hast den Drang zur Dramatik von deinem Vater geerbt.«

»Lass Dad da raus«, knurre ich.

»Sprich bitte nicht in diesem Ton mit deiner Mutter«, schaltet John sich ein.

»Du.« Ich zeige mit dem Finger auf ihn. »Misch dich nicht in Familienangelegenheiten ein.«

John schnappt empört nach Luft. »Wir sind jetzt eine Familie.«

»Nein, sind wir nicht. Du hast meine Mutter geheiratet. Das ist alles.«

»Leova!« Mom lässt die Sonnenbrille auf den Boden fallen und springt von ihrer Liege auf. »Untersteh dich, so mit John zu reden.«

»Merkt ihr eigentlich, dass ihr immer für den anderen sprecht?« Mein Tonfall ist absichtlich provozierend. »Ist das eine Übung, die man in der Paartherapie lernt?«

»Junger Mann, pass auf, was du sagst.« Auch John springt auf und wedelt mit dem Zeigefinger.

»Oh, bitte …« Ich sehe John verächtlich an. John, dieser Computernerd mit der Hühnerbrust und einem Gardemaß von 1,75 Metern ist so hoch wie ein Beistelltischchen. Ich überrage ihn um eine halbe Kopflänge und bin doppelt so breit wie er. Er kann ja gern mit dem Zeigefinger wedeln, aber wenn er mich anfasst, falte ich ihn zusammen wie einen Bogen Origamipapier.

Mom zieht die Notbremse. »John, lässt du uns bitte kurz allein?«

»Wenn du darauf bestehst.« Widerwillig räumt er das Feld.

Kaum dass er weg ist, stemmt Mom wütend die Hände in die Taille. »Was erlaubst du dir eigentlich?«

»Ganz ehrlich? Ich erkenne dich überhaupt nicht wieder. Seit du diesen Computerspinner kennst, bist du wie ausgewechselt. Erinnerst du dich, wie oft ich schon versucht habe, mit dir über Allegra zu reden? Wie oft ich dir gesagt habe, dass sie nur noch von Tabletten lebt? Aber was hast du getan? Sie sogar zum Arzt gefahren. Du hast den letzten Pfennig für ihre Medikamente zusammengekratzt. Nur damit sie die Klappe hält und den ganzen Tag schläft. Glaubst du, ich habe das nicht mitbekommen? Und jetzt ist es kurz vor zwölf. Allegra ist kurz vor einem Zusammenbruch. Nicht nur psychisch, sondern auch körperlich.« Ich lege meine beiden Hände um ihre Schultern. »Mom, wach auf. Deine Tochter braucht Hilfe. Ich komme klar, irgendwie. Aber Allegra schafft das nicht ohne dich.«

»Soll ich sie zu einem Arzt fahren?«

Am liebsten möchte ich Mom schütteln. Was ist mit dieser klugen, warmherzigen, umsichtigen Frau passiert, die meinem

Vater so viele Jahre lang eine wunderbare Ehefrau und uns eine liebevolle Mutter gewesen ist? Wer ist diese oberflächliche Person mit dem vielen Botox in der Stirn, die mir gerade gegenübersteht? Mit den aufgespritzten Lippen und dem aufdringlichen Make-up? Haben wir uns nach dem Tod von Dad eigentlich alle verloren?

»Mom, sie braucht keinen Arzt, der ihr noch mehr Tabletten verschreibt. Sie braucht Aufmerksamkeit. Jemanden zum Reden. Jemanden, der ihr Halt gibt. Dem sie vertraut, weil sie ihn schon jahrelang kennt. Jemanden wie du, ihre Mutter.«

»Sie redet doch nicht mit mir.«

»Sie redet nicht mit dir, weil sie dir nicht mehr vertraut.« Ich beobachte, wie es hinter Moms Stirn arbeitet.

»Wird sie von der Schule fliegen? Nimmt sie etwa Drogen?«

»Du meinst, abgesehen von den Tabletten, die sie high machen?«

»Es sind Tabletten, die von einem Arzt verschrieben wurden. So schlimm können sie schon nicht sein. Eigentlich sollen sie doch helfen.«

»Die Sorte Psychopharmaka sind bekannt dafür, dass sie den Appetit hemmen. Ich habe es gegoogelt. Sie machen sie außerdem abhängig. Und sie stellen sie ruhig. Sie schläft den ganzen Tag. Das kann doch nicht richtig sein. In der Schule bekommt sie kein Bein auf den Boden. Hat keine Kraft mehr, sich durchzusetzen. Erinnerst du dich, dass sie früher Vorsitzende des Debattierclubs war? Dass sie sogar andere motiviert hat, mehr aus sich zu machen? Dass sie Freundinnen hatte, mit denen sie mal was unternommen hat?«

»Aber sie ist neu an der Schule, so was dauert doch einfach.«

»Vielleicht dauert es, neue Freundinnen zu finden. Aber dafür müsste sie erst Mal neue Leute kennenlernen. Und das passiert nicht, weil sie wie ein Geist durch die Gänge wandelt. Ich versuche, bei ihr zu sein, wann immer es geht. Aber manche Klassen haben wir getrennt. Ihre Projektpartnerinnen schikanieren sie. Sie wehrt sich nicht, sie ist praktisch nur körperlich anwesend. All das und noch mehr wird die Direktorin mit dir besprechen wollen. Ich komme auch nicht immer an sie ran. Ich bin nur ihr Bruder. Ein Gleichaltriger, der für sie keine Autorität darstellt. Und vermutlich auch nicht der Richtige ist, um sich Hilfe zu suchen. Sie braucht dich. Sie braucht dich, wie du früher warst. Bevor du John kennengelernt hast.«

»Schimpf nicht immer so auf ihn. Dank ihm haben wir es besser, als wir es uns erträumt haben.«

»Ja, aber was ist das alles wert, wenn wir unglücklich sind? Allegra leidet. Ich erkenne dich überhaupt nicht wieder. Und was mit mir los ist, kann ich auch nicht so genau sagen.«

»Das wird alles wieder werden.« Sie blockt ab. Ich habe den Eindruck, dass die Dämme, die sie nach Dads Tod zu ihrem Schutz um sich errichtet hat, nun ihr eigener Untergang sein werden. Sie hat die Mauern so hoch gemacht, dass sie nun selbst dahinter erstickt. Es reißt mir fast das Herz aus der Brust, sie so zu sehen. Doch sie ist die Ältere, sie muss wieder Verantwortung übernehmen.

»Mom, nein. Das regelt sich nicht alles von allein. Wenn wir die Situation mit Allegra ignorieren, wird das schwerwiegende Folgen haben. Bitte, wenn die Schule anruft, mach einen Termin mit ihnen. Hör dir an, was die Direktorin zu sagen hat. Ich glaube, sie besitzt eine gute Menschenkenntnis.«

»Ich soll mir von einer Lehrerin sagen lassen, wie ich meine Kinder erziehen soll?« In Moms Stimme klingen Herablassung und Ärger mit.

»Nein, du sollst dir von einem Außenstehenden einen Tipp geben lassen, zu einer Situation, in die du einfach viel zu involviert bist, um klar zu urteilen.«

»Sie kennt uns doch kaum. Wie soll sie euch schon beurteilen?«

»Sie hat unsere Schulakten gelesen. Die guten Noten, die vielen Empfehlungen, die vielen Sportaktivitäten.«

»Ja und?«

»Allegra interessiert sich für gar nichts und im Unterricht ist sie unaufmerksam. Ich mache auch nur meinen Pflichtteil und habe mich in keinem einzigen Sportteam beworben.« Ich lasse sie los und sehe sie eindringlich an. »Finde den Fehler.«

»Mein Gott, dann hast du dieses Jahr keine Lust auf Sport. Du kannst ja auch mal eine Pause machen. Und du musst ja auch nicht schwimmen, wenn du nicht willst.«

Okay, das hat keinen Sinn. Sie will mich nicht verstehen. Sie hat keine Lust, sich mit uns zu beschäftigen. Ich kann mit Engelszungen reden, es wird alles nur an ihr abprallen, weil sie mit ihren Gedanken ganz woanders ist. Vermutlich bei irgendeinem teuren Designerkleid, einer neuen Spa-Behandlung oder irgendwas anderem. Egal, was ich sage, sie nimmt mich nicht ernst. Für sie gibt es nur noch John. John, das viele Geld, die Kleider und die vielen Einladungen. Das ist ihre selbst geschaffene Realität unter einer Glasglocke, die sie vor der Wirklichkeit schützt. Was aus ihren Kindern wird, scheint egal zu sein. Sie versucht mit aller Kraft, sich etwas vorzumachen, um ja nicht zur Verantwortung gezogen zu werden. Meine einzige

Hoffnung ist jetzt noch Direktorin Hellendale. Hoffentlich redet sie mit Mom in dem Gespräch derartig Klartext, dass Mom gar nichts anders übrig bleibt, als endlich einzusehen, dass sie handeln muss.

»Ist okay, Mom.« Ich drehe mich von ihr weg. »Es ist alles gesagt. Sprich mit der Direktorin und vielleicht kann sie dir ja die ganze Situation noch etwas besser erklären als ich. Okay? Mach es einfach. Danke.«

Sie will noch etwas sagen, doch ich stürme mit schnellen Schritten Richtung Haus. Als ich durch die Terrassentür stürze, renne ich John fast um.

»Leo.« Sein Tonfall soll mir wohl verraten, dass er nicht sauer ist. »Probleme in der Schule?«

Ganz sicher werde ich mit John nicht über meine oder Allegras Schulprobleme reden. Das geht ihn einfach mal überhaupt gar nichts an. Ganz abgesehen davon, dass ich nicht glaube, dass von ihm etwas Konstruktiveres kommt als von Mom.

»Es geht schon.«

»Lass uns mal kurz in mein Büro gehen.«

Ich will mich schon wegdrehen, als ich es mir anders überlege. Irgendwann wird es sowieso zu einer Konfrontation kommen. So kann ich ihm auch ebenso gut jetzt gleich die Meinung sagen, die richtige Laune dafür habe ich.

John führt mich in sein Büro, das genauso geschmacklos eingerichtet ist wie der Rest der Villa. Das Zimmer soll wohl irgendwie an eine Bibliothek erinnern, denn hinter dem Schreibtisch stehen sechs deckenhohe Bücherregale, die mit Büchern vollgestopft sind. Keines von denen sieht so aus, als habe jemand jemals in ihnen gelesen. Der gedrechselte

Eichenschreibtisch ist auf antik getrimmt, doch so neu wie alles in diesem Zimmer. John biegt vor dem Schreibtisch ab und führt mich zu einer kleinen Sitzecke.

»Du kannst mich nicht leiden, das weiß ich.« Er lässt sich seufzend in einen kleinen Sessel fallen. »Und das ist auch okay, denn niemand kann von dir erwarten, dass du deinen Vater so einfach aus deinem Kopf radierst. Ich werde immer nur ein Ersatz bleiben. Jemand, der es versuchen kann, aber niemals so gut sein wird. Nicht weil ich es nicht kann, sondern weil du es nicht zulassen wirst. Glaube mir, ich bekomme mit, was mit deiner Schwester passiert. Und ich mache mir Sorgen. Ich hätte schon längst reagiert, wenn deine Mom mir nicht versichert hätte, dass mit ihr alles okay ist.«

Ich sehe ihm beim Sprechen zu und kann meine Fassungslosigkeit kaum verbergen. John hat nicht nur mich durchschaut, sondern auch Mom.

»Ich weiß, ich bin nicht dein Vater.«

John betont diesen Umstand wie ein Mantra. »Und es ist zu früh, um über Vertrauen zu reden. Alles, was ich tun kann, ist, dir meine Hilfe anzubieten.« Er schaut auf seine spitzen Knie. »Ich hatte mir immer Kinder gewünscht. Es hat nicht sollen sein. Doch jetzt seid ihr hier. Ich hatte gehofft, wir könnten alle glücklich sein. So glücklich, wie ich es bin, weil ich nun euch drei habe. Ich habe nicht nur eine wunderbare Frau gefunden, ich habe auch noch zwei Kinder dazu bekommen. Doch nun scheint es, dass ihr, seit ihr hier wohnt, noch unglücklicher seid als nach dem Verlust eures Vaters.«

»John ...« Ich will ihn unterbrechen, bevor er sich wieder um Kopf und Kragen redet. Außerdem will ich nicht, dass er über meinen Vater spricht. Er hat ihn nicht gekannt. Er weiß nichts von ihm. Und doch redet er über ihn, als gäbe es irgendeine Verbindung zwischen ihnen. So als würde er seine Nachfolge antreten. Es macht mich unglaublich wütend. Er wird niemals mein Vater sein. John hingegen stellt sich vor, dass wir nun zu ihm gehören. Als wären wir jetzt seine Kinder und nicht die meines Vaters.

»Nein, lass mich ausreden, Leo. Ich will deinen Vater nicht ersetzen. Ich weiß, dass du das denkst, aber es ist nicht wahr. Wenn das der Eindruck ist, den du bisher von mir gewonnen hast, dann möchte ich das hiermit revidieren. Niemand kann einen Elternteil ersetzen. Wenn du es vielleicht nun für eine kitschige Geschichte hältst, aber ich habe meinen Vater auch verloren. Er hatte keinen großen Posten inne so wie deiner, er war einfach nur ein Arbeiter. Ein Arbeiter auf einer Farm. Meine Mutter war Hausfrau. Sie hat ihre Lehre abgebrochen, als sie merkte, dass sie mit mir schwanger war. Das mit meinem Vater war ein Betriebsunfall. Ein Pferd schlug aus und traf ihn unter dem Kinn. Er war sofort tot. Von einem auf den anderen Tag kam er nicht mehr nach Hause. Meine Mutter und ich standen ganz allein da. Sie konnte kein Geld verdienen, weil ich noch zu klein war. Wir verloren die Wohnung, meine Mutter hat ihren wenigen Schmuck versetzt, und wir haben zeitweise sogar in einer Obdachlosenunterkunft gewohnt. Schließlich konnten wir bei Verwandten unterkommen. Zu zweit haben wir uns ein winziges Zimmer geteilt. Meine Mutter hat auf der Ranch mitgearbeitet. Sie haben sie behandelt wie eine Sklavin. Einer der Arbeiter fand Gefallen an ihr und begann, sich um sie zu bemühen. Er hatte ein kleines Haus unweit der Farm und sicherte meiner Mutter und mir ein Dach über dem Kopf. Obwohl er uns das gegeben hat, von dem wir niemals geträumt hätten, dass wir es noch mal besitzen würden, habe ich ihn nie leiden können. Er kam mir immer vor wie ein Eindringling. Ein Parasit, der sich zwischen mich und meine Mutter drängte. Jemand, der es gar nicht verdiente, sich zwischen uns zu stellen. Ich weiß, er hat sie wirklich geliebt. Meine Mutter hat nie verraten, ob es bei ihr Liebe, Zweckmäßigkeit oder vielleicht eine Mischung aus beidem gewesen ist. Er ist schon seit über zwanzig Jahren tot, aber manchmal wünsche ich mir, ich hätte ihm gesagt, dass ich es alles nicht so gemeint hatte. Dass ich ein stolzer Junge war, der seine Mutter nicht hatte teilen wollen. Dass ich ihm gedankt hätte, für alles, was er für uns und speziell für mich getan hat. Er hat Geld auf die Seite gelegt, damit ich aufs College gehen kann. Er hat mir einen alten Wagen gekauft, damit ich zum College und am Wochenende nach Hause fahren konnte. Er hätte das Geld auch für sich ausgeben können, doch er hat es für mich gespart, weil er in mir immer einen Sohn gesehen hat, den er nie hatte.«

Johns Stimme wird so leise, dass ich das Ticken der Wanduhr im Flur hören kann.

»Und nun sitzt du vor mir. Ich sehe mich in dir. Dieselbe Wut, dieselbe Ablehnung gegen den neuen Mann im Leben deiner Mutter. Und auch ich sehe den Sohn, den ich nie hatte. Ich sehe den Stolz in deinen Augen. Diesen festen Willen, mich niemals zu akzeptieren. Doch glaube mir, so schnell gebe ich nicht auf. Und vor allem: Ich gebe dich nicht auf.«

Seine Worte machen mich sprachlos. Obwohl ich sie nicht so nah an mich heranlassen will, berühren sie mich. Sie gehen mir nahe, weil sie so gnadenlos ehrlich klingen. Da ist nichts

Verstelltes in seiner Stimme, nichts Falsches, nichts, das mein Misstrauen weckt.

»Deine Mutter macht eine schwere Zeit durch. Und ich weiß, dass sie sich verändert hat. Ich weiß, dass sie die Augen vor Dingen verschließt, die sie eigentlich dringend etwas angehen. Ich vermute, es ist ihre Art, mit dem Schmerz dieses Verlusts umzugehen. Sie hat es sich angewöhnt, zu verdrängen. Einfach alles von sich zu schieben. Es nicht mehr an sich heranzulassen. Ich werde mit ihr daran arbeiten. Wir werden ihr jemanden suchen, der ihr dabei hilft. Der ihr beibringt, nicht mehr automatisch zu verdrängen. Der ihr hilft, ihre Trauer zu überwinden, damit sie sich dem Leben wieder stellen kann.«

»Danke.« Ich hätte niemals gedacht, dass ich das mal zu John sagen würde. Doch ich meine es so ehrlich, wie ich nur kann.

»Möchtest du mir sagen, was es für Probleme in der Schule gibt?«

Er sieht mich an und ich erkenne echtes Interesse in seinem Blick. Plötzlich bin ich unendlich erleichtert, dass da jemand ist, mit dem ich meine Sorgen teilen kann. Jemand, der Anteil nimmt. Jemand, der helfen will. »Allegra ist wichtiger als ich. Sie braucht Hilfe«, stoße ich hervor.

»Jetzt habe ich aber dich gefragt. Kommst du klar? Hast du Schwierigkeiten mit Mitschülern?«

Sofort denke ich an Bambi. Obwohl, Schwierigkeiten kann man es eigentlich nicht nennen, oder? In diesem Moment fällt mir unser Projekt ein. »Da gibt es vielleicht doch etwas. Kennst du zufällig jemanden, der Spielgeräte für Kinder herstellt?«

John sieht mich an, als hätte ich nun komplett den Verstand verloren.

»Es geht um ein Schulprojekt. Wir sollen Sponsoren suchen, die uns dabei unterstützen, Spielplätze für Kinder in der City zu bauen.«

»Was für eine tolle Idee.« John kratzt sich an der Stelle, an der früher sein Schnurrbart saß. »Ich frage mal im Country Club nach. Müssen es denn ausschließlich Firmen sein, die sich auf diese Spielgeräte spezialisiert haben? Oder sucht ihr generell jemanden, der euch mit einer Spende unterstützt?«

»Na ja«, druckse ich herum. »Wenn keine der Firmen Spielgeräte sponsert, müssen wir sie ihnen abkaufen. Und da können wir jeden Dollar gebrauchen, den wir sammeln können.«

»Hättest du etwas dagegen, wenn ich eine Summe spende?«

Du liebe Zeit, das war einfacher, als ich gedacht hätte.

»Das ist wirklich sehr großzügig von dir. Vielen Dank. Aber dürfte ich dich trotzdem bitten, auch im Country Club mal nachzufragen? Oder gibt es vielleicht Clubabende, an denen man solche Projekte vorstellen kann? «

»O ja, die gibt es.« John wäre vor Begeisterung fast aufgesprungen. »Einmal im Monat haben wir so einen Clubabend. Da werden lauter Neuerungen besprochen. Änderung der Mitgliedersatzung, Diskussion über Neuanschaffungen, Vorstellung der neuen Mitglieder. An so einem Abend könntest du deine Idee auf jeden Fall präsentieren. «

»Ich arbeite mit einer … äh …« Fast hätte ich »Freundin« gesagt. »Eine Mitschülerin und ich sind für dieses Projekt zuständig. Ich frage sie, ob sie Lust hat, das Projekt mit mir zusammen vorzustellen. An welchem Datum ist dieser Abend immer?«

»Es ist immer der zweite Sonntag eines Monats.«

Ich rechne kurz nach. »Das ist Ende dieser Woche.«

»Schaffst du das?«

Ich muss es schaffen. Ganz besonders, wenn ich Bambi beweisen will, dass ich an unserem Projekt ebenso engagiert mitarbeite wie sie. »Ich frage meine Mitschülerin, ob wir es schaffen. Das wäre eine tolle Gelegenheit.«

»Es freut mich immer, wenn ich helfen kann.«

»Vielen Dank, John.« Ich will aufstehen, um endlich nach Allegra zu sehen, als mir etwas einfällt. »Du kennst nicht zufällig den Bürgermeister? «

Johns verschwörerisches Grinsen sagt alles.

Ich habe natürlich keine Antwort auf meine Nachrichten bekommen. Stattdessen ignoriert Bambi mich noch leidenschaftlicher, wenn das überhaupt noch möglich ist. Am Freitag bin ich gedanklich komplett in den Vorbereitungen der Präsentation unseres Projekts im Country Club gefangen. Nur noch eine Doppelstunde bis Schulschluss, dem ich fieberhaft entgegensehne. Heute Nachmittag wird sich klären, ob John den Bürgermeister erreichen konnte. Ich muss Erfolge vorweisen, damit Bambi mich nicht für einen Loser hält. Ich gehe noch mal kurz zu meinem Spind, um ein paar Bücher zu holen, als ich in Elvis hineinrenne. Genauer gesagt, stellt er sich mir direkt in den Weg. Verdutzt bleibe ich vor ihm stehen.

»Alles klar, Mann?«

Elvis grüßt mich nicht zurück, stattdessen wendet er sich einem muskulösen Mann mittleren Alters zu. Der Typ sieht aus, als würde er in seiner Freizeit Baumstämme werfen.

»Coach Buckles, das ist Leo«, stellt Elvis mich ungefragt

vor. »Er ist neu hier und anscheinend ein ganz passabler Schwimmer. Könnte unser Team Verstärkung brauchen?«

Ich sehe unter tief liegenden Augenbrauen zu Elvis hinüber. Anscheinend hat er es sich den Kopf gesetzt, dass ich unbedingt ins Team aufgenommen werden soll. Sein Versuch ist allerdings so plump, dass selbst Coach Buckles überrascht scheint. Er mustert mich kritisch.

»Wo kommst du her?«

»New Haven.«

Der Coach mustert mich noch mal. »Die haben letztes Jahr die Meisterschaften gewonnen. Du warst im Wettkampf-Kader?«

Ich nicke.

»Nachname?«

Ich glaube, der Coach war früher mal beim Militär. Sein Tonfall jedenfalls lässt ziemlich deutlich darauf schließen.
»Vaydencamp.«

Coach Buckles kratzt sich am Kinn. »Du warst ihr Captain, richtig?«

»Ja, Sir.«

»Und warum habe ich dich noch nie in der Schwimmhalle gesehen?«

»Ich schwimme nicht mehr.«

Coach Buckles raues Lachen schwankt zwischen Belustigung und Ungläubigkeit. »Hast du das Schwimmen auf dem Weg hierhin verlernt?«

»Nein, Sir.«

»Was ist dann?«

Ich versuche, so emotionslos wie möglich zu antworten.
»Persönliche Gründe, Sir.«

Der Couch schnaubt ungehalten. »Junge, wenn dein Mädchen mit dir Schluss gemacht hat, ist das kein Grund, deine athletische Karriere zu beenden. Das sage ich meinen Jungs immer wieder.«

»Es ging nicht um ein Mädchen.«

»Okay, dann von mir aus dein Freund. Das ist aber immer noch kein Grund.«

Bei Jesus und allen Heiligen, warum werde ich dieses Image nicht los? Den Nächsten, der mich fragt, ob ich auf Männer stehe, werde ich vierteilen und die Reste an den Schulmauern aufhängen. Ich muss mich zusammenreißen, um den Coach keine bissige Antwort zu geben. »Sir, ich hatte zu dem Zeitpunkt keine Freundin. Es sind familiäre Gründe.«

Der Coach schüttelt den Kopf, als wollte er jede Entschuldigung kategorisch abwiegeln. »Total rührend, Junge. Aber hat dir schon mal jemand gesagt, dass Sport den Kopf frei macht?«

»Das weiß ich, Sir.«

»Schön. Aber weißt du auch, dass es Pflicht ist, eine sportliche Aktivität außerhalb des regulären Schulsports zu belegen?«

Nein, das wusste ich nicht. Warum sagt einem so was niemand? Oder hatte Bambi es bereits erwähnt? Ich kann mich nicht erinnern. An meiner alten Highschool hat das niemanden interessiert. Als ich nicht antworte, zuckt der Coach scheinbar unbeteiligt mit den Schultern.

»Du kannst dich natürlich auch für Federball oder Cheerleading entscheiden.«

Elvis muss ein Grinsen unterdrücken.

»Das liegt ganz bei dir, Junge.«

Super. Und jetzt?

Der Coach beobachtet das Wechselbad meiner Gefühle mit väterlich anmutender Schadenfreude.

»Heute um 17:15 Uhr in der Schwimmhalle. Elvis, sieh zu, dass er was zum Anziehen hat.« Mit diesen Worten dreht er sich um und geht. Elvis sieht ziemlich zufrieden aus.

»Herzlich Dank, Mann.« Ich schiebe mir die Haare aus der Stirn. Ich hatte eigentlich etwas anderes vor. Ich müsste dringend meinen Teil des Projekts anpacken. Aber das muss nun wohl warten.

»Fang nicht an zu heulen.« Elvis boxt mir spielerisch vor den Oberarm. »Dann müssen deine heißen Dates eben warten. Lass uns mal eben rüber ins Sekretariat. Dort lagern sie die Sportkleidung mit dem Schullogo. Da der Coach dich sowieso ins Team holen wird, können wir dir auch gleich die passenden Klamotten besorgen. Kommst du zu der Party heute Abend?«

Überrascht sehe ich ihn an. »Welche Party?«

13

Abby

Ich versuche, nicht ständig an Leo zu denken, doch meine Gedanken kreisen um ihn wie ein Planet um eine Sonne. Dass ich ihn jeden Tag in der Schule sehe, macht es auch nicht unbedingt leichter. Ich bin so wahnsinnig hin- und hergerissen zwischen dem, was er gesagt hat, und dem, was ich fühle. Ich habe ein gutes Gespür, wenn es um Menschen geht. Leo wirkt nicht wie der Typ, der Frauen zum Spaß wehtut. Gleichzeitig ist er für mich so undurchschaubar wie niemand anderes. Ich weiß, dass er einen Verlust erlitten hat. Wenn er nicht aufpasst und seine Schutzschilde sinken lässt, sehe ich den Schmerz in seinen Augen. Andererseits blockt er so vehement ab, wenn man ihn irgendwie auf dieses Thema anzusprechen versucht. Außerdem glaube ich nicht, dass er mir am Strand etwas vorgespielt hat. Die Art, wie er mich an sich gedrückt hat, zart gestreichelt hat, das war nicht gespielt. Andererseits kam der Satz von ihm zu spontan. Er ist ihm so herausgerutscht. Doch die Dinge, die einem so herausrutschen, entsprechen meistens der Wahrheit. Genau deshalb weiß ich nicht mehr, was ich denken soll. Die wahrscheinlichste Lösung ist, dass er mich einfach nur scharf findet, aber nichts Ernstes will. Leider nur lässt diese Interpretation meine Laune immer unterirdischer werden. Ich will es einfach nicht glauben! Nicht wahrhaben, dass er mich einfach nur abschleppen wollte.

»Erde an Abby!« Holly hüpft elegant durch das niedrige

Wasser des Schulschwimmbeckens auf mich zu. »Ich hoffe, dieses grüblerische Gesicht gilt einzig dem Outfit für heute Abend.« Sie schnipst mir ein bisschen Wasser zu. »Etwas anderes lasse ich nämlich nicht gelten!«

Ich lächele und versuche, jeden Gedanken an Leo zur Seite zu schieben. Holly hat mich mittlerweile erreicht und legt die Unterarme auf den Beckenrand ab.

»Geht es dir gut? Du ziehst so ein grüblerisches Gesicht«

»Alles gut.«

Holly scheint zu merken, dass ich nicht darüber reden möchte. »Willst du vielleicht mitmachen?«

Es ist schon das hundertste Mal, dass Holly versucht, mich zum Cheerleading zu bekehren. Das ist einfach nicht meine Welt. Natürlich ist es lustig, hier in der Schwimmhalle zu sitzen und den Mädels dabei zuzusehen, wie sie komplizierte Hebefiguren im Wasser üben. Aber mich vor eine tobende Masse zu stellen und eine komplizierte Choreografie vorzutanzen, packe ich nicht. »Nein, danke, immer noch nicht.«

Holly klimpert mit ihren wasserfest getuschten Wimpern. »Das war auch mehr eine rhetorische Frage, Schätzchen. Weißt du schon, was du anziehst?«

An Ambers Party habe ich überhaupt nicht mehr gedacht.

»Nein, aber ich schätze mal, ich werde gleich abhauen, damit ich noch genug Zeit habe, meinen Kleiderschrank von oben nach unten zu kehren. Da wird sich sicher etwas finden.«

»Du musst heiß aussehen, es ist die erste Party in diesem Schuljahr.«

»Das kriege ich schon irgendwie hin.« Ich grinse und tauche meinen Finger in eine Pfütze am Beckenrand. »Zur Not komme ich nur im Bikini.«

Holly lacht perlend. »Eine sehr gute Einstellung.«

»Ich fahre vielleicht gleich noch zur Mall.« Amber, die unser Gespräch mit angehört hat, stellt sich neben Holly. »Ich habe nichts anzuziehen. Vielleicht finde ich noch ein Kleid. Und vielleicht noch neue Schuhe.«

»Meinst du, du schaffst das noch? Ihr wolltet doch bis sieben trainieren und –«

Ambers atemloses Keuchen unterbricht meinen Satz. »Wow!«

»Mach den Mund zu, Schätzchen. Das sieht absolut unvorteilhaft aus«, tadelt Holly sie prompt.

»Woohooow …« Amber scheint das Sprechen verlernt zu haben. Holly und ich folgen ihrem Blick. In der nächsten Sekunde verstehe ich, warum Amber keinen geraden Satz mehr sagen kann. Gerade hat Elvis die Schwimmhalle betreten. Was nichts Besonderes ist, denn er gehört zum Schwimmteam, und die trainieren genau heute um diese Uhrzeit. Doch neben ihm steht überraschenderweise Leo. Ich gebe zu, ich habe mir schon das ein oder andere Mal vorgestellt, wie er ohne sein obligatorisches Halbarmoberhemd aussieht. Dass sein Anblick all meine Fantasien noch toppen würde, hätte ich mir allerdings nicht träumen lassen.

»Oh, là, là. « Holly klingt wie eine schnurrende Katze.

»Jemand muss ihn zu meiner Party einladen.« Amber redet, ohne Leo aus den Augen zu lassen.

»Jeder kommt zu deinen Partys. Er kommt sowieso, mach dir keine Sorgen.« Holly zupft sich aufgeregt an ihren Haaren herum. »Wie sehe ich aus? «

Amber kneift die Augen zu Schlitzen zusammen. »Wie ein nasser Pudel?«

Ich beachte die Zickereien der beiden nicht mehr. Das Schwimmteam hat die zwei gesehen und einige johlen zur Begrüßung. Elvis hebt die Hand wie ein CIA-Agent, der endlich den meistgesuchten Kerl der Staaten ins Hauptquartier schleppen konnte. Leos Miene ist völlig ausdruckslos. Als sie gegenüber am Beckenrand entlanglaufen, beobachte ich das Spiel seiner Muskeln. Er sollte an einer der vielen Kunstakademien Kaliforniens Modell stehen. Jeder Zentimeter seines Körpers scheint wie mit harten Pinselstrichen gezeichnet. An ihm ist nichts weich oder schwammig. Die Erhebungen und Täler seiner Muskeln lassen ihn fast nur aus scharfen Kontrasten bestehen.

Mich hat er nicht gesehen, deshalb beobachte ich ihn ungeniert weiter. Coach Buckles erscheint aus der Materialkammer, und die beiden begrüßen sich, als würden sie sich bereits kennen. Der Coach klopft im auf die Schulter. Die anderen aus dem Team beäugen ihn leicht misstrauisch, doch dann beginnt schon das Training. Coach Buckles' schrille Trillerpfeife befiehlt zur Aufstellung. Ein paar der anderen machen ein paar Dehnungsübungen, Leo steht einfach nur stocksteif da und starrt ins Leere. Einige Cheerleader, die das Schauspiel aus dem niedrigen Bereich beobachten, kichern. Die Jungs haben sich wie zum Appell aufgestellt. Der Coach pfeift noch mal, und jetzt drehen sie sich so, dass sie in einer Reihe nacheinander ins Wasser springen können. Leo ist als Letzter dran.

»Der ist heute Abend so was von fällig.« Amber kaut auf ihrer vollen Unterlippe. »Was ziehe ich bloß an? Beziehungsweise was ziehe ich alles nicht an?«

Holly scheint nicht wirklich begeistert. »Hast du ein Date mit ihm, oder was?«

»Ich brauche kein Date, um ihm klarzumachen, was ich will.«

»Und wenn ich eins mit ihm hätte?«

»Hast du nicht!« Amber reißt empört die Augen auf.

»Aber wenn …«

»Warum teilt ihr ihn euch nicht einfach?«, werfe ich genervt ein. »Ich bin mir sicher, er hat nichts dagegen.«

Die ersten Schwimmer erreichen das Ende der Bahn.

»Ladys.« Ryan, einer der Stars des Teams, schafft es, beim Drehen noch kurz den Kopf über Wasser zu heben, um uns zuzuzwinkern.

»Hi Ryan!« Holly wedelt grazil mit der Hand, obwohl der schon wieder im Wasser ist.

»Ich bin Einzelkind, ich teile nicht«, nimmt Amber das Thema wieder auf. »Du kannst Ryan haben.«

»Ich will Ryan aber nicht.«

»Warum hast du ihm dann gerade dein Miss-World-Lächeln geschenkt?«

»Weil ich nett zu meinen Verehrern bin. Jedes Mädchen braucht ein paar Verehrer. Und so zeige ich ihnen meine Wertschätzung.«

»Du klingst wie Jane Austen.« Amber zupft die Cups ihres Bikinis zurecht. »Sprichst du auch erst mit ihnen, nachdem ihr einander vorgestellt wurdet?«

»Besser Jane Austen als …«

Ich unterbreche Holly, bevor sie dazu kommt, Amber einen deftigen Vergleich an den Kopf zu werfen. Die beiden zicken sich ständig an, obwohl sie eigentlich ein Herz und eine Seele sind. »Frieden, Kinder. Sich wegen eines Kerls zu streiten, ist so unemanzipiert.«

»Igitt.« Amber wirft mir einen angewiderten Blick zu. »Sag dieses Wort nicht. Es klingt nach Achselhaaren, Damenbart und hässlichen Kurzhaarschnitten.«

»Es klingt nach Wahlrecht, Selbstbestimmung und Gleichberechtigung, du Huhn.« Holly funkelt Amber an. »Aber wenn man das Wort ›Geschichte‹ nur aus dem Märchenbuch kennt, sagt einem das wohl nichts.«

In diesem Moment tritt Leo an den Beckenrand. Amber, die Holly eben noch etwas an den Kopf werfen wollte, hakt sich nun in freundschaftlicher Vertrautheit bei ihr ein.

»Und jetzt sehen wir alle mal genau hin«, murmelt sie.

Auch ich sehe gespannt zum anderen Ende der Schwimmhalle. Leos Anspannung ist unübersehbar. Er lässt die Schultern kreisen, beugt einmal den Nacken nach rechts und nach links, und dann geht er in Startposition. Sein Sprung vom Beckenrand ist lautlos und elegant. Es sieht aus, als verschmelze Leo mit dem Wasser. Als er wieder auftaucht, kleben ihm die dunklen Haare am Kopf. Seine Augen sind geöffnet wie bei einem Fisch. Ich muss immer blinzeln, wenn ich im Wasser bin. Leo hingegen scheint eine seltsame Symbiose mit dem feuchten Element einzugehen. Er teilt das Wasser nicht, wenn er schwimmt. Es scheint ihm einfach keinen Widerstand zu bieten. Fast so, als wolle es einen verloren gegangenen Sohn willkommen heißen. Die Jungs vom Schwimmteam sind völlig still. Coach Buckles scheint zur Salzsäule erstarrt. Leo schwimmt fast geräuschlos. Und er ist erschreckend schnell. Schon hat er das Ende der Bahn erreicht. Er hebt ein letztes Mal den Kopf aus dem Wasser, um zur Rolle anzusetzen. In diesem Moment treffen sich unsere Blicke. Ich glaube, ich starre ihn an wie etwas, das man sonst nur im Museum zu sehen bekommt. Eine seltene Kostbarkeit, die man an einem gewöhnlichen Ort wie diesem nicht erwartet hätte. Alles an seinen fließenden Bewegungen ist wunderschön, ausgeglichen, harmonisch. Der Moment, in dem er zu mir hochsieht, scheint wie in Zeitlupe zu vergehen. Ich sehe die Überraschung in seinem Blick. Vermutlich weil er hier nicht mit mir gerechnet hätte. Das strahlende Blau seiner Augen leuchtet auf und ein Kribbeln jagt durch meinen Körper bis hinab in meine Zehenspitzen. Dann ist er schon wieder unter Wasser verschwunden.

»Oh. Mein. Gott.« Amber drückt Hollys dürren Arm. »Tut mir leid, Mädels, aber er gehört mir. Ich habe ihn zuerst gesehen.«

»Irrtum, Schwester.« Hollys Stimme klingt nach zuckersüßer Schadenfreude. »Unsere kleine Miss Unschuldig hatte zuerst das Vergnügen.« Sie dreht sich zu mir. »Er sagte sogar, sie wären Freunde.«

»Sind wir aber nicht«, erwidere ich in dem Moment, in dem Amber ein empörtes »Echt?« hervorstößt.

»Wir sind nicht befreundet. Wir sind bloß Partner beim Schulprojekt.« Das Drama um Leos Desinteresse und seiner Unzuverlässigkeit diesbezüglich lasse ich unerwähnt. Noch kann ich ihn zu schwer einschätzen, und wenn ich mich nicht irre, lauert bei ihm noch mehr im Verborgenen, als man annimmt.

Leo hat schon den Zielbeckenrand erreicht und schwingt sich aus dem Wasser. Der Coach redet sofort begeistert auf ihn ein. Leos Körpersprache wirkt zögernd. Es scheint ihm fast unangenehm zu sein, dass der Coach so begeistert wirkt. Ryan hingegen mustert Leo mit unverhohlener Ablehnung. Kein Wunder, an Leos Zeit kommt er nicht mal annähernd ran. Leo dreht den Kopf und scheint dem Coach nur mit halbem Ohr zuzuhören. Stattdessen sucht sein Blick meinen.

»Er peilt hier rüber, Mädels«, zischt Holly durch geschlossene Zähne. »Tun wir alle mal so, als hätten wir total gute Laune.« Sie fletscht die gebleachten Zähne, was wohl ein Long-Distance-Lächeln sein soll. Amber bricht in ein mitreißendes Gelächter aus und biegt den Rücken durch. Ich hingegen habe solcherlei Raffinessen einfach nicht im Repertoire. Andererseits ist sein Anblick zu schön, um nicht hinzusehen. Leo stemmt die Hände in die Hüften, streckt den Rücken und wird prompt noch ein paar Zentimeter größer.

»So wie er sich aufplustert, könnte man glatt meinen, dass er angibt.« Hollys fachmännischer Blick scannt Leo wie ein saftiges Steak. Amber kichert und wickelt sich eine Strähne ihres langen dunklen Haars um den Finger.

»Wann genau habe ich eigentlich gesagt, dass jetzt Pause ist?« Chloes glasklare Stimme hallt durch die Schwimmhalle. Sie ist Sportstudentin, Trainerin der Cheerleader und hat so viel Humor wie ein Cop von der Straße. »Holly, Amber, zurück in die Formation. Abby, wenn du quatschen willst, mach 'nen Abflug. Wir trainieren hier.«

Holly und Amber ziehen die Köpfe ein und trollen sich. Ich hingegen deute einen Reißverschluss am Mund an, den ich zuziehe. Chloe nickt knapp. Es ist die Erlaubnis, am Beckenrand sitzen bleiben zu dürfen.

Coach Buckles auf der anderen Seite beginnt nun auch mit dem normalen Training. Und das heißt erst Mal: Bahnen schwimmen bis zum Abwinken. Die Schwimmer sind im Abstand von nur einem Meter im Wasser. Ich sehe, wie Leo sich immer wieder bremsen muss, weil er seinem Vordermann zu nahe kommt. Bisher habe ich konsequent auf den Boden vor mir gestarrt, wenn er den Beckenrand erreicht hat. Mir ist mein Starren von vorhin noch unangenehm. Es geht genau vier Mal gut. Beim fünften Mal sitze ich plötzlich in einem Tropfenregen. Leo hat es geschafft, noch vor dem Drehen eine Handvoll Wasser in meine Richtung zu werfen. Nicht viel, denn ich werde nicht wirklich nass, doch gerade genug, dass ich es bemerken muss. Bevor ich etwas sagen kann, ist er wieder im Wasser verschwunden. Kopfschüttelnd sehe ich ihm nach. Wenn er heute Abend zur Party kommt, wird die große Schlacht um ihn beginnen. Ich bin mir sicher, noch mehr Mädels außer Holly und Amber haben ein Auge auf ihn geworfen. Gerade als sie mit so unverhohlener Gier über ihn geredet haben, musste ich mich echt zurückhalten. Meine Eifersucht fühlt sich an wie ein kleiner Stachel, den man einfach nicht aus der Haut ziehen kann. Es kostet mich Mühe, vor Holly und Amber so unbeteiligt zu tun. Doch was, wenn er heute Abend tatsächlich mit einer anderen rummacht? Es ist sein gutes Recht, schließlich ist nichts zwischen uns gelaufen. Außer einer Menge dummer Sprüche vielleicht. Er hat gesagt, dass er nicht Festes sucht. Ich schlucke hart. Warum eigentlich bin ich so verletzt? Er war nur fair. Ich hingegen benehme mich wie eine 13-Jährige, die unbedingt beleidigt sein will.

Ich versuche, das Ganze nüchtern und distanziert zu betrachten, doch es gelingt mir nicht. Leo ist schon wieder fertig mit seiner Bahn und aus dem Wasser gestiegen. Er schüttelt sich ein paar Tropfen aus den nassen Haaren und sieht dann unter tief liegenden Augenbrauen direkt zu mir. Fahrig zupfe ich am Saum meines Shirts. Ein paar der Cheerleader verrenken sich immer noch die Hälse nach ihm. Ich hole tief Luft und atme dann langsam wieder aus. Ich war mir von Anfang an unsicher bei ihm. Habe versucht, auf Distanz zu bleiben. Nun hat sich herausgestellt, dass mein erster Eindruck mich nicht getäuscht hat. Ich sollte also wirklich nicht eifersüchtig sein.

»Mist.« Ich verschränke die Arme vor der Brust. Wenn er heute Abend mit einer anderen rummacht, dann gehe ich. Distanz hin oder her. Ich kann nachher immer noch behaupten, mir wäre nicht gut gewesen oder so.

Kurz darauf ist Leo wieder im Wasser. Es ist immer wieder erstaunlich, wie sehr er sich von der breiten Masse der Schwimmer abhebt. Für ihn ist das Schwimmen wohl etwas, das man nebenbei macht. Das beweist er, als er wieder kurz vor meinem Teil des Beckenrands angekommen ist.

»Bambi.« Er ist kein bisschen aus der Puste.

»Ja?« Herrje, ich klinge wie ein verschrecktes Eichhörnchen.

Er hat den Rand erreicht und setzt zur Rolle an. »Sehen wir uns heute Abend?« Er verschwindet zwischen dem aufgewühlten Nass, nur um Sekunden später wieder aufzutauchen. Dann dreht er sich zu mir um und schwimmt ein paar Züge auf dem Rücken.

Ich nicke schnell.

Er lächelt, dann dreht er sich wieder elegant wie eine Robbe.

Er hat mich gefragt, ob ich zur Party komme. Warum? Wieso? Jetzt bin ich völlig durcheinander. Warum fragt er mich so was? Ich zücke mein Handy. Schon so spät? Ich springe auf. Wenn ich so fabelhaft aussehen will, wie ich es mir gerade vorgenommen habe, sollte ich jetzt dringend meinen

Kleiderschrank auf links drehen. Schnell werfe ich Holly und Amber eine Kusshand durch die Luft. Leo ist noch im Wasser, was mir ganz recht ist. So bekommt er meine leicht panische Flucht nicht mit. Himmel, was hat er mit dieser Frage gemeint? War es einfach nur so? Aus Neugier? Oder als Projektpartner? Oder will er etwa einen zweiten Versuch starten, mich abzuschleppen?

»Hast du eine Idee, was ich anziehen soll?«

Dr. Bob maunzt gnädig und reibt seinen Kopf an meiner Handinnenfläche. Er sieht mich an, als wollte er sagen: Mach deinen Schrank auf, nimm irgendein Kleid, und du wirst toll aussehen.

Ich küsse ihn zwischen die weichen Ohren, dann erhebe ich mich vom Bett und gehe zum Schrank. Mit geschlossenen Augen lasse ich meine Finger über die Bügel gleiten. »Abrakadabra …« Meine Hand schließt sich um einen Bügel und ich ziehe ihn hervor. Als ich die Augen aufmache, muss ich mir eingestehen, dass die Zufallsmethode hervorragend funktioniert. Das tropisch gemusterte Maxikleid passt hervorragend zu dem Anlass.

Ich will gerade meinen Schrank zumachen, als mein Blick auf eine Kiste fällt. Sofort verändert sich meine Stimmung. Weniger als vier Monate. Ich lasse die Griffe des Schranks los und ziehe stattdessen den Karton hervor. Eigentlich ist es traurig, dass ich Bücher in einem Schrank verstecken muss. Schließlich sind es teure Fachbücher und nicht irgendeine Schundliteratur, die man vor den Eltern verstecken muss. Ich öffne den Deckel des Buchs, das zuoberst liegt. In diesem

Karton verstecke ich meine wahre Leidenschaft. Hier lagere ich meine Zukunft.

Das Filmgeschäft hat mich nie wirklich begeistert. Ich lese den Titel des obersten Buches. »Forensische Anthropologie – Eine Einführung«. Es ist ein Buch, mit dem Studenten unterrichtet werden. Ich habe es extra in einem kleinen Buchladen in Downtown bestellt, damit meine Eltern nichts davon mitkriegen. Auch die Bücher, die darunter lagern, habe ich auf diesem Wege ins Haus geschmuggelt.

Schon als junges Mädchen habe ich mich für die Verbrechensaufklärung anhand des menschlichen Körpers interessiert. Zuerst dachte ich immer, ich müsste Gerichtsmedizinerin werden, um für die Polizei arbeiten zu dürfen. Doch dann stieß ich auf die TV Serie »Bones«, die vom Leben und Wirken der berühmten forensischen Anthropologin Kathy Reichs inspiriert ist. Von diesem Zeitpunkt an wusste ich, dass es die forensische Anthropologie ist, die mich wirklich begeistert. Es fühlte sich an wie ein Déjà-vu. Etwas, von dem man wusste, dass man es wollte, es aber einfach nicht benennen konnte. Jahre zurückliegende Verbrechen aufzuklären, und das hauptsächlich anhand menschlicher Überreste in Kombination mit modernster Technik, finde ich absolut faszinierend! Mein Herz rast jedes Mal, wenn ich eines meiner Bücher aufschlage. Ich habe Glück, denn ich bin gut in Naturwissenschaften, und auch Auswendiglernen oder das Kombinieren komplizierter Fakten fällt mir leicht. Leider gibt es in den Staaten nur wenige Universitäten, die Anthropologie unterrichten. Gleich drei von ihnen liegen in Neuengland. Der Gedanke, am anderen Ende des Landes zu studieren, bereitet mir nach wie vor ein mulmiges Bauchgefühl. Es ist einer der vielen kleinen Gründe, die ich vorschiebe, meinen Eltern nicht endlich reinen Wein einzuschenken. Ich war noch nie länger als eine Woche von ihnen getrennt. Ich bin Einzelkind und sie sind nach wie vor meine wichtigsten Bezugspersonen. Der Gedanke, Hunderte Kilometer von zu Hause entfernt zu wohnen, fühlt sich seltsam an. Die Universität, die am nächsten liegen würde, ist immer noch einige Staaten entfernt. Und es ist nicht mal die mit dem besten Ruf. Mit meinen guten Noten will ich natürlich am liebsten an eine Universität der »Ivy League« wie zum Beispiel die Yale Universität.

Ich hatte bis jetzt nicht den Mut, meinen Eltern von meinem Berufswunsch zu erzählen. Sie haben keinen Nachfolger für die Firma und rechnen fest damit, dass ich den Laden mal übernehmen und zu weiterem Glanz führen werde. Seit ich klein bin, bereiten sie mein Leben darauf vor. Sie auf diese Art zu enttäuschen, bricht mir das Herz. Ich seufze tief. Fakt ist, ich male mir das alles so aus, weil ich ein Feigling bin, der die Konfrontation scheut. Ich schiebe das Problem nur auf, ich löse es nicht. Diese Entscheidung wird etwas für immer zwischen uns verändern, denn ich werfe nicht nur mein Leben durcheinander, sondern ihres gleichermaßen. Manchmal bete ich, dass ich aufwache und alles anders ist. Dass ich fürs Filmgeschäft genauso brenne wie sie. Dass wir bedingungslos an einem Strang ziehen. Sie waren immer für mich da und sind die, auf die ich zählen kann. Freunde kommen und gehen, Jungs enttäuschen einen, siehe Leo. Doch sie sind es, auf die ich mich immer verlassen kann. Will ich sie wirklich enttäuschen?

Schnell packe ich das Buch weg und schiebe den Karton zurück unter ein paar gestapelte Sweatjacken. Warum muss es alles bloß so schwierig sein? Hinzu kommt, dass mein gesamtes soziales Umfeld, sogar meine Freunde, es für einen Witz halten, dass ich mich ernsthaft für forensische Anthropologie interessieren könnte. Holly gibt sich redlich Mühe, begeistert zu nicken, wenn ich mal davon erzähle. Amber will davon gar nichts hören. Sie sagt, sie bekommt Herpes von den Bildern, die in ihrem Kopf entstehen, wenn ich darüber rede. Silver hält das Ganze schon seit der Middleschool für eine realitätsfremde Idee meinerseits, endlich mal ein klein wenig rebellisch und weniger perfekt zu wirken. Tucker sagt lediglich, ich wäre zu hübsch, um zwischen soziophoben Pathologiemitarbeitern und verwesten Leichen zu versauern. Und jeder andere, der mich nicht so gut kennt, denkt automatisch, ich will Designerin, Fashion-Bloggerin oder YouTube-Star werden. Oder wenigstens die Firma meiner Eltern übernehmen. Was liegt auch näher?

Wieder liegt der Fehler bei mir. Ich könnte sie alle vehement mit meiner heimlichen Leidenschaft nerven. Doch mein Leben als eins der beliebten Kids, die wohlhabend, gut in der Schule und hübsch anzusehen sind, ist einfach viel zu angenehm. Wenn ich mitbekomme, welchen schweren Stand die Nerds in der Schule haben, bin ich froh, dass ich diese Lästereien nicht ertragen muss. Ich habe ein angenehmes, kuschelig weiches Leben. Eine gemütliche kleine Höhle, in der es einfach zu nett ist, um einen Schritt hinaus in die Wirklichkeit zu machen. Ich weiß es, doch ich mache nichts dagegen. Aber die Uhr tickt. Mein letztes Schuljahr hat begonnen. Am Anfang des nächsten Trimesters müssen die Bewerbungen für die Colleges der Universitäten rausgeschickt werden. All das, was vor den Ferien noch so lange hin schien, scheint mich nun in all seiner Aktualität zu blenden wie ein Scheinwerfer. Noch kann ich die Augen zukneifen, aber in nicht allzu langer Zeit …

Der typische WhatsApp-Gong reißt mich aus meinen Gedanken. Es ist Tucker, der fragt, wann ich ungefähr bei Ambers Party auftauche.

Circa eineinhalb Stunden später treffe ich bei Amber ein. Sie ist eines dieser schwerreichen Schlüsselkinder. Ihre Eltern verbringen das Jahr in den unterschiedlichen Häusern in Europa oder den Staaten. Amber lebt die meiste Zeit mit dem Personal allein in dem knapp 400 Quadratmeter großen Haus. Ähnlich wie mir gibt ihr die Abwesenheit ihrer Eltern mehr Freiheiten, als andere Kinder in unserem Alter haben. Und genau deshalb sind ihre Partys legendär. Amber kennt kein Limit. Wenn sie etwas haben will, bekommt sie es. Wenn sie feiert, dann stehen keine Schüsseln mit Chips auf den Tischen, dann gibt es ein Buffet. Alle erdenklichen Sorten von Getränken lagern in großen Becken mit Eis. Das ganze Haus ist illuminiert wie ein Kreuzfahrtschiff.

Silver hat Sam dabei, den sie stolz vorstellt. Obwohl ich ihn vom Sehen aus dem Biomarkt kenne, habe ich noch nie mit ihm gesprochen. Sam scheint wirklich nett zu sein. Er gehört wohl eher zu der ruhigen Sorte, was bei Silvers überschäumendem Temperament sicherlich gut passt. Er ist ein dunkler Typ, mit bronzefarbener Haut und fast schwarzen Augen. Auch er scheint lateinamerikanische Vorfahren zu haben. Wenn Silver mit ihm flirtet, spricht sie Spanisch. Die beiden scheinen schwer verliebt und ich freue mich für Silver.

Holly hat sich ein hautenges violettes Kleid geschossen, das so eng ist, dass sie keine allzu großen Schritte machen kann. Als Tucker wissen will, ob sie sich extra für diesen Abend in das Kleid hat einnähen lassen hat, knallt sie ihm genervt ihre Handtasche vor den Arm. Ich sage zwar nichts, doch auch ich bin der Meinung, dass ein wenig mehr Stoff nicht hätte schaden können. Sitzen kann sie in diesem Kunstwerk nämlich nicht. Von Weitem sieht es aus, als habe man ihr mittels Bodypainting ein Kleid auf den Leib gesprüht. Kaum, dass sie an ihrem ersten Cocktail nippt, fragt sie nach Leo. Auch ich habe unauffällig nach ihm Ausschau gehalten, ihn aber noch nicht entdeckt.

Fakt ist, es vergehen eineinhalb Stunden, bis ich resigniert zu dem Schluss komme, dass er nicht auftauchen wird. Elvis, der einer seiner neuen Freunde zu sein scheint, steht am Pool mit ein paar Mitgliedern des Schwimmteams zusammen. Auch Alec, der hin und wieder an Leos Tisch in der Cafeteria sitzt, ist schon länger da. Allegra, Leos schüchterne Schwester, habe ich auch noch nicht entdecken können. Enttäuscht nippe ich an einem Cocktail, von dem Tucker behauptet hat, dass er keinen Alkohol enthält. Ich nehme einen zweiten kleinen Schluck. Ich könnte schwören, dass ich Alkohol rausschmecke. Doch sicher bin ich mir nicht. Tucker wird mich vermutlich auslachen und eine Heilige nennen, wenn ich das Getränk beim ihm reklamiere. Sollte gar kein Alkohol drin sein, wäre es für ihn noch lustiger. Ich nehme einen dritten Schluck, schmecke aber nichts außer Fruchtsaft und Zucker. Zehn Minuten später weiß ich, dass Tucker sich mal wieder einen Scherz erlaubt hat. Der Cocktail enthält sehr wohl Alkohol. Ich spüre die Wirkung als einen leichten Schwindel im Kopf.

Jetzt sollte ich mir dringend etwas zu essen holen. Erstens habe ich Hunger, und zweitens hoffe ich, dass es die Wirkung des Alkohols abschwächt. Auf dem Weg zum Buffet halte ich nach dem Übeltäter Ausschau, doch Tucker ist natürlich nirgendwo zu sehen. Ich nehme mir einen Teller und platziere ein paar Häppchen darauf. Plötzlich spüre ich jemanden direkt hinter mir.

»Guten Abend.«

Ich brauche mich nicht umzudrehen, um zu wissen, wer dort so nah hinter mir steht. Den Klang seiner Stimme erkenne ich unter Hunderten. Sein Parfum ist das gleiche, wie an dem Tag, an dem wir abends zusammen am Strand gewesen sind. Zitronig, holzig und markant. Es passt zu ihm, denn es wirkt sportlich und männlich.

Er bewegt sich keinen Zentimeter. Sofort beginnt mein Kopfkino. Wenn ich mich jetzt umdrehe, stehen wir einander fast Nase an Nase gegenüber. Ob er das so geplant hat? Ich warte noch einen Moment, doch er rührt sich immer noch nicht. Schließlich nehme ich all meinen Mut zusammen und drehe mich um. Mein Teller ist fast zu groß für die schmale Distanz zwischen uns.

»Oh, Häppchen. Wie nett.« Leo bedient sich von meinem Teller, als hätte ich ihn nur für ihn angerichtet.

Ich sage erst mal nichts. Er macht mich nervös, trotz der unschönen Szene am Strand, die unser zartes Band so abrupt gelöst hat. Er will zur Tagesordnung übergehen, was irgendwie vernünftig ist, denn schließlich bearbeiten wir zusammen ein Projekt. Und er hat sich gefühlte hundert Mal für den Satz entschuldigt. Trotzdem. Ich fühle mich immer noch wie das dumme kleine Mädchen, dass sich viel zu schnell auf ihn eingelassen hätte. Trotz der Alarmsirenen. Ich ärgere mich mehr über mich als über ihn, aber er kriegt es trotzdem ab. Es mag unfair sein, aber ich habe meine Gefühle in der Hinsicht einfach nicht im Griff.

Leo lässt die Augen über mein Gesicht wandern. Als ich immer noch keine Antwort gebe, macht er einen Schritt zurück.

»Habe ich dir heute Abend eigentlich schon gesagt, dass du absolut toll aussiehst?«

»Du bist doch gerade erst angekommen«, blaffe ich nicht unbedingt versöhnlich.

Er grinst frech. »Das hört sich an, als hättest du auf mich gewartet.«

»Ja klar.« Meine Antwort kommt viel zu bestimmt und viel zu schnell. Das wissen wir beide.

Leos Lächeln wird weich. »Schön, dass du wieder mit mir redest.«

Ich will mich umdrehen. »Das war eher ein Versehen, glaub mir.«

Leo bremst mich aus und schaut, als müsse er ein Lachen unterdrücken. »Hast du etwa Alkohol getrunken?«

»Nein.«

»Ganz ehrlich, Bambi? Ich würde meinen Pick-up darauf verwetten.«

Ich strecke ihm die offene Hand entgegen. »Prima, dann rück doch schon mal die Schlüssel raus.«

Er beißt sich auf die Unterlippe und in seinen dunkelblauen Augen blitzt etwas leidenschaftlich auf. »Du kannst so eiskalt bluffen. Und dabei hast du so ein unschuldiges Gesicht. Eine verdammt gefährliche Kombination.«

Obwohl ich es nicht will, muss ich lächeln. Vermutlich auch, weil die Kombination aus zuckrigem Saft und Promille in diesem Moment ihre volle Wirkung entfaltet. Ich hätte diesen blöden Cocktail sofort entsorgen sollen. Das habe ich nun davon.

»Wie wär es, wenn ich dir etwas zu trinken holen das ohne Promille auskommt, und wir teilen uns die winzigen Häppchen auf deinem Teller?«

»Okay.« Der Alkohol im Blut sorgt dafür, dass ich unseren Zwist für einen Moment beiseiteschiebe. Ich sehe ihm nach, während er sich seinen Weg durch die Partygäste bahnt und ständig von Leuten aufgehalten wird und Hallo sagen muss. Er scheint nach so wenigen Tagen an der Schule schon mehr Bekannte zu haben als manch anderer Schüler in seiner gesamten Schullaufbahn. Ich muss innerlich schmunzeln, als mir auffällt, dass er ausgerechnet heute ein T-Shirt trägt. Normalerweise kenne ich ihn nur im Halbarmoberhemd. Doch heute trägt er eine schlichte Jeans und ein noch schlichteres dunkelblaues Shirt. Das Shirt hat einen tiefen V-Ausschnitt, das den Ansatz seiner sehnigen Brustmuskulatur erkennen lässt. Das fällt mir auf, als er mit unseren Getränken wiederkommt. Sobald sein Blick auf mich fällt, lächelt er. Wäre ich nüchterner, könnte ich vermutlich beurteilen, ob dieses Lächeln tatsächlich so warm und liebevoll ist, wie es aussieht.

Es kribbelt in meinem Bauch, wenn ich nur an ihn denke. Jetzt, da er so direkt auf mich zukommt, habe ich Mühe, meine Aufregung zu verbergen. Warum sucht er immer noch meine Nähe, obwohl ich ihm doch eindeutig klargemacht habe, dass ich nicht auf belanglose Bettgeschichten aus bin?

Mit unserem gemeinsamen Projekt hat seine Gesellschaft auf dieser Party absolut nichts zu tun.

Leo hat mich gerade erreicht, da steht Amber aus dem Nichts neben mir.

»Leo!« Sie umarmt ihn stürmisch und küsst ihn rechts und links auf die Wange.

Leo wirkt etwas überrumpelt, hat sich aber in der nächsten Sekunde wieder gefangen. »Hi, Amber. Allegra kann leider nicht kommen. Es geht ihr nicht gut.«

Ambers Mundwinkel sinken nach unten, als sie begreift, dass Leo ihren Namen nur mit seiner Schwester in Verbindung bringt. »Wie schade.« Amber lächelt tapfer. »Aber es ist schön, dass du da bist. Soll ich dir das Haus zeigen? Du warst ja noch nie hier.«

»Vielen Dank, das ist ein nettes Angebot. Aber ich habe Abby und mir gerade ein paar Drinks geholt, und wir wollten uns jetzt ein nettes Plätzchen suchen, um diese Häppchen zu essen und dabei vielleicht ein wenig über unser Projekt zu reden.« Leo klingt höflich, aber gleichzeitig so bestimmt, dass Amber nicht versucht, ihn zu überreden. Er nickt Amber zu, als wäre das Gespräch damit für ihn beendet. »Aber das ist wirklich ein sehr schönes Haus, soweit ich das bis jetzt sehen konnte.«

Amber steht unter Schock, weil Leo das Gespräch so knapp beendet hat. Fragend sieht sie zu mir.

»Wir sind doch Projektpartner«, ist das Einzige, was mir einfällt.

Ambers Mund wird eine gerade schmale Linie. »Verstehe.« Sie dreht ihr filigranes Champagnerglas zwischen den Händen. »Dann werde ich mal sehen, was meine anderen Gäste so treiben. Viel Spaß bei den Hausaufgaben.« Sie rauscht davon und natürlich nimmt sie das persönlich.

»Wollen wir?« Leo reicht mir ein Glas und nimmt mir gleichzeitig meinen Teller ab. Das Ganze wirkt seltsam fürsorglich und vertraut. Fast so, als hätte es die unschöne Szene am Strand nie gegeben. Leo findet einen Platz am Pool, der dank ein paar Palmen ein wenig abgeschieden liegt. Er stellt den Teller und sein Glas auf dem winzigen Tisch ab und deutet einladend auf die beiden Stühle. »Such dir einen aus.«

Kaum dass ich sitze, muss ich dringend etwas klarstellen. Vermutlich trägt mein leichter Schwips auch dazu bei. »Ich wollte dir nur sagen, dass du dir nicht so eine Mühe geben brauchst, denn ich mag keine One-Night-Stands.«

Leo, der gerade Platz genommen hat, reißt die Augen auf. »Entschuldige bitte?«

»Bist zu nett zu mir, weil du dabei bist, unser Projekt zu verbessern? Oder bist zu nett zu mir, weil du mich in Wirklichkeit abschleppen willst?«

Leo stützt die Unterarme auf dem Tisch ab und beugt sich zu mir herüber. »Mal abgesehen davon, dass deine erste Frage keinen Sinn ergibt, wer hat dir den Alkohol untergejubelt?«

»Das ist doch egal.«

»Ist es nicht. Sag mir nicht, dass du dir selbst so einen Pegel angetrunken hast.«

»Es war ein Versehen.«

»Ein Versehen, schon klar.« Leo zieht finster die Augenbrauen zusammen.

Ich verschränke die Arme vor der Brust. »Du hast meine Frage nicht beantwortet.«

»Welche? Es waren zwei Fragen.«

»Sei nicht so pedantisch.«

»Können wir darüber reden, wenn du wieder nüchtern bist?«

»Nein.«

Leo holt tief Luft und schiebt den Teller mit den Häppchen noch weiter in meine Richtung. »Du solltest etwas essen.«

»Es war gar nicht viel. Vielleicht drei Schlucke. Irgend so ein roter Cocktail«, sprudelt es aus mir hervor.

»Trinkst du regelmäßig Alkohol?«

Ich schüttele den Kopf.

»Hast du schon etwas gegessen heute Abend?«

Wieder schüttele ich den Kopf.

»Das erklärt vermutlich, warum der wenige Alkohol so eine Wirkung hat.«

»Rede ich denn gerade viel dummes Zeug?«

Leo schiebt seine rechte Hand über den Tisch und streichelt mit dem Zeigefinger meinen kleinen Finger hinab. »Nein.«

Einen ewigen Moment lang lastet eine schwere Stille zwischen uns. Ich betrachte ihn und muss mir mal wieder eingestehen, wie unglaublich attraktiv ich ihn finde. Ich mag es, dass er mir dieses Gefühl gibt, es gebe niemanden sonst auf dieser Party, mit dem er reden will. Seine Nähe wirkt beruhigend, obwohl er diese latente Traurigkeit, die ihn umgibt, nicht komplett verheimlichen kann.

Leo nimmt eines der kleinen Häppchen von dem Teller und hält es mir auffordernd vor den Mund. Will er mich jetzt füttern?

»Was, wenn uns jemand sieht?« Ich kichere leise.

Leos Lachen klingt dunkel. Irgendwie traurig. »Sonst isst du ja doch nicht. Dann muss ich den Rest der Nacht mit einem betrunkenen Mädchen verbringen.«

Ich muss schon wieder kichern. Er hat den Rest der Nacht gesagt! »Du hast es gerade zugegeben. Du willst mich abschleppen.«

Leo stupst mit dem Häppchen gegen meinen Mund. »Rede keinen Unsinn, iss lieber.«

Ich gebe nach und öffne den Mund. Das kleine Ding schmeckt köstlich. Salzig nach Käse und Kräutern. »Wieso Unsinn?«, frage ich, nachdem ich geschluckt habe. »Du hast den Rest der Nacht gesagt.«

Leo hat schon das nächste Häppchen im Anschlag. »Klar. Ich gehe erst, wenn du gehst. Und du siehst so aus, als wolltest du noch eine Weile bleiben.«

»Aber –«

»Ich will dir nicht an die Wäsche, Bambi.«

»Nicht?« Fatalerweise klingt meine Stimme enttäuscht.

Leo lacht, und es ist das erste Mal, dass er leicht verlegen wirkt. »Jedenfalls nicht so, wie du denkst.« Er füttert mich mit dem zweiten Häppchen. »Hier irgendwo als schnelle Nummer in den Büschen.«

Ich kaue, doch selbst das kann nicht verhindern, dass sich mein Kopfkino wieder verselbstständigt. Ich denke an den Anblick seines Oberkörpers heute in der Schwimmhalle. Und dann sehe ich uns eng umschlungen hier irgendwo in dem weitläufigen Garten. Ich kann es mir bildlich vorstellen, wie unglaublich verlockend er mit noch weniger am Körper aussieht. Wie gut er sich anfühlen würde. Wie aufregend es sein könnte. Mit einem Mund wie seinem kann man nur gut küssen.

»Bambi? Alles okay?« Wieder berührt er ganz zart meinen Arm. »Dein Blick wird gerade so glasig. Ist dir schlecht?«

Du liebe Zeit. Mir ist gerade alles andere als schlecht.

»Nein.« Meine Stimme klingt piepsig.

»Komm, iss noch etwas.« Er schiebt mir auffordernd den Teller zu.

Ich nehme mir zwei der winzigen, belegten Cracker auf einmal. Der eine ist mit Parmaschinken belegt, der andere vermutlich mit einer Creme aus Oliven bestrichen. Doch es ist mir egal. Ich stapele die beiden Winzigkeiten übereinander und lasse sie dann im Mund verschwinden.

Leo sieht stolz aus. »Braves Bambi.« Er schiebt mir die zwei letzten verbliebenen Häppchen hin. »Wenn du die noch isst, dann scheint morgen wieder die Sonne.«

»Hier scheint immer die Sonne.«

»Dann tu es für mich.« Er legt eine Hand über sein Herz. »Es wäre mir wirklich wichtig.«

Er nimmt mich sogar hoch, wenn ich angetrunken bin.

»Schon gut.« Ich vernichte die letzten beiden Häppchen und schiebe ihm dann den Teller zurück.

»Und jetzt trink etwas.«

»Ist das mit Alkohol?«

Leo verdreht die Augen. »Das ist jetzt nicht dein Ernst, oder?«

»Warum hast du dir von Amber nicht das Haus zeigen lassen?«

»Autsch. Deine Art, das Thema zu wechseln, tut ja schon fast körperlich weh.«

»Warum nicht?«, wiederhole ich stur.

»Was interessiert mich ihr Haus? Diese Villen sehen doch

von innen alle gleich aus. Riesengroße Räume, Möbel, die niemand benutzt, Rundgänge, in denen man sich verlaufen kann. Jede Menge Badezimmer, jede Menge Gästezimmer, jede Menge Personal.«

»Und wie wohnst du so?«

»Ich wohne in genau so einem Ding.«

»Verstehe.«

Leo lehnt sich in seinem Stuhl zurück und betrachtet mich mit einem versonnenen Lächeln. »So zu wohnen wie du stelle ich mir lustig vor«, sagt er plötzlich. »Du verstehst dich gut mit deinen Eltern, oder?«

»Ja, ich denke schon. Zwar nicht in allen Dingen …« Sofort denke ich an unsere weit auseinandergehenden Zukunftsvorstellungen. »Aber im Alltag ist es meist unkompliziert zwischen uns. Und bei dir?«

Leo sieht ausweichend zur Seite. »Im Moment ist es nicht so einfach.« Dann richtet er sich wieder auf. »Aber darüber will ich jetzt nicht reden. Das ist schließlich eine Party hier.«

Nur dass er von der Party noch nicht viel mitbekommen hat. Egal. Leo scheint es ernst zu meinen. Er nimmt einen Schluck aus seinem Glas und stellt es dann zurück auf den Tisch. »Ich habe mit meinem Stiefvater über unser Schulprojekt gesprochen und –«

»Du meinst das Projekt, für das du keinen Finger rührst und dann meine gute Note kassierst?«

Leo verdreht gespielt leidend die Augen. »Könnten Eure Hoheit mich einen Moment ausreden lassen, ohne dass ich sofort exekutiert werde?«

Ich schnaufe undamenhaft und drehe den Kopf zur Seite. Immer macht er sich lustig über mich. »Bitte, dann fahre fort.«

Leo deutet ein übertrieben höfliches Kopfnicken an. »Sehr wohl. Wie ich bereits erwähnte, habe ich mit meinem Stiefvater gesprochen. John ist Inhaber einer großen Software-Firma und kennt so ziemlich jede Wirtschaftsgröße in der Stadt. Er duzt sogar den Bürgermeister. Im Northshore Country Club findet einmal im Monat ein Abend statt, an dem Mitglieder oder Außenstehende Projekte vorstellen dürfen, um sich für Fördergelder oder Spenden des Clubs zu bewerben. John hat uns für diese Veranstaltung angemeldet.«

»Wahnsinn, ihr seid im Northshore Country Club?«, rutscht es mir heraus. Der Club ist so ziemlich die elitärste Einrichtung des Countys. Der gesamte intellektuelle Geldadel versammelt sich dort zum Brunch. Um dort aufgenommen zu werden, muss man reich UND schlau sein. Eine Kombination, die die meisten Kalifornier leider ausschließt. Ich würde meine eigenen Eltern verkaufen, um dort mal einen Abend lang mit den vielen Yale-, Harvard- oder UCLA-Absolventen plaudern zu dürfen.

Leo seufzt tief. »Was ich damit eigentlich sagen wollte, Bambi, ist, dass ich mich sehr wohl um unser Projekt kümmere.«

»Wann?« Der Alkohol in meinem Blut scheint wie verflogen. Der Northshore Country Club! Ich kann es nicht fassen! Ich werde dort sein! Den Mitgliedern unser Projekt vorstellen! Ich! Mein Blick fällt auf Leo. Nein, viel besser: Wir werden unser Projekt vorstellen. Wie cool ist das denn?

In seinem Lächeln schwingt ein Hauch von Triumph mit. »Na, wie war ich?«

Ich beuge mich zu ihm. Seine Albereien sind mir jetzt völlig egal. »Wann? Nun sag schon. Ich muss mich vorbereiten. Ich muss noch zum Friseur. Ich muss noch mal die Mitgliederliste durchgehen und mir Notizen machen, mit wem ich an diesem Abend unbedingt reden will.«

»Irrtum, Bambi. WIR müssen uns noch vorbereiten. Wir müssen noch mal zum Friseur. Wir müssen – «

»Jetzt sag schon!«

Leo grinst sardonisch. »Übermorgen.«

»Was?!« Alle Luft scheint wie mit einem Schlag aus meiner Lunge gepresst. Mir wird leicht schwindelig. Das kann doch nur ein Scherz sein. »Sehr witzig. Also, wann?«

»Sonntagabend.«

»Das ist übermorgen!«

»Sagte ich doch.«

Ich muss von meinem Stuhl aufspringen. »Das ist doch nicht dein Ernst.« Wie kann er dabei nur so ruhig bleiben? »Wie konntest du auf diese Party kommen? Wir müssen Material zusammenstellen, Handouts planen, eine Powerpoint-Präsentation erstellen …« Ich hebe in einer verzweifelten Geste die Hände und sehe ihn anklagend an.

»Ich wollte dich sehen.« Leo scheint die Ruhe selbst.

Obwohl mein Herz sich bei seinen Worten überschlägt, überwiegt ein anderes Gefühl. »Verdammt!« Ich stoße wütend mit dem nackten Knöchel gegen eins der metallenen Stuhlbeine. Keine gute Idee. Der Stuhl bewegt sich keinen Zentimeter, dafür knackt es gefährlich in meinem Gelenk. »Autsch!«

Leo springt auf und greift fürsorglich unter meinen Ellenbogen, als ich auf meinen hohen Absätzen schwanke. »So viel Temperament in diesem zarten Körper. Demolierst du auch Hotelzimmer?«

Ich funkele ihn an. »Alternativ hätte ich große Lust, dich in den Pool zu werfen. Wie wäre das?«

»Hey, du hast da was falsch verstanden.« Er grinst. »Ich bin einer von den Guten. Ich habe uns den Termin besorgt.«

»Ja, aber …« Ich reiße mich von ihm los und mache einen Schritt von ihm weg. »Übermorgen! Wir werden uns blamieren. Da sind vermutlich Grundschüler besser vorbereitet. Hast du mal auf die Uhr gesehen? Wir haben schon Samstag. Das heißt, wir haben noch einen Tag. Und wir stehen hier herum und machen Small Talk, während wir eigentlich um diese Zeit besser in einem Bett liegen sollten.«

»Das könnten wir ja ändern.« Leos Stimme klingt dunkel. »Glaub mir, ich hätte nichts gegen ein Bett.«

»Du bist so …« Ich drehe mich um, um ihn stehen zu lassen. Soll er seine anzüglichen Bemerkungen doch sonst wo loswerden.

Eine Sekunde später ist er neben mir. »Wo willst du hin?«

»Nach Hause? Ich habe eine Präsentation vorzubereiten.«

»Kommt nicht infrage.«

Abrupt bleibe ich stehen. »Wie bitte?«

Leo verschränkt die Arme vor der Brust. »Du hast Alkohol im Blut, falls ich dich daran erinnern darf.«

Wo er recht hat. Ich zücke mein Handy. »Gut, ich rufe mir ein Taxi.«

»Ich fahre dich.«

»Nein.«

»Wir könnten auf der Fahrt schon mal mit den Vorbereitungen anfangen. Überlegen, wer welchen Teil bearbeitet.«

Das klingt nun wieder sehr vernünftig. Aber …

Leo fängt meinen skeptischen Blick auf. »Keine Angst, ich setze dich kurz zu Hause ab, fahre dann wieder zurück zur Party und suche mir einen One-Night-Stand. Du bist ja bloß meine Projektpartnerin.«

Mir steht vor Schreck der Mund offen.

Leo beugt sich vor, und bevor ich mich rühren kann, hat er mir einen zarten Kuss aufs Ohr gehaucht. »Gott, bist du süß.«

Ich klappe schnell den Mund wieder zu.

»Das war ein Scherz, Bambi. Aber du glaubst nicht, wie atemberaubend du bist, wenn du mich gerade mal nicht beschimpfst.«

Mein Herz hämmert wie wild wegen der elektrisierenden Berührung seiner Lippen an meinem Ohr. Mein Magen zieht sich zusammen, und der schwache Teil in mir wünscht sich nichts sehnlicher, als dass er es noch mal macht.

»Alles okay?« Leo berührt meinen Oberarm. Wieder seufzt der schwache Teil in mir verzückt auf. Für einen kurzen Moment stelle ich mir vor, wie …

Ich hebe den Kopf und sehe ihn an. Blicke direkt in diese tiefblauen Augen, die so perfekt der Farbe seines wahren Elements, dem Wasser, ähneln. Und ich stelle mir vor, wie es wäre, ihm einfach nachzugeben. Mich von ihm verführen zu lassen. Wie es sich anfühlen würde, seine Haut an meiner zu spüren. Die Berührung seiner Hände überall auf meinem Körper. Seinen Mund, diese wunderbar sinnlichen Lippen überall …

»Sieh mich nicht so an …« Leos Stimme ist ein raues Flüstern. Doch trotz des fröhlichen Partylärms um uns herum ist sie die einzige, die ich höre. Meine Augen schweifen hinab zu seinem Mund. Wie von selbst bewege ich meinen Arm, sodass seine Finger die nackte Haut meines Oberarms streicheln. Leo stöhnt leise auf. Meine rechte Hand wandert weiter und schlingt sich um seine Mitte. Der Stoff seines Shirts ist weich und dünn. Darunter kann ich ihn fühlen, Leo, die Hitze seiner Haut, die sanften Bögen und Täler seiner Muskeln. Ich schließe die Augen. Nur diesen kurzen Moment, diese wenigen Sekunden werde ich nachgeben. Mich schwach fühlen, dieser Versuchung nachgeben und meine Bedenken im hintersten Winkel meines Verstands einschließen. Leo neigt den Kopf und lehnt seine Wange an meine Schläfe. Mein Kopfkino projiziert tausend Bilder vor mein geistiges Auge. Dank des Schwimmtrainings weiß ich ja, wie er ohne Shirt aussieht. Weiß, wie das aussieht, was meine Hände gerade ertasten. Nur noch einen kurzen Moment, flüstert der schwache Teil von mir. Nur noch einen Augenblick, in dem es nur ihn und dich gibt. Keine Vorurteile, keine Missverständnisse, keine gekränkten Gefühle. Nur einen Jungen und ein Mädchen, die sich wie magisch voneinander angezogen fühlen.

Ich hebe leicht den Kopf und Leos Mund streicht meine Wange hinab. Vorsichtig wende ich mich ihm zu. Mein Mundwinkel berührt den seinen. Ein wohliger Schauer rieselt meine Wirbelsäule hinab. Nur noch wenige Millimeter und seine Lippen werden auf meinen liegen. Dann endlich werde ich wissen, wie sie sich anfühlen. Einen unendlichen Moment lang halte ich die Luft an. Gleich …

»Erde an Turteltäubchen!« Silvers Stimme lässt uns abrupt auseinanderfahren. Sie grinst mich an, schenkt dann Leo einen betont vernichtenden Blick. »Störe ich?«

Ich fühle mich seltsam außer Atem und auch Leos Brust hebt und senkt sich in einem schnellen Takt.

»Schon okay«, erwidere ich fahrig.

Silvers Mimik spricht Bände. Mich bedenkt sie mit einem »Das ist doch nicht dein Ernst, stehst du etwa doch auf diesen arroganten Blödmann?«-Blick, während sie Leo ansieht, als wolle sie ihn einfach nur zu Staub zerfallen lassen. »Wo war ich? Ach ja: Mutti hat eine riesige Eistorte liefern lassen, und nun sollen alle Gäste herbeiströmen und sie bewundern.«

Wenn Amber wüsste, dass Silver sie »Mutti« nennt, wäre sie wohl das letzte Mal auf einer ihrer Partys eingeladen.

»Wollen wir?« Sie geht voraus und dreht sich dann fragend zu mir um.

»Ich muss nach Hause.«

Silvers Mundwinkel verziehen sich. »Mit ihm?« Sie redet über Leo, als wäre er gar nicht da. Dann zuckt sie die Schultern. »Na, wenn du meinst …«

»Silver.« Leo klingt sauer. »Es reicht. Wir hatten einen unglücklichen Start, aber so langsam solltest du darüber hinweg sein. Irgendwann ist es nur noch lächerlich.«

Silver dreht sich betont langsam zu ihm. »Sag du mir nicht, wie ich mich zu verhalten habe. Und für dich immer noch *Maria*. Silver dürfen mich nur meine Freunde nennen.«

Das war deutlich. Die beiden starren sich an.

»Du weißt genau, wie ich das gemeint habe.«

»Wenn du das sagst.«

»Könntet ihr bitte aufhören?« Ich stelle mich zwischen die beiden und unterbreche so ihr aggressives Starren. »Leo fährt mich nach Hause, weil Tucker mir so einen dämlichen Cocktail mit Alkohol untergejubelt hat.«

»So betrunken, dass du ins Bett musst, wirkst du aber nicht«, erwidert Silver skeptisch.

»Nein, das bin ich auch nicht.« Ich erkläre ihr die Situation mit dem Projekt und dem Abend im Country Club.

»Verstehe.« Sie scheint besänftigt. »Dann richte ich Amber aus, dass ihr euch verdrückt habt.«

»Danke, ich schreibe ihr auch noch per WhatsApp.«

Als Silver davonstöckelt, stehen Leo und ich etwas unsicher voreinander.

»Das war keine Absicht«, murmele ich schließlich.

»Wir hätten uns fast geküsst.«

»Trotzdem.«

»Wie kann man denn jemanden unabsichtlich fast küssen?«

»Ich war einen Moment lang …« Ich winde mich unbehaglich. Gott, ist das peinlich. »Unachtsam.«

»Unachtsam?« Leo versucht meinen Blick zu erhaschen, doch ich weiche ihm aus. »Könntest du das näher erläutern?«

»Könntest du mich nicht einfach nach Hause fahren?«

Leo seufzt tief. »Du bist nicht zufällig mit dem Orakel von Delphi verwandt?«

»Warum?«

»Das spricht auch nur in Rätseln.«

Ich muss lächeln und schon ist die Stimmung nicht mehr ganz so peinlich zwischen uns. »Vielleicht?«

Leo klimpert mit seinen Schlüsseln. »Dann komm, du Orakel. Ich fahre dich nach Hause.«

Später liege ich im Bett und bin auch müde, doch an Schlaf ist nicht zu denken. Ich bin so aufgekratzt, dass ich irgendwann wieder aufstehen muss. Was eine gute Gelegenheit ist, um mal nach Dr. Bob zu sehen, der schon wieder unter meinem Bett klemmt. Zu allem Überfluss hat er es irgendwie geschafft, sich in einen alten Pareo von Mom einzuwickeln, den ich für ein Kunstprojekt in einer Kiste unterm Bett gehortet hatte. Ich schaffe es, den wild herumzappelnden Kater zu befreien, doch auch danach fühle ich mich nicht besser. Schließlich gehe ich zum Kleiderschrank und hole meine gut versteckte Bücherkiste hervor. Jetzt erscheint mir genau der richtige Zeitpunkt, um ein wenig Anatomie zu pauken. Das Wissen um den Aufbau des menschlichen Körpers ist eine der tragenden Säulen der Anthropologie. Ich schleppe den schweren Anatomie-Atlas zum Bett, ebenso wie meine handlichen Lernkarten, die ich in der Medizin-Abteilung der örtlichen College-Buchhandlung erstanden habe. Im Schein der Nachttischlampe benenne ich die acht Handwurzelknochen.

»Os lunatum, Os pisiforme, Os triquetrum, Os hamatum, Os scaphoideum, Os capitatum, Os trapezium, Os trapezoideum.«

Dann drehe ich die Lernkarte um, um zu sehen, ob ich alle richtig benannt habe. Was Leo wohl gerade macht? Ich versuche, mich zu konzentrieren. Verletzungen der Handwurzelknochen entstehen meist durch stumpfe Traumata wie zum Beispiel Stauchungen. Aber auch zu stramm geschnürte Fesseln oder Handschellen können die in einer Zweierreihe angeordneten Knochen schädigen. Bei Exhumierungen oder stark verwesten Leichen kann man Misshandlungen anhand dieser Knochen oft noch nachweisen. Ich lege die Lernkarte zur Seite und schlage den Atlas auf. Der Körper eines Erwachsenen besteht aus 206 bis 214 Knochen. Der kleinste davon ist der sogenannte »Steigbügel« im Mittelohr, der größte der Oberschenkelknochen. Die Knochen bilden das Gerüst unseres Körpers und sie schützen wichtige Organe. Außerdem speichern sie Mineralien. Genau diese gespeicherten Mineralien können in der Forensik Auskunft darüber geben, wo ein Mensch aufgewachsen ist. Viele Leute glauben, dass Knochen »tote« Strukturen sind, doch sie sind genauso lebendig wie zum Beispiel die inneren Organe, das Gehirn oder die Haut mit ihren vielen Sinneszellen. Knochen verändern sich im Laufe eines Lebens, denn die Osteoblasten, die Knochen aufbauen, und die Osteoklasten, die Knochenmaterial abbauen, sind ständig im Einsatz. Lebendige Knochen sind entgegen der landläufigen Meinung auch nicht trocken, sondern feucht. Für mich sind unsere Knochen die faszinierendsten Bauteile unseres Körpers. Obwohl ich mich nie beim Lernen langweile, muss ich gähnen. Ich ziehe mir mein Schlafshirt wieder über, wickele mir die Decke um die Füße und kuschele mich gegen mein hochgestelltes Kopfkissen. Ich sollte dringend noch mal den Aufbau des Thorax durchgehen!

Leo

Die Nacht war ziemlich kurz. Trotzdem stehe ich um Punkt zehn Uhr vor Bambis Haustür. Schließlich will ich ihr immer noch beweisen, dass es mir mit diesem Kinderspielplatz-Projekt total ernst ist. Ich hoffe, sie sieht mir die wilden Träume dieser Nacht nicht an. An Schlaf war jedenfalls nicht zu denken. Gott, Bambi macht mich echt fertig. Ungeduldig trete ich von einem Fuß auf den anderen. Ich kann es gar nicht erwarten, sie wiederzusehen.

Die Haustür schwingt auf und Bambis Mom erscheint. Die Frau im Türrahmen muss ihre Mutter sein, denn die Ähnlichkeit mit Bambi ist unverkennbar. Ihr Haar ist zwar etwas rötlicher, sie ist etwas runder und kleiner als Bambi, aber sie haben dieselben blitzenden Augen und die gleiche kleine Nase.

»Ja bitte?«

Ich stelle mich vor.

»Ach herrje, Abby schläft noch!« Schon werde ich über die Schwelle gezogen. »Aber komm doch rein, Leo. Ich werde sie wecken. Du kannst in der Küche warten. Möchtest du noch etwas frühstücken?«

Ich lehne höflich ab, aber nur Sekunden später sitze ich in einer chaotisch bunten Küche, die nach Chinarestaurant riecht und in der eine Katze mitten auf dem Tisch sitzt. Im nächsten Moment habe ich einen Teller mit Mikrowellen-Pancakes und eine Schüssel »Lucky Charms« mit Milch vor mir stehen. Die

Katze sieht neidisch auf den großen Krug mit Ahornsirup, der neben meinem Pancake-Teller platziert wird.

Dann bin ich wieder allein, weil Abbys Mom ihren Sonnenschein wecken geht. Die Katze fixiert mich mit bernsteingelben Augen, als wollte ich das nicht zusammenpassende Frühstücksgeschirr klauen. Irgendwo dudelt ein kleiner Fernseher. In der Spüle stapeln sich Packungen eines China-Imbiss. Davor steht ein Korb mit leeren Weinflaschen. Dutzende leere Gläser stehen auf der Arbeitsplatte. Der Tisch ist übersät mit Krümeln, um mich herum herrscht das fröhliche Chaos, und die Katze kann mich nicht leiden, aber irgendwie finde ich es verdammt gemütlich. Ich lehne mich in meinem Stuhl zurück und lasse den Blick schweifen. Am Kühlschrank hängt ein uraltes selbst gemaltes Bild von Bambi. Daneben ein Foto mit einer riesigen Gruppe Menschen vor einem Filmtrailer. Eine Orangenkiste aus Holz quillt über vor zerlesenen Tageszeitungen. Vor dem großen Fenster schwingt ein zartes Windspiel. Auf der Durchreiche zum Esszimmer stapeln sich gebundene DIN-A4-Blätter, die aussehen wie Drehbücher. Irgendwie lustig, dass Bambi, die immer so kontrolliert und organisiert wirkt, in so einem leicht chaotischen Haus wohnt. Aus dem oberen Stockwerk höre ich Mom mit Bambi sprechen. Dann erklingen Schritte auf der Treppe. Bambi sieht aus, als habe sie die Nacht durchgemacht. Ich will mir nicht vorstellen, dass sie das Gleiche getan hat wie ich, denn dann kann ich gleich nicht mehr vom Stuhl aufstehen, ohne dass sich etwas sehr peinlich in meiner Hose abmalt. Sie hat die Haare zu einem Knödel oben auf ihrem Kopf gedreht und sich wohl nur hastig ein Kleid übergeworfen. Ihr »Morgen« klingt etwas undeutlich.

»Sag mir nicht, du hast verschlafen!« Ich lasse meine Stimme übertrieben empört klingen. »Es geht hier schließlich um unser Projekt!«

Ihre Mom kichert, doch Bambi macht nur eine wegwerfende Geste und widmet sich dann ganz ihrem Kaffee.

»Sie ist ein Morgenmuffel«, petzt ihre Mom.

Bambi verdreht die Augen. »Mom, könntest du uns bitte allein lassen? Nur für ein paar Minuten?«

»Ich muss sowieso telefonieren.« Und schon ist sie weg.

»Deine Mom ist nett«, beginne ich erneut das Gespräch.

Bambi deutet auf die Pancakes und die Cerealien. »Sag mir nicht, die hast du bei ihr bestellt? Sie hat es dir einfach hingestellt, richtig?«

»Ja und?«

»Sie nötigt dich zum Essen und du findest das nett?«

»Ja. Ist doch ganz normal. So was machen Mütter eben.«

»Was auch immer…« Sie widmet sich wieder ihrer überdimensional großen Kaffeetasse. Die Katze geht rückwärts, vermutlich, um mich nicht aus den Augen zu lassen, und setzt sich dann neben Bambis Platzdeckchen. Jetzt sieht sie aus wie eine Sphinx, die eine Göttin bewacht. Eine Göttin mit zerzaustem Haar und schlechter Laune.

»Deine?« Ich deute auf das reglos dasitzende Tier.

Sie nickt. »Das ist Dr. Bob. Er ist eine norwegische Waldkatze.«

»Ihr habt ihn aus Norwegen einfliegen lassen? Warum? Weil er promoviert ist?«

Jetzt muss sie lachen. Na endlich.

»Die Rasse heißt so. Er ist von einem Züchter aus Los Angeles.«

»Er mag mich nicht.«

»Unsinn. Er ist bloß Fremden gegenüber misstrauisch.«

»Da hat er ja viel von seinem Frauchen.«

Bambi greift in eine der herumstehenden Cerealien-Packungen und als Nächstes regnen bunte Cornflakes auf mich herab.

»Hey!« Ich schüttele mir die klebrigen Dinger vom Hemd. »Sei nett zu mir. Schließlich hast du unser Date verschlafen und nicht ich.«

Sie ignoriert mich. Stattdessen greift sie über den Tisch nach meiner Schale. »Isst du die?«

Ich verneine. Sie beginnt in aller Ruhe, die Lucky Charms zu löffeln, und sieht dabei konsequent eine Handbreit an mir vorbei. Ich sehe ihr fasziniert dabei zu. Ich könnte sie stundenlang beobachten. Beim Essen, Haarekämmen, Aufräumen, egal. Zum Schluss hebt sie die Schüssel an den Mund.

»Was hast du eigentlich zu deiner Verteidigung vorzubringen?«

Sie hat einen Milchbart, aber ich sage es ihr nicht.

»Ich habe zu wenig geschlafen.« Bambi leckt sich die Oberlippe ab.

Ich will etwas erwidern, aber bin einfach viel zu abgelenkt. Außerdem läuft mein Kopfkino sich gerade wieder warm. Und das ist jetzt nicht so passend.

»Du siehst aber auch nicht gerade aus, als hättest du eine lange Nacht gehabt.«

Lang war die Nacht schon, nur leider nicht von besonders viel Schlaf gekrönt. »Es geht schon.«

»Sollen wir dann gleich los?«

Ich nicke. Verdammt, was würde ich gern an ihrer Oberlippe knabbern.

»Ich muss noch duschen.«

Ich stöhne innerlich und zwinge mein Kopfkino zum Stillstand.

»Willst du im Garten warten?« Sie erhebt sich. »Dort riecht es nicht ganz so … chinesisch.« Sie rümpft die Nase.

»Gern.« Ich denke an faulendes Essen und andere Widerlichkeiten, um meinen Körper daran zu hindern, allzu deutlich darauf zu reagieren, dass sie nun gleich nackt unter ihrer Dusche stehen wird. Der Kater mit dem Doktortitel wirft mir noch einen abschätzigen Blick zu, bevor er vom Tisch hüpft.

Ich folge Bambi vorbei an ihrer telefonierenden Mom, die in einem Wohnzimmersessel sitzt, in Richtung Terrasse. Der Garten sieht aus wie der typische Vorstadtgarten. Eine Terrasse, eine etwa gleich große Grünfläche, ein quadratischer Pool am Ende. Das Grundstück ist komplett von einem circa drei Meter hohen Sichtschutz umgeben, der ein klein wenig Privatsphäre garantiert. Auf der Terrasse finden sich der obligatorische Gasgrill und ein paar Sitzmöbel samt Tisch. Bambi deutet auf eine Liege.

»Mach es dir bequem. Ich beeile mich.« Schon huscht sie wieder ins Haus und ich kann nur noch einen kurzen Blick auf sie erhaschen. Die nächste Viertelstunde passiert nichts. Ich versuche, nicht an »Bambi unter der Dusche« zu denken, Dr. Bob spaziert hoheitsvoll durch den Garten und ihre Mom telefoniert immer noch. Es scheint weder Gärtner, Köche oder andere Hausangestellte zu geben. Obwohl dieses Haus sehr viel kleiner ist als mein Domizil, ist das Gefühl, eine Art Privatsphäre zu besitzen, hier hundert Mal stärker. Ich lehne mich auf der Liege zurück und schließe die Augen. Irgendwo in einem der Nachbargärten höre ich kleine Kinder spielen, nebenan hat jemand die Rasensprenger angeschaltet. In der Luft schwingt ein Hauch von frisch gemähtem Gras mit. Alles hier fühlt sich so herrlich lebendig an, so normal, so vertraut.

Irgendwann lässt das Geräusch von Pfoten auf Stoff mich die Augen öffnen. Dr. Bob hat seine Patrouille wohl beendet und sieht nun auf meiner Liege nach dem Rechten.

»Alles cool, Dude?«

Die Schnurrhaare des Katers zittern. Es soll wohl eine Antwort sein. Dann versucht er sich neben mir auf der Liege niederzulassen. Eigentlich sieht es fast so aus, als wollte er mich zur Seite drängen.

»Ist das deine oder was?«

Dr. Bob hält inne und fixiert mich mit seinen gelben Katzenaugen.

»Ich werde nicht aufstehen, egal, wie du guckst. Dein Frauchen versucht so was auch immer mit mir. Das klappt nicht.«

»Was klappt nicht?« Bambi ist wie eine Fata Morgana im Rahmen der Terrassentür erschienen. Sie trägt einen ausgefransten Jeansrock und unter dem weit geschnittenen Shirt blitzen Bikiniträger hervor.

»Nichts.« Ich richte mich auf der Liege auf. »Nur ein Gespräch unter Männern. Sind Eure Hoheit jetzt startklar?«

»Von mir aus können wir los.« Sie deutet auf mich und den Kater. »Sofern ihr euer Gespräch beendet habt?«

»Wo wollt ihr denn so früh hin?« Bambis Mutter drängelt sich zwischen uns. »Ich habe dich die halbe Nacht gehört, Abby. Was war denn los?« Sie dreht sich zu mir. »Wenn Abby nicht genug geschlafen hat, ist sie den ganzen Tag unausstehlich.«

»Mom!« Bambi versucht, ihre Mutter zurück ins Wohnzimmer zu schieben. Die weicht keinen Zentimeter von der Stelle.

»Meine Frage wird ja wohl noch gestattet sein.«

»Wir wollen Abbys Auto bei Amber abholen und dann weiter zu mir, um an unserem Projekt zu arbeiten. Morgen Abend dürfen wir es im Northshore Country Club vorstellen und müssen noch eine Powerpoint-Präsentation erstellen. Leider hat sich diese Gelegenheit erst gestern, also sehr kurzfristig ergeben«, erkläre ich, während ich mich von der Liege erhebe. Ich empfinde es als unhöflich, mit ihrer Mutter zu sprechen und dabei liegen zu bleiben. Wahrscheinlich bin ich aber einfach bloß zu gut erzogen.

»Ach ja, das Schulprojekt. Abby hat davon erzählt.« Sie sieht auf ihre goldene Uhr. »Ich muss gleich los. Ernest ist schon am Set.« Sie lässt den Blick zwischen uns hin und her fliegen. »Warum bleibt ihr nicht hier? Hier seid ihr ungestört. Wir werden den ganzen Tag arbeiten. Abbys Wagen könnt ihr doch immer noch holen. Dann könnte Abby sich hinlegen, falls sie müde wird, und du, Leo, könntest später noch mal vorbeischauen.« Sie streichelt Abby zärtlich übers Haar. »Wie wäre das, Schätzchen?«

»Das geht nicht, Mom, Leo hat seine Unterlagen doch gar nicht dabei.«

Ich muss ein Grinsen unterdrücken. »Um ehrlich zu sein, liegt das alles noch im Auto.«

Bambi seufzt. »Und warum wundert mich das nicht?«

»Also bleibt ihr hier?« Ihre Mom sieht ziemlich zufrieden aus.

»Sieht so aus.«

Bambi denkt nicht im Traum daran, mir mal ihr Zimmer zu zeigen. Sie verbannt mich an den Gartentisch, während sie ihre Unterlagen und den Laptop holt. Erst nachdem sie alles auf dem Tisch ausgebreitet hat, eskortiert sie mich zu meinem Auto, damit auch ich meine Arbeitsmaterialien und meinen PC holen kann. Sie ist ziemlich fit, was die Erstellung von Powerpoint-Präsentationen angeht, und außerdem sagt sie gern, wo es langgeht, also überlasse ich ihr den Vortritt. Mich betraut sie mit der Planung eines Handouts. Sie scheint so konzentriert und voll bei der Sache, dass mich ihr Arbeitselan ansteckt. Ich schiele zwar hin und wieder mal zu ihr herüber, weil sie einfach zu hübsch ist, um sie nicht ständig anzusehen, aber die meiste Zeit arbeiten wir schweigend.

Um die Mittagszeit zieht plötzlich der verlockende Duft von gebratenem Fleisch durch den Garten. Bambi und ich heben simultan den Kopf.

»Jemand grillt«, flüstert sie und sieht sich um wie ein Geheimagent.

»Riecht gut«, wispere ich. »Aber warum flüstern wir?«

Bambi schiebt geräuschvoll ihren Stuhl zurück und erhebt sich. »Sei nicht so blöd. Hast du Hunger?«

»Ein wenig.«

»Dann komm mit.«

Wir stranden wieder in der chaotischen Küche und Bambi reißt den Kühlschrank auf. Sie brummt etwas Unverständliches und zerrt dann an den Fächern der Kühltruhe.

»Pizza?«, hallt es aus den eisigen Tiefen.

Ich habe mich an die Durchreiche gelehnt und lasse den Blick über die Stapel bedrucktes Papier gleiten.

»Sind das Drehbücher?«

Bambi taucht aus der Kühltruhe auf. Milchige Schwaden eiskalter Luft wabern um ihre Beine. »Ja. Willst du eine Tiefkühlpizza?«

»Wie cool ist das denn?« Ihre Mom sieht so normal aus. Ich habe mir Kreative immer exzentrischer, verrückter vorgestellt. Und nicht inmitten eines Oberklasse-Reihenhauses im biederen Vorort.

»Welche Sorte Pizza?« Sie wippt ungeduldig mit dem Fuß. »Schinken, Salami, Pilze, Spinat?«

»Salami. Danke.«

Bambi schält die Pizza aus dem Karton und schmeißt sie in den Backofen. Mit Kochen scheint sie wohl nicht viel am Hut zu haben. Mir tut die Pizza bei dieser Behandlung fast leid.

»Ist dein Dad genauso normal wie deine Mom?«

»Bitte?« Sie wirft mir einen verständnislosen Blick zu.

»Ich habe mir Leute, die Filme drehen, immer anders vorgestellt. Weniger durchschnittlich. Weniger … normal?«

Bambi schnauft. »Jeder wird mal älter. Und mit einem Kind ist der Bohemian Way of Life nicht ganz so unproblematisch. Aber glaub mir …« Sie zerreißt den Pizzakarton in mehrere kleine Stücke. »Bei uns ist weniger normal, als es auf den ersten Blick aussieht. Oder hast du zum Beispiel auch Eltern, die mehr Partys feiern als du?« Sie seufzt dramatisch. »Da kommt man sich regelrecht alt vor.«

»Nicht doch, Bambi.« Mit dem letzten Satz muss ich sie einfach aufziehen. »Du siehst nur fast so alt aus, wie du dich fühlst.«

Sie wirft mir die Reste des Pizzakartons entgegen. Die trudeln durch die Luft und segeln dann unweit ihrer nackten Füße auf die Fliesen des Küchenbodens.

»Du solltest die Wahl deiner Waffen noch mal überdenken«,

ziehe ich sie weiter auf. Ich schaffe es kaum, ein Grinsen zu unterdrücken.

Bambi zieht ein Messer aus einem Messerblock, der links neben ihr auf der Küchentheke steht. »Ach wirklich?« Sie dreht den Griff der Klinge in der Hand, als überlege sie, welchen Körperteil von mir sie als Erstes aufschlitzt.

»Okay, jetzt machst du mir Angst.« Ich hebe die Hände, als wollte ich mich ergeben.

Bambi lacht und lässt das Messer zurück in den Holzblock gleiten. »Keine Sorge. Das sind nur so kleine Aussetzer, die ich manchmal habe. Wenn ich meine Tabletten nicht nehme, weißt du?«

»Du machst mir immer noch Angst.«

Sie kommt zu mir und lehnt sich an die Durchreiche, als wäre es die Theke einer Bar. »Ohne Messer auch?«

Ihr Blick streift mein Shirt hinauf und wandert dann weiter bis in mein Gesicht. Es gefällt mir, wenn sie mich so abcheckt. Ich straffe die Schultern und mache mich noch etwas größer. Zwar bin ich mir nicht ganz sicher, ob sie weiß, wie ihr Blick auf ihr männliches Gegenüber wirkt, aber solange sie mich so ansieht, ist es mir egal. Bei mir wirkt ihr Augenaufschlag nämlich – und zwar in all meinen Körperregionen. Ihr Blick wird fragend, was mich daran erinnert, dass sie mir eine Frage gestellt hat.

»Willst du die Wahrheit wissen?« Ich kann nicht verhindern, dass meine Stimme dunkel und rau klingt. Eine Nebenwirkung ihres Augenaufschlags.

»Natürlich.« Sie hält den Blick. Ihre Augen schimmern dunkler als sonst. Obwohl es taghellter Mittag ist und wir einfach nur in der Küche ihrer Eltern stehen, schießt mein Puls in die Höhe.

»Wenn du auf Messer stehst, stehe ich auch auf Messer.«

Sie prustet los und kneift mich spielerisch in den Bauch. »Du Perverser! Das war keine Antwort auf meine Frage.«

»Welche Frage?«

»Hör auf!« Wieder zwickt sie mich. »Stell dich nicht dumm.«

O doch, genau das werde ich, solange sie mich weiter zwickt. Männer sind leider so einfach gestrickt.

»Was jetzt?«

Schon wieder ein Zwicken. »Hör auf!«

»Ich werde voller blauer Flecken sein, wenn du mit mir fertig bist.«

»Das geschieht dir recht.« Schon wieder kneift sie mich lachend.

»Ich werde allen erzählen, dass du mich misshandelst, wenn wir allein sind. Dann musst du zum Schulpsychologen und ich bekomme zwei Wochen frei.«

»Wie schade. Dabei wollte ich dich gerade fragen, ob du heute Abend mit zum Strand kommst, wenn wir gut durchkommen mit dem Arbeitspensum. Du könntest ein paar Leute kennenlernen? Vielleicht gehen wir auch noch eine Runde surfen. Aber unter diesen Umständen kann ich natürlich verstehen, wenn du mich nicht begleiten möchtest.«

»Du …« Mir fehlen die Worte. Sie will mit mir zum Strand? Sie? Mit mir?

»Na? Psychologe oder Planschen?« Sie reckt herausfordernd das Kinn.

»Ich werte das mal als rhetorische Frage.«

»Also der Psychologe?«

»Bambi …«

Sie schenkt mir ein süffisantes Lächeln. »Glaub mir, ich habe Verständnis dafür.«

»Leihst du mir eine Badehose?«

»Ich fürchte, da werde ich wegen der Größe passen müssen. Aber zur Not gibt es ja Alternativen.«

»Du leihst mir eine von deinem Dad?«

»Nein.« Sie grinst.

»Also Dr. Bobs Badehöschen sind mir garantiert zu klein.«

Sie will gerade etwas erwidern, als ihr Handy klingelt. Bambi wirft einen schnellen Blick darauf.

»Da muss ich rangehen, meine Mom.« Sie nimmt das Gespräch an. »Ja, Mom?«

Der Rest des Gesprächs lässt vermuten, dass ihre Mom etwas zu berichten hat, das Bambi sehr erfreut. Als sie ihr Handy zurück in die Sporttasche schiebt, glühen ihre Wangen. »Meine Eltern haben vielleicht ein Grundstück entdeckt. Es liegt ganz in der Nähe eines Drehorts. Sie haben Anwohner gefragt und es scheint der Stadt zu gehören. Da sollten wir Montag mal vorbeischauen. Ich denke mal, bis Sonntagabend sollten wir uns nur auf den Vortrag konzentrieren. Was meinst du?«

»Klingt nach einem guten Plan.«

»Okay.« Sie scheint schon wieder über einem druckfertigen Plan zu grübeln. Sie geht zum Backofen und zieht prüfend die Tür auf. »Dann sollten wir uns jetzt noch mal ein paar Stunden konzentrieren, dann können wir heute Abend eine wohlverdiente Pause einlegen.« Sie lässt die Backofentür wieder zuschnappen. »Bevor wir zum Strand fahren, können wir dann mein Auto abholen, und du kannst kurz bei dir zu Hause vorbei und eine Badehose holen.«

»Abgemacht.«

15

Abby

Leo scheint wirklich zwei Seiten zu haben. Die eine ist albern und hat nichts als Unsinn im Kopf. Die andere ist ernsthaft und weiß, wann es nötig ist, auch mal konzentriert zu sein. Ich muss gestehen, bis gestern Abend hatte ich ehrliche Zweifel. Es schien ihm nicht wirklich wichtig zu sein, dass unser Projekt ein Erfolg wird. Doch als er gestern Morgen so früh bei uns auftauchte, war ich schon beeindruckt. Den gesamten Tag haben wir an unserer Präsentation gearbeitet. Die Powerpoint-Folien sind fertig. Das Handout ist so gut wie fertig und morgen müssen wir nur noch mal die Präsentation des Ganzen üben. Um 17 Uhr sind wir zu Amber gefahren, um mein Auto zu holen. Sie war leider nicht da, weil sie schon seit heute Mittag am Strand faulenzt, aber die Hausangestellten kennen mich, und so war es kein Problem, auf das gut gesicherte Grundstück zu gelangen. Als ich ihr getextet habe, dass ich Leo mit zum Strand bringe, hat sie mir einen Smiley mit wackelnden Augenbrauen geschickt. Ehrlich gesagt, weiß ich gar nicht, was mir in dem Moment, als ich ihn spontan dazu eingeladen habe, durch den Kopf geschossen ist. Im Moment komme ich jedoch nicht dazu, weiter darüber nachzudenken. Leo, der damit angegeben hat, dass er schon wieder bei mir ist, um mich abzuholen, bevor ich meine Strandtasche fertig gepackt habe, zieht mich mit meinem »Reisegepäck« auf.

»Wenn du ausgerechnet heute an den Strand ziehen wolltest, hätte ich ein größeres Auto geliehen.«

»Ich brauche das alles«, erwidere ich und lege eine Hand schützend über meine Kühlbox, die ich auf dem Schoß stehen habe. »Und du wirst mir noch dankbar dafür sein, glaub mir.«

Ich lotse ihn zu dem Parkplatz, auf dem schon einige mir bekannte Wagen parken. Tuckers Porsche, Ambers roter und Hollys himmelblau lackierter MX5, Alecs aufgemotzter BMW und die weißen Mercedes Cabrios von Susan und Lindsay. Wir haben einen Stammplatz, der etwas außerhalb von Santa Barbara Beach liegt. Hier bevölkern weder Touristen noch »fliegende Händler« den feinen, goldgelben Sand. Hier darf man auch Lagerfeuer anzünden, was in dem touristisch genutzten Bereich verboten ist. Leo erweist sich als Gentleman und schleppt meine Kühlbox und den großen Korb, in den ich ein paar Snacks gepackt habe. Unweit unseres »Lagerplatzes«, wie wir ihn nennen, hat Mylo seine Strandhütte. Er betreibt einen Surfstand am Touristenstrand, und gegen eine kleine Gebühr dürfen wir in der Hütte, in der er den Großteil seines Surfboard-Bestands lagert, auch unsere Boards einstellen. So müssen wir die sperrigen Boards nicht jedes Mal mit dem Auto zum Strand fahren.

Tucker, Holly und Amber sind schon auf dem Wasser, Susan, Lindsay, Chloé, Alec und Charly liegen faul im Sand. Silver knutscht mit Sam und scheint nichts um sich herum zu bemerken. Silver wirkt regelrecht high vor Verliebtheit. Sam ist zugegeben ein gut aussehender Typ. Er wirkt erwachsen und ein wenig introvertiert. Der Blick aus seinen fast schwarzen Augen ist ernst und eindringlich. Sein schwarzes Haar ist glatt und glänzt in der Sonne. Der Undercut verleiht ihm einen

interessanten, rebellischen Zug. Er trägt mehrere lange Silber-
ketten mit diversen Anhängern um den Hals. Silver mit ihrem
übersprudelnden Temperament und ihrem permanenten
Kommunikationsbedürfnis passt zu ihm wie ein schnattern-
der Papagei zu einem Fisch. Ein paar andere Leute aus unserer
Stufe genießen entweder die letzten Sonnenstrahlen oder sind
im Meer. Leo wird von den anderen etwas kritisch beäugt.
Niemand außer Amber wusste schließlich, dass ich ihn mit-
bringen würde. Leo stellt mein Gepäck im Sand ab und grüßt
selbstbewusst in die Runde. Mir gefällt, dass er nicht so leicht
einzuschüchtern ist. Ich weiß nicht, ob ich in dieser Situation
so cool wäre. Die anderen sind einen Moment lang überrascht, dass Leo wie selbstverständlich sein Handtuch in den
Sand legt, doch dann grüßen sie zurück, als wäre er schon immer dabei gewesen.

Gut gebrüllt, Leo Löwe, denke ich gerade und muss grinsen,
da dreht er sich zu mir.

»Was ist denn das für ein freches Lächeln?« Er dreht sich
suchend um. »Und für wen war es bestimmt?«

»Für niemanden«, lüge ich und grinse. »Komm mit, ich muss
dir noch unbedingt meine Mädels vorstellen«, sage ich. »Dann
können Silver und Sam ihr Wiedersehen in Ruhe feiern.«

Leo wirft Sam einen komischen Blick zu, bevor er sich mir
stellt.

»Die Hellblonde da drüben ist Charlette, aber wir nennen
sie alle nur Charly. Sie arbeitet als Model in Europa.«

»Nicht schlecht.« Leo klingt nicht wirklich interessiert.

Charly nimmt Hut und Sonnenbrille ab, als ich die beiden
einander vorstelle. Sie sieht am Strand immer ein wenig ver-
kleidet aus, weil ihre Haut so hell ist, dass sie leicht einen

Sonnenbrand bekommt. Deshalb ist sie meistens verhüllt wie ein Beduine.

»Und das sind Chloé, Susan und Lindsay. Sie sind alle drei Cheerleader. Wir sind schon zusammen zur Junior High gegangen und ich kenne sie fast genauso lange wie Tucker.«

»Genießt ihr die freie Zeit?«, fragt Leo nicht wirklich höflich. Was ist denn bloß mit ihm los?

»Natürlich«, gurrt Susan. »Aber jetzt erst recht.«

»Und wie läuft euer Projekt so? Kommt ihr gut voran?«

Die drei sehen irritiert zu ihm auf.

»Wie kann man denn bitte jetzt an Schule denken?« Chloé lässt ihre Sonnenbrille auf den Rand ihrer Nase rutschen und sieht Leo verständnislos an. »Es ist Wochenende.«

»Ich wollte mich nur mal erkundigen. Meine Schwester scheint jedenfalls gut beschäftigt mit eurem gemeinsamen Projekt.« Er betont das »gemeinsam«.

»Hast du ein Problem, oder was?«, fragt Lindsay pikiert. »Ist doch ihre Sache, wenn sie lieber am Schreibtisch sitzt, als am Strand abzuhängen.«

»Ach wirklich?«

»Leo!« Ich stoße ihm den Unterarm in die Seite.

In diesem Moment kommen Tucker, Holly, Amber und ein paar andere mit großem Gejohle von ihrem Ausflug aufs Wasser zurück.

»Baby, endlich bist du da!« Tucker umarmt mich tropfnass, wie er ist. Die anderen lachen sich scheckig über seine Aktion, doch zum ersten Mal sehe ich Tuckers Berührungen in einem anderen Licht. Wenn es stimmt, was Silver gesagt hat, dann ist das hier alles andere als Spaß. Ich schubse ihn weg und bemühe mich um ein möglichst zwangloses Lachen.

»Du kennst Leo schon?«

Tucker sieht unter tief liegenden Augenbrauen zu ihm rüber. »Kennen wäre zu viel behauptet.«

»Kinder, seid nett zueinander«, flötet Holly. »Wenn ihr euch die Köpf einschlagt, seid ihr nur noch halb so schön, und niemand will mehr mit euch ins Bett.«

Tucker verdreht die Augen. »Danke für deinen Beitrag, Holly.«

»Und? Wie war euer Abend noch so?« Amber quetscht sich das Wasser aus ihrem Pferdeschwanz und lässt sich dann ächzend auf einem Strandlaken nieder. Sie klingt immer noch beleidigt, dass wir so früh abgehauen sind.

»Nachdem Tucker mich abgefüllt und Leo mich nach Hause gefahren hat, war ich zum Glück nicht allzu spät im Bett.«

Tucker grunzt belustigt. »Es war bloß ein Fingerhut voll. Du verträgst halt nichts.«

Plötzlich wird es voll, als auch noch das halbe Schwimmteam samt einiger Cheerleader auftaucht. Elvis stürzt sich sofort auf Leo und quatscht ihn wegen der Meisterschaften im nächsten Jahr voll. Holly und Amber nehmen mich in die Mangel, um herauszufinden, ob mit Leo etwas gelaufen ist. Später kommen auch noch Susan, Lindsay und Chloé hinzu, die sich natürlich über Leos unfreundliche Art aufregen. Da ich ihnen aber auch nicht erklären kann, warum er so unmöglich reagiert hat, wird das Thema irgendwann uninteressant. Die Jungs haben ein Lagerfeuer entzündet und ich verteile ein paar der kalten Getränke aus meiner Kühlbox. Als jemand mit einem Kasten Bier ankommt, bin ich mit meinen Softdrinks jedoch sofort abgemeldet. Die Snacks, ein paar Wraps gefüllt mit frischem Gemüse und gebratenem Huhn, sowie einige kleine Schalen mit frischem Obst stelle ich zu den anderen mitgebrachten Lebensmitteln.

Elvis wollte Leo unbedingt zu einem Abstecher ins Meer überreden, doch der hat abgelehnt. Seit er sein Shirt ausgezogen und eine Sonnenbrille mit verspiegelten Gläsern aufgesetzt hat, fällt es mir schwer, ihn nicht anzusehen. Obwohl seine Haut hell ist, scheint er schnell Farbe zu bekommen. Die kurze Zeit in Kalifornien hat ausgereicht, um ihm einen zart karamellfarbenen Teint zu verpassen. Amber baggert immer noch an ihm herum, obwohl er sie mit nichts als höflicher Zurückhaltung behandelt. Holly ist nicht ganz so offensiv und begnügt sich damit, ihn zusammen mit Lindsay, Chloé und ein paar anderen von ihren Strandlaken aus zu beobachten.

Jemand hat seinen Jeep in der Nähe geparkt und lässt eine Playlist mit aktuellen Chartstiteln laufen. Als die Sonne im Meer versinkt, wird es langsam kühl. Ich hülle mich in eine lange Strickjacke, Leo hat sein Shirt und eine graue Sweatjacke übergezogen. Wir sitzen Rücken an Rücken, während ich mich mit Silver und Sam und er sich mit Elvis und zwei anderen Jungs vom Schwimmteam unterhält. Es tut gut, ihn so nah bei mir zu fühlen. Ich glaube, die anderen haben unsere vertraute Pose gar nicht bemerkt.

Um kurz nach zehn Uhr dreht Leo sich zu mir. Weil er so nah sitzt, kann er mir praktisch direkt ins Ohr flüstern.

»Schluss für heute, Bambi?« Sein warmer Atem streicht über meine Ohrmuschel. »Zeit fürs Körbchen, morgen wird auch ein langer Tag.«

Ich werfe einen Blick auf mein Handy. Eigentlich geht die Party gerade erst los. Holly und einige andere Mädels haben begonnen, zur Musik am Feuer zu tanzen. Eigentlich hätte ich auch noch Lust dazu.

»Noch eine Viertelstunde, okay?« Ich drücke mich aus dem Sand hoch. »Ich brauche noch eine Runde Bewegung.«

»Klar. Wie du magst.«

Ich gehe zum Feuer hinüber und werde von Holly mit einer stürmischen Umarmung begrüßt. »Na endlich jemand, der mit mir tanzt!«

Wir schunkeln lachend herum, bis Elvis, dem der Jeep wohl gehört, die Playlist brutal abwürgt und stattdessen kubanische Rhythmen aus den großen Lautsprechern klingen. Gut, dass dieser Küstenstreifen direkt an die Bundesstraße grenzt und es so keine Anwohner gibt, die sich über die Lärmbelästigung aufregen könnten. Der sinnliche Takt der Musik lockt noch mehr Leute auf unsere improvisierte Tanzfläche rund um das Feuer. Ich werfe die Strickjacke in den Sand, weil mir vom vielen Hüftenkreisen ganz warm geworden ist. Irgendwann fühle ich einen Blick. Leo sitzt im Schatten auf den Handtüchern. Seine Augen ruhen auf mir. Um ihn herum sind die anderen in ein Gespräch verstrickt, doch Leo hört nicht zu. Ich drehe mich langsam um mich selbst und wiege mich im Takt der Musik. Leo befeuchtet seine Lippen und lässt mich nicht aus den Augen. Wenn er mich so ansieht, scheint mein ganzer Körper nur noch aus herumwirbelnden Schmetterlingen zu bestehen. Ich fühle mich leicht, schwebend und wunderschön. Er hat die Gabe, mir das Gefühl zu geben, dass es in diesem Moment nur uns zwei gibt. Egal, wie viele Leute um uns herum sind. Und egal, wie kompliziert das alles zwischen uns ist. Es ist ein Gefühl, das Zeit und Raum ausklammert. Es macht alles einfach und leicht wie eine Feder. Ich schließe die

Augen, strecke die Arme grazil zur Seite und drehe mich erneut. Ich fühle, wie meine Haare fliegen und der Saum meines Maxikleids um meine Beine weht. Charly, die neben mir tanzt, nimmt meine Hand und dreht mich um die eigene Achse, wie bei einem einstudierten Paartanz. Wir drehen uns gegenseitig, bis uns schwindelig wird und wir lachen müssen, weil wir fast umfallen. Tucker springt mitten ins Geschehen und will mir den Arm um die Taille legen. Doch ich weiche ihm geschickt aus und hänge ihn stattdessen an Charly. Ich glaube, jetzt ist der richtige Zeitpunkt, um zu gehen.

Leo sieht mir entgegen, als ich aus der tanzenden Menge auf ihn zukomme. Als ich vor ihm auf den ausgebreiteten Decken und Handtüchern stehen bleibe, zupft er an dem perlenbesetzten Zehenring, den ich am linken Fuß trage. »Hast du dich müde getanzt?« Er lächelt zu mir hoch. Ohne weiter nachzudenken, streiche ich mit den Fingern durch seinen dichten Haarschopf. »Ja, es war herrlich. Du hättest auch mitmachen können.«

Er lacht und schüttelt den Kopf.

»Was bist du? Tänzer oder Salzsäule?«

Leo grinst. »Kopfnicker.«

Ich pruste vor Lachen. »Das Bild bekomme ich aber jetzt nicht mehr aus dem Kopf.

Leo schlingt einen Arm um meine Kniekehlen und wie auf Kommando sinke ich vor ihm auf die Decke. »Hey, was ist das denn für ein Trick?«

»Gut, oder?« Er wackelt verschmitzt mit den Augenbrauen.

»Heißt das, du willst noch hierbleiben?«

»Nein …« Er streckt sich und tut so, als müsse er ein Gähnen unterdrücken. »Ich wollte bloß ein bisschen angeben.

Jungs machen so was.« Er richtet sich auf und reicht mir die Hand, um mich mit hochzuziehen. »Packen wir unsere Sachen und verabschieden uns?«

»Guter Plan.«

Es dauert eine Weile, bis ich alles verstaut habe und wir die Runde gemacht haben, um uns zu verabschieden. Zum Glück machen wir das getrennt. Ansonsten könnten wir kaum noch behaupten, dass wir nix miteinander haben.

Silver und Sam liegen etwas abseits auf einer Decke im Sand, und wenn ich das richtig sehe, fehlt das Bikinitop unter ihrem Shirt. Sam hat eine Hand zwischen ihre Highwaist-Jeansshorts und ihren Bauch geschoben. Ich winke nur aus dezenter Entfernung.

Leo wartet schon an seinem Truck. »Ich gebe ihnen keine zwei Wochen«, sagt er mit düsterem Gesicht.

»Wem?«

»Silver und Sam.«

Perplex sehe ich ihn an. Die beiden wirken so heftig verliebt, dass ich mir ein so rasches Ende ihrer Beziehung eigentlich nicht vorstellen kann. »Wie kommst du darauf?«

»Ich glaube, er hat noch andere am Start.«

»Was?«

»Ja. Glaubst du im Ernst, ein Typ vom College kann sich nichts Tolleres vorstellen, als einen Samstagabend am Strand mit ein paar Highschool-Schülern zu verbringen? Das macht er nur, weil er sie im Moment noch zu scharf findet, um etwas anderes zu tun. Glaub mir.«

Fassungslos sehe ich ihn an. »Was ist bloß los mit dir heute Abend? Erst machst du meine Freundinnen blöd an und jetzt willst du Sam schlechtmachen. Hast du heute noch nicht genug Aufmerksamkeit bekommen oder hat dir jemand dein Spielzeug weggenommen?«

Leo schnaubt. »Mein Spielzeug steht doch direkt vor mir, warum sollte ich mich beschweren?«

»Lass den Blödsinn! Und wenn du mich noch einmal *Spielzeug* nennst, kannst du was erleben.«

»Du glaubst mir nicht? Dann lass uns wetten. Das ist fair. Ich wette, dass Sam Silver betrügt. Du wettest dagegen. Richtig?«

»Es ist total kindisch, aber da du Gespenster siehst: von mir aus.«

»Denke dir etwas aus, das ich tun soll, wenn du gewinnst.«

»Herrje.«

»So sind die Regeln.«

»Okay.« Ich überlege fieberhaft. »Wenn ich gewinne, dann bezahlst du einen Monat lang mein Mittagessen in der Schule.«

»Das ist zu harmlos. Denk dir was anderes aus.«

»Zu harmlos? Was ist dein Gewinn, wenn ich verliere?«

»Wenn ich gewinne, dann musst du eine Nacht bei mir schlafen. In meinem Bett, direkt neben mir.« Er streicht sich ein paar verirrte Haarsträhnen aus der Stirn. Seine Augen ruhen jedoch unverwandt auf meinem Gesicht. »Nackt.«

»Vergiss es.«

»Gut, dann verhandeln wir. Eine halbe Nacht nackt in meinem Bett.«

»Nein.«

»Dann biete mir etwas an.«

»Du bist verrückt! Glaubst du im Ernst, meine Eltern lassen mich bei dir übernachten? Außerdem ziehe ich mich nicht einfach aus und lege mich zu jemandem ins Bett.«

»Ich verliere doch sowieso, oder? Es kann dir also egal sein, was dein Wetteinsatz ist.«

Vermutlich hat er recht. »Von mir aus. Eine Nacht in deinem Bett. Im Schlafanzug. Und zwar beide.«

Leo lacht belustigt. »Abgemacht. Und jetzt deine Challenge für mich?«

Nach so einem Vorschlag seinerseits hat er eine kleine Gemeinheit verdient. »Wenn ich gewinne, hältst du mir für den Rest des Schuljahres einen Parkplatz direkt vor dem Eingang frei. Jeden Morgen. Egal, wie früh oder wie das Wetter ist.«

Leo lächelt sardonisch. »Du lernst schnell dazu.«

»Ich lerne von den Besten.«

»Gut, abgemacht. Die Wette ist gewonnen, wenn Silver es herausfindet und mit verheulten Augen durch die Schulgänge irrt.«

»Wie kann man nur so unsensibel sein.«

»Du bist echt wie ein Januskopf«, sagt er leise. »So hin und her gerissen zwischen zwei Seiten. Mal flirtest du mit mir, und dann behandelst du mich, als würde ich dich fressen wollen.«

»Da bin ich wohl in bester Gesellschaft. Du bist genauso zwiegespalten. Mal flirtest du mit mir, und ein anderes Mal siehst du mich so verzweifelt an, dass ich mich frage, womit ich dir das Leben so schwer mache.«

Leo scheint sprachlos. Ich glaube, da habe ich echt einen Nerv getroffen und im nächsten Moment steigen Schuldgefühle in mir hoch. Vielleicht hat es auch etwas mit seiner Familiensituation zu tun und ich mit meiner spitzen Zunge reite darauf herum. Er schluckt krampfhaft und seine Halsmuskeln arbeiten deutlich erkennbar.

»Es tut mir leid, ich wollte nicht –«

»Nein.« Er unterbricht mich scharf.

»Ich –«

»Nein.« Er holt tief Luft. »Ich unterschätze immer noch deine messerscharfe Beobachtungsgabe. Es ist vermessen zu denken, dass nur ich andere durchschaue.«

»Ich weiß, dass mit deiner Familie nicht … dass es ein wenig … turbulent zugeht.«

»Es geht hier nicht um meine Familie.«

»Ich dachte vielleicht, ich hätte aus Versehen auf etwas angespielt, dass –«

»So ist es nicht, Bambi.«

Ich spüre, dass er noch etwas sagen will, doch dann schweigt er nur. Zum x-ten Mal versuche ich, eine Lüge in seinen Augen zu erkennen. Doch alles, was er sagt, klingt wieder mal ehrlich.

Er hebt den rechten Arm und seine Fingerspitzen streichen ganz zart meinen Oberarm entlang. »Ich muss dich immer wieder anfassen, ist das nicht verrückt?«, flüstert er. »Kennst du das Gefühl, wenn du jemanden ständig berühren musst? Dass du es kaum aushältst? Es ist wie ein Zwang.«

»Ja, das kenne ich.«

»Und kennst du das Gefühl, wenn du in einer ganzen Gruppe von Menschen bist, aber immer nur den einen siehst? Dass alle anderen egal sind?«

Ich nicke. Meine Haut fühlt sich an wie mit Brause übergossen, dort wo er mich gestreichelt hat. Leo hat den Arm wieder sinken lassen, doch sein ganzer Körper scheint wie unter Strom zu stehen. Sein Blick macht mir weiche Knie. Er bittet mich, es ihm nachzumachen. Alles an ihm scheint mir die Sehnsucht nach einer Berührung von mir entgegenzuschreien.

Es ist wesentlich einfacher, wenn es wie zufällig passiert. Zum Beispiel ihn zu zwicken, wenn wir nebeneinander hergehen, oder ihn kurz am Arm zu halten. Er hat sogar schon mal meine Hand genommen, um mich über die Straße zu führen. Auch gestern auf Ambers Party war unsere Umarmung wie zufällig entstanden. Es war einfach so passiert. Doch all das verblasst, nun, da nichts Zufälliges die Situation entschärft.

Leo will sich wegdrehen, als er mein Zögern bemerkt. »Ich sollte dich jetzt nach Hause bringen.«

»Warte.« Ich bin hin und her gerissen.

Leo hält inne.

»Es ist kompliziert, das weißt du. Und –«

»Hör auf, dich zu entschuldigen, Bambi. Das eben habe ich freiwillig getan und gesagt. Ich erwarte keine Gegenleistung. Und jetzt lass uns gehen. Deine Sachen habe ich schon in den Wagen gepackt.« Leo geht voraus, ohne sich umzusehen. Irgendwann verschluckt ihn die Dunkelheit.

Den Sonntag verbringen wir bei Leo, bis wir weiter zu mir fahren, damit ich vor dem Vortrag noch umziehen kann. Gestern Nacht hat er mir nicht mehr geschrieben. Auch unsere Verabschiedung schwankte zwischen Verlegenheit und Unbehagen. Ich hatte ein paar Mal im Bett mein Handy in der Hand, aber dann habe ich ihm auch nicht getextet. Mir ist bis jetzt nicht klar, was ich von seinem feindseligen Verhalten gegenüber Sam und meinen Freundinnen halten soll. Allerdings habe ich mir fest vorgenommen, ihn heute mal darauf anzusprechen.

In meinem Zimmer sieht sich Leo interessiert um. Eigentlich gibt es außer den Möbeln nicht viel zu sehen, denn ich bin niemand, der alles mit Deko vollstopft. Mein Zimmer ist ohnehin nicht allzu groß. Es bis zum Anschlag zu dekorieren, würde es nur noch kleiner wirken lassen. Leo lässt sich auf die Tagesdecke plumpsen. »Hübsch hast du es hier.«

Er sitzt auf meinem Bett! Und jetzt wippt er auch noch prüfend auf der Matratze herum. Als er meinen entsetzten Blick auffängt, grinst er, hört aber nicht auf damit.

»Könntest du das lassen?«

Natürlich tut er es nicht. Stattdessen streicht er langsam über die cremeweiße Tagesdecke. »Ich freue mich übrigens schon sehr auf deine Übernachtung bei mir.«

»Dazu wird es nie kommen.«

»Wer weiß.« Er sieht zu mir hoch. »Gefällt dir mein Bett?«

Sein überdimensional großes Bett aus grau gebeiztem Holz ist wunderschön und auch die tiefblaue Bettwäsche wirkt mehr als gemütlich. Doch natürlich gieße ich kein Wasser auf seine Mühlen, indem ich das zugebe. »Keine Ahnung.«

Er streicht wieder provozierend zärtlich meine Tagesdecke. »Warum glaube ich dir bloß nicht so recht?«

»Ich schenke sie dir.« Ich deute mit dem Kopf auf die Decke. »Es scheint mir Liebe auf den ersten Blick.«

Leo schnauft amüsiert. Dann lehnt er sich zur Seite, bis seine Nase die Decke berührt. »Vermutlich, weil sie nach dir riecht.«

Was soll ich davon halten. Jetzt flirtet er mit mir, was das Zeug hält, und vorhin hätte er mir fast den Kopf abgerissen, weil ich mich erdreistet habe, ihn etwas über seine Schwester zu fragen. Wie soll ich bloß schlau aus ihm werden? Eigentlich habe ich auch gar keine Zeit für seine Spielchen, denn ich muss mir noch überlegen, was ich anziehe, und noch duschen und … Ich halte inne. Duschen, während Leo hier im Neben-zimmer sitzt?

»Du guckst, als hättest du einen Geist gesehen.«

»Was? Nein. Ich …«

»Alles okay, Bambi? Bist du nervös wegen des Vortrags?«

Was für eine willkommene Ausrede. »Ja, ein bisschen.«

»Mach dir keinen Kopf. Wir sind super vorbereitet.«

»Ja … ich … ähm …« Was wollte ich denn machen, bevor mir das Thema Duschen in den Kopf kam? Richtig, etwas zum Anziehen heraussuchen. Ich öffne die Türen meines Kleiderschranks. Seriös, aber modisch und nicht zu kurz. Das schwebt mir vor. Mal sehen, ob mein Schrank das hergibt. Dr. Bob spaziert ins Zimmer. Aber wenn Leo da ist, bin ich abgemeldet. Er nimmt ihn in Beschlag, indem er ihm direkt auf den Schoß springt. Leo ächzt überrascht.

»Hey Kumpel, langsam. Alles klar bei dir?« Leo knautscht an Dr. Bobs Ohr herum, was den sichtlich nervt. Jedenfalls guckt er so. Trotzdem bewegt er sich nicht von Leo weg. Fast so, als wolle er ihn eher bewachen als seine Sympathie bekun-den. So nach dem Motto: Wenn ich auf dir sitze, habe ich dich gut im Auge. Die beiden sind ein schräges Doppel. Wirklich leiden können sie sich nicht, da bin ich mir sicher. Ich ver-kneife mir ein Grinsen und verschwinde im Bad.

Der Abend im Country Club wird ein voller Erfolg. Nicht nur, dass John, Leos Stiefvater, wirklich nett zu sein scheint, er stellt uns auch allen wichtigen Persönlichkeiten vor. Ich lerne sogar den Bürgermeister kennen, der uns zusichert, am Mon-tag ein Schreiben an die Schule faxen zu lassen, das bestätigt, dass wir uns auf brachliegenden städtischen Grundstücken aufhalten dürfen. Sogar, wenn dort Verbotsschilder hängen. Unsere Powerpoint-Präsentation wurde mit sehr wohlwollendem Applaus belohnt und wir sind alle unsere Handouts losgeworden. Zwei Spendenschecks sind uns direkt überreicht worden und wir haben diverse mündliche Spendenzusagen. Außerdem sind wir für die Clubzeitschrift fotografiert und interviewt worden. Zwei Genetik Professorinnen der UCLA betonten, was für ein hübsches Paar wir wären und dass wir sicherlich entzückenden Nachwuchs zeugen würden. Ich habe ein Dankeschön gestottert, während Leo nur verschmitzt gegrinst hat. Dementiert hat er jedenfalls nichts.

Auf dem Rückweg sind wir so überdreht, dass wir im Auto laut zu aktuellen Chartstiteln mitsingen. Leo fährt zu sich, weil dort noch mein Wagen steht. Er hält neben dem Buick und dreht das Radio aus. Ich will gerade aussteigen, als er mir eine Hand auf den Unterarm legt.

»Warte.«

Überrascht lasse ich die Finger wieder in meinen Schoß sinken. Die Innenbeleuchtung des Wagens springt an, doch Leo schaltet sie sofort wieder aus. Es ist dunkel im Wagen, denn der Mond ist heute Nacht hinter einer dichten Wolkendecke verborgen. Angespannt warte ich ab.

»Allegra ist depressiv«, sagt Leo in die Stille. »Sie ist depressiv, seit Dad tot ist, und sie betäubt sich mit Tabletten. Mom ist mit ihr überfordert. Das war sie von Anfang an. Dads Tod, die finanziellen Sorgen und dann noch das mit Al … sie hat das alles nicht gepackt. Sie musste sich nie um etwas kümmern, mein Dad hat alles geregelt. Sie wusste nichts. Auch nicht, was wir für Versicherungen haben. Sie hat es zugelassen, dass Al von einem befreundeten Arzt Tabletten bekommen hat. Weil Al keine Therapie wollte, hat sie es dabei belassen. Mittlerweile ist Al abhängig davon. Und weil sie viel zu schlau ist, um das nicht zu erkennen, hat sie auch noch eine Essstörung entwickelt. Sie hungert sich zu Tode, weil sie sich für das hasst, was aus ihr geworden ist. Und ich stehe jeden Morgen auf, und es verstreicht ein weiterer Tag, an dem ich meiner Schwester beim Sterben zusehe.«

Ich höre ihn tief ausatmen. So als wäre soeben eine schwere Last von seinen Schultern gefallen. Ich löse meinen Sicherheitsgurt und drehe mich auf dem Sitz zu ihm. Alles in mir krampft sich schmerzhaft zusammen. Ich hatte geahnt, dass etwas nicht stimmt. Aber dass es so schlimm ist, hätte ich mir nie erträumt. Wie stark muss man sein, um das alles auszuhalten und mich trotzdem ständig zum Lachen zu bringen? Wie schafft man das?

»Mein Gott«, flüstere ich. »Ich hatte ja keine Ahnung. Ich komme mir so dumm und unsensibel vor. Es tut mir leid.«

»Du wolltest mir helfen und ich habe dich abfahren lassen. Das war unfein.«

»Aber jetzt verstehe ich dich.« Ich suche nach seiner Hand und verknote meine Finger mit seinen. »Darf ich?«

»Du darfst mich anfassen, wann immer du willst, das weißt du doch«, wispert er. »Frag mich nie wieder.«

Mit der freien Hand streiche ich über seine Schulter. »Was ist mit John? Er wirkt so sympathisch. Kannst du nicht mit ihm reden? Was ich nicht verstehe, ist, dass es ihm noch nicht aufgefallen ist. Ihr wohnt doch alle unter einem Dach.«

»John weiß alles, seit ich mit ihm geredet habe. Er und Mom sind eigentlich dauernd unterwegs. Wenn er mal keine

Zeit hat, hängt Mom in irgendwelchen Schönheitsfarmen herum. Ich glaube, sie bräuchte selbst eine Therapie, um mal wieder in der Realität anzukommen.«

»Und du?«, frage ich vorsichtig. »Wie schaffst du das alles?«

»Schlaftabletten. Damit das Gedankenkarussell aufhört. Bevor wir hierhergezogen sind, eigentlich jeden Abend. Aber seit ich hier zur Schule gehe …« Er hält inne und verknotet seine Finger noch inniger mit meinen. »Das klingt jetzt total nach Süßholzraspelei. Ich sollte das nicht sagen.« Ein etwas verlegenes Lachen hallt zu mir herüber.

»Sag es, ich lache dich nicht aus. Versprochen.«

»Seit ich hier am ersten Tag ein gewisses Mädchen kennengelernt habe, denke ich vor dem Einschlafen meistens an sie. Und brauche die Tabletten nicht mehr.«

»Leo …« Jetzt bin ich es, die verlegen ist.

»Freu dich nicht zu früh. Es sind lüsterne, testosterongeladene Gedanken, in denen du die meiste Zeit nackt bist.«

»Leo!« Ich zwicke ihn in den kräftigen Bizeps.

»Du hast es wissen wollen.«

»So genau nun auch wieder nicht.« Gedankenverloren zupfe ich am Ärmel seines Oberhemds. »Darf ich dich noch was fragen?«

Ich erkenne seinen schemenhaften Umriss, der mit dem Kopf nickt.

»Dein Dad …« Sofort spüre ich, wie Leos Haltung sich verkrampft. »… war es eine Krankheit?«

Leo schluckt deutlich hörbar. »Nein. Ein Geisterfahrer, der Selbstmord begehen wollte. Dad war auf dem Rückweg von einem Kongress in Washington. Der Typ, der sterben wollte, hat sein Auto auf der Straße in den Gegenverkehr gelenkt. Er hat Dad frontal gerammt. Sie waren beide sofort tot.« Leo klingt beherrscht, doch ich fühle seine Trauer, die ihn umgibt wie eine graue Wolke. »Es ist jetzt über ein Jahr her, aber er fehlt mir immer noch. Seit er tot ist, geht alles nur noch bergab. Und obwohl ich es versucht habe, hat meine Trauer mich so gelähmt, dass ich Al und Mom nicht helfen kann.«

»Aber, Leo … Du bist noch nicht mal volljährig. Was hättest du ausrichten können? Du bist das Kind und deine Mom hätte sich Hilfe holen müssen. Es war fahrlässig von ihr. Dich trifft keine Schuld.«

»Trotzdem …« Wieder streichelt Leo meine Finger mit seinen. »Du weißt doch, wie das ist. Würdest du dich nicht irgendwie schuldig fühlen?«

»Vermutlich hast du recht …« Ich seufze in die Dunkelheit. Das, was Leo erzählt hat, haut mich echt um. Zumal er mich völlig unvorbereitet erwischt hat. Nach so einem Abend hätte ich nicht mehr damit gerechnet.

»Ich weiß gar nicht, was ich sagen soll …«, beginne ich leise. »Das alles ist so –«

»Bambi?«

»Ja?«

»Es reicht, dass ich es dir einfach erzählen konnte.«

»Wirklich?«

Leo löst unsere ineinander verschlungenen Finger und dreht mich mit beiden Händen zu sich. Meine Augen haben sich an die Dunkelheit gewöhnt und ich kann sein Gesicht erkennen. Das strahlende Blau seiner Augen ist selbst bei diesem wenigen Licht nicht zu übersehen.

»Ja. Ich will meine Probleme nicht bei dir abladen. Es fühlte sich plötzlich einfach richtig an, dir davon zu erzählen. Und mehr soll es auch nicht sein. Ich will dich nicht als meine Verbündete, sondern ...« Er holt noch mal tief Luft, »... als meine Vertraute. Ich vertraue dir, dass du all das nicht herumerzählst. Und ich vertraue dir, dass du mich jetzt nicht für einen weinerlichen Waschlappen hältst, der sich bei dir ausheulen will.«

»Niemals.«

Er nimmt meine rechte Hand, dreht sie um und küsst meine Handinnenfläche. Ich schnappe vor Überraschung nach Luft.

»Gut, oder?« Sein leises Lachen klingt rau. »Das habe ich mal in einem Theaterstück gesehen. Ich wollte es schon immer mal machen.«

Er lässt meine Hand sinken und zieht die Stirn kraus. »Oder war das kitschig?«

Ich schüttele so heftig den Kopf, das fast meine Zähne klappern.

»Ein Glück.«

»Wie geht es jetzt weiter mit Allegra? Glaubst du, du hast in John eine Unterstützung?«

»Mrs. Hellendale hat sie schon auf dem Kieker. John wird sich kümmern müssen, wenn Mom es nicht tut. So wie ich sie einschätze, kommt sie irgendwann hier vorbei, wenn keiner der beiden zu einem Termin erscheint.«

»Ja, so kennen wir sie. Aber in diesem Falle wohl echt nützlich.« Ich muss gähnen und schaffe es kaum, das zu verbergen.

»Du bist müde. Soll ich dich nicht doch lieber nach Hause fahren und hole dich morgen zur Schule ab?«

»Nein, das geht schon.« Die Fahrt nach Hause sollte ganz nützlich sein, um meine Gedanken zu sortieren und den Tag Revue passieren zu lassen. »Danke.«

»Okay. Ich bringe dir noch deinen Laptop zum Wagen.«
Leo steigt aus und ist schon um den Wagen herum, als ich
noch im Fußraum nach meiner Handtasche suche. Er hilft mir
galant beim Aussteigen und eskortiert mich zu meinem Auto.
Die Bewegungssensoren springen an und plötzlich ist es auf
dem Vorplatz taghell. Wir bedecken unsere Hände mit den
Augen und lachen, weil wir nichts mehr sehen.

»Gut, dass ich den Radius bereits kenne. Die Dinger sind
echt tödlich.« Er öffnet meine Tür. »Hier geht's rein. Lass dich
einfach fallen, du solltest weich landen.«

»Alles klar.« Schon sitze ich hinterm Steuer. Eine Sekunde
später gehen die Bewegungsmelder wieder aus und es ist dunkel. Die Innenbeleuchtung des Buicks wirkt wie eine müde
Laterne dagegen.

»Startklar?« Leo beugt sich zu mir.

»Startklar.«

»Dann komm gut nach Hause.« Er beugt sich vor und küsst
mich kurz auf die Wange. »Textest du mir, wenn du gut angekommen bist?«

»Ja.« Meine Wange glüht, dort wo seine Lippen mich so
flüchtig berührt haben.

Leo lässt die Tür des Buicks zufallen und ich starte den Motor. Kaum dass ich losfahre, tauchen die Scheinwerfer den
Hof in taghelles Licht. Ich sehe in den Rückspiegel. Leo hat
die Hände in den Hosentaschen vergraben. Er steht aufrecht,
so als wäre er kein bisschen müde. Sein Blick ist ernst und
nachdenklich. In diesem Moment frage ich mich, ob er mir
wirklich alles erzählt hat oder ob unser Gespräch nur an der
Oberfläche seiner Abgründe gekratzt hat.

16

Leo

Am Montagmorgen fühle ich mich verkatert. Obwohl ich mir sicher bin, dass Bambi nicht tratscht, habe ich doch ein komisches Gefühl, sie heute wiederzusehen. Was, wenn sie mich jetzt doch nur als den »netten Kumpel mit dem familiären Desaster im Schlepptau« sieht? Kann man jemanden, für den man Mitleid empfindet, noch scharf finden? Je länger ich darüber nachdenke, desto blöder kommt mir meine »Beichte« von gestern Abend vor. Hätte ich bloß meine Klappe gehalten.

In der Schule gehe ich Bambi bis zur Pause aus dem Weg. Was zum Glück unproblematisch ist, da wir keinen Kurs zusammen haben. Al, die eigentlich zu Hause bleiben wollte, bombardiert mich mit bösen Blicken, weil ich sie aus dem Bett getrieben habe, indem ich ihre Decke geklaut und dann ihre Musikanlage auf volle Power gestellt habe. Aber es gibt Schlimmeres. Hauptsache, sie schwänzt nicht wieder.

In der Schlange fürs Mittagessen steht Bambi plötzlich neben mir. Außer einer kurzen Nachricht, dass sie gut zu Hause angekommen ist, hat sie nichts von sich hören lassen. Allegra, die angeekelt auf das fettige Essen starrt, grüßt sie mit ungewohnter Herzlichkeit. Bambi wedelt mit zwei bedruckten Blättern.

»Die Genehmigung des Bürgermeisters ist schon da und Direktorin Hellendale hat noch eine von der Schule beigesteuert. Jetzt sind wir für alles gerüstet. Wann wollen wir heute los?«

Sie benimmt sich wie immer. Auch Al behandelt sie mit der gleichen verbindlichen Freundlichkeit wie vorher. Keine Spur von Bedauern, keine Spur von Mitleid.

»Leo.« Al rammt mir unsanft den spitzen Ellenbogen in die Seite. »Abby redet mit dir, du taube Nuss.«

»Ist ja schon gut.« Ich schiebe Al vor mich, damit sie sich der Wahl ihres Mittagessens widmen und mich nicht nerven soll. »Such dir was aus, es gibt alles, was du willst.«

Zum Dank boxt sie mich in den Bauch. Bambi lacht und zwinkert ihr verschwörerisch zu. Frauen. Sie stecken doch alle unter einer Decke.

»Sollen wir direkt nach dem Unterricht los? Oder hast du noch eine Sport-AG?«

Bambi schüttelt den Kopf. »Nein. Von mir aus können wir sofort los. Weißt du schon, wo ihr sitzt? Wir sind heute über-besetzt, weil Aiden seine neue Freundin aus der 10. Klasse im Schlepptau hat. Ich setze mich zu euch, wenn das okay ist.«

»Gib es zu, du hast Sehnsucht«, raune ich ihr zu.

Sie tätschelt meine Wange wie das pelzige Bäuchlein einer Katze. »Das wird's sein, Leo.«

Al prustet auf die frittierten Chicken Wings.

»Total lustig, Ladys. Wenn das so weitergeht, sitzt keine von euch beiden an meinem Tisch.«

»Dein Tisch?« Al kichert überheblich. Dann tippt sie Elvis, der vor ihr in der Schlange steht, auf die Schulter. »Elvis, bist du ein Schatz und reservierst mir meinen Lieblingstisch? Du weißt schon, den direkt neben dem Notausgang.« Sie setzt einen schmachtenden Blick auf. »Da fühle ich mich immer so sicher. Lass mich dein Tablett nehmen, ich bezahle das und bringe es gleich an ...« Sie betont das nachfolgende Wort übertrieben »... unseren Tisch. Und bitte achte darauf, dass wir auch einen Platz für Abby haben, sie sitzt heute bei uns.«

Elvis grinst wie ein rosa Einhorn und schwirrt ab. Al dreht sich zu mir. »Problem gelöst. Möchtest du vielleicht heute bei uns sitzen, Brüderchen? Ich meine, NUR wenn noch ein Platz frei ist und NUR wenn du ganz nett fragst?«

Dieses raffinierte kleine Stück. »Wie viele Jahre Knast bekommt man, wenn man seine Schwester erwürgt?«, frage ich Bambi.

»Da müsste ich Hollys Dad fragen, er ist Staatsanwalt.«

Wir rücken weiter auf und Al wirft Bambi einen wissenden Blick zu. »Er blufft. Darin ist er ganz groß.«

Bambi seufzt übertrieben. »So sind sie doch alle.«

Al fällt in ihr Seufzen ein. »Wie recht du hast.«

Ich hebe beide Arme in einer ratlosen Geste. »Kann mich mal jemand kneifen? Ich glaube, ich bin in einem ziemlich nervigen Albtraum gefangen.« Das hätte ich nicht sagen sollen. Die beiden stürzen sich auf mich wie Harpyien und schlagen ihre spitzen Krallen in mich. Ihr Kichern übertönt meine Schmerzenslaute. Ich glaube, mein Kater heute Morgen hätte mich vorwarnen sollen, dass der Tag nur schlimmer werden kann.

Nach Schulschluss wartet Bambi an meinem Wagen. Sie fährt mal wieder mit mir, weil ich erstens nicht gern beifahre und zweitens kein Vertrauen in ihre Rostsammlung habe. Mir ist bis heute schleierhaft, wie ihre Eltern sie mit so einer Schleuder durch die Gegend fahren lassen können. Von besagten Eltern hat Bambi auch die Adresse des städtischen Brachgrundstücks. Laut Notiz der Stadt, die dem Fax mit dem Erlaubnisschreiben angehängt war, hatte niemand dieses Grundstück so recht auf dem Schirm gehabt. Es sieht so aus, als wäre es in den Mühlen der Bürokratie einfach untergegangen. Von außen sieht es jedenfalls aus wie jeder andere wilde Schrottplatz: ein hoher Zaun mit diversen Schlupflöchern und jede Menge Unrat überall.

Bambi stapft hochmotiviert voraus. Was total okay ist, weil sie in ihren ausgefransten Jeansshorts und dem lässigen Bandshirt ein wirklich hübscher Anblick ist. Viel zu gern würde ich ihr hinterherstürzen, ihr durch die langen Haare wuscheln und sie dann besitzergreifend in die Arme ziehen. Das ist mal wieder einer der Momente, in denen ich mir selbst etwas vormache. Ich rede mir ein, ich könnte mein Gewissen überlisten. Ein paar Monate lang an ihrer Seite sein und sie dann zugunsten meiner fest geplanten Zukunft aus meinem Leben streichen. Die Wahrheit ist, am Ende so eines Gedankens krampft sich mein Magen schmerzhaft zusammen. Es fühlt sich an, als bohrten sich Hunderte kleiner Nadeln gegen seine Innenwände. Unwillkürlich krümme ich mich ein wenig. Es sticht, es schmerzt, und so schnell wie es angefangen hat, hört es wieder auf. Ich kann mich gerade noch aufrichten und ein unbedarftes Gesicht aufsetzen, bevor Bambi sich ungeduldig zu mir umdreht.

»Nicht so schüchtern. Hier gibt es keine wilden Tiere.« Sie grinst breit. Mich zu provozieren, scheint sie wahnsinnig zu amüsieren. Na warte.

»Warte, bis ich dich in die Finger kriege«, rufe ich und tue so, als wollte ich auf sie zurennen. »Dann reden wir noch mal über das Thema *wilde Tiere.*«

Bambi lacht. »Sagt dir das Wort *Selbstüberschätzung* etwas?«

Okay, sie hat es nicht anders gewollt. Ich nehme die Verfolgung auf. Bambi, die jetzt eigentlich kreischen und wegrennen sollte, verschränkt die Arme vor der Brust und sieht mir tiefenentspannt mitten ins Gesicht. Eigentlich wollte ich sie packen und einmal durch die Luft wirbeln. Aber nun bleibe ich einfach nur vor ihr stehen.

»Was war das denn?«, gluckst sie. »Ist es dir heute noch nicht warm genug, dass du auch noch rennen musst?«

Ich streiche mir die Haare nach hinten und atme resigniert aus. »Du musst weglaufen, sonst funktioniert das Spiel nicht.«

Bambi zieht in einer stummen Frage die Augenbrauen hoch.

»Du läufst weg … ich jage dich … du läufst extra langsam … ich kriege dich … du kicherst … ich wirble dich rum … schon mal gehört?«

»Ach, das …« Sie nickt und zieht grüblerisch die Stirn kraus. »Ja, davon habe ich gehört.« Erst als es um ihre Mundwinkel verdächtig zuckt, merke ich, was hier los ist.

»Du verarschst mich.«

Sie blickt fast entschuldigend. »Ja, ganz gewaltig.«

»Du bist so eine kleine –«

»Jaja, schon klar.« Sie umgreift mein Handgelenk und zieht mich mit sich. »Komm, du Held, sehen wir uns zusammen ein wenig um.«

Sie fasst mich an und das auch noch freiwillig. Ich würde ihr in die finstersten Ecken der Unterwelt folgen, überallhin, solange sie mich nicht loslässt. Doch natürlich lasse ich mich extra ein wenig von ihr ziehen, damit sie mir das bloß nicht anmerkt. »Hübsch hier.« Ich rümpfe die Nase. »So wohnlich.«

Bambi schnauft und dreht sich kurz zu mir um. »Du siehst nur den Ist-Zustand. Du solltest aber versuchen, den Soll-Zustand zu sehen.«

»Kannst du das übersetzen?«

Sie bleibt stehen, lässt aber mein Handgelenk nicht los. »Die Kunst ist es, das Potenzial von etwas zu erkennen.« Sie schwenkt die freie Hand in einer großartigen Geste und fängt so das ganze Grundstück ein. »Du siehst hier nur einen Haufen Schrott auf Brachland. Ich sehe eine grüne Wiese, die einen großen Sandkasten umgrenzt, in dem jede Menge Spielgeräte stehen.«

Mein skeptischer Blick bringt sie zum Lachen. »Man kann es lernen, keine Sorge.«

»Ach wirklich?«

Doch Bambi wirkt plötzlich abgelenkt. Ihr Lachen ist wie ausradiert. »Pscht, sei mal bitte ruhig. Ich glaube, ich habe ein Geräusch gehört.«

»Hier? Glaub mir, hier überleben nicht mal Pflanzen.«

»Ich bin mir ganz sicher.«

Und dann lässt sie mein Handgelenk los. Okay, wer oder was auch immer für dieses dämliche Geräusch verantwortlich ist, er komme mir besser nicht in die Quere.

Bambi ist schon fünf Meter voraus und balanciert in ihren offenen Sandalen über ein paar dünne Sperrholzplatten, die sich gefährlich biegen.

»Könntest du das bitte lassen?« Ich komme ihr langsam hinterher. »Eigentlich wollte ich dich nach Hause fahren und nicht der Notarzt.«

»Ja, ja, Dad …«

»Hast du mich gerade *Dad* genannt?«

Sie hüpft von den Platten hinein in eine Insel aus Müll. »Das hättest du wohl gern, Perversling.«

»Moment mal, ich habe genau gehört, wie du –«

»Leo!« Sie legt den Zeigefinger auf die Lippen.

»Da war nichts.« Ich habe die Spanplatten erreicht, aber mein Gewicht tragen sie garantiert nicht. Ich könnte es mit einem Sprung versuchen. Obwohl … Platz genug ist für uns beide da drüben eh kaum. »Sei brav und komm wieder her. Ich kaufe dir auch ein Eis. Oder Süßkram, den Mädchen doch immer wollen.« Meine lockenden Worte perlen an ihr ab wie Wasser an einer Lotosblüte.

»Doch, da war ein Geräusch.« Bambi zerrt an einem Stapel Pappen. Direkt neben ihrem ungeschützten Knöchel ragen die Überreste eines Ölfasses aus dem Boden. Die rostigen Spitzen sehen nicht gerade harmlos aus.

»Jetzt lass doch den Dreck liegen. Du holst dir noch Tetanus.«

Bambi macht eine unwirsche Geste, die mich wohl endgültig zum Schweigen bringen soll. Ein mit Farbe beschmiertes Papp-Plakat fliegt hinter sie. Ich kann kaum hinsehen, wenn sie mit bloßen Händen in dem Abfall wühlt. Wenn sich darunter auch ein Ölfass versteckt, greift sie gleich direkt hinein.

Als sie erschrocken quietscht, rechne ich mit dem Schlimmsten. Im nächsten Moment habe ich einen Hechtsprung über die Sperrholzplatten und die rostigen Metallspitzen gemacht und stehe direkt hinter ihr.

»Was ist?«

Bambi ist zu Eis erstarrt.

»Hast du dir wehgetan?« Ich beuge mich zu ihr. Als sie sich nicht rührt, sehe ich über ihre Schulter hinab auf das, was sie dort unter den Pappen entdeckt hat. Zuerst mache ich nur ein Bündel Fell aus. Erst auf den zweiten Blick erkenne ich, dass es sich um mehrere ineinander verschlungene Körper handelt. Drei Hundewelpen, nur wenige Wochen alt. Zarte Rippen bohren sich in einem viel zu scharfen Kontrast durch ihr kurzes graues Fell. Ich muss nicht erst in ihre vertrockneten Augen sehen, um zu wissen, dass sie tot sind.

Bambi hat eine Hand vor den Mund gepresst und schluchzt laut auf. Behutsam berühre ich sie an der Schulter. »Bitte, sieh nicht mehr hin.« Ich will sie zu mir drehen, doch sie sträubt sich.

»Wer tut so was?«, flüstert sie erstickt. »Wer in Gottes Namen tut so etwas?« Sie kämpft mit den Tränen. Als ihre Schultern zu beben beginnen, weiß ich, dass sie den Kampf verloren hat.

»Sieh nicht mehr hin, ich bitte dich. Ich rufe die Polizei. Oder das Tierheim? Jemand muss sich darum kümmern. Komm her …« Ich rede wie ein Wasserfall, nur um sie abzulenken. Sie lässt es zu, dass ich sie zu mir drehe und beschützend in die Arme nehme. »Ich kümmere mich darum. Du hast …«

Bambi muss würgen, und ich halte sie fest, auch wenn sie mir gleich auf die Schuhe kotzt. Sie keucht und krümmt sich, ihre Nägel bohren sich in meine nackten Arme. Noch mal würgt sie, doch sie schafft es, sich nicht zu übergeben. Stattdessen laufen ihr in wortloser Fassungslosigkeit die Tränen über die Wangen.

»Ist ja gut …« Ich tröste sie, obwohl mir der Anblick selbst ziemlich schwer im Magen liegt.

Und dann ist es da wieder. Das Geräusch, von dem ich mir sicher war, dass Bambi es sich nur eingebildet hatte: ein kraftloses leises Fiepen. Ein Geräusch, das einem fast das Herz zerreißt.

»Da!« Bambi reißt den Kopf hoch und sieht mich mit tränennassen Augen an. Ihr Anblick berührt etwas tief in mir. Ihre Fröhlichkeit ist ansteckend, genauso wie ihre Traurigkeit. Die Intensität, mit der sie lebt, weckt etwas in mir, das ich so brutal unterdrückt habe. Sie lacht laut, wenn sie sich freut, aber sie weint genauso leidenschaftlich, wenn sie etwas traurig macht. Seit dem Tod meines Vaters habe ich versucht, nichts mehr an mich heranzulassen. Mich von nichts mehr wirklich berühren zu lassen. Sei es nun von positiven oder negativen Gefühlen. An Bambis Seite jedoch scheint es unmöglich, gefühllos wie ein Stein durchs Leben zu wandeln. Und das Schlimme ist: Ich glaube, es gefällt mir.

»Hast du das gehört?« Sie schüttelt mich leicht, weil ich wohl nicht schnell genug reagiert habe.

»Ja, habe ich. Es kam von …« Ich kann nicht weiter sprechen. Doch Bambi nickt. Ich sehe über ihre Schulter auf die drei Welpen. »Vielleicht war es der Wind. Oder quietschendes Metall. Oder irgendetwas anderes. Die drei sind –«

»Ich weiß«, unterbricht sie mich.

»Ich sollte jetzt die Polizei anrufen.«

Sie nickt matt. »In Ordnung.«

Ich will sie gerade loslassen und mein Handy zücken, als ein zartes Röcheln die Stille durchschneidet wie Glas. Wir sehen uns an, als hätten wir gleichzeitig einen Geist gesehen.

»Okay, das reicht.« Ich schiebe Bambi zur Seite und gehe in die Hocke. Ich werde mir diese drei Welpen genauer ansehen, auch wenn mir schon jetzt der kalte Schweiß auf der Stirn steht. Zu meiner Rechten liegt ein Stück Fußleiste, dass ich als Werkzeug benutzen kann. Ich weiß, was für Krankheiten man sich bei toten Tieren holen kann. Nicht alles, was man in Bio lernt, ist langweilig.

Ich berühre den ersten gerade ganz zart am Rücken, als sich der Welpe in der Mitte plötzlich bewegt. Wie kann das sein, seine Augen sind so tot und leer wie die der beiden anderen? Bambi hinter mir hat scharf Luft geholt, also hat sie es auch gesehen.

Ich fixiere die Stelle und siehe da: Wieder bewegt sich etwas … Und es sieht aus, als würde irgendetwas unter dem Welpen versuchen, nach oben zu gelangen.

»Sieh nach, sieh nach!« Bambis Stimme klingt schrill. »Schnell!«

Meine Geduld ist zu Ende. Ich werfe die Leiste zur Seite und hebe die ineinander verschlungenen Welpen beherzt mit einem Stück dicker Pappe an. Darunter, gut versteckt, liegt ein vierter Welpe. Aus seinem winzigen Maul hängt kraftlos eine dünne hellrosa Zunge. Er kann nicht mal mehr den Kopf heben. Nur das uns zugewandte tiefblaue Auge flattert aufgrund der plötzlichen Helligkeit.

»Du meine Güte …«, haucht Bambi. »Er lebt.«

Behutsam lege ich die Welpen ein Stücken entfernt von ihrem lebenden Geschwisterchen ab. Das Kleine liegt auf der Seite, sein Brustkorb hebt und senkt sich langsam. Hinter mir schluchzt Bambi erneut auf.

»Wer macht denn so was?«

Mit dem Zeigefinger streiche ich über das kurze Fell des Welpen. »Meinst du, ich kann ihn tragen?«

»Ich weiß es nicht. Bin ich Tierarzt oder ...« Sie stockt. »Das ist es. Ich rufe Allison an. Sie ist Dr. Bobs Tierärztin. Sie weiß, was zu tun ist. Und danach fahren wir direkt zu ihr.« Bambi zückt ihr Handy, den Blick fest auf den Welpen gerichtet.

Während sie telefoniert, streichle ich den Kleinen weiter.

»Jetzt wird alles gut ...«, flüstere ich. Die blaue Iris des Welpen wandert in meine Richtung. »Du warst so tapfer.« Ich berühre das winzige Schlappohr. Der Welpe holt mühsam Luft. Dass das Gewicht der anderen ihn nicht erdrückt hat, grenzt an ein Wunder.

»Sie kommt her.«

Ich drehe mich zu Bambi. »Wer?«

»Allison. Sie wollte die Praxis gerade zumachen. Sie sagt, wir sollen ihn nicht bewegen, bis sie da ist, aber die Polizei rufen.«

Ich schaue wohl etwas überrascht, denn Bambi erklärt: »Sie ist eine Schulfreundin von Mom. Deshalb sage ich Allison zu ihr und nicht Dr. Meller.«

»Verstehe.« Ich wende mich wieder dem Welpen zu. »Wir sollten ihn vor der Sonne schützen, bis sie da ist. Er blinzelt so und etwas Schatten sollte ihm nicht schaden. Er scheint ohnehin völlig dehydriert.«

Bambi reicht mir eine der Pappen an und ich halte sie wie ein Sonnendach über den Kleinen. Verdammt, ich mache mir echt Sorgen. Wie kann man sich für etwas, das man keine fünf Minuten kennt, schon so verantwortlich fühlen? Dem Welpen scheint es minütlich schlechter zu gehen. »Bitte nicht«, bete ich leise. Er hat so lange durchgehalten. Bambi telefoniert mit der Polizei. Ich spüre meinen eigenen Herzschlag wie das Ticken einer Zeitbombe. »Halte durch, okay?«

Keine zehn Minuten später, sogar noch vor den Cops, ist die Tierärztin zur Stelle. Dr. Allison Meller trägt himmelblaue Cargobermudas, ein weißes Polohemd und einen krisenfesten Kurzhaarschnitt. Sie hat einen metallenen Koffer mit einem aufgedruckten roten Kreuz dabei. Bambi empfängt sie am Zaun. Mir schüttelt Dr. Meller kurz, aber kräftig die Hand.

»Du musst Leo sein. Freut mich, ich bin Allison. Wo ist der Patient?«

Bambi begleitet sie über die Sperrholzplatten. Allison überblickt die Situation mit der unerschütterlichen Ruhe, die Ärzten eigen zu sein scheint. Sie horcht und tastet den Kleinen vorsichtig ab. Danach leuchtet sie ihm mit einer kleinen Lampe kurz ins Auge. »Alles klar. NaCl intravenös und raus aus der Sonne. Alles andere sehen wir dann. Abby, du hältst bitte den Infusionsbeutel hoch.«

Allison wühlt in ihrem Koffer und zieht eine steril verpackte Braunüle hervor. Ich muss zur Seite sehen, denn alles, was mit Nadeln zu tun hat, kann ich so gar nicht leiden. Dass sie den Kleinen mit diesem Ding jetzt auch noch piken muss, reißt mir fast das Herz aus der Brust. Zum Glück hält in diesem Moment ein Streifenwagen an der Straße. Das ist mein Einsatz.

Die beiden Cops mustern mich mit dem Standard-Poker-face, das man ihnen wahrscheinlich am ersten Tag auf der Polizeischule beibringt.

»Sie haben angerufen?«, bellt mir der jüngere der beiden entgegen, während der Ältere eine Hand auf seine Waffe legt, als er um den Wagen herumkommt. Ich wusste noch gar nicht, dass ich so gefährlich aussehe.

»Meine Freundin.« Es erschreckt mich, wie leicht und selbstverständlich mir dieser Ausdruck über die Lippen kommt, wenn ich an Bambi denke.

Der Jüngere blättert in einem Notizblock. »Richtig. Abby Banks. Und Sie heißen?«

»Leo Vaydencamp.«

»Haben Sie einen Ausweis für mich?«

»Natürlich.« Ich reiche ihm meine Papiere.

»Sie wohnen in New Haven?« Er sieht misstrauisch hoch.

»Nein, Sir. Montecito. Wir sind umgezogen. Ich habe meinen Ausweis noch nicht ändern lassen.«

Der Cop schnalzt missbilligend. »Ein anderes amtliches Dokument mit der aktuellen Anschrift?«

»Meinen Schülerausweis?«

Der Cop nickt und ich reiche ihm den Ausweis. Er notiert sich etwas auf seinem Block, während der Ältere mich immer noch wachsam im Blick behält.

»Sie haben gemeldet, dass Sie Tiere gefunden haben?«

Ich habe plötzlich einen Kloß im Hals. Bevor ich antworten kann, ergreift der Ältere auf einmal das Wort. »Wieso treiben Sie sich auf Brachgrundstücken herum? Das ist kein Ort für ein Techtelmechtel. Wenn Sie Ihrer Kleinen ein bisschen Nervenkitzel bieten wollen, gehen Sie mit Ihr Achterbahn fahren.«

Wut wallt in mir hoch. Am liebsten würde ich diesem chronisch frustrierten Kerl mal ordentlich die Meinung sagen.

Aber mit einer Nacht in einer Gefängniszelle helfe ich unserem Projekt nicht gerade weiter.

»Warum sind Sie so unhöflich?« Ich lasse meine Stimme betont ruhig klingen, obwohl ich dem Typen gern mitten ins Gesicht schlagen würde. »Und warum lassen Sie mich nicht einfach erzählen, warum wir hier sind? Reine Spekulation hat nie jemanden weitergebracht.«

Der Jüngere kann ein Glucksen nicht ganz unterdrücken, was ihm den überschäumenden Blick des Älteren einbringt. »Ich höre«, knurrt er dann zwischen geschlossenen Zähnen.

»Wir sind wegen eines Schulprojekts hier. Wir arbeiten als Playground Scouts, suchen also Brachgrundstücke, die wir mit Hilfe von Sponsorengeldern in Spielplätze umwandeln. Wir haben die ausdrückliche Genehmigung der Stadt und die persönliche Zusage des Bürgermeisters, dass wir uns auf brachliegenden städtischen Grundstücken umsehen dürfen. Wenn Sie möchten, rufe ich kurz zu Hause an. Mein Stiefvater ist mit dem Bürgermeister befreundet und vermittelt sicherlich kurzfristig einen Telefonkontakt.«

Rumms, das hat gesessen. Der Typ guckt, als hätte ich plötzlich sechs Paar Arme. Ich fische mein Handy aus der Tasche. »Soll ich?«

»Haben Sie ein Dokument dabei, das Ihre Befugnisse bestätigt?«

»Im Auto.«

»Wir holen es.« Der Ältere drängt mich vorwärts, fehlt nur noch, dass er mir eine Waffe an den Kopf hält. Er überfliegt den Wisch der Stadt und der Schule kurz, dann gehen wir wieder Richtung Grundstück. Der jüngere Cop gibt mir meine Ausweise zurück.

»Sie hatten uns angerufen, weil Sie Tiere gefunden hatten?«, fragt er erneut.

»Ja, vier Hundewelpen. Jemand muss sie dort in einer Kuhle ausgesetzt und absichtlich mit schweren Pappen bedeckt haben, damit sie nicht flüchten konnten. Drei sind tot, eins lebt noch und wird gerade von einer Tierärztin versorgt.«

»Scheiße.« Der Jüngere sieht ehrlich betroffen aus. »Ich habe auch zwei Hunde. So etwas geht einem echt nah.«

Ich nicke, der ältere Cop sagt nichts.

»Wir nehmen den Vorfall auf jeden Fall auf. Vielleicht sind die Welpen schon gechipt, man weiß ja nie. Manchmal sind solche Leute so dumm und man kriegt sie aufgrund solcher Zufälle. Ich würde es mir jedenfalls wünschen. Gehen Sie voraus?«

Der Jüngere ist mir fast sympathisch. Als wir die Fundstelle erreichen, nimmt er aus Respekt vor den drei Welpen seine Mütze ab. Sein Haar ist etwas länger als bei den meisten Cops. Denkt man sich die stereotype Uniform weg, kann man ihn sich fast in Shorts mit seinen Hunden am Strand vorstellen. Bambi, die den Infusionsbeutel hält, kann nicht weg, aber Allison kommt über die Sperrholzplatten zu uns herüber.

»Wie stehts um den Kleinen, Doktor?«, fragt der Jüngere sofort.

»Der Kleine ist eine *Sie,* und wenn sie die Nacht übersteht, ist meine Prognose recht positiv.«

»Es ist ein Mädchen?« Warum in aller Welt klinge ich wie ein völlig überdrehter, frisch gebackener Vater?

Allison grinst. »Ja, ein kleines Mädchen. Herzlichen Glückwunsch.«

»Moment mal, ich –«

»Das sind ja gute Neuigkeiten.« Der Jüngere unterbricht mich, nur um mich anzustrahlen.

»Für die anderen drei ...«, Allison deutet auf ein kleines weißes Laken, unter dem sich vage drei Silhouetten abmalen, »kam jede Hilfe zu spät. Sie sind verdurstet.«

»Der Officer sagte, sie könnten eventuell schon gechipt sein.«

Allison schüttelt den Kopf. »Leider nein. Ich habe alle vier mit dem Lesegerät gescannt.«

»Haben Sie eine Visitenkarte für mich, Doktor? Ich brauche Ihre Daten, um eine Anzeige gegen Unbekannt zu schreiben. Außerdem bekommen Sie so die Kosten für die ... Tierkadaverentsorgung erstattet.« Dem Jüngeren gehen die letzten Worte nur schwer über die Lippen. Er scheint mehr als nur tierlieb zu sein.

»Natürlich.« Allison reicht ihm eine Karte aus ihrer Tasche.

»Und wie geht es jetzt weiter?«, will ich wissen. »Ist die Kleine transportfähig?«

»Ich nehme alle vier Welpen mit.«

»Was?« Ich klinge wohl so entsetzt, dass Allison mir beruhigend den Oberarm tätschelt. »Keine Sorge, ihr bekommt die Kleine wieder.«

»Hm? Wie jetzt? Wieder? Und was geschieht mit den anderen?«

»Das Gleiche wie mit allen Tieren, die ich in meiner Praxis von ihrem Leid erlöse oder die zu Hause versterben und von ihren Haltern in meine Praxis gebracht werden: Es gibt eine sogenannte Tierkadaverentsorgung. Sie kommen alle zwei Wochen. Bis sie dort verbrannt werden, werden sie bei mir in der Praxis in einem extra Kühlhaus zwischengelagert.«

O weia, ich weiß schon jetzt, dass das Bambi nicht gefallen wird. Und mir übrigens auch nicht.

»Aber da können wir gleich noch mal in Ruhe überlegen. Wir wollen den beiden Officers nicht die Zeit stehlen.« Allison strahlt die beiden an. Na wenn das nicht mal ein charmanter Rauswurf war. Die beiden parieren wie auf Knopfdruck.

»Wir melden uns dann. Einen schönen Tag noch, Doktor«, sagt der Ältere.

Der Jüngere tippt sich kurz an die Mütze. »Doktor.« Dann dreht er sich zu mir. »Pass gut auf die Kleine auf. Sie hat eine Menge mitgemacht.«

Bevor ich irgendwas erwidern kann, haben sie sich schon umgedreht.

»Allison!«, ruft Bambi. »Die Infusion ist jetzt bis zu deiner markierten Linie durchgelaufen.«

»Alles klar! Ich komme rüber. Leo, hol bitte aus meinem Kofferraum die Transportbox. Der Wagen ist offen. Danke.« Und schon ist sie wieder weg. Ihre optimistische Energie macht einem echt Hoffnung.

Als ich mit der Transportbox wieder vor den Sperrholzplatten stehe, ist jeder Optimismus dahin. Die kleine Hündin liegt dort wie tot. Ich glaube kaum, dass sie die Nacht überlebt. Ich finde es super, dass Allison Bambi das Gefühl gibt, sie könne den Welpen retten. Aber bei diesem Anblick glaube ich nicht mehr daran. Wir werden uns an den Gedanken gewöhnen müssen, morgen vier Hunde zu beerdigen. Da bin ich mir sicher.

Allison trägt den Welpen, Bambi die Infusion. Ich öffne das Gitter der Box und Allison legt den Welpen hinein.

»Du bist gleich erlöst, Abby. Im Wagen habe ich einen Haken, an den du den Beutel hängen kannst.«

»Das mache ich doch gern«, erwidert Bambi todernst.

Ich begleite die drei zu Allisons Geländewagen. Sie sichert die Box und hängt den Infusionsbeutel an den vorgesehenen Haken. Dann legt sie eine Hand auf eine bereitgestellte Kühlbox. Mein Herz krampft sich erneut zusammen. Darin werden die drei Welpen transportiert.

»Ihr solltet euch überlegen, wie es weitergeht.«

Bambi und ich sehen uns an. Sie sieht ziemlich fertig aus und hat Schatten unter den Augen, die ich bei ihr noch nie gesehen habe.

»Lasst euch Zeit. Bis morgen muss nichts entschieden sein.« Allison sieht auf ihren goldenen Chronografen. »Ruf doch morgen früh mal in der Praxis an, Abby.«

»Danke, Allison.«

»Ich hole die anderen drei.« Allison greift den Bügel der Kühlbox.

»Was passiert mit ihnen?«

Allison sieht zu mir. »Erklär du es ihr, Leo. Ich muss mich leider beeilen. Gerade kam noch ein Notfall rein. Meine Assistentin hat mir eine Nachricht geschickt.«

»Weißt du mehr als ich?« Bambi sieht mich anklagend an.

Ich erkläre ihr, was Allison den Cops und mir erzählt hat. Bambi wird noch blasser. »Niemals«, flüstert sie. »Das lasse ich nicht zu.«

»Sei bitte vernünftig. Viel dringender zu klären wäre, was mit der Kleinen passieren soll.«

»Tu nicht so abgebrüht. Du bist genauso fertig wie ich.«

Ich hole tief Luft. »Natürlich bin ich fertig. Aber ich versuche, nicht den Überblick zu verlieren.«

Wir streiten noch ein wenig weiter, bis Allison zurückkommt. Wir halten betroffen inne, als sie die Kühlbox ins Innere des Wagens stellt.

»Ihr streitet aber nicht, oder?«

»Nein«, sagen wir beide wie aus einem Mund.

»Gut.« Sie zieht die Einmalhandschuhe aus, drückt aufmunternd meinen Arm, dann umarmt sie Bambi kurz. »Wir hören morgen voneinander.«

Bambi schluckt hart, während Allisons Geländewagen vom Gehweg rollt.

»Abby.« Es ist einer der wenigen Momente, in denen ich sie bewusst nicht mit ihrem Spitznamen anspreche.

»Ich habe der Kleinen noch nicht mal richtig *Auf Wiedersehen* gesagt.« Ihre Augen schimmern schon wieder feucht. Diese Geschichte muss ihr wirklich nahegehen, denn eigentlich ist sie ein verdammt toughes Mädchen. Und das ist genau der richtige Zeitpunkt, um ihr das mal zu sagen. Ich hoffe, dass sie es nicht wieder für einen blöden Scherz meinerseits hält. »Du warst gerade toll. Ich hätte das nicht gekonnt.«

Sie blinzelt die Tränen weg. »Was meinst du?«

»Gerade als Allison die Kleine versorgt hat. Du warst unglaublich cool, als sie der Kleinen den Zugang gelegt hat. Ich konnte nicht hinsehen, mir wird schlecht, wenn ich Blut oder Nadeln sehe. Aber du sahst aus, als wärst du *Emergency Room* entsprungen.

Bambi wirkt tatsächlich etwas verlegen. »Quatsch.«

»Glaub mir. Ich habe eine Schwester. Bei Serien für Frauen weiß ich, wovon ich rede.«

Sie lacht leise. »Okay. Das qualifiziert dich.« Sie zupft am Saum meines Shirts. »Danke.«

Jetzt bin auch ich etwas verlegen. »Was sagst du zu dem Grundstück?«

»Ich weiß nicht …« Sie sieht sich unbehaglich um. »Glaubst du nicht, dass das heute … du weißt schon … dass es ein schlechtes Karma für einen Spielplatz ist?«

»Du hast doch gesagt, dass es immer zwei Sichten auf die Dinge gibt. Weißt du noch? Meine negative und deine positive.«

»Ja klar.«

»Du siehst es jetzt negativ. Glaubst du nicht, dass die drei es toll fänden, wenn hier Kinder spielen würden? Ich meine, sie waren doch auch noch klein. Und ihre Hundeseelen sind immer noch hier. Ein Platz voller spielender Kinder würde ihnen sich mehr Freude machen als ein Haufen Schrott.«

Bambi wirkt sprachlos. Sie betrachtet mich, als würde sie mich zum ersten Mal sehen.

»Alles okay?«, frage ich, um die Stille zu durchbrechen.

»Leo?«

Was kommt denn nun? Ich werde aus ihrem Blick nicht wirklich schlau. »Ja?«

»Manchmal überraschst du mich.«

»Ich stecke voller Überraschungen, Bambi.«

»Und du bist ein Angeber.«

»Schuldig, Prinzessin.«

»Und nenn mich nicht Prinzessin.«

»Geht klar, Bambi.«

»Leo!« Sie schubst mich, aber wenigstens schaut sie nicht mehr so traurig.

Ich lege ihr den Arm um die Schulter. »Jetzt sollten wir dringend das Sorgerecht klären. Wollen wir das im Auto machen und danach lade ich dich auf einen Burger ein?«

»Du bist unmöglich. Aber ich bin zu fertig, um mich gegen deine Frechheiten zu wehren. Von daher: Ja, okay.«

Zurück in meinem Truck sitzen wir schweigend nebeneinander. Bambi wirkt angespannt und grüblerisch. Mir geht es nicht anders. Als hätte ich nicht schon genug um die Ohren. Allegras Krankheit, Moms Ignoranz, Direktorin Hellendale, die Allegra vermutlich von der Schule werfen will, Bambi, die mir von Tag zu Tag wichtiger wird, meine anstehende Bewerbung in Yale und nun auch noch ein herrenloses Hundebaby. Ich steuere eins der Burger-Restaurants in der Nähe der Promenade an. Vielleicht können wir danach noch eine Runde spazieren gehen. Manchmal fällt das Reden leichter, wenn man zwanglos nebeneinander herläuft.

»Ich kann sie nicht aufnehmen.«

Ich zucke zusammen, so sehr war ich in Gedanken versunken.

»Dr. Bob mag keine Hunde. Nicht mal Welpen. Ich kann sie wirklich nicht aufnehmen.«

Ich höre die Verzweiflung in Bambis Stimme. Schon wieder krampft sich mein Herz zusammen. Zu gern würde ich ihr sagen, dass alles gut wird, doch dann müsste ich lügen. Ich habe keine Ahnung von Hunden, geschweige denn von Welpenaufzucht. Außerdem will ich in einem guten Jahr ans andere Ende des Landes ziehen. In ein Uni-Wohnheim, in dem garantiert keine Haustiere erlaubt sind.

Genau in diesem Moment geht Bambi in die Offensive. »Was ist mit dir?«

Ich manövriere den Truck in eine der schmalen Parklücken

hinter dem Burgerladen. Eigentlich bin ich ein guter Fahrer und so was ist eine Kleinigkeit für mich. Jetzt aber tue ich schwer beschäftigt, um Zeit zu gewinnen.

»Leo …«

Sie drängelt, was habe ich auch erwartet. Ich ziehe die Handbremse an und schnalle mich dann umständlich ab.

»Leo!«

»Können wir gleich darüber reden, bitte? Ich muss erst was essen, sonst kann ich nicht denken.« Ich klinge schroffer als beabsichtigt. Das liegt aber nur daran, dass die Situation einfach ausweglos ist.

Bambi schluckt. Etwas in ihrem vorher so ungeduldigen Blick verändert sich. Ich sehe Resignation darin. Vermutlich ahnt sie schon, vorauf das hier hinauslaufen wird. Schweigend steht sie hinter mir, als ich uns ein paar Burger hole. Als ich sie nach einer Lieblingssorte gefragt habe, hat sie nur nichtssagend die Schultern gezuckt und mich nicht angesehen.

»Lass uns eine Runde gehen.« Ich will sie am Arm berühren, doch sie dreht sich weg. Also gehe ich voraus, über die lärmende, bunte Promenade hinab zum Strand. Erst als wir den Wellensaum erreicht haben, drehe ich mich zu ihr und reiche ihr einen Burger.

»Danke.« Sie sieht nicht mal richtig hin.

Schweigend vertilgen wir unsere Snacks. Bambi hat die Sandalen ausgezogen und in ihre Umhängetasche gestopft. Das schaumige Wasser quillt zwischen ihren Zehen hervor und bedeckt ihre Füße mit einem zarten Zuckerguss aus Sand. Als sie das letzte Papier zusammengeknüllt und in eine ihrer Shorttaschen geschoben hat, sieht sie mich von der Seite an.

»Du willst sie nicht bei dir aufnehmen, richtig?«

Wenn ich ihr jetzt die Wahrheit sage, nämlich, dass ich zum Studieren nach Yale gehen will, dann ist es endgültig aus zwischen uns. Jeder Highschool-Schüler weiß, dass solche Fernbeziehungen nicht funktionieren. Ich weiß, es ist falsch, und ich schäme mich auch dafür, doch ich werde sie anlügen. Ich will, dass sie mich immer noch so ansieht, wie sie es manchmal tut. So als überlege sie, ob sie sich nicht doch mit mir einlassen sollte. Ich bin ein rückgratloser Arsch, weil ich die Karten nicht einfach auf den Tisch lege. Ich suche fieberhaft nach einer Lösung, und vielleicht finde ich auch eine, so aussichtslos, wie es jetzt auch erscheinen mag. Immerhin habe ich ihr durch mein Verhalten beweisen können, dass ich nicht nur einen One-Night-Stand suche. Sie vertraut mir, sie verbringt viel Zeit mit mir, und ich glaube, sie mag mich. Auch wenn sie es nicht zugibt.

»Richtig?« Bambi drückt mir die Hand vor die Brust, damit ich stehen bleiben muss. Ihr stechender Blick brennt auf meinen Augäpfeln.

»Wir wissen doch noch nicht mal, ob sie die Nacht überlebt.« Ich winde mich innerlich. Herrje, das war jetzt nicht gerade die geschickteste Antwort.

»Du bist so ein unsensibler Arsch.« Bambi schwingt herum und lässt mich stehen. Ich hole mühelos auf.

»Hör zu, es war vielleicht nicht gefühlvoll, aber das sind nun mal die Tatsachen.«

»Du drückst dich um eine Antwort, das ist alles«, erwidert sie ungnädig. »Ich weiß es genau.«

»Das stimmt doch gar nicht.«

Wieder bremst sie mich aus, weil sie sich einfach vor mich drängt, umdreht und dann stehen bleibt. Ich kann gerade noch verhindern, dass ich sie umrenne, denn schließlich wiegt sie nur ungefähr die Hälfte von mir.

»Könntest du das lassen?«, blaffe ich. »Ich bin nämlich nicht derjenige, der sich bei so einem Stunt wehtut.«

Bambi legt eine Hand flach auf meine Brust und schubst mich nach hinten. Ich muss einen Ausfallschritt machen, um nicht wie ein gefällter Baum im Sand zu landen.

»Ich bin kein Püppchen, das von jedem Windhauch umgepustet wird. Ich habe als Kind Karate gemacht.«

Na gut, sie mag es also, sich zu balgen. Das kann sie haben. Im nächsten Moment habe ich sie mir geschnappt und über die Schulter geworfen wie einen Sack Mehl.

Sie quietscht überrumpelt auf.

»O doch«, sage ich lahm. »Du bist ein Püppchen. Vielleicht ein Kampf-Püppchen. Oder ein Kratzbürsten-Püppchen. Aber mehr als ein Fliegengewicht bist du leider nicht.«

Ich ernte eine wütende Schimpftirade, in dem ich neben mehreren ziemlich deftigen Worten auch immer wieder »runter« ausmachen kann.

»Nein, tut mir leid.«

»Leo!« Sie kratzt mir den Rücken entlang. Ich kann gerade noch ein Stöhnen unterdrücken. Eigentlich macht mich so was ja nicht an, aber bei ihr scheint alles verkehrte Welt zu sein.

»Runter!«

»Kratzt du mich noch mal?«

»Lass das!« Ihre Stimme überschlägt sich. »Du hast ja echt 'nen Knall!«

Vorsichtig lockere ich meinen Griff und lasse sie wieder Richtung Erdboden rutschen. Als ihre Wange meiner Schläfe verführerisch nahe kommt, höre ich ihren schnellen Atem. Was mich noch mehr anmacht. Ihr Körper drückt sich gegen meinen, und egal, was für böse Wörter sie mir gleich an den Kopf knallt, das war es wert. Mein rechter Arm liegt um ihre Seite, damit sie nicht herunterfällt. Alles an ihr ist weich und straff zugleich. Sie riecht zart nach einem tropischen Duft.

Ich rechne schon damit, dass sie mich wieder haut, weil es nicht schnell genug geht. Doch dann fühle ich, wie sie die Arme um meine Schultern schlingt. Nicht, um sich festzuhalten. Irritiert halte ich für einen Moment die Luft an. Es fühlt sich eher wie eine Umarmung an. Ich lasse sie keinen Zentimeter tiefer sinken. Nun liegt meine Wange an ihrer und ich halte ihren Körper mit beiden Händen an mich gepresst. Sie bewegt ihren Kopf und die zarte Haut ihrer Wange berührt meinen Wangenknochen. Ich schließe die Augen, um einfach alles andere auszublenden. Ihr Herz hämmert gegen meine Brust. Sie ist genauso aufgeregt wie ich. Es gefällt ihr, mir so nah zu sein. Sie hat mich nicht aus ihrem Kopf radiert, denn dann könnte ich sie nicht mehr so nervös machen.

»Wir können die Kleine doch nicht in ein Tierheim geben ...«, wispert Bambi.

Verflixt, wie kann sie in so einem Moment an irgendwas anderes denken? Es sei denn ... Entschlossen stelle ich sie zurück auf die Füße. »Das war ein ganz mieser Trick, mein Fräulein.«

Bambi grinst und wirkt null schuldbewusst. »Einen Versuch war es wert.«

»Wo hast du das denn gelernt? Im Ausbildungslager für angehende Bond Girls?«

Bambis Grinsen wird noch breiter. »Frauengeheimnis«.

Mir schwirrt immer noch der Kopf. Die Wärme ihrer Haut an meiner hat eine fatale Wirkung auf mich.

»Du wirkst ein wenig durcheinander?« Bambi genießt die Situation sichtlich. »Alles okay mit dir?«

»Du weißt genau, was du mit mir anstellst.« Ich fahre mir mit allen zehn Fingern durch die Haare. »Und das schlimme ist: Es macht dir Spaß.«

Sie kichert, diese gewissenlose, manipulative Verführerin. Und ich würde sie am liebsten küssen dafür.

»Was ist nun?«

Bei ihr scheint von Romantik keine Spur mehr. Aber wieso schlug ihr Herz so schnell, wenn sie mich nur überreden wollte, den Welpen zu adoptieren? »Bambi, ich habe keine Ahnung von Hunden. Außerdem ist es Johns Haus. Wir dürfen da nur wohnen, weil er meine Mutter geheiratet hat.«

»Du machst es dir zu leicht.«

Das mache ich nicht, aber meine wahren Gründe will ich ihr nicht offenbaren, um sie nicht zu verlieren. Da es schon wieder viel zu lange her ist, dass ich sie berührt habe, streiche ich ihr sanft den Arm hinab. Dieses Mal weicht sie nicht zurück. »Lass uns versuchen, vernünftig zu bleiben. Jetzt sind wir beide noch viel zu durcheinander. Es ist so viel passiert heute. Mir geht das alles genauso nahe wie dir. Und ich verspreche dir, wir werden für alles eine Lösung finden.«

Bambi neben mir seufzt leise.

»Wir warten jetzt ab, was Allison morgen zu berichten hat. Es ist unwahrscheinlich, dass die Kleine morgen schon wieder so weit auf den Beinen ist, dass wir uns um ein Zuhause für sie sorgen müssen. So geschwächt, wie sie war, wird Allison sie sicher ein paar Tage unter Beobachtung behalten wollen. Punkt zwei ist das Grundstück. Es sieht zwar aus wie nach einem Atomkrieg, aber die Lage ist super. Zwei Straßen weiter beginnt ein Wohngebiet. Bis zur Promenade ist es auch nicht weit. Außerdem ist es ein Riesenvorteil, dass es der Stadt gehört. Wenn sie es unserem Projekt überlassen, brauchen wir nicht mal einen Sponsor suchen, der das Grundstück kauft. Punkt drei sind die anderen drei Welpen.« Es kostet mich Überwindung, darüber zu reden. Sofort habe ich wieder diese schrecklichen Bilder vor Augen. »In New Haven gab es einen Tierfriedhof. Und da ich mir sicher bin, dass du nicht willst, dass die drei einfach abgeholt werden, könnten wir uns mal umhören, ob es hier in der Nähe etwas Ähnliches gibt. Vielleicht könnten wir einen kleinen Grabstein anfertigen lassen und …« Jetzt weiß ich auch nicht mehr weiter. Ein Kloß in meinem Hals hindert mich am Sprechen.

Bambi hakt sich bei mir unter und drückt sich sanft gegen meine Seite, während wir weiter am Wasser entlanglaufen. »Das ist eine schöne Idee.«

Innerlich jubiliere ich. Es fühlt sich gut an, sie so nah an meiner Seite zu spüren. Außerdem gefällt es mir, dass so manch anderer Kerl Stielaugen bekommt, wenn er Bambi sieht. Gerade kommen uns mehrere Collegetypen entgegen und checken sie mehr oder weniger deutlich ab. Ich löse ihre Hand und lege ihr den Arm um die Schultern. So rückt sie erstens noch näher und zweitens bleiben bei dieser innigen Pose keine Fragen offen. Jedenfalls nicht für die interessiert glotzenden Typen.

Bambi kichert leise. »Da kommt mal wieder das einnehmende Wesen durch?«

»Ich halte dir nur die nervenden Typen vom Leib.«

»Na klar.« Sie zwickt mich in die Seite. »So viel Selbstlosigkeit. Das ist wirklich ehrenhaft von dir.«

»Immer zu Diensten, Mylady.«

Sie lacht. »Wohlan, Mylord. Kümmert ihr euch um einen Kontakt zum Grundstücksamt oder soll Mylady das übernehmen?«

Ich ziehe sie noch enger an mich. »Mylady hat für heute schon genug getan. Wir werden uns darum kümmern, und zwar sobald wir Mylady zu Hause abgesetzt haben.«

»Mylord sollten die Zeit beachten. Ämter schließen für gewöhnlich recht früh.«

Wo sie recht hat … »Dann kümmern wir uns morgen früh darum.«

»Gut.« Ihre Stimme hat plötzlich wieder einen ernsten Klang. »Dann suche ich nach Bestattungsmöglichkeiten für die Hunde.«

»Du musst das nicht. Ich kann auch –«

»Nein. Ich kenne mich hier aus. Es soll ja auch etwas sein, das in der Nähe und gut zu erreichen ist und …« Sie bricht ab und ihre Schultern beben. »Die drei sollen doch …«

»Hey …« Ich beuge mich zu ihr.

Im nächsten Moment hat sie mir die Arme um die Taille geschlungen und den Kopf an meine Brust gelegt. »Entschuldige«, schnieft sie. »Das nimmt mich so mit. Es war so ein Schock.«

»Ich weiß.« Ich halte sie fest. »Mir geht es genau wie dir. Ich bringe dich jetzt nach Hause und du ruhst dich aus. Kommst ein bisschen runter. Sieh ein wenig fern oder so. Ich texte dir heute Abend noch mal. Okay?«

Sie sieht mit feuchten Augen zu mir hoch. »Okay.«

Zu Hause fängt John mich auf dem Weg in meine Räume ab. Eigentlich wollte ich nur noch eine Runde schwimmen gehen und den Rest des Abends vor dem PC verbringen, aber die Bitte, ihm in sein Büro zu folgen, kann ich ihm nicht abschlagen.

John bedeutet mir, in der kleinen Sitzecke Platz zu nehmen. »Abby und du habt einen bleibenden Eindruck hinterlassen«, eröffnet er das Gespräch. »Das habt ihr echt super gemacht.«

»Danke.«

John kratzt sich mal wieder an der Stelle, an der er seinen texanischen Oberlippenbart Mom zuliebe abrasiert hat. »Ich habe mit deiner Mutter gesprochen.«

Ja und? Sie sollten miteinander sprechen, immerhin sind sie erst ein paar Tage verheiratet. »Okay …«, erwidere ich vage.

»In Hollywood gibt es eine psychotherapeutische Gemeinschaftspraxis. Sie sind spezialisiert auf … exklusive Fälle.« Er lacht etwas verlegen. »Na ja, eher auf exklusive Patienten.« Er räuspert sich. »Jedenfalls bieten sie auch Hausbesuche an. Es sind Psychotherapeuten, keine Psychologen. Also Ärzte, die Fachärzte für Psychotherapie sind. Ich konnte deine Mutter überzeugen, dass ich einen Termin für sie ausmachen darf. Am Donnerstag kommt eine Ärztin zu uns. Nun wollte ich dich fragen, was du in Bezug auf deine Schwester vorschlägst. Ich habe mitbekommen, dass du sie morgens aus dem Bett wirfst und außerdem dafür sorgst, dass sie überhaupt etwas isst. Eins der Zimmermädchen erzählte mir, dass du regelmäßig etwas zu essen für sie in der Küche orderst. Ich würde dich gern unterstützen und Allegra wieder auf die Beine helfen. Doch ihr Zustand erscheint mir wesentlich dramatischer als der deiner Mutter. Erst seit wir alle zusammenwohnen, habe ich mitbekommen, wie schlecht es um sie steht. Meiner Meinung nach bräuchte sie einen stationären Aufenthalt in einer Klinik. Deshalb wollte ich mit dir sprechen. Mein Büro wird in den nächsten Tagen einen Termin mit eurer Direktorin ausmachen, aber dann würde ich gern bereits Genaueres zu Allegras Verfassung berichten können. Die Rektorin wird ja sicherlich auch daran interessiert sein, eine Lösung zu finden. Also, was meinst du, wie bekommen wir Allegra wieder auf die Beine?«

Einen Moment lang frage ich mich, wieso ich John bisher so unterschätzt habe. Ich habe ihn anfangs für einen neureichen IT-Nerd gehalten, der die Schwäche meiner Mom ausgenutzt hat, um eine klasse Frau rumzukriegen, die ihm in jeder anderen Situation keinen zweiten Blick gegönnt hätte. Und nun ist er es, der mir hilft, meine Familie aus dem Sumpf von Problemen zu ziehen?

»Wenn du erst in Ruhe darüber nachdenken möchtest, ist das kein Problem, Leo. Wir können auch morgen irgendwann reden.«

»Nein. Entschuldige, ich war einfach etwas überrumpelt. Ich war bis gerade der Meinung, all die Probleme wären nur meine Baustelle.«

John sieht mich ernst an. »Familien lösen Probleme gemeinsam.«

Mein Hals schnürt sich zu. Mittlerweile habe ich kapiert, wie sehr John sich eine Familie wünscht. Aber für mich sind es immer noch Mom, Al und ich. Und irgendwo anders steht er. Ich bin ihm dankbar, nicht nur für seine Sorgen um Al und Mom, sondern auch für sein Engagement bei dem Schulprojekt. Aber das, was er sich wünscht, kann ich ihm nicht geben.

Johns Blick schweift aus dem bodentiefen Fenster. »Ich weiß, dass du unsere, nennen wir sie mal ›Wohngemeinschaft‹, anders siehst. Und wenn ich dir kein Vater sein kann, dann lass uns wenigstens Partner sein. Partner, die deiner Mutter und Allegra gemeinsam helfen wollen.« Er sieht wieder zu mir. »Wie klingt das?«

»Danke, John. Das klingt gut.«

»Sollen wir noch über deine Schwester reden oder treffen wir uns morgen noch mal?«

»Nein, ich kann dir gern sagen, was ich von Al weiß. Sie sucht im Moment nach jemandem, der ihr ihre Psychopharmaka verschreibt. Viele Tabletten hat sie nicht mehr. Meiner Meinung nach sollte sie aber auch eine Therapie machen, die medikamentös begleitet wird. Und nicht einfach nur Pillen schlucken, die sie betäuben. Ihre Essstörung kann man in den Griff bekommen, da sie isst, wenn man sie dazu überredet. Man muss nur eben eine Menge Zeit investieren, weil sie echt stur sein kann. Zum Glück kotzt sie das Essen danach nicht aus. Sie hat wohl einfach nur keinen Hunger. Sie hat sich ein paar Mal in der Schule übergeben nach dem Essen. Aber sie sagte, das wäre aus Nervosität gewesen, und ich glaube ihr. Das Problem ist, dass sie Dads Tod nicht verarbeitet hat. Vielleicht bessert sich das, wenn sie eine Therapie zur Trauerbewältigung machen könnte.« Ich zucke die Schultern. »Ich weiß es nicht. Am effektivsten wäre es, sie mal von einem Experten komplett auf den Kopf stellen zu lassen.«

»Die Ärztin, die am Donnerstag kommt, könnte auch mit Allegra sprechen.«

»Das ist sicherlich ein guter Anfang. Wenn sie dann doch stationär aufgenommen werden muss, dann ist es eben so. Zur Not wiederholt sie das Jahr.«

»Das sehe ich genauso. Danke für dein Vertrauen, Leo.« John wirft einen schnellen Blick auf sein Blackberry und erhebt sich dann aus dem Sessel. »Ich kümmere ich mich um einen Termin für Allegra. Hast du noch etwas vor heute? Triffst du deine Freundin?«

»Wen?«

»Abby. Sorry, wenn ich da etwas falsch verstanden habe. Wir haben alle gedacht, ihr seid ein Paar. Ihr strahlt wie zwei Weihnachtskerzen, wenn ihr euch anseht.«

»Ähhh …« Ich erhebe mich ebenfalls. Warum klingt mein Lachen bloß so, als habe John mich ertappt? »Nein, wir sind kein Paar. Ich will in einem Jahr zurück an die Ostküste nach Yale und zusammen mit meinem besten Freund Chester Jura studieren. Abby wird vermutlich hierbleiben und in die Produktionsfirma ihrer Eltern einsteigen. Das habe ich jedenfalls so gehört. Unsere Lebensplanungen sind einfach zu verschieden. Das passt nicht zusammen.« Ich höre mich an wie ein verdammter Heuchler.

John zieht die linke Augenbraue hoch. Er begleitet mich aus seinem Büro. Im Türrahmen hält er inne. »Sich zu verlieben heißt nicht, dass alles von Anfang an perfekt zusammenpasst, Leo.« Er klopft mir väterlich auf die Schulter. »Beziehungen bedeuten Arbeit und Kompromisse. In der gemeinsamen Lösung von Problemen findet man Erfüllung und den wahren Sinn einer Partnerschaft. Denk mal drüber nach.«

Mit diesen salbungsvollen Worten entlässt er mich und nimmt ein eingehendes Gespräch an.

Ich sitze gerade am Pool und habe meinen Laptop auf den Knien, als Al neben mir auftaucht. Da ich gedanklich immer noch bei dem Gespräch mit John bin, bemerke ich sie erst, als sie mir mit der Hand vor der Nase herumwedelt.

»Was machst du?«

»Ich sitze hier.«

Al stöhnt. »Was für eine selten dämliche Antwort. Ich wollte dich fragen, wie das Grundstück war, das ihr euch heute angesehen habt. Aber bei so mieser Laune wie deiner…« Sie will sich umdrehen und beleidigt abrauschen. »Ich gehe wieder ins Bett.«

»Nein, warte, Al. Tut mir leid, ich war in Gedanken. Schön, dass du dich mal hier draußen blicken lässt.«

Al ist nicht nachtragend. Sie setzt sich auf meine Liege und sieht mich erwartungsvoll an.

»Wir haben ein Hundebaby gefunden. Unter einem Haufen von Pappen. Ist das nicht verrückt?« Die drei anderen Welpen verschweige ich aufgrund ihres Gemütszustands lieber.

Al reißt die Augen auf. »Wo? Auf dem Grundstück? Geht es ihm gut?«

»Es ist eine Sie.« Ich erzähle ihr die Geschichte von der Tierärztin und den Cops.

»Oh, ich hoffe, sie kommt durch«, sagt Al voller Mitgefühl. »Nimmt Abby sie bei sich auf?«

»Das geht leider nicht. Abbys Kater mag keine Hunde.«

Ich sehe, wie es in Als Kopf rattert. »Und jetzt? Du nimmst sie doch bestimmt nicht, weil du aufs College zurück an die Ostküste willst.«

»Vielleicht können wir sie privat vermitteln. Allison könnte in ihrer Praxis einen Aushang machen.«

Al kneift die Augen zu Schlitzen zusammen. »Wann besucht ihr sie?«

»Morgen vielleicht.«

»Nehmt ihr mich mit? Ich würde sie auch gern mal sehen.«

Ich schnaufe und sehe sie zweifelnd an. »Willst du das wirklich? Sie ist süß wie alle Tierbabys. Es ist schon schwer genug für Abby und mich. Und dir geht es sowieso nicht gut ...«

»Ich will sie sehen, okay? Hast du ein Problem damit, dann frage ich Abby.« Al springt von der Liege auf. »Also?«

»Ich sage dir Bescheid.«

Sofort schlägt ihre Laune wieder um. »Danke!« Sie lächelt breit und tänzelt davon. »Man sieht sich!«

Warum beschleicht mich das komische Gefühl, dass das Thema »Hundebaby« erst ganz am Anfang steht?

Nach der Schule gibt Bambi zwei Stunden Nachhilfe, weshalb wir erst am frühen Abend zu Allisons Praxis aufbrechen können. Laut Sprechstundenhilfe geht es der kleinen Hündin gut. Wir treffen uns dort, weil ich Al mitnehme, die sich einfach nicht abschütteln ließ.

Die kleine Hündin hat sich schon zum Liebling der Praxis entwickelt. Sie sitzt in einem weich gepolsterten Käfig im hinteren Teil der Praxis und sieht uns neugierig entgegen.

Beide Arzthelferinnen scheinen ihr schon total verfallen. Was kein Wunder ist, denn die Kleine mit ihrem wuscheligen grauen Fell und dem Teddygesicht ist schon echt niedlich. Bambi und Al geben entzückte Laute von sich, als sie die Hände in die Box halten. Die Kleine schnuppert, dann kaut sie an Als Zeigefinger herum.

Al nimmt die kleine Hündin hoch und hält sie dann mit professionellem Griff auf dem Arm. Sie wiegt die Kleine hin und her und spricht leise mit ihr. Der Welpe hat die Augen geschlossen und wirkt völlig entspannt. Allison kommt in den Raum gestürmt, sie sieht etwas gestresst aus, aber ihr Lächeln ist genauso herzlich wie gestern.

»Ihr seid ja Profis. Habt ihr direkt jemanden gefunden, der die Kleine aufnehmen möchte?«

Ich sehe sie verständnislos an.

»Das ist Leos Schwester«, erklärt Bambi. »Allegra wollte die Kleine auch unbedingt mal sehen.«

»Ach so, verstehe. Sie ist ja auch eine Süße.«

»Ist sie denn gesund?«, will Bambi wissen. »Oder besteht die Gefahr für Folgeschäden aufgrund der Dehydrierung und der Unterernährung? Und konntest du ihre Blutwerte schon überprüfen?«

Al zieht über Bambis Profifragen anerkennend die Augenbrauen in die Höhe. Ich finde es auch total faszinierend. Wenn man sie ansieht, könnte man meinen, sie würde sich nur dafür interessieren, hübsch auszusehen. Und dann macht sie den Mund auf und redet mit Dr. Meller, als wäre sie mit einem medizinischen Fachlexikon unterm Kopfkissen groß geworden. Ich frage mich, wieso sie so viel darüber weiß. Sie hat erzählt, dass sie regelmäßig in der Firma ihrer Eltern mitarbeitet. Sollte sie sich nicht eher mit Produktionskostenkalkulation und Schauspielerführung auskennen?

»Die Blutwerte waren den Umständen entsprechend in Ordnung. Ich schätze sie auf ungefähr acht Wochen. Länger als drei Tage überleben Welpen so etwas nicht. Also hat sie – vermutlich – circa sieben Wochen Muttermilch bekommen. Das reicht, um den Grundstein für ein gesundes Immunsystem zu legen. Die Dehydrierung hat sie extrem geschwächt, aber Organschäden konnte ich keine feststellen. Ihr Gewicht ist eigentlich okay. Sie wird klein bleiben, das sieht man ja, von daher ist es nicht bedenklich, wenn sie relativ leicht ist. Sie bekommt aber noch Ersatzmilch, die sie kräftigen wird.« Dr. Meller streichelt der Kleinen über den zarten Rücken. »Aber ihr Zustand ist wirklich gut, für all das, was sie mitgemacht hat.«

Al strahlt und drückt die Kleine noch etwas mehr an sich. Es ist Ewigkeiten her, dass ich sie so glücklich gesehen habe. Der Glanz, der aus ihren Augen verschwunden war, scheint wie zu neuem Leben erwacht.

»Würdet ihr euch denn darum kümmern, dass sie vermittelt wird?« Allison verschränkt die Arme vor der Brust. »Ich würde sie ungern in ein Tierheim geben. Gern hänge ich auch etwas hier in der Praxis auf.« Sie räuspert sich und ihr Blick wird ernst. »Ich weiß ja nicht, wie weit ihr schon seid, aber der Termin für die Abholung der anderen Welpen ist nächste Woche Mittwoch. Bis dahin können sie gern bei mir bleiben. Wenn ihr doch noch etwas plant, dann gebt mir kurz Bescheid. Auf der Theke habe ich übrigens den Prospekt eines Tierbestatters, der auch Einäscherungen anbietet. Aber bitte fühlt euch zu nichts gedrängt, das alles ist ja auch eine finanzielle Frage.«

Allegras Blick wird starr. »Andere Welpen?«

Verdammt. Daran hatte ich nicht mehr gedacht. Bambi war ja eingeweiht, aber Allison natürlich nicht.

»Das habe ich dir nicht erzählt, Al«, werfe ich schnell ein. »Dir geht doch so was immer so nah.«

»Was ist denn passiert?« Sie legt eine Hand über den Welpen, als wollte sie sie noch im Nachhinein beschützen.

Bambi gibt ihr eine Kurzfassung. Durch Allegras Körper läuft ein sichtbarer Schauer. »Wie schrecklich. Was für ein Glück, dass es der Kleinen gut geht.« Sie drückt den Welpen noch enger an sich.

Warum habe ich bloß zum zweiten Mal das Gefühl, dass das Thema »Hundebaby« erst am Anfang steht?

Abby

Ich liebe den vierten Juli! Das ganze Land befindet sich im Ausnahmezustand und alle feiern den Tag der Unabhängigkeit. In Los Angeles und San Francisco finden aufwendige Paraden statt, die Parks und Strände sind bevölkert mit Familien, die den Tag zusammen verbringen, und ganze Straßenzüge erstrahlen in den drei Nationalfarben Blau, Weiß und Rot. Ich kann den freien Schultag genießen, denn so turbulent die Woche war, ich habe viel geschafft. Die zuständige Dame beim Grundstücksamt ist total nett, und seit gestern weiß ich, dass die Stadt das Grundstück für unser Projekt zur Verfügung stellt. Eine Firma, die sich auf das Entrümpeln von solch verwahrlosten Grundstücken spezialisiert hat, hat bereits zugesagt, unsere beiden Grundstücke kostenlos zu entrümpeln. Wir müssten nur die Entsorgung des Mülls bezahlen, doch diesen Betrag kann ich dank der zwei Schecks der Country-Club-Mitglieder problemlos aufbringen. Ich habe ein extra Spendenkonto eingerichtet, damit wir den Überblick behalten und überschüssiges Geld spenden können. Ein zweiter Spielgeräte-Hersteller hat sich auf eine von Leos Mails gemeldet und Interesse bekundet. Leo hat ihnen den Lageplan des Stadtgrundstücks gemailt und ich habe noch eine kurze Beschreibung der Gegend, inklusive Betonung der super Lage, noch hinterhergeschickt.

Ich bin mit Mom und Dad in Santa Monica unterwegs zu

einem Restaurant, doch heute habe ich kein Auge für all das bunte Treiben an diesem Feiertag. Leo ist seit ein paar Tagen seltsam abweisend. Genauer gesagt seit Dienstag, als wir bei Allison in der Praxis waren. Hin und wieder wirft er mir diesen grüblerischen Blick zu, den ich überhaupt nicht deuten kann. Er flirtet auch nicht mehr mit mir. Wenn er mir eine Nachricht schickt, dann nur, wenn es um das Projekt geht. Nachts starre ich manchmal minutenlang auf mein Handy, als könnte ich ihn mittels Telepathie dazu bekommen, dass er mir etwas schreibt. Doch darin bin ich wohl wenig talentiert. Ich habe überlegt, ihm zu schreiben, es aber immer wieder verworfen. Vermutlich hat er eine Andere. Jungs sind doch so. Ist das eine Spielzeug nicht mehr interessant, muss schnell ein neues her, damit es nicht langweilig wird. Es scheint jedoch niemand aus der Schule zu sein, denn das hätte sich längst herumgesprochen. Irgendjemand verplappert sich immer. Natürlich frage ich mich auch, warum er so vehement dementiert, dass er nur unverbindliche Abenteuer sucht. Schließlich hat er laut und deutlich gesagt, dass er keine Freundin will. Was auch okay ist, denn jeder kann ja selbst entscheiden, wie er leben will. Das letzte Highschool-Jahr ist sowieso eine ungünstige Zeit für Beziehungen. Doch ich gehöre zu der altmodischen, romantischen Sorte Menschen. Ich glaube an die Liebe. Und ich glaube, dass man der Liebe wegen so manche stürmische Zeit übersteht. Für mich muss man sich nicht jeden Tag sehen, um sich des anderen sicher zu sein. Liebe ist für mich eine Decke, die mich einhüllt und warm hält im Alltag, der oft wenig kuschelig ist. Bis jetzt habe ich allerdings noch niemanden gefunden, der das genauso sieht. Heutzutage muss Liebe praktisch sein. Sie muss sich einfügen in den Baukasten aus Lebensplanung und Karriere und meist muss sie sich sogar unterordnen. Heutzutage müssen wir alle erfolgreich sein. Hunderte Follower auf Twitter haben und alle zwei Wochen ein neues Profilbild auf Facebook, dass mindestens 100 Likes bringt. Jeden Tag ein neuer, ach so perfekter »Schnappschuss« auf Instagram. Belanglose Bekanntschaften aus der digitalen Welt bestätigen uns mit einem Mausklick, dass wir im großen WWW eine Bedeutung haben. Und ich gebe zu, dass es schon süchtig machen kann. Diese Gier nach Bestätigung und Bewunderung. Und es ist leicht. Du hast einen schlechten Tag, fühlst dich mies und hässlich, dann lädst du ein Foto von dir hoch, und die Welt überschüttet dich mit Komplimenten. Aber das ist wohl auch einfach ein Trend der Zeit. Meine Eltern lachen sich scheckig darüber, dass es jetzt in Mode ist, sein Frühstück per Foto mit der ganzen Welt zu teilen. Was Leo übrigens nicht macht, jedenfalls nicht öffentlich. Auf Instagram finde ich ihn nicht und sein Facebook-Profil ist so gesichert wie Fort Knox. Mehr als den Geburtsort, sein Profilbild und das Bannerfoto sieht man nicht. Als Facebook mir verrät, dass wir 24 gemeinsame Freunde haben, versetzt mir das einen eifersüchtigen Stich. Amber, Holly, Susan, Chloé, Lindsay … ich scrolle die Liste hinunter. Er ist mit fast allen meinen Freundinnen »befreundet«, nur mit mir nicht? Plötzlich hatte ich keine Lust mehr, ihn zu stalken. Sein Profilbild habe ich aber vorher noch abgespeichert, denn es war zu cool, um es nicht zu tun. Jemand, der das wohl professioneller macht, hat ihn im Studio fotografiert. Das Schwarz-Weiß-Porträt ist so eindringlich und faszinierend, dass man immer wieder hinsehen muss. Leos ernster Blick wirkt abweisend und magisch

anziehend zugleich. Er sieht unverschämt gut aus und dieser
»Mir doch scheißegal, Welt«-Blick macht ihn nur interessan-
ter. Sein Bannerfoto ist eine Panoramaaufnahme eines Küs-
tenabschnitts Neuenglands. Düstere, sich hoch auftürmende
Wolken und ein tobendes Meer, das den Strand fast verschluckt. Auch ein ungewöhnliches Motiv für einen Kerl in
seinem Alter. Und leider noch etwas, das ihn umso interes-
santer macht.

»Jetzt sieh doch mal hin!« Mom zerrt an meinem Arm.

Ein Künstler mit einem Hund führt Kunststücke vor. Der
kleine Hund trägt einen Pullover in den Nationalfarben.

»Toll«, sage ich abwesend.

Beim Mittagessen hält Dad mir einen Vortrag, wie wichtig
es ist, jetzt schon Kontakte für später zu knüpfen. Offenbar
fanden sie es beide nicht gut, dass ich mich in mein Zimmer
verzogen habe, als sie das Haus voller Gäste aus der Filmbranche hatten. Es ist so egoistisch von ihnen, dass sie denken, ich hätte keine eigenen Ideen für meine Zukunft. Dass
sie automatisch davon ausgehen, dass ihr Traum auch mein
Traum ist.

»Die UCLA bietet einen Sommerkurs zum Thema ›Filmproduktion‹ an. Alle großen Filmstudios werden dort mit
Gastbeiträgen vertreten sein.« Dad verputzt seinen Kraut-
salat, das gebratene Fleisch hat er schon vernichtet. »Ich habe
dich über die Firma angemeldet. So bekommst du sicher einen
Platz.«

»Was?« Ich lege mein Besteck zur Seite.

»Freust du dich nicht? Die Plätze sind sehr begehrt. Und es
macht sich ideal in deiner College-Bewerbung. Was willst du
sonst die ganzen Sommerferien machen? Du weißt, dass wir

aufgrund der Hitze in diesen Monaten nur begrenzt drehen können.«

»Aber das könnt ihr doch nicht über meinen Kopf hinweg entscheiden.«

Mom sieht ehrlich beleidigt aus. »Wir dachten, wir tun dir einen Gefallen damit. Im Moment hast du so viel mit diesem Spielplatz-Projekt am Hals, dass wir dich sowieso kaum zu Gesicht bekommen. Geschweige denn, dass du dich mal am Set oder im Büro blicken lässt.« Sie sieht Beifall heischend zu Dad. »Wir haben da Verständnis für, glaub mir, die Schule geht immer vor. Aber dann solltest du uns erlauben, dich zu unterstützen.«

»Aber, Mom …«

»Hast du etwa schon etwas anderes vor?«, fragt sie spitz.

Nein, habe ich nicht. Aber wenn ich etwas vorhätte, dann hätte es nichts mit dem Thema Filmproduktion zu tun. Vielleicht würde ich mich in ein paar medizinische Vorlesungen setzen. Oder ein paar Vorträge aus der Kriminologie hören. In diesem Moment wird mir klar, dass ich viel zu lange damit gewartet habe, meine Eltern darauf vorzubereiten, dass ich ihre Firma nicht weiterführen möchte. Es mangelt mir schließlich nicht an Erfahrung, um sicher behaupten zu können, dass das einfach nichts für mich ist. Ich bin an Filmsets groß geworden. Wenn jemand weiß, wie es wirklich ist, dann ich. Leider nur habe ich die Auseinandersetzung mit ihnen immer gescheut. Ich bin ihr einziges Kind, und wie selbstverständlich nehmen sie an, dass mir das Gleiche gefällt wie ihnen. Vielleicht würde ich an ihrer Stelle genauso denken. Schließlich habe ich ihnen nie wirklich die Stirn geboten. Ich hätte mich viel früher auflehnen, weigern und eine Aussprache suchen sollen. Leider ist es so viel angenehmer, immer das »liebe« Kind zu sein, als für seine Interessen Konfrontationen zu riskieren. Nun erscheint mir meine Situation so ausweglos, dass mich dieses Gefühl noch mehr lähmt.

»Nein, ich habe noch nichts vor.« Was bin ich nur für ein Feigling.

»Herrgott, du klingst, als wollten wir dich in ein russisches Arbeitslager schicken.« Mom verdreht die Augen. »Du solltest an deiner Schüchternheit arbeiten, Abby. Es wird dir guttun, dich auf neue Leute einlassen zu müssen. Tucker, Silver und Amber locken dich bestimmt nicht aus deiner Komfortzone, die kennst du ja praktisch dein Leben lang.«

»Entschuldige mal, ich bin nicht schüchtern. Das ist es gar nicht! Außerdem gibt es da wohl bessere Kurse als Vorträge über Budgetkalkulation eines Werbespots!«

»So verbindest du das Interessante mit dem Nützlichen«, erwidert Mom. Sie kneift mir in die Wange. »Und jetzt zieh nicht so ein Gesicht! Du bist unser Schatz und wir lieben dich. Wir tun alles aus Liebe zu dir.« Sie zupft an meiner Bluse. »Und jetzt iss auf, wir wollen gleich den Nachtisch bestellen.«

Abends fahre ich zu meinem Lieblingsplatz. Es ist ein Strandabschnitt, der als Naturschutzgebiet deklariert und nur von Biologen der UCLA betreten werden darf. Eigentlich. Doch da gibt es dieses unheimlich verlockende Schlupfloch an einer Stelle des Zauns unweit der Bundesstraße, das man nur findet, wenn man weiß, wo es ist. Ich habe es zufällig entdeckt, weil ich umgeknickt war und mich am Zaun festhalten wollte. Und stattdessen direkt hindurchgefallen bin. Zum Glück pflege ich ganz allein an Naturschutzgebieten herumzuschleichen. Dieses kleine Malheur hatte definitiv Slapstick-Qualitäten und die Frotzeleien darüber wäre ich nie wieder losgeworden. Seitdem flüchte ich manchmal dorthin, um allein zu sein. Einen anderen Menschen habe ich noch nie dort gesehen. Trotzdem fühle ich mich immer wie ein Geheimagent, wenn ich durch das kniehohe Gras Richtung Sand pirsche. Einen Namen hat dieser Bereich auch nicht. Vielleicht hat er bei den Biologen einen ähnlich seltsamen Namen wie die neu entdeckten Sterne bei den Astrophysikern. Irgendwas Unromantisches wie XPO365G. Ich habe »meinen« Strand »Sunset Beach« getauft. Nicht nur, weil ich hier die phänomenal schönsten Sonnenuntergänge erlebt habe, sondern auch, weil dieser Name so viel Ruhe verheißt. Der Name steht für meine eigene kleine Oase, in die ich abtauche, wenn ich ganz mit mir allein sein will.

Ich brause die Route 101 in Richtung Summerland runter. Es ist eine wunderschöne Strecke, denn sie führt unmittelbar an der Küste entlang. Ich parke das Auto am Straßenrand. Dann bahne ich mir meinen Weg durch das hochwachsende Gras bis zum Zaun. Ein wenig Druck und schon kann ich den Maschendraht zur Seite biegen. Zwischen einer Gruppe von verwilderten Palmen lasse ich mich nieder. Ich habe die abgebrochenen Palmwedel so arrangiert, dass ich von der Straße aus nicht zu sehen bin. Der Blick von dieser sanften Anhöhe ist phänomenal. Ich lehne meinen Rücken an einen der schuppigen Stämme und schließe für einen Moment die Augen. Ich denke schon wieder an Leo. Ob ich es irgendwann später in meinem Leben doch mal bereuen werde, dass ich ihn so rigoros habe abblitzen lassen? Auf meine Nachricht hat er auch noch nicht geantwortet. Gelesen hat er sie allerdings, das beweisen die zwei Häkchen dahinter. Ich ärgere mich darüber, aber bevor ich jetzt hier an meinem Lieblingsplatz sitze und schmolle, lese ich doch lieber. Und wie so oft: Wenn man am wenigsten damit rechnet, passiert das sehnsüchtig Erwartete. Eine Nachricht von Leo.

»Bei dir oder bei mir?«

Ich muss grinsen. »Am Strand!«

Als Antwort bekomme ich einen riesen Smiley mit wackelnden Augenbrauen.

»Ich übersetze dir meine Nachricht mal«, texte ich. »Es sollte heißen: Sehen wir uns heute Abend auf der Party am Strand?«

»Ach so.« Ein Smiley mit zur Seite rollenden Augen und schmollendem Strichmund.

Ich kann ein Lachen kaum unterdrücken. Leo ist ganz der Alte. »Kommst du trotzdem?«

»Was ziehst du an?«

»Leo!«

»Bleib cool, Bambi. Wann bist du da?«

»So gegen 21 Uhr.«

»Dann bis nachher.«

Ich lasse das Handy sinken. Ich werde aus ihm einfach nicht schlau. Wenn er eine Freundin hätte, würde er doch sicherlich sie mit zu der Party bringen. Aber eigentlich sind wir ja auch gar nicht verabredet. Ich habe ihn ja nur gefragt, ob er heute dort sein wird. Bestimmt haben ihn mehrere Leute gefragt, ob er kommt. Er könnte also problemlos dort mit seiner neuen Eroberung auftauchen und sie dort allen vorstellen. Etwas in meinem Magen verkrampft sich und macht dann eine

Rolle rückwärts. Jetzt reichts. Ich werde ihn jetzt fragen, aber so raffiniert, dass er nicht checkt, worum es eigentlich geht.

»Bringst du Allegra mit?«

»Nein.«

Okay, das war jetzt nicht so aufschlussreich. Er hätte ja auch schreiben können: Nein, ich komme mit xy. Hat er aber natürlich nicht.

Da Montecito ein gutes Stück außerhalb liegt, fällt mir etwas ein. »Nimmst du noch jemanden mit von Montecito aus?«

Leo hat die Nachricht gelesen, antwortet aber nicht. Okay, das ist wohl der Beweis. Wahrscheinlich hat sein Stiefvater ihm die Tochter eines schwerreichen Kollegen vorgestellt und seitdem machen sie Villen-Hopping. Super. Ich lege das Handy zur Seite und widme mich wieder meiner Lektüre. Einfach nicht mehr dran denken. Jetzt ist es sowieso zu spät. Ich werde einfach nicht mehr dran denken …

Es endet damit, dass ich mein Buch anstarre, ohne nur ein Wort zu lesen. Verdammt. Wieder greife ich nach meinem Handy. Ich bin doch kein Mäuschen, das sich vor direkten Fragen drückt. Und ich habe auch keine Lust mehr, über einer Antwort zu orakeln.

»Hast du ein Date?«

Ewige Sekunden verstreichen.

»Ja.«

Ich habe es ja nicht anders gewollt. Das hat man vom Mutigsein. Die Wahrheit schmerzt mehr als die Ungewissheit. Was soll ich nun machen? Mich für ihn freuen? Ihm gratulieren? Herzlichen Dank, ich verzichte. Ohne einen weiteren Blick auf das Display zu werfen, lasse ich das Handy in meine Tasche fallen. In diesem Moment bin ich froh, dass ich ganz allein bin. Ich ziehe die Beine an, umschlinge sie mit den Armen und lasse meinen Blick über die Wellen gleiten. Warum muss bloß alles so kompliziert sein?

Am Strand ist die Party schon in vollem Gange. Mein Herz klopft mir bis zum Hals. Leo mit seinem Date zu sehen, macht mich echt nervös. Alle meine Freunde sind schon da und es gibt ein großes »Hallo«. Leo kann ich nirgendwo entdecken.

Ich stehe mit Susan, Chloé und Silver zusammen, und wir reden über eine Zehntklässlerin, die angeblich schwanger sein soll, als ich plötzlich einen Blick von rechts spüre. Ich drehe den Kopf und da steht Leo. Obwohl es langsam dunkel wird, erkenne ich seine Umrisse sofort. Er steht etwas abseits, hat die Füße fest in den Sand gebohrt, und sein ernster Blick fixiert mich. Wo ist seine Begleitung?

Ich gehe auf ihn zu und er kommt mir entgegen. Es ist etwas seltsam zwischen uns, da wir in den letzten Tagen kaum private Worte gewechselt haben.

»Du siehst toll aus«, sagt er zur Begrüßung.

Ob seinem Date gefallen wird, dass er fremde Frauen mit Komplimenten bedenkt?

»Wo ist dein Date?« Ich beuge mich zur Seite, als ob ich vermuten würde, dass sie sich hinter ihm versteckt.

»Das steht vor mir.«

Ich sehe ihn verständnislos an. »Ich?«

»Wer sonst?«

»Aber du …« Meine Stimme klingt matt. Ein Hauch Verzweiflung schwingt deutlich hörbar mit.

»Ich habe dir sechs Mal bei WhatsApp geschrieben. Du

hast keine meiner Nachrichten gelesen. Es sollte lustig sein, aber du hast direkt dichtgemacht.«

»Du hättest auch etwas mehr als nur ›Ja‹ schreiben können.«

»Dann wäre es ja nicht mehr lustig gewesen, wenn du dann ›Wer ist sie?‹ und ich dann ›Du‹ geschrieben hätte. Das war der Plan. Aber Prinzessin schmollt ja und schmeißt das Handy in die Ecke.«

»Stimmt gar nicht«, sage ich, obwohl er recht hat.

Unser Gespräch bricht ab und wir stehen etwas unschlüssig voreinander herum. Ich würde ihn fragen, warum er die letzten Tage so auf Abstand gegangen ist, doch da haben uns ein paar Leute entdeckt. Wir sind umringt von Freunden, unter ihnen Tucker, Silver und Sam, Alec, Elvis, Aiden und Chloé, Susan und Holly. Offenbar gibt es eine Meinungsverschiedenheit zum Thema »Motivationsschreiben bei Unibewerbung«, und nun reden alle auf mich ein, als wüssten ausgerechnet wir Bescheid. Die Diskussion zieht sich hin, weil manche schon Bier oder Tequila intus haben und einfach immer wieder dasselbe erzählen. Tucker unterbricht die Diskussion schlagartig, als er ein Foto herumzeigt, dass er gerade per WhatsApp geschickt bekommen hat.

»Iiiihh!« Chloé schiebt das Handy aus ihrem Gesichtsfeld. »Das ist so widerlich.«

Jetzt sind auch alle anderen neugierig.

»Baaaahh!« Silver hält sich eine Hand vor den Mund.

»Ihr seid ja empfindlich. Das ist doch bloß ein Skelett. Irgend so eine Nutte, die sie aus den Everglades gezogen haben. Passiert doch immer wieder.«

»Wie kommst du denn an solche Fotos?«, fragt Leo. »Sind das nicht Polizeiaufnahmen?«

»Ein Kumpel von mir schickt das rum. Ist wohl von einem, der das Skelett gefunden hat.«

»Zeig mal …« Ich nehme ihm das Handy ab und werfe einen kurzen Blick auf das Foto. »Das ist keine Frau. Dafür ist das Becken viel zu schmal und hoch.« Ich vergrößere einen Ausschnitt des Fotos. »Schau hier, die Incisura ischiadica major ist kaum ausgeprägt.« Ich deute den Rand des Hüftbeins entlang. »Und aus den Sümpfen der Everglades hat man das Skelett eher nicht geborgen. Diese organischen Überreste hier wirken eher mumifiziert und teilweise durch Sand oder so von den Knochen abgetragen. Ich würde mal tippen, der Typ hat sich mit einem der Drogenkartelle an der Grenze zu Mexiko angelegt und sie haben ihn irgendwo in der Wüste erschossen.«

Erst als niemand etwas sagt, sehe ich in die Runde. Die anderen starren mich mit offenem Mund an.

»Glaube ich«, füge ich schnell hinzu. Mein Gott, was ist mir denn da herausgerutscht?

»Okaaaaay …«, sagt Tucker etwas lauter als nötig, schnappt sich sein Handy und verstaut es in den Taschen seiner Shorts. »Das war gruselig.«

»Ja, besonders das, was Abby dazu gesagt hat«, steuert Holly bei, was ihr einen genervten Blick von Tucker einbringt.

»Ja, das auch. Wer will auf den Schreck Tequila? Ich hab noch welchen im Wagen.«

Die anderen folgen Tucker wie Lemminge zum Wagen. Nur Leo bleibt bei mir.

»Lernt man so was beim Surfen?«

»Es ist mir so herausgerutscht.«

»Rausgerutscht? Heißt das, du wusstest das vorher nicht und hattest eine spontane Eingebung?«

»Nein.«

»Du willst nicht darüber reden?«

Ich nicke, während die anderen mit dem Tequila wiederkommen.

»Woher weißt du so was Gruseliges?« Susans Stimme klingt nach einem Tequila zu viel.

»Ich habe mal eine Doku darüber gesehen.«

»Echt?« Sie lehnt sich an Tuckers starke Schulter. »Da würde ich sofort umschalten.«

Tucker hält uns den Tequila hin. »Wollt ihr auch?«

»Nein, nicht für mich«, sagen Leo und ich gleichzeitig.

»Ha! Ihr habt zur gleichen Zeit das Gleiche gesagt!«, gackert Aiden. »Da muss man sich küssen!«

»Was?«

»Ja, das stimmt!«, wirft Susan ein. »Das ist so üblich!«

»Wo? Bei den Eskimos?«, brummt Tucker. »Wie lächerlich.«

Leo neben mir wirkt wie versteinert.

»Küssen! Küssen! Küssen!«, grölt Aiden und klatscht dazu im Takt. Die anderen fallen begeistert mit ein.

Ich möchte am liebsten im Boden versinken. Leo scheint sich auch nicht wirklich wohlzufühlen, doch er steht breitbeinig wie eine griechische Statue im Sand, und all das Gekreische scheint an ihm abzuprallen. Tucker hingegen schubst dem Rädelsführer Aiden grob vor den Arm. Der taumelt prompt einen Schritt zur Seite.

»Lass es gut sein, Mann!« Tucker wirkt gereizt. Einerseits bin ich ihm dankbar, dass er sich für mich einsetzt. Andererseits ist der Blick, den er mir gerade zugeworfen hat, ziemlich eindeutig. Da ist so ein eifersüchtiger Funke in seinen Augen.

Ungeduldig tritt er von einem Fuß auf den anderen. Er wirkt wie eine Bombe, die kurz davor ist zu explodieren. Aiden weicht ein Stück vor ihm zurück. Mit gerunzelten Brauen sieht er dann von ihm zu mir und Leo. Die gesamte Gruppe kann Tucker jedoch nicht mit einem Blick bezwingen. Sie stacheln uns weiter an.

»Jetzt macht schon!«

»Worauf wartet ihr?«

»Leo, bist du etwa schüchtern?«

»Komm schon, Abby, du wirst es überleben!«

Leo gibt dem Drängen der anderen nach. Er stellt sich vor mich und streicht mir ganz zart durchs offene Haar. Dann neigt er den Kopf und seine Lippen berühren für den Bruchteil einer Sekunde die meinen. Es ist ein Schmetterlingskuss, ein zarter Hauch, kaum eine Berührung. Schon weicht er von mir zurück. Die anderen johlen trotzdem.

Ich hingegen bin enttäuscht. Das also soll es gewesen sein? Der berühmte »erste Kuss«? Der Kuss von dem man noch schwärmen kann, wenn mit über 80 Jahren im Altenheim gemeinsam auf seiner Lieblingsbank sitzt? Der Kuss, der wie Magie, wie ein Feuerwerk durch all deine Adern rauschen muss?

Leo steht neben mir, als wäre nichts gewesen. Sein Gesicht ist eine undurchdringliche Maske. Ich glaube, ich habe keine Lust mehr und fahre einfach nach Hause.

»Ich bin irgendwie müde …«, murmele ich und krame nach meinem Autoschlüssel. Die meisten hier sind schon leicht angetrunken und finden sowieso alles lustig. Ich, die an Alkohol nichts finden kann, komme mir vor wie eine Seniorin, die versehentlich auf einer Klassenfahrt gestrandet ist.

»Lass uns noch ein Stück am Strand entlanggehen.« Leo hat sich nah zu meinem Ohr gebeugt. »Bitte.«

»Hältst du das für eine gute Idee?«

Ich suche in seinem Gesicht nach einer Antwort. Nach etwas, das mir bestätigt, dass dieser Kuss gerade uns nur weiter voneinander entfernt hat. Dass es nun noch komplizierter ist zwischen uns.

»Lass uns einfach gehen, okay?«

Tucker, der vollauf damit beschäftigt ist, seinen Tequila vor Susan zu retten, und Silver, die schon wieder mit Sam knutscht, bemerken nicht, dass wir uns davonstehlen.

Nur Aiden ruft uns ein »Schön brav bleiben im Dunkeln!« hinterher.

»Sorry, sie sind so nervig, wenn sie was getrunken haben …«

Wir gehen eine ganze Weile schweigend am Strand entlang. Überall sind noch Menschen, die den Feiertag zwischen Sand und Wellen ausklingen lassen wollen. Wir laufen noch weiter, bis es leiser wird und nur noch die Natur zu hören ist. Trotzdem macht es das nicht leichter zwischen uns. Leo heute Abend zu sehen, war wie ein Schlag in die Magengrube. Wie die Erkenntnis, die einen so plötzlich und unerwartet trifft. Die Erwartung, ihn hier mit einer anderen zu sehen, hat mich meine Gefühle plötzlich deutlich erkennen lassen: Er ist mir wichtiger, als ich es mir eingestehen wollte. Ich bin eifersüchtig. Es tut mir weh, dass er eine andere daten könnte. Ich bin verletzt, dass er unseren ersten Kuss gar nicht schnell genug beenden konnte. All das sollte ich nicht fühlen, doch ich komme nicht dagegen an.

»Das vorhin war nur ein Bluff.«

»Hm?« Überrascht sehe ich ihn an. Jetzt hat er mich total aus meinen Gedanken gerissen. Was meint er damit?

Leo wird immer langsamer, bis er schließlich stehen bleibt. Ich, die sich unbewusst seinem Tempo angepasst hat, drehe mich ihm zu. »Was war ein Bluff?«

Leo wirkt noch ernsthafter als sowieso schon. Er nimmt einen letzten Schluck von seiner Coke, dann stellt er die Flasche neben sich im Sand ab. Die Geste wirkt seltsam endgültig und entschlossen. Fast so, als mache er sich bereit für eine wichtige Entscheidung. Als er sich wieder aufrichtet, strafft er die Schultern wie ein Boxer vor einem Kampf. »Der Kuss war ein Bluff.«

»Was –?« Ich breche ab, weil mir immer noch nicht klar ist, ob das jetzt negativ oder positiv sein soll. Schließlich würge ich den Kloß in meinem Hals hinunter. »Wie meinst du das?«

Irgendwo über dem Meer kreischt ein Wasservogel. Leo wendet kurz den Kopf in Richtung des Geräuschs, dann dreht er sich wieder zu mir. »Es war nur geschauspielert.« Seine Stimme klingt belegt. »Damit die anderen mit den blöden Kommentaren aufhören.«

»Na herzlichen Dank.« Ich will mich abwenden. So was muss ich mir echt nicht anhören.

»Abby.« Leo legt seine linke Hand sanft um meinen Oberarm und hindert mich daran, einfach davonzustürzen. »Lauf nicht wieder weg. Lass mich ausreden.«

Ich will schon protestieren, als er den rechten Zeigefinger beschwichtigend über meine Lippen legt. »Gib mir eine Minute. Okay?«

Ich starre ihn an. Was macht er da? Und wieso kann ich

mich nicht mehr rühren? Sein Finger streicht zart meinen Mund entlang. »Ein Zwinkern reicht auch als Antwort.«

Ich kneife das rechte Auge zu.

Leo unterdrückt ein Lächeln, das sehe ich genau. »Das sollte keine Beleidigung werden. Ich wollte damit nur sagen, dass das vorhin nicht unser erster Kuss war. Nicht wirklich.«

»Nicht?« Ich finde es zwar gut, dass er auch der Meinung ist, dass dieses »Lippenaneinanderdrücken« kein Kuss war, aber worauf will er hinaus?

»Nein.« Er wirkt nervös und angespannt. Ich sehe auf seine Brust, die sich hebt und senkt. Das Hämmern seines Herzens malt sich an der pochenden Ader an seinem Hals ab. Er ist Sportler. Sein Ruhepuls sollte wesentlich niedriger sein.

»Alles okay?«, flüstere ich. Meine aufkeimende Wut ist wie verflogen.

»Nein.« Leo hebt die Hand und löst vorsichtig die Klemmspange aus meinen Haaren. Es ist eine besitzanzeigende, vertraute Geste, die mir einen Schauer die Wirbelsäule hinabjagt. Meine Haare fallen mir lang über den Rücken. Mit den freien Fingern gleitet er durch die leicht gewellten Strähnen. Ich sehe ihn unverwandt an. Eigentlich ist diese Szene so harmlos und doch baut sich zwischen uns wieder dieses knisternde Kraftfeld auf. Leo atmet scharf ein. Er lässt meine Spange neben die Cokeflasche in den Sand fallen. Seine Hand zittert ganz leicht.

»Leo?«

Er rückt noch etwas näher, fast so, als könne er es nicht ertragen, dass nur ein Zentimeter zu viel Platz zwischen uns ist. Ich muss ihn berühren. Vielleicht hoffe ich, durch das Gefühl seiner Haut an meinen Fingern etwas über seine momentanen Gedanken herauszufinden. Vielleicht ist es aber auch diese magische Anziehung zwischen uns, die nun so übermächtig ihren Tribut zollt. Meine Fingerspitzen streichen seine nackten Arme hinauf. Ich fühle jeden Zentimeter von ihm. Diese warme, glatte Haut. Die sehnigen, harten Muskeln darunter. Leo neigt den Kopf und seine Nase streicht über meine Schläfe. Er atmet so schnell wie ein Sprinter bei seinem wichtigsten Lauf. Ich recke mich ihm entgegen, schüchtern und mutig zugleich.

»Das hier ist unser erster Kuss«, höre ich seine Stimme wie aus weiter Ferne.

Zuerst ist es nur eine zaghafte Berührung unserer Lippen. All meine Sinne sind zum Bersten gespannt. Sein Mund ist warm, weich und herrlich verlockend. Seine Lippen bewegen sich an meinen, suchend und neugierig zugleich. Die explosiven Ausläufer all meiner Empfindungen lassen meine Fingerkuppen kribbeln. Ich will ihn an mich ziehen, doch dann halte ich einfach nur still. Es ist nicht so, dass ich vorher noch nie einen Jungen geküsst habe. Oder dass ich vorher noch nie jemanden ziemlich anziehend fand. Eine Zeit lang war ich sogar mal in Harry Styles von One Direction verschossen. Doch mit Leo ist es noch mal komplett anders. Zum Verrücktwerden, Durchdrehen, Erstarren und Gleichzeitig-in-tausend-Sterne-Explodieren anders! Glückshormone in meinem Blut rauschen wie ein aufputschender Cocktail durch meinen Körper. Ich öffne meine Lippen und ganz vorsichtig berühren sich unsere Zungen. Leo schlingt seine Arme um mich und die Wärme seines großen, harten Körpers macht mich ganz benommen. Unser Kuss wird tiefer, intensiver und leidenschaftlicher. Unsere Bewegungen verschmelzen miteinander, bis alles fließend und geschmeidig wie bei einem Tanz ineinander übergeht. Es fühlt sich unglaublich gut, unglaublich richtig an. Als wir uns voneinander lösen, weil wir beide nach Luft schnappen, sehe ich Leos Gesichtsausdruck. Er wirkt regelrecht überrumpelt. Auch er hatte wohl nicht damit gerechnet, dass dieser Kuss so perfekt sein könnte. Im nächsten Moment hat er mich schon wieder an sich gezogen. Wieder ist sein Kuss zunächst zärtlich, doch dann schlagen die Flammen zwischen uns höher. Aus Leos Kehle steigt ein leidenschaftliches Geräusch auf. Es ist eine Mischung aus einem Seufzen und einem Stöhnen, die mir ganze weiche Knie macht. Ich fühle mich stark und schwach zugleich. Mit den Fingern kralle ich mich in sein Shirt. Ich muss mich an etwas festhalten, sonst habe ich das Gefühl, dass ich in tausend Einzelteile zerfalle. Mit Leo ist es wie mit keinem zuvor. Da sind die romantischen zärtlichen Gefühle für ihn, doch nun mischt sich noch etwas anderes darunter. Es ist ein körperliches Sehnen, der unbedingte Drang, seinen Körper ganz nah an meinem zu fühlen. Jede harte Kontur verschmilzt mit meinen weichen Rundungen. Leos Berührungen sind bestimmt, aber nicht zu forsch. Er streichelt meinen Rücken, meinen Nacken und durch meine Haare. Es gibt nichts Schlimmeres, als Typen, die man küsst und die einem direkt an den Po grapschen. Leo scheint eine eiserne Selbstbeherrschung zu besitzen. Selbst als ich mein Becken gegen ihn drücke, bleiben seine Hände oberhalb meiner Hüftknochen. Trotzdem muss ich das Drängen dieser kleinen fiesen Stimme in meinem Kopf nachgeben. Der Stimme, die mir zuflüstert, dass Leo mich jetzt endlich so weit hat, dass ich mit ihm ins Bett gehe. »Ich werde heute nicht mit dir schlafen«, flüstere ich, nachdem ich mich von seinen Lippen lösen konnte. »So eine bin ich nicht.«

»Was?« Leo blinzelt, als wollte er sich konzentrieren. »Wie kommst du denn jetzt darauf?«

»Weil du das gesagt hast.« Ich winde mich in seinen Armen. »Am Strand, weißt du noch?«

Leo seufzt und zieht mich noch enger an sich. »Du glaubst echt, Typen kommt es nur auf Sex an, oder? Wieso kannst du dir nicht vorstellen, dass es auch für Männer toll und aufregend sein kann, eine Frau zu küssen, sie im Arm zu halten und zu streicheln?«

»Na weil du – «

Leo erstickt meinen Protest mit einem schnellen Kuss. »Niemand von uns wird heute Nacht nackt sein, okay? Jedenfalls nicht zusammen.« Er streichelt meine Wange hinab. »Und jetzt küss mich wieder. Sofort.«

Auf dem Rückweg hält Leo mich im Arm. Ich habe beim Laufen den Kopf an seine Schulter gelehnt. Wenn er mich ansieht, möchte ich behaupten, dass er sich in mich verliebt hat. Genauso, wie ich Hals über Kopf in ihn verschossen bin – obwohl ich mir darüber erst heute Nachmittag klar geworden bin. Es ist kompliziert, und alles ist noch neu und ungewohnt und dennoch … tief in mir drin fühlt es sich so richtig an, dass ich mich frage, wie ich mein Bauchgefühl so lange verleugnen konnte. Ich dirigiere Leo so, dass wir schon ein gutes Stück, bevor wir die Party erreichen, auf die Promenade abbiegen. Auf irgendwelche dummen Kommentare lege ich nämlich so gar keinen Wert.

»Lass mich dich nach Hause fahren«, flüstert Leo mir ins Ohr.

Ich kichere, weil es kitzelt. »Ich bin doch selbst mit dem Wagen hier.«

»Dieses Stück Rost ist nicht wirklich ein Auto …«, flüstert Leo. »Es sieht nur aus wie eins, glaub mir.«

»Lass das nicht Mom und Dad hören. Die finden so snobistische Denkweisen ziemlich uncool.«

»Tu mir den Gefallen …« Er knabbert an meinem Ohrläppchen. »Es würde mir eine Freude machen. Dein Auto können wir auch morgen noch holen.«

»Naaaa gut.« Ich lasse es so klingen, als würde es mich sehr viel Überwindung kosten. Als Antwort küsst Leo mich zart auf die Wange.

In seinem Auto hält er meine Hand, ohne sie jedoch auf meinen fast nackten Oberschenkel abzulegen. Schließlich bin ich diejenige, die unsere ineinander verschlungenen Finger vom Schaltknauf löst. Als seine Haut mein Knie berührt, holen wir simultan scharf Luft. Leo verreist das Lenkrad ein wenig, doch sofort hat er sich wieder im Griff.

Ich suche nach einem unverfänglichen Thema, das die Spannung zwischen uns nicht weiter ansteigen lässt. Sonst endet es noch damit, dass Leo einen Unfall baut.

»Wie geht es Allegra?«

Leo lacht auf, doch seine Stimme klingt immer noch rau vor Nervosität. »Sie hat es sich, glaube ich, in den Kopf gesetzt, unseren kleinen Trümmerhund zu adoptieren. Sie war am Donnerstag bei Dr. Meller, also Allison, meine ich. Hätte sie sich nicht später verquatscht, hätten wir es vermutlich nie erfahren. Sie hat der Kleinen eine Welpendecke und ein

Spielzeug mitgebracht. Jetzt hat sie sogar ein Foto von ihr als Hintergrundbild auf ihrem Handy.«

»Hat sie schon mit eurer Mutter oder John geredet?«

»Keine Ahnung.«

Ich habe ebenfalls schon bemerkt, dass Allegra die Kleine sehr ins Herz geschlossen zu haben scheint. Und warum nicht? Nicht umsonst gibt es »Therapiehunde«, die in Krankenhäusern arbeiten. Tiere können Menschen helfen, neuen Lebensmut zu finden. »Du solltest nicht versuchen, ihr das auszureden. Wenn sie das Gefühl hat, dass sie sich um die Kleine kümmern will, dann solltest du tolerant damit umgehen.«

»Al kann sich nicht mal mehr um sich selbst kümmern. Wie will sie da den Bedürfnissen eines Welpen gerecht werden?«

»Der Mensch wächst an seinen Aufgaben, sagt man doch.«

»Ach, Bambi …« Leo schüttelt abwehrend den Kopf. »Du hast ein gutes Herz. Du willst, dass alle glücklich sind. Aber glaub mir, Al macht einen Riesenfehler. Sie übernimmt sich damit. Sie kann morgens manchmal nicht aus dem Haus gehen. Ein Hund muss aber jeden Morgen Gassi geführt werden. Wie soll das werden, wenn sie mal wieder einen, nennen wir es mal ganz harmlos, »Durchhänger« hat? Wer kümmert sich dann? John hatte am Donnerstag eine Ärztin zu uns nach Hause bestellt. Auf den Bericht von ihr warten wir noch. Was, wenn sie auch vorschlägt, Al in eine Klinik zu schicken?« Dass es so dramatisch um Al stehen könnte, hatte ich schon geahnt. Nur hatte ich gehofft, dass die kleine Hündin vielleicht die ultimative Veränderung bringen würde.

»Ich glaube, dass Allegra wieder einen Grund zum Leben braucht«, sage ich leise. »Es funktioniert anders herum. Sie braucht den Welpen, um morgens aufzustehen. Sie muss sich wieder gebraucht, sich wichtig fühlen. Und das Gefühl, eine Aufgabe, die einen vor neue Herausforderungen stellt, zu bewältigen, kann einen aus einem tiefen Loch ziehen.«

»Lassen wir das Thema.« Leo streichelt meine Finger. »Reden wir lieber noch mal über dich.«

Ich ahne, was jetzt kommt.

»Wie kam es zu diesem plötzlichen Ausbruch an Fachwissen? Und jetzt sag mir nicht, du löst einfach nur viele Kreuzworträtsel.«

Ich betrachte unsere ineinander verschlungenen Finger. »Nein, natürlich nicht. Ich …« Darüber zu reden, fällt mir schwer. So tief sitzt das schlechte Gewissen, Mom und Dad enttäuschen zu müssen. Mal abgesehen davon, dass sich auch keiner meiner Freunde so recht mit dem Gedanken anfreunden will. Genau wie meine Eltern denken alle, dass mir das Glamour-Business mehr liegt als »Knochen, Maden und Verwesung«. Eigentlich nervt mich so eine Kategorisierung, aber in meinem Leben ist das so überpräsent wie in einem kitschigen Hollywoodfilm. »Ich interessiere mich einfach dafür.«

»Ich interessiere mich auch für Rechtswissenschaft. Das heißt aber nicht, dass ich schon jetzt sämtlich Gesetzbücher auswendig kann.« Er wirft mir einen prüfenden Blick zu. »Ich dachte, deine Eltern drehen Werbefilme und keine Krimis. Das klang verdächtig nach CSI.«

»Was hat das mit meinen Eltern zu tun?« Ich klinge wohl aufgebracht, denn wieder sieht er mich kurz an.

»Na ja, ich dachte …«

»Du denkst das, was alle denken. Und es tut mir leid, dich enttäuschen zu müssen.«

»Wie?« Er schnauft. »Was? Wieso enttäuscht?«

»Ich bin nicht das blonde Beachbabe, das davon träumt, Mode zu studieren oder Schauspielerin zu werden. Das raus will, in die Glitzerwelt, mit Paparazzi und jeder Menge Trallala.«

»Ich nahm eigentlich an, du wolltest die Firma deiner Eltern übernehmen.«

»Ja klar …« Ich verschränke die Arme vor der Brust und starre durch das Seitenfenster in die Nacht. »Willst du das Gleiche werden wie dein Vater?«

»Nein.«

»Siehst du.«

»Mein Vater hatte aber auch keine Firma zusammen mit meiner Mutter. Und ich bin nicht das einzige Kind.«

»Verdammt.« Ich seufze. »Scheint, als gäbe es für alle Welt nur diese Option für mich.«

»Ich bin nicht *alle Welt* und genau deshalb habe ich das Gespräch wieder auf dieses Thema gebracht.« Ich fühle seinen stechenden Blick. »Oder bin ich für dich alle Welt?«

»Nein.«

»Dann stelle ich die Frage noch mal: Ist das nun Fachwissen oder Zufall?«

»Fachwissen. Kennst du die Serie *Bones*?« Noch weiche ich ihm aus. In meinem Inneren kämpfe ich gegen einen spontanen Fluchtreflex an. Wenn ich doch bloß nicht in einem Auto säße! Ich hole tief Luft. Warum ist es plötzlich so eng hier drin? Jetzt, da ich vor den anderen so eine Rede losgelassen habe, kann ich vermutlich davon ausgehen, dass noch mehr Leute mich danach fragen werden. Oder sie waren zu betrunken und halten es für einen Witz. Und selbst wenn, ich muss ihnen ja nicht die ganze Wahrheit erzählen. Bei Leo ist es etwas anderes. Ich will ihn nicht anlügen. Und ich weiß, dass er sich nicht so leicht abwimmeln lassen wird. Es sei denn, ich würde ihm sagen, dass ich nicht darüber reden möchte. Dann würde er mich in Ruhe lassen. Aber will ich das? Wie würde es sich anfühlen, einen Verbündeten wie Leo zu haben? Ich drehe den Kopf zurück und sehe ihn prüfend von der Seite an.

Er lacht. »Du überlegst. Es ist nicht zu überhören.«

»Haha.«

»Und? Habe ich die Prüfung bestanden?«

»Wenn du mich auslachst, rede ich nie wieder ein Wort mit dir.«

Er grinst breit. »Was ist mit Küssen? Das klappt auch ohne Reden.«

»Okay, so machen wir's.«

Leos perplexer Blick ist herrlich und ich breche in Gelächter aus. Zu schade, dass ich mein Handy nicht im Anschlag habe.

»Aber du darfst mich auslachen?«, fragt er. »So sieht's also aus, ja?«

»Ich habe nie behauptet, dass wir beide eine Demokratie sind.«

Er kneift mich zart ins Knie. »Schön lieb sein, Prinzessin. Sonst fährt der schwarze Ritter dich nicht nach Hause, sondern verschleppt dich in seine finstere Burg …«

»O ja, vielleicht lerne ich dann mal deine Mom kennen. Und hoffentlich ist Allegra auch da!«

»Du bist echt ein Stimmungskiller, Bambi.« Leo legt die Hand wieder um den Schaltknauf. »Gut, wo waren wir vor deinem Ablenkungsmanöver stehen geblieben? Richtig. Da war die Frage nach deinen spontan auftretenden naturwissenschaftlichen Beiträgen.«

»Es ist so etwas wie ein Hobby. Ich interessiere mich ein bisschen dafür.« Himmel, was für eine Untertreibung. Es ist mein Berufswunsch. Warum sage ich ihm das nicht einfach?

»Und was genau? Kriminologie? Profiling? Pathologie?«

»Forensische Anthropologie.«

»Bitte was?« Leo gluckst wie ein Kleinkind. »Gibt es das wirklich?«

»Die Hauptdarstellerin in *Bones* arbeitet als forensische Anthropologin.«

»Das ist Fernsehen, Bambi.«

»Es ist mittlerweile ein Studienfach, du Witzbold.«

»Und was arbeitet man da?«

»Man wird gerufen, sobald der Gerichtsmediziner nichts mehr mit einer Leiche anfangen kann. Wenn der Körper zu stark beschädigt ist, um eine Autopsie durchzuführen. Der forensische Anthropologe versucht dann, anhand des Skeletts herauszufinden, wer das war und wie er gestorben ist.«

Leo klingt, als habe er auf ein Stück Seife gebissen. »Was genau meinst du mit ›beschädigt‹?«

»Verwest zum Beispiel. In den meisten Fällen sind die Opfer schon stark skelettiert. Oder die Leiche wurde im Wasser gefunden und hat mit einer Schiffsschraube Bekanntschaft gemacht. Oder …«

»Danke, das reicht mir.« Leo umklammert das Lenkrad mit beiden Händen und sein Blick geht starr geradeaus. »Und auch auf die Gefahr hin, jetzt wie dein Vater zu klingen: Warum ausgerechnet das?«

»Fragst du das, weil ich ein Mädchen bin?«

»Nein, weil es knallhart ist. Jeden Tag mit dem Tod zu arbeiten. Man braucht eine sehr stabile Psyche, um so viel Elend zu stemmen. Da gibt es sicherlich Jobs, die heiterer sind.«

»Traust du mir so etwas nicht zu?«

»Du bist schlau. Du bist ehrgeizig. Mit deinen Noten kannst du dir aussuchen, was du mal werden willst.«

Ich warte ab, doch da kommt nichts mehr. Eigentlich hatte ich mit mehr Ungläubigkeit, mehr Verwunderung gerechnet. Doch für Leo scheint es gar nicht so ein Riesenthema zu sein.

»Ich brauche die guten Noten, um überhaupt die Chance zu bekommen, zu den Zulassungstests eingeladen zu werden. Es ist noch ein Nischenfach und die Zahl der Plätze begrenzt.«

»Bambi, ich bin der Letzte, der dich wegen deiner Strebernoten anmacht. Ich habe selbst einen Einserdurchschnitt.«

»Ich weiß.« Warum habe ich immer noch das Gefühl, mich rechtfertigen zu müssen? Leo gibt mir gar keinen Grund dazu.

»Moment mal.« Leo biegt von der Bundesstraße Richtung Wohnviertel ab. »Du willst das also studieren? Verstehe ich das richtig? Oder ist es nur ein Hobby, wie du anfangs sagtest?«

Verflixt, das habe ich nun davon, dass ich immer nur auf die schlauen Jungs stehe. Ihnen etwas vom Pferd zu erzählen, ist deutlich schwieriger als den Sportlern, die einen Baseball zu viel an den Kopf gekriegt haben.

»Ich habe mich irgendwann mal im Internet informiert«, drucke ich herum. »So allgemein. Aber ich würde mich schon dafür interessieren. Irgendwie. Ja.«

Leo wird langsamer, weil wir nun durch das Wohngebiet fahren, in dem auch mein Elternhaus steht. »Glaubst du, ich tratsche das rum? Oder klingele morgen bei deinen Eltern und tische ihnen das alles auf?«

»Nein ...«

»Weißt du, was ich glaube?«

Ich zucke mit den Schultern.

»Ich glaube, du machst alles richtig, wenn du auf dein Bauchgefühl hörst. Wenn dir das sagt ›Stark beschädigte Leichen, und das jeden Tag‹, dann solltest du darauf hören.«

»Du bist unmöglich!« Ich grinse ihn durch das Dunkel des Innenraums an. »Du bist einfach nur unmöglich.«

»Und das schätzt du so an mir, ich weiß.« Zack, schon liegt seine offene Hand wieder einladend auf meinem Oberschenkel. Ich verknote meine Finger mit seinen. Es fühlt sich gut an. Nicht nur, seine Haut an meiner zu spüren. Auch diese neue Vertrautheit zwischen uns ist prickelnd.

»Wann willst du es ihnen sagen?«

Sofort lande ich wieder auf dem Boden der Tatsachen. Der Gedanke an meine Eltern macht jeden romantischen Moment kaputt. »Meinen Eltern?«

»Ja klar.«

»Woher weißt du, dass ich es ihnen nicht gesagt habe?«

Er grinst bloß.

Ich seufze tief aus dem Bauch heraus. »Keine Ahnung. Vielleicht kneife ich auch und studiere ein, zwei Semester Filmproduktion, und dann sage ich ihnen, dass es doch nichts für mich ist. Ich meine, es ist ja jetzt nur noch so wenig Zeit. Was sind schon fünf Monate gegen all die Jahre, in denen sie mich darauf vorbereiten?«

»Seit wann weißt du, dass es die Anthropologie werden soll? Bei der Filmproduktion weißt du, was auf dich zukommt. Aber beim Thema Forensische Anthropologie ist es doch wesentlich schwieriger, an praxisnahe Informationen zu kommen.«

»Ich habe mich schon immer für Naturwissenschaften interessiert. Aber es war immer ein Balanceakt, um meine Eltern nicht zu verärgern. Ins Sommercamp für Nachwuchs-Naturwissenschaftler durfte ich nur fahren, weil ich über ein Stipendium einen Platz ergattert habe und es in der Zeitung stand. Alle unsere Nachbarn haben meine Eltern beglückwünscht. Da konnten sie schlecht Nein sagen, aber sie waren ziemlich sauer. Als rauskam, dass mein damaliger Biolehrer mich mit meinem Referat über die Mutationsrate mitochondrialer DNA dort angemeldet hat, waren sie etwas versöhnt. Und die Bio-Nachhilfe gebe ich entweder in der Bibliothek, oder ich plane es so, dass die beiden an dem Tag unterwegs sind. Irgendwann habe ich dann die Fernsehserie *Bones* entdeckt. Es muss circa zwei Jahren her sein. Es war wie ein Aha-Moment. Ich habe mir die erste Staffel gekauft und in einer Nacht angesehen. Danach habe ich mich durch das ganze Internet gewühlt auf der Suche nach Informationen. Und je mehr ich darüber erfahren habe, desto sicherer war ich mir, dass es genau das ist, was ich machen will. Es verbindet die Humanmedizin mit der Forensik, der Biologie, der Biochemie, der Anthropologie und der Kriminologie. Das ist doch total faszinierend.«

»Das klingt, als wärst du dir sehr sicher.«

»Ich bin mir sicher. Und sollte ich scheitern, bleiben immer noch die Werbefilme …«

»Du packst das, da bin ich mir sicher. Jemand, der mit so viel Leidenschaft von etwas schwärmt, ist normalerweise nicht so leicht auszubremsen.«

Tja. Da liegt er leider falsch. Denn ich bin mehr als ausgebremst, trotz meiner Leidenschaft.

Leo hält vor unserer Auffahrt. Er muss seine Hand von meiner lösen, um einen niedrigeren Gang einzulegen. Es ist verrückt, wie schnell ich seine Berührungen vermisse. Ich taste nach seinen Fingern. »Danke, dass du dir das alles angehört hast.«

Leo stellt den Motor ab und löst mit der freien Hand seinen Sicherheitsgurt. »Ich habe dich gefragt. Ich wollte genau das alles hören.«

Ich lächle noch, während die Innenbeleuchtung des Wagens langsam aufflammt.

»Komm her.« Leo legt seine Hand um meinen Nacken und zieht mich zu sich. Wir küssen uns, bis es im Wagen wieder dunkel wird.

»Ich bringe dich noch bis zur Tür.«

Wieder ist er schon um den Wagen herum, bevor ich überhaupt aussteigen kann. Er fängt mich auf, als ich die eine Stufe Richtung Gehweg herunterhüpfe. Sein Truck liegt viel höher als mein Buick. Ich finde es immer noch faszinierend, dass das Ding eine Stufe hat, um auszusteigen. Wie bei einem Lkw!

Leo holt mein ganzes Gepäck aus dem Fußraum. Einen Moment lang zögert er, dann stellt er es auf dem Boden ab und zieht mich stürmisch in seine Arme. Leos Mund sucht den meinen. Ich könnte ihn die ganze Nacht lang küssen. Ihn einfach nicht mehr loslassen. Er macht mich süchtig. Süchtig nach mehr von dem, was er mir gibt. Mir ist schwindelig. Ich könnte fallen, aber gleichzeitig fühlt es sich an, als würden mir Flügel wachsen und ich jeden Moment abheben. Leo trägt ein gefährliches Feuer in sich. Ein Feuer, das leicht auf einen selbst überspringt und einen dann mit Haut und Haaren verzehrt.

Schwer atmend stehen wir voreinander. Leos Mund ist von den Küssen noch sinnlicher geworden. Eine schwere Hitze breitet sich in meinem Bauch aus. Es ist ein verlockendes Gefühl. Ein Gefühl, das einen dazu anstiftet, den Kopf einfach auszuschalten. Ein Gefühl, das verboten und süß schmeckt. Ein Gefühl, von dem ich mehr will. Ich sehe mir dabei zu, wie ich meine rechte Hand ausstrecke und ihre Finger sich vorn in Leos Shirt krallen. Der eine Teil in mir bäumt sich protestierend auf, doch der andere …

Im nächsten Moment habe ich Leo wieder an mich gezogen. Sein großer Körper drückt mich gegen die Karosserie seines Trucks. Sein Mund liegt auf meinem, seine Hände wühlen sich in meine Haare. Meine Zunge gleitet in seinen Mund und ich höre ihn seufzen. Es ist ein dunkles, leidenschaftliches Geräusch, das mich noch weiter anstachelt. Mit beiden Händen streiche ich unter seinem T-Shirt die nackte Haut seines Rückens hinauf. Es fühlt sich genauso herrlich an, wie ich es mir vorgestellt habe.

Leo reißt sich von meinen Lippen los und küsst dann meinen Hals hinab. Er schiebt den Träger meines Tops ein Stück zur Seite und knabbert an meiner nackten Schulter. Seine Zunge hinterlässt eine warme, feuchte Spur auf meiner Haut. Dann küsst er meine Halsbeuge, meinen Kehlkopf und die Kuhle meines Schlüsselbeins. Als seine Lippen noch tiefer wandern, hält er plötzlich inne.

»Sag mir, dass ich aufhören soll.« Sein heißer Atem streicht über den Ansatz meines Dekolletés.

Ich streichle selbstvergessen seinen nackten Rücken. »Hör auf.«

Leo stöhnt gequält. »Du sagst zwar die Worte, aber dein Tonfall klingt wie eine Einladung.«

Ich dementiere nicht.

Leo seufzt lange und macht sich dann energisch von mir los.

»Ich schaffe das«, murmelt er. »Ich bringe dich jetzt noch bis zur Tür.« Er nimmt meine Hand. »Schnell, bevor ich es mir anders überlege.«

18

Leo

Den Samstag und den Sonntag verbringen Bambi und ich zusammen. Wir holen ihr Auto und dann kümmern wir uns um die Angelegenheit »Hundebabys«. Zusammen besichtigen wir den Tierfriedhof, der ein wenig außerhalb von Montecito in Richtung Toro Canyon liegt. Die Gräber sind aufwendig geschmückt und nur das Beste scheint gut genug. Bambi telefoniert mit dem Tierbestatter, der ihr ein Angebot für alle drei Welpen macht, als sie ihm die ganze Geschichte erzählt. Ihre Hand zittert in meiner. Die Sache nimmt sie sehr mit, aber sie bestand darauf, das Telefonat zu führen, obwohl ich angeboten hatte, ihr das abzunehmen.

»Drei Einäscherungen, eine gemeinsame Urne plus die Miete für ein Grab für 12 Monate inklusive Beerdigung der Urne kosten 600 Dollar.« Sie wirkt etwas niedergeschlagen. »Und da ist ein Grabstein nicht inklusive. Ich kann maximal 200 aufbringen. Ich bekomme nur 50 Dollar Taschengeld plus etwas Geld, wenn ich am Set mitarbeite. Der Buick kostet mich so viel Benzin.« Sie stöhnt. »Was für ein Elend.«

»Ich sehe mal, wie viel ich noch habe. Zur Not haue ich Allegra an, die bunkert ihr Geld nur, weil sie ja praktisch nie aus dem Haus geht.«

»Okay. Das wäre toll. Hoffentlich bekommen wir das hin. Sonst frage ich Mom & Dad. Ich kann den Gedanken, dass die drei in einer Tierkadaver-Verwertung landen, nicht ertragen.«

»Wir haben doch bisher alles geschafft …«, flüstere ich und lege ihr einen Arm um die Schultern. Es fühlt sich gut an, das wie selbstverständlich zu tun. Und sie scheint nichts dagegen zu haben.

Noch haben wir nicht darüber gesprochen, ob wir jetzt zusammen sind. Doch die Frage wird früher oder später kommen, das weiß ich. Und ich habe bestimmt schon ein Dutzend Mal darüber nachgedacht. Ich würde mich sofort für sie entscheiden, wäre da nicht dieser klitzekleine Lebenstraum von mir: in Yale zu studieren. Dort, wo auch mein Vater studiert hat. Ich bin bereits im Nachwuchsförderungsprogramm, weil mein Dad Alumni ist. Noch ein ganzes Dutzend anderer Vaydencamps haben dort studiert. Mein Nachname wäre meine Eintrittskarte, wenn ich Probleme mit meinen Noten hätte. Die habe ich aber nicht, also ist er nur eine Sicherheit. Ich werde nach Yale und zurück an die Ostküste gehen. Zurück in meine Heimat, zurück zu meinen Freunden, zurück zu den Orten, die Dad so geliebt hat. Raus aus der Hitze, weg von den überdrehten Leuten mit zu wenig an, weit entfernt von Mom, die ich nicht mehr kenne, und John, der nie mein Vater sein wird.

Sollte Bambi das Thema Beziehung zur Sprache bringen, werde ich ihr endlich reinen Wein einschenken. Mit den Konsequenzen werde ich umgehen müssen, so weh es auch tut. Ich hätte stark bleiben können und sie nicht anrühren. Doch mein Körper und mein Herz sind schwach und sehnen sich nach Zuneigung, Berührungen und dem Gefühl, jemanden an seiner Seite zu haben. In was für ein Dilemma habe ich mich da bloß reingeritten?

Über das Thema »Beziehung« reden wir dann doch nicht. Als ich am Sonntagabend nach Hause komme, schlagen die Wellen dort ziemlich hoch. Eigentlich bin ich noch viel zu high von dem Nachmittag – Bambi und ich haben am Strand gelegen und immer wieder geknutscht wie die Weltmeister –, um mir die Stimmung vermiesen zu lassen.

Mom schreit Al an, Al schreit Mom an, und John versucht bisher vergeblich, dazwischenzugehen. Er scheint sichtlich erleichtert, dass ich auftauche.

»Allegra hat uns eröffnet, dass sie einen Hund adoptieren will. Deine Mutter ist verständlicherweise dagegen. Sie schreien sich schon über zwanzig Minuten so an. Meinst du, du könntest versuchen, sie voneinander zu trennen? Zu einer Einigung kommt es doch sowieso nicht.«

»Ich kann es versuchen, aber ich garantiere nichts.« Ich muss grinsen.

»Danke, Leo«, erwidert John ganz ernst.

Ich gehe auf Al zu. »Komm schon, Al ...« Ich umgreife ihren Oberarm. »Rückzug, bis die Gemüter sich wieder abgekühlt haben, okay?«

»Aber sie tut so, als wäre ich irre!«

»Da hast du dich bestimmt verhört.«

»Hat sie nicht«, wirft Mom ein. »Sie ist verrückt, wenn sie glaubt, in ihrem Zustand für ein Tier sorgen zu können.«

»Seit ich die Kleine kenne, geht es mir viel besser! Und ich habe ganze zwei Kilo zugenommen. Und ich war jeden Tag pünktlich in der Schule. Was willst du eigentlich?«

»Ich will, dass du all deine Kräfte darauf konzentrierst, gesund zu werden.«

»Ach Mom, du bist so eine –«

»Okay, das reicht Al.« Ich gebe ihr einen Schubs Richtung Flur. »Die Klügere gibt nach. Also mach 'nen Abflug in dein Zimmer.«

»Aber sie –«

»Ihr redet doch gar nicht. Was soll dabei rumkommen außer Schreierei? Glaubst du, Mom sagt »Okay«, wenn du sie nur lange genug anmotzt? Gib ihr doch mal Zeit, deinen Wunsch zu überdenken.«

Al schnauft und wirft einen letzten wütenden Blick auf Mom, dann trollt sie sich.

»Sie wird von Tag zu Tag schlimmer«, flüstert Mom und lässt sich in einen Sessel sinken. Dafür, dass sie vor einigen Tagen noch nicht mal daran gedacht hat, dass Al echte Probleme haben könnte, reagiert sie nun ziemlich dramatisch.

John nickt mit dem Kopf Richtung Büro. »Hast du einen Moment, Leo?«

»Klar.«

»Ruh dich aus, Liebes«, sagt John zu Mom. »Ich spreche nur kurz mit Leo und dann bringe ich dich zurück in dein Zimmer.«

Das klingt, als wäre ich in einem Irrenhaus gelandet. Ein frostiger Schauer jagt mir die Wirbelsäule hinab. John erwartet mich schon.

»Schließt du die Tür? Danke.«

Wieder nehmen wir in der kleinen Sitzgruppe Platz.

»Die Berichte der Psychologin sind da«, eröffnet John das Gespräch. »Es sieht nicht gut aus.«

»Das hatte ich befürchtet.«

»Allegra und deine Mom haben eigentlich das Gleiche. In beiden Fällen hat ein belastendes Lebensereignis, der Tod deines Vaters, dazu geführt, dass sie Symptome einer Depression entwickelt haben. Ich wusste nicht, dass die Anlagen einer Depression latent vorliegen und durch ein Ereignis so verstärkt werden können, dass die typischen Symptome auftreten. Ihr scheint es in der Familie zu haben, denn man geht heute davon aus, dass das alles vererbbar ist. Deine Mutter verdrängt hauptsächlich. Sie bewältigt ihre Trauer nicht, sie läuft vor ihr davon. Al hingegen ertrinkt regelrecht darin. Bei ihr hat sich eines der Symptome – die Appetitlosigkeit – zum Hauptproblem entwickelt. Dr. Albony schlägt in beiden Fällen eine psychologische Verhaltenstherapie vor, die ohne Medikamente auskommen soll. In sehr dramatischen Fällen können zur Unterstützung Psychopharmaka eingesetzt werden, sie möchte es allerdings zuerst ohne probieren. Dr. Albony sagt, dass wir uns nach Möglichkeit so gut es geht mit einbringen sollen. Ich werde versuchen, deine Mutter mehr zu unterstützen. Wir werden mehr über ihre Gefühle sprechen. Sie soll wissen, dass ihre Trauer nichts ist, das mich nicht interessiert oder für die sie sich gar schämen muss. Allegra hingegen, sagt Dr. Albany, braucht einen neuen Grund, um wieder am Leben teilzunehmen. Da sie bis jetzt keine neuen Freundinnen gefunden hat, die ihr etwas Abwechslung bieten, war ich zunächst recht ratlos …«

»Doch jetzt kommt Al mit dem Hund an.« Bambis Worte klingeln in meinen Ohren. Ich habe es als gutherzigen Versuch abgetan, Al doch noch zu dem Hund zu verhelfen. Jetzt wird mir klar, dass sie die Situation richtig erkannt und Allegras intuitiven Wunsch nach einer Aufgabe deswegen unterstützt hat.

»Genau. Es ist nicht zu leugnen, dass sie seit letzter Woche wie ausgewechselt wirkt.«

»Ja, die Veränderung ist nicht zu übersehen. Aber was, wenn sie wieder in ein Loch fällt? Oder doch mehr Hilfe als nur den Welpen braucht?«

»Ich hatte die Idee, dass Allegras Erlaubnis, den Welpen aufzunehmen, an Bedingungen geknüpft wird. Zwar werde ich dazu noch mal mit Dr. Albany telefonieren, aber die Idee kommt mir für beide Seiten gerecht vor. Sie macht eine Verhaltenstherapie, um die Depression zu bekämpfen. Das ist die Bedingung. Niemand erwartet Wunder. Aber ich möchte, dass sie regelmäßig die Schule besucht und mindestens eine warme Mahlzeit pro Tag zu sich nimmt. Sie muss ihr Gewicht regelmäßig ärztlich überprüfen lassen. Dr. Albany wird sicher auch noch ein paar Vorschläge dazu machen.«

»Finde ich super.« John schmeißt sich echt rein. Ich bewundere sein Engagement, aber auch, dass er seinen Worten unmittelbar Taten folgen lässt. Zum ersten Mal sehe ich ihn als den »Macher«, als der er auch in Zeitschriften beschrieben wird. Dass John sein Softwareunternehmen in Rekordzeit zu voller Blüte geführt hat, erscheint mit jetzt nur logisch. Jemand wie er hat zwangsläufig Erfolg. Einfach, weil er allen anderen keine andere Wahl lässt.

»Gehst du Allegra beruhigen? Dann kümmere ich mich um eure Mom.«

»Mach ich. Danke, John.«

John winkt ab. »Bitte nicht dafür.«

Oben in ihrem Schlafzimmer versucht Allegra, mir mit einer ihrer Sandaletten ein Loch in den Kopf zu werfen. Ich weiche aus, obwohl sie mich sowieso nicht erwischt hätte. Al hat die Treffsicherheit eines betrunkenen Matrosen.

»Kommandiere mich noch mal so rum, du Arsch, und du kannst was erleben!« Sie sitzt auf dem Bettrand und ihre Augen sprühen Funken.

»Mensch, Al! Komm mal runter!« Ich will mich auf ihre plüschige kleine Couch neben dem babyrosa Frisiertisch fallen lassen, doch schon wieder fliegt ein Schuh nach mir.

»Hau ab! Du hältst doch sowieso nicht zu mir.«

»Wer sagt das denn?« Ich sinke auf dem wahr gewordenen Mädchentraum aus eierschalfarbenem Cord fast direkt durch bis auf den Fußboden.

»Hast du mir geholfen?«

»Ich habe die Situation entschärft.«

»Na klar, Dalai Lama, und jetzt geht's weiter in den Nahen Osten?«

»Niemand will dir was, Al. Kriegst du das in dein Spatzenhirn?«

Al sucht nach etwas, das sie werfen kann.

»Lass es, ich werfe es zurück, das schwöre ich.« Ich verschränke die Arme vor der Brust. »Und im Gegensatz zu dir treffe ich auch.«

Al kräuselt die Lippen. »Wage es ja nicht. Die Einzige, die in diesem Zimmer etwas wirft, bin ich.«

Sie raubt mir echt den letzten Nerv. Wenn sie nicht zufällig meine Schwester wäre, würde ich schon kein Wort mehr mit ihr reden. »Dr. Albany hat John übrigens wegen deines Berichts angerufen.«

Al erstarrt.

»John sagt, du bekommst den Hund, wenn du eine Verhaltenstherapie zur Trauerbewältigung machst. Die Therapie ist Dr. Albanys Vorschlag, der Deal mit dem Hund ist Johns Idee.«

»Wirklich?« Als Stimme überschlägt sich.

Ich nicke. »Denke mal, du musst regelmäßig Termine einhalten, damit alles glattläuft. Dein Gewicht wird regelmäßig überprüft. John will, dass du mindestens eine warme Mahlzeit pro Tag isst.«

Al holt scharf Luft. »Das ist viel.«

»Das ist normal.«

Al lässt die Schultern hängen. »Ich versuche es ja. Seit ich die Kleine das erste Mal gesehen habe, habe ich das Gefühl, dass sie zu mir gehört. Wie ein Puzzleteil, das gefehlt hat. Etwas, das mich erst komplett macht. Ich habe mehr Appetit – von ganz allein. Und ich habe auch wieder Lust, Sachen zu machen. Rauszugehen, mit Menschen zu reden. Ich kann mich wieder über etwas freuen. All das, was verloren war, finde ich durch die Hoffnung, die ich ihr geben kann, wieder. Aber ich kann nicht versprechen, dass ich wie ein Uhrwerk funktioniere.«

»Das erwartet auch niemand.

»Was ist mit Mom?«

»Mom hat ein ähnliches Problem. Auch sie hat ihre Trauer noch nicht verarbeitet.«

Al steckt den Rücken durch und wird auf ihrem Bett zwei Zentimeter größer. »Gut. Ich mach's. Ich nehme den Vorschlag an.«

»Ich glaube, es würde ihn freuen, wenn du ihm das persönlich sagst.«

Al rümpft die Nase.

»Geh. Er ist gar nicht so übel.«

»Das sagst ausgerechnet du?«

»Ich konnte ihn in der letzten Zeit etwas besser kennen-lernen.«

»Aha …«

»Gib ihm eine Chance, Al.« Ich komme schwankend von dem niedrigen Sofa hoch. »Ich habe ihm erst keine gegeben, und jetzt fühle ich mich wie ein Volltrottel, weil ich nicht se-hen wollte, dass er ein ganz netter Kerl ist. Er kann Dad nicht ersetzen. Aber wir hätten es wesentlich schlimmer treffen können.«

Al nickt. »Na gut. Vielleicht darf ich dann irgendwann mein Zimmer umdekorieren. Ich bin echt zu alt, um in einem Pup-penhaus zu wohnen.«

»Bestimmt.«

»Was wird eigentlich aus den anderen Hunden?«

Ich erzähle ihr von dem Gespräch zwischen Bambi und dem Tierbestatter.

»Wenn euch Geld fehlt, ich kann euch 200 geben. Dann dritteln wir den Preis. Jeder zahlt 200 Dollar. Hast du die?«

»Ja. Danke, dass ist echt nobel von dir. Ich will John nicht um noch mehr bitten. Erst recht nicht um Geld.«

»Hätten die anderen die Kleine nicht vor der Sonne ge-schützt, wäre sie vermutlich auch tot. Und ich zahle nichts bei Dr. Meller, weil sie die Kosten von der Stadt erstattet be-kommt.« Al wirkt ungeduldig. »Dann rede ich mal mit John.«

Zeit zu gehen. Ich folge Al aus ihren Räumen und biege dann in Richtung meiner Zimmer ab, während sie ins Erdge-schoss verschwindet. Ich will mich gerade eine Runde auf mein Bett werfen, um noch die letzten Hausaufgaben für morgen durchzugehen, als mein Smartphone mir mitteilt, dass ich eine Mail bekommen habe. Sie ist von dem Spielgerätehersteller, der Interesse hatte, das Grundstück, auf dem wir die Welpen gefunden haben, auszustatten. Ich hatte eine Idee, die ich ihnen hinter Bambis Rücken präsentiert habe. Jetzt schreiben sie, dass sie genauso begeistert davon sind wie ich. Innerlich frohlocke ich. Das wird Bambi gefallen. Jetzt muss ich nur noch bis Montag warten, denn ich will unbedingt ihr Gesicht sehen, wenn ich ihr von meiner Idee erzähle.

Ich habe gerade mein Biobuch aufgeschlagen, als mein Handy anzeigt, dass Chester mir geschrieben hat. Er will wissen, wie es mit den Beachgirls so läuft und ob ich bei einem besonderen Beachbabe schon Erfolge erzielt habe. Außerdem will er wissen, wann ich in den Ferien »in den Schoß der Familie zurückkehre«. Chester hat einen Hang zur schwülstigen Wortwahl, den er zum Glück meistens gut im Griff hat. Seit zwei Jahren machen wir in den Ferien immer ein Praktikum bei seinem Vater in der Kanzlei. Natürlich nimmt Chester an, das ich das trotz meines Umzugs weiter durchziehen werde. Womit er auch recht hat. Theoretisch. Praktisch jedoch gefällt mir der Gedanke, Bambi diese paar Wochen am Stück allein zu lassen, überhaupt nicht. Ich bin ihr noch schlimmer verfallen, als ich angenommen hatte. Nervös trommele ich mit den Fingern auf der Bettdecke herum. Ich kann sie doch unmöglich einfach in meine Reisetasche stopfen und mitnehmen. Sie würde sich zu Tode langweilen, wenn ich den ganzen Tag in der Kanzlei bin.

Ich speise Chester mit ein paar vagen Aussagen ab, die jedem Politiker dank ihres diplomatischen Geschicks alle Ehre machen würden. Zum Glück muss der jetzt zum Hockey und trifft sich danach mit einer Victoria, die laut seiner Aussage die Krone der weiblichen Schöpfung sein muss, was Liebreiz und Anmut angeht. Mal abgesehen davon, dass sie eine Nichte von Elizabeth Arden ist und entsprechend begütert. Ches weiß genau, was er sucht, und nur solche Frauen datet er. Da ist er gnadenlos. Akademischer Ostküstenadel, politisch motiviert, finanziell abgesichert, beste Ausbildung und sicheres Auftreten auf internationalem Parkett. Für jemanden, der nach seinem Jurastudium in die Politik will, sicher keine schlechte Wahl. Für mich bleiben da die Gefühle auf der Strecke, aber das muss schließlich jeder selbst entscheiden. Dumm nur, dass ich im Moment in genau so einer Zwickmühle stecke. Verdammt … ich brauche einen Plan. Ich brauche so dringend einen richtig guten Plan!

Am Montag stehen Bambi und ich uns plötzlich auf dem Gang vor den Schließfächern gegenüber. Ihre Freunde sehen sich das Spektakel ungeniert an. Jetzt heißt es Farbe bekennen oder nicht. Ich fühle den Blick von Tucker. Wie eine stumme Warnung jagt er zu mir herüber. Im nächsten Moment habe ich sie in meine Arme gezogen. Bambi küsst mich. Vor allen Leuten, vor der gesamten Schule. Und ich könnte platzen vor Stolz. Meine Sehnsucht nach ihr hat mich gestern Nacht kaum schlafen lassen. Sie jetzt wieder im Arm zu halten, macht all das wett. Irgendjemand klatscht. Tucker faucht etwas und das Klatschen bricht ab. Bambi stört sich nicht an alldem. Sie wirkt genauso erleichtert wie ich, dass wir es einfach getan haben. Keine Geheimnisse, kein Versteckspiel, keine Ausreden.

In der Mittagspause entführe ich sie nach draußen zu den Tribünen. Unter den hohen Sitzbänken kann man bequem aufrecht stehen, und es ist ein schulbekannter Ort, um ein wenig ungestört zu sein.

Bevor ich mit ihr reden kann, muss ich sie noch mal ganz für mich haben. Ich atme den Duft ihrer Haare ein, spüre ihre zarte Wange an meiner und wie perfekt sich ihr Körper an meinen schmiegt.

»Wolltest du mir nicht etwas erzählen?«

»Richtig.« Ich muss ein Mal tief durchatmen, um wieder einen einigermaßen klaren Kopf zu bekommen.

»Und?« Bambis Mundwinkel zucken, als sie sieht, wie »mitgenommen« ich bin.

»Es geht um den zweiten Spielplatz. Den mit den Hundebabys …«

»Ja.« Ihre Miene wird sofort ernst.

»Wir haben ja mit diesem Spielgerätehersteller Kontakt, Kobori Toys. Ich hatte denen noch mal geschrieben, weil ich eine Idee hatte.«

»Aha?« Bambi zieht die Augenbrauen zusammen. Auf Überraschungen scheint sie wohl nicht so zu stehen. Schnell rede ich weiter.

»Es waren ja insgesamt vier Hundebabys. Drei Jungs und die Kleine. Und irgendwie hat sie ja überlebt, weil die drei sie beschützt haben. Da fielen mir die drei Musketiere ein. Kennst du das Buch oder eine Verfilmung?«

»Ja klar«, erwidert sie ungeduldig. Fehlt nur noch, dass sie mit dem Fuß wippt.

»Ich hatte mir überlegt, dass wir im Andenken an die drei Welpen das Motto des Spielplatzes ›Die Drei Musketiere‹

nehmen und man die Spielgeräte dementsprechend gestalten könnte. Ihr Credo war ja ›Einer für Alle und Alle für Einen‹. Das trifft auf die vier Welpen zu, aber auch auf das Thema Freundschaft, was Kindern in diesem Alter ja sehr wichtig ist. *Kobori Toys* will einen Spielturm entwerfen, auf dessen tragendem Querbalken das Motto prangen soll. Es soll mehrere Spielgeräte geben, auf den die Kinder die Abenteuer der Musketiere nachspielen können. Insgesamt soll alles wie ein zusammenhängendes Abenteuerland wirken, inklusive einer Tafel mit ›Willkommen im Reich der Musketiere‹, auf denen Besucher etwas mehr über die Figuren des Romans erfahren können.«

In Bambis Augen stehen Tränen. So hätte ich das jetzt aber nicht geplant.

»Heeeyy …« Ich ziehe sie zu mir. »Alles okay?«

»Das ist so schön«, schluchzt sie. »Was für eine wunderbare Idee.«

Ich streichle ihren Rücken. Das Mädchen zuckt bei halb verwesten menschlichen Skeletten nicht mit der Wimper, aber bei so was muss sie weinen. Ich kann ein Schmunzeln nicht unterdrücken.

»Die Idee ist toll.« Sie schnieft, und das Weinen stoppt so plötzlich, wie es angefangen hat. »Und dass Kobori Toys mitzieht, ist super. Und das hast du alles hinter meinem Rücken geplant?« Sie lehnt sich nach hinten, um mich mit zusammengekniffenen Augen anzusehen. »Du Geheimniskrämer.«

»Das ist quasi mein zweiter Vorname.« Ich lege fragend den Kopf schief. »Also? Genehmigt?«

»Aber so was von.« Sie küsst mich schwungvoll auf den Mund.

»Ich habe heute Nachmittag Schwimmtraining. Sollen wir uns morgen treffen und dann alle Neuigkeiten abarbeiten? Ich schreibe Kobori, dass wir das Thema ›Musketiere‹ gern mit ihnen weiter besprechen wollen. Du bist mit der anderen Firma *Playground Experts* in Kontakt, oder?«

»Ja, die haben schon erste Entwürfe anhand des Lageplans gemailt. Die Firma, die kostenlos den Boden reinigt, will einen Termin absprechen. Ein Baustoffe-Lieferant sponsert mehrere Kubikmeter frischer Erde. Joey, der Eigentümer, ist mit der Kaufsumme einverstanden. Das Areal ist ja sehr klein, und die Bodenproben besagen, dass in den letzten Jahren zu viele Schadstoffe aus den Werkstätten in den Boden gesickert sind. Deshalb ist der Preis niedrig, aber Joey war trotzdem überrascht über die Summe, die der Bausachverständige ihm genannt hat. Aber das kriegen wir hin. Wir bezahlen einen Teil durch Spenden, den Rest schießt die Stadt dazu, der das Grundstück auch beim Notartermin überschrieben wird.«

»Klingt doch perfekt. Dann besprechen wir den Rest anhand der Unterlagen morgen. Viel müssen wir ja nicht mehr machen. Danach kommt eigentlich fast nur noch Formales.

»Und die Zwischenstands-Präsentation. Das ist dann noch mal ein bisschen Arbeit, das alles auf Powerpoint-Folien zu bannen, aber auch das kriegen wir hin.«

»Ich kenne da jemanden, der SEHR gut ist im Erstellen von solchen Folien.« Ich küsse sie auf die Wange. »Ich habe es da schön einfach.«

»Und ich kenne da jemanden, der noch etwas dazulernen könnte.« Sie blinzelt mich an. »Du weißt, ich bin eine erfahrene Nachhilfelehrerin …«

»Oh, BITTE gib mir Nachhilfe …«, flüstere ich in ihr Ohr und knabbere zart daran.

»Du Spinner!« Sie lacht und schubst mich weg. »Du denkst den ganzen Tag an so was, kann das sein?«

»Das sind die Hormone, nicht ich.« Ich strecke den Arm nach ihr aus. »Komm wieder her. Ich habe deinetwegen mein Mittagessen sausen lassen. Jetzt bin ich so schwach, dass ich den Arm um dich legen muss, damit ich nicht umfalle.«

Sie schüttelt den Kopf, kuschelt sich aber wieder an mich. »Was wäre mein Leben bloß ohne deine dummen Sprüche?«

Ich grinse und schweige. In meinem Innern jedoch brodelt es. Alles mit ihr ist schön. Alles mit ihr macht mein Leben heiterer, bunter, lebenswerter. Wenn ich sie an meiner Seite weiß, fühle ich mich großartig. Ich sollte mich besser nicht fragen, wie es ohne sie wäre.

Am Dienstag warte ich volle eineinhalb Stunden auf Bambi, weil das Fräulein vergessen hat, dass sie noch eine superwichtige Sitzung der »Nachhilfe AG« hat. Ich vertreibe mir in der Bibliothek die Zeit, indem ich für einen Mathetest lerne, der für nächste Woche angesetzt ist. Außerdem wimmele ich Amber erfolgreich ab, die mich ziemlich dreist zu meiner Beziehung zu Bambi ausfragen will. Als ich sie an den Mathetest erinnere, hat sie es plötzlich eilig, nach Aiden zu suchen, der ihr Nachhilfe geben soll. Kaum ist sie weg, taucht Holly auf, die sich tatsächlich darüber amüsiert, dass ich für diesen »piepleichten Test« lerne. Holly, die immer so spricht, als könne sie nicht bis drei zählen, löst die Gleichung, an der ich mir bisher die Zähne ausgebissen habe, mit ekelhafter Leichtigkeit. Danach zieht sie sich die Lippen mit penetrant nach Pfirsich duftendem Lipgloss nach. »Ich gehe ans MIT *(→ Massachusetts Institute of Technology – Nachwuchsschmiede für Elite-Nerds)*«, erklärt sie. »Dad wollte immer einen Sohn, der dort studiert.« Sie stopft das Lipgloss zurück in ihre Tasche. »Aber mein Bruder wird Musicaldarsteller. Also mache ich das.«

Mir steht immer noch der Mund offen.

»Kannst mich antexten, wenn du noch Hilfe brauchst.« Sie kritzelt ihre Handynummer auf meinen Block. »Aber Abby kann dir bestimmt auch helfen. Sie ist besser in Mathe als du.«

Schon schwebt sie auf ihren hohen Absätzen davon. Ihre Locken hüpfen über ihren Schultern auf und ab.

»Na herzlichen Dank«, murmele ich.

Holly ist kaum aus der Tür, als Bambi endlich auf der Bildfläche erscheint.

»Alles klar bei dir?« Sie wirft einen Blick auf meinen Rechenblock.

»Mathe und ich haben uns prächtig amüsiert, bis Holly kam und alles ein jähes Ende fand.«

Bambi lacht glucksend auf. »Ja, der kleine Sonnenschein hat's echt drauf.«

Ich ziehe vielsagend die Augenbrauen hoch, während ich mein Zeug zusammenpacke, damit wir endlich loskönnen. Dieses Mal müssen wir Kolonne fahren, weil ich später noch joggen gehen will und Bambi an einem Set die Komparsenbetreuung übernehmen soll. Eigentlich ist es total unsinnig, denn wir haben maximal eineinhalb Stunden für uns. Und doch sehen wir beide darüber hinweg, weil wir es gar nicht erwarten können, wieder ganz für uns zu sein. Bambis Eltern sind schon am Set, Dr. Bob sitzt auf den Drehbüchern, die auf der Durchreiche zwischen Küche und Esszimmer liegen. Bambi reißt die Terrassentür auf, verbannt mich an den Gartentisch und stürzt mit den Worten »Unterlagen holen« wieder rein. Ich höre, wie sie die Treppe hinaufläuft. Einerseits ist es gut, dass wir hier draußen bleiben. Nach dem Gefummel unter den Tribünen heute Mittag weiß ich nicht, wo es endet, wenn wir jetzt ungestört sind. Andererseits …

Bambi kommt wieder und hat einen großen Ordner mit jeder Menge Unterlagen dabei. Lagepläne, ausgedruckte E-Mails, Kopien von Behördengenehmigungen, die ausgedruckte Powerpoint-Präsentation, vollgekritzelte Notizzettel. Außerdem hat sie ihren Laptop und für jeden eine Dose Cola mitgebracht. Ich hole mein Tablet aus dem Rucksack und Bambi tippt mir die WLAN-Zugangsdaten ein.

Wir basteln schon mal an unserem Praktikums-Tagebuch, das zusammen mit dem Abschlussbericht eingereicht werden muss. Als wir fast fertig sind, klingelt Bambis Handy. »Das ist Silver, da muss ich ran.«

Sie hat kaum das Telefon am Ohr, als sie schon »Ganz ruhig, jetzt fang noch mal von vorne an bitte, ich habe nur die Hälfte verstanden …« sagt. Sie deutet ins Innere des Hauses und ich nicke. Zeit, mein eigenes Handy zu checken. Al hat mir bei WhatsApp geschrieben, dass sie schon wieder bei Dr. Meller ist. Anbei ist ein Foto von dem Welpen, der mit großen glänzenden Augen direkt in die Kamera schaut. Die Kleine wirkt aufgeweckt und scheint sich prächtig zu entwickeln. Klar freue ich mich, dass Al so glücklich wirkt, aber ein wenig Zweifel bleiben mir doch. Ich texte ihr meine Idee für den Spielplatz. Al ist genauso gerührt wie Abby. Sie will wissen, ob wir die Namen der drei Musketiere auf den Grabstein der drei Welpen gravieren lassen. Ich schreibe ihr zurück, dass wir leider noch keinen Grabstein haben, weil unsere finanziellen Mittel ein wenig begrenzt sind und ich nicht schon wieder Johns Geld nehmen will. Al bietet an, sich darum zu kümmern. Verdutzt sehe ich aufs Display. Sie ist wirklich wie ausgewechselt. Zur Sicherheit hake ich noch mal nach, doch sie scheint es ernst zu meinen. Sie textet, dass sie mich über die Ergebnisse auf dem Laufenden halten wird. Ich frage, woher sie die Zeit hat, da sie doch mit einem Welpen und einem Schulprojekt, das sie dank fauler Mitstreiterinnen ganz allein bearbeitet, kaum Zeit haben sollte. Al antwortet eiskalt, dass sie das Projekt in vier Teile aufgeteilt und dabei festgestellt habe, dass sie schon fertig ist. Nun habe sie jede Menge Zeit, während die anderen drei ein klein wenig »überrascht« über ihre Arbeitsaufteilung reagiert hätten, was ihr aber egal wäre, da sie mit Direktorin Hellendale alles abgesprochen hätte.

»Wann das denn?«, texte ich zurück.

»Heute Mittag. Du warst nicht da, Abby auch nicht, da dachte ich mir, ich nutze die Zeit.«

Mir steht zum zweiten Mal heute der Mund offen.

»Ist was passiert?« Bambi ist wieder da.

»Tja …« Ich lege das Handy zur Seite. »Al räumt gerade ihr Leben auf. Dieses kleine Hundevieh scheint tatsächlich eine Art Motor zu sein, der ihr die Kraft gibt, alles wieder ins Lot zu bekommen.

»Das freut mich so für sie.« Bambi hat die Hände locker auf ihrer Stuhllehne abgelegt. »Lust auf ein bisschen Popcorn?«

»Klar!«

»Magst du mich in die Küche begleiten?«

Was für eine Frage …

»Allegra will sich um einen Grabstein kümmern«, erzähle ich, während Bambi eine Portion Mikrowellen-Popcorn aus einem der Oberschränke angelt. Dr. Bob tut so, als ob er schläft, aber sein gelegentliches Blinzeln in meine Richtung verrät ihn.

»Wow. Jetzt gibt sie aber richtig Gas. Krass.« Sie schmeißt das Popcorn in die Mikrowelle. »Hoffentlich übernimmt sie sich nicht.«

»Ich werde sie im Auge behalten.« Ich verschränke die Arme vor der Brust. »Aber nun erzähl doch mal, was bei Silver passiert ist.« Ich gucke scheinheilig. »Doch nicht etwa was mit Sam?«

»Du brauchst gar nicht so zu gucken.« Bambi wirft einen schnellen Blick auf die Küchenuhr. Viel Zeit haben wir nicht mehr. Richtung Downtown wird es voll sein, und wenn Bambi pünktlich sein will, muss sie in zwanzig Minuten los.

»Eine von Silvers Cousinen hat einen Typen, der wohl aussah wie Sam, mit einer anderen auf einem College-Picknick gesehen. Angeblich konnten sie kaum die Finger voneinander lassen. Sam dementiert, dass er da war. Die Cousine hat ein Foto gemacht, aber das ist so unscharf, dass es eigentlich jeder sein kann.«

»Zeig mal.«

Bambi reicht mir ihr Handy.

»Das ist er.«

Sie lacht und schnappt sich ihr Smartphone zurück. »Das sagst du nur, damit du deine Wette gewinnst!«

»Das ist reine Spekulation.«

»Quatsch mich nicht mit deinem Juristen-Slang voll, du Angeber.« Ihre blitzenden Augen sind mir Einladung genug. Ich schnappe sie mir und ziehe sie in meine Arme.

Sie versucht halbherzig, mir zu entkommen.

»Vergiss es …« Ich küsse ihren Hals hinauf. Bambi wird ganz still, und statt sich zu wehren, streichen ihre Finger meine Arme hinauf. Ich küsse sie weiter den Hals hinauf, über ihr Ohr und die Wange bis zu ihrem Mund. Bambis Hände liegen um meinen Nacken und ihr ganzer Körper ist gegen mich gepresst. Als unsere Lippen miteinander verschmelzen, stöhne ich leise. Ich frage mich, wie ich es vorhin ausgehalten habe, einfach nur neben ihr zu sitzen.

Wir drehen uns und plötzlich berührt mein Rücken die Tür des Kühlschranks. Bambi übernimmt die Führung, was so unglaublich scharf ist, dass mir ganz schwindelig wird vor Lust. Ich will, dass sie mich genauso will wie ich sie. Ich will sie nicht überreden. Sie rumkriegen. Ich will, dass sie sich nimmt, was sie will. Dass sie mir zeigt, was sie will. Sie muss das Tempo bestimmen, denn ginge es nach mir, hätten wir schon Sonntagnacht miteinander geschlafen. Bambi nimmt meine Hand und führt sie. Meine Finger streifen den Baumwollstoff ihres Strings. Ich hole vor Überraschung scharf Luft und bewege mich nicht. Bambi legt meine Hand auf den Stoff. Ganz vorsichtig streiche ich darüber. Bambis Augen sind geschlossen, doch ihr Mund ist ganz leicht geöffnet. Ihr Körper wirkt zum Bersten gespannt.

Ich zeichne mit meinen Fingern einen kleinen Kreis.

Aus Bambis Kehle stiehlt sich ein winziges Stöhnen. Fast zu leise, um es zu hören. Ihre Nasenflügel beben.

Ich wiederhole meine Bewegung.

»Hmmmm …« Es klingt fast wie ein Schnurren. Sie beißt sich ganz leicht auf die Unterlippe, dann entspannt sich ihr Mund wieder. Ich neige den Kopf. Meine Zunge fährt den sinnlichen Schwung ihrer Oberlippe entlang. Ihre Zunge findet meine zu einem atemlosen Kuss. Ich streichle sie weiter, und sie begleitet mich, in dem sie ihr Becken dazu im Takt bewegt. Verflucht, ich platze gleich!

Im nächsten Moment platzt wirklich etwas, nämlich die Tüte Popcorn in der Mikrowelle. Die Tür fliegt auf und wir baden in einem warmen Popcornregen.

»O mein Gott!«, quietscht Bambi und duckt sich lachend. »Ist das heiß!«

So schnell hat die Realität einen wieder. Ich zupfe mir einen Brocken zuckrig klebriges Popcorn vom Shirt. Bambi sieht aus, als seien ein paar überdimensional große Schneeflocken auf ihrem Haar gelandet.

»Iiihh!« Sie kämmt sich mit den Fingern durch die Haare. »Wer soll denn jetzt noch die Küche renovieren? Ich muss in einer Viertelstunde im Auto sitzen.«

»Zusammen schaffen wir das.«

Dr. Bob, der aus der Küche geflohen war, schnüffelt an einem Stück Popcorn.

»Ich fege, du wischst die Mikrowelle aus, und Dr. Bob beaufsichtigt alles«, schlage ich vor.

Bambi lacht und schüttelt sich die letzten Krümel vom Tanktop. »So machen wir's!«

19

Abby

Heute gibt Tucker eine seiner legendären Partys. Sein Dad ist seit über 12 Jahren von seiner Mom geschieden und lebt sein Junggesellendasein voll aus. Soll heißen: Die Frauen kommen und gehen. Tucker als sein einziger Sohn ist die einzige Konstante in seinem Leben. Die beiden wohnen in einer Villa, die dem Playboy Manson ernsthaft Konkurrenz machen könnte. Das Haus verfügt über mehrere »Partyräume«, inklusive Billardzimmer mit Polestange, einem privaten Kino und einer Lounge samt Bar plus Tanzfläche. Über allen Betten in den Gästezimmern hängen Spiegel. Tucker und ich haben uns als Kinder jahrelang gefragt, warum man gerade an so eine seltsame Stelle einen Spiegel hängt, weil uns natürlich niemand aufklären wollte. Die Pool-Landschaft inklusive tropischer »Grotte« zieht sich in verspielten Drehungen und Wendungen halb um das Haus. Tuckers Vater hat sie extra nach seinen Vorstellungen anlegen lassen. Gut, als Vorstandsvorsitzender der »Bank of California« hat er vermutlich das nötige Kleingeld dafür. Aber Tucker, der zwischen Partys, drallen Bikinischönheiten und viel zu schnellen Autos groß geworden ist, ist vermutlich für den Rest seines Lebens verdorben. Weshalb ich auch Silvers Vermutung, »er suche nur nach der einzig Richtigen«, nicht unterschreiben würde.

Obwohl ich die meisten Leute, die heute zur Party kommen, kenne, fühlt es sich anders an. Aufregender. Prickelnder.

Dies ist meine erste Party, zu der Leo und ich als Paar gehen würden. Wir haben zwar noch nicht darüber gesprochen, aber er macht auch kein Geheimnis daraus, dass zwischen uns etwas »läuft«. Ob wir nun fest zusammen sind? Keine Ahnung. Ich will aber auch nicht die klammernde Jungfrau spielen und ihn darauf ansprechen. Sam hatte Silver auch nicht gefragt und sie sind trotzdem zusammen.

Tuckers Zuhause ist erleuchtet wie Las Vegas bei Nacht. Die Villa ist weiß getüncht, aber zwischen den Beeten im Vorgarten sind bunte Strahler versteckt, die das Gebäude illuminieren wie einen Palast aus Tausendundeiner Nacht. Besäße ich nicht ein Ego groß wie mein alter Buick, ich käme mir schäbig vor zwischen den vielen brandneuen, hochglänzenden Sportwagen. Leos Truck parkt direkt neben dem von Tucker. Die beiden Wagen stehen sich in neureichem Protz in nichts nach. Sogar Silver ist dieses Mal mit ihrem Auto da. Sie musste Sam mitnehmen, da der keines besitzt. Silver fährt eines dieser ultra-umweltfreundlichen Elektroautos, von denen auch Leonardi DiCaprio eines besitzt. Sie sind nicht gerade schön, aber für unsere Erde sind sie natürlich wesentlich gesünder als die Abgasschleudern, die alle anderen hier fahren. Manche Kids, wie zum Beispiel Tucker, besitzen gleich mehrere Wagen.

Als ich aussteige, dröhnt mir schon Musik entgegen. Zum Glück sind die Grundstücke in Montecito so groß, dass es niemanden stört, wenn man etwas lauter feiert. Wenn ich mir vorstelle, so eine Art von Party in unserer beschaulichen, gutbürgerlichen Siedlung steigen zu lassen … Ich könnte die Minuten zählen, bis ich die Cops vor der Haustür hätte.

Die Anzahl der Autos vor dem Haus lässt vermuten, dass die Party drinnen schon in vollem Gange ist. Rund um den

Pool befindet sich das Herzstück der Veranstaltung: das hohe DJ-Pult direkt vor der Wasserkante. Tucker kann es sich leisten, einen der bekanntesten DJs von Kalifornien zu engagieren. Dementsprechend voll ist es auf den Tanzflächen.

Silver fällt mir euphorisch um den Hals, als sie mich sieht. Sie hat ihren Sam dabei, der mit seiner Intellektuellen-Brille und dem Undercut schwer auf Hipster macht. Silver in ihrer kurzen weißen Tunika und dem neongrünen Bikini darunter passt echt super zu ihm. Die beiden sehen aus wie ein Pärchen aus einem Musikvideo. Ich würde ihr so sehr wünschen, dass es zwischen ihnen doch noch klappt und dass Silver glücklich wird. Wenn ich mir jedoch Sam genauer ansehe, wage ich zu bezweifeln, dass er der liebevolle, ehrliche Typ ist, den sie sich wünscht. Da ist etwas Ruheloses in seinem Blick, das mir bisher noch nicht aufgefallen war. Er wirkt immer ein wenig abwesend, so als könne er sich nie ganz auf Silver konzentrieren. Seine Augen stehen nie still und er scheint alles in seiner Umgebung wahrzunehmen. Und er schaut ganz deutlich nach anderen Mädels. Ganz besonders nach denen, die schon, nur noch im Bikini, um den Pool herum feiern oder im Wasser planschen. Das wird Silver aber gar nicht gefallen …

Im Moment jedoch scheint sie megaglücklich. Sam hat ihr den Arm um die Schultern gelegt und sie verschmilzt förmlich mit ihm. Da sie in den Pool wollen, bin ich relativ schnell abgemeldet. Vermutlich kann Silver es kaum erwarten, vor den anderen Mädels mit dem gut aussehenden Studenten anzugeben.

Ich begrüße noch ein paar Klassenkameraden, als mein Blick auf Allegra fällt. Sie trägt ein Kleid und sieht echt toll aus. Sie ist sogar geschminkt und hat die langen schwarzen Haare hochgesteckt und mit Blüten verziert. Ganz selbstbewusst steht sie zwischen Chloé, Amber, Holly und ein paar Cheerleadern. Die anderen lachen gerade über etwas Lustiges, das sie erzählt. Wie kann man sich in nur so kurzer Zeit so sehr verwandeln? Ich will gerade zu ihr hinübergehen und ihr ein Kompliment machen, als sich mir jemand in den Weg stellt.

»Je später der Abend, desto schöner die Gäste.« Leo garniert den Satz mit einem spitzbübischen Lächeln.

Ich schlinge meinen Finger um seinen Nacken. »Ach, wirklich …?« Ich will ihn gerade erneut küssen, als jemand mir auf die Schulter tippt. Leo und ich drehen die Köpfe. Es ist Allegra, die ein wenig verlegen wirkt. »Tut mir leid, dass ich euch störe, aber ich hatte gerade eine Idee, die ich euch sofort erzählen wollte. Es geht um den Grabstein.«

Meine rosaroten Wolken verpuffen sofort, als meine Gedanken zu den Hundewelpen schweifen. Auch Leos Gesichtsausdruck wirkt ernst.

»Schieß los.« Er dreht sich Al zu und legt seinen Arm locker um meine Taille.

»Dafür muss ich ein wenig ausholen.« Allegra wirkt regelrecht aufgekratzt. »Ich habe mit John und Mom geredet. Sie waren bei Direktorin Hellendale und haben mit ihr gesprochen. Sie meinte, man könne deutlich merken, wie ich mich verändert hätte. Und wenn diese Therapeutin auch noch einverstanden ist, darf ich das Hündchen adoptieren …«

»Glückwunsch! Das ist ja toll!« Ich freue mich ehrlich für sie. Al kümmert sich rührend um die Kleine und hat mehr als bewiesen, dass sie die Verantwortung übernehmen will.

»Danke. Jedenfalls wollte ich mich ja um den Grabstein kümmern. Ich habe schon mit einem Steinmetz Kontakt aufgenommen, und er hat mir einen tollen Preis gemacht, nachdem ich ihm die ganze Geschichte erzählt habe. Das kann ich locker bezahlen, denn ich habe mein Taschengeld von John ja nie ausgegeben. Und dann dachte ich …« Al macht eine dramatische Pause. »… ich könnte die Kleine ›Lady‹ nennen. Das würde ja auch zu dem Thema ›Musketiere‹ passen. Wie findet ihr das?«

Leo neben mir ist wohl etwas überfordert. Männer! Seine Finger, die eben noch locker um meine Taille lagen, zwicken mich zart. Es soll wohl »Sag du etwas« heißen.

»Was für eine schöne Idee. Mir gefällt der Name.«

Al strahlt mich an. »Oder? Finde ich auch.«

Während wir so kurz zusammenstehen und reden, sind schon mindestens sieben Typen hinter Al entlanggelaufen und haben sie mehr als auffällig abgecheckt. Al scheint überhaupt nichts davon mitzubekommen. Offenbar hat sie keine Ahnung, wie hübsch sie aussieht. Tucker läuft mit Alec und Elvis vorbei. Alec starrt Allegra von hinten an, dann knallt er Tucker die Faust vor den Oberarm. Tucker, Footballspieler, knapp 1,90 Meter groß und breit wie ein Schrank, zuckt nicht mal. Stattdessen kaut er weiter auf einem Zahnstocher und wirft Alec nur einen kurzen Blick zu. Der deutet mit dem Kopf auf Als Rücken. Tucker jedoch hat leider nur mich im Blick. Sofort verändert sich sein unbeteiligter Gesichtsausdruck. Seine Augen gleiten zu Leos Hand, die um meine Taille liegt. Schon kommt er mit langen Schritten auf uns zu.

»'n Abend, die Damen.« Er sieht erst mich, dann Allegra und dann Leo an. An dieser Provokation gibt es nichts misszuverstehen. Leo neben mir spannt die Schultern an. Ich kann die aufkeimende Aggression zwischen den beiden förmlich spüren.

»Was geht …« Alec drängelt sich zwischen Tucker und Allegra. Er lässt seine Augen an Al hinauf- und hinabwandern. »Wow …« Er klingt wie ein schnurrender Kater.

Al sieht ihn überrumpelt an. »Entschuldige?«

Alec lässt die Muskeln spielen. »Siehst klasse aus, Allegra.«

Für Leo ist Tucker plötzlich Nebensache. Stattdessen konzentriert er seinen starrenden Blick auf Alec. Elvis, der sich neben ihn gestellt hat, nickt zustimmend.

»Finde ich auch.« Er dreht sich zu mir. »Du siehst auch super aus, Abby.« Elvis ist echt so ein Charmebolzen. Ich muss lachen. »Vielen Dank, Elvis.«

Allegra hingegen scheint sich über dieses sehr direkte Kompliment tatsächlich zu freuen. Leicht verwundert schwenkt mein Blick zwischen ihnen hin und her. Alec ist eher nicht der Typ, den Al daten würde. Das dachte ich zumindest. Zu ihr passt eher der intellektuelle, ruhige Typ. Einer, der mit ihr in Lesungen oder ins Theater geht. Der nach Stanford oder die UCLA will, um später mal die Kanzlei oder Praxis des Vaters zu übernehmen. Alec hingegen ist geballtes Testosteron auf zwei Beinen. Als Quaterback steht er Tucker an Muskelmasse in nichts nach.

Leo will gerade den Mund aufmachen, doch ich unterbreche ihn schnell. »Tolle Party, Tucker.« Sein brüderlicher Beschützerinstinkt in allen Ehren, aber Al soll auch mal ein bisschen Spaß haben.

Leos Funken sprühender Blick versengt mir fast die Wange.

Tucker jongliert den Zahnstocher im Mund herum und ich bekomme als Antwort nur ein diffuses Brummen. Ich glaube, es wird dringend Zeit für eine Aussprache.

Alec turtelt mit Allegra, die noch mehr zu strahlen scheint

als vorher. Leo, der nun eindeutig zu viele Baustellen hat – mich, Tucker und Alec –, sieht aus, als würde er überlegen, ob es nicht doch klappt, sich mittels purer Willenskraft in drei gleichwertige Teile zu spalten. Als Elvis ihn etwas zum Schwimmtraining fragt, sehe ich meine Chance.

»Ich muss mal kurz mit Tucker reden«, wispere ich ihm ins Ohr. »Bin gleich wieder da.«

Leo sieht gar nicht begeistert aus. Als Alec dann auch noch Allegra Richtung Tanzfläche entführt, scheint seine Laune auf dem Nullpunkt.

»Bin gleich wieder da.« Tucker sieht meinen Blick und zieht den Kopf ein. Doch jetzt gibt es kein Entkommen mehr. Ich schlinge meine Finger so gut es geht um seinen dicken Oberarm und ziehe ihn mit mir mit. Das klappt nur, weil Tucker es mehr oder weniger freiwillig zulässt.

Da ich schon hundert Mal bei ihm zu Besuch war, weiß ich, wo es langgeht. Tucker hat seine privaten Räume abgeschlossen. Wortlos deute ich mit dem Kopf auf die Tür. Tucker seufzt tief und zerrt einen Schlüsselbund aus den Taschen seiner Schwimmshorts. In seinem Schlafzimmer ist es kühl und dunkel. Das Bett ist zerwühlt und überall hängen Shirts herum. Auf dem Boden liegen zerknüllte Handtücher.

Natürlich verfügt dieser Haushalt über Personal, das jeden Morgen putzt und aufräumt. Für Tucker ist es jedoch kein Problem, das alles in nur fünf Minuten wieder in Chaos zu verwandeln.

Tucker schließt die Tür hinter uns. Dann verschränkt er abwehrend die Arme vor der Brust. Er ahnt natürlich, was jetzt kommt.

»Kannst du mir mal erklären, was das alles soll?«

Tucker sieht auf seine Füße wie ein trotziges Kind. »Du weißt, ich kann ihn nicht ab.«

Ich stöhne genervt auf. »Die Diskussion hatten wir doch schon.«

Tucker sagt nichts.

»Du könntest es doch einfach für mich tun. Wo liegt das Problem? Du bist einer meiner ältesten und besten Freunde. Solltest du dich nicht einfach für mich freuen? Freuen, dass ich glücklich bin mit jemandem?«

Tucker schnauft. »Ja klar!«

»Ich hatte doch vorher schon mal einen Freund. Da hattest du doch auch kein Problem damit.«

»Dieses Milchgesicht aus der Zehnten.« Tucker klingt verächtlich. »Der konnte doch kaum allein geradeaus laufen.«

»Tucker! Wir reden hier von meinem Ex, okay? Wo hast du eigentlich deine Umgangsformen verloren? Auf dem Weg ins Bodybuilding-Studio?«

»Du verstehst das nicht, Abby, okay?«

»Doch, ich verstehe sehr genau.« Ich gehe ein paar Schritte auf ihn zu, bis ich unmittelbar vor ihm stehe. »Du magst ihn nicht, also provozierst du ihn. Wäre er nicht größer als du, würdest du ihn dann auch verprügeln?«

»Vielleicht.« Tuckers gut geschnittenes Gesicht gleicht einer gefühllosen Maske.

»Warum bist du plötzlich so?«, flüstere ich. »Wo ist mein lustiger, immer gut gelaunter Freund hin, den ich schon so lange kenne?«

»Werde nicht sentimental.« Seine Stimme klingt seltsam belegt. »Die Zeiten sind vorbei.«

»Ach ja? Stattdessen bist du lieber ein Zahnstocher kauender, pöbelnder Proll?

Tucker jongliert den Zahnstocher wieder gekonnt von rechts nach links und zuckt die Schultern.

»Nimm endlich dieses Ding aus dem Mund, wenn du mit mir sprichst!«

Ein paar ewige Sekunden lang duellieren wir uns mit Blicken. Schließlich hebt Tucker provozierend langsam die Hand und dieses angekaute Ding verschwindet in einer Hosentasche.

»Und jetzt reden wir Klartext.« Ich funkele ihn an. »Wo ist dein Problem?«

Er will mir schon wieder eine blöde Antwort geben, das sehe ich genau. In letzter Sekunde hält er inne. »Ich brauche was zu trinken.«

»Jetzt?«

Doch Tucker ist schon auf dem Weg zu dem kleinen Kühlschrank neben seinem Bett. Er kommt mit einer bunt bedruckten Flasche wieder. Irgendein Mixgetränk mit Wodka und jeder Menge Farbstoffen. Er ext die Flasche in einem Zug und stellt sie dann auf das Sideboard neben der Tür. Ich weiß, dass Tucker regelmäßig Alkohol trinkt, aber dass das notwendig ist, um mit mir zu reden, ist mir neu.

»Was soll die Show, Tucker?«

»Das ist mein Haus, mein Zimmer und meine Party. Ich mache hier, was ich will.« Den scharfen Unterton in seiner Stimme kann ich nicht überhören.

»Okay, mir reichts. Ich gehe. Schöne Party noch in DEINEM Haus.« Ich will mich an ihm vorbei Richtung Tür drängen. Tucker lehnt sich mit dem Rücken gegen das Holz und versperrt mir den Weg. »Warte.«

»Nein. Ich habe keine Lust mehr. Weder auf dich noch auf die Party. Dein letzter Satz war echt deutlich.«

»Wir sind doch Freunde, oder?«

Ich lasse die Schultern hängen. »Tucker …«

Er sieht mich eindringlich an. »Abby?«

»Du bist so anders.«

»Willst du die Wahrheit wissen?«

»Das will ich schon die ganze Zeit.«

Tucker holt Luft, als wolle er die Worte vorher noch mal gut sortieren. »Ich habe dir das schon mal gesagt. Kerle und Gefühle ist ein schwieriges Thema. Und ich kann es nicht beweisen. Aber ich fühle, dass etwas mit ihm nicht stimmt. Okay? Er mag zwar 'ne Kanone im Wasser und sonst wo sein, aber er ist nicht der, den er dir verkauft. Es klingt zwar tuntig, aber ich fühle das. Jedes Mal, wenn ich ihn sehe, geht da diese rote Lampe an in meinem Kopf. Wie ein Lämpchen an einem Lügendetektor. Und dann sehe ich, wie du ihn ansiehst, und –« Er bricht ab. Die Muskeln an seinem Hals treten deutlich hervor. »Du bist eine von den Guten. Keine Partybitch, keine Schlampe, keine Zicke. Und er ist –« Tucker holt zischend Luft. »Keine Ahnung … wie trübes Wasser. Man kann ihn nicht durchschauen. Wenn du siehst, wie er beim Training schwimmt, wenn keines der Mädels zusieht … Da ist so viel Wut in ihm. So viel, was er verbirgt und dessen Energie ihn überdrehen lässt wie einen außer Kontrolle geratenen Motor. Ehrlich? Ein paar Jungs macht er regelrecht Angst, so schnell ist er. Und es macht ihn nicht glücklich, wenn er solche Zeiten abräumt. Er nickt mit unbewegter Miene und macht sich bereit für die nächste Bahn. Also entweder ist der Typ ein Psycho mit einem gewaltigen Problem oder ein Alien.«

Ich glaube, ich habe Tucker noch nie so viele Sätze am Stück sagen hören.

»Jetzt sieh mich nicht so an.« Er schiebt verlegen die Hände in die Hosentaschen. »Ich mache mir Sorgen. Und wenn Kerle sich Sorgen machen, meldet sich halt der Beschützerinstinkt.«

»Danke …« Ich bin so gerührt von seiner Ansprache, dass ich ihn spontan umarmen muss.

Tucker versteift sich, als wäre er versehentlich an eine heiße Herdplatte gekommen. Früher haben wir uns öfter umarmt, doch nun ist alles anders. Tucker hält die Hände in die Luft, als wüsste er nicht, wohin mit ihnen.

»Alles okay?« Ich löse mich von ihm.

»Ja klar.« Schnell schiebt er die Hände zurück in die Taschen. Als ich genauer hinsehe, erkenne ich, dass er sie zu Fäusten geballt hat. Eine Ader an seinem Hals pocht wild.

»Ich verspreche dir, dass ich vorsichtig bleibe, wenn du mir versprichst, ihn nicht mehr zu provozieren.«

Tucker nickt abwesend.

»Sollen wir dann zurück zu den anderen?«

»Schläfst du mit ihm?«

Ich starre ihn perplex an. »Was?«

»War die Frage so undeutlich formuliert?«

Ich bin immer noch sprachlos. Klar, wir sind Freunde, aber solche intimen Gespräche führe ich doch eher mit Silver. »Tucker …«

»Also ja.«

»Nein!«

»Nicht?«

Ich werfe ihm einen wütenden Blick zu. »Nein. Bist du jetzt zufrieden? Im Übrigen wüsste ich nicht, was dich das angeht.«

»Hast du es vor?«

»Halloooo?«

»Komm schon, so, wie du ihn anschmachtest. Und er weiß bestimmt schon, wie es geht.«

»Tucker!« Meine Stimme überschlägt sich. »Lass das Thema endlich.«

»Warum macht dich das so nervös? Du befindest dich doch eh auf der Zielgeraden. Sag mir nicht, dass er dir noch nicht die Finger unter den Rock geschoben hat.«

Meine Wangen beginnen zu brennen. »Woher weißt du davon?«

»Geschichten über öffentliche Fummeleien unter den Tribünen machen schnell die Runde. Besonders, wenn ein Mädchen beteiligt ist, das für so etwas normalerweise nicht bekannt ist.«

Obwohl ich mich für das, was ich mit Leo getan habe, nicht schäme, fehlen mir die Worte.

»Und jetzt weißt du, warum ich das Bedürfnis habe, dich vor dem Einfluss dieses Typen beschützen zu müssen. Die Abby von früher hätte sich nicht in aller Öffentlichkeit so begrapschen lassen.«

»Es reicht, Tucker«, zische ich. »Noch ein Wort …«

»Du hast dich verändert, merkst du es nicht selbst?«

»Auf deiner Party werden heute Nacht Dutzende Teenager in aller Öffentlichkeit herummachen. Du hast sogar die Gästezimmer offen gelassen, damit man sich darin zurückziehen kann. Was glaubst du, wie oft hier heute Nacht jemand Sex haben wird? Und wir gehen alle noch zur Schule, schreiben unsere Hausarbeiten und sind keine Psychos. Und wie oft hattest du schon Sex? Ich weiß nur von ein paar Geschichten, aber das ist sicher nur die Spitze des Eisbergs. Weißt du was?«

Ich beuge mich nah zu ihm, damit es wie ein Flüstern klingt. »Ich werde mit Leo schlafen. Vielleicht noch heute Nacht. Vielleicht erst in ein paar Wochen. Aber ich bin verrückt nach ihm, und wenn er mich anfasst, vergesse ich, wie ich heiße.« Okay, das war jetzt etwas dick aufgetragen, aber bei Tucker zeigt es Wirkung. Er wird blass.

»Mach das nicht.«

Ich sehe ihn nur wortlos an.

»Wenn du es unbedingt hinter dich bringen willst, dann –« Er schluckt hart. »Schlaf nicht mit irgendeinem Kerl, der dich nicht verdient.«

»Das soll jetzt aber nicht heißen, dass du dich für die geeignetere Alternative hältst.«

Das war nicht wirklich ernst gemeint. Tuckers Blick jedoch sagt alles.

»Nein, wir sind Freunde. Schon so lange«, flüstere ich. »Mach das nicht, Tucker. Mach es nicht kaputt.«

»Dann doch lieber mit jemandem, den du kennst und der dich respektiert«, blafft er.

»Reden wir jetzt darüber, weil du mit mir schlafen willst oder weil du dich als Ersatz anbietest, damit ich die Finger von Leo lasse?«

Tucker dreht den Kopf zur Seite und starrt aus dem Fenster. »Lassen wir das.«

»Ach, doch so plötzlich?«

Er sieht zurück in mein Gesicht. »Mach, was du willst.« Er dreht sich um und reißt die Tür auf. »Kondome liegen im Nachttisch, falls er keine dabeihat.« Krachend fällt die Tür hinter ihm zu. Die Geräusche der Party klingen nur gedämpft bis hier rauf.

Ich gehe zum Bett hinüber und lasse mich darauf sinken. Meine Knie zittern, das hatte ich gar nicht bemerkt. Ich fühle mich wie nach einem Dauerlauf. Neben dem Bett stehen zwei kleine Flaschen Wasser. Eine davon ist ungeöffnet. Mit zittrigen Fingern öffne ich den Schraubverschluss und nehme ein paar Schlucke.

Obwohl ich Tuckers Äußerungen teilweise echt unmöglich fand, weiß ich jetzt, dass wir etwas gemeinsam haben: Wir beide glauben, dass Leo etwas verbirgt. Ich, auf meiner rosaroten Wolke, habe es einfach ausgeblendet. Tucker, als Außenstehender, sieht da viel klarer. Leo wirkt rastlos, getrieben und manchmal seltsam abwesend. Wenn er mit mir zusammen ist, überspielt er das ganz gut. Nur hin und wieder sieht er mich an, als ob er mir dringend etwas sagen wollte. Dann fühle ich seine Schwermut, kann die Last dessen, was er auf seinen Schultern trägt, fast körperlich spüren. Es scheint weniger geworden in letzter Zeit, doch verschwunden ist es nicht. Und immer, wenn ich ihn fragen will, habe ich eine Ausrede parat, um des doch nicht zu tun. Vielleicht, weil ich es lieber gar nicht wissen will. Weil ich Angst davor habe, etwas zu erfahren, das ich auch nicht handeln kann.

Mein Handy piept. »Tucker sieht ziemlich fertig aus. Hast du den armen Kerl so auseinandergenommen?« Leo. Ich texte zurück, dass ich jetzt auch wieder zum Pool komme. Allerdings ist mir nicht mehr so wirklich nach Party zumute.

Eine Stunde später hat sich das Blatt gewendet. Obwohl ich direkt nach dem Gespräch mit Tucker hatte gehen wollen, plansche ich nun zwischen Holly, Amber und Chloé im Pool herum. Die Jungs, Leo, Tucker, Elvis und Aiden, sitzen am Rand, passen auf unsere Getränke auf und sehen uns zu. Zwischen Tucker und Leo herrscht eisige Freundlichkeit. Elvis mimt den Entertainer, was die Situation ein wenig entkrampft. Silver hat mit Sam bis vor einer Viertelstunde einen Knutschmarathon im Pool veranstaltet. Mittlerweile sind die beiden in eines der Gästezimmer verschwunden. Alec mimt den perfekten Gentleman und versorgt Allegra wahlweise mit Getränken, einem Platz auf einer der heiß umkämpften Sonnenliegen oder kleinen Häppchen von der Bar. Sie wirkt aufgekratzt, und ich glaube, sie hat sich gerade ein klein wenig in Alec verguckt.

Irgendwann will Chloé aus dem Wasser, weil sie Hunger hat, und Amber hat irgendeinen heißen Typen entdeckt, der sie wohl schon die ganze Zeit vom DJ-Pult aus anschmachtet. Als Leo zu mir ins Wasser kommt, verzieht Tucker sich in derselben Sekunde und nimmt Elvis und Aiden gleich mit. Die Party hat ihren Zenit schon überschritten und es ist deutlich leerer geworden. Da Leo und ich keine Sekunde wirklich allein waren, habe ich plötzlich eine Idee. »Komm mit«, flüstere ich ihm zu. Dann gleite ich durch die Wasseroberfläche und schwimme davon. Ich höre noch, wie er hinter mir abtaucht, doch er lässt sich Zeit, denn er könnte mich locker einholen. Ich erreiche den Eingang der kleinen, überdachten Grotte, die Tuckers Vater wohl nicht ganz ohne Hintergedanken hat errichten lassen. Sie ist von außen nicht einsehbar und drinnen fühlt man sich wie in einem verbotenen Paradies. Wasser rinnt die steinernen Wände hinab und schlängelnde Grünpflanzen wachsen in kleinen Nischen. Die Luft hier ist heiß und feucht. Ich lege meinen Arm am Rand des Beckens ab und drehe mich nach meinem Verfolger um.

Das Wasser ist Leos wahres Element. Als er elegant vor mir auftaucht, halte ich unwillkürlich die Luft an. Seine schwarzen Haare schmiegen sich feucht um seinen Kopf. Die Augen schimmern so tiefblau wie der Ozean. Er könnte wirklich ein Wesen aus dem Meer sein. Mit seiner breiten Brust und dem klassisch geschnittenen Gesicht sieht er aus wie einer von Neptuns Söhnen. Er schlingt einen Arm um mich und drückt mich sanft vor den Rand des Beckens.

»So allein, meine Schöne?« Seine Lippen zupfen neckend an meinem Ohrläppchen. Ich will kichern, doch ich bin viel zu nervös dazu. Mein Körper scheint unter Strom zu stehen, seit Leos glatte Haut an meiner liegt. Wir sind praktisch nackt, denn er trägt nur Badeshorts und ich dieses Nichts von einem Bikini. Diese kleine Grotte scheint der »Knutsch-Bereich« der Poollandschaft zu sein. Um uns herum sehe ich zwei Pärchen in inniger Umarmung. Leo wirft einen schnellen Blick in die Runde. Sein provozierendes Grinsen geht mir durch und durch. »Wohin hast du mich entführt?«

»Das wusste ich n–«

Leo unterbricht meinen Satz mit einem Kuss. Seine Lippen liegen auf meinen, sanft und fordernd zugleich. Er rückt noch näher und seine nackte Haut schmiegt sich an meine. Jeder Muskel in meinem Körper spannt sich an. Irgendwo neben uns stöhnt jemand leise. Leo knabbert an meiner Unterlippe und ich öffne ganz leicht meinen Mund. Jeder Kuss von ihm fühlt sich an wie der erste. Er lockt mich, verführt mich, überwältigt mich immer wieder aufs Neue. Er weckt ein Verlangen in mir, ein intensives Sehnen, das mir bis dahin fremd war. Ich spüre seine Zunge und all meine Sinne konzentrieren sich auf dieses eine Gefühl. Ich lege meine Hand auf seine und streiche damit meine Taille hinauf. Ich will, dass er mich berührt. Ich will ihn fühlen, muss ihn fühlen, sonst zerspringe ich in einem Sternenregen. Aus Leos Kehle steigt ein dunkles Geräusch herauf. Es hallt in meinem Mund wider, während unser Kuss noch tiefer wird. Seine Finger gleiten hinauf bis zum Rand meines Bikinioberteils, dann wieder hinunter zu meiner Hüfte. Ich habe das Gefühl, sein Streicheln hinterlässt feurig heiße Spuren auf meiner Haut. Meine Fingerspitzen beginnen zu kribbeln. Das Wasser um uns herum schaukelt in sanften Wellen, als ich meine Hände um seine schmalen Hüften lege. Ich spreize die Finger und gleite langsam seinen Rücken hinauf. Diesen herrlich warmen, glatten Rücken mit den athletischen Muskeln. Bei jeder noch so kleinen Bewegung kann ich sie unter Leos Haut spüren. Oben bei seinen Schultern halte ich kurz inne. Leo erschauert, als er meine Nägel spürt. Mit sanftem Druck streiche ich seinen Rücken wieder hinunter. Für einen kurzen Moment presst Leo sein Becken gegen meines. Doch dieser Bruchteil einer Sekunde reicht aus, ein noch viel stärkeres Verlangen in mir erwachen zu lassen. Ich löse meine Lippen von seinen, weil ich nach Luft schnappen muss. Mein Kopf sinkt nach hinten über den Beckenrand und ich starre gegen den dämmrigen Himmel der Grotte. Leos Mund gleitet meine Wange entlang und dann über meinen Hals bis zur Wasserkante. Sein Griff um meine Taille ist stärker geworden. Er knabbert zart an meiner Haut. Ich schließe die Augen. Er soll nicht aufhören. Egal, was, ich will nur nicht aufhören. Mein Körper vibriert, das Herz in meiner Brust rast. Das warme Wasser hüllt mich ein wie eine Decke und macht mich schwerelos zugleich.

»Abby.« Leo flüstert meinen Namen.

Ich biege mich ihm entgegen und mein ganzer Körper ist nun hart gegen seinen gepresst. Schon ist Leo über mir. Er küsst mich und ich bin zwischen seinen Armen gefangen. Ich schlinge die Beine um seine Hüften, bevor ich weiß, was ich eigentlich mache. Leos Stöhnen lässt jede Faser in meinem Körper vibrieren.

»Abby …« Ich fühle den Klang meines Namens eher, als dass ich ihn höre. Leo schiebt sein Becken vor und stöhnt ein zweites Mal. »Wir müssen …« Seine Stimme klingt gepresst. »Warte.« Er weicht ein Stückchen von mir weg. Ich löse mich von ihm und stehe wieder im Wasser.

»Ich kann mich gleich nicht mehr beherrschen.« Seine blauen Augen schimmern dunkel, was nicht nur an der mageren Beleuchtung in der Grotte liegt. Ich bin viel zu benommen, um zu antworten. Zum Glück sind wir mittlerweile allein. Die beiden anderen Pärchen haben sich wohl an einen etwas ungestörteren Ort verzogen.

Sanft legt Leo seine Linke um meine Taille. »Ich habe eine bessere Idee.« Ich sehe, dass er mich wieder küssen wird, an der Art, wie er seinen Kopf neigt. Ich öffne ein klein wenig die Lippen. Sein Mund zupft zärtlich an meiner Oberlippe. Die Finger seiner rechten Hand streichen meinen Bauch hinab. Leicht überrascht will ich zurückweichen, doch in meinem Rücken ist die harte Wand des Pools. Und dann will ich mich auch schon gar nicht mehr bewegen. Seine Fingerspitzen gleiten tiefer und umrunden meinen Bauchnabel. Seine Zunge findet die meine und umkreist sie lockend. Seine Hand hat das Bündchen meiner Bikinihose erreicht. Unser Kuss wird noch tiefer, hitziger und verlangender. Meine Haut scheint zum Bersten gespannt. Dort, wo Leo mich berührt, scheint sie kleine Funken zu sprühen. Dann liegen seine Finger auf dem Stoff. Der empfindliche Bereich um meine Leistengegend zuckt zusammen. Mein Atem geht kurz und stoßweise. Leos Hand gleitet noch tiefer und ich spüre den sanften Druck seiner Finger. Ich keuche in seinen Mund und biege mein Becken nach vorn. Meine Beine zittern. Leo streichelt mich und mein ganzer Körper bettelt förmlich danach. Ich kralle mich an ihm fest, weil ich Halt brauche. Meine Nägel bohren sich in seine Haut, doch es ist mir egal. Ich will ihn festhalten, damit ich er nicht aufhört. Verlangen brodelt wie glühend heißes Magma in meinem Bauch. Seine feurigen Ausläufer bahnen sich ihren Weg durch meinen ganzen Körper. Leo legt seine freie Hand um meinen Hinterkopf. Unser Kuss wird noch heißer, süßer und verlangender. Dann plötzlich fühle ich, wie seine Finger am Bund meiner Bikinihose zupfen. Er verharrt dort, scheint auf meine Zustimmung zu warten. Seine Fingerspitzen liegen nur wenige Millimeter unter dem straff gespannten Stoff, doch all mein Denken und Fühlen konzentriert sich auf dieses überwältigende Gefühl. Ein verlockendes Prickeln, das Gefühl fremder Haut an so einer intimen Stelle. Als Zeichen meiner Zustimmung küsse ich ihn noch heftiger und biege mich ihm entgegen. Leo stößt einen gequält klingenden Seufzer aus. Unsere Münder scheinen nun untrennbar miteinander verbunden. Wir teilen uns eine Luft, während sich meine Zunge tief in seinem Mund bewegt. Leos Finger überwinden den Bund meiner Bikinihose. Jeder Zentimeter, den sie sich vorwagen, lässt mich zusammenzucken. Seine Finger berühren meine nackte Haut. Ich beiße ihm auf die Unterlippe, als Leo mich mit kreisenden Bewegungen zu streicheln beginnt.

Ich halte mich an ihm fest. Ich muss mich an ihm festhalten, sonst zerfließe ich. Seine Berührungen sind sanft und bestimmt zugleich. Ich muss meinen Mund von seinem lösen, weil ich nicht genug Luft bekomme. Leo presst seine Lippen gegen meinen Hals, dann fühle ich seine Zunge, das sanfte Knabbern von Zähnen …

Nur kurz darauf kommt mir ein Laut über die Lippen, der mir im Nachhinein noch schrecklich peinlich sein soll. Ich zittere, als ich mich ein letztes Mal aufbäume und dann in mich zusammenfalle wie ein Luftballon. Leos Mund liegt immer noch an meinem Hals. Einen ewigen Moment lang herrscht Stille zwischen uns. Ich höre das Plätschern des Wassers an den Wänden, das Geräusch der Wellen, die gegen den Rand des Pools schwappen, und das Hämmern meines Herzens. Langsam zieht Leo die Hand zurück. Er streichelt meinen Rücken hinauf, dann hebt er den Kopf und sieht mich an.

»Es hat dir gefallen.« Seine Stimme klingt dunkel und nicht gerade fragend.

Ich nicke, obwohl sein Satz keine Frage, sondern eher eine Feststellung war.

»Mir auch.« Als Leo seinen Körper kurz an mich drückt, fühle ich den Beweis dafür. Einen Moment später siegt meine Neugier. Ich berühre ihn dort. Ich folge meinem Gefühl und streichle ihn, während wir uns wieder küssen. Gegen Leos Fingerfertigkeit sind meine Berührungen vermutlich eher etwas unbeholfen, aber es scheint ihm zu gefallen. Ich fühle, wie ein Zittern durch seinen Körper läuft. Also werde ich mutiger und mein Streicheln bestimmter.

»Du musst das nicht …«, flüstert Leo. »Ich brauche keine Revanche.«

Ich halte inne. »Ist es so schlecht?«

Leo lacht dunkel. »Überhaupt nicht. Ich hatte nur den Eindruck, du meintest, du müsstest ...«

»Nein.«

»Okay ...« Leos Blick wird provozierend verführerisch. In der nächsten Sekunde hat er sich meine Hand geschnappt und sie unter seine Badeshorts geschoben. Als meine Haut seine berührt, beißt er sich auf die Unterlippe. Mit der freien Hand zieht er mein Gesicht zu sich und küsst mich stürmisch. Ich bewege meine Hand und das Gefühl ist so tausendmal intensiver. Es fühlt sich gut an. Warm, mit weicher Haut und gar nicht seltsam. Leos Brust hebt und senkt sich in einem schnellen Takt. Er stöhnt in meinen Mund, während sein Körper erneut zuckt.

»Warte.« Abrupt legt er eine Hand auf meine. »Warte.«

Überrascht sehe ich ihn an. Ob ich ihm wehgetan habe?

»Ich kann nicht mehr lange ...« Er klingt atemlos. »Und hier im Wasser ...« Er zieht die Nase kraus. »Das gibt eine ziemliche Sauerei.«

Ich verstehe. »Das stimmt wohl.« Meine Hand liegt immer noch unter dem Stoff der Shorts. Gedankenverloren lasse ich die Finger spielen.

»Bambi ...« Leos Blick wird glasig. »Du legst es darauf an, oder?«

»Nein.« Doch das Spiel meiner Finger stoppt nicht. Meine plötzliche Macht über Leo gefällt mir.

Er sieht mich an und ich sehe die Faszination in seinem Blick. Ich kann fühlen, dass er mit sich kämpft. Dass er am liebsten die Augen zumachen und einfach nur genießen will. Dass er an nichts anderes denken kann.

Plötzliches Geschrei reißt mich zurück in die Realität. Die Stimme kommt vom Pool und klingt ziemlich aufgebracht. Als eine zweite, mir sehr gut bekannte darin einfällt, ahne ich, dass es mit Romantik für diese Nacht vorbei ist. Im nächsten Moment habe ich wieder beide Hände bei mir.

»Ist das Silver?« Leo zwinkert ein paar Mal. Vermutlich, um wieder einen klaren Kopf zu bekommen.

»Hört sich ganz danach an.« Ich richte meinen Bikini. »Da muss ich nachsehen.« Ich ahne nichts Gutes.

Leo folgt mir durch das Wasser aus der Grotte. Schon am Beckenrand erkenne ich Silver, die sich mit einem etwas älteren Mädchen streitet. Die beiden schreien sich auf Spanisch an und die meisten der Umstehenden verstehen kein Wort. Leo und ich eilen aus dem Wasser.

»Silver! Was ist los?« Ich drängele mich durch die gaffenden Leute und berühre sie am Oberarm.

»Sie nennt mich eine Hure, weil ich angeblich mit ihrem Freund rummache. Und jetzt will sie sich mit mir prügeln!« Silver hat einen hochroten Kopf. »Sie behauptet, sie wäre mit Sam zusammen!«

»Wo ist Sam? Vielleicht könnte er etwas dazu sagen?«

Während ich rede, schreien Silver und das fremde Mädchen sich wieder an. Sie rückt bedrohlich näher und deutet an, Silver eine Ohrfeige verpassen zu wollen. Irgendwo hinter mir flüstert jemand: »Catfight, wie geil. Das stelle ich auf YouTube.«

Idioten. Das fremde Mädchen beschimpft Silver weiter. Mit ihren langen roten Nägeln hätte sie fast Silvers Wange erwischt.

»Hey, mal ganz ruhig!« Leo geht dazwischen. Einen Moment später sind auch Tucker und Aiden zur Stelle. Nur mit

Mühe schaffen die drei es, die rasende Latina in Schach zu halten.

»Sam ist abgehauen, dieser Feigling. Keine Ahnung, wo er sich versteckt.«

»Ich mach dich fertig, Bitch!«, kreischt die andere. Triumphierend schwenkt sie ihr Smartphone. »Ich habe jetzt dein Gesicht. Ich finde dich!«

Silver und ich sehen uns entsetzt an.

»Kann mal jemand den Kerl, um den es hier geht, auftreiben?«, brüllt Tucker. »Das Gekreische geht mir auf die Nerven!«

Ein paar seiner Football-Kollegen schwirren aus.

»Er ist ins Haus!«, ruft Silver ihnen hinterher. »Brille, Undercut und ein braunes Shirt.«

Nur zwei Minuten später gesellt sich Sam unfreiwillig zu uns, eskortiert von zwei bulligen Footballern, die ihn nicht aus den Augen lassen.

»Seid ihr bescheuert, oder was?« Er versucht, sich loszureißen.

»Sag was, du Mistkerl!«

Ich bremse Silver, die auf Sam zustürzen will. Der sieht gar nicht begeistert aus. Das andere Mädchen redet schon wieder nur spanisch. Sam antwortet ihr. Es klingt abwehrend. Er sieht ziemlich schuldig aus, auch wenn mein Spanisch zu schlecht ist, um ihn zu verstehen.

»In meinem Haus wird Englisch geredet«, geht Tucker dazwischen. »Alles klar?«

»Die kleine Schlampe spannt mir meinen Mann aus, dios mio. Ist das so schwer zu verstehen? Du hast doch Spanisch auf deiner Nobelschule, oder?« Das Mädchen reckt kampfeslustig das Kinn. »Und jetzt werde ich ihr dafür das Gesicht zerkratzen. Also lass mich los, bevor ich die Cops rufe.«

»Du bist nicht eingeladen. Das ist Hausfriedensbruch«, erwidert Tucker kalt. »Wenn hier einer die Cops holt, bin höchstens ich das. Und jetzt hältst du mal den Rand und dein Kerl sagt was dazu.« Er sieht zu Sam. »Silver ist eine gute Freundin von mir, und ich mag es so gar nicht, wenn man ihr wehtut. Eigentlich macht mich das sogar ziemlich wütend. Sollte er nicht endlich den Mund aufmachen, werden ich und meine Jungs ihm mal demonstrieren, wie wir Typen von der Nobelschule mit so 'nem pseudo-intellektuellen College-Angeber umgehen. Wenn er also von seiner Hipster-Brille nicht auf Kontaktlinsen umsteigen will, weil ich ihm die Nase in den Schädel gedrückt habe, sollte er lieber was Konstruktives hierzu beitragen. Und zwar rapido, Amigo.«

Bei Sam kommt die Drohung an. »Ich habe sie parallel laufen lassen.« Er klingt arrogant. Von dem etwas zurückhaltenden Verkäufer aus dem Bioladen ist nichts mehr da. Vermutlich war es nur eine Masche, um Silvers Vertrauen zu gewinnen. »Das kennt doch jeder, oder?« Er fährt sich durch die Haare. »Man lernt zur fast gleichen Zeit zwei Chicas kennen und will keiner eine Abfuhr geben. Das ist doch nur menschlich.«

Prompt kreischt die Latina wieder auf Spanisch los. Dieses Mal gilt ihre Schimpftirade Sam. Silver neben mir wirkt wie ein Ballon, aus dem alle Luft entwichen ist. Sie schüttelt fast unmerklich den Kopf und schluchzt leise. Ich lege einen Arm um ihre Schultern.

»Seid ihr alle Heilige, oder was?«, ruft Sam. »Das passiert doch jedem mal.«

Tucker sieht zu Silver. »Und jetzt?«

»Schmeiß sie beide raus.« Ihre Stimme klingt erstickt. »Hoffentlich zerkratzt sie ihm draußen das Gesicht. Meinen Segen hätte sie.«

»Ihr habt es gehört.« Tucker dreht sich zu seinen Football-Kollegen. »Schmeißt den Kerl raus und sorgt dafür, dass sie«, er deutet mit dem Kopf auf die Latina, »auch die Party verlässt. Ich rufe die Cops, wenn du hier noch mal auftauchst.«

Die Latina lässt sich Richtung Ausgang eskortieren, während sie Sam immer noch wüst beschimpft. Als sie weg sind, richten sich alle Augen auf Silver.

»Ende der Show, Leute.« Tucker bedeutet dem DJ, die Musik wieder lauter zu drehen. Die gaffende Menge löst sich langsam auf. Tucker kommt zu uns und tätschelt Silver brüderlich den Kopf. »Lieber ein Ende mit Schrecken … du kennst das ja. Kann ich dir noch irgendwie helfen?«

Silver schüttelt den Kopf. »Nein. Danke für alles.«

»Nicht doch.« Tucker sieht ziemlich verlegen aus.

»Ich kümmere mich«, sage ich.

»Okay.« Tucker wirkt erleichtert. Mädchenprobleme sind für ihn immer etwas unangenehm. »Sagt Bescheid, wenn ihr noch etwas braucht.«

»Danke.« In Silvers Augen stehen Tränen.

»Möchtest du nach Hause?«, frage ich, als Tucker verschwunden ist. »Oder reden?«

»Ich fahre nach Hause. Ich will einfach nur schlafen.«

»Bist du sicher?«, mischt Leo sich ein. »Darüber zu reden, könnte dir sicher helfen.«

»Ich habe es doch die ganze Zeit geahnt!« Silvers Stimme zittert. »Die ganze Zeit. Er ist sogar mit einer anderen knutschend gesehen worden. Und ich wollte es nicht wahrhaben.

Ich habe die Augen vor den vielen Alarmsignalen verschlossen. Ich bin selbst schuld. Ich hätte das sofort beenden müssen. Auf mein Bauchgefühl hören. Auf meine Freunde hören. Ich habe das alles ignoriert, weil ich so sehr verknallt war.« Als sie zu weinen beginnt, ziehe ich sie in meine Arme.

Leo streicht ihr beruhigend den Rücken. »Abby und ich fahren dich nach Hause, ja?«

»Abby soll mich fahren«, schluchzt Silver.

»Ja klar«, sage ich sofort. »Das mache ich.«

Leo, der wohl versteht, dass Silver nur mich um sich haben möchte, nickt. »Okay. Kommst du wieder?«

»Ich denke nicht.« Vielleicht möchte Silver ja noch, dass ich mit reinkomme, um zu reden. Ich will für sie da sein und ihr Halt geben. Sie würde das Gleiche für mich tun.

»Ich suche rasch meine Sachen zusammen und dann können wir los.«

Silver schluchzt. »Okay.«

Leo sieht sich suchend um. »Gut, dann werde ich mal sehen, was meine Schwester so treibt.« Er gibt mir einen raschen Kuss auf die Wange. »Bis morgen, Bambi. Und dir ›Kopf hoch‹, ja?« Er lächelt Silver schief an. »Ich konnte ihn auch nicht ab.«

Silver lacht und weint zugleich. »Danke. Wir sehen uns.«

Sie dreht sich wieder zu mir. »Wollen wir deine Sachen holen und dann los?«

»Ja.« Ich sehe Leo nach, der den Pool entlangspaziert. Kaum ist er weg, fehlt er mir schon. »Und dann ab nach Hause.«

20

Leo

Ich schlafe bis mittags. Das Haus ist schon längst zum Leben erwacht, und Dutzende unsichtbarer Angestellter sorgen dafür, dass alles so hübsch bleibt, wie es ist. Ich höre sie auf den Gängen und rund um das Haus herum. Für jemanden, der nur mit einer Haushälterin groß geworden ist, wird das immer befremdlich bleiben.

Heute Morgen hat mein Handy ein paar Mal gepiept. Ich bin davon nicht wirklich wach geworden, sondern habe es in einen wirren Traum eingebaut. Als ich jetzt aufs Display blicke, bin ich etwas enttäuscht. Es ist bloß Chester, der sich beschwert, dass ich »die Familie« zugunsten irgendwelcher Beachbunnys vernachlässige. Er will wissen, ob ich während des Praktikums in den Ferien bei ihm wohnen will. Da Mom unser Haus jetzt doch nicht verkaufen muss, weil John im Geld schwimmt, gedenke ich eigentlich, dort zu wohnen. Chester das zu verklickern, hat aber noch Zeit. Zuerst brauche ich ein Frühstück und danach will ich Bambi sehen oder hören. Seit ich sie kennengelernt habe, stehe ich wieder richtig gern auf. Davor war es lange Zeit eine echte Quälerei. Besonders wenn ich am Abend zuvor eine Schlaftablette genommen hatte, um meine kreisenden Gedanken zu betäuben. Seit ich Bambi kenne, habe ich keine Tablette mehr genommen.

Ich schleiche ins Bad und dann weiter in die Küche. Mit einem voll beladenen Frühstücksteller spaziere ich zum Pool.

Mein Plan war es, die Beine ins Wasser zu hängen, jede Menge Speck und Bagels zu vertilgen und dabei Bambi einen guten Morgen zu wünschen. Am Pool jedoch sitzt ein fremder Kerl. Er hat einen leeren Teller neben sich stehen, und so, wie es aussieht, hat er seine Beine im Pool versenkt. Genau das war auch mein Plan. Ich komme näher und lasse meine Flip-Flops absichtlich über den steinernen Boden schaben. Der Typ dreht sich um. Alec? Will der jetzt bei uns einziehen?

»Morgen.« Er grinst breit.

»Hi.« Ich tue möglichst unbeeindruckt und schwenke in Richtung der Sitzgruppe unter dem großen Sonnenschirm. Dann esse ich eben am Tisch. Mom wäre stolz auf mich. Alec hat die Abfuhr kapiert, denn er dreht sich wieder um. Ehrlich? Was soll ich mit ihm Small Talk machen. Dafür habe ich echt noch zu wenige Kohlenhydrate intus. Allegra erscheint. In weitem Maxikleid und großem Hippie-Schlapphut. Sie sieht aus, als wollte sie eine Kreuzfahrt in die Karibik machen. Sie hat eine Flasche Wasser und zwei Gläser dabei.

»Auch schon wach«, sagt sie im Vorbeigehen.

Sehr witzig.

»Al?«

Sie sieht zu mir rüber, während sie Alec ein Glas anreicht.

»Kommst du mal?«

Sie schlendert zu mir an den Tisch. »Was gibt's?«

»Weißt du, wo Mom und John sind?«

Sie zieht sich einen der Korbstühle zurück und setzt sich. »Auf einem Brunch des Bürgermeisters. Sie werden erst heute Nachmittag zurück sein.«

»Wissen sie, dass du Besuch hast?«

Sie schnauft. »Natürlich. Ich habe ihnen erzählt, dass ich

Alec zum Frühstück einlade und wir danach noch ein bisschen abhängen wollen. Also die volle Wahrheit.« Dann wird ihr Blick triumphierend. »John hat übrigens mit der Psychologin gesprochen. Montag zieht Lady offiziell bei mir ein.«

Ich brauche einen Moment, bis der Name bei mir klingelt. »Echt? Und freust du dich?«

Sie strahlt wie eine Weihnachtskerze. »Ja. Ich habe zugesagt, eine Verhaltenstherapie zu machen. Das heißt, Gruppentreffen einmal die Woche plus Einzelgespräch.« Sie seufzt. »Sie wollen mich von den Tabletten losbekommen. Aber das wird wohl noch ein Stück Arbeit. Allein das Ausschleichen wird mehrere Wochen dauern. Ich bekomme auch Übungen zum Thema Achtsamkeit gezeigt und muss mein Gewicht regelmäßig überprüfen lassen.«

»Machst du das alles mit, weil du selbst wieder gesund werden willst? Oder nur, damit sie dich in Ruhe lassen?«

»Ich will wieder gesund werden. Ich will ja auch für Lady da sein. So ein kleiner Hund bedeutet viel Verantwortung. Aber ich will das. Ich will diese Aufgabe. All die Zeit mit ihr gibt mir so viel.«

»Und was ist mit ihm?« Ich deute mit dem Kopf Richtung Alec.

Al sieht kurz zu ihm rüber. »Ich mag ihn. Er ist so anders.«

Das glaube ich gern. Trotzdem muss ich nachfragen. »Anders?«

»Ja. Ich glaube, das tut mir gut.«

Aha …

»Er trägt diese unbeschwerte Fröhlichkeit der Westküstler in sich. Er redet übers Surfen, über Football und gutes Essen. Ich glaube, er hat noch nie was von Kant oder Aristoteles gehört. Aber weißt du was?« Sie sieht mich ernst an. »Ich finde es toll.«

Ich kann ein Glucksen nicht unterdrücken, obwohl sie mir eigentlich aus der Seele spricht. Mit Bambi geht es mir genauso. Sie vertreibt meine schwermütigen grauen Wolken mit ihrer übersprudelnden, liebenswerten Direktheit, die mich immer wieder zum Lachen bringt.

»Na, dann hoffe ich, er mag Hunde.«

»Er hat selbst einen Hund. Er und Skipper gehen oft zusammen joggen.«

»Dann könnt ihr ja die Verlobungskarten entwerfen.«

»Blödmann!« Sie wirft eines der Zierkissen über den Tisch. Ihre Wangen schimmern rosa. Sie hat mittlerweile eine zarte Bräune bekommen, die ihr sehr gut steht. Zugenommen hat sie auch. Die Konturen der hart herausstechenden Knochen scheinen weicher geworden.

»Was habt ihr noch vor?«

»Alec will gleich mit mir in ein Fischrestaurant am Strand. Die backen dort den berühmten Hula Cake, den es eigentlich nur auf Hawaii gibt. Du weißt schon, den mit dem saftigen Schokoladenbiskuit und der süßen Sahne. Danach wollte ich kurz Lady bei Dr. Meller besuchen. Ich wollte dort auch fragen, was ich alles besorgen muss. Alec ist auch schon total neugierig. Und du? Triffst du Abby?«

»Keine Ahnung. Ich habe noch nichts von ihr gehört. Gut möglich, dass sie sich noch um Silver kümmern muss. Sie war ja ziemlich in diesen Sam verschossen. So eine Trennung steckt man nicht leicht weg, erst recht nicht mit so einem Drama.«

»Das glaube ich.« Allegra sieht sehnsüchtig zu ihrem Quarterback hinüber.

»Geh schon. Ich komm hier klar.«

Sie lacht. »Sorry, sieht man es so deutlich?«

Ich nicke. »Viel Spaß nachher.«

»Dir auch.«

Sie setzt sich neben Alec und er legt ihr den Arm um die Schultern. Das lange Kleid hat sie elegant über die Knie hochgerafft, als sie die Beine in das türkisfarbene Wasser taucht. Ich sehe, wie Alec sie ansieht. Er wirkt ziemlich heftig verknallt. Keine Ahnung, wie lange die beiden sich schon aus der Ferne angeschmachtet haben, aber da ist definitiv mehr dahinter.

Ich texte Bambi, bekomme aber keine Antwort. Auch bei WhatsApp ist sie noch nicht online gewesen. Gerade will ich aufstehen, um wenigstens mein Tablet nach draußen zu holen, als Allegra auf mich zukommt.

»Schau mal, der Steinmetz hat den Grabstein schon fertig. Sieht er nicht wunderschön aus?« Sie hält mir ihr Smartphone unter die Nase. Der Grabstein besteht aus schlicht behauenem dunkelgrauen Stein. Er ähnelt stark der Fellfarbe der Welpen. Ganz oben steht: Einer für alle – Alle für einen.

Darunter, in geschwungener Schrift, die Namen der drei Welpen: Athos, Porthos, Aramis

Ganz unten ein schlichtes kleines Kreuz mit dem Datum, an dem wir die Welpen gefunden haben. Wow, das haut mich echt um. Ich muss schlucken. Ich reiche Al das Handy zurück, weil ich gar nichts sagen kann.

»Es gefällt dir?«, fragt sie leise.

Ich nicke. Wieder muss ich an den Tag zurückdenken, an dem wir die Welpen gefunden haben. Das Thema der »Drei Musketiere« passt so gut. Hätten die drei Lady nicht geschützt, sie wäre vermutlich auch gestorben. Dadurch, dass sie in der Kuhle ganz unten lag, war es so kühl, dass sie überlebt hat.

»Dienstag ist er abholbereit. Hattest du den Kontakt mit dem Tierfriedhof oder Abby?«

»Wir kümmern uns zusammen. Sie sagen, sie haben uns einen Platz reserviert. Es gibt einen Service, der die Welpen zur Einäscherung abholt. Wir müssten dann nur zur Beerdigung kommen. Ich sage denen dann Bescheid, dass wir ab Dienstag so weit wären.«

Al nickt. »Dann halte mich auf dem Laufenden.«

»Klar.«

Sie will gehen.

»Al?«

»Ja?«

»Danke.«

Sie lächelt. »Einer für alle, alle für einen.«

21

Abby

Am Sonntag betreibe ich ein wenig »Schadensbegrenzung« bei meinen Eltern, bevor ich wieder den Rest des Tages mit Leo verbringen werde. Wir frühstücken zusammen, und danach kümmern wir uns zu dritt um Firmenpapierkram, den Dad in vier großen Ordnern nach Hause geschleppt hat. Beim Thema Buchhaltung macht mir keiner meiner Freunde etwas vor. Ich kenne allerdings auch niemanden, der sich in meinem Alter schon mal ernsthaft damit beschäftigen musste. Leo, dieser dreiste Kerl, will wissen, wann wir einen Termin wegen der »Übernachtung« besprechen. Er ist echt unmöglich. Meine Eltern würden das niemals erlauben. Abends überredet er mich zu einem Strandspaziergang. Ich frage mich, wann er für die Schule lernt. Ich weiß, dass er ehrgeizig ist, denn er hat in einigen Fächern schon sehr gute Noten kassiert. Vermutlich lernt er nachts. Das habe ich mal ausprobiert, bin aber um kurz nach null Uhr auf meinen Unterlagen eingeschlafen und hatte den ganzen nächsten Tag Druckertinte im Gesicht.

Als Leo und ich uns später am Strand treffen, holen wir uns Smoothies und knusprige Thunfisch-Wraps von einer mexikanischen Bude. Kaum dass wir damit fertig sind, zückt Leo sein Smartphone und tut so, als wolle er sich einen Termin eintragen. »Ich höre?«

»Hör auf damit.« Ich berühre seine Schulter mit meiner. »Es geht nicht.«

»Wettschulden sind Ehrenschulden, Bambi. Da führt kein Weg dran vorbei.«

»Meine Eltern würden es nie erlauben.«

»Hast du sie schon gefragt?«

»Nein, ich weiß es. Besser, sie ahnen gar nicht, dass wir über so was überhaupt nachdenken.«

»Du bist doch kein kleines Kind mehr.«

»Trotzdem.«

»Gib es zu. Du hast gar keine Lust drauf.« Er legt den Arm um meine Schulter und zieht mich eng an sich. »Dabei könnte es so nett werden.«

Na klar. Ich kann mir schon lebhaft vorstellen, was er unter »nett« versteht. »Nett?«

Leo grinst. »Nicht, was du denkst. Aber das natürlich auch, wenn du es willst. Ich bin flexibel.«

Ich kann nur den Kopf schütteln.

»Soll ich deine Eltern fragen?«

»Um Himmels willen, nein. Sie würden uns zur nächsten Beratungsstelle für Teenie-Eltern schleifen.« Ich übertreibe, aber auch nur, weil ich selbst nicht genau weiß, ob ich wirklich schon bei Leo übernachten will.

»Quatsch, deine Eltern sind doch so locker. Du malst dir das alles immer viel zu dramatisch aus. Außerdem haben wir uns jetzt schon so oft allein getroffen. Da hätten wir schon hundertmal miteinander schlafen können. Letztens erst waren wir ganz allein bei dir zu Hause. Deine Mutter hat mich sogar eingeladen, zu bleiben.«

»Du meinst an dem Tag, an dem uns das Popcorn in der Küche explodiert ist?« Und nicht nur das Popcorn. Anhand von Leos verschmitztem Grinsen erkenne ich, dass auch er sich gut daran erinnert, wie heiß wir in der Küche rumgemacht haben.

»Zum Beispiel.«

»Es geht nicht, okay? Such dir was anderes aus.«

Leo bleibt stehen. Sein Arm um meine Schultern bremst mich ebenfalls aus. Er dreht sich zu mir. »Du willst gar nicht, oder? Gib es einfach zu.«

Ich weiß, dass mein Gesicht Bände spricht, bevor ich den Mund aufmachen kann.

Leo ist sensibel genug, um das ebenfalls zu erkennen. »Glaubst du immer noch, ich will dich bloß flachlegen?« Er klingt ungläubig und enttäuscht.

»Nein.«

»Was ist es dann? Deine Eltern sind nicht das Problem.«

Ich sage nichts.

»Ich verspreche dir, ich rühre dich nicht an.«

Ich seufze. »Doch, meine Eltern sind sehr wohl ein Problem. Seit einigen Tagen verstehen wir uns nicht mehr so gut wie früher. Sie wollen mich gern in der Firma einspannen, aber ich habe viel mit der Schule zu tun oder gehe aus. Sie nehmen das persönlich. Früher konnten sie mich einfach für irgendwelche Jobs abstellen. In letzter Zeit habe ich so viele Termine. Das Projekt ist so zeitraubend. Und dann sind mir noch ein paar andere dumme Sachen passiert. Ich denke nicht, dass es eine gute Idee ist, sie jetzt danach zu fragen. Es würde unser Verhältnis noch mehr anspannen.«

»Okay. Ich verstehe.« Leo streicht zart über meine Wange. »Vergessen wir das einfach. Es war nur eine Wette.« Er neigt den Kopf und sein Mund streicht lockend über meinen. Als wir uns zärtlich küssen, sind alle Gedanken an meine Eltern verblasst.

Mittwoch ist leider ein trauriger Tag. Um Punkt 17 Uhr treffen Allegra, Alec, Leo und ich uns auf dem Tierfriedhof von Beverly Hills, um die drei Welpen zu beerdigen. Allegra hat Lady in einer kleinen Tragebox dabei, die sie vor der direkten Sonne schützt. Alec führt seinen Labrador-Skipper an der Leine. Die beiden Damen vom Tierbestattungs-Institut sind wirklich reizend und leiten die Veranstaltung in einer würdevollen Routine. Al hat eine kleine Rede vorbereitet, in der sie sich auch im Namen von Lady bei den dreien bedankt. Ich weine in mein mitgebrachtes Taschentuch. Leo streichelt meinen Rücken und hat auch ganz feuchte Augen. Alec ist neben Skipper in die Hocke gegangen und hält ihn fest an sich gedrückt.

Ich habe gar nicht mitbekommen, dass Allegra und Alec auf Tuckers Party zusammengekommen sind. In der Schule jedenfalls ist Allegra jetzt voll integriert.

Seit Al ihren großen Schlapphut trägt, um mit ihrem Schneewittchen-Teint nicht völlig unter der kalifornischen Sonne zu verbrennen, sehe ich immer mehr Hüte an der Schule. Alec hingegen wirkt viel gelassener, wenn er mit Al zusammen ist. Die latente Aggressivität, die alle Jungs, die den harten Vollkörperkontakt-Sportarten nachgehen, umgibt, scheint deutlich verblasst.

Wenig später trennen sich unsere Wege, da wir alle noch Hausaufgaben machen müssen. Al und Lady fahren mit Leo, Alec und ich in unseren eigenen Wagen. Kurz bevor ich abends ins Bett will, leitet Leo mir noch die neueste Mail von Kobori Toys weiter. Es sind Fotos angehängt. In einen großen, altmodisch gedrechselten Torbogen, der den Eingang des Spielplatzes darstellen soll, ist »Einer für alle und alle für einen« eingraviert worden. Jedes der Spielgeräte trägt den Namen einer der Hauptfiguren des Romans. Ein Designer hat den Spielplatz professionell am PC skizziert und so den Eindruck eines wahren Abenteuerspielplatzes erschaffen. Dieses Projekt real umzusetzen, sollte ein wahrer Triumph werden. Wenn wir Glück haben, wird sogar die Zeitung darüber berichten! Eine super Werbung für Kobori Toys und ein krönender Abschluss unseres Projekts.

Leo und ich haben uns nun doch als ein super Team erwiesen. Wenn alles weiter so glatt läuft, sind wir mit der Planung des Projekts fertig und die Umsetzung läuft bereits an. Nächste Woche sind die Berichte fällig, denen wir entspannt entgegensehen können. Wenn dann auch noch die Umsetzung seitens der Stadt und den Herstellern so reibungslos läuft, sind Leo und mir super Noten sicher. Und wir haben auch noch etwas wirklich Sinnvolles erreicht. Zwei neue Spielplätze in der Stadt! Wie cool ist das denn? Dafür muss es einfach Bestnoten für unsere Zeugnisse geben. Mit diesem Notendurchschnitt schaffe ich es bestimmt, irgendwo einen Platz fürs Anthropologiestudium zu ergattern. Bei dem Gedanken fällt mir auf, dass Leo bisher auffallend wenig über seine Zukunftspläne erzählt hat. Eigentlich weiß ich nur, dass er Anwalt werden will. Das hat er mal ganz nebenbei in einer Unterhaltung erwähnt. Komischerweise habe ich ihn aber auch nie weiter danach gefragt. Rückblickend kommt mir das seltsam vor. Er ist mein Freund, wir sind verliebt, und eigentlich will ich alles über ihn wissen. Wieso ist unsere Unterhaltung über meine Zukunftspläne nicht automatisch auf seine weitergeschwenkt? Etwas ratlos versuche ich, vergangene Unterhaltungen zu rekapitulieren. Und komme zu dem immer gleichen Schluss: Leo hat das Thema gewechselt, bevor wir ausführlich auf ihn zu sprechen kommen konnten.

Ich starre auf die geöffnete Mail auf meinem Laptop. Sein Text ist herzlich, klingt offen und begeistert. Er scheint mit vollem Engagement bei unserem Projekt zu sein. Er ist ein aufmerksamer, liebevoller Freund. Er flirtet nicht mit anderen Mädels, sieht nicht mal anderen hinterher. Entschlossen klappe ich den Laptop zu. Ich sehe Gespenster.

Am frühen Freitagabend komme ich von einem kurzen Surfnachmittag nach Hause. Im Haus ist es verdächtig still, obwohl beide Autos meiner Eltern in der Auffahrt parken. Normalerweise ist es bei uns immer laut. Entweder einer telefoniert, oder sie unterhalten sich über mehrere Räume hinweg oder hören Musik. Langsam schließe ich die Haustür. Ich habe eindeutig zu viele Folgen »Bones« gesehen, denn sofort schießen mir einige Verbrechensszenarien durch den Kopf. Sollte ich mich jetzt lieber ruhig verhalten? Oder sollte ich nach ihnen rufen? Was, wenn der Täter noch im Haus ist? Geräuschlos lasse ich meine große Strandtasche auf den Boden sinken.

»Mom?« Meine Stimme klingt dünn.

»Hier oben!«, erschallt es ewige Sekunden später.

Gut, sie klingt nicht gerade so, als habe sie ein Messer im Rücken stecken. Aber so entspannt wie sonst hört sie sich auch nicht an. Ich nehme zwei Treppenstufen auf einmal. Das

Elternschlafzimmer ist leer. Ich will gerade im angrenzenden Bad nachsehen, als ich Geräusche höre. Sie sind in meinem Zimmer?

Immer noch lauernd betrete ich mein Reich. Mom wirkt trotz der Sonnenbräune kalkig grau im Gesicht. Dad hingegen hat Schweißperlen auf der Stirn. Sie stehen vor meinem geöffneten Kleiderschrank. Ich mache noch einen weiteren Schritt und erkenne erst jetzt das Ausmaß der Situation. Zu ihren Füßen liegt die offene Kiste mit meinen Anthropologiebüchern. Jemand hat sie umgekippt, denn ein paar der Bücher sind herausgepurzelt und liegen davor. Mom hält den Pschyrembel, mein medizinisches Lexikon, in der Hand. Dad hat, so wie es aussieht, gerade in den Bewerbungsmappen der Unis geblättert.

»Was macht ihr da?« Mühsam kann ich mich beherrschen. Sie schnüffeln in meinen Sachen herum?

»Kannst du uns erklären, was das alles ist?« Mom zeigt auf meine Bücher, als wären sie Abfall, den ich von der Straße aufgelesen hätte. Ihre Augen sprühen Funken. Dann lässt sie das Lexikon angewidert zurück in die Kiste fallen.

»Hey!« So geht man nicht mit Sachen um, die einem nicht gehören.

Dad hält wortlos meine teilweise ausgefüllten Bewerbungsunterlagen hoch. »Ist das dein Ernst?« Er zieht einen Umschlag hervor und wedelt damit vor meiner Nase herum. »Und du hast die Unterlagen zu Silver schicken lassen?«

Angriff ist die beste Verteidigung. »Warum schnüffelt ihr in meinem Schrank herum?«

Mom lacht gekünstelt. »Lenk nicht ab. Beantworte unsere Fragen, Abby.«

Ich denke nicht mal im Traum daran. »Ihr wühlt in meinen Privatsachen herum? Was habt ihr gesucht? Hättet ihr mich nicht auch einfach fragen können?« Ich sehe anklagend zu Mom. »Die Kiste geht nicht von allein auf. Und es lag ein ganzer Stapel Sweater darüber. Die Bücher findet man nicht durch Zufall.«

»Allein dieser Umstand ist ja schon beängstigend genug!« Mom deutet auf die Kiste. »Dass du in deinem Kleiderschrank Dinge vor uns versteckst. Wenn es ein Tagebuch gewesen wäre, okay. Aber diese Bücher mit diesen widerlichen Abbildungen!« Sie beugt sich nach unten und zieht den Pathologie-Atlas hervor. »Wasserleichen! Kopfschüsse! Misshandelte Kinder!« Ihre Stimme überschlägt sich fast. »Das interessiert dich? Das liest du zum Einschlafen?« Sie hält mir eine aufgeschlagene Seite vor die Nase. Wenn man es als Außenstehender betrachtet, müssen die vielen farbigen Abbildungen wohl grausam und morbide wirken. Wenn man es mit wissenschaftlichem Interesse betrachtet, geht es nur um den menschlichen Körper. Nur darum, was in Extremsituationen mit ihm passiert. Wie lange schlägt ein Herz noch, wenn sich jemand die Pulsadern aufschneidet? Wie lange dauert es, bis menschliche Haare im Wasser verwesen? Welches Organ stirbt zuerst? Welches zuletzt? Es ist keine Sensationslust, kein Voyeurismus, der mich antreibt. Es ist meine Faszination für das komplexe Bauwerk Mensch.

»Ich habe es eben nicht so mit schnulzigen Liebesromanen«, gebe ich patzig zurück. Es ist ein Seitenhieb auf Mom, die diese Art Liebesromane mit den kitschigen Pärchen auf den Covern stapelweise auf ihrem Nachttisch bunkert. Mom schnappt nach Luft, was Dad die Chance gibt, auch mal etwas zu sagen.

»Ich verstehe das alles nicht. Was willst du mit dem ganzen Zeug? Das sind teure Bücher. Der Atlas hat hinten noch das Preisschild draufkleben, was waren das? 129 Dollar? Für einen Bildband mit grausam zugerichteten Menschen?« Er zieht ein Gesicht. »Oder Teilen davon?«

»Es interessiert mich, Dad.«

»Aber …?« Er dreht sich und deutet im Zimmer umher. »Das bist du. Du bist ein liebenswertes Mädchen. Dein Zimmer ist hell und freundlich. Du hast ganz normale Freunde. Du bist gut in der Schule. Wenn du nur Schwarz tragen und dein Zimmer violett streichen würdest, dann –«

»Oh, bitte, Dad! Mehr Klischee ging gerade nicht, oder?« Ich reiße ihm meine Bewerbungsunterlagen aus der Hand. »Glaubt ihr, ich bin Satanistin? Opfere Hamster und Jungfrauen? Bete den Tod und den Teufel an?«

Mom gibt ein ersticktes Geräusch von sich.

»Diese Bücher sind Lehrbücher. Keine verklärten Heftchen aus einem Hexenladen. Medizinstudenten werden mit ihnen unterrichtet.«

»Aber du bist keine Studentin. Du bist 16.«

»Fast 17.«

»Egal. Es gibt für alles eine Zeit. Diese Bücher sind für junge Erwachsene um die 20. Die schon vier Jahre College hinter sich haben und nun die Universität besuchen. Die höchstwahrscheinlich darauf vorbereitet wurden.«

»Ich habe auch Fachbücher ohne Bilder, falls du glaubst, mich würden nur die Fotos interessieren.«

»Womit wir wieder beim Thema wären«, mischt Mom sich ein. »Was soll das alles? Hast du zu viel Geld, dass du es für so einen Unsinn ausgibst?«

»Das ist doch kein Unsinn!«

»Natürlich ist es das. Du gibst Geld aus für Bücher, die nichts mit deiner Zukunft zu tun haben. Und was sollen diese Bewerbungsunterlagen? Man könnte fast meinen, dass du –« Mom bricht ab, als der Groschen endlich bei ihr fällt. Sie wird noch bleicher unter ihrer Sonnenbräune. »Du willst –« Sie dreht sich zu Dad. »Sie hat vor –«

Dad nickt matt, ohne Mom direkt anzusehen.

»Du hast vor, dich dafür einzuschreiben?« Endlich schafft sie es, ihre Frage auszusprechen. Ihre Stimme verebbt zu einem Flüstern, als sie sich wieder mir zuwendet. »Ist es das?«

»Ja.« Es ist nur ein Wort, doch es fühlt sich an wie ein finaler Befreiungsschlag. Eine Last, die mir vorher so unendlich schwer auf den Schultern gelegen hat, scheint wie von Zauberhand zu verpuffen. Wie der Moment, wenn man aus dem Wasser auftaucht und tief Luft holen kann. Als ich sehe, wie bei Mom Fassungslosigkeit einer heftig aufwallenden Wut weicht, wird mir klar, dass meine Probleme mit dem Entdecken meines kleinen Geheimnisses erst richtig begonnen haben.

»Medizin?«, stößt Mom hervor. »Du willst also Ärztin werden?«

Ich schüttele den Kopf.

Unwirsch verschränkt Mom die Hände vor der Brust. »Rede, Abby. Ich habe keine Lust mehr auf Ratespielchen.«

Ich fühle mich plötzlich schrecklich allein. So als würde ich irgendwo mitten in dem kargen Grand Canyon stehen und zu allem Überfluss hat es gerade auch noch zu regnen begonnen. Wer hätte gedacht, dass es so plötzlich sein würde. Mir ist schon länger klar gewesen, dass der Tag der Wahrheit kommen würde. Aber eigentlich hatte ich Datum und Uhrzeit bestimmen wollen. Dann hätte ich mich auch besser mental darauf vorbereiten können.

»Abby …«, drängelt Mom.

»Forensische Anthropologin.« Die Worte peitschen durch die angespannte Stille des Zimmers wie Pistolenschüsse.

»Was?«, fragen Mom und Dad wie aus einem Mund.

Ich versuche, es ihnen zu erklären. Erwartungsgemäß sind sie beide fassungslos. Moms Mund ist nur noch eine gerade schmale Linie, doch sie fängt sich als Erste. Vielleicht weil sie dasselbe rebellische Gen, das sie damals gegen den Willen ihrer Eltern Kunst hat studieren lassen, auch in mir vermutet. »Teenager wollen provozieren, das verstehen wir alle. Wir waren auch mal jung. Aber deine Show geht zu weit, Abby. Verkaufe die Bücher und investier den Erlös in ein neues Surfbrett oder hübsche Klamotten. Dein Weg ist schon zu lange vorausgeplant. Du erbst die Firma und so bleibt es. Viele andere würden dich beneiden, in ein gut laufendes Geschäft einzusteigen. Und du hast es von Kindesbeinen an gelernt. Dein abenteuerlicher Berufswunsch hat deine Eltern schockiert und jetzt kehren wir zur Realität zurück. Du hattest deinen großen Auftritt.«

Die Härte und Emotionslosigkeit, mit der sie meinen Traum zerschmettert wie einen ausrangierten Teller, jagt mir eine Gänsehaut die Arme hinab. Sie hat mich kein Stück ernst genommen.

»Nein, Mom.« Es fühlt sich an, als hörte ich meine eigene Stimme wie aus weiter Ferne. Meine Bauchmuskeln spannen sich an, fast so, als wollten sie mich krampfhaft aufrecht halten. Ich habe Angst vor dieser Auseinandersetzung. Angst, etwas für immer zu zerstören. Ich weiß, danach wird es nicht mehr wie früher sein. Doch was kostet meine Zukunft? Ist sie nicht mehr wert als das uneingeschränkte Wohlwollen meiner Eltern? Die Zuversicht, dass ich ihren Traum weiterleben will? Muss ich sie glücklich machen oder mich? Warum ist es immer so, dass man sich zwischen zwei Dingen entscheiden muss? Ich fühle mich wie am Scheideweg einer klassischen Tragödie. Egal, für welchen Weg ich mich entscheide, es wird steinig und schwer.

»Abby, was weißt du über den Alltag dieses Berufs?« Dad versucht, sachlich zu bleiben, was ich ihm hoch anrechne.

Ich zucke die Schultern. »Nicht viel.«

Mom schnauft ungehalten. »Seit wann bist du zu einer Träumerin geworden? Stürzt dich blind in ein Studium, über das du nichts weißt als graue Theorie aus deinen vielen dicken Büchern? Herrgott, Abby, das sind deine Hormone. Glaub mir. Dein Körper spielt verrückt und diese fiesen kleinen Hormone werfen dein Gehirn durcheinander. Ich war mit 15 Jahren der festen Überzeugung, ich würde Schauspielerin werden. Dabei war ich so talentfrei, dass mich nicht mal die Theater-AG nehmen wollte. Sei froh, dass wir uns so für deine Zukunft interessieren. Wir kennen dich. Und im Moment kennen wir dich besser als du dich selbst. Hinzu kommt diese Geschichte mit Leo, die dich sicher sehr beschäftigt. Das ist eine turbulente Zeit, in der du steckst. Aber es wird wieder besser, und irgendwann wirst du dich darauf besinnen, was das Richtige für dich ist. Bis dahin unterstützen wir dich. Wir wissen, was du wirklich willst.«

Ich schüttele entschieden den Kopf. »Nein, Mom. Tut mir leid.«

»Wie bitte?« Der vorher so besänftigende Tonfall hebt sich von ihrer Stimme wie Nebel, der sich plötzlich verflüchtigt. Sie klingt wie splitterndes Glas. »Jetzt hörst du mir mal gut zu.« Sie will mich an den Schultern packen und zu sich drehen, doch ich weiche ihr geschickt aus. »Bleib hier, wenn ich mit dir rede.«

»Ich bleibe doch hier!«

»Dann sieh mich an.«

Es ist eine völlig neue Seite, die ich an ihr entdecke. Diese Wut, das rechthaberische Getue, diese Arroganz. So kenne ich sie nicht. Vermutlich geht es uns beiden ähnlich. Sie hat an mir auch etwas entdeckt, dass sie niemals vermutet hätte. Ich kenne Mom nur als fröhliche, etwas überdrehte und immer lachende Frau, die nichts so schnell aus der Ruhe bringen kann. Diese aufbrausende, herrische Seite ist mir unbekannt.

Ihre Augen fixieren mich wie Laserstrahlen. »Wir werden nicht tatenlos zusehen, wie du deine Zukunft ruinierst. Es ist unsere elterliche Pflicht, dich nicht in dein Unglück rennen zu lassen. Und damit ist das Thema *Ich mache tote Menschen zu meinem Job* ein für alle Mal vom Tisch.« Sie dreht sich zu Dad. »Herrgott, ich kann es immer noch nicht fassen. Es gibt so viele tolle Berufe in der Filmbranche. Produzentin, Regisseurin, Drehbuchautorin. Warum haben wir ihre seltsamen Spinnereien nicht schon früher bemerkt?«

Dad wirkt noch zu überrascht und ratlos zugleich, um zu antworten.

Mir reißt nun endgültig der Geduldsfaden. »Raus hier.«

Die beiden sehen zum zweiten Mal an diesem frühen Abend ehrlich schockiert aus. Ich habe sie noch nie aus meinem Zimmer geworfen. Dazu bestand bisher noch nie Veranlassung. Plötzlich scheint mir die Zeit, in der wir uns alle immer nur gut verstanden haben, ewig her. Sie kommt mir unwirklich und falsch vor, wie das Leben in einer Seifenblase. Denn das, was unter der schillernd schönen Oberfläche geschlummert hat, war schon lange Zeit ein Problem. Ich weiß nicht erst seit heute, dass diese Auseinandersetzung mit meinen Eltern Teil meiner Zukunftsplanung ist. Mom will etwas sagen, doch dann schließt sie den Mund wieder. Dad legt die Bewerbungsunterlagen zurück in meine Bücherkiste.

»Gib das her!« Mom schnappt sie sich und reißt sie einmal in der Mitte durch. Danach sieht sie auf die schlaff herunterhängenden Fetzen, als sei sie von sich selbst überrascht.

»Raus!« Ich strecke meinen Arm aus und deute mit spitzem Zeigefinger durch die Tür. Mein ganzer Körper bebt. »Sofort!«

Dad legt Mom eine Hand flach an den Rücken und schiebt sie behutsam vor sich her. »Wir sollten alle mal etwas abkühlen«, murmelt er. Er nimmt ihr die zerrissenen Papiere aus der Hand, knüllt sie zu einem Ball zusammen und schiebt sie in seine Hosentasche. »Morgen ist auch noch ein Tag, Liebes.« Er sieht mich nicht mehr an, als er mit Mom verschwindet.

Ich weiß nur, dass ich rausmuss. Weg von hier. Weg von den beiden, von meinem Zimmer, das keine Privatsphäre mehr besitzt, und einem Zuhause, in dem mich niemand versteht. Ohne weiter nachzudenken, greife ich mir eine große Sporttasche, werfe einen Schlafanzug und ein wenig Kosmetika hinein und suche dann nach meinem herumliegenden Handy. Meine Sehnsucht nach Leo ist plötzlich groß wie ein Hochhaus. Ich will zu ihm, ich muss zu ihm. Meine Finger zittern leicht, während ich eine Nachricht tippe.

»Ich will meine Wettschulden begleichen.« Direktheit erscheint mir das geeignete Mittel der Wahl, denn so kommen keine Missverständnisse auf.

Als Antwort bekomme ich von Leo einen Smiley mit weit aufgerissenen Augen.

»Hast du heute Nacht Zeit?«, texte ich ungeduldig.

Im nächsten Moment unterbricht ein eingehender Anruf unsere Texterei. »Bambi, was ist los?«

»Kann ich bei dir schlafen?«

Am anderen Ende der Leitung ist Pause.

»Sag das noch mal«, ertönt es schließlich. Irgendwie klingt Leo plötzlich abgehetzt.

»Ist der Empfang so schlecht?«

»Nein, aber –«

»Du kommst nun doch noch zu deinem Recht. Freust du dich gar nicht?«

Ich höre ihn schnaufen. »Doch, aber wie kommt es zu dem Sinneswandel? Und wie hast du deine Eltern überredet?«

»Sie wissen nichts davon.«

Wieder Pause am anderen Ende der Leitung.

»Ich werde ihnen erzählen, dass ich bei Silver schlafe. Die weihe ich gleich noch ein.«

»Seit wann belügst du deine Eltern?« Er klingt, als wäre er auf der Hut. Fast so, als sei er sich plötzlich nicht mehr sicher, wirklich mich am Telefon zu haben.

»Hör mal, wenn du keine Lust auf meine Gesellschaft hast, übernachte ich eben woanders.« Ich sage extra »woanders« und nicht »Silver«, damit er sich ein paar Gedanken macht.

»Tucker würde sich bestimmt freuen«, erwidert Leo prompt.

Ich lege das Handy zur Seite auf meine Tagesdecke. Ich mache alles nur noch schlimmer. Was ist bloß los mit mir?

Leo ruft meinen Namen.

Ich hole tief Luft und klemme das Handy wieder ans Ohr. »Ja?«

»Es tut mir leid. Ich bin ein unsensibler Blödmann. Du hast vermutlich Stress mit deinen Eltern, und ich mutiere prompt zu einem Heiligen, der Angst hat, ein süßes Mädchen im Bett zu haben.« Er schnauft erneut, aber dieses Mal klingt es wie ein leises Lachen. »Klar kannst du bei mir schlafen. Um ehrlich zu sein, ich freue mich wie verrückt. Allein der Gedanke daran macht mich total ...« Er lacht heiser. »... total fertig. Habe ich noch Zeit für ein kurzes Work-out und eine Dusche, bis du da bist? Ich muss doch absolut super aussehen, wenn du mich flachlegen willst, Prinzessin.«

»Leo!« Ich liebe ihn dafür, dass er mich mit seinen Sprüchen immer wieder zum Lachen bringt. Es scheint, als habe er die Gabe, meine grauen Wolken einfach fortzureden. Wie eine federleichte Beschwörungsformel, die mich sofort wieder warme Sonnenstrahlen auf der Haut spüren lässt. Die wohlige Wärme strömt bis in meinen Bauch, als ich mich an seine letzten Worte erinnere. »Niemand hat was von Flachlegen gesagt, du Held.« Meine Wangen glühen bei dem Gedanken daran, und ich bin froh, dass er mir nicht direkt gegenübersitzt.

Leo übergeht meine Äußerung. »Hast du wirklich Stress mit deinen Eltern?«

»Können wir später darüber reden? Bitte?«

»Ja klar. Wann bist du hier?«

»Ich wollte eigentlich sofort los ...« Unten höre ich, wie

Mom aufgebracht auf Dad einredet. Ich sollte verschwinden, bevor sie noch mal wie eine Furie in mein Zimmer stürmt.

»Okay. Fahr vorsichtig. Und …« Leo klingt ein wenig atemlos. »… ich freu mich.«

»Ich mich auch. Bis gleich!« Ich lege auf und mein Blick fällt auf die Kiste mit meinen Büchern. Fast so was wie ein Beschützerinstinkt regt sich in mir. Was, wenn Mom auf die Idee kommt, mit den Büchern ähnlich wie mit meinen Bewerbungsunterlagen zu verfahren? Es sind zu viele, und sie sind viel zu schwer, um sie alle mitzunehmen.

»Verdammt.« Ich hocke mich vor die Kiste. Jetzt ist guter Rat teuer. »Denk nach! Denk nach!« Ich springe zurück auf die Füße und laufe im Zimmer auf und ab. Dann fällt mein Blick auf meinen Schreibtisch. Natürlich! Die drei Schubladen sind abschließbar. Wenn ich die Fächer komplett ausräume, müssten alle Bücher hineinpassen. Lautlos ziehe ich die Schubladen auf.

Innerhalb weniger Minuten bin ich fertig. Den Schlüssel lasse ich in die Taschen meiner Shorts gleiten. Jetzt muss ich nur noch Silver einweihen. Schnell tippe ich ihr eine Nachricht. Dann nehme ich die Tasche und stürme die Treppe hinunter.

»Ich schlafe bei Silver.« Ich werfe nur einen kurzen Blick ins Wohnzimmer, wo meine Eltern immer noch in ein aufgebrachtes Gespräch verwickelt sind. »Bin morgen wieder da.«

»Moment Mal.« Dad hebt die Hand, wie ein Schiedsrichter. »Auszeit.«

»Ja?« Unwillig bleibe ich im Flur stehen.

»Du übernachtest bei Silver?«

»Das habe ich doch gesagt.«

»Würden mir ihre Eltern das auch bestätigen?«

Ich hasse es zu lügen. Aber nach diesem Verletzen meiner Privatsphäre habe ich das dringende Bedürfnis, mich irgendwie zu rächen. »Soll ich dir ihre Nummer raussuchen?« Eiskalt wie ein Pokerspieler zücke ich mein Handy. »Habe sie in meinen Kontakten.«

»Nein.« Dad fühlt sich sichtlich unwohl. »Das ist nicht nötig.« Mom beobachtet mich wie ein Raubvogel. In meinem Gesicht zuckt kein Muskel, während ich das Handy provozierend langsam in meine Tasche zurückgleiten lasse.

»Dann bis morgen.« Ich sehe keinen der beiden an, als ich mich zum Gehen wende.

Es fühlt sich nicht gut an, in so einer Stimmung das Haus zu verlassen. Normalerweise ist es Tradition, dass wir die Probleme klären, bevor wir im Streit auseinandergehen. Aber in dieser Situation erscheint mir nichts ferner als eine Lösung unseres Konflikts. Der für Mom und Dad ja eigentlich keiner ist, denn eigentlich bin ich nur hormonverwirrt vom Pfad meiner Zukunft abgekommen. Nichts, was sich nicht mal eben zwischen Tür und Angel wieder begradigen ließe.

Seufzend knalle ich die Wagentür zu. Dad wird nicht bei Silvers Eltern anrufen. Das weiß ich. Und wenn ... dann soll es eben so sein. Ich bin fast 17 Jahre alt. Wenn ich alt genug bin, um in der Firma meiner Eltern zu arbeiten, bin ich auch alt genug, um bei meinem Freund zu übernachten.

Silver textet zurück, als ich gerade auf die Bundesstraße abbiege. Sie will tausend Sachen wissen, aber tippen und fahren funktioniert nicht. Also montiere ich mein Handy in die selten genutzte Freisprechanlage und rufe sie an. Sie ist total überdreht. Ich muss alles zwei Mal wiederholen, damit sie mir ein Mal zuhört. In jedem dritten Satz redet sie darüber, dass ich und Leo es tun werden und ich morgen nicht mehr als Jungfrau aufwache. Natürlich habe ich auch daran gedacht. Schließlich zieht Leo mich auch ständig damit auf. Aber ich will mich nicht unter Druck setzen lassen. Silver sagt, ich soll es endlich machen, damit ich es hinter mir habe. Unsere Vorstellungen von Romantik und dem ersten Sex gehen ein klein wenig auseinander.

Sie redet auf mich ein wie auf einen lahmen Gaul, bis ich sie abwürgen muss, weil ich auf das Grundstück der Villa abbiege.

»Toi, toi, toi«, flötet Silver noch, als ich endlich auflege.

Das macht mich alles noch nervöser, als ich sowieso schon bin. Was, wenn ich im Flur seine Eltern treffe? Was, wenn sie etwas dagegen haben, dass ich bei ihm übernachte? Ich werfe einen kritischen Blick auf die Tür. Was, wenn es alles ganz anders wird, als ich es mir erträumt habe?

Dass Leo mindestens genauso nervös zu sein scheint wie ich, beruhigt mich ein wenig. Obwohl ich wirklich schnell war, hat er es geschafft, mir frisch geduscht und supersüß gestylt ein Picknick am Rande des Pools zu servieren. Ein Picknick das mehr ein Abendessen ist, denn mittlerweile ist es kurz vor 19 Uhr. Allegra ist mit Alec in Hollywood. Lady haben sie in einem kleinen Tragekörbchen dabei und Alec hat ihr eine kleine Trinkflasche mit integriertem Napf gekauft. Leo scheint immer noch verwundert über Allegras drastische Veränderung. Seine Eltern sind irgendwo eingeladen, erzählt er, als wir uns am Pool niederlassen. Wir sind also, abgesehen von den Hausangestellten, von denen die meisten am Freitagabend freihaben, ganz für uns.

»Möchtest du noch etwas?«, fragt Leo zum gefühlt hundertsten Mal und hebt die vielen kleinen Schalen und Platten hoch.

»Nein, danke.« Ich stelle mein Glas zur Seite. »Wenn ich noch mehr esse, kippe ich seitlich um und schlafe den Rest der Nacht wie ein Stein.«

Leo lächelt. »Keine Angst, ich würde dich ins Bett tragen.« Er sieht mich fragend an. »Willst du jetzt reden? Über deine Eltern?«

Ich schüttele stumm den Kopf.

Dann herrscht Schweigen zischen uns. Leo sieht auf seinen leeren Teller und betrachtet die kleinen Wellen, die gegen den Rand des Pools schwappen.

Ich fühle, dass wir beide an dasselbe denken. Wir sind allein und wir sind schon so weit gegangen. Und es ist nicht nur so, dass es der nächste Schritt wäre. Weil man das eben so macht. Nein, ich habe auch wirklich Lust darauf. Leo übt auf mich eine so starke körperliche Anziehung aus, dass ich es manchmal gar nicht glauben kann, dass wir es noch nicht getan haben. Jedes Mal, wenn er mich berührt, stelle ich mir vor, wie es ist, mit ihm zu schlafen. Jedes zarte Streicheln seiner Finger löst dieses unbezähmbare Verlangen aus. Diese Sucht, diese Neugier nach mehr. Den Wunsch, dieses Gefühl zu steigern, immer mehr und mehr …

Ich spüre, wie er mich ansieht, und erwidere seinen Blick. Wortlos zieht Leo an dem Picknicktuch, das zwischen uns liegt. Als der Weg frei ist, rutscht er näher, bis er eine Hand zart um meine Wange legen kann. Im nächsten Augenblick küsst er mich.

Ich fühle mich wie in einer Schneekugel, die jemand plötzlich schüttelt. Ein glitzernder Funkenregen wirbelt um mich herum, hüllt uns ein, und meine Haut beginnt zu prickeln, als regneten Tausende kleine Eiskristalle auf sie hinab. Ich streichle seine breite Brust, kann die harten Muskeln unter dem Stoff seines Shirts fühlen. Leos Zunge dringt in meinen Mund und windet sich lockend um meine. Ich lege den Kopf schief, damit wir uns noch tiefer, noch inniger küssen können. Wir teilen uns die Luft und Hitze flammt in meinem Unterleib auf wie ein alles verzehrendes Feuer. Wenn das so weitergeht, werden wir hier direkt am Pool übereinander herfallen.

Wie mit letzter Kraft löst Leo sich behutsam von mir. Seine Augen schimmern, der Blick ist verhangen. »Komm mit.« Er springt auf die Füße und zieht mich mit sich hoch. »Ich will mit dir allein sein.«

An der Hand führt er mich ins Innere der Villa. In dem dritten scheinbar endlos langen Gang werde ich etwas langsamer. »Es ist wirklich ein riesiges Haus. Hier in den Gängen könnte man sich glatt verlaufen.«

Leo bleibt stehen. »Das stimmt …« Er legt die freie Hand um meinen Nacken und drängt mich mit dem Rücken vor die Wand. »Und was man findet, darf man behalten, oder? Wenn du hier also verloren gingst –«

Ich ziehe seinen Kopf zu mir und küsse ihn. Sein ganzer Körper ist gegen mich gepresst. Ich kralle meine Finger in seine weichen Haare und Leo seufzt in meinen Mund. Seine Hände erkunden meinen Körper, schieben mein Shirt hoch und fahren meine nackte Taille hoch bis zum Rand meines

BHs. Wie von selbst bewegen wir unsere Körper zum Takt unseres Kusses. Ich hebe mein rechtes Bein und schlinge es um seine Hüfte. Im nächsten Moment hat Leo mich hochgehoben und ich kann meine beiden Beine um seine Mitte schlingen. Meine Finger legen sich um seinen Nacken und schon wieder liegen meine Lippen untrennbar auf seinen.

Als irgendwo im Haus eine Tür knallt, fahren wir auseinander. Leo grinst schief. »Ich trage dich in mein Zimmer, bevor wir noch die Angestellten schockieren.«

Und er trägt mich wirklich. Selbst dieser Anblick sollte die Hausangestellten zu einigen Spekulationen verleiten, denn meine Beine liegen immer noch um Leos Mitte. Er trägt mich mühelos, während seine Wange sanft an meine gedrückt ist.

»Und schon sind wir da.« Er lässt mich vorsichtig runter. Irgendjemand war so freundlich und hat meine Reisetasche aus der Eingangshalle in Leos Wohnräume getragen. Aus reiner Gewohnheit und vielleicht auch ein wenig aus Nervosität checke ich mein Handy. Und erstarre. Elf Anrufe in Abwesenheit. Alle von meinen Eltern.

»Ist was passiert?«, fragt Leo besorgt. Wortlos halte ich ihm mein Telefon hin.

»Da rufst du mal besser zurück.«

»Dachte ich auch gerade. Aber gib kein Geräusch von dir. Sie denken ja, ich bin bei Silver.«

Leo geht zum Fernsehen. Ich beobachte ihn etwas ratlos. Was hat er vor? Leo zappt durch die Programme, bis er auf einem spanischen Sender anhält. Dann dreht er den Ton etwas lauter.

»So ist es noch authentischer.« Er grinst verschmitzt.

»Du bist so ein Schlitzohr.«

Leo scheint es als Kompliment zu werten, denn sein Grinsen wird noch breiter. Im Hintergrund plärrt eine grell überschminkte Moderatorin auf Spanisch in die Kamera, als ich die Nummer meiner Eltern antippe.

»Komm nach Hause, wir wollen mit dir reden«, sagt Mom ohne Begrüßung. »Und könnt ihr den Fernseher nicht leiser drehen, bei dem Krach versteht man ja sein eigenes Wort nicht.«

»Machst du mal leiser, Silver!«, rufe ich.

Leo, dieser Spinner, deutet einen Knicks an und tippt dann auf der Fernbedienung herum.

»Besser?«

»Ja. Wir müssen mit dir reden. Du kannst ein anderes Mal bei Silver übernachten.«

»Du willst, dass ich jetzt nach Hause komme?« Ich kann mir ein Lachen kaum verkneifen. »Nein. Ich muss mal eine Weile allein sein. Ich bin morgen wieder da.«

»Abby …« Mom klingt nicht erfreut.

»Könntest du das bitte respektieren?« Ich höre, wie sie mit Dad tuschelt.

»Na gut.« Ich kann ihr Zähneknirschen durch den Hörer hören. »Dann morgen. Glaub nicht, dass wir als deine Eltern so einfach –«

»Mom, bitte!«, unterbreche ich sie. »Wir reden morgen.«

Leo betrachtet mich stirnrunzelnd. Ich schaffe es noch, mich zu verabschieden, bevor sich meine gute Erziehung verabschiedet.

»Was war das denn?« Leo kommt auf mich zu, als ich das Handy auf seinen Schreibtisch gleiten lasse.

»Keine Ahnung.« Ich lasse mich in seine Arme fallen. »Du hast es ja gehört. Sie wollten mich nach Hause zitieren.«

»Erzähl mir endlich die ganze Geschichte.« Er bugsiert mich zu dem großen Zweisitzer. Der stumme Fernseher flimmert grell.

»Möchtest du noch was trinken?«

»Nein.«

Als er sich neben mich setzt, den Arm um mich legt und mein Kopf an seine Schulter sinkt, beginne ich zu erzählen.

Ich kann nicht verhindern, dass ich wieder anfange zu zittern. Leo streichelt beruhigend meine Schultern. Als ich geendet habe, stehen Tränen in meinen Augen.

»Deine Eltern scheinen nicht sonderlich kompromissbereit«, beginnt Leo. »Aber ich hätte eine Idee, die euch vielleicht beide versöhnen würde. Warum schreibst du dich nicht für Anthropologiekurse am College ein und arbeitest nebenbei in der Firma deiner Eltern? Viele Studenten arbeiten doch nebenher. Dann könntest du in Anthropologie ein paar praktische Erfahrungen sammeln, während deine Eltern nicht auf dich verzichten müssen. Und wenn es nichts für dich ist, steigst du nahtlos in die Filmbranche ein.«

Ja, wenn alles so einfach wäre. Ich seufze tief. »Es gibt in Kalifornien und den angrenzenden Bundesstaaten keine Unis, die Anthropologie anbieten. Und bis nach South Dakota fährst du nicht mal eben so jeden Morgen. Das ist die Uni, die am nächsten liegt. Nur fünf Staatsgrenzen entfernt.« Ich schüttele verzweifelt den Kopf. »Das eigentliche Problem ist ein anderes, Leo. Meine Eltern werden es nie erlauben. Und sie bezahlen meine Ausbildung. Kinder aus reichem Hause bekommen keine Stipendien. Ich bin finanziell auf ihr Wohlwollen angewiesen. Mal abgesehen davon, dass die Colleges

der Universitäten mit dem besten Ruf sowieso alle an der Ostküste liegen.« Bei diesen Worten verkrampft Leo sich plötzlich. Doch ich bin zu sehr mit mir selbst beschäftigt, um ihn
danach zu fragen. »Und mich dort zu bewerben, traue ich
mich wahrscheinlich eh nicht, weil ich Angst vor der eigenen
Courage habe. So weit weg von all meinen Freunden. Ganz
allein. Und jetzt, da ich dich habe, will ich erst recht nicht weg
von hier. Und wer weiß, ob es mir an der Ostküste überhaupt
gefällt? Ich meine, du kommst aus Connecticut. Du kannst
mir sagen, wie viele warme Pullover ich mir für den Herbst
und Winter zulegen sollte. Und vielleicht, wo man am besten
zu Abend ist. Aber –« Meine Stimme bricht. Aus Leos Gesicht ist sämtliche Farbe gewichen. Er wirkt so starr wie eine
Salzsäule.

»Entschuldige, ich wollte nicht Erinnerungen –«

»Nein«, unterbricht er mich. »Nein, das ist es nicht.«

Ratlos sehe ich ihn an. »Ist dir nicht gut?«

»Doch.« Sein Blick geht durch mich hindurch. »Das kam
nur … überraschend.«

»Der Streit mit meinen Eltern?«

»Nein.«

Wieder sehe ich ihn fragend an. Er scheint wie in Gedanken
versunken. Das leise Rauschen des Fernsehers wirkt plötzlich
überlaut in der Stille. Ein Windhauch bauscht die Gardinen
vor den bodentiefen Fenstern. Irgendwo in der Ferne hört
man das Surren eines Kleinflugzeugs am wolkenlosen Himmel.

»Ich dachte immer, dein fester Platz wäre hier.« Er sieht
mich an. »Hier in Kalifornien. Egal, was du nun studierst.«

»Das denken alle. Aber das liegt vermutlich daran, dass ich

mit niemandem bisher so offen über meinen Traum reden wollte. Ich weiß, das ist irgendwie feige, aber –«

»Und deine Eltern stellen sich komplett quer?«

Ich nicke. »Ihr erstes Argument ist, dass sie mich besser kennen als ich mich selbst. Ihr zweites, dass sie mich fest als Erbin der Firma eingeplant haben.«

»Warte mal.« Leo springt auf.

Überrumpelt bleibe ich auf den wippenden Polstern zurück. Leo zieht den Schreibtischstuhl zurück und lässt sich vor seinem PC nieder. Hallo? Waren wir nicht gerade dabei, uns zu unterhalten? Er tippt eine E-Mail, doch den Text kann ich von hier aus nicht lesen. Was kann in so einer Situation so dringend sein? Ich bin fast etwas verärgert.

Als er zurückkommt, sehe ich ihn finster an. »Was war das denn jetzt?«

»Eine Überraschung.« Leos seltsame Stimmung scheint wie verflogen. Nun wirkt er regelrecht euphorisch.

»Ich mag keine Überraschungen.« Ich mache ein finsteres Gesicht. »Die Situation ist so verfahren. Einerseits bin ich wütend, dass sie mich so bevormunden. Andererseits habe ich Angst, mich für den falschen Weg zu entscheiden. Obwohl ich mich schon so lange dafür begeistere.«

»Ich denke, du solltest deinen Eltern noch mal klarmachen, wie ernst es dir mit deinen Plänen ist. Natürlich wäre es einfacher, wenn du ihnen schon vor Jahren von deinen Interessen erzählt hättest. Jetzt ist der Weg härter, aber ich bin der Meinung, du solltest nichts unversucht lassen. Vielleicht ist diese Wut, die du ihnen gegenüber jetzt empfindest, sogar nötig, um den Entschluss, dein Wunschfach zu studieren, zu wagen.« Er lässt sich wieder neben mich plumpsen.

»Ich will mich nicht noch mehr mit ihnen streiten. Obwohl ich echt sauer bin.«

»Sie sind zu zweit, du bist allein. Sie glauben zu wissen, was du willst. Das glaubst du auch. Ihr werdet euch streiten müssen.«

»Vielleicht haben sie auch recht. Verhalte ich mich hormonverwirrt und dumm?«

Leo lacht und legt einen Arm um mich. »Hey, wir sind gleich alt. Wir dürften in etwa den gleichen Hormonstatus haben.«

»Du weißt, was ich meine. Habe ich mich in eine naive Fantasiewelt verrannt?«

»Nein.« Er streichelt zart meine Schultern. »So was nennt man Euphorie und Idealismus. Das sind genau die richtigen Eigenschaften, um die eigene Zukunft zu planen. Viele Berufe wären schon ausgestorben, wenn es nicht jedes Jahr eine Handvoll Leute gäbe, die sich bewusst dafür entscheiden. Und du stehst eben auf verweste Knochen.« Er lehnt sich nah zu meinem Ohr und gibt ein kitschiges Schnurren von sich. »Ich finde das irgendwie scharf.«

»Du kannst so eklig sein, Leova Vaydencamp.« Ich schiebe seinen Kopf weg. Ein Lächeln schleicht sich aber doch auf mein Gesicht. »Total unmöglich.«

Leo seufzt, als haben ihn meine Worte schwer getroffen. »Ich weiß.« Er zieht mich zu sich. »Hast du vielleicht Lust auf einen schrecklich kitschigen Mädchenfilm?« Er zaubert die Fernbedienung seines Apple-TVs aus einer Polsterritze hervor. »Such dir was aus, kleine Knochensammlerin.«

Zwei Nicholas-Sparks-Filme und einige heftige Knutschereien später habe ich Leos seltsames Gehabe rund um die E-Mail verdrängt. Als wir nebeneinander in Schlafanzügen im Bad stehen und uns die Zähne putzen, kann ich vor Nervosität ein Kichern nicht unterdrücken. Leo grinst mit Zahnbürste im Mund.

»Wie ein altes Ehepaar.« Er klingt ziemlich zufrieden.

Ich verdrehe die Augen im Spiegel, woraufhin er noch ein Stück näher rutscht und uns erneut zusammen betrachtet.

»Wann hast du mir eigentlich das letzte Mal Blumen mitgebracht, Schatz«, sagt er mit knarzender, brüchiger Stimme.

Ich pruste etwas Zahncremeschaum vor seinen blitzblanken Spiegel.

Leo klapst mir auf den Hintern. »Ab ins Bett, Bambi, bevor ich morgen das Bad renovieren muss.«

Im Schlafzimmer gibt es ebenfalls einen Fernseher und der läuft auch schon. Leo hat eine Doku über tödlich giftige Tiere in den USA ausgewählt. Was für ein romantisches Thema.

Doch nun wird es ernst. Ich nehme mir eine der Decken und lege mich ganz rechts auf die Matratze. Leo sieht mir amüsiert zu, dann macht er es sich sehr weit mittig auf seiner Decke bequem. Seine langen Beine stecken in Shorts und er trägt ein Shirt mit weitem Ausschnitt. Viel von ihm ist nicht gerade bedeckt, und dass er auf statt unter seiner Decke liegt, macht das Ganze nicht weniger auffällig.

Durchs Bild krabbelt in Großaufnahme eine ekelhaft glänzende schwarze Spinne mit Beinen, spitz wie Injektionsnadeln.

»Iiihhh …«

Leo knautscht sich das Kissen unterm Kopf zurecht und stellt etwas lauter. »Nur noch einen Moment, okay? Dann wieder Einhörner und rosa Ponys.«

Ich klatsche ihm mein Kissen vor den Kopf.

»Die schwarze Witwe trägt auf der Bauchseite die typische rote Zeichnung«, sagt der Sprecher in fröhlichem Singsang. »Bissunfälle können für den Menschen schwere Folgen haben. Es kann zu unerträglich starken Schmerzen kommen, häufig begleitet von heftigen Schweißausbrüchen. Die Ausbildung eines schweren Lungenödems aufgrund des Bisses kann zum Tode führen.«

Leo greift im Liegen nach einer kleinen Flasche mit Wasser, schraubt den Verschluss auf und stellt sie auf seiner breiten Brust ab. Bei jedem Atemzug wackelt die Flasche gefährlich.

»Das geht doch nie gut«, sage ich.

»Pscht!« Leo hebt mahnend die Hand. »Die Viecher gibt's hier in Kalifornien. Ich will wenigstens wissen, woran man hier so sterben kann, okay?«

Ich seufze tief und vermeide einen allzu genauen Blick auf das gestochen scharfe Bild des Flatscreens. Tod und langbeinige Insekten sind doch perfekte Themen für die erste Übernachtung beim Liebsten. Vorher haben wir meine schier unlösbaren familiären Probleme gewälzt, und Leo hat mittendrin eine wichtige Mail mit schwer geheimem Inhalt geschrieben … worüber beschwere ich mich eigentlich?

»Die Mojave-Klapperschlange, deren Verbreitungsgebiet sich von den Bundesstaaten Arizona, Nevada und Kalifornien bis nach Utah erstreckt, ist eine der giftigsten Schlangen der Welt.« Das Bild wechselt und zeigt eine ziemlich unspektakulär aussehende staubbraune Schlange, die gelangweilt in die

Kamera sieht. Dad hätte ihr für diesen Auftritt vermutlich »fehlende Mimik« vorgeworfen.

»Ihr Gift enthält ein starkes Neurotoxin, das bis zur Atemlähmung führen kann.« In diesem Moment zuckt die Schlange nach vorn, reißt ihr Maul auf, und weiße lange Fangzähne verbeißen sich fast in der Linse der Kamera.

»Wooow!« Leo, der im Gegensatz zu mir mit mehr als nur einem halben Auge zugesehen hat, zuckt zurück. Kein Wunder, die Schlange ist auf dem riesigen Bildschirm so bedrohlich groß, als sei sie einem Horrorfilm entsprungen. Die Flasche auf seiner Brust kippt nach vorne um und ein Schwall Wasser ergießt sich auf sein Shirt. Das war ja so klar. Leo richtet sich leise fluchend auf und stellt die Flasche auf den Boden neben dem Bett. Dann steht er auf und geht zum Schreibtisch, wo ein Handtuch über dem Stuhl hängt.

»Wie ungeschickt von mir.« Leo wirft mir einen Blick zu, der den Verdacht erweckt, dass nicht alles an seiner unfreiwilligen Dusche Zufall war. Ich halte die Luft an, weil der feuchte Stoff wie eine zweite Haut an seinen Brustmuskeln klebt. Er zieht sich das T-Shirt über den Kopf, wirft es über den Stuhl und dreht sich mir dann frontal zu. Ich würde gern anerkennend applaudieren, stattdessen beiße ich mir auf die Unterlippe, um nicht zu seufzen. Er sieht fantastisch aus. Und das Schlimme ist, er weiß es. Als er das Handtuch beiseitelegt und wieder auf das Bett zukommt, lässt er die Muskeln spielen. Ich räuspere mich energisch und vermeide einen allzu begeisterten Blick auf sein Sixpack. »Du willst mir aber nicht weismachen, dass du nur ein einziges T-Shirt besitzt?«

Leo hat das Bett erreicht und kniet sich darauf. Er schnappt sich die Fernbedienung und schaltet die Tier-Freakshow aus. Jetzt taucht nur noch das Licht seiner Nachttischlampe den Raum in einen warmen, goldenen Schimmer. Leo streckt in einer scheinbar zerknirschten und kapitulierenden Geste die Arme nach rechts und links. Ich glaube ihm die Show nicht. In Wirklichkeit gibt er nur noch mehr mit seinen durchtrainierten Armen an, da bin ich mir ziemlich sicher.

»Sorry, Bambi. Sind gerade heute alle in der Wäsche.«

»Na klar, Pinocchio.« Ich setze mich auf und beuge mich dann vor. »Ich kann förmlich zusehen, wie deine Nase bei dieser dreisten Lüge länger wird.«

Leo grinst schief. »Ich sitze halb nackt vor dir und du schaust auf meine Nase?«

Ich verschränke die Arme vor der Brust. »Gar kein Problem für mich.«

Leo reckt das Kinn, dann lehnt er sich nach vorn und beginnt, über die weichen Decken auf mich zuzukrabbeln.

Zuerst kann ich mich gar nicht rühren, denn das Spiel seiner Muskeln lähmt mich auf beunruhigende Art.

»Halt!«

Leo hält an und fixiert mich unter tief liegenden Augenbrauen. Fehlt nur noch, dass er knurrt, so sehr wirkt er wie ein Raubtier auf Beutezug.

»Wir hatten Schlafanzüge ausgemacht. Und das da …«, ich deute auf seinen nackten Oberkörper, »verstößt eindeutig gegen die Regeln.« Es macht mir wahnsinnig Spaß, ihn mit den »Rahmenbedingungen unserer Übernachtung« aufzuziehen. Ganz ehrlich? Ich wäre die Letzte, die etwas dagegen hat, dass er ohne T-Shirt schlafen muss.

»Komm schon, Bambi.« Seine Stimme klingt rauchig. »Oder

hast du Angst, dass du dich bei diesem Anblick nicht mehr beherrschen kannst?

»Nein. Aber du mogelst.«

Er verdreht die Augen und krabbelt weiter, bis er vor mir sitzt. »Du könntest mir dein Oberteil leihen.«

Ich deute ein Gähnen an. In Wirklichkeit bin ich mir seiner plötzlichen Nähe überaus bewusst. Und dass er alles daransetzt, mich aus dem Konzept zu bringen, macht es auch nicht einfacher. Ich schiele auf seine nackten Arme und lasse die Augen dann tiefer wandern. Seine Shorts saßen schon vorher tief auf den Hüften, nun scheinen sie noch ein wenig weiter nach unten gerutscht.

»Gleich wirst du die da auch noch verlieren.« In einer etwas diffusen Geste deute ich auf seine Shorts.

Ohne etwas zu erwidern, beugt Leo sich vor, bis sein Gesicht dem meinen ganz nahe kommt. Ich fühle seinen warmen Atem an meiner Haut. Ich hebe den Kopf und mein Mund streicht sein Kinn entlang. Ich öffne leicht die Lippen und hauche ein paar zarte Küsse entlang der Linie seines Unterkiefers. Leo holt scharf Luft. Mit der linken Hand streicht er langsam meinen Rücken hinauf. Er kommt mir noch ein Stückchen entgegen, sucht nach meinen Lippen. Dann endlich streicht mein Mund über seinen. Unser Kuss ist zaghaft, unschuldig und süß. Seine Lippen sind herrlich weich und warm. Meine Schmetterlinge drehen Pirouetten in meinem Bauch.

Als unsere Zungenspitzen sich berühren, jagt mir ein heißer Blitz durch den ganzen Körper. Unsere Lippen verschmelzen miteinander und Leo erobert meinen Mund. Dann nimmt er meine beiden Hände und legt sie um seine Hüften. Der

Stoff seiner Shorts fühlt sich nur halb so gut an wie die paar Zentimeter Haut, die ich ertaste.

»Du machst mich ganz wirr im Kopf«, flüstert Leo zwischen zwei Küssen.

Seine Shorts rutschen wieder etwas tiefer. Nur dieses Mal bin ich daran schuld.

Leo stöhnt, als er meine Finger spürt. Wir knien einander auf dem Bett gegenüber und eigentlich müsste sich das irgendwie komisch anfühlen. Aber es ist perfekt.

Noch mal ziehe ich seine Shorts ein wenig tiefer, bis ich auf einen ziemlich deutlichen Widerstand stoße. Leo holt scharf Luft.

Schnell lasse ich die Finger sinken. Ihm die Shorts so einfach herunterzuziehen, das traue ich mich dann doch nicht. Leo hingegen scheint weniger schüchtern. Seine Finger überwinden den Bund meines Schlafhöschens. Er streichelt mich mit kreisenden Bewegungen. Etwas Schweres, eine dunkle Süße, macht sich in meinem Unterleib breit. Ein Verlangen, das seinen Zenit erreicht hat. Im nächsten Moment weiß ich ganz sicher, dass es heute passieren wird. Nicht, weil es der nächste Schritt in unserer Beziehung wäre, sondern, weil ich es will. Weil ich es nicht mehr aushalten kann. Weil mein ganzer Körper nach diesem intimen Moment schreit, den ich nur mit Leo teilen will.

»Willst du dich hinlegen?«, wispert er. »Das ist etwas bequemer.« Aufreizend langsam zieht er die Hand unter meinen Shorts hervor.

»Ja.« Ich höre mich selbst wie aus weiter Ferne. Leo küsst meinen Hals, während wir uns langsam setzen. Ich lasse mich nach hinten sinken, bis mein Rücken die kühlen Laken berührt.

Als ich die Augen schließe, hole ich tief Luft. Dann ziehe ich mir mein Top aus. Warum noch länger warten. Ich will ihn, ich will das hier, und viel zu oft habe ich es mir schon vorgestellt.

Leo gibt ein überraschtes Schnaufen von sich. Seine Haare streichen über mein Schlüsselbein, als er sich über mich beugt. Seine Zungenspitze streicht um meine Brustwarze, bevor er sie ganz in den Mund nimmt. Ich biege den Rücken durch, denn alles in mir ist wie zum Bersten gespannt. Leo gleitet mit seiner Zunge tiefer. Er lässt sich Zeit, stupst in meinen Bauchnabel und küsst meine Hüften. Seine Finger zupfen am Bund meiner Hose. Als ich nicht protestiere, kann ich fühlen, wie er lächelt. Dann zieht er mir in einer geschmeidigen Bewegung das Schlafhöschen aus. Als er seine Hände um meine nackten Oberschenkel legt, halte ich die Luft an. Ich fühle seinen warmen Atem. Dann senkt er den Kopf.

Ein hilfloses Stöhnen entweicht meiner Lunge. Ich habe davon gehört, manchmal wird es auch in Liebesfilmen angedeutet, aber in echt ist es so unglaublich, dass ich mich erinnern muss, zu atmen. Mein Körper zuckt unkontrolliert, meine Beine beginnen zu zittern. Einerseits vor Aufregung und Überraschung, andererseits …

»Alles okay?« Leo sieht etwas verunsichert zu mir hoch. Meine Oberschenkelmuskeln zittern noch stärker.

»Ja«, piepse ich. »Nur die Nerven.«

»Soll ich –?«

»Nein.«

Er nickt, dann senkt er wieder den Kopf. Ich beiße mir auf die Unterlippe, um nicht schon wieder so ein Geräusch von mir zu geben.

Nur ein paar Augenblicke später habe ich beide Hände in

seinen Haaren vergraben. Als ich meine Finger darin fest-kralle, weil ich mich kaum noch beherrschen kann, hebt Leo erneut fragend den Kopf.

»Komm her.« Ich ziehe ihn zu mir hoch. Als er seine Arme rechts und links neben meinem Kopf abstützt und mich an-sieht, bin ich mir so sicher, wie ich es nie zuvor war.

»Schlaf mit mir.«

Durch Leos Körper läuft ein Zittern. Seine Augen sind dunkel vor Lust. »Bist du dir sicher?«

Ich nicke.

»Hast du schon mal …?«

»Nein.«

Leo will etwas sagen, doch ich schlinge meine Beine um seine Hüften, damit er sich endlich auf mich legt. Ich will alles von ihm fühlen, jeden Zentimeter. Leo gibt nach. Als er seine Hüften kreisen lässt, löst der sanfte Druck eine Welle neuer Gefühle in mir aus. Durch den Stoff kann ich ihn fühlen, aber ich will mehr.

Ich ziehe an seinen Shorts.

»Warte.« Leo richtet sich auf und beugt sich zu einem Kis-sen. Darunter zieht er ein Kondom hervor.

Bei meinem ungläubigen Blick muss er grinsen. »Das war nur für heute. Ich hatte es gehofft, aber …« Er zuckt etwas verlegen die Schultern.

»Ich warte«, flüstere ich, um ihn auch mal ein bisschen aus dem Konzept zu bringen.

Leo reißt die Augen auf. Er befreit das Kondom aus der Packung, doch dann hält er inne. Er nimmt meine Hand und legt sie um den Bund der Shorts. Sein Blick sagt: Zieh du sie mir aus. Und das mache ich dann auch.

Leo erschauert, als meine Fingerspitzen ihn sanft berühren.

Als er mit dem Kondom so weit ist, zögert er erneut.

»Alles okay?«, frage ich.

»Es ist dein erstes Mal, du solltest das Tempo bestimmen.« Er legt sich neben mich, rollt sich aber dann auf den Rücken. »So kannst du aufhören, sollte es wehtun. Oder dir Zeit lassen. Wie du willst.«

Ich rolle mich auf ihn. Es fühlt sich berauschend an. Dieses Gefühl, komplett nackt aufeinanderzuliegen. Jetzt gibt es nichts Überflüssiges mehr, das uns trennt. Wir küssen uns und Leo streichelt meinen Rücken. Dann lasse ich mich langsam etwas tiefer rutschen. Obwohl mir das Herz bis zum Hals klopft, passiert alles wie von selbst. Das straff gespannte Laken ächzt, als Leo seine Finger mit aller Kraft in den Stoff krallt.

»Tue ich dir weh?«

Er lacht gequält. »Gott, nein. Es tut alles andere als weh.«

Komischerweise hatte ich es mir ganz anders vorgestellt. Viele Mädchen erzählen, dass das erste Mal schrecklich ist und wehtut. Dass man es macht, um es endlich hinter sich zu bringen. Dass es irgendwann erst gut wird.

Bei Leo und mir scheint alles anders. Es ist nur ein winziger Schmerz, der rasch vorübergeht. Vielleicht liegt es auch daran, dass ich es wirklich will. Und dass Leo derjenige ist, mit dem ich diesen intimen Moment teilen möchte. Er hatte seine Hand zwischen meinen und seinen Bauch geschoben und mich gestreichelt, während ich mich immer tiefer sinken ließ. Es fühlt sich so natürlich, so richtig, so zwanglos an, dass ich mich einfach in dieses unbeschreibliche Gefühl fallen lassen kann. Leos Selbstbeherrschung scheint eisern. Er lässt mir meine Zeit, und als ich mich langsam aufrichte und auf ihm sitze, beginnt er mich wieder zu streicheln. Ich bewege mich mit ihm und zusammen fühlt es sich an wie ein sanftes Schaukeln. Leo flüstert meinen Namen. Er biegt den Kopf zurück und seine Augen sind fest geschlossen. Ich umfasse seine Schulter und ziehe ihn zu mir hoch. Nun sind wir so eng umschlungen, dass kein Zentimeter mehr zwischen uns passt. Wir verschmelzen zu einem sich wiegenden Bündel. Sein heißer Atem streift über mein Dekolleté. Seine Lippen liegen an meinem Hals. Ich ziehe ihn noch enger zu mir, weil ich es kaum noch ertragen kann.

»Leo …« Ich seufze seinen Namen, während ich meine Finger in seinen Rücken kralle. Niemals hätte ich geahnt, dass es sich so unglaublich anfühlen könnte. Leo spürt meinen Höhepunkt und er scheint wie erlöst. Er presst mich an sich und dann stöhnt er leidenschaftlich auf. Fast etwas hilflos hält er mich fest, während sein rasender Atem über meine Haut streicht. Es ist ein neues, berauschendes Gefühl, dass ich so etwas in ihm auslösen kann. Ich neige den Kopf, suche nach seinen Lippen, und wir küssen uns atemlos. Leos Hände liegen um meine Hüften und halten mich. Er zittert genau wie ich. Zärtlich streiche ich durch seinen feuchten Haaransatz im Nacken.

Leo löst seine Lippen von meinen und sieht mit dunklen Augen zu mir hoch. »Sag etwas.«

Ich schüttele stumm den Kopf. Ich wüsste gar nicht, was ich sagen sollte. Mein Kopf scheint noch ganz benommen.

»Hat es wehgetan?«

Wieder schüttele ich den Kopf.

Leo lächelt und wirkt erleichtert. Dann streichelt er ganz zärtlich meine Wange. »Ich würde dir gern sagen, wie –« Er bricht ab und wirkt fast verlegen. »Mir fehlen noch die Worte.«

»Mir auch.«

Wir klammern uns aneinander, streicheln einander selbstvergessen, bis Leo etwas von »Kondom« murmelt. Vorsichtig löst er sich von mir und deckt mich dann fürsorglich mit der Decke zu.

»Bin gleich wieder da.« Er verschwindet im Bad. Ich liege mit klopfendem Herzen im Dämmerlicht des Schlafzimmers. Mein Gott, ich habe es wirklich getan. Wirklich! Alles, was ich mir vorgestellt habe, reicht nicht an die Realität heran. Und es war … wunderschön. Aufregend und zärtlich und …

Leo kommt wieder. Die Matratze wackelt, als er sich neben mich legt. »Immer noch alles okay?«, flüstert er und kuschelt sich an meinen Rücken.

»Ja.« Plötzlich kommt mir ein Gedanke. Für mich war es das erste Mal. Aber Leo hatte schon Erfahrung. Ob es ihm trotzdem gefallen hat? Vielleicht … Ich muss ihn das einfach fragen. »War es für dich auch schön?«, flüstere ich.

Leo zieht mich noch enger an sich. »Es war perfekt.« Er seufzt leise. »Du glaubst nicht, wie perfekt es war.«

Mein Mund verzieht sich zu einem breiten Lächeln. Jetzt kann ich zufrieden einschlafen.

Als ich am nächsten Morgen aufwache, hält Leo mich immer noch im Arm. Es sieht so aus, als hätten wir uns die ganze Nacht nicht bewegt. Vorsichtig winde ich mich aus seinem

Griff, suche nach meinem Schlafanzug und schleiche ins Bad. Dort betrachte ich mich prüfend im Spiegel. Sehe ich irgendwie anders aus? Meine Wangen haben einen zarten rosafarbenen Schimmer. Meine Augen leuchten mehr als sonst. Das bilde ich mir zumindest ein. Sehe ich erwachsener aus? Ob Mom und Dad es mir sofort ansehen werden? Sagt man nicht, dass man es den Mädels nach ihrer ersten Nacht ansieht? Ich betaste mein Gesicht, während ich mir die Zähne putze. Meine Haut scheint rosiger. Das kann aber auch reine Einbildung sein.

Als ich zurück ins Schlafzimmer komme, sitzt Leo aufrecht im Bett. »Morgen, Bambi!« Sein Blick streift leicht bedauernd meinen Schlafanzug, den ich mittlerweile wieder übergezogen habe. Im Bett bekomme ich einen flüchtigen Kuss, dann verschwindet er im Bad. Nackt. Ohne wenigstens seine Shorts zu suchen! Ich höre die Dusche und wenige Minuten später ist er schon wieder da. Er hat ein Handtuch um die Hüften gewickelt. Allerdings so nachlässig, dass es aussieht, als könne bereits ein Windhauch es von seinem Körper lösen.

Ich versuche, ihn nicht anzustarren, aber ich scheitere kläglich.

»Magst du etwas frühstücken?« Leo kommt zum Bett und beugt sich zu mir. Dann nimmt er meinen Kopf in seine beiden Hände. »Oder soll ich dich an Ort und Stelle auffressen?« Er haucht einen Kuss auf meinen Mund, als wollte er mich zu einem Spiel auffordern. Neckend zupft er an meiner Oberlippe.

Gegen all seine frisch geduschte Herrlichkeit komme ich mir plötzlich verschwitzt und klebrig vor. »Ich sollte auch duschen«, murmele ich.

Leo küsst mich noch mal. »Wie du willst.« Er richtet sich wieder auf. »Ich lege dir Handtücher raus, und während du im Bad bist, organisiere ich uns etwas zu essen.«

»Danke.« Ich strahle ihn an. Eigentlich hatte ich gedacht, dass ich mich ein wenig genieren würde. Schließlich hat er Stellen meines Körpers berührt, die mehr als intim sind. Doch er wirkt so entspannt, dass ich mir nicht mehr komisch vorkomme. Er lächelt mich an.

»Wenn du Hilfe beim Duschen brauchst, ruf mich einfach, ich bin dir gern behilflich.«

»Du bist so ein ….!« Ich werfe ein Kissen nach ihm.

Leo trollt sich lachend Richtung Bad. »Hey … ich wollte nur nett sein.«

»Schon klar!«

Als er das Bad freigibt, stelle ich mich unter die herrlich große Dusche. Als ich fertig bin, ist auch das Frühstück schon da. Und hier bleiben echt keine Wünsche offen. Einen eigenen Koch im Haus zu haben, ist echt toll!

Kurz darauf sitze ich mal wieder auf Leos Bett und kämme meine immer noch feuchten Haare. Er tippt etwas auf seinem Laptop herum. Ich beobachte das Spiel der Muskeln an seinem Rücken.

»Schau mal, ich habe eine Seite über das Thema Forensische Anthropologie gefunden.« Er dreht sich um und kommt auf das Bett zu. »Ist noch relativ neu. Kennst du die schon?« Er legt mir den Laptop auf den Knien ab.

»Oh! Die ist neu.« Interessiert scrolle ich nach unten.

Leo betrachtet mich einen Moment lächelnd und geht dann zum Schreibtisch zurück, um dort ein paar Unterlagen zu sortieren.

»Cool ...«, murmele ich und bin sofort in den Text vertieft.

Eine Nachricht von einem »Ches« poppt im Facebook-Messengerfenster auf. Automatisch überfliege ich die Zeilen. »Raus mit der Sprache. Durfte die kleine Lückenbüßerin schon Bekanntschaft mit deinem besten Stück machen?« Ich erstarre. Dann lese ich die Nachricht erneut. Und dann noch mal. Um mich herum wird es plötzlich eiskalt.

Die Erkenntnis, dass höchstwahrscheinlich ich »die kleine Lückenbüßerin« bin, fühlt sich an wie der Sturz durch eine Glasscheibe. Den Aufprall merke ich kaum, doch das Gefühl, dass mir Hunderte Splitter die Haut zerfetzen, ist so überwältigend real, dass ich aufkeuche.

»Bambi?« Leo dreht sich vom Schreibtisch zu mir.

Dieser Ches sieht wohl, dass Leo online ist, denn schon poppt eine weitere Nachricht auf. »Im Country Club murmelt man, dass deine Mom das Haus in New Haven behält? Ist ja klasse, dann könnten wir eine WG aufmachen. Wir wären die einzigen Erstis mit einem eigenen Haus. Oder hast du dich schon fürs Wohnheim beworben?«

Mein Blick verschwimmt. Leo geht zurück nach New Haven zum Studieren? Ich war mir sicher, er würde sich hier in Kalifornien bewerben, weil er doch eben erst umgezogen ist und weil dort drüben so viel schmerzliche Erinnerungen warten. Seine Freunde wissen von seinen Plänen, nur mir, seiner Freundin, hat er es verschwiegen? Obwohl er bis gestern noch dachte, dass ich hier bei meinen Eltern bleiben und nicht zum Studieren wegziehen würde? Er hat das Thema also bewusst vermieden. Weil er wusste, dass es unsere Beziehung belasten, vermutlich sogar von Anfang an unmöglich machen würde. Obwohl, der Status einer »Lückenbüßerin« ist wohl nicht ganz dasselbe in Sachen Zukunftsplanung und Vertrauen. Mit einem angewiderten Laut schubse ich mir den PC von dem Knien.

»Bambi!« Schon steht Leo neben dem Bett.

»Geh weg von mir!« Ich schubse ihn grob vor den Bauch, während ich aufspringe.

»Was …?« Er will mir folgen.

»Fass mich nicht an!« Meine Stimme überschlägt sich, Tränen steigen mir in die Augen. »Die kleine Lückenbüßerin verschwindet jetzt!«

Alles wäre anders, wenn Leo nicht so reagiert, wie er reagiert. Er dementiert nicht. Stattdessen wird er blass und sieht so schuldbewusst aus, dass ich am liebsten vor Wut aufgebrüllt hätte.

»Du elender Mistkerl!«

Leo wirkt immer noch völlig versteinert. Die Muskeln an seinem Hals arbeiten, als er verkrampft schluckt. »Geh jetzt nicht. Bitte.«

»Widerlich!« Ich schmeiße ein paar meiner Sachen in meine Tasche und stürme zur Tür. »Wie kann man nur so krank sein!«

Er folgt mir nicht. Aus dem Augenwinkel sehe ich noch, wie er nach dem Laptop auf dem Bett greift.

Mit tränenverhangenen Augen jage ich die Gänge entlang. Endlich habe ich die Eingangshalle und die Haustür erreicht. Eine Lückenbüßerin bin ich also! Und an so was wie ihn habe ich meine Jungfräulichkeit verschenkt. Mit einem wütenden Aufschrei reiße ich die Tür des Buick auf und schleudere meine Tasche auf den Beifahrersitz. Eine Lückenbüßerin! Ich fange an zu weinen. Jemand muss mir beistehen. Ich brauche Silver. Schnell suche ich nach meinem Handy.

Silver geht nicht dran, vermutlich steht sie unter der Dusche. Ich schreibe ihr eine Nachricht, dass ich auf dem Weg zu ihr bin. Jemand hat mich bei Facebook in einem Video markiert. Den Typen mit Namen Jensen kenne ich nur flüchtig, er ist eine Klasse unter mir und ein ziemlicher Sportfanatiker. Der Typ filmt die Cheerleader am Strand. Ich sehe Chloe, Lindsay und Kristen. Etwas abseits stehe ich und rede mit einer weiteren Cheerleaderin über das Training. Ich erinnere mich an den Tag. Es war ein schöner Nachmittag am Strand. Ich war surfen und danach habe ich den Cheerleadern beim Proben der neuen Choreo zugesehen. Es war einer der ersten Tage des neuen Schuljahrs. Ich erstarre, als plötzlich Leo im Bild erscheint. Der Senior sagt etwas und deutet dann auf unsere Gruppe.

»Ich stehe nicht so auf Strandflittchen«, sagt Leo in diesem Moment. Seine Stimme trieft vor Arroganz und Verachtung. Ich gebe ein ersticktes Geräusch von mir, während ich eine Hand vor den Mund presse, um nicht zu schreien.

Leo

»Hast du sie noch alle?« Ich brülle in mein Handy, während ich Bambis Wagen nachsehe, der in einer Staubwolke vom Grundstück rast.

Scheiße. Elende verdammte Scheiße. Ich werfe die Haustür zu und sprinte zurück, um meinen Autoschlüssel zu suchen. Am anderen Ende der Leitung sagt Chester irgendetwas.

»Was?« Für einen Moment halte ich in meiner Suche inne.

»Bist du high, Mann?« Chester klingt gekränkt. »Was schnauzt du mich so an?«

»Was schreibst du mir für einen beschissenen Mist! Verdammt!«

Chester stutzt. »Hä?«

»Alter, das, was du mir gerade auf FB geschrieben hast. Hast du Schwachmat nix anderes im Hirn?«

»Du hast sie ja nicht alle. So langsam solltest du mal von den Schlaftabletten loskommen. Dein Verstand scheint Schaden zu nehmen, Vaydencamp.«

Wie kann er nur so ruhig bleiben?

»Verdammte Scheiße, Mann!« Ich klemme mir das Handy ans Ohr, damit ich beide Hände zum Suchen frei habe. »Sie hat es gelesen! Sie hatte gerade den Laptop auf den Knien.«

»Dein kleines Strandhäschen?« Er klingt fast belustigt. »Und jetzt haben wir ihr das Herzchen gebrochen?« Aus der Leitung erklingt ein Schnaufen. »Komm mal wieder in der

Realität an, Leo. Du und ich wir haben Pläne, Mann. Jurastudium, danach die Politik oder die Wirtschaft. Was willst du mit Malibu-Barbie?«

»Halt endlich die Schnauze, Ches.« Meine Stimme ist nur noch ein heiseres Flüstern. »Was glaubst du, wer du bist?«

»Ich weiß, wer ich bin. Nur du scheinst dich da drüben irgendwie verloren zu haben.«

Ich weiß nichts zu erwidern, denn irgendwie hat er recht. Doch ich habe mich nicht wegen ihr verloren. Ich habe mich wegen Dad und der Situation mit Mom und Allegra verloren. Mit Abby habe ich einen Teil von mir wiedergefunden. Den Teil von mir, auf den es wirklich ankommt.

Aus dem Lautsprecher ertönt ein scharfes Einatmen. »Du hast dich in sie verguckt.«

Das klang nicht wie eine Frage, deshalb suche ich wortlos weiter.

»Das ist jetzt nicht wahr. Bist du deshalb so ausgerastet? Weil sie jetzt böse ist, dass ich sie Lückenbüßerin genannt habe? Ist es das?« Jetzt plötzlich klingt Ches doch sauer. »Du machst mich blöd an wegen irgendeiner sonnenverbrannten Westküsten-Tussi, die du bisher erfolgreich versteckt hast? Nicht mal ein Foto hast du rüberwachsen lassen. So stolz bist du auf deinen Fang! Muss ja echt der Knaller sein, die Kleine!«

»Vorsicht, Ches«, knurre ich und nehme das Handy wieder in die Hand. »An deiner Stelle würde ich mir gut überlegen, was ich sage.«

Ich höre wie Chesters messerscharfer Verstand rattert. Und mache mich auf den nächsten Angriff bereit. »Du hast sie angelogen.« Er lacht verächtlich. »Sie wusste nicht, dass du zurück nach New Haven gehst. Deshalb das große Drama. Richtig?«

Ich schnaube unwillig. Leider hat er recht. Aber was soll ich das noch mit ihm diskutieren? Ich muss endlich meine verdammten Schlüssel finden, damit ich Abby hinterherfahren kann.

»Sag mir, ob ich richtigliege, Vaydencamp. Ein simples Ja oder Nein genügt.« Ches wird sich im Jurastudium wie zu Hause fühlen, da bin ich mir sicher.

»Leck mich, Ches. Ich lege jetzt auf. Schönen Dank auch.«

»Wow, nicht so schnell. Du bist ja schlimmer als jedes Mädchen. Auf ein Wort –« Er unterbricht und hüstelt. »So als ehemals beste Freunde und so. Du weißt schon.«

Ich gebe ihm zwei Sekunden, bevor ich mein Handy zertrümmere, nur damit ich sein arrogantes Gelaber nicht mehr hören muss. »Sag schon.«

Ches lässt sich Zeit. »Ich bin mir keiner Schuld bewusst. Ich habe DIR auf DEINEM persönlichen Rechner über ein passwortgeschütztes Social Network geschrieben. Wenn du so hirnvernebelt bist und deiner Schnecke DEINEN Rechner überlässt, kann ich nichts dafür. Hättest du mich eingeweiht und mir erzählt, dass du und Malibu-Barbie jetzt alles teilt, wäre ich vorsichtiger gewesen. Aber du hüllst dich ja in diffuses Schweigen, seit du in Kalifornien gelandet bist.« Er hat mal wieder recht und er weiß es. Und ich weiß es auch. Ich hätte Abby sofort reinen Wein einschenken sollen. Mir war klar, dass dieses Kartenhaus irgendwann in sich zusammenfallen würde. Im nächsten Moment ertaste ich meine Schlüssel in herumhängenden Bermudas.

»Ches, ich muss los. Ihr hinterher. Sie ist hier vom Hof gerast. Ich habe Angst, dass ihr etwas passiert. Und ich muss das wieder geradebiegen.«

Am anderen Ende der Leitung ist es ungewöhnlich still. »Das klingt ja, als wäre es etwas Ernstes.«

»Das ist es.« Ich seufze laut. »Und ich bin ein verdammter Idiot.« Schon stürze ich aus dem Zimmer und den Gang hinunter. Ich renne fast eines der Zimmermädchen mit einem großen Stapel Handtücher um.

»Eine letzte Frage.«

»Ja?« Ich werfe die Haustür hinter mir zu.

»Was hat sie, dass du wegen ihr alles durcheinanderwirfst?«

Ich springe in meinen Wagen und lasse den Motor an. Auf dem Hof sind noch die Reifenspuren von Bambis Wagen sichtbar. Alles in mir verkrampft sich schmerzhaft. Der Gedanke, dass ich sie verloren habe, greift nach meinem Herzen wie eine Klaue aus Stacheldraht.

»Leo?«

»Ja?«

»Was hat sie?«

Ich muss schwer schlucken. »Alles, Ches.« Brutal gebe ich Gas. »Alles.«

Ich bin mir sicher, ich übertrete so ziemlich jede Verkehrsregel bei Bambis Verfolgung. Doch das ist mir völlig egal. Wie durch ein Wunder erreiche ich ihr Zuhause, ohne dass die Cops mich anhalten. Ihr Wagen steht nicht in der Auffahrt, auch die Autos ihrer Eltern sind nicht zu sehen. Trotzdem halte ich mit quietschenden Reifen, als wäre ich ein Teilzeit-Gangster, der dieses Haus überfallen will. Ein Nachbar links im Vorgarten stellt den Gartenschlauch ab und schiebt sich die Sonnenbrille nach oben. Er macht keinen Hehl daraus, dass er mich ungeniert observiert. Doch so leicht bin ich nicht einzuschüchtern.

»Guten Tag«, grüße ich lauter als nötig. »Schönen Rasen haben Sie da.«

Der Nachbar mustert meinen teuren Wagen, meine teuren Klamotten und meinen teuren Haarschnitt. Dann nickt er grüßend zurück und dreht das Wasser wieder auf. Sieht so aus, als hätte ich die Genehmigung, bei den Banks zu klingeln.

Im Haus bleibt es still. Ich klingele ein zweites Mal. Als wieder nichts passiert, rufe ich Bambi an. Es klingelt, dann geht die Mailbox dran. Sie hat mich weggedrückt, das war ja so klar. Ich warte, bis der Signalton ertönt.

»Lass uns reden, bitte! Ich bin ein Vollidiot. Ein Feigling! Bitte, Abby!«

Der Nachbar hört ungeniert zu. Ich reiße die Tür des Pickups auf und schwinge mich hinein. »Wo steckst du? Lass uns reden. Bitte. Ich will dir alles erklären. Ches wusste nicht Bescheid und ich hätte dir reinen Wein einschenken müssen. Sofort nachdem wir uns kennengelernt haben. Und –«

Es ertönt ein Signalton, als die Mailbox sich ausschaltet.

»Fuck!« Ich schmeiße das Telefon auf den Beifahrersitz. Wo könnte sie sonst sein? Wenn sie bei Silver ist, wird sie mich garantiert nicht sehen wollen. Ich werfe den Motor an. Ein Gedanke, so giftig wie Arsen, beißt sich in meinem Kopf fest: Was, wenn Silver mit ihrer Familie mal wieder um die Welt fliegt? Was, wenn Bambi deshalb zu Tucker gefahren ist? Bilder schwirren durch meinen Kopf, hässliche Gedanken, die mir fast die Luft zum Atmen rauben. Er steht auf sie. Er stört sich einen Dreck daran, dass ich ihr Freund bin. Er würde sie jederzeit auf seine Seite ziehen. Meine Fingerknöchel knacken, als ich sie um das Lenkrad kralle. Wenn er sie anfasst …

Ich jage den Pick-up die Auffahrt hinunter und biege ab, ohne wirklich auf die Straße zu achten. Seine Adresse kenne ich noch von der Party. Wenn ihr Auto vor seinem Haus steht …

Wieder trete ich das Gaspedal bis zum Anschlag durch.

Das Anwesen ist, wie eigentlich alle Villengrundstücke in Montecito, durch eine umlaufende Mauer geschützt. Das massive Stahltor, das während der Party offen stand, ist nun geschlossen und wirkt so abweisend wie die Tür einer Gefängniszelle. Ich parke den Wagen halb auf der Straße und halb davor. Eine Kamera hoch oben auf einem der Pfeiler in der Mauer schwenkt in meine Richtung. Ich steige aus.

»Kann ich Ihnen helfen?«, ertönt eine Stimme aus einer Sprechanlage rechts des Tors.

»Ich will zu Tucker«, sage ich und rücke etwas näher an die Anlage, damit man mich versteht.

»Der ist nicht im Hause. Tut mir leid.« Das »Tut mir leid« klingt wie »Und jetzt gehen Sie bitte«.

»Okay …« Unauffällig peile ich über das Grundstück. Da stehen Tuckers Pick-up, ein schwarzer Bentley und ein Aston Martin. Die letzten beiden gehören vermutlich seinem Dad. Von Bambis Buick fehlt auch hier jede Spur.

»Danke.« Ich will gerade gehen, als hinter mir das tiefe Grollen eines Motors ertönt. Ein dunkelblauer Porsche fährt mir fast den Staub von den Schuhspitzen. Tucker. Was für eine Überraschung. Ich schiele auf den Beifahrersitz, doch der ist leer. Tucker lässt die Scheibe runter und sieht mich wortlos an. Wir duellieren uns mit Blicken, denn keiner will den Anfang machen. Schließlich seufzt Tucker übertrieben genervt.

»Und was verschlägt dich zu meinem bescheidenen Heim?«

Ich will gerade den Mund aufmachen, als seine Miene sich so plötzlich verfinstert, dass ich überrascht innehalte. In der nächsten Sekunde hat er den Porsche abgewürgt und springt aus dem Wagen. Bedrohlich kommt er auf mich zu.

»Ich reiße dich in Stücke, Vaydencamp, wenn das hier irgendetwas mit Abby zu tun hat.« Er packt mich an der Schulter, aber statt mich wegzuschubsen, zieht er mich noch näher zu sich. »Ich prügle dich windelweich, und dann schicke ich deine Überreste per Privatjet zurück nach New Haven, wo du hingehörst.«

»Lass mich los, Carlisle. Oder du bereust es«, knurre ich und spreche ihn genauso mit Nachnamen an wie er mich.

»Du machst mir keine Angst«, zischt er.

»Du mir auch nicht.«

Wir starren uns an. Ich sehe die Wut in seinen Augen, diesen wilden, bedingungslosen Beschützerinstinkt. Fast wie ein Bär, der seine Familie verteidigt. Seine Gefühle für Abby müssen noch sehr viel tiefer gehen, als ich erwartet hatte. Der Stoff meines Shirts ächzt, als er mich endlich loslässt.

»Du bist ein Scheißtyp, ich wusste es von Anfang an.«

Dabei habe ich ihm noch nicht mal erzählt, ob ich wirklich nach Abby suche und was tatsächlich passiert ist.

Er drückt auf eine Fernbedienung an seinem Schlüsselbund und lautlos gleitet das Tor zur Seite. »Rede endlich!«

»Ist sie hier?«

Tucker schnauft verächtlich. »Ich wusste es.« Er sieht

mich an, als wäre ich der Dreck unter seinen Fußnägeln. »Ich wusste, du würdest ihr wehtun.«

»Ist sie hier?«, wiederhole ich meine Frage.

»Glaubst du wirklich, ich würde dir das sagen?«

Ich nicke bedeutsam. »Schon klar.« Ich fixiere ihn scharf. »Andererseits ...«

»Ja?«, grollt er und lässt den dicken Schlüsselbund durch seine Finger tanzen.

»... wirkst du zu überrascht, um eingeweiht zu sein.«

Er lacht, doch es klingt eher wie ein aggressives Bellen. »Und andererseits brauche ich keinen Grund, dir deine Fresse zu polieren. Da hast du recht.«

Ich drehe mich zu meinem Wagen. »Nichts für ungut, aber da habe ich im Moment keine Zeit für. Ich muss Abby finden.«

»Viel Glück.« In der Reflexion der Scheibe sehe ich, wie er sein Handy zückt und eine Nachricht verschickt. Ich tue so, als suche ich meinen Schlüssel. Der immer noch im Zündschloss steckt, aber das weiß Surfer-Boy ja nicht. Sekunden später ertönt der typische WhatsApp-Gong. Mein Körper fliegt herum. »Wo ist sie?«

Tucker kostet die Situation voll aus. »Hey, mit dir redet sie nicht mehr. Ich bin mir sicher, wenn sie wollte, dass du weißt, wo sie ist, dann würde sie dir das schreiben.«

Er demütigt mich und es macht ihn gewaltig an. Ich muss mich zusammenreißen, um ihn nicht anzufallen und ihm das dumme Grinsen aus dem Gesicht zu schlagen. Doch meine Sorge um Abby verdrängt die Wut. »Sag mir nur, dass sie keine Dummheiten macht, okay? Ich drehe hier durch vor Sorge.«

In Tucker ringen zwei Parteien um die Oberhand. Es ist wie

ein kostenloses Schauspiel, das man live miterleben kann. »Sie ist bei einer Freundin. Sie reden.«

»Danke.« Ich nicke ihm zu, dann drehe ich mich erneut um. Zwar bin ich mir ziemlich sicher, dass es sich um Silver handelt, doch ich werde einen Teufel tun und ihr dort auflauern. Jetzt, da ich weiß, dass sie nicht in irgendeinem Straßengraben oder in Tuckers Bett gelandet ist, steht mein Körper nicht mehr unter Strom, als wollte er einem Hochspannungsmast Konkurrenz machen.

Ich entschließe mich zum Rückzug. Tucker wartet, bis ich in meinem Wagen bin und den Motor anlasse. Erst als ich das Lenkrad einschlage, um zu wenden, setzt auch er sich wieder hinters Steuer. Sein Blick trieft immer noch vor Verachtung.

Zu Hause ist der ganze Vorplatz zugeparkt. Die weißen Sprinter tragen das goldene Logo eines stadtbekannten Innenausstatters. Männer in weißen Blaumännern schleppen Leitern und Eimer mit Farbe. Ich parke ziemlich angefressen in letzter Reihe und bahne mir einen Weg durch die Handwerker. Allegra flattert wie ein Schmetterling zwischen all den geschäftigen Menschen umher.

»Ist das nicht aufregend!«, zwitschert sie. »Endlich werde ich Barbies Traumwohnung los.«

Für einen Moment sehe ich sie verständnislos an.

»Na, das ganze Rosa«, hilft sie mir auf die Sprünge. »John hat sein O.K. gegeben, dass ich meine Räume umgestalten darf.« Alec erscheint hinter ihr. Er trägt Lady auf dem Arm, damit sie nicht platt getreten wird. Al tätschelt ihr das Köpfchen. Sie wirken wie eine Familie mit einem ziemlich haarigen

Baby. Ein komisches Gefühl greift mit brutaler Faust in meine Eingeweide und dreht sie auf links.

»Hey, das ist ja toll«, gebe ich bemüht freundlich zurück.

Al legt den Kopf schief und mustert mich. Sie ist meine Schwester, mein Zwilling, sie kennt jede Nuance meiner Stimme.

»Schatz, ich muss mal kurz mit Leo reden. Gehst du mit der kleinen Maus in den Garten? Aber pass auf, dass sie nicht wieder in den Pool springt, ja?« Jetzt tätschelt Al beide – auf die absolut gleiche Art. Ich würde das gern kommentieren, aber ich bin zu fertig dafür. Alec dampft ab, Lady knabbert enthusiastisch an seinem großen Daumen.

»Was ist passiert?«, fragt sie, kaum dass ihr Lover samt Baby außer Hörweite ist. Aus dem Augenwinkel sehe ich, dass im Esszimmer immer noch das Frühstücksbuffet aufgebaut ist. Mom liebt ja neuerdings den großen Auftritt. Ich hake Allegra bei mir unter und ziehe sie mit. »Sorry, ich sterbe vor Hunger.«

Al schnauft vor Ungeduld. Mit drei großen Bissen vertilge ich einen Bagel mit Rührei und kippe eine Tasse Kaffee hinterher. Al kaut auf ein paar Weintrauben herum. Zwei Angestellte mit großen Tabletts biegen um die Ecke, um abzuräumen, verschwinden aber wieder, als sie uns sehen. Al hypnotisiert mich mit Blicken.

»Ich habe Mist gebaut.« Ich seufze tief. »Und Ches hat mit seinen supercoolen Sprüchen in die Kerbe gehauen. Jetzt ist sie weg.«

»Ich verstehe kein Wort.« Allegra zieht mir einen Stuhl an dem großen Esstisch zurück. »Aber ich habe Zeit.«

Ich erzähle ihr alles. Angefangen von dem Umstand, dass ich nie eine Freundin hier finden wollte und Bambi mir anfangs sehr misstraut hat, über meinen geplanten Umzug nach New Haven, den ich ihr verschwiegen habe, bis zu der Nachricht von Ches, die alles hat auffliegen lassen.

»Und das Paradoxe ist …«, ende ich, »das alles hätte so einfach sein können. Ihre favorisierten Unis liegen an der Ostküste. Wir könnten zusammen in Yale studieren. Sie hat noch ein bisschen Angst, so weit weg von zu Hause zu leben, aber zu zweit könnten wir das doch prima hinkriegen. Mit dem Argument könnten wir sogar ihre Eltern überreden. Hätten wir nur einmal ernsthaft darüber gesprochen, hätte ich nicht immer das Gespräch auf ein anderes Thema gelenkt, dann hätte ich das erfahren. Dann hätte ich sagen können: Super, gehen wir doch zusammen nach Yale! Wir könnten in unserem alten Haus wohnen und zusammen mit Chester und Emily eine WG aufmachen. Alles hätte gepasst!« Ich fahre mir mit allen zehn Fingern durch die Haare. »Und heute Morgen schickt mir Chester diese behämmerte Nachricht und alles bricht in sich zusammen. Sie ist hier abgerauscht, ich dachte echt, sie endet im nächsten Straßengraben.«

»Und wo ist sie jetzt?«

»Bei Silver.«

»Sie redet noch mit dir?«

Ich werfe Al einen vielsagenden Blick zu. »Ich weiß es von Tucker.«

»Der redet noch mit dir?«

»Eigentlich wollte er mir lieber das Fleisch von den Knochen reißen, glaub mir.«

Allegra schüttelt den Kopf. »Schönes Dilemma.« Sie zupft gedankenverloren an der Tischdecke herum. »Lass mich in Ruhe darüber nachdenken. Mir fällt bestimmt etwas ein.«

»Danke, Al.« Wer könnte sich besser in die Gefühlswelt einer Frau versetzen als eine Frau? »Ich bin dann mal oben.« Ich erhebe mich. »Vielleicht sehen wir uns später am Pool.«

»Ich werde regelmäßig nach dir sehen«, sagt Al ganz ernst, fast so, als liefe ich Gefahr, mir wegen Bambi was anzutun. Doch ich weiß, sie meint es nur gut. »Danke.«

Der Samstag vergeht und meine Gedanken kreisen um Bambi. Allegra kommt alle zwei Stunden rein und bringt irgendetwas zu essen mit. Ich tue ihr den Gefallen und esse alles auf. Irgendwie scheint sie das zu beruhigen. Ich liege auf dem Bett und starre in den Fernseher, ohne etwas zu sehen. Allegra legt mir Lady auf die Brust, die mehr oder weniger sofort einschläft. Sie lässt sie bei mir und der kleine Herzschlag und ihr leises Schmatzen im Schlaf haben etwas unsagbar Tröstliches.

Irgendwann muss Lady spazieren gehen und ich bin wieder allein. Ches ruft noch mal an. Eigentlich textet er nur. Wenn er anruft, muss es was Ernstes sein. Er erkundigt sich nach dem »Stand meines Beziehungslebens«. Ich erzähle auch ihm die ganze Geschichte. Dieses Mal in Ruhe und mit allen Details. Wenn Ches angefressen ist, kann er ein ziemliches Arschloch sein. Er ist aber wieder so abgekühlt, dass wir normal reden können. Er schlägt vor, Abby eine Mail zu schreiben, in der ich alles haarklein erkläre. Er diktiert mir, ich solle ihr schreiben, dass »ich ein schwanzgesteuerter Volltrottel bin, der ihren körperlichen Reizen irgendwann nicht mehr widerstehen konnte und sich deshalb in einem Netz aus Lügen verwickelt hat«. Ich bin nicht wirklich überzeugt, ob sie diese Wortwahl besänftigen wird. Ches hingegen ist jetzt so im

Thema, dass er einen Entwurf einer Mail an Bambi verfassen und mir dann rübermailen will. Ich bin fast erleichtert, dass er auflegen will, denn eigentlich will ich weiter stumpf in den Fernseher glotzen und mich in meinem Elend wälzen.

Am späten Nachmittag will ich Bambi noch mal antexten. In unserem WhatsApp-Chat erscheint plötzlich nicht mehr, wann sie zuletzt online war. Ich texte ihr und der zweite Haken fehlt. Sie hat mich geblockt. Mir wird so eiskalt, dass ich fröstele. Ich texte Ches, nur zur Probe. Der sitzt immer noch an dem Entwurf für die Mail an Bambi. WhatsApp funktioniert also.

Noch mal kontrolliere ich die Nachricht. Immer noch fehlt die Zeitanzeige. Mechanisch checke ich die Freundesliste auf meinem Facebook-Profil. Keine Abby Banks zu finden. Ich höre es leise klirren, als auch meine letzte Hoffnung, dies könne noch eine gute Wendung nehmen, in tausend Splitter zerbricht. Das Nachrichtensymbol leuchtet rot auf. Ich denke, ich hoffe, ich wünsche mir, dass es Bambi ist. Als Elvis' Name erscheint, seufze ich laut. In der Nachricht steht nur ein Satz: »Zeit für Schadensbegrenzung, Dude?« Woher will Elvis von unserem Streit wissen? Angehängt ist ein Video. Ich sehe nur die ersten drei Sekunden und weiß Bescheid. Ich bin mit Jensen nicht auf Facebook befreundet, weil wir nur hin und wieder mal laufen gehen. Ich habe ansonsten nichts mit ihm zu tun, weil er eh kaum zur Schule kommt. Niemals hätte ich gedacht, dass er so ein Trottel ist, der seine selbstgedrehten Handyvideos bei Facebook hochlädt. Vermutlich weiß er nicht mal, dass Abby und ich ein Paar sind. »Fuck!« Wütend setze ich mich auf. Darunter stehen die Namen der markierten Personen. Abby ist auch dabei. Das heißt, sie wird das

Video sofort gesehen haben, denn sie bekommt eine Mitteilung, wenn jemand sie auf einem Foto oder Video markiert. Das Datum ist von heute, die Uhrzeit von heute Morgen. Sie hat das Video vermutlich unmittelbar nach unserem Eklat gesehen. Ich bin so was von am Arsch. »Fuck!« Mein Handy zerschellt an der gegenüberliegenden Wand direkt über dem Fernseher. Spitze Plastiksplitter und Teile der silbrig glänzenden Elektronik regnen zu Boden.

Kurz darauf steht Al im Zimmer, ihr weißes Tablet vor sich tragend, als wollte sie mir etwas zeigen. Sie schaut auf die traurigen Überreste meines Smartphones.

»Oh.« Sie sieht zu mir. »Dann nehme ich an, du hast das Video schon gesehen?« Mein Blick ist ihr Antwort genug.

23

Abby

Tucker hat den Filmpalast in der Villa seines Vaters schon hergerichtet, als ich eintreffe. Ich bin die Erste, was mir irgendwie unangenehm ist. Zwar findet dieser Abend nur statt, um mich abzulenken, aber das weiß Tucker nicht. Silver und Holly haben das eingefädelt, um mich von meinem Liebeskummer abzulenken. Tuckers Begrüßung fällt knapp aus. Silver hat sich im Gruppenchat verplappert, und alle wissen nun, dass ich bei Leo übernachtet habe. Eigentlich sollte es Silvers und mein Geheimnis bleiben. Die offizielle Version war, dass ich mich erst heute Morgen mit Leo getroffen habe. Tucker hat leider beide Versionen bekommen. Er mustert mich ein paar Mal von der Seite, während ich so tue, als würde ich den »Kinosaal«, in dem ich schon als Kind Disneyfilme geguckt habe, zum ersten Mal von innen sehen. Schließlich halte ich es nicht mehr aus. Warum müssen sich die anderen auch immer verspäten? Diese betreten Stille zwischen uns ist unerträglich.

»Spuck es endlich aus, Tuck.« Ich nenne ihn bei seinem Spitznamen, weil er den nicht leiden kann.

Tucker macht ein Geräusch, das entfernt nach einem Knurren klingt.

»Ja?« Ich gehe auf ihn zu. »Du willst mir etwas vor den Kopf knallen? Bitte. Lass es uns hinter uns bringen, bevor die anderen kommen.«

Tucker knackt mit dem Unterkiefer. Er bringt mich zur Weißglut, wenn er das macht. Wir kennen uns zu lange und zu gut, um nicht genau zu wissen, wie wir den anderen auf die Palme bringen können. Er riecht schwach nach Alkohol.

»Frag mich. Sprich die Frage, die so groß auf deiner Stirn steht, einfach aus.«

»Ich brauche dich nicht zu fragen.« Er schnaubt. »Man sieht es dir an. Du trägst seine Spuren wie ein Brandzeichen auf deiner Haut.« Er lacht verächtlich. »Wie ein großes, rot leuchtendes Brandzeichen. Er hat dich als sein Eigentum markiert.«

Mit der freien Hand hole ich aus und verpasse Tucker eine schallende Ohrfeige. Sein Kopf fliegt zur Seite. Er ächzt, und als er mich wieder ansieht, lodert ein gefährliches Feuer in seinen Augen. Es ist jenes Temperament, das ihn zu so einem erfolgreichen Footballer macht. Er ist aufbrausend, leidenschaftlich und skrupellos zugleich. Um zu gewinnen, rennt er jeden Gegenspieler gnadenlos um. Er hat mal ein ganzes Spiel mit gebrochenem Handgelenk weitergespielt, weil er es nicht ertragen konnte, vom Spielfeldrand nur zuzusehen. Tucker ist nicht der Typ, der verliert oder einem Gegner unterliegt. Die Ohrfeige war nicht geplant, aber sie muss gewaltig an seinem Ego kratzen. Es ist das erste Mal, dass ich Angst vor ihm habe.

Tucker starrt mich an. Er lässt meine Hand los und seine Finger ballen sich zu Fäusten. Ich will vor ihm zurückweichen, doch in der nächsten Sekunde hat er mich gepackt. Seine Hände umfassen meine Schulten wie Schraubzwingen. Unsere Gesichter sind einander gefährlich nahe.

»Ich hatte dich gewarnt«, zischt er.

»Tucker …« Ich nehme all meinen Mut zusammen und biete ihm Paroli. Er kann mir drohen, aber wenn er mir wehtut, werde ich das ganze Haus zusammenschreien.

»Ich hatte dich eindringlich vor ihm gewarnt. Vor diesem kranken Penner. Diesem Ostküsten-Schnösel mit seiner vornehmen Wortwahl und dem nicht zu übersehenden Dachschaden. Du hättest mir vertrauen müssen. ICH bin dein Freund. Wir sind seit über 12 Jahren befreundet. Ich kenne dich besser als du selbst. Meinen Worten hättest du vertrauen müssen statt seinen!« Sein Griff lockert sich. »Doch du wirfst dich ihm an den Hals. Dabei weiß ich, wie Kerle ticken. Ich bin selbst einer. Doch auf mich wollte man ja nicht hören.« Er lässt mich los und weicht einen Schritt zurück.

»Nein, du wolltest lieber selbst mit mir ins Bett«, erwidere ich. »Deshalb der ganze Aufstand. Um mehr geht es doch gar nicht. Du kannst nicht verlieren, Tucker. Seit Leo hier aufgetaucht ist, bist du im Konkurrenzmodus. Du willst doch bloß das, von dem du denkst, dass es dir gehört, nicht verlieren. Weil du immer gewinnst. Immer triumphierst. Wie toll es doch gewesen wäre: Da taucht dieser scharfe neue Kerl auf, und wer krallt sich die, die er als seine Freundin haben will? Du! Wow, was würden die Jungs aus dem Team bloß sagen. Was würde man dir auf die Schulter klopfen. So eine krasse Aktion und was ist der andere für ein Loser.« Ich zittere am ganzen Körper.

Tucker sieht aus, als würde er gleich platzen.

»Ich werde gehen.« Ich drehe mich suchend nach meiner Tasche um, die ich irgendwo am Eingang abgestellt hatte. »Wir kommen zurzeit nicht mehr miteinander klar. Zu viel gesagt, zu viel passiert und –«

»Hier kommt der Partyexpress!« Holly tänzelt ins Zimmer und zieht Amber an der Hand hinter sich her. Als sie unsere Gesichter sieht, bleibt sie abrupt stehen. Amber auf ihren Plateausandaletten schwankt gefährlich wegen des plötzlichen Halts.

»Was ist denn mit euch los?«

»Also, wenn sie ein Paar wären, würde ich sagen, sie haben gerade miteinander Schluss gemacht«, sagt Amber.

Sie hat ja keine Ahnung, wie recht sie damit hat. Tucker brummt etwas von »Getränke holen« und stürzt aus dem Zimmer.

»Haben wir was verpasst?«

Ich schüttele abwehrend den Kopf. Im nächsten Moment hat Holly mich in ihre Arme gerissen. »Es tut mir so leid, Süße. Sei nicht traurig wegen Leo. Wir suchen dir einen neuen Freund. Es gibt ganz viele hübsche Kerle da draußen. Du musst dir einfach den nächsten aussuchen und fertig.«

Hollys Logik ist so herrlich simpel, dass ich lächeln muss.

Amber umarmt uns beide. »Vergiss ihn. Er war nie einer von uns. Einmal Sunshine State, immer Sunshine State. Alles andere passt nicht.«

Aiden und Elvis stehen im Türrahmen.

»Was macht ihr denn hier?«, platzt es aus Holly hervor.

Elvis grinst. »Wir haben eine Einladung zu einem Horrorfilmabend. Und ihr?«

Vermutlich hat Tucker die beiden eingeladen, um nicht als einziger Kerl einer kreischenden Bande Mädels bei den blutigen Szenen Händchen halten zu müssen.

Silver hat noch Charly eingesammelt.

Tucker agiert wie ein ferngesteuerter Roboter, als er zurückkommt. Er nimmt uns einzeln gar nicht wahr. Silver und ich wechseln einen Blick. Schon startet er den ersten Film. Ich sitze zwischen Silver und Holly, Tucker in der Reihe hinter mir.

Die Bilder flirren über die Leinwand, doch ich sehe nichts davon. Ich zucke zusammen, weil ich mich erschrecke, wenn die anderen zusammenzucken. Nicht, weil mich der Film so gruselt. Ich sinke tiefer und tiefer in meine Gedankenwelt hinab. Es fühlt sich an, als würde ich durch eine Wasseroberfläche hindurchtauchen. Plötzlich wird alles verschwommen und Stille hüllt mich ein. Ich sehne mich nach Leo. Nach außen tue ich so, als wäre ich nur wütend auf ihn. Aber es ist mal gerade ein halber Tag vergangen und alles ist noch so frisch. Wie ein tragischer Unfall, den man einfach vom Kopf her noch nicht begriffen hat. Ob es voreilig war, ihn überall zu löschen oder zu blockieren? Und wie soll es erst werden, wenn wir uns in der Schule sehen? Doch dieses Problem erscheint mir nur zweitrangig. Immer wieder zieht unsere Geschichte vor meinem geistigen Auge entlang. Das erste Aufeinandertreffen auf dem Parkplatz, das gemeinsame Projekt und unser erster Kuss. Die Art, wie er mich immer an sich gezogen hat. So zärtlich und bestimmt zugleich. Seine melodische Stimme, sein manchmal so zynischer Blick auf die Welt. Seine sensible Seite, die dann zum Vorschein kam, wenn es um Allegra oder um seine Mom ging. Seine Art, mich zu küssen, und zuletzt dieses wahnsinnig aufregende Erlebnis, mit ihm bis zum Äußersten zu gehen. Was soll ich bloß machen? Wie gern würde ich die Vergangenheit ändern. Ihn nicht mehr ausweichen lassen, wenn es um seine Zukunftsplanung geht. Ihm erzählen, dass auch ich am liebsten Abstand von meinen Eltern hätte, mich aber einfach nicht traue. Hätten wir beide mehr Mut gehabt, hätten uns diese Halbwahrheiten und Lügen nicht auseinanderbringen können. Und doch bleibt der bittere Nachgeschmack. Jetzt will ich mir die Schuld geben. Dabei haben wir über meine Zukunftsplanung gesprochen. Seine hingegen war immer ein Tabuthema. Weil nämlich seine Pläne, im Gegensatz zu meinen, bereits in Stein gemeißelt waren. Dieser Chester wartet schon darauf, dass Leo zurück an die Ostküste zieht, um mit ihm während des Studiums in einer WG zu wohnen. Es war alles geplant, bevor er hierhergezogen ist. Vermutlich hat Chester es mit dem Begriff der »Lückenbüßerin« doch sehr treffend bezeichnet. Wie konnte ich nur so dumm sein?

Tränen laufen im Dunkeln meine Wange hinab. Ich schaffe es, nicht zu zittern, sodass die anderen es nicht bemerken. Ich weiß, dass sie diesen Abend für mich veranstaltet haben, und ich bin ihnen dankbar dafür. Tucker hat von meiner Übernachtung bei Leo schon nachmittags gewusst. Er hätte den Abend absagen können. Ich ärgere mich über unseren Streit, der uns erneut ein Stück entzweit hat. So wie es aussieht, bekomme ich im Moment mit jedem, der mir wichtig ist, Streit. Leo, meine Eltern, Tucker. Sogar Silver war sauer, als ich sie angemotzt habe, da sie sich verplappert hat, weil sie der Ansicht ist, dass es sowieso rauskommen würde. Warum ist alles plötzlich so kompliziert? Ich gebe mir die Antwort selbst. Vermutlich nennt man genau das »Erwachsen-Werden«.

Am Sonntag kommt mir mein Leben wie eine einzige Baustelle vor. Meine Eltern und ich schleichen umeinander herum wie Wölfe, die noch nicht bereit für den entscheidenden Machtkampf sind. Tucker behandelt mich nach unserem Streit wie Luft. Und von Leo höre ich nichts, weil ich ihm quasi die Luft abgeschnitten habe. Ich habe ihn ja auf jeder Kontaktmöglichkeit blockiert.

Ich verbarrikadiere mich in meinem Zimmer, mit der Erklärung, für die Schule lernen zu wollen. Ich sitze über meinen Büchern und starre Löcher in die Luft. Normalerweise fällt mir das Lernen leicht. Ich interessiere mich eigentlich für alle Schulfächer. Vielleicht weil ich von Natur aus ein neugieriger Mensch bin. Heute aber packt mich nichts so richtig. Schließlich widme mich ich mich dem Projekt. Ich schreibe den Bericht dazu herunter, ohne wirklich bei der Sache zu sein. Jede geschriebene Zeile lässt Erinnerungen an Leo auftauchen, wie düstere Fata Morganen, die sich plötzlich aus dem Wüstensand erheben. Ich bin erleichtert, als ich die vorgeschriebenen vier DIN-A4-Seiten voll habe. Im Laufe der Woche werde ich den Bericht noch mal überarbeiten. Aber die Rohfassung steht. Leo werde ich eine Kopie des fertigen Berichts zukommen lassen. Seine E-Mail-Adresse habe ich ja. Plötzlich halte ich inne. E-Mail. Diese Möglichkeit hatte ich ja noch gar nicht in Betracht gezogen. Mit feuchten Händen logge ich mich in meinen Mailaccount ein. Ob Leo mir geschrieben hat? Einerseits wünsche ich es mir, andererseits habe ich Angst davor.

Doch mein Postfach ist leer. Tränen steigen mir in die Augen. Verdammt, warum bin ich nur so eine Heulsuse? Ich habe es doch genau so gewollt! Vermutlich hat er noch nicht mal gemerkt, dass ich ihn überall blockiert habe.

Ich springe vom Schreibtisch auf. Ich muss mich irgendwie ablenken, etwas mit den Händen machen. Mein Blick fällt auf die verschlossenen Schreibtischschubladen mit meinen Anthropologiebüchern darin. Ab jetzt hat das ein Ende. Ich verstecke meine Interessen nicht mehr vor meinen Eltern und meinen Freunden. Ich meine mich zu erinnern, dass Dad ein kleines Regal, das Mom im Schlafzimmer nicht mehr haben wollte, auseinandergebaut und in unserer Abstellkammer zwischengelagert hat. Hoffentlich hat er es noch nicht zur Müllkippe gebracht. Doch ich habe Glück. Außerdem hat Dad, seinem chronischen Desinteresse an Heimwerkerarbeiten jeder Art sei Dank, die Schrauben samt passendem Schraubendreher gleich daneben liegen lassen. Wie ein Hamster schleppe ich alles in meinen Bau. Im Zimmer beginne ich sofort damit, die Bretter zu sortieren. Hoffentlich bekomme ich das Ding ohne Anleitung zusammengeschraubt. Es dauert eine Stunde, aber dann steht das Regal. Es hat nur vier Fächer und geht mir gerade bis zur Taille, doch für meine Bücher sollte es reichen. Mit etwas Glück passt es links neben mein Bett. Dann hätte ich die Bücher immer griffbereit. Ein paar Minuten später betrachte ich zufrieden mein Werk.

Dann drucke ich alle die Bewerbungsvordrucke, die Mom zerrissen hat, neu aus. Ich sortiere sie in einen DIN-A4-Schuber, den ich oben auf das Regal stelle. Meine Lernkarten lege ich daneben. Keine Geheimnisse mehr. Ich atme tief aus. Ein weiterer Schritt in eine Richtung, die meine Zukunft sein könnte.

Abends klopft Mom an meine Tür. »Darf ich reinkommen?«

»Klar!« Ich sitze auf meinem Bett und lese in Boyds »How Humans Evolved«. Noch vor wenigen Tagen hätte ich das

Buch hastig unter mein Kopfkissen geschoben. Mein Herz rast, doch ich halte das Buch einfach weiter fest.

Moms Gesichtsausdruck verrutscht nur für Sekunden. »Hast du Lust auf Abendessen? Wir haben Mexikanisch geholt.«

»Gern.«

Ihr Blick schweift zu meinem neuen Regal. Ihre Mundwinkel verkrampfen sich. »Das alte Ding hat noch Verwendung gefunden, wie schön.«

Obwohl ich ihr kein Wort glaube, ringe ich mir ein Lächeln ab. »Ich hätte euch vorher fragen sollen. Aber mir war plötzlich so nach Heimwerken.«

Sie sieht auf den Boden. »Schon gut. Es wäre eh auf den Müll gekommen.«

Ein unbehagliches Schweigen lastet zwischen uns. Von der unbekümmerten, freundschaftlichen Art, in der wir früher miteinander umgehen konnten, ist nichts mehr übrig. Ich lege ein Lesezeichen zwischen die Seiten und klappe das Buch zu. »Sollen wir?«

Sie wirkt abwesend. »Ja.« Sie wirft einen letzten Blick auf das Regal. »Das Essen wird sonst nur kalt.«

Am Tisch ist die Stimmung auch nicht gerade am Überkochen. Dad stochert etwas lustlos in seinem Essen herum, Moms Blick ist so starr wie oben in meinem Zimmer.

»Wie geht es Leo?«, bricht sie schließlich das Schweigen.

Mein Blick muss wohl so schrecklich gewesen sein, dass sie sofort versteht. »Habt ihr Streit?«

Meine Kopfbewegung ist eine undefinierbare Mischung aus Kopfschütteln und Nicken. Mom sieht etwas ratlos zu Dad. Der belädt hastig seine Gabel mit Mais und Hackfleisch und stopft sie sich in den Mund.

»Möchtest du darüber reden?« Mom sieht wieder zu mir.

»Ich glaube nicht.« Mein Hals ist wie zugeschnürt.

»Sollen wir lieber über etwas anderes reden?«

»Ja.«

Mom sieht auffordernd zu Dad. O nein. Hätte ich gewusst, dass mit »anderes« das Thema Berufswahl gemeint ist, dann hätte ich lieber ganz auf ein Tischgespräch verzichtet. Dad schluckt die traurigen Überbleibsel seiner Burritos deutlich hörbar herunter.

»Tja, also da ist immer noch dieses Thema, über das wir dringend reden müssen.« Er putzt sich den Mund mit einer Serviette ab.

»Jetzt?« Ich lege meine Gabel zur Seite und sehe ihn anklagend an. Unter dem Tisch tritt Mom Dad energisch vors Schienenbein. Er zuckt schmerzhaft zusammen.

»Ja, jetzt. Wir hätten schon viel früher darüber reden müssen, hätten wir eher davon gewusst.«

Das klang jetzt irgendwie komisch.

»Hör erst mal zu, Schätzchen.« Er beugt sich versöhnlich zu mir. »Niemand will dich fressen.«

Das bleibt wohl abzuwarten. Ich lehne mich in meinem Stuhl zurück und verschränke die Arme vor der Brust.

»Du wirst nur sicherlich verstehen, dass deine Mutter und ich sehr hm … überrumpelt … waren, als du uns mit deinem Berufswunsch konfrontiert hast. Das kam wie aus dem Nichts für uns.«

»Ja, weil ihr mich nie gefragt habt, was ich mal werden will.« In meinem Inneren kämpfen mal wieder zwei Versionen von mir um die Oberhand. Die brave, angepasste Version, die mich anbettelt, bei meinem ursprünglichen Plan zu bleiben.

Das Problem um des lieben Friedens willens ein wenig auf die lange Bank schieben. Und die rebellische, kämpferische Version von mir, die mich anbrüllt, jetzt nicht wieder einzuknicken. Moms Glas klirrt, weil sie es beim Abstellen versehentlich vor den Tellerrand knallt. »Weil es absolut klar ist, wie dein Weg aussieht. Und du uns nie hast zweifeln lassen, dass dir dieser Job Spaß macht.«

»Natürlich macht mir die Arbeit am Set Spaß. Aber es macht mir auch Spaß, mich zu schminken oder zu surfen. Werde ich deshalb Visagistin oder Profi-Surfer?«

Mom wird vor Wut ganz grau im Gesicht. »Vergiss diesen Revoluzzer-Trip endlich, Abby. Gott weiß, wo das plötzlich herkommt. Hat Leo dir diesen Quatsch eingeredet?«

»Lass Leo da raus.« Ich funkele sie an. »Immer schön fair bleiben, ja?«

»Es ist nur leider offensichtlich, dass du dich verändert hast in letzter Zeit. Natürlich suchen wir da nach Gründen und Ursachen.«

»Von mir aus. Nur eure Ursachenforschung führt in eine Sackgasse.«

»Abby, du kennst den Beruf eines Filmproduzenten sehr genau«, sagt Dad. »Deshalb kannst du beurteilen, dass dieser Job etwas für dich ist oder nicht. Das hast du mehrfach als Argument angebracht. Über das Berufsbild eines Anthropologen hast du bisher aber nur gelesen. Und trotzdem glaubst du, beurteilen zu können, dass es das ist, was du machen willst?«

»Ja.« Ich hasse mich dafür, dass ich klinge wie ein trotziges kleines Kind, das entgegen jeder rationalen Argumentation auf seine Meinung besteht. Ist jetzt der Zeitpunkt einzuknicken, sie um Verzeihung zu bitten und das Thema zu vergessen? Vielleicht bin ich doch zu weit gegangen. Vielleicht habe ich mich in etwas verrannt, das zwar ein schöner, aber realitätsfremder Traum ist?

»Wir haben diese Firma aufgebaut und arbeiten jeden Tag zehn Stunden, damit du eine sichere Zukunft hast. Wir haben dich deinem Alter entsprechend ausgebildet, dich eingebunden und dir bereits ein wenig Verantwortung übertragen. Du könntest ein Unternehmen erben, einen sicheren und abwechslungsreichen Arbeitsplatz. Und all das trittst du plötzlich wie aus dem Nichts mit Füßen? Nein, noch schlimmer. Du behauptest sogar, wir hätten dich immer gegen deine Natur, gegen deine wahren Interessen in unserem Unternehmen eingebunden. Du hast dich unwohl gefühlt, weil du eigentlich ganz andere Interessen hast. Wann kommt endlich der Tag, an dem du aufwachst und erkennst, was für einen Müll du da von dir gibst!« Mom hat hochrote Wangen. »Dein Vater ist mit Jeremy Walken, dem Fachbereichsleiter von *Film und Produktion* in Kontakt. Du hast deinen Studienplatz an der UCLA sicher in der Tasche, dank unserer Kontakte. Und du wirst ihn antreten, mein Fräulein, und wenn ich dich persönlich zum Unterricht trage, bis du wieder in der Realität angekommen bist.«

Ich springe von meinem Stuhl auf, der nach hinten umfällt. Dr. Bob maunzt panisch auf und rast aus dem Zimmer. »Die größten Spießer sind doch die, die immer behaupten, keine Spießer zu sein, nicht wahr, Mom?« Ich muss mich echt konzentrieren, denn meine Wut vernebelt mir die Sinne. »Du solltest dich mal reden hören. Wollt ihr vielleicht noch etwas in meinem Leben entscheiden? Wollt ihr mir vielleicht auch den Ehemann aussuchen? Wie wäre das? Ihr organisiert doch mein Leben für mich und –«

»Abby, bitte«, unterbricht mich Dad. »Setz dich wieder hin. Wir müssen das zu Ende besprechen.«

»Zu Ende?« Ich deute mit ausgestrecktem Arm auf Mom. »Das Schlusswort hat Mom doch schon gesprochen. Sie trägt mich zur Uni, bis ich das akzeptiere, von dem ihr glaubt, dass es gut für mich ist. Amen.«

»Das war vielleicht etwas –«

»Nein«, unterbreche ich ihn. »Mir reicht's für heute. Ich muss das erst mal alles verdauen.«

Dad sagt nichts mehr, Mom starrt mit verkniffener Miene aus dem Fenster.

»Ich bin in meinem Zimmer.«

Im Flur schnappe ich mir Dr. Bob und nehme dann zwei Treppenstufen auf einmal. Mein Puls rast. Ich werfe meine Zimmertür zu und lasse mich mit Dr. Bob aufs Bett fallen. In meinen Augen stehen Tränen. Sie werden nicht nachgeben. Ich kann nur verlieren, denn ich bin auf ihr Geld angewiesen. Das Studieren ist teuer. Die Elite-Unis kosten mehrere Tausend Euro. Pro Semester! Mal abgesehen davon, dass ich es nicht lange ertragen würde, mit meinen Eltern im Streit zu leben. Und erst recht würde ich dann von ihnen kein Geld annehmen. Tränen laufen warm meine Wange hinab. Ich fühle mich allein. Ich fühle mich so schrecklich allein. Und Leo fehlt mir. Die Endgültigkeit meiner Entscheidung wird mir so langsam voll bewusst. Da ist ein Ziehen in meinem Bauch, das immer stärker wird. Ich rolle mich zu einer Kugel zusammen. Dr. Bob flüchtet vom Bett. Das Ziehen erfasst meinen ganzen Körper. Er ist weg. Der Teil von Leo, der für eine kurze Zeit mir gehört hat, ist weg. Es fühlt sich an, als klaffe dort eine Wunde. Eine Wunde, die einfach nicht aufhören will zu bluten. Ein Schluchzen steigt in meinen Lungen auf. Hier geht es nicht um diese einzige gemeinsame Nacht, hier geht es um so viel mehr. Ich komme mir plötzlich blöd vor, dass ich ihn überall blockiert habe. Als wäre ich gerade zwölf! Doch in meiner Wut war es eine Möglichkeit, mich zu rächen. Mich ihm ebenbürtig zu machen. Ich werde seinen Gesichtsausdruck nie vergessen. Die Fassungslosigkeit, die Ratlosigkeit in seinem Blick, als mit einem Schlag alles aufflog. Ich kann immer noch nicht glauben, wie man das alles so eiskalt planen konnte. Es passt gar nicht zu ihm. Andererseits habe ich ihm auch vollkommen geglaubt, als er mir seine Gefühle gestanden hat. Vermutlich ist nicht mal die Geschichte mit seinem Vater wahr. Vielleicht haben sich seine Eltern bloß getrennt, und das, was er mir aufgetischt hat, ist nur eine rührselige Story, um Mädchen rumzukriegen. Entschlossen richte ich mich auf. Nein. Ich zwinge das sich wild drehende Karussell meiner Gedanken zum Stillstand. Das reicht. Ich werde noch zur Verschwörungstheoretikerin. Als Nächstes denke ich noch, dass Allegra da mit drinsteckt. Und dass sie auf Area 51 tatsächlich Aliens in Formalin aufbewahren. Ich greife nach einer Flasche Wasser auf meinem Nachttisch und nehme einige große Schlucke. Ich werde ihn mir einfach aus dem Kopf schlagen. Immerhin hatte ich auch ein Leben, bevor Leo aufgetaucht ist. Ich werde einfach so tun, als …

Bedrückt lasse ich die Schultern hängen. Das funktioniert auch nicht. Ich googele »Liebeskummer« auf meinem Handy. Überall scheint man der Meinung, dass »Abstand« die beste Medizin wäre. Abstand. Ich seufze tief. Wir sind in einer Stufe. Wir sind Projektpartner. Wo genau sich da noch die Definition von »Abstand« dazwischenquetschen lässt, bleibt mir schleierhaft. Die streitenden Parteien in meinem Kopf einigen sich darauf, es zunächst mal mit »Ignorieren« zu versuchen. Unser Projekt ist so gut wie fertig, den Bericht schreibe ich allein, und das war's. In der Schule versuche ich einfach, ihn wie Luft zu behandeln. Mein Puls beschleunigt sich erneut. Das habe ich am Anfang, kurz nach unserem Streit auf dem Parkplatz, auch versucht. Ich erinnere mich daran, wie er mir ziemlich direkt klargemacht hat, dass er auf mich steht. Und wie wenig ich mich gegen all das, was er nun mal so ist, wehren konnte.

»Der Himmel stehe mir bei ...«, murmele ich, während ich mich wieder in die Kissen sinken lasse und nach der Fernbedienung meines DVD-Players greife. Wie bin ich in all das bloß hineingeraten?

24

Leo

Es ist Donnerstag und passend zu meiner Stimmung ist der Himmel bewölkt. Heute Morgen hat es sogar geregnet. Das trübe Wetter ist mir mehr als willkommen. Bambi tut konsequent so, als hätte ich mich in Luft aufgelöst. Heute Morgen hatte ich eine Mail von ihr im Postfach, in der sie mich auf cc gesetzt hat. Sie hat unseren Projektbericht eingereicht. Den scheint sie ganz allein fertiggestellt zu haben, denn wir hatten seit Samstagmorgen keinen Kontakt mehr. Wenn ich mich richtig erinnere, werden die besten Projekte am Ende des Schuljahrs in der Aula vorgestellt. Doch wenn unsere Spielplätze nicht dabei sind, dann war es das so ziemlich. Bambi hätte eigentlich keinen triftigen Grund, so bald wieder mit mir reden zu müssen. Erst für den Abschlussbericht am Ende des Schuljahrs müssten wir uns noch mal zusammenraufen. Je länger ich darüber nachdenke, desto auswegloser erscheint mir die ganze Situation.

Ich halte nach Jensen Ausschau, doch der ist mal wieder nicht zur Schule erschienen. Was genau ich ihm sagen will, weiß ich nicht genau. Dass ich es ziemlich unfein finde, meinen Videokommentar bei Facebook hochzuladen, ohne mal vorher drüber zu reden, werde ich ihm schon passend verpackt servieren. Wenn er sich deswegen prügeln will, kann er das gern haben. Ich knirsche mit den Zähnen, während ich den Gang zu meinem nächsten Klassenraum entlanggehe.

Die Liste der Leute, die mich komisch ansehen oder plötzlich nicht mehr mit mir reden, wird immer länger. Gestern war es schon Bambis komplette Clique. Heute weicht Elvis mir aus, und ein paar andere aus dem Schwimmteam feixen unverhohlen, als ich an ihnen vorbeigehe. Um Allegra hingegen tummelt sich das blühende Leben. Es ist immer wieder ein Phänomen. Die Meinung von Highschool-Schülern dreht sich mit dem Wind. Heute der Liebling aller, morgen der Underdog. So dramatisch ist es bei mir nicht, denn die allermeisten scheinen zwar mitbekommen zu haben, dass zwischen mir und Bambi Stress ist, aber Details kennen sie nicht. Meine Schwester hingegen scheint sich zum Liebling der Menge zu mausern. Seit Montag ist sie Redaktionsmitglied der Schülerzeitung und plant bereits großartige Reformen. Lady hat eine Facebook-Fangruppe, die täglich mit neuen Bildern versorgt wird. Alec steht die meiste Zeit mit einem breiten Grinsen neben Allegra, wenn er nicht gerade ihre Tasche, ihre Bücher oder ihren Hund trägt. Oder ihr das Mittagessen bringt. Aber Alec kann sowieso machen, was er will. Er könnte Al auch vergolden und in einer Sänfte umhertragen. Als Quarterback des Teams lieben ihn alle, sein Verhalten ist unantastbar und wird nicht kommentiert.

Ich werde abrupt aus meinen Gedanken gerissen, als Bambi auftaucht. Sie verlässt die Damentoiletten mit Silver im Schlepptau. Ich weiche ein wenig zur Seite, falls sie den Kopf drehen sollte. Doch sie ist so sehr ins Gespräch vertieft, dass sie weder rechts noch links sieht. Ich gehe zwei Meter hinter ihr. Aufgrund des miesen Wetters trägt sie eine Röhrenjeans, die sie über den Knöcheln abgeschnitten hat. Meine Augen wandern ihre schlanke, weich gerundete Figur hinab. Vor vier Tagen hat sie noch nackt in meinem Bett gelegen. Ich bin so ein Idiot. So ein verdammter Idiot! Sie lacht kurz auf, als Silver sie in den Arm zwickt. Verdammt, sie fehlt mir so. Ich muss hart schlucken. Ich will das nicht. So soll es nicht sein. Ich will zu ihr aufholen, meinen Arm um sie legen und sie auf ihre duftenden Haare küssen. Alle Welt soll wissen, dass sie zu mir gehört. Ich will sie küssen können, wann immer ich will.

Ich werde langsamer, damit sie unseren Klassenraum auf jeden Fall vor mir erreicht. Mr. Grindworth ist schon da, die meisten meiner Mitschüler sitzen schon auf ihren Plätzen. Mein Sitzplatz, der direkt vor Bambis liegt, ist verdächtig weit nach vorn geschoben. Die Lücke, die zwischen unseren Tischen klafft, beschreibt unseren Beziehungsstatus auf tragisch bildliche Weise. Tucker und Silver beobachten mich argwöhnisch, Bambi sieht immer noch an mir vorbei. Die Tischbeine ruckeln über den fleckigen Teppichboden. Erst jetzt fällt mir auf, dass Mr. Grindworths Raum der einzige mit Teppichboden ist. Total verrückt. Als mein Tisch samt Stuhl wieder dort steht, wo er hinsoll, setze ich mich. Hinter mir höre ich Bambi erleichtert ausatmen. Mein Magen krampft sich zusammen. Sie ist froh, dass sie mich nicht mehr direkt sehen muss. So weit hat sie sich schon von mir entfernt. Ich schließe die Augen und stütze meinen Kopf auf eine Hand. Ein Königreich für eine Zeitmaschine. All die verpatzen Gelegenheiten ziehen in einem hämischen Triumphzug an meinem geistigen Auge vorbei. Ich erinnere mich an das, was Dad mal zu mir gesagt hat: Leben ist das, was man daraus macht. Ich war noch jünger und habe nicht wirklich verstanden, was er mir damit sagen wollte. Doch nun wird es mir schlagartig klar. Leben heißt, zu handeln. Fehler, die man macht, zu begradigen. Probleme, die sich einem in den Weg werfen, zu klären. Denn man kann jederzeit dafür kämpfen, sein Leben zu ändern. Es anzupacken. Es nach seinen Wünschen zu formen wie einen Ballen Knetgummi. Und das mache ich jetzt. Ich lasse die Situation zwischen uns nicht mehr so stehen, ich ändere sie jetzt.

Obwohl Mr. Grindworth vorn bereits doziert, schwenke ich in einer 180-Grad-Drehung auf meinem Stuhl zu Bambi um. Sie erschrickt und für den Bruchteil einer Sekunde kreuzen sich unsere Blicke. Dann blickt sie starr auf ihren Block, der auf ihrem Geschichtsbuch liegt. Ihre Rechte hält krampfhaft einen Bleistift. Als ich meine Hand ausstrecke, zuckt sie zurück. Wieder kreuzen sich unsere Blicke. Ich glaube, mittlerweile guckt der halbe Klassenraum zu, doch das ist mir egal. Ich werde mir das, was im Leben wichtig ist, nie wieder entgleiten lassen. Als ich danach greife, lässt sie den Bleistift los wie eine Kobra, die sie beißen will. Ich drehe ihren Block zu mir. Tucker neben mir gibt ein drohendes Brummen von sich. Ich schreibe drauflos, während ich ihren überraschten Blick auf meinen Fingern spüre.

Es tut mir leid, bitte lass uns reden. Das war jetzt nicht besonders leidenschaftlich. Aber ich übe ja noch. *Du fehlst mir so sehr*, schreibe ich weiter. *Und ich will dich nicht verlieren.* Ich zögere einen Moment. Soll ich das Nächste wirklich schreiben? Was, wenn sie es in der ganzen Klasse herumzeigt? Doch so eine ist sie nicht. Also nehme ich all meinen Mut zusammen und schreibe weiter. *Ich habe Fehler gemacht. Ich wollte dich kennenlernen, mit dir zusammen und an deiner Seite sein. Ich habe dir meine Zukunftspläne verschwiegen, weil du sie ins Wanken gebracht*

*hast. Weil alles Geplante ohne dich plötzlich leer und sinnlos wirkte.
Und doch hatte ich Angst, du würdest es mir nicht glauben, wenn ich es
dir erzähle. Und so ist es ja jetzt auch. Das soll keine Entschuldigung
für dieses Dilemma sein, nur eine Erklärung. Ich hätte dir alles sofort
erzählen sollen, auch wenn es vielleicht bedeutet hätte, dass du doch nicht
mehr als meine Projektpartnerin sein willst. Aber dafür war ich einfach
nicht mutig genug, und es tut mir leid, dass ich dich dadurch so verletzt
habe.*

Ich lege den Bleistift zur Seite und drehe den Block zu ihr
um. Silver beugt sich neugierig ein Stückchen näher, aber
Bambi lehnt sich so vor, dass sie nichts lesen kann. Mein Herz
klopft so laut, dass ich mir sicher bin, dass man es bis zu den
Parkplätzen hört.

Bambi überfliegt den Text. Dann liest sie ihn noch mal,
langsamer und weniger nervös. Ich sehe, dass sie jedes Mal,
wenn sie ausatmet, leicht zittert. Ich halte die Luft an. Wie wird
sie reagieren? Mit einer entschlossenen Geste reißt Bambi das
obere Blatt von ihrem Block, knüllt es zusammen und schubst
es über den Tisch zu mir.

Meine Hoffnung fällt in das tiefschwarze Loch, das sich gerade zu meinen Füßen aufgetan hat. Ich forme ein lautloses
»Bitte« mit den Lippen.

Sie schüttelt den Kopf. Ich meine, einen feuchten Schimmer in ihren Augen auszumachen, doch als sie blinzelt, ist der
verschwunden. Ich will erneut nach dem Block greifen, doch
sie kommt mir zuvor. Mit einem schnellen Handgriff verschwindet er in ihrer Schultasche. Den Bleistift wirft sie hinterher. Ich schlucke. Das war deutlich. Neben mir unterdrückt
Tucker ein glucksendes Lachen. Bambis Blick geht wieder
starr an mir vorbei. Um mich nicht noch länger zum Affen zu

machen, drehe ich mich wieder um. Wie soll ich bloß einen »leidenschaftlichen Anfang« machen, wenn sie nicht mal mehr schriftlich mit mir kommunizieren will?

Nachmittags beim Schwimmtraining versuche ich, meiner Enttäuschung davonzuschwimmen. Doch das wird nichts, solange auch hier die Stimmung so gefährlich aufgeladen ist. Das Team und ich scheinen wie Wasser und Öl. Wir mischen uns nicht. Sie bleiben eine homogene Einheit, und ich bin der Typ, den keiner kennt und keiner mag, weil er so gut ist. Der Coach hampelt um uns herum wie aufgezogen, denn er spürt die Rivalität und das Misstrauen, das die anderen mir entgegenbringen, nicht. Selbst Elvis, unser selbstloser Mittelsmann, hat sich von mir entfernt. Vermutlich will er seinen Platz im Teamgefüge nicht riskieren. Ryan, ihr Alphatier, trieft vor Missgunst und aufgestautem Frust. Ich kann ihn irgendwie verstehen. Da ist man drei Jahre lang der unangefochtene Champion und dann kommt einer daher und lässt die eigenen Zeiten wie Bestzeiten aus dem Altenheim aussehen. Jetzt, da ich allgemein in Ungnade gefallen bin, benimmt er sich noch unausstehlicher als zuvor.

Nach dem Training im Umkleideraum muss ich feststellen, dass jemand das Schloss meines Spinds geknackt hat. Meine Klamotten liegen überall auf dem feuchten Fliesenboden verstreut. Das Hemd sieht aus wie ein Putzlappen, meine Bermudas sind mit Duschgel verschmiert. Meine Tasche hat man ausgeschüttet, alle Blöcke sind feucht und wellig. Mein nagelneues Smartphone hat einen großen Kratzer. Am schlimmsten jedoch hat es meine Klamotten getroffen. Ich werde aussehen wie ein Penner und darf damit noch quer durch die halbe Schule laufen.

Ryan ist zu wenig überrascht, um nicht von der Aktion gewusst zu haben. Wenn er nicht sogar persönlich dafür verantwortlich ist. Er beginnt zu lachen, ein paar andere stimmen mit ein. Der Großteil der Mannschaft sieht zur Seite, um nicht Teil des Spektakels zu werden.

Ich könnte platzen vor Wut, doch ich zwinge mich dazu, meine ramponierten Klamotten einzusammeln. Ich habe schon genug Probleme. Wenn ich jetzt noch einen meiner Mitschüler zusammenschlage … noch mehr Termine bei Direktorin Hellendale wollte ich in diesem Halbjahr eigentlich nicht sammeln. Aber Ryan kann es nicht lassen. Gerade als ich Shorts und Bermudas anhabe, macht er ein paar provozierende Schritte auf mich zu.

»Da sieht unser ehemaliger Musterschüler ja mal richtig scheiße aus.« Er baut sich vor mir auf und lässt die Muskeln spielen. »Und, Vaydencamp? Tut es sehr weh?«

In mir erwacht ein gefährliches Feuer. Eine Wut, ein Temperament, das ich nur schwer im Griff habe.

»Pass auf, was du sagst, Miller.« Ich strecke den Rücken durch, um ihm zu beweisen, dass ich ein knappes Stückchen größer bin als er. »Jedes deiner Worte verrät deine Eifersucht.«

Ryan stößt ein Lachen hervor, das klingt wie das wütende Bellen eines Kampfhunds. »Komm schon. Ist das dein Ernst? Eifersüchtig auf einen Kerl ohne Freunde, ohne Ehre und…« Er genießt es, den letzten Teil seines Satzes auszusprechen. »Ohne Freundin?« Er klopft mir jovial auf die Schulter. »Willst du einen Rat? Versuch's mal bei Tinder. Da legt man auf Charakter und soziales Umfeld keinen Wert.«

Seine Worte beweisen mir, dass der Großteil der Schule nun doch weiß, wie und warum es mit mir und Bambi zu Ende gegangen ist. Mein Puls rast. Mein Blick verengt sich zu einem Tunnel, der sich ganz auf Ryan konzentriert.

»Du gehst mir jetzt besser aus den Augen.«

»Was sonst?« Ryan hebt in großer Geste seine Arme. »Drohst du mir Schläge an?«

»Richtig.« Meine Stimme ist nur noch ein messerscharfes Flüstern.

»Dann trau dich!« Im nächsten Moment hat Ryan ausgeholt und zielt mit der geballten Faust auf mein Gesicht. Ich werfe mich zur Seite, doch er erwischt mich noch am Jochbein auf halbem Wege zwischen Auge und Ohr. Er ist kräftig, Schwimmer und so, wie es aussieht, Gelegenheitsboxer. Sein Hieb fühlt sich an, als platze mir die Haut vom Wangenknochen. Schmerz explodiert in meinem Kopf und ich sehe weiße Sternchen im linken Auge. Das war der Tropfen, der das Fass zum Überlaufen gebracht hat. Meine Wut, meine Verzweiflung und all die aufgestaute Aggression bahnen sich nun mit aller Macht einen Weg aus mir hinaus. Obwohl ich auf dem linken Auge kaum etwas sehe, packe ich Ryan an beiden Schultern. Es kracht laut, als ich ihn mit voller Wucht vor die Spindreihe neben uns schleudere. Eins der Schlösser bohrt sich von rückwärts hart gegen seine Rippen und er bekommt für einen Moment keine Luft.

Diesen Augenblick nutze ich, um ihm genauso einen Schwinger zu verpassen wie er mir. Ich allerdings treffe genau ins Ziel. Meine Knöchel schrammen über seine Augenbraue. Das wird ein Veilchen, an dem er noch lange Freude haben wird. Blind vor Wut hole ich ein zweites Mal aus. Er hat es so gewollt. Wenn er sich zum Punchingball meines angestauten Frusts machen will, dann bitte.

»Das reicht, Mann!« Elvis fängt meinen erhobenen Arm ein. Ich zerre ihn ein Stück mit, als ich ihn nach vorne durchstrecken will. Doch Elvis nutzt sein ganzes Gewicht und mir geht der Schwung aus. Zwei andere kommen ihm zu Hilfe. Widerwillig lasse ich die Faust sinken.

»Das reicht.« Elvis ist trotz seiner dunklen Hautfarbe blass geworden. »Wollt ihr euch ins Krankenhaus prügeln?«

»Keine Ahnung, was er will«, gebe ich schwer atmend zurück. »Ich richte mich da ganz nach ihm.«

Ryan hat eine Hand über sein Auge gelegt. Er bekommt immer noch schlecht Luft. Als er sich vom Spind löst, ächzt er auf vor Schmerz. Das Schloss hat eine tiefrote Prellung auf seinem Rücken hinterlassen.

»Du solltest das röntgen lassen«, sagt Elvis mit ernster Miene.

»Halt's Maul.« Ryan würdigt uns keines Blickes mehr, sondern trollt sich in seine Spindreihe.

Auch die anderen wenden sich ab, als wäre nichts gewesen. Mir bleibt nur Elvis' vorwurfsvoller Blick. Ich ignoriere ihn und irgendwann dreht er sich um, packt seine restlichen Sachen und verschwindet grußlos.

Vielleicht sollte ich mal den Zustand meines Gesichts überprüfen, bevor ich mich unter Leute wage.

Die nüchterne Bilanz: Ryan hat mir ein ziemliches Ei verpasst, die Haut darüber ist aufgesprungen und blutet. Ich war immer noch so voll Adrenalin, dass ich das Blut auf meiner Haut gar nicht gespürt habe. Ein paar Papierhandtücher müssen reichen, den Rest erledige ich zu Hause.

Der Gang bis zum Auto wird zum Spießrutenlauf. Die Sport-AGs sind zu Ende und der Campus voller Schüler. Ich sehe aus wie ein Obdachloser, den man verprügelt hat. Von sprachlos offen stehenden Mündern bis zu Gelächter ist alles dabei. Mein Auto erscheint mir wie ein Schutzraum. Ich seufze erlöst, als ich die schwere Tür zuziehen kann. Einen Moment lang schließe ich die Augen. Meine Wange pocht, jeder Pulsschlag lässt das geschwollene Gewebe vibrieren. Ich warte auf das Gefühl der Erleichterung. Das »sich besser fühlen« nach so einer Auseinandersetzung. Doch ich spüre nichts. Vermutlich einer der Gründe, warum ich bisher nicht viel von Prügeleien gehalten habe. Als ich die Augen wieder aufmache, spaziert zu allem Überfluss Bambi über die Wiesen vor dem Eingangsbereich. Holly und Amber neben ihr unterhalten sich, Silver redet auf ihr Smartphone ein, und Tucker isst etwas. Ich kann die Traurigkeit, die sie umgibt, fast körperlich spüren. Sie lacht nicht mehr so wie heute Morgen. Als würde sie meinen Blick spüren, setzt sie ihre Sonnenbrille mit den verspiegelten Gläsern auf. Wenn sie wüsste, wie unendlich leid mir das alles tut. Holly legt einen Arm um ihre Schulter und Bambi zwingt sich ein kurzes Lächeln ab.

Ich muss hier weg. Ohne noch ein weiteres Mal zu ihr zu sehen, mache ich mich auf den Heimweg. Da ist ein Flüstern in meinem Kopf. Eine bekannte, lockende Stimme. Seit ich Bambi kenne, hat diese Stimme geschwiegen. Doch heute werde ich ihr nachgeben. Die Stimme verspricht einen tiefen Schlaf, eine Flucht vom grellen Licht und den Geräuschen des Tages, ein Abtauchen in ein weiches Nichts.

Zu Hause bin ich allein. Der Griff zu den Schlaftabletten ist so einfach. Ich wiege sie prüfend in der Hand. Ich zögere und weiß nicht, ob ich mich dafür loben oder bemitleiden soll. Als ich die Tabletten im Bad mit einem Schluck laufenden Wassers herunterspülen will, betrachte ich mein Gesicht. Ich sehe echt mies aus. Die Wunde glänzt und immer noch tritt an einer Stelle durchsichtiges Wundwasser aus. Doch dann habe ich weder Lust noch Energie, mich darum zu kümmern. Ich will vergessen. Wenigstens für eine Weile. Ich mache den Mund auf und will die beiden weißen Tabletten auf meine Zunge legen, als der Nachrichtenton meines Handys erklingt. Ich bin so durch den Wind, dass ich es sofort für eine Nachricht von Bambi halte. Erst beim Hinsehen erkenne ich, dass es der Ton der E-Mails ist. Aber es könnte ja auch eine Mail von Bambi sein. Wie in Trance berühre ich das Icon. Mein Account poppt auf. Es ist nicht Bambi. Es ist jemand, mit dessen Antwort ich so schnell gar nicht gerechnet und den ich fast vergessen hätte. Mein Puls beschleunigt sich rasant, während ich die Mail überfliege. Holly sagt, ich soll mich mehr ins Zeug legen. Ich glaube, diese Aktion kann man als »sich ins Zeug legen« beurteilen. Mein Herz hämmert in meiner Brust und pumpt neue Lebensenergie durch meinen Körper. Ich muss es Bambi erzählen. Ich halte es einfach nicht mehr aus. Ich will sie wiederhaben. Ihr zeigen, dass ich es wert bin. Ich will das alles wieder gutmachen. Und ich glaube, den Schlüssel dazu könnte ich gerade in meiner Hand halten. Es platscht leise, als die beiden Schlaftabletten in der Toilette landen. Wer würde jetzt schon schlafen wollen?

Mein überbordender Tatendrang wird ausgebremst von John, der mich aufhält, als ich gerade das Haus Richtung Wagen verlassen will. Ich bleibe in der halb offenen Tür stehen und halte mich am Rahmen fest, als wollte ich mich jeden Moment hinausschwingen.

»Zeit für ein Familiengrillen.« Er strahlt mich gefühlsduselig an. »Dein Ma und ich waren bis gerade dafür einkaufen. Das wird toll.«

»Familiengrillen?«, wiederhole ich, als habe er versucht, mir ein exotisches Fremdwort beizubringen.

»Ja.« Johns unerschütterlicher guter Laune kann nichts etwas anhaben. »Der Koch ist heute auf einer Fortbildung und wir werden uns selbst um unser Essen kümmern.«

Wie dekadent.

»In Gottes Namen, was ist mit deiner Wange passiert?« Er hat meine Wunde entdeckt, als ich mich ihm voll zugewendet habe, um eine endgültige Antwort zu geben und dann zu gehen. Ich will John nicht beleidigen, aber mein Drang, sofort zu Bambi zu fahren, ist größer. Und es ist mir egal, ob mich ihr Dad lynchen will oder nicht. Ich werde mit ihr reden. Ich werde das in Ordnung bringen. Mein Kopf wummert von den Kopfschmerzen, die mir Ryans Schlag eingebracht haben.

»Leova, wer hat dir das angetan?«

O bitte. Niemand nennt mich Leova. Es klingt wie der Name eines Heiligen. Obwohl ich im Moment wohl eher aussehe wie ein Märtyrer.

»Leo?« John hebt den Arm, um mich zu berühren, lässt ihn dann aber wieder sinken. »Hast du Probleme?«

»Nein«, gebe ich lahm zurück. »Der andere hatte Probleme. Die habe ich gelöst.«

John gibt ein Geräusch von sich, das an ein unsicheres Lachen erinnert. Er war ganz sicher in der Schule nicht derjenige, der ausgeteilt, sondern der, der eingesteckt hat. Vermutlich hat ihn ein solches Déjà-vu gerade fest im Griff. Er wird ganz gelb im Gesicht. Sofort tut er mir wieder leid.

»Es war nur eine kleine Balgerei unter Teamkollegen. Nichts Wildes. Hör zu, John, es tut mir leid, aber ich muss –«

»Deine Mutter wünscht es sich. Es war ihre Idee.«

Seine Worte lassen mich erstarren.

»Tu ihr den Gefallen«, sagt John. Sein eindringlicher Blick schwenkt immer wieder zu meiner lädierten Wange. »Und bitte versprich mir, dass du zu mir kommst, solltest du in Schwierigkeiten stecken.«

Ich nicke. Mom soll wieder gesund werden. Und vermutlich habe ich es John zu verdanken, dass sie auf einem guten Weg dahin sein könnte. Mein großer Auftritt bei Bambi muss ein, zwei Stündchen nach hinten verschoben werden, damit wir, »die Familie«, uns annähern. Von mir aus.

Besagtes Grillen erweist sich dann doch als unterhaltsam, nachdem die beiden Damen des Hauses Ohnmachtsanfälle und großartiges Geseufze bezüglich meines lädierten Gesichts vom Stapel gelassen haben.

John hat einen riesigen Grill am Start, der richtig Spaß macht. Wir unterhalten uns fast ungezwungen, und als er und ich einmal zusammen am Grill stehen, macht er sogar ein Foto von uns beiden. Mom wirkt zwar immer noch irgendwie überdreht, aber wenigstens scheint sie ein paar ihrer alten Klamotten ausgegraben zu haben. So leger wie heute, in ihren Bermudas und der hellblauen Bluse mit Flip-Flops an den Füßen, habe ich sie lange nicht gesehen. Auch Al, die ausnahmsweise ohne ihren Schatten Alec aufgekreuzt ist, scheint besser mit Mom klarzukommen als bisher. Vielleicht hilft ihnen beiden die Gesprächstherapie tatsächlich. Die Möglichkeit, mit jemand Neutralem, jemand Unbeteiligtem sprechen zu können und sich alles von der Seele zu reden, kann sicherlich auch befreiend sein.

Der Moment, in dem die Stimmung einmal gefährlich schwankt, ist der, als Mom erzählt, dass Tante Jocelyn, Dads Schwester, sich von ihrem Mann getrennt hat und nun in unser altes Haus ziehen wird.

Ich lege mein Besteck zur Seite, Al sieht zu mir. Sie weiß, dass ich geplant hatte, dort mit Chester während des Studiums zu wohnen.

Mom lacht, als sie meine Einwände hört. »Ihr seid minderjährig. Ihr dürft nicht allein wohnen. Auch wenn das nach einer Menge Spaß für dich klingt.« Sie schüttelt den Kopf. »Nein, Leo. Dazu wird es nicht kommen.«

»Aber warum sollte man Geld für ein Wohnheim ausgeben, wenn dort ein Haus mit vier Schlafzimmern leer steht?«

»Weil die potenziellen Bewohner noch minderjährig sind?«, erwidert Mom ungerührt.

»Warum nicht eine WG?«, wirft John ein.

»Chester und ich wären eine WG«, gebe ich genervt zurück.

»Nein. Warum wohnt ihr nicht mit Jocelyn zusammen unter einem Dach? Es gibt doch genug Zimmer. Deine Mom erzählte, Jocelyn sei freie Journalistin und ständig unterwegs. Vermutlich wird sie kaum zu Hause sein. Sie ist zehn Jahre jünger als dein Dad, also warum solltet ihr nicht miteinander klarkommen?« Alle starren John an.

Al grinst breit und nickt. »Klingt doch super. Vielleicht kommen wir auch mit.«

»Wer wir?«, fragen Mom und ich gleichzeitig.

Al grinst noch breiter und zuckt nur die Schultern. »Wer weiß.«

»Da musste ich erst mit Jocy reden«, sagt Mom. »Ich habe ihr gesagt, sie kann dort wohnen. Von zwei College-Mitbewohner habe ich ihr allerdings nichts erzählt.«

»Aber sie wäre eine volljährige Bezugsperson, die das Wohnen der beiden dort möglich machen könnte.« John sieht ziemlich zufrieden aus. »Und sie hat jemanden, der auf das Haus aufpasst, wenn sie unterwegs ist.«

»Aufpassen!«, prustet Al, was Lady zu veranlasst, ihr wie einen Flummi auf den Schoss zu hüpfen. »Na klar.«

»Du weißt, dass ich mein Praktikum bei Barnes, Whitman & Clover in den Schulferien nach diesem Trimester machen wollte? Chester und ich sind zusammen angenommen worden. Kann ich dann schon im Haus wohnen?«

»Ich werde mit Jocy sprechen. Aber das sollte kein Problem sein. Ich werde sie morgen früh anrufen.«

Ich erwidere Moms Lächeln und fühle mich plötzlich fast wie früher. Mom kümmert sich um etwas. Es ist eine gefühlte Ewigkeit her. Ganz tief drin in mir keimt ein Funke auf, der mich hoffen lässt, dass wir an Dads Tod doch nicht zerbrechen werden.

Vielleicht bringen die Gespräche mit der Therapeutin meine Familie weiter. Bei Bambi komme ich allerdings keinen Schritt weiter. Auch heute, dem letzten Schultag vor dem Wochenende, ignoriert sie mich so leidenschaftlich wie zuvor. Es brennt mir unter den Nägeln, ihr von der großartigen Neuigkeit zu erzählen, doch je länger ich darüber nachdenke, desto kleiner und unbedeutender kommt sie mir vor. Vielleicht brauche auch ich die Hilfe einer neutralen Schiedsperson. Am besten einer weiblichen.

Das ist die Idee! Ich schiebe meinen Rucksack, den ich aufs Bett geschleudert hatte, zur Seite und lasse mich auf die weichen Decken fallen. Dann suche ich Emilys Nummer im Telefonbuch. Man kann an einer Hand abzählen, wie oft im Leben ich sie schon angerufen habe. Normalerweise klären wir alles persönlich und seit dem Umzug per Facebook oder WhatsApp.

Sie klingt entsprechend überrascht.

»Leo? Ist etwas passiert?«

»Ich brauche deine Hilfe, Ems.«

Sie atmet angespannt aus. »Ist etwas mit Al? Mit deiner Mom?«

»Nein.« Ich zögere einen Moment zu lange.

»Nun sag schon!«

»Es geht um …«

»Um Abby.«

»Richtig. Hat Ches schon von unserem Streit berichtet?«

»Nein. Du weißt doch, wie diskret er ist.« Sie lacht.

»Stimmt.«

Es entsteht eine kleine Pause, in der ich überlege, wo ich anfange.

»Ich höre ….«, drängelt Emily. »Wenn du deswegen anrufst, muss es echt wichtig sein.«

»Wie recht du hast.« Und dann erzähle ich ihr alles. Ungeschönt, mit allen schmutzigen Verfehlungen meinerseits.

Als ich geendet habe, seufzt Emily lange. »Mann, Leo. War das nötig?«

Ich will etwas erwidern, aber sie spricht schon weiter. »An ihrer Stelle würde ich auch nicht mehr mit dir reden. Obwohl die Sache mit dem Video echt mieses Karma ist. Du hast sie ja vorher nicht in der Gruppe gesehen. Nur die drei Mädels, die Allegra das Leben schwer machen.«

»Das glaubt sie mir nie, wenn ich erzähle, wie es war. Das klingt wie die perfekte Ausrede.«

»Ich weiß …« Emily denkt nach, man kann es durch die Leitung hören. »Die Idee hinter deiner Überraschung ist gut. Sie zeigt, dass du dich für sie wirklich interessierst.

»Findest du?«

»Ja, auf jeden Fall. Sie kann dir dann gar nicht mehr böse sein.« Emily lacht. »Na los, trau dich. Suche eine Gelegenheit, passe sie ab, lauere ihr auf … Du MUSST ihr davon erzählen!«

Minuten nach dem Ende unseres Telefonats bin ich immer noch euphorisch. Ems findet meine Idee gut, obwohl sie durchaus für Bambi Partei ergriffen hat. Was ja zu erwarten war. Aber trotzdem. Ich werde eine Gelegenheit suchen, um Bambi damit umzuhauen. Sie wieder für mich zu gewinnen. Sie endlich wieder …

»Abby redet nicht mehr mit dir, oder?« Allegra spaziert in mein Schlafzimmer, ohne anzuklopfen. Lady auf ihren kurzen Stummelbeinchen versucht, mit ihr Schritt zu halten. Sie sieht aus wie eine Mini-Fellrakete mit Hyperantrieb.

»Überrascht dich das, oder was?«, brumme ich. Erst jetzt bemerke ich, dass Al ihr Notebook unterm Arm klemmen hat. Was wird das denn?

»Willst du wissen, wo sie jetzt gerade ist?« Allegra hebt Lady hoch und setzt sie auf mein Bett. Ich komme nicht dazu, zu protestieren. Schon steht Allegra neben mir, klappt den Laptop auf und hält mir die Pinnwand ihres Instagram-Accounts unter die Nase.

»Ja und?«

»Lies, mein Bruder. Das kann doch nicht so schwer ein.«

Ich nehme ihr den Laptop aus der Hand und stelle ihn vor mich aufs Bett.

»Es ist das neuste Posting.« Allegra drückt ihren Zeigefinger auf das Display. »Ganz oben, schau!«

»Ich bin doch nicht blöd.« Ich schiebe ihre Hand weg.

Allegra gibt ein nicht ganz so überzeugt klingendes Geräusch von sich, während Lady mit wachsender Begeisterung in die Zehen meines rechten Fußes beißt. Ihre Milchzähne sind ganz schön spitz und ich zucke zusammen.

»Könntest du den kleinen Vampir an die Kette legen? Ich brauche den Fuß noch.«

»Lass sie doch spielen.« Allegra denkt gar nicht daran, Lady zur Ordnung zu rufen. »Schau jetzt endlich. Das gleiche Bild hat sie auch auf Facebook gepostet.«

Ganz oben steht Abbys Name. Mein Herz wird sofort einen Takt schneller. Dort steht: »#SunsetBeach« und »#Zeitfürmich«. Dazu das Foto einer feurig gelben Sonne, die funkelnde Lichtpunkte auf die Wellen wirft.

»Sie ist jetzt gerade da. Weißt du, wo das ist? Ich habe es gegoogelt, aber nichts gefunden.«

»Ich weiß, wo das ist.« Mein Magen rotiert vor Nervosität.

»Dann los!« Al nimmt mir den Laptop weg. »Sie ist allein dort. Ihr seid also ungestört. Das ist deine Chance.«

»Okay.« Ich springe auf. Ich packe das jetzt. Jetzt oder nie –
bevor mich mein Mut wieder verlässt.

Trotz meiner Nervosität finde ich den Strandabschnitt, der
direkt an die Bundesstraße grenzt. Die vielen Verbotsschilder
wirken einschüchternd. Aber in dem kurzen Moment, in dem
Mal kein Auto an mir vorbeirast, schwinge ich mich über den
Zaun. Der Strand beginnt dort, wo das stachelige Gebüsch
aufhört. Fast denke ich, ich habe den falschen Abschnitt erwischt, als ich eine Silhouette entdecke. Das ist sie. Sie sitzt im
Schneidersitz, ihr Kopf ist gesenkt. Mein Herz überschlägt
sich. Was, wenn es schon zu spät ist? Wenn sie schon mit uns
abgeschlossen hat? Mein Mund wird ganz trocken. Die Palm-
blätter zu meinen Füßen rascheln verräterisch. Bambis Körper schwingt herum. Sie sieht mich so erschrocken an, als
habe sie das FBI oder den Verfassungsschutz erwartet.

Ich bleibe abrupt stehen und hebe die Hände in einer be-
schwichtigenden Geste. »Bitte. Ich will nur reden.«

Sie streicht sich nervös die Haare hinters Ohr. Dann schüttelt sie stumm den Kopf.

»Abby«, flüstere ich. »Bitte.«

Ihre Miene wirkt völlig regungslos. »Wie hast du mich gefunden?«, stößt sie hervor. »Das hier ist mein Rückzugsort. Er
gehört mir. Nur mir.« Sie schiebt ein dickes Buch von ihrem
Schoß und springt dann auf. »Warum respektierst du das
nicht?« Sie kommt auf mich zu.

»Du hast mir von Sunset Beach erzählt. Ich dachte –«

»Ja, und es war ein Fehler. Genauso wie alles andere zwischen uns ein Fehler war. Ich wünschte –« Sie holt tief Luft.

Was auch immer sie jetzt sagen will, es kostet sie eine Menge Kraft. »Ich wünschte, du wärst niemals nach Kalifornien gezogen.«

Bam. Das hat gesessen. Mit so einem Todesstoß erledigt sie mühelos jeden Endgegner. In diesem Falle mich. Ich sehe sie an und kann einfach nichts darauf erwidern. Sie steht direkt vor mir, ich könnte sie berühren, doch ich rühre mich nicht. Ich rieche ihr zartes Parfüm und Erinnerungen an unsere gemeinsamen Treffen tauchen in kaleidoskopartigen Bruchstücken vor meinem geistigen Auge auf.

»Hättest du mich nicht einfach in Ruhe lassen können?« Ihr Blick ist fest auf mich gerichtet, doch ihre Stimme zittert leicht. »Warum ausgerechnet ich? Ich habe schon genug Probleme zurzeit. War es ein besonderer Reiz, weil ich nicht sofort Sternchen in den Augen hatte, wie alle anderen? Hätte es nicht irgendein Mädchen aus einer Bar sein können? Ein paar One-Night-Stands, gesichtslos und austauschbar? Warum musste ausgerechnet mein Herz dein Spielzeug werden? Weil du selbst nichts mehr fühlst nach dem Tod deines Vaters? Weil du leer bist? Ist es das?«

Ihre Worte legen sich wie eine Schlinge um meinen Brustkorb, die sich immer weiter zuzieht. Ich will stark sein, stark, so wie immer. Stark, wie ich es für Allegra war. Wie ich für Mom war. Doch jetzt ist der Punkt erreicht, an dem ich nicht mehr kann. Männer weinen nicht. Ich habe bei Dads Beerdigung nicht geweint. Ich werde es auch jetzt nicht tun. Mein Hals schnürt sich zu. Der Gedanke an den weiteren Verlust eines Menschen, der mir so viel bedeutet, ist unerträglich. Die Endgültigkeit in ihren Worten zerreißt mich innerlich. Ich spüre, wie ich den Kampf gegen die Tränen verliere.

»Wir sehen uns«, würge ich hervor, bevor ich die Flucht ergreife. Etwas Blöderes fiel mir gerade nicht ein. Mein Körper beginnt zu zittern, so sehr wehre ich mich gegen ihn. Ich lege den Kopf beim Gehen in den Nacken.

»Leo!« Ich höre ihre Schritte im Sand.

Eine Träne läuft meine linke Wange hinunter. Sie soll mich so nicht sehen.

»Jetzt warte doch mal!«

Ich muss schleunigst hier weg. Meine Beine beginnen wie von selbst zu joggen. Doch für Bambi stellt das kein Problem dar. Sie rennt, seit sie laufen kann, durch Sand.

»Leo!«

Eine Hand greift nach meinem Oberarm und reißt mich herum. Die Träne habe ich längst abgewischt, doch meine feuchten Augen bleiben. Ihr Gesicht spiegelt meinen Schmerz.

»Herrgott, bleib endlich stehen, du Dickkopf.« Sie legt eine Hand an meine Wange. Sie muss aufhören, so nett zu mir zu sein, sonst wird es gleich echt peinlich.

»Leo.«

Ich kann sie nur ansehen. Dieser Kampf in meinem Inneren kostet mich alle Kraft. Im nächsten Moment fühle ich, wie sich ihr warmer, weicher Körper gegen mich presst. »Das wollte ich nicht. Was ich eben gesagt habe, besonders das mit deinem Dad, das –« Sie schlingt die Hände um meine Mitte. Ich bin so perplex, dass ich wie versteinert dastehe.

»Es tut mir leid.« Ich fühle ihren Atem durch mein Shirt. Sie schluchzt. Ihre Schultern beben. Ihre rechte Hand krallt sich in mein Shirt, als brauche sie einen Anker. »Du hast mir so gefehlt.«

Einen ewigen Moment lang bin ich wie paralysiert. Ihr

leises Schluchzen reißt mich zurück in die Realität. Ich ziehe sie noch enger an mich, als wollte ich sie mit meinem Körper komplett umhüllen.

»Es gibt nur dich.« Ich kann kaum sprechen, so sehr belegen die drohenden Tränen meine Stimme. »Es gab immer nur dich. Schon bevor ich dich getroffen habe, gab es nur dich.«

Sie hebt den Kopf. Ihre Augen sind feucht, die Mascara ein wenig verlaufen. »Das verstehe ich jetzt nicht.«

»Wenn ich das erkläre, wird es nur komplizierter.«

»Kann es zwischen uns noch komplizierter werden?«

»Du hast recht.« Ich will gerade versuchen zu erklären, warum sie diejenige ist, der mein Herz gehört, warum sie die Einzige ist, da nimmt sie meine Hand.

»Komm, wir setzen uns. Dort drüben steht meine Lieblingspalme.« Mit dem Ärmel ihres Sweaters wischt sie sich die Tränen von den Wangen. Ich habe immer noch einen Kloß im Hals. Was, wenn sie mir einfach nicht glaubt? Wenn sie mir nie glauben wird?

Sie bugsiert mich unter die Palme wie ein kleines Kind. »Setz dich.«

Ich lasse mich neben ihr Anthropologiebuch in den Sand fallen. »Das sieht teuer aus. Jetzt ist es ziemlich sandig.«

»Ich habe es bezahlt. Ich kann damit machen, was ich will.«

Okay, das war deutlich. Ich grabe meine Zehen in den Sand. Als Bambi endlich neben mir sitzt, kann ich die Wendung, die diese Begegnung genommen hat, noch nicht ganz fassen.

»Erkläre es mir.«

Mein Kopf ist wie leer gefegt. Wie soll ich es jetzt schaffen, die ganze komplizierte Geschichte schlüssig rüberzubringen. »Gib mir noch einen Moment.«

Sie nickt. Gemeinsam lehnen wir uns an den Stamm der Palme. Es tut gut, ihr wieder so nah zu sein. Ich hätte nicht damit gerechnet, dass es je wieder so sein würde.

»Tut es sehr weh?« Sie deutet auf meine lädierte Wange.

Ich schüttele automatisch den Kopf.

»Tucker sagt, Ryan habe dich provoziert.«

»Stimmt.« Das kann nur von Elvis kommen, denn Tucker war gar nicht dabei. Vielleicht ist er doch immer noch so was wie ein Freund.

»Prügelst du dich häufiger?«

»Eigentlich gar nicht.« Immer noch blicke ich starr auf das Meer vor mir, als bräuchte ich einen Fixpunkt. »Ich kann mir keinen Ärger mit der Polizei erlauben. Ich will Anwalt werden.«

Dann erstirbt unser Gespräch wieder. Wir sitzen nebeneinander wie zwei erschöpfte Kämpfer, die zu ebenbürtig sind, um einen Sieger auszumachen.

Wie finde ich jetzt am geschicktesten einen Anfang, ohne dass es wie eine Beichte klingt? Wie mache ich ihr klar, dass sie mir vertrauen kann, ohne dass ich mich wie ein schleimiger Staubsaugervertreter anhöre?

»Wusstest du schon immer, dass du Anwalt werden willst?«

Ich sehe kurz zu Bambi rüber, aber auch ihr Blick geht starr geradeaus. Unsere Schultern berühren sich und doch wirkt sie meilenweit entfernt.

»Irgendwie schon. Klar denkt man mit zehn, dass man Astronaut oder Rennfahrer wird. Aber je mehr ich über den Beruf erfahren habe, desto sicherer war ich, dass ich genau das mal werden will. Klingt langweilig, ist aber so.«

Bambi lacht leise. »Aber dein Vater war doch sicherlich stolz, dass du in seine Fußstapfen treten wolltest.«

Was redet sie da? Ruckartig setzte ich mich gerade hin und drehe mich zu ihr. »Mein Dad war kein Anwalt.«

Sie sieht mich überrascht an. »Aber, ich dachte … ich hatte immer angenommen, dass er –«

»Er war Arzt.«

»Was?« Jetzt sitzt sie genauso kerzengerade wie ich. Sie dreht sich zu mir, bis wir uns fast gegenübersitzen.

»Hämatologe. Er hat an der Uni in Yale geforscht.«

»Was?« Ihre Stimme überschlägt sich.

Jetzt wäre eigentlich der ideale Zeitpunkt, ihr von meiner Überraschung zu erzählen. Ich will gerade den Mund aufmachen, als sie weiterredet.

»Warum habe ich jetzt wieder das Gefühl, dich überhaupt nicht zu kennen?« Sie klingt resigniert.

»Ich rede nicht gern über meinen Vater, okay? Es …« Ich seufze, weil das mal wieder so ein Seelenstriptease wird. »Es tut weh. Jedes Mal. Und dann klinge ich wie der verdammte Loser, der ich geworden bin, seit er tot ist.«

»Aber trauern ist doch keine Schwäche.«

»Bei Frauen vielleicht nicht. Ihr seht sogar gut aus, wenn ihr weint.«

»Leo!« Sie stupst mich vors Knie. »Bleib jetzt mal ernst.«

Ich fange ihre Hand ein und schließe meine Finger darum. Als sie sie nicht wegzieht, nehme ich all meinen Mut zusammen. »Komm mit mir nach New Haven.«

Bambi starrt mich an. »Du willst abhauen? Das kannst du nicht machen. Wir brauchen einen Schulabschluss. Ich habe so hart gearbeitet dafür. Es ist mitten im Trimester. Und außerdem könnte ich das meinen Eltern –«

»Bambi.«

»Ja?« Sie sieht aus wie ein verschrecktes Kätzchen. Ich würde sie am liebsten sofort küssen.

»In den Herbstferien. Für zwei Wochen.«

»Ach so.« Hinter ihrer hübschen Stirn rattert es. Dann verfinstert sich ihre Miene. Sie reißt ihre Hand weg und verschränkt stattdessen die Arme vor der Brust. »Nein. Was glaubst du, wer du bist?«

»Der fiese Kerl, der dein Herz bricht und dich dann ans andere Ende des Landes entführt?«

»Das ist nicht witzig.«

»Ich kann den ganzen Text, den ich dir in Geschichte geschrieben habe, noch mal wiederholen. Aber genau so ist es. Ich hätte dir von Anfang an erzählen müssen, dass ich zurückgehen will zum Studieren. Punkt. Alles andere sind Ausreden, die nicht gelten. Es war mein Fehler. Und die Sache mit den *Strandflittchen* war ein dummer Zufall. Ich habe dich nicht gesehen, nur die drei Mädels, die Allegra das ganze Projekt allein stemmen lassen. Klar war ich angepisst, als ich die da in allerbester Laune am Strand habe herumspringen sehen. Es ist einfach alles dumm gelaufen.«

»Ich will aber nicht das Ergebnis von *Dumm gelaufen* sein.«

»Du bist nicht das Ergebnis von *Dumm gelaufen*. Du bist das Ergebnis von *Wert, dafür zu kämpfen*.

Ihre Miene wird weicher, trotzdem bleibt sie wachsam. »Warum redet dieser Chester dann so abfällig über mich?«

»Ach, Chester, der ….« Ich fange noch mal von vorne an. »Bei ihm habe ich eigentlich den gleichen Fehler gemacht. Ich hätte ihm von Anfang an erzählen sollen, wie sehr du mich aus den Socken gehauen hast. Ich habe ihm nicht mal ein Foto von dir geschickt, weil ich es nicht ertragen konnte, dich irgendwie zu teilen. Hinzu kommt, dass ich nicht wirklich viel Zeit hatte für ihn in den letzten Wochen. Die Probleme mit Allegra, die Sache mit Mom und John und dann du ... wir hatten eigentlich kaum Kontakt. Er ist dann irgendwann zu dem Schluss gekommen, dass du nur ein Zeitvertreib bist.« Ich zucke die Schultern. »Ches ist kein schlechter Kerl. Er ist ziemlich klein, hat dafür aber eine Riesenklappe. Er wird bestimmt mal ein 1-a-Anwalt. Aber ganz besonders wenn er sauer ist, schießt er gern mal übers Ziel hinaus. Besonders verbal. Aber als ich ihm alles erklärt habe, wollte er sofort helfen. Er hat sogar einen Brief verfasst, den ich in meinem Namen an dich schicken sollte, um dir alles zu erklären.« Ich muss grinsen. »Und ich bin nicht gut weggekommen in dem Schriftstück. Aber jetzt ist alles wieder okay zwischen uns. Mittlerweile redet er nur noch über unser Herbstferien-Praktikum.«

»Du wirst die zwei Wochen arbeiten?«

»Ja, wir machen ein Praktikum in der Kanzlei von Chesters Onkel.«

»Aber warum soll ich dann mitkommen? Du wirst den ganzen Tag arbeiten.«

Ich muss mir ein selbstzufriedenes Grinsen verkneifen. »Weil du ebenfalls den ganzen Tag arbeiten wirst.«

Ihre Augen werden groß. »Wo?«

Jetzt kommt der Moment meines Triumphs. Ich spanne sie noch ein paar Sekunden auf die Folter. Sie sieht einfach zu süß aus, wenn sie mich mit ihren Rehaugen so erwartungsvoll ansieht. »Ich habe dir einen Kursplatz besorgt. Ein Freund von Dad ist Dozent am Anatomischen Institut in Yale. Der Kurs nennt sich »Schwerpunkte der Makroskopischen Anatomie«. Es ist ein Vorbereitungskurs für angehende Mediziner und

485

Anthropologen. David sagt, wer die zwei Wochen packt, eignet sich fürs Studium. Er macht eine Ausnahme, weil er mich kennt, seit ich klein bin. Und weil du einen glatten Einserdurchschnitt hast. Normalerweise dürfen nur Leute dabei sein, die bereits einen Studienplatz haben.«

Bambi sieht mich an, als habe ich ihr erzählt, dass es Leben auf dem Mond gäbe. »Nicht dein Ernst.«

»Klar doch.« Ich zucke lässig mit den Schultern.

»Ich krieg 'nen Anfall!« Ihre Stimme überschlägt sich und im nächsten Moment hat sie ihre Arme um mich geschlungen. Endlich! So soll es sein. Sie küsst mich schmatzend auf die Wange.

»Du bist der Wahnsinn! Vollkommen verrückt! Wie genial!« Sie löst sich von mir und strahlt mich an. »Danke! Was für eine unglaubliche Überraschung.«

»Gern.«

»Ich weiß gar nicht, was ich sagen soll.« Sie lacht etwas verlegen. »Vielen Dank, Leo. Ich meine es ernst.«

Jetzt wäre eigentlich der Zeitpunkt gekommen, mir einen richtigen Kuss zu geben. Es sei denn, sie will es gar nicht. Bambi weicht meinem Blick aus. Jetzt bloß nicht nervös werden.

»Abby?«

»Ja?« Irre ich mich oder schaut sie tatsächlich skeptisch?

»Wenn du willst, dass wir jetzt nur noch befreundet sind –« Ich breche ab. »Ich meine, nach dieser ganzen Geschichte wäre es verständlich. Ich habe Mist gebaut. Aber das würde nicht funktionieren. Klar steht das Angebot mit dem Kursplatz weiterhin, egal, wie wir auseinandergehen. Aber wenn ich in dir nur noch einen Kumpel sehen soll, dann –«

Ihre Lippen verschließen meinen Mund. Ihr Kuss ist stürmisch, leidenschaftlich und kein bisschen zögernd. Als ihre Zunge die meine berührt, ziehe ich sie mit einem Ruck auf meinen Schoß. Ihre Schenkel schlingen sich um meine Hüften. Ich stöhne auf, als pure Lust meinen Körper elektrisiert wie ein Stromschlag. Sie wühlt die Hände in meine Haare, hält meinen Kopf und ihre Lippen wandern meinen Hals hinab.

»Rede nicht so einen Unsinn.« Sie zieht ganz leicht an meinen Haaren. Wenn sie nicht aufhört, reiße ich ihr hier und jetzt die Klamotten vom Leib.

»Das könnte ich genauso wenig. Ganz oder gar nicht. Etwas anderes gibt es nicht für uns.« Sie knabbert zart an meinem Hals. Himmel, hilf mir. Ich schiebe meine Hände unter ihren Pulli. Das Gefühl ihrer zarten Haut unter meinen Fingerspitzen macht mich ganz wirr im Kopf.

»Mist.« Sie löst sich von mir. Mit einem Wimpernschlag scheint sie wieder in der Realität angekommen.

»Was?« Mein benebelter Verstand kommt nicht ganz mit.

Sie lässt resigniert die Schultern hängen. »Mom und Dad werde es niemals erlauben.«

Die Erwähnung ihrer Eltern ist wie eine kalte Dusche. Nüchtern ist gar kein Ausdruck. Ich seufze laut. »Vielleicht solltest du sie fragen, bevor du dir selbst eine Antwort gibst?«

Sie sieht mich an, als wäre ich begriffsstutzig. »Sie werden es nicht erlauben. Sie hassen alles, was mit Anthropologie zu tun hat. Sie tun so, als würde ich sie und ihren Lebenstraum damit verraten. Ganz sicher werden sie mir kein Zimmer im Wohnheim bezahlen, damit ich den ganzen Tag Anatomie pauke.«

»Du kannst bei mir wohnen in unserem alten Haus. Mom wird es nicht verkaufen.«

»Toll«, schnauft sie. »Wir sind minderjährig. Ganz sicher werden meine Eltern uns nicht allein in einem Haus wohnen lassen. Mal abgesehen davon, dass sie sich garantiert nicht vorstellen wollen, wie wir dort wie Mann und Frau in einem Bett schlafen.« Sie schiebt meine Hände weg, die immer noch unter ihren Pulli geschoben sind. Ich warte zwei Sekunden und schiebe sie wieder genau dorthin zurück. Bambi verdreht die Augen. »Genau das meine ich.«

»Was denn?« Ich setze mein unschuldigstes Lächeln auf.

»Nicht mal in der Öffentlichkeit kannst du die Finger von mir lassen. Was glaubst du, was meine Eltern denken, was wir hinter verschlossenen Türen machen?«

»Sie werden sich schon an den Gedanken gewöhnen. In einem halben Jahr gehst du sowieso zum Studieren ans andere Ende des Landes. Da kann niemand mehr kontrollieren, was du hinter verschlossenen Türen machst.«

So banal es auch ist, das Argument scheint sie zu beruhigen.

»Du hast recht.« Sie schlingt ihre Finger um meinen Nacken. »Aber sie werden es jetzt trotzdem nicht erlauben.«

»Willst du es denn?« Ich streichle ihren Rücken hinauf. »Daniel sagt, ihr werdet Leichen aufschneiden. Nichts für schwache Nerven. Und der Geruch ist bestimmt auch nicht so toll. Möchtest du so deine Ferien verbringen?«

»Unbedingt.«

»Dann nehme ich an, du wirst alles versuchen, sie zu überzeugen?«

Sie nickt.

»Dann wirst du es schaffen.«

»Wir werden sehen.«

»Vielleicht hilft es deinen Eltern zu wissen, dass meine Tante Jocelyn das Haus bewohnen wird. Ich würde in meinem alten Zimmer schlafen. Du könntest Allegras Zimmer haben.«

Ich kann dabei zusehen, wie sich ein Lächeln auf ihre Züge malt. »Das haben Sie aber alles sehr geschickt geplant, Mr. Vaydencamp.« Ihre Augen blitzen amüsiert.

»Du darfst Leo zu mir sagen.« Ich spiele mit einer Strähne ihres langen Haars. Sie kann sich nicht vorstellen, wie sehr ich mir wünsche, dass sie mit mir in meine alte Heimat kommt. Doch was, wenn es ihr dort nicht gefällt? Neuengland ist kälter, rauer, abweisender. Das Land heißt einen nicht so willkommen wie das sonnige Kalifornien. Auch die Menschen sind reservierter und Fremden gegenüber weniger offen. In Kalifornien kann man es von ganz unten nach ganz oben schaffen und die Leute lieben einen dafür. Es ist egal, wo du herkommst. In Neuengland hingegen regiert die Tradition. Es zählen Namen, Stammbäume und Auszeichnungen. Der richtige Nachname öffnet dir Türen, der richtige Stammbaum eröffnet dir eine ganze Karriere. Ob Bambi mit ihrer unbekümmerten Lebenslust dorthin passt?

»Warst du schon mal an der Ostküste?«, taste ich mich vor.

»Nein.«

»Es ist nicht so sonnig wie hier.«

»Ich hatte auch Geografie in der Schule, danke!« Sie kichert und hat keine Ahnung, worauf ich hinauswill. Dann wird ihr Gesicht plötzlich ernst. »Das Wetter?« Sie zieht die Augenbrauen hoch. »Es ist das Wetter, das dir Sogen macht?«

»Nein«, erwidere ich schnell. Zu schnell.

»Das Wetter ist mir so egal. Ich würde mit dir in einen Iglu ziehen, wenn es nötig wäre.«

»Oh, das trifft sich super«, erwidere ich und überspiele meine Erleichterung, so gut es geht. »Habe ich dir erzählt, dass in unserem Haus im Winter gern mal die Heizung ausfällt?«

»Leo!« Sie kneift mich in den Bauch. »Versuche nicht, mich zu vergraulen. Dafür ist es jetzt zu spät.«

Dafür muss ich sie schon wieder küssen. Mittlerweile ist es ein wenig dunkel geworden. Ein blasser Mond ist am Himmel erschienen. Das Rauschen der Wellen im Hintergrund ist fast romantisch. Es ist der ideale Ort, um ungestört rumzumachen. Keine Strandbesucher, keine Lehrer, keine Eltern. Nur Bambi und ich und …

Ein schrilles Handyklingeln zerhackt jegliche Romantik in klägliche Einzelteile. Wenn man vom Teufel spricht.

Bambi reißt sich von mir los und zückt ihr Smartphone. »Ja?« Sie stöhnt genervt. »Ja, ich komme.« Schon wieder ein Stöhnen. »Nein, ich bin nicht außer Atem. Die Verbindung ist wohl schlecht. Ja. Ja, ich weiß, dass es dunkel ist.« Pause. »Nein? Bin ich zwölf oder was?« Sie schnauft ungehalten. »Ja, bis gleich.« Sie lässt das Handy wieder verschwinden. »Siehst du, wie sie sind? Und du glaubst im Ernst, sie lassen mich von hier weg?«

»Sie wussten nicht, wo du steckst. In Yale wissen sie es.«

Sie schenkt mir ein lahmes Lächeln. »Ja klar.« Dann rutscht sie von mir runter. »Ich muss los. Mom hat Abendessen bestellt.«

Sie hat sich schon ihr Buch geschnappt und ist aufbruchbereit, bevor ich überhaupt auf den Füßen stehe. Wie selbstverständlich lege ich meinen Arm um sie.

An ihrem Wagen angekommen, wirft sie das Buch auf den Beifahrersitz und sieht dann zu mir hoch.

»Sehen wir uns morgen?«

»Ist das eine Frage?«

Sie kneift mich schon wieder. Ich fange ihre Handgelenke ein und halte sie fest. »Wann wirst du sie fragen?«

Bambis vorher so angespannter Körper erschlafft. Sie seufzt. »Noch heute Abend. Dann habe ich die Antwort sofort. Es ändert eh nichts.«

»Du schaffst das.« Ich grinse. »Sie mögen mich. Das wird es leichter machen.«

»Schon klar.« Sie macht eine Bla-bla-Geste mit der Hand. »Ich habe dir noch nicht erzählt, dass Dad herausgefunden hat, dass ich bei dir und nicht bei Silver übernachtet habe, oder?«

»Heißt das, er erschießt mich, wenn ich dich morgen abhole?«

Bambi grinst verschwörerisch. »Das werden wir sehen. Wenn du dich traust.«

»Ich freue mich auf morgen.«

Bambi lacht über meine Grimasse. »Ich muss dringend los. Mein chinesisches Essen wird kalt. Wir sehen uns morgen.«

Ein letzter Kuss, ein letztes Streicheln, und weg ist sie. Ich sehe den Scheinwerfern ihres Buicks nach. Meine Sehnsucht nach ihr erwacht, kaum dass wir uns voneinander getrennt haben. Es ist ein allgegenwärtiges Gefühl, das in diesem Moment nur überlagert wird von einer riesengroßen Erleichterung. Ich habe es geschafft. Diese Mal habe ich mich nicht hängen lassen. Nicht einfach nur zugesehen, wie alles den Bach runtergeht. Nicht ohnmächtig danebengestanden wie bei Allegra. Nicht wortlos reagiert wie bei Mom. Ich habe es angepackt. So wie früher. Und auch Mom und Al sind nun auf einem guten Weg. Es fühlt sich gut an, ihnen nicht mehr allein gegenüberzustehen. John kann Dad nicht ersetzen, aber ich sehe in ihm mittlerweile einen Verbündeten. Er hat oft genug bewiesen, dass ihm das Wohl von Allegra und Mom sehr am Herzen liegt.

Ein blinkendes Herz erscheint bei WhatsApp. Sie denkt also auch gerade an mich.

»Kein WhatsApp beim Fahren«, texte ich zurück und steige endlich in meinen Pick-up. Die Vergangenheit hat mich heftig nach unten gerissen. Aber jetzt bin ich wieder obenauf und bereit für die Zukunft.

25

Abby

»Es ist doch bloß ein Anatomiekurs. Nur weil man dort menschliche Körper seziert, ist man doch kein Freak oder Massenmörder.«

Dad schaut, als habe man ihm einen Teller voll Kröten serviert. Mit einer energischen Geste schiebt er sein Hühnchen Shanghai von sich. Mom sieht mich an, als überlege sie ernsthaft, ob man mich nach der Geburt im Krankenhaus vertauscht habe. Ob jetzt vielleicht irgendwo in einer gruseligen Bestatterfamilie ein fröhliches Mädchen herumspringt, die alle damit schockt, dass sie am liebsten quietschbunte Werbefilme drehen möchte? Mom schaudert deutlich sichtbar.

»Niemals.« Sie sieht mich fest an. »Ich lasse doch nicht zu, dass mein Kind ein Trauma bekommt, weil sie Leichen aufschneiden soll. Noch dazu mit 16 Jahren.«

»Ich werde übernächsten Monat 17, Mom!«

»Die Sorgen deiner Mutter sind berechtigt«, kommt Dad ihr zu Hilfe. »Mal abgesehen davon, dass ich diese On-Off-Geschichte mit Leo sehr skeptisch betrachte. Was, wenn ihr euch trennt, während du bei ihm wohnst?«

»Sie wird nicht bei ihm wohnen!« Moms Stimme wird gefährlich schrill. »Wo kommen wir denn da hin?«

»In einem knappen Jahr werde ich studieren. Mit einem Abschlusszeugnis ist man kein kleines Kind mehr. Gewöhnt euch endlich an diesen Gedanken.«

»Wenn du an der UCLA studieren würdest wie geplant, dann würdest du natürlich zu Hause wohnen bleiben.« Moms Augen funkeln vor Wut.

»Ja, aber würde ich das wollen?«

Mom wird blass. Dad springt ein. »Kein Grund, so gemein zu werden, Abby. Wir diskutieren hier nur.«

»Es sind aber die Tatsachen, Dad. Es ist üblich, nach dem Schulabschluss in ein Wohnheim zu ziehen. Und dort weiß niemand, mit wem ich meine Nächte verbringe.«

Mom schnappt deutlich hörbar nach Luft.

»Gewöhnt euch an den Gedanken. Ich bin kein kleines Mädchen mehr. Und ich habe einen Freund.«

»Schläfst du mit ihm?« Nach Moms Worten wird es totenstill im Esszimmer.

Es geht sie nichts an. Wirklich nicht. Aber wenn ich ihr Bild von dem ewig kleinen Mädchen zurechtrücken will, darf ich jetzt nicht kneifen. »Ja.«

Die Stille danach kann man fast schneiden. Dad sieht ausweichend zur Seite. Er weiß, dass ich schon bei Leo übernachtet habe.

Moms Unterkiefer scheint zum Bersten angespannt »Wenigstens bist du ehrlich.«

Es fällt mir schwer, auf ihre so abfällig klingenden Worte etwas zu erwidern, ohne sie anzubrüllen. »Leo und ich hatten Streit wegen einem Missverständnis. Er hat es aufgeklärt. Das mit uns ist etwas Ernstes«, erwidere ich scharf.

Mom macht gerade den Mund auf, als das schrille Geräusch der Türklingel uns alle zusammenzucken lässt.

»Hat jemand noch etwas zu essen bestellt?«, fragt Dad automatisch.

Mom und ich schütteln den Kopf.

»Vielleicht ein Lieferant, der sich in der Hausnummer geirrt hat?«, schlägt Mom vor.

Dad zuckt die Schultern und macht sich auf zur Tür. Sekunden später erklingt eine wohlbekannte Stimme aus dem Flur. Tucker?

»Du hast Besuch, Mäuschen.«

»Tucker!« Mom scheint sich mehr über seinen Besuch zu freuen als ich. »Dich sieht man ja auch selten hier.«

»Guten Abend.« Tucker steht etwas verlegen halb hinter Dad. Normalerweise trägt er nur Surferklamotten. Alles, Hauptsache lässig, alles extra auf »Used« getrimmt, alles von den typischen Surfermarken. Jetzt trägt er Chinos und ein Polohemd. Ich starre ihn an.

»Abby?«, fragt Dad, als ich mich gar nicht rühre.

»Ich kann auch noch mal wiederkommen«, sagt Tucker schnell. »Das war jetzt so spontan. Ich war unterwegs und …«

Spontan? Ich scanne erneut sein Outfit. Sogar seine Haare sehen anders frisiert aus. Irgendwie … braver?

»Hi!« Ich lächle mechanisch. »Hattest du geschrieben? Wir haben zu Abend gegessen und ich habe das Handy oben gelassen.«

»Nein.« Tucker windet sich. »Ich war nur in der Gegend und dachte mir, ich sage mal kurz Hallo.«

»Okay.« Das hat er noch nie gemacht. Niemals. Tucker klärt alles vorher genau ab, damit er keine Wege umsonst fährt. Und das Wort »spontan« passt auch nicht wirklich zu ihm.

Bevor es noch peinlicher wird, springt Mom ein. »Schön, dass ihr euch auch außerhalb der virtuellen Welt seht. Möchtest du etwas trinken?«

»Wir sehen uns jeden Tag in der Schule, Mom.« Das war jetzt nicht besonders hilfreich, fällt mir im Nachhinein auf. Tucker schaut wie ein Ertrinkender. »Sollen wir rausgehen?«, frage ich ihn schnell. »In meinem Zimmer sieht es chaotisch aus.«

»Klar.« Er nickt. »Gern.« Irgendwie sieht er aus, als würde er die Luft anhalten. Was ist bloß los mit ihm?

»Ja, geht raus. Draußen ist es sowieso schöner als drinnen.« Mom scheint erleichtert, dass jemand aus meinem alten sozialen Umfeld noch mit mir zu reden scheint. Als wenn ich plötzlich zum Freak mutiert wäre. Ich gehe voraus, Tucker schleicht hinterher. Noch während ich die Terrassentür hinter mir zuziehe, setzt er sich an den Gartentisch, als wäre er noch nie zuvor hier gewesen.

»Wir müssen das klären.« Tucker hat beide Hände flach auf den Tisch gelegt. »So geht das nicht weiter.«

Ich setze mich neben ihn. Tucker versteift sich, rückt aber nicht weg. »Gern.«

Tucker fixiert die Tischplatte. »Es ist irgendwie alles aus dem Ruder gelaufen, seit er da ist.«

Sofort geht es wieder um Leo. Ich seufze auf. »Tucker …«

»Nein, lass mich weiterreden. Was ich meine, ist, dass nicht du aus dem Ruder läufst, sondern ich.«

Hat er eine Ahnung …

Er ballt die Hände zu Fäusten und streckt sie dann wieder aus, als wollte er sich zur Ruhe zwingen. »Weißt du, bisher war ich der Typ in deinem Leben. Ich war dein bester Freund. Doch seit er da ist …« Tucker zieht die Brauen finster zusammen. »Seit er da ist, herrscht diese Vertrautheit zwischen euch. So als würdet ihr euch schon hundert Jahre kennen. Ihr wirkt wie eine Einheit, selbst wenn ihr euch zofft. Man fühlt sich so ….« Er atmet tief auf. »So machtlos … so konkurrenzlos auf die Ersatzbank geschoben. Total abgemeldet.«

»Du bist nicht abgemeldet, Tucker. Im Gegenteil. Ich will dich nicht als meinen Freund verlieren. Aber in der letzten Zeit war es zwischen uns so kompliziert. Ich habe viel Zeit mit Leo verbracht, das stimmt. Wir sind nicht nur Projektpartner, wir sind auch zusammen und –«

»Ihr habt euch doch getrennt«, unterbricht er mich.

»Wir sind wieder zusammen. Es war eine Verkettung unglücklicher Umstände.«

»Bitte was?« Er lacht spöttisch auf. »Dir ist echt nicht zu helfen.«

Ich will aufstehen und ihn da sitzen lassen. Er will sich doch bloß streiten. War ja klar.

»Nein, warte.« Er legt eine Hand auf meinen Unterarm. »Ich habe es nicht so gemeint. Das ist mir so herausgerutscht. Sorry.«

»Tucker, ich will nicht noch mehr mit dir streiten. Kannst du das Thema ›Leo‹ nicht etwas gelassener angehen? Er ist mein Freund, nicht deiner. Ich erwarte auch gar nicht, dass du ihn zu deinem neuen Best Buddy krönst. Aber ihr müsst miteinander klarkommen. Oberflächlich. Mehr ist es doch gar nicht. Leo ist meine eigene Baustelle, du musst mich nicht vor ihm beschützen. Jeder muss seine eigenen Fehler machen. Je mehr du dich einmischst, desto schlimmer wird es zwischen uns, merkst du das gar nicht?

»Klar doch.« Aber ich kann doch nicht einfach danebenstehen, während –«

»Du stehst nicht daneben, du machst mir die Hölle heiß wegen ihm«, unterbreche ich ihn.

»Ja, weil du mir wichtig bist!« Fast wäre er aufgesprungen.

»Aber so machst du alles kaputt!«

Wir starren uns an wie zwei Kampfhähne. Tucker knackt schon wieder mit dem Unterkiefer. Ich gebe ihm noch zwei Sekunden, bevor ich ihn rausschmeiße.

»Du willst das alles gar nicht hören, oder? Seit wann ist dir der Rat deines besten Freunds eigentlich so egal geworden?«

»Der Rat meines besten Freunds oder eines Konkurrenten von Leo?«

Schon wieder höre ich Tuckers Unterkiefer knacken. »Du willst es wissen?« Er schnauft. »Gut. Von mir aus. Ich habe überlegt, ob da mehr zwischen uns ist. Okay? Ich habe sogar mehrfach überlegt.« Er sieht mich direkt an. »Aber da ist nichts. Gar nichts. Ich stehe nicht auf dich. Was aber sehr wohl vorhanden ist, ist mein Anspruch auf dich als meine Freundin. Doch dieser Teil von dir gehört jetzt Leo. Damit bin ich nicht einverstanden, okay? Ich traue ihm nicht, weil ich ihn für eine tickende Zeitbombe halte. Aber ich werde deine Entscheidung für ihn akzeptieren.«

Ich kann ihm jetzt glauben oder nicht. Eigentlich ist es egal, denn Tucker will, dass es zwischen uns wieder funktioniert. Nur das zählt. Was davor war, sollten wir abhaken. »Ihr steht nicht in Konkurrenz zueinander, Tucker. Dich kenne ich schon mein halbes Leben lang. Wir sind nebeneinander aufgewachsen. Wir teilen so viele Erinnerungen. Wie könnte Leo da mithalten? Aber das muss er auch gar nicht. Wir beide, du und ich, haben eine Basis, die uns niemand nehmen kann. Kein Mann in meinem Leben kann die Jahre, die wir uns schon kennen, aufholen. Deine Position ist unantastbar.

Tucker grinst. »Jetzt, wo du es sagst …«

»Also mach dir bitte keine Gedanken mehr. Du hast mich vor Leo gewarnt, weil ich dir wichtig bin. Das machen Freunde so. Aber Freunde akzeptieren auch, wenn der andere nicht auf die Warnung hören will. Und Freunde respektieren den Partner des anderen, auch wenn sie ihn nicht leiden können.«

»Ja, schon gut«, brummt Tucker. »Du klingst wie ein Beziehungsratgeber. Ich gelobe Besserung.«

»Ich auch.«

Endlich lächelt er wieder.

»Freunde?« Ich strecke ihm meine Hand hin.

»Freunde.« Tucker schüttelt meine Hand, dann lässt er sie langsam wieder los.

Er sieht mich lange an. Mir fällt auf, wie erwachsen er plötzlich aussieht. Er wirkt so beherrscht und ernst.

»Du hast dich verändert. Ich weiß nicht mehr, ob ich dir das bereits gesagt habe, aber es ist nicht zu übersehen. Es ist schwer vorstellbar, dass das alles nur an Leo liegt.«

»Es liegt nicht nur an ihm.« Jetzt bin ich es, die angestrengt auf die Tischplatte starrt. »So langsam wird es Zeit, Nägel mit Köpfen zu machen. Ich –«

»Du willst das durchziehen, richtig?«, unterbricht er mich. »Du weißt zu viel darüber, um es irgendwann ad acta gelegt zu haben. Bald wird es mit den Collegebewerbungen ernst. Du wirst dir also schon deine Gedanken gemacht haben. Ist es das, was ich denke? Dein Vortrag letztens am Strand war nämlich …« Er zieht ein Gesicht. »… absonderlich.« Er wirft mir einen schiefen Blick zu. »Woher weiß man beim Anblick einer Leiche, wie und wo sie gestorben ist?«

»Aus Büchern. Man weiß es, wenn man viel darüber liest.«

»Nur weil ich die Fernsehzeitung lese, kenne ich sie trotzdem nicht auswendig. Du konntest sogar die Knochen benennen. Also? Ist es das, was du machen willst?

Ich nicke.

»Wie hieß das noch mal?«

»Forensische Anthropologie.«

»Da braucht man ja schon einen Uniabschluss, nur um das aussprechen zu können. Wieso war ich eigentlich der Meinung, du würdest bei Mommy und Daddy groß ins Filmgeschäft einsteigen?«

»Weil du mich nie gefragt hast?«

Tucker schüttelt nachdenklich den Kopf. »Nein, das ist es nicht. Erzählst du nicht dauernd, dass du zum Set musst, weil du dort arbeitest? Und ich habe noch nie jemanden so begeistert über Buchhaltung reden hören. All die lustigen Geschichten von den Filmsets … du hast darüber geredet, als würde es dich interessieren, dir Spaß machen. Diese Leben willst du freiwillig gegen so einen harten Job tauschen? Hast du dir das gut überlegt? Bist du dir sicher?«

Gern würde ich Tucker einen selbstsicheren Vortrag über meine Zukunftsplanung halten. Stattdessen beginnen meine Schultern zu zittern und ich bekomme kein Wort heraus.

»Abby, bloß weil du super Noten hast, musst du dir nicht automatisch das schwerste Studium aussuchen. Ich bin mir sicher, alle würden dich auch lieben, wenn du beschließt, professionelle Katzensitterin zu werden.«

»Da täuschst du dich leider.« Mein Zittern wird stärker. »Mit Mom und Dad ist es unerträglich, seit sie davon erfahren haben. Mom hat sogar meine Unterlagen zerrissen. Sie wird es nicht akzeptieren. Und ich ertrage es nicht, nur noch im

Streit mit ihnen zu leben.« Tränen steigen mir in die Augen. »Es macht mich so fertig! Diese Zerrissenheit, diese Zweifel. Warum kann es nicht einfacher sein? Warum will ich nicht das Gleiche wie sie, dann wäre alles gut!«

Tucker rückt nah an mich heran und legt einen Arm um mich. »Niemand erwartet druckreife Entscheidungen von dir. Beziehe sie in deine Zweifel mit ein, anstelle sie vor vollendete Tatsachen zu stellen. Ist doch klar, dass sie sich dann vor den Kopf gestoßen fühlen und dichtmachen.«

»Mom hat von Anfang an dichtgemacht.«

»Vielleicht, weil du sie kalt erwischt hast? Sie hatte gar keine Chance, sich damit zu befassen.«

»Ich bin ein Feigling, ich weiß …«

»Warum?«

»Ich hätte es ihnen schon viel früher sagen können. Dir auch. Und allen anderen auch.« Eine Träne rinnt seitlich meine Wange hinab.

»Manchmal verrennt man sich in Dinge und kommt da nicht wieder raus. Das ist menschlich. Sie sind deine Eltern. Rede mit ihnen, so lange, bis sie sich an den Gedanken gewöhnt haben.«

Wie auf ein unsichtbares Stichwort hin schiebt Mom die Terrassentür auf. Sie hat zwei Gläser und eine Flasche Cola Zero dabei. »Hier kommen eure Getränke.«

Tucker zieht den Arm weg und springt auf. »Das ist lieb, aber ich wollte sowieso gerade los.« Er wirft mir einen eindringlichen Blick zu, der sagt: »Rede mit ihr, du schaffst das.«

»Oh.« Mom klingt überrascht. »Dann noch einen schönen Abend, Tucker. Hast du noch etwas vor? Kommt Abby nicht mit?«

»Nein. Sie wollte lieber hierbleiben.«

Mom sieht mich prüfend an. »Verstehe.«

»Bis später, Abby. Ich finde allein raus. Auf Wiedersehen, Mrs. Banks.« Tucker stürzt durch die Tür, Mom und ich sehen uns an. Schließlich springe ich auch auf. »Ich bin in meinem Zimmer.«

Mom nickt und lässt mich gehen. Ich habe kaum Dr. Bob zu mir aufs Bett geholt und den Fernseher angeschaltet, als Mom erscheint.

»Du hast geweint.«

»Wie bitte?« Ich setze mich auf und werfe ihr einen misstrauischen Blick zu. Hat sie uns beobachtet?

»Draußen im Garten. Tucker hat dich in den Arm genommen.«

»Ja und?«

»Ist es wegen uns? Hast du wegen unseres Streits geweint?«

»Ja.«

Mom nickt, als wüsste sie es bereits. Leise schließt sie die Tür hinter sich. »Dein Vater und ich haben gerade noch mal darüber gesprochen. Es hat mich erschüttert, wie verzweifelt du neben Tucker gewirkt hast.« Sie berührt ihren Mantra-Anhänger, als suche sie um Beistand. »Du wirst nicht von deinem Idealismus ablassen. Dafür bist du zu sehr eine Banks. Mit diesem Idealismus haben wir eine Firma aufgebaut. Mit genau diesem unerschütterlichen Glauben an deine eigene Intuition willst du dich auf ein Fach stürzen, von dem du praktisch kaum etwas weißt. Auch das ist typisch Banks. Wir wollten dich liberal erziehen und dich als Persönlichkeit respektieren. Meine Eltern haben sich von mir abgewendet, weil ich Künstlerin und nicht Apothekerin werden wollte. Damals habe ich mir fest vorgenommen, nie wie meine Mutter zu werden.« Sie setzt sich auf meine Bettkante. »Ich weiß, sie war nachher stolz auf das, was Ernest und ich erreicht haben. Aber unser Verhältnis ist unwiderruflich zerbrochen, als sie sich von mir abwandten und ich mich ab dann allein durchschlagen musste. Heute sehe ich in den Spiegel und sehe sie. Ich bin wie sie geworden.«

Die Traurigkeit in ihrer Stimmt berührt mich. Ich rutsche über das Bett, bis ich neben ihr sitze. »Ich hätte euch früher davon erzählen sollen.«

Mom nimmt meine Hand. »Wir finden eine Lösung.«

Es klopft an der Tür.

»Komm rein, Dad.«

Dad lächelt etwas verlegen. »Frauengespräch?«

»Nein«, sagen Mom und ich gleichzeitig.

»Gut.«

Ich deute mit der Hand auf meine freie Seite. »Setz dich.«

Dad ist so schwer, dass Mom und ich gegen ihn rutschen, als er sitzt. Wir müssen lachen, denn ich kann mich nicht erinnern, wann wir das letzte Mal alle auf meinem Bett gesessen haben.

»Mäuschen, deine Mom und ich haben uns noch mal unterhalten, als –«

»Ich weiß, Dad.«

»Gut, dann überspringe ich den Teil.« Dad nimmt meine freie Hand. Ich glaube, das letzte Mal, dass sie mich beide gleichzeitig an den Händen gehalten haben, war an dem Tag, an dem ich eingeschult wurde. Eine Weile sagt niemand etwas. Diese Vertrautheit zwischen uns ist tröstlich, jetzt, da unsere Beziehung auf ihre erste große Probe gestellt wird.

»Abby, ich will, dass du etwas weißt«, sagt Dad schließlich. »Wir sind stolz auf dich. Auch wenn wir uns in den letzten Wochen viel gestritten haben, vergiss das nicht. Und ich will, dass du noch etwas weißt. Egal, was passiert, wir werden immer deine Eltern sein. Eltern, die für ihr einziges Kind da sind und es unterstützen. Ich betone extra, dass wir stolz auf dich sind, weil die letzten Wochen gezeigt haben, dass du lange das Gefühl hattest, in unser Leben passen zu müssen, nur um uns stolz zu machen. Das ist falsch. Natürlich haben auch wir es uns etwas zu einfach gemacht. Wir haben automatisch angenommen, dass dir gefällt, was uns auch gefällt. Wir waren es, die dich in eine Position gedrängt haben, die dich dazu gezwungen hat, Dinge in deinem Leben vor uns geheim zu halten und –«

»Nein, Dad, ich hätte auch früher mit euch reden sollen. Ich war so ein Feigling. Ihr seid ja nicht die Einzigen, die so ungläubig reagiert haben. Alle meine Freunde können nicht verstehen, warum ich mich ausgerechnet für so ein Studienfach interessiere. Ich weiß es ja selbst nicht! Ich weiß nur, dass es mich schon mein halbes Leben verfolgt und dass ich Talent dafür habe. Es fällt mir leicht, all das viele Detailwissen zu behalten. Die Fotos in den Büchern schockieren mich nicht, weil ich sie offenbar anders betrachte. Ich ekele mich nicht oder mir läuft es kalt den Rücken hinunter. Ich sehe die Bilder anders. Nüchterner, wissenschaftlicher, emotionsloser. Vielleicht bin ich auch bloß gefühlskalt, ich weiß es nicht.«

Mom schnaubt. »Ganz gewiss nicht.«

»Wissen deine Freunde denn auch schon so genau, was sie studieren wollen?«, fragt Dad.

»Leo will Jura studieren, Tucker BWL, Holly Mathe, Amber Modedesign, und Silver will erst mal ein freiwilliges ökologisches Jahr in Namibia machen. Glaubt mir, ihre Eltern waren mindestens genauso schockiert wie ihr. Ihre Mom ist der festen Überzeugung, Silver wird an einer afrikanischen Seuche sterben.«

Mom schaudert es deutlich sichtbar. »Was für fürchterliche Ideen ihre jungen Leute heutzutage habt.«

»Wir wollen dir etwas vorschlagen, Abby.« Dad sieht mich an. »In den Ferien nach dem Trimester möchtest du mit Leo nach Connecticut fliegen, um dort ein Praktikum zu machen, richtig?«

»Ja.«

»Warum muss es eigentlich die Ostküste sein?«, fragt Mom. »Wir haben hier doch auch gute Unis.«

»Forensische Anthropologie ist ein relativ junges Fachgebiet, Mom. Nur wenige Unis bilden aus. Die nächste liegt mehrere Staaten entfernt. Da ist auch egal, ob ich dort oder an der Ostküste studiere. Yale hat den besten Ruf und die bekanntesten Dozenten. Dass Leo auch dort studieren will, ist ein unheimlicher Zufall. Ich dachte, er würde hier in Kalifornien studieren.«

»Zurück zu unserem Vorschlag«, sagt Dad. »Wir machen dir ein Angebot. Du kannst mit Leo nach Connecticut fliegen –«

»Oh super! Danke, Dad!«

»Aber –« Er hebt mahnend den Zeigefinger. »Wir bekommen die Kontaktdaten von Leos Tante und ich werde vorher mit ihr telefonieren. An dem Wochenende zwischen dem Praktikum werden deine Mom und ich euch besuchen kommen. Wir werden uns davon überzeugen, dass es dir gut geht. Keine Angst, wir gehen euch nicht auf die Nerven, wir haben Freunde in New Haven, die wir ebenfalls besuchen werden.«

»Alles klar.« Ich nicke wie wild. »Gern.«

»Wenn du dann zurückkommst und du immer noch Feuer und Flamme für dieses Fach bist, dann bewerbe dich in Yale und sonst wo. Aber –« Dad drückt meine Hand. »Solltest du an irgendeinem Punkt in deinem Studium feststellen, dass du das alles nicht mehr kannst und willst, dann rede mit uns. Ich will nicht, dass du jemals wieder das Gefühl haben musst, vor uns eine Rolle zu spielen. Du musst uns nicht gefallen, Abby, damit wir dich mögen, vergiss das nicht. In der Firma ist ein Platz für dich und das wird auch so bleiben. Egal, wie lange du tote Menschen untersuchen willst.«

»Dad!« Ich lache und stupse ihn mit der Schulter an.

Er fällt in mein Lachen ein. »Schon gut. Das ist alles noch Zukunftsmusik. Unseren Bedingungen für dein Praktikum stimmst du aber zu?«

»Ist abgemacht.«

»Gut.« Dad tätschelt meine Hand. »Das wird schon alles.«

»Danke, Dad.«

»Bedanke dich bei deiner Mutter. Sie hat darauf gedrängt, dass wir eine Lösung finden.«

Ich lasse Dad los und umarme Mom. »Danke.«

Sie streichelt meinen Rücken. »Du bist meine einzige Tochter. Ich hätte nicht mit ansehen dürfen, dass wir uns so entzweien.«

Dad räuspert sich. »Ich weiß, an einem Freitagabend sollte man ausgehen, Partys feiern oder wenigstens ins Kino gehen. Aber es ist in dieser Woche wieder so viel liegen geblieben.« Er zieht ein Gesicht. »Jemand Lust auf Buchhaltung?«

Ich lache und hebe die Hand. »Hier!«

26

Leo

Mir scheint, als wollte mich das Leben für die schwere Zeit nach Dads Tod entschädigen. Es ist ein strahlender Samstagnachmittag und meine Welt scheint so perfekt wie schon lange nicht mehr. Das Bild einer perfekten Strandidylle, das sich vor mir erstreckt, ist nur das i-Tüpfelchen.

Allegra und Alec liegen unter einem großen blauen Sonnenschirm. Allegra hat ihren Kindle im Anschlag, Alec döst. Lady und Skipper tollen mit Holly über den Sand. Holly tut so, als würde sie vor den heranrollenden Wellen Reißaus nehmen, und die Hunde springen begeistert um sie herum. Tucker, Elvis und Ryan bezwingen mit ihren Surfboards das Meer. Ryan spricht zwar kein Wort mit mir, aber wir haben uns grüßend zugenickt, was immerhin ein Anfang ist. Silver liegt zwischen Amber und Bambi im Sand und demonstriert gerade die Vorzüge ihres neuen Smartphones. Obwohl ich nur kurz unterwegs war, um unsere Getränkevorräte aufzustocken, kann ich es kaum erwarten, Bambi wieder im Arm zu halten. Ich kann immer noch nicht glauben, dass ihre Eltern sich um 180 Grad gedreht haben. Als sie mir gestern Abend getextet hat, musste ich die Nachricht zwei Mal lesen, nur um sicherzugehen, dass ich mich nicht verlesen habe. Auch Chester und Emily wissen schon Bescheid und freuen sich auf uns.

Als Bambi mich entdeckt, springt sie auf und kommt zu

mir herüber. Mein Herz legt einen Takt zu. Sie sieht super aus, keine Frage, aber da ist so viel. Sie berührt etwas in mir.

»Der Lieferbote ist da.« Sie lächelt mich frech an und stützt dann eine Hand in die Taille. Der Blick, mit dem sie mich abcheckt, geht mir durch und durch. »Wie nett.«

Betont lässig stelle ich die Kästen mit Cola und Wasser im Sand ab.

»Ihre Bestellung, M'am?«

Ich schiebe mir die Sonnenbrille hoch in den Haaransatz und sehe sie an.

Sie nickt. »Könnte sein.«

»Wollen Sie prüfen, ob die Lieferung vollständig ist?«

»Auf jeden Fall.« Sie lächelt und macht den fehlenden Schritt auf mich zu. Dann hebt sie prüfend mein Shirt ein Stückchen hoch.

»Scheint vollständig zu sein.«

Wir sehen uns an und müssen beide lachen. Ich ziehe sie an mich. »Du hast mir gefehlt.«

»Du mir auch.«

»Wie lange war ich weg?«

»Eine halbe Stunde?«

»Uns ist echt nicht zu helfen.«

Sie seufzt. »Ich kann das mit Mom und Dad immer noch nicht glauben.«

»Das lag alles nur an meiner hervorragenden Organisation.«

»An dir?« Sie lacht. »Du bist echt unglaublich.«

»Natürlich«, sage ich, weil es so herrlich ist, sie damit aufzuziehen. »Ich habe dir den Weg geebnet. Es ist quasi mein Verdienst, Bambi.«

»Du bist so …«

»Ja?«

»Du bist ein arroganter Kerl, ein Angeber und eigentlich traue ich dir kein Stück über den Weg …«

Ich seufze, als würde sie mir das Herz vor meinen Augen zerquetschen. »Ich weiß, Bambi. Ich weiß.«

Sie geht auf die Zehenspitzen, schlingt ihre Arme um meinen Hals, und ihre Lippen berühren zart mein Ohr. »… und jetzt küss mich endlich.«

Huntley Fitzpatrick
Mein Sommer nebenan

512 Seiten, ISBN 978-3-570-40263-4

Samantha Reed liebt die Garretts heiß und innig – doch nur aus der Ferne. Die 10-köpfige Nachbarsfamilie ist tabu, denn die Garretts sind alles, was Samanthas Mutter ablehnt: chaotisch, bunt und lebensfroh. Aber eines schönen Sommerabends erklimmt der 17-jährige Jase Garrett Samanthas Dachvorsprung und stellt ihr Leben auf den Kopf. Sie verliebt sich mit Haut und Haaren und wird von den Garretts mit offenen Armen aufgenommen. Eine Zeit lang gelingt es Samantha, ihr neues Leben vor der Mutter geheim zu halten. Doch als ein Autounfall die Garretts aus der Bahn wirft, muss Samantha eine schwere Entscheidung treffen...

www.cbj-verlag.de

30352

Sarah Combs
Schmetterlingswochen

ca. 320 Seiten, ISBN 978-3-570-31048-9

Als die 17-jährige Gloria im Sommercamp zum ersten Mal auf Mason trifft, hält sie ihn für einen egozentrischen Schwachkopf. Überhaupt, wo ist sie hier bloß gelandet, wenn ihr gemeinsamer (anonymer!) Literatur-Dozent sie auf seltsame Schnitzeljagden schickt? Doch was turbulent beginnt, wird zu einem unvergesslichen Sommer der überraschenden Freundschaften und der beflügelnden Selbstfindung.

www.cbt-buecher.de

30326

Franziska Fischer
Himmelhoch –
Alles neu für Amelie

ca. 320 Seiten, ISBN 978-3-570-31050-2

Amelie braucht das Rauschen der Ostsee-Brandung und den Wind in ihren Haaren. Der Umzug in den kleinen Küstenort hat ihr gut getan – langsam vergisst sie, was in Berlin war. Sie genießt den Sommer auf dem Pferdehof mit Isabella, die Gespräche mit Isas Bruder Linus, dem sie Tipps für sein erstes Date gibt, und die Vespa-Ausflüge mit ihrem besten Kumpel Salim. Es geht doch nichts über beste Freunde. Und dann ist da auch noch diese Party, auf der sie den süßen Musiker Brar kennenlernt ...

www.cbt-buecher.de

30304